Sabine Weigand

Die silberne Burg

Historischer Roman

Fischer Taschenbuch Verlag

MIX
Papier aus verantwor-
tungsvollen Quellen
FSC® C083411

2. Auflage: April 2012

Veröffentlicht im Fischer Taschenbuch Verlag,
einem Unternehmen der S. Fischer Verlag GmbH,
Frankfurt am Main, März 2012

Lizenzausgabe mit Genehmigung des Krüger Verlags,
einem Unternehmen der S. Fischer Verlag GmbH
© S. Fischer Verlag GmbH, Frankfurt am Main 2010
Landkarte am Buchende: Kartengrafik Thomas Vogelmann, Mannheim
Druck und Bindung: CPI – Clausen & Bosse, Leck
Printed in Germany
ISBN 978-3-596-18339-5

Erstes Buch

Drei Kinder

Siegburg, Oktober 1390

Die Schreie der Schwangeren zerrissen in regelmäßigen Abständen die Stille des Oktobermorgens. Das Städtchen erwachte. Friedlich lag es im Schönwetterdunst des Sonnenaufgangs; dünne Rauchschwaden der ersten Herdfeuer züngelten aus den Kaminen. Droben vom Kloster her erklangen leise wie Mückengesumm die Stimmen der Mönche.

In den Gassen war es noch ruhig, bis auf ein paar gackernde Hühner, träge sich reckende Hunde und die ersten Schweine, die in den Abfallhaufen nach Leckerbissen wühlten. Levi Lämmlein, der reiche Geldverleiher von Siegburg, ging mit unruhigen Schritten in der Stube auf und ab. Die halbe Nacht hatte er so verbracht, während seine Frau in endlosen Wehen lag. Zwei Nachbarinnen waren schon seit Stunden bei ihr und hatten ihn jedes Mal, wenn er zaghaft an der Schlafzimmertür klopfte, mit verkniffenen Mienen wieder weggescheucht. Levi wusste, es war schwer für seine Schönla, die eigentlich längst aus dem Alter für das erste Kind heraus war. Beide hatten sie die Hoffnung auf Nachwuchs fast aufgegeben, als ihre Gebete doch noch an die Ohren des Herrn gedrungen waren. Bald, so hoffte und freute sich Levi, würde ihr Glück auf dieser Welt vollkommen sein. Er trat ans Fenster, öffnete es und sah hinaus. Es würde ein schöner Tag werden. Die Sonne stieg höher und höher, und ihre Wärme ließ langsam die weißen Morgennebel zerfließen, die über dem Fluss lagen. Levi tat einen tiefen Atemzug, um gleich darauf zusammenzuzucken, als der nächste Schmerzensschrei seiner Frau ertönte. Er schwor sich, dass es diesem Kind in seinem Leben niemals an etwas fehlen sollte, sofern es nur endlich auf die Welt kam. Und er beschloss, dass es wohl gut sei, darüber Zwiesprache mit Gott zu halten.

Gerade als Levi den fransenbesetzten Gebetsmantel für die Morgenandacht umlegen wollte, klopfte es. Mordechai, der betagte Hausdiener, der bisher in der Küche gesessen und fromme

Sprüche geleiert hatte, schlurfte kopfschüttelnd zur Tür. »Jetzt ist nicht die Stunde«, schimpfte er mit hoher Greisenstimme durch das Fensterchen hinaus, »die Hausfrau kommt nieder.«

»Ein Schreiben vom Rat«, erklang es zurück. Es war die Stimme des Stadtboten, der nun eine Schriftrolle durch die kleine Öffnung schob. »Da, nimm, Alter.«

Mordechai tippelte in die Stube zurück und reichte seinem Herrn mit einer entschuldigenden Geste den Brief.

»Schon gut«, murmelte Levi. Die städtische Obrigkeit konnte schließlich nicht wissen, dass er gerade Nachwuchs bekam. Vermutlich fragten sie wieder einmal nach einem Darlehen an, dabei hatten sie die letzten beiden noch nicht zurückgezahlt. Levi legte die Rolle erst ein wenig unentschlossen auf seinen Arbeitstisch, doch dann erbrach er, eigentlich ganz froh um die Ablenkung, das Siegel. Sorgsam rollte er das Pergament auf und begann mit gerunzelter Stirn zu lesen.

»*Unsern Gruß zuvor dem Stadtjuden Löw Lämmlein, Kammer Knecht des güthigen und gerechthen Königs Wentzel, dem der allmechtige Gott möge noch vil Jahre und ein glückliche Regirung geben. Item so hat nun unßer König gerechther Maßen entschiden, zur Mehrung unßer aller Glück und Wohlstands die Schulden sämtlicher derjeniger, die bei der Judenheit im Reich Geldt entliehen haben, für nichtig zu erklärn. An die Juden ist nichts zurück zu zahlen, auch nit der Zinß. Ermelte Schulden fallen statt deßen an die Landesherrschafft, die davon ein Theill an die königliche Schatull zu zahlen hat. Dafür erbiethet unßer König seinen hoch geschetzten und gelibten Juden im Reich weiterhin sein Schutz und Schirm wie es seit alters her guther Brauch ist ...*«

Levi Lämmlein verschwammen die Buchstaben vor den Augen. Ein neuer Judenschuldenerlass! Wie konnte das sein, nachdem Wenzel, der geldgierige Mensch, erst vor fünf Jahren genau dasselbe verfügt hatte? Schon damals hatten die Städte, die Obrigkeiten und der König selbst alles an sich gerissen, was die Juden in harter Arbeit erworben hatten. Niemand konnte damit rechnen, dass dies so schnell wieder geschehen würde, und so hatte Levi nicht vorgesorgt. In wilder, ohnmächtiger Wut ballte er die Fäuste. Natürlich, den Juden konnte man ja ungestraft alles nehmen! Es bedurfte nur eines Federstrichs! Seit jeher nämlich waren er und seinesgleichen als Kammerknechte direkte Untertanen der Krone, standen somit unter deren Schutz, aber auch unter deren Knute. Ihnen war nicht erlaubt, Waffen zu tragen, denn der König verteidigte sie ja – sofern er wollte. Sie durften kein Handwerk ausüben, denn das kontrollierten schließlich die Gilden und Zünfte. Und sie durften kein Land bebauen, das tat ja schon der Bauernstand. Allein weil den Christen verboten war, Zins zu nehmen, hatten die Juden überhaupt einen Lebensunterhalt, nämlich den, Geld zu verleihen. Allerdings nur, solange ihnen ihr Herr und König nicht in den Rücken fiel, so wie jetzt. Brauchte er Kapital, holte er es sich eben von »seinen« Juden. Wollte er den Städten oder dem Adel Geld zukommen lassen, waren dafür die Juden gut. Begehrte die Kirche etwas von ihm, nun, so durfte sie es sich von den Juden nehmen. Levi spürte, wie er zu zittern begann. Widerstand war nicht möglich, wie auch? Die Judengemeinden im Reich mussten ja froh sein, dass Wenzel sie vor Verfolgung schützte, und diesen Dienst ließ er sich wahrlich gut bezahlen. Ja, die Reichsjudenschaft war der Willkür ihres Herrn auf Gedeih und Verderb ausgeliefert. Auch wenn es den Bankrott bedeutete. Wen kümmerte schon das jämmerliche Leben eines Christusmörders? Aus, dachte Levi, aus und vorbei. Er brauchte gar nicht anfangen zu rechnen. In letzter Zeit hatte er ein paar risikoreiche Geschäfte getätigt. Er besaß derzeit keine Rücklagen, keine Sicherheiten, keinen Grundbesitz. Levi Lämmlein, der reiche Geldjude von Siegburg, hatte mit einem Schlag alles verloren.

Während also Schönla auf ihrem Geburtsstuhl in einer letzten furchtbaren Anstrengung das Kind aus sich herauspresste und erschöpft, aber glücklich in die gepolsterten Lehnen zurücksank, saß der Vater des Neugeborenen an seinem Schreibtisch und weinte.

So kam Sara auf die Welt als Tochter eines bettelarmen Mannes. Nie konnte ihr Vater sie ansehen, ohne daran zu denken, dass der Tag ihrer Geburt gleichzeitig die Erfüllung seines sehnlichsten Wunsches nach einem Kind, aber auch das jähe Ende seines Wohlstands mit sich gebracht hatte. Und als seine Tochter ihre winzigen Lungen zum ersten Mal mit der feuchten, kühlen Oktoberluft füllte, schien es Levi, als brülle sie ihren Protest gegen die Willkür des Königs mit durchdringender Lautstärke in die ungerechte Welt hinaus.

Kaum sechs Wochen später musste die Familie das Haus verlassen. Levi hatte den alten Mordechai und die beiden Mägde ausbezahlt und den meisten Hausrat verkauft; was ihnen noch übrig blieb, passte auf einen Eselskarren. Schönla wäre so gern in ihrer Heimatstadt geblieben, nur, wovon hätten sie leben sollen? Ihr Mann hatte kein Kapital mehr, um Geld zu verleihen, und die kleine jüdische Gemeinde, die aus gerade einmal fünf Familien bestand, konnte ihnen kein anderes Auskommen bieten. Also mussten sie woanders hin, am besten in eine Stadt mit zahlreicher Judenschaft, wo man ihnen helfen konnte, wieder auf die Füße zu kommen. Und, aber daran mochte Levi gar nicht denken, wo die Armen im schlimmsten Fall ein paar Pfennige aus der Gemeindekasse bekamen, um sich am Leben zu erhalten. Bitterste Gedanken gingen ihm durch den Kopf, während er den Karren mit dem Wenigen belud, was sie noch besaßen: Kleider, ein paar Möbel, Leintücher und Decken, der schwere, versilberte siebenarmige Leuchter, ein Erbstück seiner Frau, die wichtigsten Haushaltsgegenstände. Gott sei Dank hatte sich Schönla von der schwierigen Geburt erstaunlich schnell erholt, und die Kleine war gesund genug, um eine weite Fahrt zu überstehen. Levi zurrte die Seile fest, die seine Habe auf dem Gefährt hielten, und überprüfte das Zaumzeug des mageren, alten Maultiers, das ihm die Nachbarn geschenkt hatten. Schönla saß schon auf dem Karren, das Gesicht tränenüberströmt, die schlafende Sara im Arm. Ihm blieb nur noch, die Mesusa aus dem Türstock zu brechen, die kleine Metallkapsel, deren Inneres zwei handgeschriebene Thorasprüche und den Namen des Herrn barg. O Adonai, betete er dabei, lass uns ein neues Heim finden, an dessen Tür ich Deinen heiligen Namen wieder lesen darf.

Dann stieg er auf den Wagen und schnalzte mit der Zunge. Sie würden ihr altes Leben für immer hinter sich lassen und mit Gottes Hilfe ein neues beginnen.

Irgendwo im Süden Englands, zur selben Zeit

Es regnete, und der Wald war schwarz wie Pech. Die Männer ritten durch die Nacht als sei der Teufel persönlich hinter ihnen her, und vielleicht stimmte das auch. Nasse Zweige schlugen ihnen ins Gesicht, die Pferdehufe schleuderten Wurzelstücke und Erdklumpen hoch. Sie wagten nicht, in der Finsternis zu galoppieren; ein scharfer Kanter war gefährlich genug. Irgendwann fielen die Pferde in erschöpften Schritt, der Boden wurde zu tief und zu schlammig. Der Anführer, ein älterer Mann mit scharf geschnittenen Gesichtszügen, winkte einen seiner Begleiter zu sich.

»Ihr wisst Bescheid, Lovelace?«

»Aye, Mylord«, nickte der massige Kahlkopf. Das Wasser lief in kleinen Bächlein vom Rand der Kapuze über seine Wangen.

»Keiner der Ketzer darf überleben, hört Ihr?«

»Aye, Mylord.«

»Aber vorher müssen wir herausfinden, wo die Handschrift versteckt ist. Habt Ihr Eure Leute im Griff?«

Der Mann knurrte unwillig. »Natürlich. Ihr könnt Euch auf die Männer verlassen, Herr. Sie gehorchen mir aufs Wort. Außerdem – der Erzbischof bezahlt sie gut.«

Der Anführer atmete einmal tief durch. Ja, dachte er, Thomas Arundel, du liegst jetzt gerade in deinem Bett und schläfst den Schlaf der Gerechten. Und mich lässt du die Drecksarbeit machen. Meinen besten Freund verraten. Gott gebe, dass unsere Sache gerecht ist. Und dass ein paar Fetzen Papier dies alles wert sind …

Als könne der gedungene Mörder Gedanken lesen, fragte er: »Was ist das für eine Handschrift, die der Erzbischof so unbedingt haben will?«

Der Anführer fuhr herum. »Das wollt Ihr gar nicht wissen, Mann, wenn Euch Euer Leben lieb ist«, schnappte er. »Los, beeilen wir uns lieber. In ein paar Stunden wird es hell.«

Der Morgen graute über Tiltenham Manor. Es hatte aufgehört, zu regnen, Dampf stieg aus dem feuchten Laub im Garten. Sir Geoffrey Granville schlug das Federbett zur Seite und stand auf. Ein kurzer Blick sagte ihm, dass seine Frau noch schlief; ihr Atem ging ruhig und regelmäßig. Er hingegen hatte kein Auge zugetan. An John Wyclif hatte er gedacht, seinen Freund und Lehrmeister zu Oxford. Gebetet hatte er, inbrünstig und doch ohne Hoffnung. Er wusste, es würde bald vorbei sein. Sie waren ihm schon zu lange auf der Spur, es war immer nur eine Frage der Zeit gewesen. Hatte er richtig gehandelt? Damals, als er alles aufgegeben hatte, um Wyclif zu folgen? Oh, wie richtig, wie einfach und überzeugend hatte geklungen, was der große Religionsgelehrte gepredigt hatte: Die Kirche muss arm sein wie Jesus! Allein durch Gottes Gnade, nicht durch einen verderbten Klerus, ist Erlösung möglich! Das Wort Gottes muss allen zugänglich gemacht werden, dem kleinsten Mann, in seiner Muttersprache! Wie viel Wucht in dieser Lehre lag, Wucht, die Kirche zu zertrümmern, das war ihm erst jetzt wirklich klar, sieben Jahre nach Wyclifs Tod! Und dass sich die Kirche gegen die neue Lehre wehren würde mit allen Mitteln.

Granville zog seinen wollenen Morgenmantel an und setzte sich wieder aufs Bett. Seine junge Frau regte sich schlaftrunken und fasste nach seiner Hand. Elizabeth, dachte er, ich hätte dich nicht mit hineinziehen dürfen. Doch du hast bald mehr als ich an die neue Lehre geglaubt, mit mehr Inbrunst und mehr Hingabe. Kaum hatten die Verfolgungen angefangen, warst du eine von Wyclifs brennendsten Verfechterinnen. Ich weiß gar nicht, wie viele Versionen der englischen Bibel, dieser mühsamen Übersetzung aus dem Lateinischen, durch deine Hilfe angefertigt wurden. Es müssen an die zwanzig gewesen sein. Als unsere Freunde in den Untergrund gezwungen wurden, hast du sie heimlich beherbergt, hast Versammlungen einberufen, hier in diesem Haus. Alle waren sie hier: Sir Thomas Latimer, Sir John Trussel, Sir Lewis Clifford, Sir John Peachey, Sir William Nevil, sogar Sir John Montagu, der Earl of Salisbury. Lollardenritter, so nannte man uns alle inzwischen. Ach Gott, wir wussten immer, dass wir mit dem Feuer spielten. Doch zu Anfang waren wir wenigstens nicht an Leib und Leben bedroht. Das hat sich längst geändert.

Gedankenverloren streichelte Granville die Hand seiner schlafenden Frau. Sie war stärker als er. Noch gestern Abend, als die böse Nachricht sie erreichte, hatte Elizabeth zu ihm gesagt: »Wenn sie kommen, ist es der Wille Gottes. Aber es ist auch sein Wille, das Vermächtnis unseres Lehrers zu bewahren. Wir werden nicht reden, Geoffrey, und wenn es unseren Tod bedeuten sollte.«

Niemand wusste von dem Geheimnis. Die Gefahr, das jemand unter der Folter das Versteck preisgeben würde, war zu groß. »Übergebt mein Vermächtnis demjenigen zu treuen Händen, der mir nachfolgt in der wahren Lehre«, hatte Wyclif zu ihnen gesagt. Das war kurz vor seinem Tod gewesen, als er gespürt hatte, dass das Leben aus ihm wich. »Einer wird kommen, der die Flamme weiterträgt. Er wird mein Werk fortführen, irgendwann. Bis dahin verbergt es gut.«

Das hatten sie getan. Nicht einmal die höchsten Lollardenführer kannten den Ort. Das Geheimnis war sicher in ihrer Obhut.

Draußen ertönte Hufgetrappel. Lady Granville fuhr hoch, die Augen schreckgeweitet. »Ist es so weit?«

Er nickte. »Lass uns beten.«

Drei Stunden später lebte auf Tiltenham Manor niemand mehr. Blut war überall. Es befleckte die Teppiche, die Mauern, die Möbel. Die Mörder hatten ganze Arbeit geleistet – aber sie hatten ihr Ziel nicht erreicht. Lord und Lady Granville waren gestorben, ohne ihr Geheimnis verraten zu haben. Ihre Körper sahen nicht mehr menschlich aus, als die Häscher sie verließen.

Der Anführer stürmte durchs Haus, auf der Suche nach Hinweisen über den Verbleib der Handschrift. Er ließ alles durchsuchen, doch ohne Erfolg. Irgendwann stießen seine Männer auf eine verborgene Tür hinter einem riesigen, schweren Truhenschrank und drangen in den dahinterliegenden Raum ein.

Das enge Gemach war nur von einigen Kerzen erhellt, deren Flackern die steinernen Mauern in rötliches Licht tauchte. In einer Ecke lag auf einem notdürftig eingerichteten Lager ein schlafendes Kind, davor, wie um einen Schatz zu verteidigen, stand mit ausgebreiteten Armen und kreidebleich eine schwerbrüstige Frau in Ammentracht. In ihrer Panik fing sie an, das Kreuzzeichen zu schlagen, immer wieder, und schließlich griff sie nach dem Kruzifix, das sie um den Hals trug und streckte es den Angreifern hin.

»Wenn ihr diesem Kind etwas antut, wird Gott sich an euch

rächen, an euch und euren Nachkommen, bis ins siebte Glied! Der Herr beschützt die Kleinsten! Dieser Junge ist so rein und unschuldig wie frisch gefallener Schnee!«

Der Anführer drängte sich mit gezücktem Schwert in den Raum, und die Amme fiel vor ihm auf die Knie. Sie zitterte wie Espenlaub, konnte kaum die gefalteten Hände dem Mörder entgegenrecken. Der kleine Bub auf seinem Lager wachte auf und begann zu schreien.

»Wessen Kind ist das, Weib?«, knurrte der Anführer.

»Das Kind der Herrschaft«, jammerte die Kinderfrau und raufte sich die Haare. »Kaum ein halbes Jahr alt. O Herr, lasst meinen Liebling leben, habt Erbarmen, ich …«

Ein sirrendes Geräusch durchschnitt die Luft, dann klaffte im Hals der Frau ein roter Schnitt. Blut sprudelte, und die Amme kippte langsam zur Seite.

Der Anführer machte ein schnelles, unwilliges Zeichen mit der Hand. »Es ist genug«, zischte er. »Genug.«

Er ging an der Leiche vorbei und trat zu dem brüllenden Kleinkind. Dem Sohn seines besten Freundes, den er gerade zu Tode gefoltert hatte. Und dem Sohn der süßen Elizabeth, mit der er aufgewachsen war, und die er liebte wie eine Schwester. Geliebt hatte. Ein bitterer Geschmack wie Galle lag auf seiner Zunge.

Die Amme hatte recht. Der Junge war unschuldig. Er konnte von nichts etwas wissen, trug für nichts die Verantwortung. Wie Elizabeth hatte er pechschwarzes, lockiges Haar und helle Haut wie milchweißer Alabaster. Der Anführer griff nach dem kleinen Händchen, und der Junge hielt wütend seinen Daumen fest, mit einer Kraft, die erstaunlich für solch ein kleines Wesen war. Um seinen Hals hing ein Lederbändchen mit einem hellroten Korallenanhänger, wie man ihn kleinen Kindern gewöhnlich als Glücksbringer umband. Einer der Männer zog mit einer Hand seinen Dolch und griff mit der anderen dem Buben in den schwarzen Schopf. Von der Spitze der Waffe troff Blut.

Der Anführer schüttelte den Kopf. »Lovelace«, sagte er tonlos.

»Mylord?« Der stämmige Mann trat vor.

»Bringt das Kind irgendwohin. Es soll leben.« Der Anführer wandte sich brüsk ab und ging hinaus.

Lovelace hatte für solche Schwachheiten kein Verständnis, aber Befehl war Befehl. Er stand da, kratzte sich im fleischigen Nacken und grübelte eine Weile, bis er eine Lösung fand. Dann winkte er einen seiner Männer zu sich und deutete auf das immer noch schreiende Kind.

»Bring das Balg nach Irland, Dermot. Du stammst doch von der Insel, oder? Eine ganze Menge Klöster gibt es dort, so hört man… Die Ketzerbrut soll im rechten Glauben aufwachsen, weit weg von hier. Und kein Wort zu irgendjemandem, bei deinem Leben.«

Keine Stunde später brannte Tiltenham Manor. Die Mörder im Namen des rechten Glaubens hatten ihre Aufgabe erledigt; eilig ritten sie durch die Granvilleschen Ländereien in Richtung York. Am Kreuzweg vor Lutterworth löste sich ein Reiter aus der Gruppe, ein kleines, sich windendes Bündel Mensch fest an den Leib gepresst. Wie befohlen, galoppierte er nach Westen.

Rittergut Riedern bei Lauda, Sommer 1394

*U*nd warum kommt der Falke immer wieder zurück?« Der kleine Junge mit dem dichten strohblonden Haar sah mit blitzenden Augen zu seinem Vater auf.

»Weil er gelernt hat, dass die Faust der beste Platz für ihn ist.« Heinrich von Riedern löste die Fußfessel des Gerfalken aus der Öse der hölzernen Sitzstange und nahm den Vogel mit dem Handschuh auf. Das Tier flatterte aufgeregt, ließ sich aber durch ein paar gemurmelte Worte beruhigen. »Schau, das ist mein Lieblingsfalke«, lächelte der grauhaarige Ritter und fütterte ein Stückchen rohes Fleisch, das der Vogel gierig verschlang. »Hat mich so viel gekostet wie ein gutes Streitross. Sie heißt Nimue.«

»Wie die Fee aus dem Teich«, rief Ezzo.

»Ah, du hast es dir gemerkt.« Heinrich von Riedern fuhr seinem kleinen Sohn liebevoll über den Kopf. Erst gestern hatte er ihm die Geschichte vom Zauberer Merlin und der unglückbringenden Herrin vom See erzählt. »Nimue liebt die Jagd über unseren Fischteichen. Heuer hat sie schon über siebzig Reiher erledigt. Sie ist pfeilschnell.«

Der Ritter strich dem Falken über die helle, gefleckte Brust und setzte ihn dann vorsichtig wieder zurück auf seinen Platz. »Das dort drüben ist Kolander, den hab ich noch nicht lange.« Er wies auf einen jungen grauen Sakerfalken, der reglos und schüchtern in einer Mauernische hockte.

»Warum hat er eine Mütze auf?«, wollte Ezzo wissen.

»Das ist eine Falkenhaube aus Leder, mit Federn und Silberstückchen verziert. Kolander ist noch neu, weißt du, und es beruhigt ihn, wenn er nichts sieht. Am Anfang musste ich ihm die Lider durchstechen und zunähen, so aufgeregt war er. Jetzt kann ich ihm die Haube schon für längere Zeit abnehmen, ohne dass er wie wild flattert. Ich schätze, in ein paar Monaten wird er so weit sein, dass ich mit ihm arbeiten kann.«

»Welche Vögel jagt er dann?«

»Mit Sakerfalken jagt man Reiher«, erklärte Heinrich von Riedern geduldig. »Gerfalken wie Nimue gehen am besten auf Kraniche, wenn sie auf dem Durchzug nach Süden sind, und Wanderfalken taugen gut als Jäger auf Wasservögel, also Enten oder Wildgänse. Jetzt komm, sonst regt sich Kolander auf.«

Ezzo folgte seinem Vater nach draußen in den Burghof. »Nimmst du mich einmal mit auf die Beiz? Bitte!«, drängelte er. »Ich bin auch ganz brav!«

Heinrich von Riedern lachte; die alte Kampfnarbe auf seiner linken Wange bildete dabei unregelmäßige Zacken. »Da musst du erst noch ein bisschen größer werden, Junge. Die Jagd ist nichts für kleine Burschen wie dich. Aber nur Geduld, die Zeit wird kommen. Nun lauf, deine Mutter wartet sicher schon auf dich.«

Er versetzte Ezzo einen leichten Klaps, und der trabte davon. Mit einem Lächeln auf den Lippen sah ihm der Ritter nach und tat einen zufriedenen kleinen Seufzer. Der Junge war sein Ein und Alles, ein hübscher Kerl, robust, aufgeweckt und klug. Wie sehr hatte er sich mit seiner Frau einen Sohn gewünscht, einen Erben für Riedern. Wie viele Ländereien hatte er der Kirche gestiftet, wie viele Kerzen entzündet. Wie inbrünstig hatten sie gebetet, und doch war alles vergebens gewesen. Alt waren sie miteinander geworden, seine Irmingard und er, glücklich waren sie gewesen, so gut es unter diesen Umständen möglich war, aber auf ihrem Bund hatte kein Segen gelegen. Natürlich, er hätte sie verstoßen können, eine zweite Frau nehmen, die Blutslinie fortzuführen. Doch das hatte er nicht übers Herz gebracht. Aus Liebe, und weil er ihr nicht die alleinige Schuld geben wollte. Jetzt war sie tot und begraben, und was er nicht mehr zu hoffen gewagt hatte, war eingetreten. Er hatte sich eine Küchenmagd ins einsame Bett genommen, und sie endlich hatte ihm das geschenkt, was sein Weib nie vermocht hatte. Einen gesunden, kräftigen Sohn. Heinrich von Riedern wischte sich verstohlen über die Augen.

Ezzo strolchte über den engen Burghof. Neugierig sah er eine Zeitlang zu, wie der Zeugmeister in einem Kessel frisch gekratzten Salpeter läuterte und wackelte dabei mit seinen schmutzigen Fingern an einem lockeren Milchzahn. Dann beobachtete er ein paar Knechte, wie sie Eimer um Eimer Wasser aus der Zisterne holten und ins Sudhaus trugen. Es duftete nach Malz und frischer Maische, der typische Geruch an Biertagen. Auch Ezzo bekam wie alle Kinder seinen Anteil Bier bei Tisch, ein halbes Mäßlein zu Mittag und ein halbes zu Abend. Das regelte die Hofordnung, genauso wie die Essenszeiten. Ob wohl bald der Turmwächter zur Abendmahlzeit blasen würde? Ezzo spürte schon den Hunger. Er ging weiter, scheuchte ein bisschen die Tauben, dann die Ziegen herum, guckte in den Fischkasten, ob heute ein besonders dicker Karpfen dabei war und stibitzte schließlich ein Ei aus dem Korb vor dem Kücheneingang. Gierig bohrte er mit dem Daumennagel ein Loch hinein und schlürfte das Innere, wobei ihn Rumpold, der Koch, entdeckte und wegscheuchte.

Atemlos rannte er durchs offene Burgtor in den schmalen Zwinger. Vor der Pferdeschwemme balgten sich ein paar Katzen, und er wollte sich gerade zu ihnen ins frisch gemähte Gras kauern, als er das Donnern von Hufen hörte. Aufgeregt rappelte er sich hoch und flitzte zum Burganger hin, einer schönen großen Wiese am Flussufer der Erf. Welch ein Anblick bot sich ihm da! Ein Ritter, das herrlichste Wesen auf der ganzen Welt! Der polierte Brustpanzer blitzte so hell im Sonnenlicht, dass Ezzo blinzeln musste.

Auf dem topfartigen Helm mit den länglichen Augenschlitzen, der seinen Träger so gefährlich aussehen ließ, schwankte fröhlich ein schneeweißer Federbusch. Der Ritter hatte seine Lanze in der Halterung am Sattel aufgestellt und zügelte einhändig sein nervös tänzelndes Pferd. Und was für ein Ross! Rabenschwarz, riesig, die Mähne in Zöpfen herunterhängend, die Nüstern gebläht. Sein Schweif peitschte die staubige Luft, die Hufe stampften, die Augen rollten, dass man das Weiße sah. Der Reiter klemmte die Lanze ein, unter den rechten Arm, bis sie fast waagerecht stand, dann gab er seinem Rappen die Sporen. In gestrecktem Galopp sprengte er auf die Turnierpuppe zu, ein hölzernes Gestell mit einem Turban wie ein Sarazene. Ein gellender Kriegsschrei, dann hatte die Lanze den ausgestreckten Holzarm des Sarazenen getroffen, an dem ein runder Schild befestigt war. Die Figur drehte sich durch den Aufprall blitzschnell um die eigene Achse; am anderen Arm hing ein Seil mit einem schweren Sack, der nun herumschwenkte. War der Reiter nicht schnell genug, traf ihn der Sack in den Rücken und fegte ihn vom Pferd. Ezzo hatte schon den Mund zum Schrei geöffnet, aber sein Ritter war glücklich vorbei, der Sarazene rotierte ein paar Mal um die eigene Achse und blieb dann stehen. Der Ritter trabte gemächlich zurück und stieg vor Ezzo ab.

»Herr Friedrich«, schrie der Junge aufgeregt, »Herr Friedrich, das war ein herrlicher Treffer! Ihr seid der beste Ritter im ganzen Land, ich schwör's!«

Friedrich von Riedern, der jüngere Bruder des Burgherrn, nahm den Helm vom Kopf und ließ sich von einem Knecht Harnisch und Lederarmschutz abschnallen. Er musterte den Knaben mit gerunzelten Brauen.

»Wenn ich groß bin, will ich auch solch ein Ritter werden wie Ihr«, plapperte Ezzo, ganz rot im Gesicht vor Begeisterung. »Dann will ich mit Euch in den Krieg ziehen, als Euer Knappe. Wann zieht Ihr denn in den Krieg?«

»Gar nicht!« Friedrich von Riedern spuckte die beiden Worte förmlich aus.

»Aber warum nicht?« Ezzos Augen wurden groß und rund. »Und wenn Ihr nicht in den Krieg zieht, darf ich dann wenigstens kämpfen und Ritter werden? Helft Ihr mir dabei?«

Friedrich von Riedern beugte sich langsam zum Sohn seines Bruders hinunter und lächelte freundlich. »Du kannst niemals Ritter werden«, sagte er mit zuckersüßer Stimme. »Das können nur Männer von Geblüt und hoher Geburt.«

»Aber ich bin doch von hoher Geburt!«, widersprach der Fünfjährige zaghaft. »Herr Heinrich ist mein Vater.«

»Und deine Mutter, hm? Wer ist die? Lieschen vom Gänsebrunnen, was?« Ezzos Onkel brach in ein scheinbar fröhliches Lachen aus. »Schau, Kleiner, du und ich, wir haben etwas gemeinsam: Wir können beide kein Ritter sein. Ich, weil meine Beine zu schwach sind, um mich zu tragen, und du, weil du ein Bastard bist. So ist das Leben.« Er zog eine schräge Grimasse und kniff Ezzo leicht in die Backe. Dann ergriff er die Krücken, die ihm der Knecht hinhielt, drehte sich um und schleppte sich zum Burgtor. Seine verkrüppelten Beine schlenkerten merkwürdig unter dem massigen Oberkörper, als gehörten sie nicht recht zu ihm.

Abends, als Ezzo mit seiner Mutter allein war, stellte er die Frage, die ihn den ganzen Tag beschäftigt hatte.

»Mutter? Was ist ein Bastard?«

Lies spürte einen Stich im Herzen. Bisher hatte sie ihrem Sohn nichts erklären müssen. Er war bei ihr in den Gesindekammern der Burg aufgewachsen, nicht in der Herrenkemenate, aber der Ritter von Riedern hatte ihn immer offen als seinen Sohn behandelt. Mehr noch, er zeigte deutlich, wie sehr er sein einziges Kind liebte. Sie hatte nie Forderungen stellen müssen, denn Heinrich hatte von Anfang an klargemacht, dass er für sie und den Jungen sorgen würde. Ezzo wusste, wer seine Eltern waren, auch wenn er sich bisher noch keine Gedanken darüber gemacht hatte, was das für ihn bedeutete. Doch jetzt war die Zeit gekommen, es ihm zu sagen. Sie glättete das Leintuch auf dem Strohsack, blies die Kerze aus und legte sich zu Ezzo in das schmale Spannbett. »Komm, kuschel dich her, dann erklär ich's dir.«

Ezzo schmiegte sich an seine Mutter. »Arnulf und Konrad sagen, ein Bastard ist einer, der nicht weiß, wer sein Vater ist. Aber ich weiß das doch, es ist der Herr Heinrich. Warum sagt dann Onkel Friedrich, ich sei ein Bastard?«

Lies tat einen tiefen Atemzug und nahm ihren Sohn in die Arme. »Du bist ein Friedelkind, mein Liebster. Dein Vater ist von Adel, aber deine Mutter nicht. Ich bin bloß eine vom Gesinde, deshalb kann er mich nicht heiraten. Aber wir lieben dich beide, du bist unser gutes, braves Kind. Und jetzt träum schön, kleiner Herr Wackelzahn.« Sie strich Ezzo sanft über die Lider, um sie zu schließen, und gab ihm einen Kuss auf die Stirn. Dann summte sie ihm ein Lied vor, bis er eingeschlafen war.

Am nächsten Tag marschierte Ezzo zu seinem Vater in die Hofstube. »Ich will kein Friedelkind sein«, beschwerte er sich und stampfte trotzig mit dem Fuß auf. »Ich will ein Ritter werden, wie Ihr.«

Heinrich von Riedern starrte stumm und einigermaßen entgeistert auf seinen Sohn hinab, in dessen blauen Augen jetzt Tränen glitzerten. War es also so weit. Er würde wohl eine Entscheidung treffen müssen. »Aha, ein Ritter, wie?«, fragte er.

Ezzo nickte ernst. »Ja, das will ich werden«, antwortete er im Brustton der Überzeugung.

Heinrich von Riedern überlegte lange. »Na, wenn das so ist«, brummte er irgendwann bärbeißig, »wenn das so ist, dann müssen wir was dafür tun.«

Noch am selben Tag zog der Friedelsohn des Ritters von Riedern in die herrschaftlichen Gemächer um.

Aus der Kölner Judenordnung

Juden und Juden Weiber, jungk und alt, so zu Cöllen wohnen oder alß Fremde herein komen, sollen solche Kleidungk tragen, daß man sie alß Juden erkennen kan:

Wie allüberall guther Brauch, so solln die Männer an ihrn Kleidern ein gelben Ringk tragen und den spitzigen Juden Huth; die Weiber müßen am Schleyer zwei plaue Streiffen haben.

Item sie solln an ihren Über Röcken und Röcken Ärmel tragen, die nit weitter alß eine halbe Elle sindt. Die Kragen dürfen nit mehr alß einen Finger breitt sein. Pelzwerck darff an den Enden der Kleyder nit zu sehen sein. Auch müßen die Mänttel Franßen haben und so lang als biß zur Waden reichen.

Sie solln keyne Seiden Schuh, nit in ihren Häußern noch draußen, tragen.

Eine Judenjungkfer darff nur ein Haarband unther 6 Gulden Wertt und unther 2 Finger Breitte tragen.

An Werck Tagen ist den jüdischen Weibern nur erlaubt, Ring zu tragen, die nit mehr als 3 Gulden Wertt haben, unnd an einer jeden Handt bloß einen. Sie dürffen auch keyn vergoldet Gürttel anlegen.

In der Kar-Wochen unnd zu Oßtern sölln die Juden in ihrn Häusern pleiben, damit sie, deren Volck Christum gemordet hat, die gläubige Andacht nit störn.

Sind dann an Feyer Tagen Umbzüg oder Procession in der Stadt, so dürffen sich die Juden nit auf der Straßen sehn laßen.

An Sonntagen und Feiertagen ist den Juden nit verstattet, ihre Pfänder öffentlich vor ihren Thürn feil zu bieten.

Die Juden dürffen unter der Halle vor dem Rathauß nit gehen, stehen oder gar sitzen, es sey denn, der Rath hett sie geladen.

Die Juden dürffen auch auf dem Platz vorm Rathauß kein Versammlungk abhaltten, solang der Rat darinnen ist, doch dürffen sie zu zweyen oder dreyen auß irer Schul, der Synagoga, hinaus oder hinein gehen.

Ihren Kehrricht dürffen sie auß ihren Häusern nit auf den Platz noch vor ander Leutt Häuser tragen oder tragen laßen.

Sie dürfen auf keine gestohlnen Pfänder Geldt leyhen.

Dies ist der Wille des genedigen Herrn Ertz Bischoffs und der Freunde der hilligen Stadt Cöllen.

Köln, Frühjahr 1398

Wie ein Halbmond schmiegte sich die größte Stadt Deutschlands ans linke Rheinufer, umgeben von einem Mauerring, der nach dem Vorbild des himmlischen Jerusalem zwölf mächtige Tore besaß. Das hillige Cöllen, so wurde sie denn auch von ihren Bewohnern genannt, Ausdruck eines Selbstbewusstseins, das anderswo keine Selbstverständlichkeit war. In Köln herrschten der Erzbischof und die zunftähnlichen Gaffeln, die vornehmen Bürger und Kaufleute; Handel und Handwerk hatten die Stadt reich gemacht und zu einer europäischen Metropole heranwachsen lassen. Und bald würde sie einer der bedeutendsten Wallfahrtsorte nördlich der Alpen sein, denn sie beherbergte eine der kostbarsten Reliquien des Christentums: die Gebeine der Heiligen Drei Könige, einst aus Italien geraubt. Ein großartiger Dom musste die würdige Kulisse für diesen unschätzbaren Besitz werden, sein Turm sollte einst alles überragen, was je von Menschenhand gebaut war. Seit hundertfünfzig Jahren arbeitete man schon an der monumentalen Konstruktion, inzwischen waren Chor, Mittelschiff und die halben Seitenschiffe fertig, der Südturm mit dem Petrusportal hatte das zweite Stockwerk erreicht. Die Baustelle mit dem riesigen Holzkran, der die schweren Trachytquader aus dem Siebengebirge an ihren Platz wuchtete, prägte das Bild der Stadt wie der mächtige Turm von Groß Sankt Martin und wie der Rhein, der ihre Lebensader war.

Das Judenviertel lag nahe beim Fluss mitten im Zentrum Kölns, begrenzt von der Portalgasse, der Judengasse, Unter Goldschmied und Obermarspforten. Seit über tausend Jahren war die älteste jüdische Gemeinde des Reichs fester Bestandteil der Stadt. Es gab eine Synagoge, die in direkter Nähe des Rathauses lag, ein Judenbad, eine Schächterei, ein Backhaus, ja sogar ein Tanz- und Hochzeitshaus. Und inzwischen ließ sich das Judenviertel sogar mit zwei Toren abschließen, ein Privileg, das die Kölner Juden nur noch mit denen von Trier teilten. Darauf waren sie stolz, denn diese Abtrennung bedeutete Schutz und Schirm und bewahrte sie vor nächtlichen Übergriffen.

Hier nun hatte Levi Lämmlein mit seiner kleinen Familie Zuflucht gesucht. Sofort nach seiner Ankunft hatte er die Gemeinde um Unterstützung angefleht, in der Hoffnung auf ein Darlehen. Doch wegen des Judenschuldenerlasses war keiner seiner Glaubensbrüder willens und in der Lage gewesen, ihm einen nennenswerten Grundstock an Kapital zu leihen, so dass ihm der Weg zurück ins Geldgeschäft versperrt blieb. Das einzige Angebot, das der Gemeindevorstand ihm schließlich machen konnte, war nicht das, was Levi erstrebt hatte: Das Amt des Synagogendieners und Schulklopfers war wegen eines Todesfalls gerade frei geworden. Es war gering bezahlt und eigentlich unter seiner Würde, aber es war verknüpft mit freier Wohnung in einem kleinen Häuschen nahe der Synagoge. Levi hatte keine Wahl, und so nahm er die Gabe schließlich dankbar an. Es bedeutete wenigstens eine Möglichkeit zum Überleben. Und was er anfangs nicht geglaubt hatte, war eingetreten: Der reiche Geldjude Lämmlein fand sich mit seinem neuen Leben ab, ja, er entwickelte mit der Zeit sogar eine gewisse Zufriedenheit. Er brauchte keinem Kredit mehr hinterherzubangen, keine Angst mehr vor dem Scheitern eines Geschäfts zu haben, keine schwierigen Entscheidungen mehr zu treffen, die ihn nachts nicht schlafen ließen. Täglich konnte er sich dem Studium der Thora widmen, die Synagoge besuchen, ein gottgefälliges Leben in Ruhe und Frieden führen. Die Familie hatte genug zum Leben, und er genoss jeden Tag mit seiner Frau und seiner kleinen Tochter, die er vergötterte. Bald wurde er wegen seiner Bescheidenheit und seinem unerschütterlichen Glauben zu einem angesehenen Mitglied der Gemeinde. Er übte sein Amt mit ernster Gewissenhaftigkeit aus; jeden Freitagabend sah man ihn nach alter Vorschrift mit seinem gedrechselten Schulklopferstab durch die Gassen gehen und an die Türen der Judenhäuser klopfen, um den Beginn des Schabbat anzuzeigen. Er kümmerte sich um alles, was das Bethaus betraf, Sauberkeit, Lichter, Heizung, rechtzeitiges Auf- und Zusperren. Niemals, so pflegte der Rabbi zu betonen, war ein Synagogendiener fleißiger und zuverlässiger gewesen. So war der Rat der Gemeinde geneigt, seinem Ansuchen stattzugeben, als Levi sich nach Jahren erstmals mit einer etwas merkwürdigen Bitte an den Barnoss wandte.

»Im Namen Gottes«, sagte er in seiner heiteren, ruhigen Art, »ich würde gern meine Tochter Sara zur Schule schicken. Sie ist nun acht Jahre alt und recht gescheit und aufgeweckt. Es ist auch ihr Wunsch.«

Der Barnoss, Vorsteher des Ältestenrats, kraulte sich bedächtig den Bart, bevor er antwortete. »Nun, das ist außergewöhnlich, wenn auch nicht verboten. Glaubt Ihr denn, Levi, dass Eure Tochter – immerhin ist sie nur ein Mädchen, wenn auch vielleicht ein kluges – dem Unterricht im Kopf folgen kann?«

Levi warf sich in die Brust. »Davon bin ich überzeugt.«

»Es geht ja nicht nur um Lesen und Schreiben«, warf einer der Gemeindevorstände ein, »schließlich muss sie dabei Hebräisch lernen, eine fremde Sprache! Ich kann nicht glauben, dass ein Mädchen zu solch einer Leistung fähig ist …«

»Meine Großmutter konnte besser Hebräisch als jeder andere«, entgegnete Baruch, der Schächter, und Levi warf ihm einen dankbaren Blick zu. »Warum sollen wir es die Kleine nicht versuchen lassen, wenn sie es so gern will und kein Gesetz dagegensteht? Es kostet schließlich nichts und tut keinem weh.«

Der Barnoss wackelte unschlüssig mit dem Kopf. »Ich weiß nicht, Levi Lämmlein. Wenn nun alle Mädchen Lesen und Schreiben lernen wollten, wo kämen wir denn da hin?«, meinte er. »Am Ende wollen die Weiber gar am Schabbat Kiddusch machen!«

Alle lachten, und die meisten Teilnehmer der Versammlung pflichteten ihm bei. So einfach war die Sache nicht.

Levi ließ die Männer eine Weile reden. Dann blickte er mit einem kleinen, traurigen Lächeln in die Runde. »Seht, meine Brüder, ich habe keinen Sohn. Das Schicksal hat mich und mein Weib nicht begünstigt, und wir haben Trost im Glauben gefunden. Wenn wir einmal alt sind und unsere Augen schlecht, soll jemand in unserem Haus aus den heiligen Büchern lesen können ...«

Die Männer des Gemeindevorstands, alles stolze Väter von Söhnen, nickten mitfühlend. Man beschloss, mit dem Rabbi zu reden.

Drei Tage später wurde Sara in aller Frühe sorgfältig gewaschen und in saubere neue Kleider gesteckt. Sie war glücklich und dabei schrecklich aufgeregt. Wie sehr hatte sie sich gewünscht, endlich die bunten Buchstaben der Haggada und des Buches Esther lesen zu können, die so wunderhübsch in Reih und Glied über die Seiten liefen. Monatelang hatte sie ihrem Vater in den Ohren gelegen mit ihrer verrückten Idee, zur Schule zu gehen, bis er es schließlich erlaubt und versprochen hatte, mit der Gemeinde zu reden. Und nun ging ihr größter Wunsch in Erfüllung. Sie konnte es kaum erwarten.

»Halt jetzt endlich still«, schimpfte Schönla, während sie den beinernen Kamm durch das widerspenstige Haar ihrer Tochter zog und versuchte, die langen bernsteinfarbenen Flechten zu entwirren. Sara trippelte von einem Fuß auf den anderen, bis die Zöpfe endlich fertig waren, dann stürmte sie voll Neugier und Vorfreude in die Wohnstube. Da lagen sie schon auf dem Tisch, die drei kleinen duftenden Laibe aus feinem Weizen und Honig, dazu drei Eier und drei rotwangige Äpfel. So verlangte es der Brauch. Auch ihr Vater stand schon bereit; gemeinsam mit der Mutter packte er die guten Sachen in ein mit Segenssprüchen besticktes Tuch. Er nahm seinen Tallit, den feinen Gebetsmantel mit den langen Fransen, und legte ihn Sara behutsam um Kopf und Schultern. »Bereit?«, fragte er schmunzelnd. Sie nickte, vor Aufregung brachte sie kein Wort heraus.

Dann trat sie hinter ihrem Vater durch die Haustür, eine Doppeltür aus zwei Rundbögen, die an die Gesetzestafeln des Moses erinnern sollte. Stolzgeschwellt führte Levi seine Tochter den kurzen Weg über den Rathausplatz zum Fraueneingang der Synagoge.

Drinnen warteten schon der Rabbi Meir Baruch und Feifl Isaak, einer der Gemeindevorstände. Nach einer ehrfürchtigen Begrüßung wurden die mitgebrachten Leckereien auf einem Tischchen ausgebreitet, und Sara durfte von allem ein Häppchen essen. Sie brachte kaum einen Brocken hinunter, spuckte den letzten Bissen, den sie so trocken gekaut hatte, dass sie ihn gar nicht mehr hinunterbrachte, verstohlen in die Hand und ließ ihn in ihrer Rocktasche verschwinden. Der Rabbi tat, als hätte er es nicht gesehen, verbiss sich ein Lachen und führte sie in den Schulraum.

Elf Köpfe fuhren herum, und elf Paar Augen blickten Sara mit unverhohlener Neugier an. Lauter Jungen, die meisten um etliches älter als sie, saßen da schon auf kleinen Bänken. Rabbi Meir führte seine neue Schülerin auf einen Platz, der ein Stück weit von den anderen entfernt war, und drückte ihr feierlich eine kleine Wachstafel in die Hand, auf der in wunderschönster Schönschrift schon das Alphabet geschrieben stand. Sara lächelte, während ihr Lehrer langsam und deutlich die einzelnen Buchstaben vorlas. Anschließend brachte ihm einer der Schüler, wie es der Brauch verlangte, ein Krüglein Honig. Der Rabbi goss etwas von dem dickflüssigen Zeug auf die Tafel, verschmierte es mit einem kleinen Spatel, und hielt die Tafel dann Sara hin. »Lieblich und süß wie der Honig ist das Lernen«, sagte er zu ihr und zwinkerte aufmunternd. Sara griff mit beiden Händen zu und schleckte den süßen, klebrigen Saft vom Wachs, bis kein Tröpfchen mehr übrig war. Zufrieden und erleichtert, mit honigverschmiertem Kinn und pappigen Händen, ließ sie sich danach von ihrem Vater wieder aus der Synagoge hinausführen, heim zu ihrer Mutter.

So verlief der erste Schultag.

In den folgenden Wochen lernte Sara schmerzhaft, was es bedeutete, anders als die anderen zu sein. Keiner der Jungen redete mit ihr. Keiner half ihr. Im Unterricht taten sie, als sei sie gar nicht da, in den Pausen warfen sie ihr nichts als abschätzige Blicke zu. Sie stand abseits und fühlte sich ganz klein und einsam. Irgendwann fing einer der größeren Schüler an, sie beim Verlassen der Synagoge zu schubsen und zu rempeln, Und die anderen taten es ihm bald nach, zogen an ihren Zöpfen, versteckten ihr Täfelchen, zischten ihr schlimme Worte nach. Sie wagte nicht, sich zu wehren, denn sie wusste ja, dass ihr Schulbesuch eine Ausnahme darstellte. Wenn jemand merkte, dass es Schwierigkeiten gab, würde sie vielleicht wieder zu Hause bleiben müssen. Und das wollte sie auf gar keinen Fall. Zu schön war es zu lernen, wie sich aus den schlangenartigen Buchstaben Wörter formen ließen, sie mit dem kleinen Holzstäbchen ins Wachs zu drücken. Geschichten zu lauschen aus alter Zeit und aus neuer. Die fremde Sprache zu hören mit ihrem seltsamen Klang. Dem Rabbi Fragen stellen zu können über alles, was sie nicht wusste. So marschierte Sara jeden Morgen mit trotzig vorgerecktem Kinn in die Synagoge, auch wenn sie sich in der Nacht davor in den Schlaf geweint hatte. Sie würde keine Schwäche zeigen!

Ihre Standhaftigkeit fand ein Ende, als zwei der Jungen, Herschel Enoch und Süßkind Männlein, sie an einem Regentag nach der Judenschule abpassten. Schon den ganzen Vormittag über hatten die beiden sie mit Wachskügelchen beschossen, immer dann, wenn der Rabbi nicht hinsah. Beim Hinausgehen kämpfte Sara wie so oft mit den Tränen, als Süßkind vor dem Fraueneingang begann, um sie herumzutanzen. Er stapfte dabei so wild in die Pfützen, dass die Wasserspritzer Saras Schulkleid trafen, ihr einziges, das wunderschöne neue aus hellem Leinen. Herschel riss dazu an ihren Haaren, während die anderen herbeirannten, um zuzusehen. »Nicht!«, rief Sara, »bitte nicht!«

»Dann bleib doch daheim, du Ziege!«, zischte Herschel. »Weiber haben bei uns nichts zu suchen.«

»Du bist hässlich und dumm«, plärrte Süßkind und streckt ihr die Zunge heraus. »Hau ab, wir wollen dich nicht.« Er schnappte sich den Riemen ihres Schulbeutels und zog sie daran herum, so dass sie sich immer schneller um ihre eigene Achse drehen musste. Sara kam ins Taumeln, als der Riemen riss, schrie auf und fiel hin, genau in die schlammigste Pfütze von allen. Die Jungen lachten hämisch und zeigten mit Fingern auf sie, einer nahm einen Dreckklumpen und warf ihn nach ihr. Da war es mit ihrer Beherrschung endgültig vorbei. Sie schlug die Hände vors Gesicht und begann zu weinen.

»Lasst sie!«, sagte da plötzlich eine helle Stimme, und eine Hand legte sich auf ihre Schulter. »Ihr seid gemein. Der Barnoss hat beschlossen, dass sie in die Schule darf. Ich will's meinem Vater sagen, wenn ihr sie nicht in Ruhe lasst! Und dem Rabbi!«

Ungläubig blickte Sara auf. Es war Salomon Hirsch, der zehnjährige Sohn des Geldverleihers Hirsch Gideon, der ihr zu Hilfe gekommen war und ihr jetzt mit einem aufmunternden Lächeln die Hand hinstreckte. »Es stimmt gar nicht, dass du hässlich bist«, sagte er. »Und dumm auch nicht. Die sind bloß neidisch.« Sie ließ sich von ihm hochhelfen, immer noch schluchzend, und während er den klatschnassen Lederbeutel aufhob und ihr über die Schulter warf, verdrückten sich die anderen Jungen einer nach dem anderen. Der Spaß war vorbei.

»Komm, ich bring dich heim«, meinte Salomon mit der tiefsten Stimme, zu der er fähig war. Er fand langsam Gefallen an der Beschützerrolle. Sara nickte und schnäuzte sich geräuschvoll in den nassen Ärmel. Während sie so gingen, sah sie ihren Retter verstohlen von der Seite her an. Er war viel größer als sie, mit dunklem Teint und dunklen Augen, schwarze Locken ringelten sich um seine Stirn. Ihr fiel auf, dass er Wimpern wie ein Mädchen hatte, lang, dicht und gebogen, einen ziemlich großen Mund und große Ohren. Er guckte auf sie herab und schüttelte grinsend den Kopf. »O Adonai!«, sagte er, »du siehst aus wie eine Schlammratte.« In diesem Augenblick verliebte sich Sara unsterblich in ihn.

Irland, Kloster Clonmacnoise, Sommer 1398

Wie ein breites silbernes Band schlängelte sich der Fluss durch die weite Ebene. An seinen Ufern hatten sich schon seit frühester Zeit Menschen niedergelassen, Fischer und Ackerbauern, die der rauen Natur auf der Insel ihr täglich Brot abtrotzten. Und vor mehr als achthundert Jahren hatte ein junger Mönch namens Ciaran, Sohn eines einfachen Wagenknechts aus Roscommon, auf der Kuppe eines flachen Hügels an der Flussbiegung ein Kloster gegründet. Bald darauf war er an der Pest gestorben, und man begann, den vom Glauben Beseelten als Heiligen zu verehren. Das klösterliche Gemeinwesen am Shannon blühte von da an, und sein Ruf als Stätte der Kultur und christlichen Gelehrsamkeit drang weit über die Grenzen Irlands hinaus. Es wurde zur erwählten Grablege vieler irischer Könige. Und aus ganz Europa strömten junge Scholaren nach Clonmacnoise, um dort, im Zentrum der Grünen Insel, zu lernen und ein heiligmäßiges Leben zu führen. Jetzt, gegen Ende des vierzehnten Jahrhunderts, hatte die Klosteranlage ihre Blütezeit hinter sich. Sie bestand noch aus einer kleinen Kathedrale, etlichen verstreut liegenden Kapellen, den weitläufigen Wohnanlagen und Werkstätten der Mönche, einem Friedhof und einem hohen Rundturm, den man wegen der wiederholten Wikinger- und Normannenangriffe in früheren Zeiten als Fluchtmöglichkeit errichtet hatte. Clonmacnoise war zu einem Ort nahezu greifbarer Ruhe geworden, auf grünsamtenen Flusswiesen, nur erreichbar durch eine Bootsfahrt über den Shannon oder einen Weg durchs Moor.

Der dunkelhaarige Junge und der alte Mönch gingen zusammen auf einem Pfad in Richtung Fluss, vorbei an der hübschen kleinen Nonnenkirche, die außerhalb des niedrigen Mauerrings lag, der das Kloster begrenzte. Freundlich grüßten sie ein Grüppchen verschleierter Frauen, die gerade aus dem Portal traten, und hielten dann geradewegs auf die Stelle am Ufer zu, wo die schönsten Binsen wuchsen. Das strohige Mark der Halme gab gute Lampendochte; auch nutzten es die Mönche als weichen und wärmenden Bodenbelag für das Refektorium und die Zellen der Alten, die die nächtliche Kälte oft schwer ertrugen.

»Erzählt noch einmal, wie Ihr mich gefunden habt, Father Finnian«, bat der Junge und griff zutraulich nach der Hand des greisen Mönchs.

Der ehrwürdige Vater Finnian seufzte und wackelte in gespielter Verzweiflung mit dem fast kahlen Kopf. Sein kleiner Freund hörte die Geschichte aber auch gar zu gern. Gutmütig begann er zu erzählen. »Nun, wenn du es hören willst: Es war vor sieben Jahren, beinahe schon Winter. Wir hatten in jenem Jahr die schlimmsten Herbststürme, die man sich vorstellen kann, manchmal hättest du glauben können, das Jüngste Gericht sei gekommen. Ein fürchterliches Heulen und Tosen lag dann in der Luft, als ob der schwarzgraue Himmel sich selber verschlingen wollte. Der Wind war an diesen Tagen so gewaltig, dass die Wellen unseres braven alten Shannon bis an die Mauern der Finghin-Kapelle peitschten. Nicht einmal die Möwen wussten vor lauter Gischt und Regen mehr, wo oben und unten war, und die dunklen Wolken hingen so tief, dass man fürchtete, mit dem Kopf daran zu stoßen, wäre man ins Freie gegangen. Eines Abends, als der Sturm wieder einmal so heftig an den Dächern unserer Hütten zerrte, dass wir es mit der Angst vor dem Weltenende zu tun bekamen, versammelten wir uns alle im Refektorium, um dort das Nachtmahl zu halten. Wir beteten und sangen, damit wir nicht die Zuversicht verlören. Gestärkt durch ein warmes Essen und das gemeinsame Gebet begaben sich alle zurück in ihre Zellen, nur ich – damals war ich Pförtner – hatte wie immer die Aufgabe, das Tor für die Nacht zu schließen. Oh, wie kämpfte ich mich durch Regen und Sturm! Der Wind fegte die kalten Tropfen wie spitze Nadeln gegen mein Gesicht, und innerhalb kürzester Zeit war ich nasser als ein Fisch! Ohne hochzusehen stemmte ich mich gegen das hölzerne Portal, um es zu schließen. Es klemmte! Ich schob und stieß, aber die Tür ging nicht zu! Da bemerkte ich einen rechteckigen geflochtenen Deckelkorb, der verhinderte, dass der Türflügel ins Schloss fallen konnte. Jemand musste ihn unbemerkt hierhin gestellt haben. Na, du kannst dir vorstellen, dass ich beinahe angefangen hätte, zu fluchen! Ich zerrte an dem Korb, um ihn aus dem Weg zu bekommen, als ich einen Laut hörte, der aus dem Inneren drang. ›Beim heiligen Ciaran‹, dachte ich, ›was ist das?‹ Ich öffnete den Deckel, und, arrah!, was glaubst du, was darin war? Du! Ein winziges Kindlein, gewickelt in dicke Tücher, das auf einem Bett aus Stroh lag. Und du sahst mich mit großen Augen an, als ob du sagen wolltest: Hilf mir, Father Finnian, nimm mich mit! Ich hob den Korb hoch, drückte ihn fest an mich und lief so schnell ich konnte zur Wohnung des Abts. Du kennst ja Father Padraig! Er schlug erst einmal die Hände über dem Kopf zusammen und rief alle Heiligen an, dann schickte er den langen Liam – der war damals noch Küchenknecht – durch den Sturm zu den Nonnen. Und stell dir vor, Mutter Mairin kam selbst! So dick und schlecht zu Fuß sie damals schon war, sie kämpfte sich durch das Wetter, um dich zu sehen. ›Gute Jungfrau Maria‹, schnaufte sie, ›hier haben wir ja Moses und die Sintflut gleichzeitig beieinander!‹ Vorsichtig holte sie dich heraus und wickelte dich aus dem nassen Zeug. Du fingst an zu schreien und zu strampeln. ›Gesund scheinst du ja zu sein‹, sagte sie zu dir, nahm dich hoch und tätschelte dir den Rücken, ›aber du hast sicher großen Hunger. Na, wir werden dich schon durchbringen, kleiner Wicht. Willkommen in Clonmacnoise.‹«

Father Finnian lächelte auf den Buben herunter, der wie jedes Mal gespannt an seinen Lippen hing. Ciaran hatten sie das Findelkind genannt, nach dem heiligen Gründer ihres Klosters. Oh, so etwas kam schon einmal vor, dass ein namenloser Säugling zu den Gottesleuten gebracht wurde. Die Nonnen nahmen solche Kinder stets bei sich auf und zogen sie groß, bis sie irgendwo außerhalb bei christlichen Familien untergebracht werden konnten. So hatten sie es auch mit Ciaran vorgehabt, doch der Junge hatte sich so vielversprechend entwickelt, dass Mutter Mairin ihn im Alter von fünf Jahren zur weiteren Erziehung zu den Mönchen geschickt hatte.

»Wo bin ich denn aber nur hergekommen, Father?«, wollte Ciaran wissen.

»Och, mein Junge, das weiß nur der liebe Gott.« Vater Finnian kratzte sich an der Wange. »Von draußen eben.«

Draußen! Dieses Wort klang geheimnisvoll und rätselhaft. Natürlich wusste Ciaran noch nichts darüber, er konnt nur ahnen, dass dieses »draußen« eine ganze, riesengroße Welt umfasste. Er kannte bisher nichts als die steinernen Kirchlein und Kapellen innerhalb der engen Mauern, nichts als betende Mönche und Nonnen, Gottesdienste, Schulunterricht und Küchenarbeit. Aber irgendwo dort draußen, da waren seine Eltern.

»Jedenfalls«, sagte Finnian und seufzte leise, »gehörst du jetzt zu uns. Wir alle, die Brüder und Schwestern von Clonmacnoise, sind deine Familie.«

Inzwischen waren der hochgewachsene, greise Mönch und sein junger Begleiter am Ufer angekommen. Jetzt zogen sie kleine Sicheln aus ihren Gürteln und begannen, die schönsten und längsten Binsen abzuschneiden, immer eine Handbreit über dem Boden. Über ihnen trieb der Wind die Wolken über den weiten Himmel, immer wieder brach die Sonne durch und tauchte das Land in ein klares, strahlendes Licht. Das Grasland leuchtete in tausend Schattierungen von Grün, der Fluss glitzerte blausilbern, und selbst die grauen Steine der Klosterbauten schienen beinahe kristallen und gleißend weiß. Nach einiger Zeit bündelten Father Finnian und Ciaran die grünen Halme, schulterten ihre Last und gingen langsam zum Kloster zurück.

Ciaran war müde. Er war zusammen mit den Mönchen lange vor dem ersten Morgengrauen aufgestanden, hatte noch vor dem Frühstück das Skriptorium gefegt und dann bis mittags bei Father Dermot Unterricht gehabt. Mit gesenktem Kopf trabte er neben seinem Begleiter her; die beiden durchquerten den kleinen Friedhof mit den uralten Gräbern der Hochkönige, umgingen die Werkstätten der Gold- und Silberschmiede und erreichten schließlich die Hütten der Mönche. Und da drang plötzlich eine Melodie an Ciarans Ohren. Es waren Töne, fein wie Spinnweben, die in der Luft schwebten, sich verwoben, miteinander spielten, einander umschlangen und liebkosten, um dann auseinanderzutanzen und wieder zu verklingen. Der Junge sah auf. Vor einer der Hütten saß ein Novize mit feuerrotem Haarschopf, auf den Knien ein merkwürdiges hölzernes Gestell. Seine Finger hüpften über das Ding, zupften und streichelten und entlockten dem Instrument die wunderbarsten Klänge. Der Rotschopf schien ganz versunken, und dann plötzlich hob er mit heller Stimme an, zu singen. »Im ruhigen Wasserland, dem Land der Rosen, steht Ciarans heilige Stadt. Und die Krieger Erins liegen hier begraben und schlafen den ewigen Schlaf …«

Der Junge stand wie verzaubert. Die Choräle der Mönche, die kannte er, aber so etwas Schönes hatte er noch nie gehört. Er rührte sich nicht, wagte kaum, zu atmen, um den Sänger nicht zu stören. Der hatte schließlich sein Lied beendet und lächelte Ciaran freundlich an. »Gefällt's dir?« Sein Irisch war schwer zu verstehen, denn er kam von den felsigen Inseln im Westen.

Ciaran nickte ehrfürchtig. »Es ist wie … Engelsmusik.«

Brendan, der Novize, lachte. Er hatte ein lustiges Gesicht mit Unmengen an braunen Sommersprossen und hellgraue Augen, die von rotblonden Wimpern umrahmt waren. »Willst du noch mehr hören?« Er begann wieder zu spielen und sang ein altes irisches Liebeslied. »Siubhail a ruin, siubhail a ruin, tabhair dam do lamh …« – komm, Liebchen, gib mir deine Hand …

»Was ist das für ein Instrument?«, fragte Ciaran am Ende des Lieds.

»Eine Clairseach, eine irische Harfe«, antwortete Brendan.

»Kann man das lernen?«

Der Novize nickte ernst. »Natürlich. Willst du's mal versuchen?« Er nahm Ciaran, der sein Binsenbündel schon längst achtlos zu Boden geworfen hatte, auf den Schoß und zeigte ihm, wie er die Saiten mit den Fingern zupfen musste. Die Wangen des Jungen brannten vor Eifer, während Brendan ihm geduldig alles erklärte. »Es gab einmal in alter, alter Zeit einen Barden mit Namen Ossian, Sohn eines Sterblichen und einer Feenfrau, der so wunderbar sang und spielte, dass er in die Anderwelt aufgenommen wurde, ins Land der ewigen Jugend. Niemals ist sein Name auf unserer Insel vergessen worden«, endete er schließlich.

So möchte ich auch sein, dachte Ciaran. Er hatte in der letzten Stunde etwas gefunden, was ihm von nun an keine Ruhe mehr lassen würde. Und er wünschte sich nichts sehnlicher, als zu lernen, der Harfe solch wunderbare Musik zu entlocken. Ob der Novize es ihm wohl beibringen würde? Er fasste sich ein Herz. »Darf ich morgen wiederkommen?«, fragte er schüchtern.

»Wenn du willst«, entgegnete ihm Brendan von den Inseln.

Oh, und ob er wollte! Mit einem kleinen Juchzer drehte sich Ciaran um und flitzte davon. Das Binsenbündel blieb neben der Harfe im Gras liegen, der Junge hatte es völlig vergessen. Denn an diesem Tag hatte er etwas entdeckt, das ihn ein Leben lang begleiten sollte: seine Liebe zur Musik.

Sara

Salo und ich, wir waren unzertrennlich, wie Bruder und Schwester. Jeden Tag nach der Schule machten wir das Judenviertel unsicher, immer fiel uns irgendwelcher Unsinn ein. Im Sommer trieben wir uns am Rhein herum und spielten Moses, wie er das Wasser teilte. Im Winter bauten wir im Garten der

Synagoge das himmlische Jerusalem aus Schnee, bis wir vor Kälte unsere Finger und Zehen nicht mehr spürten. Dann holte uns die Frau des Rabbi zu sich ans Feuer, zog uns die nassen Schuhe und Strümpfe aus und erzählte bei heißer Milch Geschichten aus der Thora. Manchmal schenkte sie uns dazu einen Bratapfel oder ein Pastetchen, oder gar ein in Honig getunktes Stück Brot. So musste es im Paradies sein, dachten wir, warm und satt. Müde und zufrieden fielen wir abends in die Betten.

Manchmal frage ich mich, warum Salo sich damals mit mir kleinem Ding abgab. Er war schließlich drei Jahre älter als ich, und Freunde hätte er genug haben können, wo sein Vater doch der reichste Zinsverleiher im Viertel war. Er hielt ihn ziemlich streng. Ich glaube, er schlug ihn oft, genau wie seine beiden älteren Schwestern, Ruth und Esther, zwei dickliche, mondgesichtige Mädchen, die händeringend darauf warteten, geheiratet zu werden. Salo war kein wilder Bub, er raufte nicht gern und hielt sich aus den üblichen Jungenstreichen heraus. Lieber las er, er dachte überhaupt viel nach, und damals schon wusste er, dass er einmal ein Rabbi werden wollte. Ich glaube, meine Gesellschaft war ihm angenehmer als die der Buben, weil ich ihm einfach zuhörte. Wenn wir zusammen waren, redete er ständig. Er erzählte von seinen Plänen, seinen Träumen, von dem, was ihn bewegte, und ich gab ihm zu allem recht, was es auch war. Ich himmelte ihn an. Wenn er mich gebeten hätte, vom Dach der Synagoge zu springen, ich bin sicher, ich hätte es getan.

Was mich am meisten an ihm fesselte, war seine unendliche Wissbegier. Nie war er in der Schule mit einer Antwort zufrieden, fragte stets nach. Für Rabbi Meir muss er manchmal eine Plage gewesen sein. Aber durch seine Fragen und Überlegungen, die er mir offenbarte, lernte ich, zu denken. Bald steckte mich der Meister zu den älteren Schülern, weil ich mit dem Unterricht der ersten beiden Jahre unterfordert war. Damit machte ich meinen Vater stolz und glücklich, und ich brachte die Weltsicht des Gemeindevorstands ziemlich durcheinander. Schließlich sollten Mädchen doch nur dazu taugen, die Schabbatkerzen anzuzünden!

Mit der Zeit trieben Salo und ich uns nicht mehr nur im Judenviertel, sondern in der ganzen Stadt herum. Damals spürte ich zum ersten Mal, was es bedeutete, Jüdin zu sein. Salo trug den gelben Judenring auf seinem Überrock und ich die Streifen auf dem Kopftuch, das waren wir gewohnt und hatten nie wirklich darüber nachgedacht. Jetzt, wenn wir durch die Gassen liefen, bemerkte ich mit Verwunderung die oft bösen Blicke der Leute. Nie hatten wir vorher mit Christen zu tun gehabt – Salo hatte höchstens den einen oder anderen als Kunden bei seinem Vater gesehen –, und nun mussten wir feststellen, dass sie uns nicht leiden konnten, obwohl sie uns doch gar nicht kannten. »Judenbälger«, zischten sie manchmal hinter uns her. Was hatten sie nur gegen uns, wo wir ihnen doch nichts getan hatten? Salo sprach mit dem Rabbi und gab mir die Antwort: »Sie sagen, unser Volk habe Jesus Christus getötet, das ist ihr Gott. Deshalb hassen sie alle Juden.« Das begriff ich nicht. Schließlich war das lange her, und wir selber hatten doch niemanden umgebracht.

»Und sie essen Schweine!«, fuhr Salo mit Abscheu in der Stimme fort.

»Ist ja widerlich!« Ich schüttelte mich.

»Vielleicht tun sie uns was«, überlegte Salo, »wenn sie uns erwischen!«

Dies alles stachelte uns natürlich erst recht an. Wir beschlossen, das Problem ganz einfach zu lösen: Salo trug seinen Rock mit der Innenseite nach außen, und ich nahm den Schleier ab. So würde uns niemand als jüdisch erkennen.

Es war herrlich, so durch Köln zu streifen, gerade weil es den Reiz der Heimlichkeit und der Gefahr barg. Unser Lieblingsplatz wurde die Dombaustelle, wo wir stundenlang hockten und den Arbeiten zusahen. Uns stockte der Atem, wenn der Kran, dieses riesige hölzerne Wunderwerk, die großen Steinblöcke auf den Sockel des Turms wuchtete. Nicht sattsehen konnten wir uns an dem Gewimmel der Bauarbeiter, Steinmetzen und Zimmerleute. Und wir wurden sogar Zeugen von Unfällen: Einmal stürzte eine frisch errichtete Wand mit lautem Getöse ein und begrub zwei Gesellen unter sich, ein andermal fiel ein Mann aus großer Höhe vom Gerüst und brach sich beide Beine. Beinahe wöchentlich kam so etwas vor. Und die Christen erschienen uns so gewöhnlich wie nur irgendwer. Sie beachteten uns kaum, und wenn doch, dann waren sie freundlich zu uns. Eine Frau schenkte uns sogar einmal eine Handvoll Nüsse.

Das ging so lange gut, bis mein Vater uns erwischte. Ich hatte ihn noch nie so wütend erlebt, ich bekam richtig Angst vor ihm. Er lief uns bei Groß Sankt Martin über den Weg, schickte Salo sofort nach Hause und zerrte mich wortlos am Handgelenk heim. Dann verpasste er mir die erste und einzige Tracht Prügel meines Lebens. Heute weiß ich natürlich, dass er das nur aus Liebe und Sorge um mich getan hatte, aber damals habe ich dummes kleines Ding lange mit ihm gehadert.

Ungefähr um dieselbe Zeit muss es gewesen sein, dass wir beschlossen, dem Schochet bei seiner Arbeit zuzusehen. Nie durften wir Kinder dabei sein, wenn ein Tier geschächtet wurde. Wir sahen immer nur das Fleisch, das unsere Mütter heimbrachten und dann einer aufwendigen Prozedur mit Salz unterzogen, damit auch ja kein noch so winziges Tröpfchen Blut mehr darin sein konnte. Denn Blut ist für uns Juden etwas Unreines, etwas, mit dem wir niemals in Berührung kommen dürfen.

Das Schlachthaus lag nicht weit von der Synagoge, direkt an einem kleinen Kanälchen, das zum Rhein hin führte. Salo und ich liefen an einem Freitag gleich nach der Schule hin und bauten einen Kistenstapel am Fenster zum Hinterhof. Wir sahen zu, wie der Schochet mit allergrößter Sorgfalt sein Messer schliff, denn hatte die Klinge auch nur eine einzige Scharte, dann war das damit geschlachtete Tier nicht mehr koscher und musste an die Christen verkauft werden. Immer wieder fuhr er mit dem Daumen die Schneide entlang, bis er endlich mit seinem Werk zufrieden war. Dann rief er etwas nach draußen, und ein junger Mann von vielleicht Anfang zwanzig führte ein Schaf in den Raum. Salo gab einen kleinen Laut der Überraschung von sich. »Das ist mein Bruder«, flüsterte er mir zu, »Chajim.«

Ich wusste, dass er einen Halbbruder hatte, der aus der ersten Ehe seines Vaters stammte und deshalb viel älter war. Und dass Salo ihn nicht recht mochte. Neugierig musterte ich Chajim. Er war nicht besonders groß, wirkte aber ungemein kräftig mit seinem breiten Brustkorb, dem dicken Hals und den mächtigen Oberarmen. Sein braunes Haar begann sich bereits an den Schläfen zu lichten, aber dafür hatte er einen dichten Bartwuchs. Fest hielt er das vor Angst blökende Schaf im Griff, damit der Schochet einen guten, tiefen Schnitt setzen konnte. Ein dicker Blutstrahl schoss aus der Kehle des Tieres, und es brach zuckend zusammen. Gemeinsam packten die beiden Männer das Schaf und hängten es kopfüber an einen Haken an der Wand. Das Blut strömte in ein darunterstehendes Holzschaff. Chajim lachte, und mir wurde schlecht – als hätte ich in diesem Augenblick schon gewusst, dass ich gerade den Mann gesehen hatte, der mein Leben so furchtbar zerstören sollte. Ich würgte und erbrach mich unter dem Fenster.

Und noch etwas lässt mich den Tag nicht vergessen, an dem ich Chajim Hirsch zum ersten Mal sah. Ich ging heim, es war bald Abend, und ich freute mich auf den Schabbat, der mit Sonnenuntergang begann. Ich liebte die feierliche Zeremonie, die den Feiertag einleitete. Wenn mein Vater Kiddusch machte, war er immer besonders gut aufgelegt und hatte immer ein gutes Wort für uns Kinder. Oh, ich sage »uns Kinder«, weil ich inzwischen ein Schwesterchen bekommen hatte! Es war fast ein kleines Wunder, denn meine Mutter hatte die vierzig bei der Geburt von Jochebed schon überschritten und niemand hätte geglaubt, dass sie noch ein Kind bekommen würde. Meine Eltern waren anfangs überglücklich; sie umsorgten und hätschelten die Kleine so sehr, dass ich manchmal richtig eifersüchtig wurde.

An diesem Tag war Jochebed schon über zwei Jahre alt, und sie saß zwischen mir und Vater am Tisch auf ihrem hohen Kinderstühlchen. Mutter zündete die Kerzen an, die auf einem Wandsims standen, gleich unter der Tafel mit der Aufschrift »Misrach«, was »Osten« bedeutet und die Richtung anzeigt, in der Jerusalem liegt. Vorher hatte sie natürlich die ganze Stube sauber gefegt, das feine Tischtuch aufgelegt und ihr schönstes Geschirr gedeckt. Vater machte Motzi, das heißt, er sprach den Segen über den Wein und das frischgebackene, zum Zopf geflochtene Challah-Brot, und dann gab es wie jeden Freitag einen leckeren Lammeintopf mit viel Gemüse und wenig Fleisch. Wir waren ja keine reichen Leute.

Nach dem Essen holte Vater eines seiner Bücher und las uns mit seiner dunklen, tiefen Stimme vor. Ich erinnere mich noch genau, dass es an diesem Abend um den Auszug der Kinder Jisroel aus Ägypten ging. Jochebed war unruhig, das war sie meistens, Mutter sagte dann stets ziemlich hilflos: »Du trägst die Ruhe hinaus, Kind!«, was natürlich nie etwas bewirkte. Auch diesmal half es nichts. Jochebed wippte auf ihrem Stuhl hin und her, spielte mit dem Tischtuch und krähte vor sich hin. Vater las einfach weiter und versuchte, sie nicht zu beachten. Da schließlich griff sie nach dem Gebetsmantel, der über seiner Stuhllehne hing, zerrte daran und riss eine der Zizit-Fransen ab. Da riss auch bei Vater der Geduldsfaden, er holte mit der Hand aus und schlug meine Schwester mitten ins Gesicht!

Ich saß starr. Vater hatte den Schabbatfrieden gebrochen! Jochebed fing an zu brüllen, die Finger immer noch um die abgerissene Franse gekrallt. Vaters Gesicht war wutverzerrt; er wollte Jochebed gerade packen und schütteln, als meine Mutter ihm in den Arm fiel. »Lass sie«, rief sie, »im Namen Adonais, du weißt doch, sie ist … blöde!« Und dann begann sie, leise zu schluchzen. Vater hielt inne und ließ von Jochebed ab. Er sah Mutter verstört an und nickte dann langsam; es sah aus, als ob er aus einem Traum erwachte. »Ja«, sagte er irgendwann leise, »ich weiß.« Auch ihm liefen jetzt die Tränen aus den Augen. Er legte den Arm um Mutter, und dann weinten sie gemeinsam. Es war ausgesprochen.

Das war der Augenblick, als auch mir klar wurde, dass meine kleine Schwester anders war. Natürlich hatte ich bemerkt, dass sie fast gar nicht reden konnte, und wenn, dann ein bisschen lallend. Und dass sie sich irgendwie merkwürdig und langsam bewegte und noch nicht richtig laufen konnte. Aber sie war ja noch so klein. Dass sie überhaupt keine Ähnlichkeit mit mir hatte – mit ihrem breiten Mondgesicht, den seltsam schräg stehenden Augen, den dicken, runden Patschhänden mit ungeschickten Knubbelfingern –, hatte mir auch kein Kopfzerbrechen bereitet. Sie war eben Jochi. Und jetzt tat sie mir so leid, weil sie gar nicht verstanden hatte, warum Vater sie schlug. Ich beugte mich hinüber und tröstete sie.

Dann stand ich auf und umarmte traurig meine Eltern. Was wir alle bis zu diesem Tag nicht hatten sehen wollen, mussten wir nun annehmen und begreifen.

Abends, als wir in unserer gemeinsamen Bettstatt lagen, drückte ich mein schlafendes Schwesterchen ganz fest an mich. »Mir ist es gleich, ob du nicht ganz richtig im Kopf bist, Jochi«, flüsterte ich ihr ins Ohr. »Ich hab dich lieb.«

Rittergut Riedern bei Lauda, Winter 1398

In der Hofstube brannten alle Wandfackeln und Kienspäne. Die Dienerschaft hatte Dreifüße mit glimmenden Kohlebecken aufgestellt, und das Feuer im riesigen Kamin – dem einzigen der gesamten Burg – flackerte hoch auf. Trotzdem wurde es in dem kleinen Saal nicht richtig warm. Das lag daran, dass die dicken Mauern der Wohnburg so viel Kälte abstrahlten – immerhin herrschte draußen schon seit Wochen strengster Frost. Außerdem pfiff es bei jedem Windstoß hörbar durch die Ritzen der Holzrahmen, die die hohen Fenster mit eingespannten Pergamenthäuten abdichten sollten. Auch der Steinboden war eiskalt, aber das konnte man wenigstens mit einer dicken Strohschicht mildern. Kalte Füße hatten die Leute in der Hofstube trotzdem. Einzig in der Nähe des offenen Feuers war es einigermaßen warm, dort, wo der Herrentisch stand.

Ezzo teilte seinen zinnernen Teller wie immer mit dem dicken Dorfpfarrer. Pater Meingolf aß an fünf Tagen in der Woche mit am Tisch des Grafen, das gehörte zu seinem Deputat: eine Fastnachtshenne, ein halber Sümmer Korn, Holz genug für den Winter, Essen bei Hof und ein Paar feste Schuhe im Jahr. Dafür erledigte er die herrschaftlichen Schreibarbeiten und unterrichtete Ezzo nicht nur in religiösen Dingen, sondern in allem, was ein Knabe von guter Herkunft wissen musste. Dank Meingolfs romantischer Begeisterung für höfische Literatur war sein inzwischen zwölfjähriger Schüler allerdings bald vertrauter mit Minnedichtung und Heldensagen als mit Bibel und Heiligenlegenden.

Neben dem Pater saßen zwei edelfreie Herren von Dornberg, Vater und Sohn, die dieser Tage zur Rechnungslegung auf der Burg waren. Beide machten betretene Gesichter; Graf Heinrich hatte sie vorhin mit deutlichen Worten wegen ihrer miserablen Teichwirtschaft gerügt. Sie steckten die Köpfe zusammen und tuschelten; man sah ihnen an, dass sie sich ungerecht behandelt fühlten. Den beiden Edelfreien gegenüber hockte Leo, der alte Falkner, ein spindeldürrer, hochgewachsener Mann, der mehr Falten im Gesicht hatte als er an Jahren zählte. Es hieß, er sei beim Markgrafen von Brandenburg im Dienst gewesen, ehe er nach Lauda gekommen war. Eigentlich schrieb die Hofordnung für ihn den Gesindetisch vor, aber der Graf hatte ihn gern bei sich, um sich beim Essen über sein Lieblingsthema unterhalten zu können. Leo hörte schwer; er hatte ein großes Kuhhorn umgekehrt vor sich auf dem Tisch stehen, das er als Hörrohr benutzte. Gerade brauchte er es nicht, denn er unterhielt sich mit seinem Nachbarn, dem Kammerknecht Friedrichs von Riedern, einem vierschrötigen Riesenkerl, der stets in der Nähe seines lahmen Herrn sein musste. Friedrich von Riedern selbst saß am Ende der Bank, die Krücken griffbereit an den Tisch gelehnt. Er war wie immer teuer gekleidet; zu seidenen dunklen Hosen trug er eine Jacke in mi-parti, grün und hellblau, Kragen und Saum mit Eichhörnchenfell verbrämt. Seinen blonden Bart hatte er sorgsam gestutzt und mit etwas Leinöl eingefettet, damit er glänzte.

Ezzos Magen knurrte. Er hatte den ganzen Vormittag mit dem Zeugmeister Harnische und Kettenhemden geputzt; danach war er mit seinem Vater auf den Vogelherd gegangen, hatte später mit einem Waffenknecht den Schwertkampf geübt und darüber das Mittagsbrot vergessen. Schon während des Unterrichts bei Pater Meingold hatte er vor lauter Hunger kaum denken können, und jetzt freute er sich auf den schönen Abendtisch – heute war Fleischtag, und wenn Lehnsleute mit an der Tafel saßen, ließ sich sein Vater mit dem Essen nicht lumpen.

Endlich erschien der Graf und ließ sich in der Mitte der Tafel nieder. Der Aufwarter am Herrentisch klopfte daraufhin mit seinem Stab laut auf den Boden und gab damit das Zeichen für den Beginn der Mahlzeit. Die drei Essensträger kamen im Gänsemarsch mit ihren Doppelschüsseln herein – die untere diente als Tablett, die obere kopfüber als Abdeckung. Sie stellten ihre Last ab und lüpften die Deckel. Ein wunderbarer Duft nach Gebratenem und Gesottenem durchzog die Hofstube. Weil Gäste da waren, hatte man auch frisches Herrenbrot gebacken; vor jedem Platz lagen bereits zwei kleine Laibe knuspriges Weizengebäck.

Ezzo wartete, bis sein Vater als Erster zugelangt hatte, dann zog auch er sein Essmesser, spießte damit ein Stück vom Braten auf und bugsierte es auf den gemeinsamen Teller. Geschickt schnitt er es in kleine Brocken, die er mit drei Fingern bequem in den Mund befördern konnte.

Mit einem Seitenblick bemerkte er, dass die Herren von Dornberg mit den Händen in die gemeinsame Fleischschüssel langten – das war weiß Gott nicht die feine Art, erst recht nicht, wo sich der ältere der beiden doch vorhin durch die Finger geschneuzt hatte! Und jetzt knackte er zu allem Überfluss auch noch eine Laus, die er in seinem Bart entdeckt hatte! »Die führen sich ja auf wie die Bauern«, flüsterte Ezzo empört dem Pater zu, der neben ihm mit vollen Backen kaute. Der nickte. »Es sind halt einfache Herren, die nie aus ihrem kleinen Ansitz herauskommen«, gab er zurück. »In dem Tal, wo sie leben, sagen sich Fuchs und Has' gute Nacht.«

Ezzo wusste schon, dass es adelige Leute gab, die nicht viel besser als wohlhabende Bauern lebten. Nicht dass sein Vater zu den wirklich reichen Grafen gezählt hätte, zu denen ganz oben, die sich regelmäßig am Königshof aufhielten und mächtig waren im Reich. Die Burg Riedern und ihr Territorium waren klein und unwichtig. Aber so war die Welt eingerichtet: An der Spitze aller Menschen stand der König, unter ihm die großen Lehnsherren und Kirchenoberen, dann kamen all die Ritter und Grafen, und unter ihnen wieder die kleineren Lehensträger. Ganz unten in dieser Ordnung lebten die Bauern, deren Aufgabe es war, das Feld zu bestellen und das Land zu ernähren. Dafür, dass sie den Großteil ihrer Erträge als Gülten, Zins und Steuern abgaben, erhielten sie Schutz und Schirm ihres Herrn, dessen Pflicht es seinerseits war, das Land zu verteidigen und in den Krieg zu ziehen, falls es nötig sein sollte. So hatte Gott jeden an seinen Platz gestellt.

»Mundet Euch mein Wildpret, Ihr Herren?« Graf Heinrich wischte sich die fettigen Hände am Tischtuch ab und langte nach dem Weinpokal.

Die Edelfreien beeilten sich, höflich zuzustimmen, während der Graf mit großen Schlucken seinen Becher leerte. »Seid froh, dass heut kein Fischtag ist«, brummte er, »sonst müsste Euch ja das Essen im Hals stecken bleiben, bei Eurer Wirtschaft. Ezzo!«

Der Junge ließ das Messer sinken und sah auf.

»Wenn du im Frühjahr hundert Karpfensetzlinge in den Weiher einbringst, wie viele bleiben dann im Herbst zum Abfischen übrig?«

»Die Hälfte«, antwortete Ezzo, ohne zu zögern. »Wenn sich nicht ein Hecht in den Teich einschleicht.« Solche Dinge wusste er inzwischen im Schlaf; sein Vater setzte sich jede Woche mit ihm zusammen und brachte ihm bei, was ein zukünftiger Grundherr wissen musste.

»Da hört ihr's!«, polterte der Graf seine Gäste an. »Das weiß sogar ein grünes Bürschlein, dem noch nicht einmal ein Bart auf den Backen sprießt! Wenn der Fisch heuer nicht über den Winter reicht und wir für einen Haufen Geld tonnenweise Salzheringe zukaufen müssen, ist das Eure Schuld. Feine Lehnsleute hab ich da auf Dornberg sitzen!« Er winkte verächtlich ab und griff dann in das vor ihm stehende Salzschüsselchen, um eine Prise auf seine Rehleber zu geben. In der Küche wurde wenig gewürzt; Gewürze waren teuer und rar. Nur auf dem Herrentisch stand deshalb Salz, falls der Graf eine Speise für zu fade befand.

»Wir könnten ja im nächsten Jahr Ezzo mit den Fischrechten betrauen«, bemerkte Friedrich von Riedern säuerlich und warf einen abgenagten Knochen hinter sich. »Er scheint mir der geborene Wirtschafter zu sein.«

Ezzo spürte die Spitze wohl und errötete, aber er aß ruhig weiter. Er hatte sich längst an Friedrichs misslaunige Bemerkungen und seine kleinen Gemeinheiten gewöhnt. Vielleicht war es einfach das Unglück seiner Lahmheit, das ihn so werden hatte lassen. Der Graf jedoch beugte sich vor und sah seinen Bruder mit gerunzelten Brauen an. »Diese Aufgabe hättest du längst übernehmen können, altes Schandmaul, aber das Einzige, womit du dich beschäftigst, sind feine Kleider und deine Ritterspielchen.«

Friedrich schmiss wütend seinen Fleischbrocken hin und machte Anstalten, aufzustehen, als der Graf plötzlich einen kleinen, merkwürdigen Laut von sich gab. Sein Gesicht wurde von einem Augenblick auf den anderen erst dunkelrot und dann bleich wie ein Leinlaken. Er saß da, und es schien, als ob er eine Zeitlang aufmerksam in sich hineinhorchte. Alle Augen richteten sich auf ihn, man wartete. Und dann, ganz langsam, rutschte Heinrich von Riedern von seiner Bank. Seine Hände krallten sich in das Tischtuch und zogen alles mit, was auf der Tafel stand. Niemand hatte die Geistesgegenwart, ihn aufzufangen, und so landete er schließlich auf dem Boden, halb begraben von Schüsseln, Broten und Essensresten.

Alles sprang auf. Der junge Dornberger befreite den Grafen vom Unrat, zog ihn unter dem Tisch vor und lockerte seinen engen Kragen. Die anderen versuchten ebenfalls, zu helfen, doch Heinrich von Riedern rührte sich nicht mehr. Pater Meingolf kniete sich neben den reglos daliegenden Körper, schlug das Kreuzzeichen und murmelte erschüttert: »Media vita in morte sumus.« – Mitten im Leben gehören wir dem Tod. Dabei wackelte sein Doppelkinn wie weiche Sülze. Doch dann flackerten die Lider des vermeintlich Toten, er schlug die Augen auf und stöhnte leise. Irgendjemand rief laut nach Trägern.

Ezzo spürte die Hand seiner Mutter auf der Schulter. Lies war wie die meisten von der Dienerschaft vom Gesindetisch herübergeeilt. »Komm«, sagte sie, »du kannst hier nicht helfen.«

Man hatte den Grafen in seine Schlafkammer gebracht. Sie lag im sichersten Bereich der Burg, dem zweiten Stockwerk des alten Bergfrids. Der Pfarrer war bei ihm und auch die alte Bärbel von der Hasenmühle, die sich mit Kräutern und Heilkunde auskannte. Alle anderen warteten in der Hofstube, keiner mochte zu Bett gehen. Man sprach leise und bedrückt untereinander; jedem war klar, dass der Zustand des Herrn ernst war. Die Zeit verrann. Irgendwann in den Morgenstunden erschien einer der gräflichen Kammerdiener und winkte Ezzo zu sich.

Mit ernstem Gesicht trabte der Junge hinter dem Kammerknecht her, der nun unten an der geschneckten Treppe stehenblieb und ihm bedeutete, alleine hinaufzugehen. Zögernd betrat Ezzo die ersten Stufen. Er war lange nicht hier gewesen, seit ihn sein Vater vor einigen Jahren einmal mit auf den Turm genommen hatte. Schnaufend hatte der Graf sich zu ihm umgedreht, damals, und gefragt: »Weißt du, warum Wendeltreppen sich immer rechtsherum nach oben drehen, hm?« Er hatte schüchtern verneint. »Na, weil die meisten Menschen Rechtshänder sind«, hatte sein Vater ihm erklärt. »Wenn man sich von oben gegen einen Angreifer verteidigen muss, kann man mit dem Schwert ungehindert nach unten kämpfen, während der andere seine Waffe mehr recht als schlecht um die Ecke stoßen muss.« – »Also braucht man, wenn man eine Burg erobern will, immer einen Linkshänder dabei, der im Bergfrid gut kämpfen kann«, hatte Ezzo erwidert, und sein Vater hatte ihm einen lobenden Backenstreich versetzt. Ezzo sah sein Gesicht vor sich als sei dies alles erst gestern gewesen, mit der Narbe auf der Wange, die beim Lachen immer so lustig zerknitterte. Die Tränen stiegen ihm in die Augen, als er das Zimmer seines Vaters betrat. Man wies ihm einen Platz auf einem Scherenhocker zu, gleich neben der Tür.

Es sollte die letzte Lehrstunde sein, die der Graf seinem Sohn erteilte. Bisher hatte er Ezzo beigebracht, wie man gut und recht lebte, nun lehrte er ihn die Kunst des heilsamen Sterbens. Er lag mit geschlossenen Augen da und röchelte leise. Räucherwerk verbreitete seinen würzigen Duft im Raum, der durch mehrere Kerzenleuchter in ein rötliches Licht getaucht wurde. Ezzo schnupperte und wusste, er würde den Duft dieser Kräuter sein Leben lang mit dem Tod verbinden. Er hörte den Priester leise murmeln. »Vergesst alle weltlichen Sorgen«, sagte Pater Meingolf und stellte dann die obligatorischen Fragen: Ob der Graf bereit sei, in Einklang mit dem christlichen Glauben den leiblichen Tod auf sich zu nehmen, ob er bei Gott um die Verzeihung seiner Sünden bitte, ob er bereit sei, seinen Nächsten zu verzeihen, ob ihn sein Gewissen an ungebeichtete Sünden mahne, ob er durch wahre Reue und Beichte die Gesundheit seiner Seele erreichen wolle. Der Graf antwortete mühsam und mit schwacher Stimme. Dann erhielt er die letzte

Ölung. »Aus der Gesundheit deiner Seele möge dir erwachsen die Gesundheit deines Leichnams, Amen«, schloss Pater Meingolf das tröstliche Ritual ab. Es war eine Gnade, so sterben zu dürfen.

Danach sangen alle Anwesenden in der Sterbekammer gemeinsam fromme Lieder. Heiligenbilder wurden dem Grafen vorgehalten, die er mit wächsernen Lippen küsste, Gebete wurden mit ihm gemeinsam gesprochen. Dann verabschiedete sich Heinrich von Riedern von allen, die ihm lieb und teuer waren. Erst traten altgediente Dienstboten ans Bett, die ihm weinend Lebewohl sagten, dann die höherrangigen Hofdiener, schließlich sein Bruder. »Ich bitt dich um Verzeihung, Friedrich ... für alle Kränkung, die ich dir ... im Leben angetan habe«, flüsterte der Graf stockend und tastete nach seines Bruders Hand. »Sie sei gewährt«, entgegnete Friedrich von Riedern und zog seine Finger hastig wieder weg, als sei der Tod ansteckend. »Vergib auch du mir und geh mit Gott.« Dann trat er zur Seite, denn Pater Meingolf schob nun Ezzo an den Bettrand.

Der Junge war bald so bleich wie sein sterbender Vater. Mit schreckgeweiteten Augen sah er die eingefallenen, gräulichen Wangen seines Vaters mit der Narbe, die zum ersten Mal, seit er sie kannte, schneeweiß leuchtete. Er sah die blau angelaufenen Lippen, die seltsam dunklen, milchig trüben Augen. Der Sterbende kam ihm unendlich fremd vor, ein uralter Mann, den er nicht kannte und der ihm Angst machte. Doch dann sah er, wie sich eine Träne aus dem Augenwinkel des Grafen löste, und in einer Aufwallung von Liebe und Trauer griff er nach seines Vaters eiskalter Hand.

»Ezzo, mein Lieber«, flüsterte der Graf. Sein Atem ging inzwischen rasselnd. »Du darfst ... nicht traurig sein. Ich gehe heim ... zu meinem Schöpfer, das ist gut und recht. Bet für mich ... dann schau ich vom Himmel droben auf dich ... herab.« Er hustete und schloss vor Anstrengung die Augen. Die alte Bärbel tupfte ihm den kalten Schweiß von der Stirn. Ezzo wollte schon zurücktreten, doch der Sterbende hielt seine Hand fest. Zitternd zog der Graf seinen schweren Siegelring vom Finger und steckte ihn auf den Daumen des Jungen. Ezzo hörte, wie Friedrich von Riedern hinter ihm laut den Atem einsog. Dann machte der Graf eine segnende Bewegung über seinem Kopf. »Du ... bist mein Erbe«, keuchte er leise. »In meinem Testament erkenn ich dich an … als meinen rechtmäßigen Sohn. Ich weiß, du wirst mir … keine Schande machen. Gott segne dich.« Erschöpft entspannte sich der Graf in den Kissen. Pater Meingolf zog Ezzo sanft vom Bett weg, da stemmte sich Heinrich von Riedern plötzlich noch einmal aus den Kissen hoch, bis er fast aufrecht saß. »Und hüt mir meine Falken gut«, sagte er mit lauter, fester Stimme. Dann fiel er mit einem Lächeln auf den Lippen zurück und Ezzo hörte, wie sein Atem langsam entwich. Er wartete auf das nächste Einatmen, doch es kam nicht. Sein Vater war tot.

Zwei Stunden später, die Dämmerung lag schon bleiern über dem Land, betrat Friedrich von Riedern zusammen mit seinem Leibdiener noch einmal das Sterbezimmer. Man hatte den toten Grafen gewaschen und hergerichtet, mit gefalteten Händen lag er friedlich da, immer noch lächelnd. Er schien glücklich und zufrieden zu sein, dort, wo er jetzt war.

Friedrich warf einen kurzen, mitleidlosen Blick auf die Leiche, dann schleppte er sich mit ruckartigen Bewegungen zu der Truhe, die unter einem der beiden schmalen Fenster stand. »Hier, stemm auf!«, befahl er. Der Vierschrötige holte eine Eisenstange unter seinem Umhang hervor, setzte sie an und sprengte das Riegelschloss. Sein Herr begab sich auf die Knie und begann, in der Truhe zu wühlen. Wie er wusste, enthielt sie seit jeher wichtige Familienpapiere: alte Erbverträge, Schenkungen, Eheversprüche, Salbücher und Urbare mit Aufstellungen sämtlicher gräflicher Besitzungen. Er konnte sich nicht denken, dass sein Bruder das Testament anderswo als hier aufbewahrt hätte. Und tatsächlich entdeckte er in einem der hölzernen Fächer ein noch nicht erbrochenes Dokument. Es entlockte ihm einen kleinen, triumphierenden Schrei. »Ich hab's«, frohlockte er, »da nimm, Odo.«

Ächzend rappelte er sich auf, entriss seinem Diener das Pergament wieder und hinkte damit zum Licht.

An dem Schriftstück hingen mehrere Siegel, und er inspizierte sie sorgfältig. Es waren neben dem seines Bruders – der bauchige Krug derer von Riedern mit der Umschrift »deo laus aeternum H comes de Ried« – die Wappenzeichen befreundeter Adeliger. Einen

Augenblick zögerte Friedrich noch, dann schob er entschlossen das Kinn vor und erbrach die gelblichen, wächsernen Scheiben. Er begann zu lesen, sein Finger fuhr dabei die Zeilen entlang. Am Ende ließ er das Testament sinken und schloss die Augen. Seine Hände zitterten vor Wut. Schwer atmend humpelte er ans Bett.

»Du elendes Stück Schweinedreck«, zischte er die Leiche seines Bruders an, »du Lump, du verfluchter ...« Auf seinen Wangen bildeten sich rote Flecken. »In der Hölle sollst du schmoren, das wünsch ich dir!« Er spuckte aus, dann wandte er sich ab. »Odo, das Kohlebecken. Zünd an.«

Mit einem triumphierenden Grinsen knüllte er das Testament zusammen und warf es auf die Glut. Und der letzte Wille Heinrichs von Riedern verbrannte, bis nur noch ein Häufchen Asche und ein paar Klumpen Siegelwachs übrig waren.

Die nächsten Tage, solange der Leichnam des Grafen in der Burgkapelle aufgebahrt lag, ging auf Riedern nichts seinen üblichen Gang. Man verrichtete die notdürftigsten Arbeiten, sprach nur leise, aß, um den Hunger zu stillen. Heinrich von Riedern war beliebt gewesen bei den Dienstboten, und das war ihre Art, Trauer zu zeigen. Ezzo hielt sich fast dauernd bei den Falken auf, erzählte ihnen mit leiser Stimme vom Tod ihres Herrn, fütterte sie, ja, einmal schlief er sogar bei ihnen. Am dritten Tag ging die Prozession zur Pfarrkirche von Lauda hinüber, ein lautloser schwarzer Wurm. Der Graf fand seine letzte Ruhe in der Familiengrablege, und ein feierlicher Gottesdienst empfahl dem Himmel seine gute Seele. Ezzo verfolgte die Messe an der Hand seiner Mutter. Alles war so traurig, er weinte und wünschte sich zu seinen Falken zurück. Was würde nun werden? War er nun der Herr auf Riedern, wie sein Vater gesagt hatte?

Als er zum ersten gemeinsamen Abendmahl der Burgbewohner nach der Bestattung in die Hofstube kam, war sein Platz am Herrentisch besetzt. Er begriff nicht. Hilflos stand er eine Weile da, bis ihn einer der Aufwarter am Ärmel zupfte. »Du isst ab jetzt am letzten Gesindetisch, sagt der Herr.«

Ezzo verstand immer noch nicht. »Aber ... mein Vater hat doch ...«

Der Diener zuckte mit den Schultern. Ezzo sah verzweifelt zu Friedrich von Riedern hinüber, der gerade mit gutem Appetit in eine Hühnerkeule biss. Ihre Augen trafen sich. Der Graf hielt kurz inne, hob spöttisch die Brauen und kaute dann grinsend weiter. Mit dem Knochen in der Hand deutete er auf seinen Neffen, der immer noch reglos vor der gedeckten Tafel verharrte, und machte eine Bemerkung zu seinem Tischnachbarn, der daraufhin in lautes Lachen ausbrach. Ezzo senkte den Kopf. Langsam ging er zu den Tischen der Dienerschaft hinüber. Es war wie der Weg in ein anderes Leben.

Testament des Grafen Heinrich von Riedern,
ausgestellt vor Zeugen am 10. Oktober 1395 und
nach seinem Ableben nicht mehr auffindbar.

Wir Henricus comes de Riedern wölln im Angesichtt von lautter erbarn Zeugen und vor Gott bestimmen, wie es mit unßrer irdischen Hintterlaßenschafft gehn soll. Wir erwartten die Endtschaft der Dingk mit Demuth und glauben festiglich daß der Todt wirdt sein die Aufflösung aller Schmertzen und dem wolsterbenden Menschen ein Leben.

Dies söll seyn unßer Vermechtniß:

Item 50 Metzen Waitzen mag haben der Priester zu Lauda zur Ernehrung der Armen, darüber noch 150 Gulden für ein Jahrtag, den er zu unßrer Seelen Heyl abhalten soll.

Item 100 Gulden und ein Weingartten zur Abhaltungk einer Ewigen Meß im Dom zu Würtzburg.

Item 100 Gulden ans Spital zu Würtzburg

20 Gulden für graues Lundisch Tuch an die Armen

Item söll der Hof zu Eichenbühl verkaufft werden und darvon wölln wir zu Gotts Zierde ein Altar in der Kirchen von Lauda stifften.

Item 40 Pfundt Wachs für Altar Kertzen

Alßo auch jedem von der Dienerschafft ein neues Gewandt, ein

Gulden und ein Huhn, dem Leo Falkner und der Lies Küchenmagd Wohnungk, Kleider und das Essen uff der Burg ir Leben langk.

Sonsten setzen wir ein unßern liben leiplichen Sohn aus obgenanter Lies, mit Namen Ezzo, zu unßerm recht meßigen Erben. Er mög unß nachvolgen alß Grafe von Riedern in allem, was wir haben im Hertzogthum Francken, fahrendes und liegendes, es sey Erbe, Eigen, Lehen, Zinß, Schulden, Gültten, Güter, Zehenden, Häußer, Höf, Äcker, Wießen oder Wein Gärtten. Klein und groß, besucht und unbesucht, nichts außgenomen, wie das heißen mag und Namen hat.

Item unßer guter Bruder Friderich mög ime alß Vormundt dienen, biß er die zwantzig Jar erreicht hat. Dafür erhelt er drey Höf zu Unter-Zeynsbach sambt der Mühlen und den Forsten alldort, die Jagd zu Eychenbühl, auch die Fischwasser und Weiher-Hauß zu Dornberg und den Ansitz zu Schruppach. Dartzu das Recht, allzeit auff unßrer Burg Riedern zu wohnen.

Und wir bitten auch alle Menschen, die do nach uns weiter leben und zu denen wir unser sunders Vertrauen haben, daß sie jetzund und nach unßerm Tode wöllen bitten Gott den Herren umb unßrer Seel Seligkeyt.

Geben im Jar des Herrn 1395, am nechsten Tag nach Sant Dionysi Tag.

Henricus comes de Riedern

Zeugen

Köln, Winter 1403

Clara holte tief Luft, hielt sich mit zwei Fingern die Nase zu und kniff die Augen zusammen. Dann tauchte sie unter, bis das Wasser mit sachtem Klatschen über ihrem Kopf zusammenschlug. Prustend kam sie wieder hoch. Sie zitterte, und ihre Zähne schlugen leise aufeinander – eine Mikwe musste von lebendigem Wasser gespeist sein, und dieses Grundwasser, das dem Rhein zufloss, war so kalt, dass es ihr wehtat. Noch zweimal ging sie ganz unter Wasser, wie es Vorschrift war, dann stieg sie eilig die Stufen aus dem Becken hinaus, wo ihre Mutter sie mit einem großen Laken in Empfang nahm. Jochebed kauerte derweil in der Ecke des Kellerraumes, die am weitesten vom Bad entfernt war, drückte ihre kleinen Fäuste vor die Augen und wimmerte vor sich hin. Sie hatte schon immer panische Angst vor dem Wasser gehabt; wenn man sie nur wusch, kreischte und schrie sie jedes Mal, als ob es ihr ans Leben ginge. Vor einiger Zeit hatte sie eine rituelle Reinigung in der Mikwe gebraucht, weil sie ein totes Tier angefasst hatte, und dabei hatten zwei Frauen die inzwischen Siebenjährige kaum bändigen können.

Sara genoss es, dass ihre Mutter sie fest mit dem rauen Stoff abrubbelte, und fühlte dabei die Wärme in ihren Körper zurückkehren. Sie war stolz, unbändig stolz darauf, jetzt endlich eine Frau zu sein. Es war der Eintritt ins Erwachsenenleben, den jedes Mädchen in ihrem Alter sehnlich herbeiwünschte. Wie alle Frauen würde sie nun regelmäßig nach der Blutung ins Ritualbad hinabsteigen, um sich zu reinigen. Und es war nun an der Zeit, einen Platz im Leben zu finden, einen Mann zu suchen, zu heiraten und eine Familie zu gründen.

»Wie soll das nur später einmal mit Jochi werden?«, murmelte ihre Mutter bang vor sich hin. »Sie kann doch nicht unrein durchs Leben laufen …« Die Sorgen um die jüngere Tochter wurden mit jedem Tag mehr und größer. Je älter das Kind wurde, desto mehr blieb sie hinter den Gleichaltrigen zurück, desto augenfälliger wurde ihre Blödigkeit. Sie sprach so schlecht, dass nur die Familie sie richtig verstehen konnte, sie bewegte sich schwerfällig und ungeschickt, sie begriff kaum etwas. Aber sie war immer fröhlich, hatte ein sonniges Gemüt und war liebebedürftig wie ein Kätzchen, das ständig gekrault werden wollte. An ihr war kein Falsch, jede Regung merkte man ihr sofort am Blick an, sie war die reinste Unschuld. So schwierig es auch manchmal war, ihre Eltern hingen abgöttisch an ihr, und Sara hütete sie wie ihren Augapfel. Jetzt wickelte sie das Laken um sich und ging zu ihrer Schwester hinüber. »Schau, Jochi«, sagte sie, »ich bin untergetaucht, und es war gar nicht schlimm.« Sie schüttelte ein paar Tropfen aus ihren Haaren, und die Kleine rannte schreiend zur Mutter hinüber. Sara seufzte.

Aber sie war fest entschlossen, sich diesen wichtigen Tag nicht von dem Kummer um ihre Schwester verderben zu lassen. Sie drückte ihr Haar aus, schlang ein Kopftuch um, und gemeinsam stiegen die drei wieder nach oben.

Draußen hatte es leicht zu schneien begonnen. Die feinen Flocken tanzten schwerelos durch die Luft, als könnten sie sich nicht entschließen, wohin sie denn nun fallen sollten. Sara sank mit ihren hohen Trippen tief in den dicken Straßenschlamm ein und vermied es, dort zu gehen, wo die Räder der Karren und Wagen ihre Spuren eingegraben hatten. Es wurde schon dämmrig, in den Fenstern schimmerte das erste warme Licht der Kerzen und Talglämpchen, und es roch nach Herdrauch und Essen. Sara liebte den Winter, die Kälte, den Schnee und die mollige Gemütlichkeit der Stuben, in denen das Kaminfeuer flackerte – sofern man es sich leisten konnte. Sie freute sich an den kleinen Wölkchen, die ihr Atem in der eisigen Luft erzeugte, während sie hinter ihrer Mutter und Jochebed herging. Einmal blieb sie stehen, streckte die Zunge heraus und wartete, bis eine Schneeflocke darauf fiel. Ein wenig schämte sie sich dieser kindlichen Anwandlung – schließlich war sie jetzt eine Frau! Sie zupfte ihr wollenes Kopftuch zurecht und stapfte weiter.

Es war die Zeit des Chanukka-Festes, das jedes Jahr am fünfundzwanzigsten Tag des Monats Kislew begann und eine Woche dauerte. Von allen Festen war dieses Sara das liebste; es brachte Licht und Wärme in der dunklen, kalten Zeit. Sie wusste, dass dieser Tage die Christen ebenfalls einen hohen Feiertag begingen: Die Geburt ihres Gottes Jesus, das Weihnachtsfest. Merkwürdigerweise war dieser Jesus in einem Stall geboren, ein schöner Platz für einen Gott, dachte Sara. Aber die Christen begingen den Tag mit viel gläubiger Hingabe. Da zeigten sich die Juden nicht gerne auf den Straßen und Plätzen der Stadt, schließlich gab man ihnen ja die Schuld am Tod des neugeborenen Christengottes. Es war zwar nicht verboten, außer Haus zu gehen, aber besser, man machte keinen Ärger.

Bei Enoch, dem Krämer, hielten sie kurz an, und Schönla kaufte einen großen Krug feines Öl. An Chanukka war es Brauch, ölreich zu essen, und so buk jede Hausfrau Sufganiot – knusprige Krapfen, die bei den Kindern besonders beliebt waren. Auch Sara freute sich schon auf die köstliche Speise. Und zur Feier des heutigen Tages ihrer Reinigung gab es dazu Mutters wunderbaren Kochfisch mit Kohl und Kräutern. Sara lief das Wasser im Mund zusammen, das kalte Bad hatte sie hungrig gemacht.

Als sie nach Hause kamen, stand der Vater schon mit der Chanuk-kia, dem neunarmigen Kerzenleuchter, in der Stube. Es war ein einfaches, geschnitztes Holzgestell mit gelblichen Wachskerzen, das nur zum Chanukkafest benutzt wurde – Kerzen waren zu teuer, als dass man sie für jeden Tag hätte nehmen können. »Ihr kommt spät«, sagte Levi, »es ist ja schon dunkel.« Er selber durfte das Licht nicht entzünden, das war seit jeher Aufgabe der Frau.

Schönla legte ihren Umhang ab und holte Schlagring, Feuerstein und Zunderschwamm aus der Wandnische über dem Herd. Feierlich stand die kleine Familie um den Tisch, und Levi sprach mit tönender Stimme das Schema, das bedeutsamste Gebet der Juden. Es handelte von der Alleinigkeit Gottes, und mit dem Aufsagen der Verse bekannten sich alle Kinder Moses' zu ihrer Religion. Sara wartete, dass ihre Mutter Feuer schlug, aber Schönla schob ihr die Anzündsachen hin. »Da«, lächelte sie, »heute soll das deine Aufgabe sein.« Ihr Vater guckte etwas verlegen, protestierte aber nicht. Da nahm sie Ring und Stein, schlug geschickt einen Funken auf den Zunder und blies ein kleines Flämmchen an. Dann hielt sie den Docht der mittleren Kerze hinein, die Schamasch hieß – Diener – und nur zum Anzünden da war. Anschließend entzündete sie mit der Dienerkerze von links nach rechts vier weitere – es war der vierte Tag des Festes, und vier Lichter mussten brennen. Mit feierlicher Miene stellte sie den Leuchter ins Fenster, damit alle das Licht des Glaubens von draußen sehen konnten.

Sie aßen und tranken, und wie immer erzählte der Vater danach die Geschichte des Chanukkafestes. Es sollte nämlich an einen Aufstand der Juden in alter Zeit erinnern, einer Zeit, in der ein fremder Herrscher verlangte, man solle ihn wie einen Gott verehren. Zu allem Übel schändete er auch noch den Tempel in Jerusalem. Das konnten die Juden nicht ertragen, und so erhoben sie sich in den Bergen von Judäa. Der blutige Kampf endete mit der Wiedereroberung der Heiligen Stadt und der Reinigung und Neuweihe des Tempels. Für diese Weihe brauchte man neues, reines Öl für die Lampen, es gab aber davon nur ein einziges kleines Gefäß voll. Doch auf wundersame Weise brannte dieser knappe Vorrat acht Tage lang und reichte, bis man frisches Öl herangeschafft hatte. Die acht Seitenarme der Chanukkia sollten an dieses Wunder erinnern, und an den unter vielen Leiden errungenen jüdischen Sieg. Jochebed liebte es, wenn ihr Vater solch spannende Geschichten erzählte, sie patschte immer wieder in die dicken Händchen und lachte selig. Später, als sie neben Sara im Bett lag und schlief, spielte immer noch ein Lächeln um ihre Lippen.

Am nächsten Tag, es war der Vormorgen des Schabbat, stand Sara früh auf. Über Nacht hatte es weitergeschneit, und auf den Gassen und Plätzen lag eine weiße Decke knöchelhoch. Die Männer kehrten und schaufelten die Wege vor ihren Häusern frei, während die Frauen vorbereiteten, was am Schabbat verzehrt werden sollte. Denn an diesem Ruhetag durfte weder gearbeitet werden noch gekocht, nicht einmal Feuer zu machen war erlaubt. Also richtete man Speisen her oder buk Pasteten, die notfalls auch kalt gegessen werden konnten. Manche Juden hatten natürlich christliche Dienerschaft, die am Schabbat arbeiten durfte, aber Saras Familie konnte sich das nicht leisten. Lediglich gegen Mittag kam die alte Margret vorbei, die zum Feueranzünden und Nachschüren überall im Judenviertel herumging und dafür ein paar Pfennige bekam.

Zu Saras Aufgaben gehörte es, am Tag vor dem Schabbat genug Wasser vom jüdischen Gemeindebrunnen zu holen, dass es für zwei Tage reichte. Das waren mehrere Gänge, für die sie länger als üblich brauchte, weil am Brunnen viel Betrieb war und sie außerdem ihrer besten Freundin Bilhah über den Weg lief. Nach dem Wasserholen half sie ihrer Mutter beim Putzen und Fegen, damit das Haus am Schabbat auch sauber war. Erst am frühen Nachmittag hatte sie nichts mehr zu tun. Ungeduldig sang sie Jochebed in ihren Mittagsschlaf, dann schlich sie sich leise auf die Gasse, um Salo zu besuchen.

Sie traf ihn im Garten hinter seinem Haus, wo er Holz schlichtete. Ein langer Schlaks war er geworden mit seinen fast sechzehn Jahren, schlank und sehnig, die ersten dunklen Barthaare sprossen flaumig auf seiner Oberlippe. Als er Sara kommen sah, richtete er sich auf und wischte die Hände an seinem Kittel sauber. »Wo bist du die ganze Zeit gewesen?«, fragte er mit einer Stimme, die schon sehr männlich klang.

»Daheim«, antwortete sie.

»Warst du krank?« Er wirkte besorgt.

Sara schüttelte den Kopf. Es war ihr peinlich, darüber zu reden. »Ich …, nein, bloß eigentlich …« Sie drückste ein wenig herum. »Ich hatte meine … unreinen Tage.«

»Oh«, machte er verlegen und betrachtete angelegentlich seine kurzgeschnittenen Fingernägel. Dabei wusste er vermutlich besser Bescheid über die weibliche Blutung als Sara, schließlich war er mit zwei älteren Schwestern aufgewachsen.

»Ist schon vorbei«, sagte Sara, »ich meine, ich war schon im Bad.«

Unschlüssig standen sie vor der Holzschütte und wussten nicht recht, was sie reden sollten. Seit Jahren hatte eine beinahe blinde Vertrautheit zwischen ihnen bestanden, alles war so selbstverständlich gewesen zwischen ihnen, unbeschwert und leicht. Doch jetzt hatte sich etwas verändert. Sie war kein Kind mehr.

»Hilfst du mir beim Reisigbinden?«, brach er schließlich den Bann. Etwas Besseres fiel ihm nicht ein.

»Natürlich.« Sie war froh, etwas zu tun zu bekommen.

Eine Weile arbeiteten sie schweigend; Salo bündelte die dünnen Äste, und sie schlang die Bastschnur darum. Fleck, der Hofhund, kauerte neben dem Hackstock und beobachtete jede ihrer Bewegungen. Als es immer dichter schneite, kroch er in seiner Hütte unter.

»Gehn wir in den Stall«, schlug Salo vor.

Der Stall war schon immer ihr Unterschlupf gewesen, ein Ort, der nur ihnen gehörte und wo niemand sie je störte. Unten standen die beiden Zugpferde ein, daneben gurrten in ihren Verschlägen die Haustauben, eine scheckige Milchkuh und zwei Ziegen hatten auch noch Platz. Oben und nur durch eine schmale Hühnerleiter erreichbar war das Futterlager, immer schön warm und gemütlich. Salo half Sara hinauf, und sie hockten sich ins Heu. Wie oft waren sie schon zusammen hier gewesen, und doch war es heute anders als sonst. Sorgsam zog sie den Rock über ihren Knien zurecht, damit er nicht aufklaffte. Sein kritischer Blick wanderte über ihre schmale Gestalt. »Man sieht gar nichts«, sagte er.

»Doch«, sagte sie, »es ist dir bloß nie aufgefallen.«

»Meinst du?« Er sah sie seltsam an.

Sie ärgerte sich über ihn. Da hatte sich so vieles an ihrem Körper verändert, und er hatte es nicht bemerkt. Dabei war er der Einzige, der es hätte bemerken sollen. In einer plötzlichen, unüberlegten Anwandlung legte sie ihren dicken Umhang ab und zog dabei wie unabsichtlich ihr Leinenhemd glatt. Er erkannte die Umrisse ihrer Brüste unter dem festen Stoff und spürte ein Ziehen in seinen Lenden. »Lass mich schauen«, raunte er mit eigenartig dunkler Stimme.

Langsam nestelte sie ihr Hemd auf und entblößte ihre kleinen, spitzen Jungmädchenbrüste. Es war so selbstverständlich, dass Salo der Erste war, der sie sah. Wie hätte sie sich dieser Freizügigkeit, dieser Unanständigkeit, dieser Übertretung der Grenzen schämen sollen?

Sie sah an seinem Kehlkopf, dass er schluckte. Zögernd nahm sie seine Hand und legte sie auf ihre linke Brust. Seine Finger zitterten leicht, aber sie fühlten sich warm und sanft an. Vorsichtig ließ er die gewölbte Handfläche auf ihrer Haut ruhen. Sie war zart und weich wie Seide, und er spürte, wie Sara unter seiner Berührung erschauerte. Nach einer Weile zog er widerstrebend seine Hand zurück, und sie schlang verlegen die Bänder ihres Hemds wieder zu.

Später brachte er sie heim; seit der Scheune hatten sie kein Wort mehr gewechselt. Bevor sie ins Haus ging, fasste er ihre Hand. »Ich muss dir noch was sagen.«

»Was denn?« Sie lächelte ihn an, und er brachte es nicht übers Herz.

»Ach, nichts«, erwiderte er, drehte sich um und ging.

Sara runzelte die Stirn und sah ihm nach, dann hob sie den Riegel und trat in die warme Stube.

Am nächsten Tag, als sie auf die Gasse hinauslief, um den Nacht-scherben auf den Mist zu leeren, begegnete sie Chajim, Salos Bruder, der auf dem Weg zu seinem Elternhaus war, wo sich am Schabbat immer die ganze Familie traf. Sara mochte ihn nicht besonders, obwohl er nie unfreundlich zu ihr war. Hinter Chajim ging seine frisch angetraute Ehefrau, eine Pfandleiherstochter aus Speyer, kaum älter als Sara. Sie lief still hinter ihm her und schaute kaum auf. Ihr Mann war schon jetzt einer der reichsten Juden von Köln. Er hatte das Geschäft seines Vaters übernommen und verlieh große Geldsummen vor allem an die Geistlichkeit. Jetzt grinste er, als er Sara sah. »Schau an, Salos kleine Freundin«, meinte er gutmütig. »Schabbat schalom!«

»Schalom alejchem«, grüßte Sara zurück.

»Kennst du schon mein Weib, Esther?«, fragte er. »Sie ist fremd in der Stadt und könnte ein bisschen Gesellschaft gut gebrauchen.« Esther lächelte schüchtern hinter Chajims Rücken hervor, und er tätschelte ihr die Wange. »Und ich kann mir vorstellen, dass du auch ein wenig einsam sein wirst, wenn mein kleiner Bruder erst weg ist.«

Sara erschrak. »Weg?«, wiederholte sie ungläubig.

Chajim zog erstaunt die Brauen hoch. »Ach, hat er noch nicht erzählt, dass er nach Spanien geht? Wie dumm, jetzt hab ich's wohl verraten.«

Sara hatte das Gefühl, als könne sie sich nicht mehr vom Fleck rühren. Sie stand noch da wie festgewachsen, als Chajim und Esther längst um die Ecke verschwunden waren. Salo wollte fort? Warum hatte er nichts gesagt? Mechanisch kippte sie den Inhalt des Nachtgeschirrs auf den Mist und ging wieder ins Haus. In ihrem Zimmer warf sie sich aufs Bett und ließ den Tränen freien Lauf.

Bei Einbruch der Dämmerung, noch bevor die Zeremonie zur Beendigung des Feiertags begonnen hatte, klopfte es zweimal an Levi Lämmleins Tür. Schönla öffnete und stieß einen kleinen Laut der Überraschung aus. Es waren Hirsch Gideon und seine Frau Rahel, Salos Eltern. Ganz offensichtlich hatten sie das Gebot des Schabbat gebrochen, das vorschrieb, am siebten Tag der Woche nicht mehr als dreißig Schritte zu gehen. »Schabbat Schalom«, grüßte

Hirsch Gideon mit seiner tiefen, kollernden Stimme. »Wir hätten da etwas Wichtiges zu bereden.«

Schönla trat zur Seite und ließ die beiden in die Stube, wo Levi im Machsor las, dem Gebetbuch der Familie. Auch er hob die Augenbrauen, als er die beiden Besucher sah. »Willkommen in unserem Heim«, sagte er. »Wenn ihr am heiligen Schabbat den weiten Weg hierher gemacht habt, muss das einen besonderen Grund haben. Setzt euch, und esst und trinkt mit uns.«

Die beiden lehnten die Abendmahlzeit dankend ab, aber sie nahmen gern am Tisch Platz. Ein peinliches Schweigen breitete sich aus, bis schließlich wieder Hirsch Gideon das Wort ergriff. »Levi, Schönla – wir sind gekommen, um über unsere Kinder zu reden. Die beiden sind ja seit vielen Jahren unzertrennlich, ihr wißt das wohl. Nun verhält sich die Sache so, dass unser Salo so weit ist, dass er bei Rabbi Meir nichts mehr lernen kann. Und da er Rabbi werden will wie sein Großvater, muss er nun in die Welt hinaus, um sein Wissen zu vervollkommnen. Wir schicken ihn deshalb auf drei Jahre nach Spanien, wo wir unter den Sephardim Freunde und Verwandte haben. Dort gibt es gute Jeschiwas und hochweise Lehrer.« Er machte eine Pause und nahm den Becher Wein, den Schönla ihm anbot.

»Wir wünschen Salo viel Glück auf seinem Weg«, sagte sie. »Er ist ein so kluger Junge.«

»Das ist er«, erwiderte Hirsch Gideon stolz. »Jedenfalls«, fuhr er fort, »um zur Sache zu kommen: Gestern Abend war Salo bei mir und hat mir eröffnet, dass er noch etwas regeln möchte, bevor er in drei Tagen mit einem Handelszug Richtung Cordoba abreist. Er hat mich um Erlaubnis gebeten, Eure Tochter Sara zu heiraten.«

»Adonai«, murmelte Levi überrascht in seinen Bart. Dann sagte er lauter: »Die beiden sind doch noch viel zu jung!«

»Dasselbe hab ich auch zu meinem Sohn gesagt«, gab Hirsch Gideon zurück. »Aber er ist dickköpfig geblieben. Er sagt, er liebt Eure Tochter, und er will sicher sein, dass man sie nicht einem anderen anverheiratet, bevor er aus Spanien zurück ist. Sonst, hat er gedroht, reist er gar nicht erst ab.«

Schönla ergriff das Wort. »Die beiden waren immer ein Herz und eine Seele. Aber ich gestehe, ich habe nie an eine Verbindung gedacht, weil, nun ja …« Sie sah hilfesuchend zu ihrem Mann hinüber.

»Weil ihr reiche Leute seid und ich nur ein armer Schulklopfer«, beendete Levi den Satz. »Ich kann Sara keine Mitgift geben, die des Wortes wert ist.«

»Das ist uns bewusst«, entgegnete Hirsch Gideon ruhig. »Und trotzdem sind wir hier. Seht, unser ältester Sohn, Chajim, der hat ein vermögendes Mädchen geheiratet, eine gut ausgestattete Erbin. Er ist ja auch im Zinsgeschäft, und Geld tut in dem Fall gut. Salo dagegen will Rabbi werden, und dafür braucht er keine reiche Frau. Nein, er braucht ein Weib, das ihm eine Stütze ist, ihm guten Rat gibt, seine Schüler und Studenten versorgt und in der Gemeinde hilft. Und da wäre eure Sara schon die Rechte. Sie ist gescheit, er redet viel mit ihr, sie wird ihm eine gute Gefährtin sein.« Er nahm einen großen Schluck Wein. »Ein Mann muss glücklich in seiner Familie sein, nur dann kann er ein gottgefälliges Leben führen. Tja, ich selber, oder Ihr, Levi, wir bräuchten kein Weib, das lesen und schreiben und kluge Dispute führen kann. Aber unser Salo … kurzum, meine Rahel und ich haben beschlossen, dass wir einer Ehe nicht im Weg stehen wollen. Und wenn auch ihr einverstanden seid, dann könnten wir noch vor Salos Abreise einen Ehevertrag abschließen, der alles regelt. Die Hochzeit wäre dann bei seiner Rückkehr.«

Levi atmete einmal tief durch. Das hätte er sich nie träumen lassen: Seine Sara, verheiratet mit dem Sohn des reichsten Geldjuden Kölns! Verheiratet mit einem zukünftigen Rabbi! Er hob seinen Weinbecher. »Auf das Glück unserer Kinder«, sagte er mit Rührung in der Stimme. »Le-chajim.«

Von oben, wo Sara die ganze Zeit über auf dem Treppenabsatz gekauert und gelauscht hatte, kam als Antwort ein heller Juchzer.

E zzo kniete in der kleinen Pfarrkirche von Riedern vor dem Epitaph seines Vaters. Seine Lippen bewegten sich lautlos mit, als er den Grabspruch las. *»O Mensch, ker von Sünden und ruf an / Mariam die dir helfen kan / Gieb Got dein Sel, er dir sie gab / so magstu an dem jüngsten Tag / vor Got frölich erstan, / wiltu von Sünden lan.«*

Jeder Tag seit dem Tod seines Vaters war ihm vorgekommen wie hundert Jahre. Hundert Jahre Schmach, hundert Jahre Wut, hundert Jahre Ohnmacht. Jetzt war es genug. Er war nun fünfzehn Jahre alt; alt genug, um zu gehen. Schon viel früher hätte er die Burg verlassen sollen, damals im Sommer, als ihn sein Stiefonkel vor allen anderen geschlagen hatte, weil er seinen Platz am Herrentisch einforderte. Oder als Friedrich von Riedern ihn die Grube unter dem Abtritt hatte reinigen lassen. Oder … es waren so viele Demütigungen gewesen, so viele Ungerechtigkeiten. Wie hätte er sich wehren sollen, er war ja kaum den Kinderschuhen entwachsen. Und seine Mutter hatte immer wieder beschwichtigt. Wo willst du denn hin, hatte sie gesagt, du kannst doch nicht einfach so gehen. Und ich bin ja auch noch da, mich wirst du doch nicht allein lassen wollen? Doch nun war das Maß dessen, was Ezzo ertragen konnte, voll. Es war sein Leben, und er würde es nicht als Knecht verbringen, das war er sich und seinem Vater schuldig. Mit einem Ruck erhob er sich und legte seine rechte Hand auf die aus der Steinplatte herausgemeißelte Figur seines Vaters, dort, wo sich dessen Fingerspitzen über dem Schwertgriff kreuzten. Es war wie ein Schwur.

Dann verließ er die Kirche und lief durch Schneetreiben zur Burg zurück.

Er hatte seine Flucht sorgfältig geplant. Zu Marcelli, so wusste er, war sein Onkel nach Würzburg geladen, um mit dem Fürstbischof und weiteren Landständen politische Angelegenheiten zu bereden. Das sollte mehrere Tage dauern und ihm einen Vorsprung geben. In der Zeit von Friedrichs Abwesenheit übte der Hausvogt Johann von Berheim die Schlüsselgewalt über die Burg aus. Er war verantwortlich für das Auf- und Zusperren des Tores und der Türen von Küche, Keller und Gewölbe. Wie sonst der Burgherr trug er dann den großen Ring mit den Schlüsseln tagsüber am Gürtel und behielt ihn über Nacht in seiner Kammer. Und der schwergewichtige Hannes war dem Wein mehr zugeneigt als gut für ihn war. Wenn er zu viel getrunken hatte, und das hatte er meistens, schlief er wie ein Stein und man hörte ihn durch die ganze Burg schnarchen. Es sollte nicht schwer sein, an die Schlüssel zu kommen.

Ezzo wartete, bis der volle gelbe Mond hoch am Himmel stand und sich in den Gesindekammern nichts mehr rührte. Sein Entschluss stand fest, und er war ganz ruhig. Leise zog er sich in der Dunkelheit an und griff nach dem Bündel mit seinen wenigen Habseligkeiten, das er schon vorher gepackt hatte. Dann huschte er aus der winzigen Kammer, die in den letzten Jahren sein Zuhause gewesen war.

Draußen auf dem Gang strich ihm freundlich schnurrend eine der allgegenwärtigen Hofkatzen um die Beine; Ezzo fuhr ihr kurz über das Fell und ging dann auf Zehenspitzen weiter, die Treppen hinunter bis zu der eisenbeschlagenen Pforte, hinter der seine Mutter ihren Schlafplatz hatte. Als Speisemagd wurde sie spätabends zusammen mit den Küchenjungen in der Küche eingeschlossen und diente so in ihrer arbeitsfreien Zeit noch als Nachtwache. Das war auf allen Burgen so üblich; man verhinderte dadurch nicht nur unerwünschte Ausflüge derjenigen aus der Dienerschaft, die von nächtlichen Hungerattacken geplagt wurden, sondern auch den Diebstahl teurer Gewürze, bis hin zu einem möglichen Giftanschlag. Ezzo zog ein Stück beschriebenes Pergament aus seinem Hemd und schob es durch den Schlitz unter der Tür durch. Es war sein Abschied, und das Herz wurde ihm schwer. Schon hob er die Hand, um doch noch anzuklopfen, hielt dann aber mitten in der Bewegung inne. Er würde nur wieder schwach werden, wenn er mit ihr redete. Sie würde ihn in die Arme schließen, ihm übers Haar streichen und seine Entschlossenheit durch Bitten und gutes Zureden zunichte machen. Ezzo ließ die Hand sinken. Wenn ich wiederkomme, dachte er, das schwör ich dir, Mutter, dann als Herr von Riedern. Er schluckte; schnell wandte er sich ab und ging weiter.

Sein nächster Halt war die Schlafkammer des Vogts. Ezzo wusste, dass sie von innen mit einem hölzernen Riegel versperrt war und hatte auch schon ausprobiert, wie man sie öffnen konnte. Lautlos schob er die dünne Klinge seines Messers durch den Spalt zwischen Tür und Türstock und drückte nach oben. Der Riegel hob sich, und Ezzo schlüpfte hinein. Der milchigweiße Strahl des Mondes fiel vom schmalen Fenster auf die mächtige Gestalt Hannes' von Berheim. Er lag rücklings auf seinem Strohsack und schnarchte, was das Zeug hielt. Seine rechte Hand hing über den Bettkasten, und darunter lag auf einem Haufen Kleider der Schlüsselbund. Ezzo hielt den Atem an, während er langsam in die Knie ging und danach griff. Es klirrte leise, als die Schlüssel aneinanderschlugen, und sofort hörte der Vogt auf zu schnarchen. Ezzo gefror mitten in der Bewegung und biss sich auf die Lippen. Doch Hannes von Berheim wachte nicht auf, er schmatzte nur, tat einen kleinen Japser und drehte sich umständlich auf den Bauch. Dann war Ezzo auch schon wieder draußen, den Schlüsselring fest an die Brust gepresst.

Im Burghof war alles ruhig. Eigentlich hatte Contz, der Torwart und Türmer, von Sonnenauf- bis Sonnenuntergang über die Burg zu wachen, aber Ezzo wusste, dass er heute nicht auf seinem Posten sein würde. Er nutzte die wenigen Nächte, in denen der Graf fort war, stets zu Besuchen bei seinem Liebchen im Dorf. Auch sonst war niemand zu sehen. Ezzo schlich im hellen Mondlicht über den Hof.

Sein Ziel war der Falkenstall in der Südecke. Drinnen war es stockfinster, aber er hätte sich dort auch blind zurechtgefunden. Er streifte sich einen Falknerhandschuh über die linke Hand und trat in die erste Mauernische. Tastend bewegte er sich vorwärts, bis er den schmalen, hohen Baumstumpf fand, der dem Falken als Schlafplatz diente. Der Vogel begann aufgeregt zu flattern, als Ezzo ihn losband, hüpfte dann aber, als er das vertraute Klopfen hörte, sofort auf die Faust. Ezzo wickelte den langen Riemen fest um seine Finger und kraulte das Tier im Nacken. Brun hielt genüsslich still. Er war der beste Ger, mit dem Ezzo jemals gearbeitet hatte, zuverlässig, ruhig und zielsicher im Stoß. Und er war eine Schönheit.

»Du gehst also, hm?«

Ezzo fuhr mit dem Falken auf der Faust herum und starrte voll Angst in die Richtung, aus der die Stimme gekommen war.

»Lass gut sein. Ich bin's nur.« Aus der Dunkelheit löste sich die lange, hagere Gestalt des alten Falkners. »Darauf hab ich schon lang gewartet, dass du's nicht mehr aushältst.« Das klickende Geräusch des Feuerschlagens ertönte, und das Licht eines Talglämpchens glomm auf. Leo nahm etwas von einem Haken an der Mauer. »Hier, vergiss die Haube nicht, die wirst du brauchen.« Er streifte Brun die lederne Haube über und zurrte die Bänder fest.

Ezzo atmete hörbar aus. »Leo«, flüsterte er, »ich …«

»Schscht.« Der Falkner legte ihm beschwichtigend die Hand auf die Schulter. »Behandle ihn gut, mein Junge. Los jetzt. Und viel Glück.«

Kurze Zeit später führte Ezzo den alten Turnierhengst des Grafen über den Hof, gesattelt und gezäumt und die Hufe mit Lumpen umwickelt. Der Ger hockte schon auf seinem Ständer auf dem Sattelknauf und ruckte aufgeregt mit dem Kopf. Dann hatten sie das Tor erreicht. In der Dunkelheit tastete Ezzo nach dem Schlüsselloch. In diesem Augenblick schnaubte der alte Rappe und scharrte erwartungsvoll mit dem Huf.

»He! Wer da?«

Ezzo erstarrte. Er war so sicher gewesen, dass Contz bei seinem Mädchen lag! Wie hätte er auch wissen können, dass sich die beiden ausgerechnet an diesem Abend gestritten hatten und Contz deshalb die Nacht im Wächterkämmerchen am Tor verbrachte. Und das auch noch schlaflos vor lauter Wut. Jetzt tauchte er plötzlich wie aus dem Nichts neben Ezzo auf, ein riesiger, kräftiger Kerl mit Muskeln wie aus Eisen.

In Ezzos Kopf überschlugen sich die Gedanken. Wegrennen war der erste – doch wohin? Selbst wenn es ihm gelang, Ross und Falke würden verraten, wer da aus der Burg flüchten wollte. Und dann bekäme er niemals wieder eine Gelegenheit, Riedern zu verlassen, dafür würde sein Onkel schon sorgen. Der zweite Gedanke war, mit Contz zu reden. Aber er wusste, dass ihn der Torwart nicht leiden konnte; er würde ihn bestimmt nicht laufen lassen und hinterher dafür die Prügel einstecken. Also ein Kampf? Aussichtslos!

Ezzo blieb keine Zeit mehr, sich zu entscheiden, denn Contz packte ihn im Genick. »Da schau her, der kleine Bankert!«, knurrte er. »Wolltest wohl abhauen, was?«

Mit dem Mut der Verzweiflung wand sich Ezzo aus dem Griff des Torwarts, drehte sich und riss mit aller Kraft das Knie hoch. Contz stieß einen heiseren Schmerzenslaut aus, drückte die Hände vors Gemächt und krümmte sich. Fieberhaft versuchte Ezzo derweil, den Schlüssel ins Schloss zu stecken, aber er zitterte zu stark. Endlich gelang es ihm, als ihn der Wächter packte und seinen Kopf gegen das Tor schlug. Ihm wurde schwarz vor Augen, er merkte, wie alle Kraft aus ihm wich. Doch plötzlich ließ sein Gegner von ihm ab. Aus dem Augenwinkel sah Ezzo, dass Leo mit einem Holzscheit in der Hand hinter dem Wächter stand. Der gute alte Falkner war ihm zu Hilfe gekommen. Contz stürzte sich wutschnaubend auf den alten Mann und rang mit ihm. Dann ging alles ganz schnell. Noch bevor Ezzo etwas hätte tun können, schleuderte der Wächter Leo gegen die Mauer beim Tor. Der Alte sackte zusammen. Ezzo lief zu ihm hin, um zu helfen, da spürte er, wie sich Contzens Hände wie ein Schraubstock um seinen Hals legten.

»Dich mach ich kalt, du verdammter kleiner Scheißer«, flüsterte der Wächter. Er war so außer sich, dass er immer noch nicht daran dachte, Alarm zu schlagen. Ezzo rang verzweifelt nach Luft und versuchte vergeblich, seinen Hals freizubekommen. Er trat gegen Contzens Beine, schlug seinen Gegner blind irgendwohin, umsonst. Die Augen traten ihm aus den Höhlen, und mit einem Mal wurde ihm schrecklich klar, dass ihn der jähzornige Torwart umbringen würde. Er merkte, wie ihm die Sinne schwanden, konnte nicht mehr denken. Mit letzter Kraft schlossen sich seine Finger um den Griff des Messers, das er am Gürtel trug. Er zog es heraus und rammte es einfach irgendwo in den massigen Körper seines Gegners. Fast ohne Widerstand glitt die Klinge hinein, und sofort lockerte sich der Würgegriff. Ezzo ließ das Messer los, taumelte von Contz weg und sog gierig, mit einem nicht enden wollenden Atemzug, Luft in die Lungen. Eine Weile blieb er kraftlos in gebückter Haltung stehen, keuchend und japsend. Jeden Augenblick rechnete er damit, dass ihn der Wächter erneut angreifen würde. Doch nichts geschah. Contz war lautlos in die Knie gebrochen, und nun kippte er langsam nach vorn. Ein paar Mal zuckte er noch, dann lag er still. Ezzo wankte hin und stieß ihn mit dem Fuß an. Er rührte sich nicht. Und als Ezzo den massigen Körper umdrehte, sah er den Griff des Messers aus Contzens Brust ragen. Er hatte ihn, ohne es zu wollen, mitten ins Herz getroffen.

Dann wandte er sich dem alten Falkner zu, der reglos am Boden lag. »Leo«, flüsterte er und rüttelte ihn an der Schulter. Etwas Dunkles hatte sich unter dem Kopf des alten Mannes ausgebreitet, und Ezzo tauchte die Fingerspitze hinein. Blut. Leo war mit dem Hinterkopf gegen einen eisernen Fackelring geschlagen. Tränen liefen über Ezzos Wangen, als er seinem Freund sanft die Augen zudrückte. Er kniete sich hin und sprach ein inbrünstiges Gebet.

Dann blickte er sich im Hof um. Offensichtlich hatte keiner etwas von dem nächtlichen Kampf mitbekommen. Nirgendwo war ein Licht zu sehen, niemand kam. Ezzo atmete ein paar Mal tief durch, um ruhig zu werden. Was er jetzt tun musste, fiel ihm schwer. Aber er hatte keine Wahl, es ging um sein Leben. Lautlos weinend zog er sein Messer aus Contzens Herz und drückte es dem toten Leo in die Hand. Wer auch immer morgen früh die beiden Leichen entdecken würde, er würde denken, sie hätten sich gegenseitig umgebracht.

Dann endlich, es war schon weit nach Mitternacht, drehte sich der Schlüssel mit metallischem Kratzen im Schloss und Ezzo stahl sich mit Ross und Falke zum Burgtor hinaus. Eine Wolkenbank schob sich vor den Mond, und es begann, in dicken Flocken zu schneien.

Kurz bevor die drei Flüchtlinge den Waldrand erreichten, drehte sich der Junge noch einmal um und warf einen letzten Blick auf die Burg, deren Silhouette schwarz und mächtig aufragte und den Bergfried wie einen gereckten Finger in den Nachthimmel stieß. Ezzo war frei und unendlich traurig. Er ahnte nicht, unter welchen Umständen er die Stätte seiner Kindheit einst wiedersehen sollte.

Vor ihm lag ein weiter Weg.

Papst Innozenz III. über die Juden, 1205

»Obgleich die Juden, die aus eigener Schuld dauernder Knecht-schaft unterworfen sind, da sie Christus gekreuzigt haben, durch die Frömmigkeit der Christen aufgenommen werden, und obwohl diese die Gemeinschaft mit denen erträgt, welche sogar die Sara-zenen, obwohl sie den katholischen Glauben verfolgen, aus ihrem Gebiet vertrieben haben, so bleibt doch das Judentum eine Maus im Ranzen, eine Schlange im Schoß und ein Feuer im Busen …«

Sara

Über meinen Verspruch mit Salo gibt es nicht viel zu erzäh-len; unsere Väter unterzeichneten eine schriftliche Verein-barung, das war alles. Ich war glücklich und unglücklich zugleich, denn an diesem Tag sah ich Salo zum letzten Mal. Wir hatten gar keine Zeit mehr füreinander, immer waren Leute um uns herum. Auch als es ans Abschiednehmen ging, waren die El-tern dabei, und wir konnten uns gerade einmal verlegen die Hände reichen. Ich spürte, wie er mir etwas Kleines in die Handfläche drückte und schloss meine Finger fest darum. Hundeelend war mir zumute, als er draußen in der Gasse aufs Pferd stieg; ich kniff die Augen zu, um nicht sehen zu müssen, wie er davonritt. Erst viel später öffnete ich meine Faust: Eine kleine Perle lag darin. Die Tränen schossen mir nur so aus den Augen – er hatte mir einmal vor langer Zeit die Pfänder seines Vaters gezeigt, und ich war hin-gerissen gewesen von einer schimmernden Perlenkette. Das war also sein Abschiedsgeschenk.

Mir blieb nichts als zu warten. Zur Schule konnte ich nicht mehr gehen, weil ich dem Kinderunterricht entwachsen war, und an den Talmudlektionen für die Studenten des Rabbi durfte ich nicht teilnehmen – sie waren schließlich Vorbereitung auf ein religiö-ses Amt, das eine Frau nicht ausüben durfte. Also half ich meiner

Mutter im Haushalt und tat das, was Töchter eben zu tun hatten: Ich bereitete meinem Vater abends das Lager, zog ihm die Schuhe aus, wenn er nach Hause kam, ich spann, nähte und stickte. Ich trennte Milchiges und Fleischiges und kämmte die neununddreißig Fransen am Gebetsschal. Zu meinen Pflichten gehörte es auch, jeden Tag das Schema Jisrael aufzusagen, zu singen und Gebete zu sprechen. Und ich hütete Jochebed, die man nicht gut allein lassen konnte. Am schönsten war, dass ich zusammen mit meiner Mutter das Brautgewand nähte, aus feinstem rohweißem Stoff, wie ihn nur Bräute tragen durften. Eigentlich war es noch zu früh dafür, ich würde ja vielleicht noch wachsen und größere Brüste bekommen, aber schließlich gab Mutter nach. Sie schnitt den Stoff so großzügig zu, dass noch Platz für eine größere, üppigere Sara blieb, und dann stickten wir monatelang mit Hingabe Muster, Blumen, Blätter, Ranken, Tiere, Sonnen, Sterne darauf – alle Ornamente hatten eine Bedeutung und mussten genauestens gefertigt sein. In jeden Stich stickte ich die Hoffnung auf Salos baldige Rückkehr mit ein, und in so manchen auch eine Träne der Sehnsucht.

Irgendwann aber war mein Hochzeitsgewand fertig, und danach wurde die Zeit wieder eintönig. Die Langeweile umgab mich wie ein zähes Gallert. Dann kam ich auf den Gedanken, mir von Rabbi Meir Bücher auszuleihen. Wir selber besaßen ja nur eine einfache Haggada, aus der am Pessachfest im Kreis der Familie vorgelesen wurde, und die kannte ich schon in- und auswendig. Der Rabbi hingegen hatte wunderschön illustrierte Handschriften mit Texten aus der Thora und dem Talmud, verschiedene Machsorim, die Gebete enthielten, aber auch Bücher, die keine religiösen Inhalte hatten, sondern von anderen Dingen handelten, meist von der Geschichte unseres Volkes, das über die ganze Welt verstreut ist. Ich las begierig, schloss mich manchmal stundenlang in meiner Kammer ein, um mit einem Buch auf dem Bett zu liegen, bis es zu dunkel zum Lesen wurde. Wenn Jochi dabei war, las ich ihr eben vor, auch wenn das meiste Hebräisch war, was sie ja gar nicht verstand. Trotzdem hing sie wie gebannt an meinen Lippen, einfach um dem Rhythmus der Worte zu lauschen.

Ich erinnere mich noch genau an ein Buch, in dem es um das Zusammenleben zwischen Christen und Juden ging. Ich selber hatte noch nie wirklich böse Erfahrungen gemacht, kannte höchstens misstrauische Blicke oder hingezischte Bemerkungen. Schlimme Geschichten, ja, die hatte ich gehört, aber vor uns Kindern wurde eigentlich nie offen darüber gesprochen. Es hieß immer nur: »Haltet euch von ›denen‹ fern!« Und in Köln herrschte ja Frieden zwischen Juden und Christen, die einen ließen die anderen in Ruhe, außer, wenn es um Geschäfte ging. Wir Juden waren ja die einzigen, von denen man sich Geld leihen konnte, deshalb brauchte man uns. Jetzt las ich voller Entsetzen über die furchtbaren Metzeleien, die vor gerade einmal ein paar Jahrzehnten überall im Reich stattgefunden hatten. Tausende hatte man ermordet, damals, als die Christen unser Volk verantwortlich gemacht hatten für den Schwarzen Tod. Wie konnte eine solche Lüge nur sein? Ich war richtig wütend, und vor lauter Wut redete ich auf meine Schwester ein: »Brunnen sollen wir vergiftet haben, stell dir vor! Warum beim Barte des Ewigen sollten wir so etwas tun? Wasser ist uns heilig, und Juden sind doch genauso an der Pest gestorben wie die Christen! Trotzdem haben sie so viele umgebracht! Da, hör nur zu, hier steht geschrieben: ›Die Christen haben ein Feuer in den Zelten Jakobs entzündet und Blutbäder in ihren Wohnplätzen angerichtet.‹ Und nach dem großen Judenschlachten haben die Mörder noch in der Asche der Scheiterhaufen nach Schätzen gewühlt! Ich glaube, das ist es, was sie wollten: Geld und Pfänder! Wenn die Juden, bei denen sie etwas geliehen hatten, tot waren, mussten sie schließlich nichts mehr zurückzahlen.«

Jochi ließ meine Ausbrüche meist gleichmütig über sich ergehen, sie freute sich einfach, dass ihr was erzählt wurde. Je wütender ich wurde, desto unterhaltsamer fand sie es. Und als ich versuchte, mit meinem Vater zu reden, wiegelte er ab. Er war ein Mensch, der nicht gern über unangenehme Dinge sprach. Darin war er manchmal wie Jochebed: Er glaubte, wenn er die Augen schloss und die Finger in die Ohren stopfte, wäre die Welt nicht mehr da. Ich hingegen sah hin, hörte zu und regte mich auf. Ach, mit Salo hätte ich alles besprechen können, er hätte immer eine Antwort gewusst!

Schließlich entschied mein Vater, so viel Lesen sei nicht gut für mich. Ich brauchte eine Aufgabe. Also schickten mich meine

Eltern nach ein paar Monaten in den Hekdesch, das Judenspital. Hier kümmerte sich die Frau des Rabbi zusammen mit einer Helferin um die Armen, Kranken und Alten in der Gemeinde. Der Hekdesch war ein unscheinbares steinernes Gebäude mit schiefem Dach; im Erdgeschoss befanden sich die Küche und ein kleiner Saal mit hohen Spitzbogenfenstern, im Obergeschoss etliche winzige Kämmerlein, in denen die Leute wohnten. Wer in unserer Gemeinde nicht mehr für sich selber sorgen konnte, wurde hier aufgenommen, aber auch so mancher durchreisende Händler, der krank geworden war und Hilfe brauchte. Bezahlt wurde das alles aus der gemeinen Kasse, in die jeder von der Judenschaft nach seinem Vermögen einzahlte, die Reichen mehr, die Armen weniger. Außerdem sammelte man hier die Gelder, die von denjenigen »gespendet« wurden, die ein Amt übernahmen. Es wurde ja jedes Jahr ausgehandelt, wer in der Synagoge wann aus der Thora lesen durfte, wer sie herausholen und wieder zurückbringen durfte und Ähnliches. Das kostete jedes Mal einen gewissen Betrag. Und auch wenn der Rabbi und die Gemeindevorsteher, was auch einmal vorkam, zu Gericht saßen, war oft eine Geldstrafe fällig, die in die Gemeindekasse floss. So war es möglich, das Spital zu unterhalten, und niemand von uns musste Angst haben, bei Krankheit oder im Alter allein auf sich gestellt zu sein.

Meine Hilfe war im Hekdesch hoch willkommen, denn zu dieser Zeit waren alle Plätze belegt. Fünf alte Leute lebten hier, die nicht mehr alleine zurechtkamen und jeden Tag gewaschen und gefüttert werden mussten, dazu ein Waisenkind, die kleine Rifka, ein ganz bedauernswertes Ding, vielleicht vier oder fünf Jahre alt. Rifka war für ihr Alter zu dünn und zu schwach, und außerdem war sie verwachsen. Die Frau des Rabbi meinte, sie würde wohl nicht alt werden, was mich recht traurig machte. Außer ihr und den Alten pflegten wir noch hie und da Kranke, die einfach niemanden hatten, der für sie sorgte.

Im Hekdesch hatte ich endlich eine Aufgabe gefunden. Gleich zu Anfang überließ man mir die Betreuung der kleinen Rifka. Ich half ihr bei den täglichen Morgenwaschungen, brachte ihr bei, dass sie den Lappen gut ins Wasser tauchen musste und auch die Ohren nicht vergessen durfte. »Man steckt sich zum Saubermachen den

Goldfinger ins Ohr«, erzählte ich ihr, und sie war klug und vergaß nie etwas. Einmal nahm ich Jochebed mit, und die beiden wurden sofort Freundinnen; von da an verbrachte Jochi die Tage lieber im Spital als daheim. »Jochi auch«, sagte sie schon in aller Frühe zu mir und patschte bittend ihre Hände zusammen, wenn ich nach dem morgendlichen Schacharit losging. Meistens gab ich dann nach und nahm sie mit, auch wenn sie mich bei der Arbeit aufhielt. Hauptsache, sie war glücklich.

Was mir im Hekdesch am besten gefiel, war die Pflege der Kranken. Damals hatten wir keinen Arzt in der jüdischen Gemeinde, aber da war Rechla, ein grobschlächtiges Weib mit Hasenzähnen und riesigen Füßen, die sich in der Medizin auskannte und auch als Wehfrau zu den Gebärenden kam. Sie schaute fast täglich herein und half, wo es ging, mit Kräuterabsuden, Umschlägen und Salben, was mich ganz in ihren Bann schlug. Erst stand ich nur daneben und sah neugierig zu, wenn sie die Kranken besuchte, aber irgendwann ging ich ihr zur Hand, machte Verbände, klebte Pflaster und säuberte Wunden. Bald stellte sie mir kleine Aufgaben: Sie ließ mir die Zutaten für Heiltränke da, die ich aufbrühen musste, zeigte mir, wie ich auch ohne sie einen warmen Wickel anlegte oder einen Verband wechselte. Ich lernte, dass Gundelreb bei Brustschmerzen half, Hirschzunge bei Bauchweh und schwarzer Rettich bei Husten. Raute, Lilie und Pfefferkraut bekamen diejenigen, die müde und traurig waren, Dinkel war gut gegen schlechte Verdauung, Brennessel half gegen ein schwindendes Gedächtnis. Bald machte ich ein Spiel daraus, vorherzusagen, welche Medizin Rechla anwenden würde, und meine Vorhersagen wurden mit der Zeit immer sicherer. Zu Hause sahen meine Eltern mich kaum noch, erst zur Abendmahlzeit kam ich heim, erschöpft, aber zufrieden. Dies alles lenkte mich von der Sehnsucht nach Salo ab, von dem Gedanken, dass er weit, weit fort war und erst nach langer Zeit wiederkommen würde.

Sein erster Brief erreichte mich beim Laubhüttenfest, am neunzehnten des Monats Tischri. Wir saßen gerade in der Sukka, einem kleinen Raum unterm Giebel, über dem sich das Dach öffnen ließ.

In die Öffnung hatte mein Vater ein loses Geflecht aus Zweigen gebaut, so dass wir fast wie unter dem freien Himmel waren. Das verlangte der Brauch: Die Sukka sollte an die Hütten erinnern, in denen das Volk Israel auf der Flucht aus Ägypten in der Wüste wohnte. Wenn das Wetter es zuließ, lebten wir eine Woche lang in unserer Laubhütte. Ich liebte das, es war herrlich, beim Einschlafen die Sterne funkeln zu sehen, neben mir den Feststrauß aus Myrte, Bachweide und einem getrockneten Palmzweig. In manchen Jahren, wenn es einem unserer Händler gelungen war, eine Etrog aus dem Land der Väter einzukaufen, lag die seltsame gelbe Frucht dabei; sie hieß zwar »Frucht des Baumes der Lieblichkeit«, schmeckte aber scheußlich bitter. Aber wir sollten sie ja auch nicht essen; denn sie verkörperte den Paradiesapfel – waren Rillen darin, dann nannten wir das den Adamsbiss, und die Etrog war besonders wertvoll.

Esther, die Frau von Salos Bruder Chajim, brachte Salos Schreiben, als wir gerade das Abendmahl begonnen hatten. Wir hatten, entgegen Chajims Wünschen, keine Freundschaft geschlossen – sie war mir einfach zu still, ich wusste nie, was ich mit ihr reden sollte. Immer sah sie traurig aus, und aus dem Haus ging sie auch selten. Damals glaubte ich, sie sei unglücklich, weil sie Heimweh nach ihrer Familie in Speyer hatte, aber es wurde mit der Zeit nicht besser. Später meinten alle, sie litte darunter, dass sie einfach nicht schwanger wurde. Einmal sah ich, wie ihr Ärmel verrutschte, und entdeckte einen riesigen blauen Fleck auf ihrem Oberarm. Aber weil sie so verschlossen war, traute ich mich nicht, sie darauf anzusprechen. Adonai, hätte ich es nur getan …

An diesem Abend war Esther für ihre Verhältnisse recht fröhlich. Flink stieg sie die Treppe zum Dachboden hinauf und rief: »Sara, Sara, gute Nachrichten, ein Brief aus Spanien!«

Ich sprang auf, riss ihr das Pergament aus der Hand, erbrach das Siegel und las gierig. Es war nur ein kurzes Schreiben, deutsch in hebräischen Buchstaben, in dem Salo mitteilte, dass er in der Stadt Sevilla im Land Al Andaluz lebte und Schüler in der Jeschiwa eines berühmten Rabbi geworden sei. Zusammen mit anderen Studenten lebte er im Haus einer Witwe, die sie mit allem Nötigen versorgte.

Es ginge ihm gut, schrieb er, er lerne viel und habe Sehnsucht nach daheim. Die spanischen Sephardim seien doch in vielem anders als die Aschkenasim, auch wenn sie im selben Glauben lebten. Ihm brächten sie viel Freundlichkeit entgegen, aber er käme sich vor wie ein armer Schlucker, denn die Gemeinde in Sevilla sei unendlich reich. In der Synagoge habe man ihn schon zum Vertreter des Chasan, des Vorsängers, ernannt, wegen seiner angenehmen Stimme. Die Mauren, von denen viele in der Stadt Sevilla lebten, seien ein lebhaftes Volk und leichter im Umgang als die Christen, weil sie viel gebildeter seien. Dann ließ Salo alle schön grüßen und versprach, bald wieder zu schreiben.

Ich war enttäuscht, denn ich hatte liebevollere Worte erwartet. Vermisste er mich nicht so, wie ich ihn? Hätte er nicht ein paar Sätze nur an mich richten können? Aber natürlich wusste er, das sein Brief in der Familie laut vorgelesen werden würde, und hielt sich deshalb zurück. Also schluckte ich den kleinen Kloß in meinem Hals hinunter und freute mich einfach, dass es ihm gut ging. Ich nahm mir vor, ihm zu schreiben, aber mein Vater erklärte mir, dass ein Brief ihn vermutlich nicht erreichen würde. Die Thoraschüler zogen nämlich von Rabbi zu Rabbi, und Salo würde deshalb nicht länger als ein paar Monate an einem Ort bleiben. Ich wusste ja, dass er plante, nach Toledo und auch an andere Stätten jüdischer Gelehrsamkeit zu reisen. Also verwarf ich den Gedanken wieder. Wie vorher blieb mir nichts, als zu warten.

In den vier Jahren von Salos Abwesenheit kamen viele Briefe. Einige davon waren, zu meinem großen Glück, nur an mich gerichtet, und ich bewahrte sie wie einen Schatz unter meinem Kopfkissen. Einmal schickte er mir einen kleinen Ballen herrlicher Spitze aus Cordoba, einmal ein Tongefäß mit wunderhübschen Muscheln aus Jerez, und zuletzt ein kleines Buch mit Lehrsätzen für ein gutes Leben aus Gerona. Einen davon kann ich heute noch auswendig:

Alles hat seine Stunde.
Für jedes Geschehen unter dem Himmel gibt es eine
    bestimmte Zeit.
Eine Zeit zum Gebären und eine zum Sterben,

eine Zeit zum Pflanzen und eine zum Ernten,
eine Zeit zum Töten und eine zum Heilen,
eine Zeit zum Bauen und eine zum Niederreißen,
eine Zeit zum Weinen und eine zum Lachen,
eine Zeit für die Klage und eine für den Tanz,
eine Zeit zum Steinewerfen und eine zum Steinesammeln,
eine Zeit zum Umarmen und eine, die Umarmung zu lösen,
eine Zeit zum Suchen und eine zum Verlieren,
eine Zeit zum Behalten und eine zum Wegwerfen,
eine Zeit zum Zerreißen und eine zum Zusammennähen,
eine Zeit zum Schweigen und eine zum Reden,
eine Zeit zum Lieben und eine zum Hassen,
eine Zeit für den Krieg und eine für den Frieden.

Und darunter hatte Salo mit eigener Hand geschrieben:

... eine Zeit zum Fortgehen und eine zum Nachhausekommen.
Bald sehen wir uns wieder!

Brief des Salomon ben Hirsch an Sara, Frühling 1405, geschrieben auf Deutsch mit hebräischen Buchstaben

Gottes Schutz und Schirm mit dir, meine treue, geliebte Braut, und meine Lieb darzu. Ich bete, daß du dich wohl und gesundt befinden mögest und deine Familie ebenso. Grade hab ich Toledo erreicht, eine herrliche Stadt auff dem Berge, wo Juden, Christen und Mauren leben. Alle Weisheit des Morgenlandes ist hier versammelt, und unzählige Gelehrte übersetzen Schriften aus aller Herren Länder. Du könntest Dinge lesen, wie sie vorher nie gehört wurden, so viel Neues lernen! Ich weiß es, du wärst glücklich hier! Mein neuer Rabbi, Don Juda ben Moses, ist ein noch junger Mann, doch unendlich klug und weitgereist. Er hat außer mir noch sieben Schüler, mit denen ich schon gute Freundschaft geschlossen habe.

Ich fühle mich wohl in dieser Stadt wie vorher selten, auch weil hier nicht so große Hitze herrscht wie tiefer im Süden. Stets weht ein kühler Wind, und die Nächte sind, Adonai sei Dank, nicht zu heiß zum Schlafen.

Du wirst dich wundern, meine schöne Freundin, was ich alles zu erzählen habe, wenn ich heim nach Köln komme. Es gibt so viele andere Bräuche und Sitten im Lande Sepharad, so viel Wunderliches, das ich gesehen habe. Erst kürzlich habe ich einer Art Kampfspiel beigewohnt, das sie hier Suerte de Canyas nennen. Weißt du noch, meine kleine Sara, wie wir uns einmal über den Stierkult auf der Insel Kreta unterhalten haben? Da saßen wir unter dem Kirschbaum im Garten der Synagoge, es war Sommer, und die reifen Früchte hingen über unsren Köpfen, dass wir nur aufstehen mußten, um sie zu pflücken und in den Mund zu stecken. Du hast dich gewundert, daß Menschen es wagen, über die Hörner eines Stiers zu springen. Fast so wie in Kreta vor vielen Hunderten von Jahren ist es auch hier im Land. Manche Männer vom Adel tun es den Stierspringern ähnlich – nur dass sie dem armen Tier nicht mit heiliger Ehrfurcht begegnen, sondern seine Schönheit mit ihrem Gehabe gleichsam bespucken. Ich habe es gesehen. Viele Leute kamen wie ich, um zuzuschauen, alle fein herausgeputzt wie für ein großes Fest. In einen runden, gut eingezäunten Platz wurde dann der Stier getrieben, herrlich stark, schwarz, voller Saft und Kraft. Ihm stellten sich erst einmal junge Burschen auf Pferden gegenüber; sie reizten ihn, ritten gegen ihn an, machten ihn mit allen Mitteln wütend. Und dann rammten sie ihm dünne Spieße in den Nacken, bis ihm das Blut in Strömen über die Schenkel rann. Das sollte den Stier schwächen. Denn nun ritt ein Mann auf den Sandplatz, den nennt man Toreador. Er hatte ein Gehabe als sei er ein großer Herr, trabte umher und zeigte sich wie ein Pfau und tat in allem so, als sei er der schönste, tapferste und beste aller Kämpfer, die je auf dieser Welt geboren wurden. Den Stier machte er verächtlich, er ließ das Ross auf ihn zutänzeln, schimpfte ihn eine langsame Schnecke, einen faulen Ochsen, ein dummes Vieh. Der Stier, dieses edle, kraftvolle Tier, wollte nur seine Ruhe. Ich sah, dass er Schmerzen hatte, er blutete und war müde. Aber immer wieder lästerte ihm der Toreador, jagte ihn umher und reizte ihn *mit einem bunten Tuch so, dass er wieder und wieder angriff. Am Ende, als der Stier völlig erschöpft war und nur noch keuchend dastand, stieg der tapfere Kämpfer ab und rammte ihm endlich sein Schwert ins Herz. Ein großer Held, fürwahr! Dem Stier schoss ein Blutstrahl aus dem Maul. Er brach zusammen, ein elender Anblick. Doch die Menge jubelte und schrie, Weiber warfen dem Toreador Blumen zu. Jemand schnitt dem Stier beide Ohren ab und schenkte sie dem adeligen Stierkämpfer. Der warf die blutigen Stücke seiner Lieblingsdame zu und stolzierte dann hinaus. Das tote Tier band man an zwei Esel, die den massigen, staubigen Leichnam würdelos vom Platz zogen. Mir erschien dies alles grausam und widerlich, und auch dir, meine süße Sara, hätte das alles nicht gefallen, aber für die Spanier ist es die schönste Unterhaltung.*

Was dir gefallen hätte, das weiß ich, sind Musik und Tanz, die hier allgegenwärtig sind. Man singt traurige Lieder, so voll Schwermut, dass einem davon zum Weinen wird, aber auch fröhliche Stücke, schnell und mit viel Getrommel und Geklapper. Da möchte einer sich dazu drehen und herumwirbeln, so geht einem der Takt ins Blut. Die Weiber tanzen stolz und aufrecht, als gehöre ihnen die Welt, und die Männer stampfen und springen mit hochmütiger Miene. Glaube mir, das ist nicht so brav und langweilig wie ein Reigen bei uns daheim in Köln.

Mit meiner Gesundheit geht es wieder besser. Inzwischen kennt mein Magen wohl endlich die sephardischen Speisen und hat sich auch an das viele Baumöl gewöhnt. Das Fieber ist auch nicht wiedergekommen, und so bin ich getrost und wohlauf, trinke auch manchmal den schweren roten Wein, der mir recht mundet und mir auch gut zuträglich ist.

Rabbi Juda ist ein großer Gelehrter, und er teilt sein Wissen und seine Gedanken gern mit seinen Schülern. Jeden Tag hänge ich an seinen Lippen, von denen die Weisheit der Jahrhunderte wie Honig trieft. Kürzlich waren wir alle sehr betrübt, weil ein Jude in der Stadt aus Hass von Christen gesteinigt wurde. Uns sank der Mut, und wir fragten uns, ob es denn jemals für die Kinder Jisroels eine Heimat geben würde, in der niemand uns etwas anhaben könne. Da lächelte unser Rabbi und sprach: »Siehe, ich sage euch, es gibt einen Ort. Einen Ort des Friedens, der Ruhe und des Glücks. Einen

Ort, an dem sich ein Mensch geborgen und zu Hause fühlen kann. Jeder von euch kann diesen Ort finden, er muss nur suchen und nicht den Glauben daran aufgeben.« Wir fragten ihn, wie dieser Ort denn aussähe, und er sagte: »Dem einen ist es ein festes Haus, dem anderen ein schöner Garten. Dem dritten ein wehrhafter Turm, dem vierten ein weites, freies Feld. Für manchen ist der Ort eine sichere Zuflucht vor Angst und Verfolgung, für manchen eine strahlende Verheißung des Lebens und der Liebe. Jeder trägt ihn in sich, wie auch immer er beschaffen sein mag.« Ich dachte lange über diese Worte nach, meine Sara. Wie würde mein Ort wohl aussehen? Schließlich stand mir das Bild einer herrlichen Burg vor Augen, mit Zinnen und Türmen, hoch auf einem Berg thronend. Mir träumte, ich stünde vor dieser Burg und blickte hinauf zu ihr, und sie war wie in gleißendes Strahlen getaucht, leuchtete silbern, als sei sie ganz aus Licht. Ach, meine Liebste, dort auf der Burg möchte ich mit dir leben, ohne Sorgen, glücklich, zufrieden und frei von aller Bedrohung. Glaubst du, dass diese Burg auch dein Ort sein könnte?

Mein liebes Herz, ich wünsche mir, dass du recht fleißig lernst und dich vorbereitest auf die Aufgaben, die dem Weib eines Rabbi zufallen. Du bist so klug und verständig, ich habe auf meinen Reisen nicht eine getroffen, die dir gleichkäme. Manches Mal, wenn ich Sehnsucht habe, spreche ich laut mir dir. Wenn mich einer dabei sehen könnte, dächte er bestimmt, ich sei närrisch. Aber, meine Seele, es kommt die Zeit, da wir uns wieder gegenüberstehen. Und dann verspreche ich dir, dass ich nicht mehr nur mit dir reden werde. Denn dann schließe ich dich als mein Weib in die Arme, du Schöne, Gute. Ich träume oft von diesem Augenblick, an dem du mir ganz gehören wirst, und ich dir.

Bis dahin sei gewiß der großen Liebe und Achtung deines dir auf ewig anversprochenen

Salo

Kloster Clonmacnoise, Sommer 1405

father Padraig saß am Fenster seiner gemütlichen Schreibstube hinter dem Refektorium, einen mit aufwändigen Malereien dekorierten silberbeschlagenen Kodex vor sich. Um ein Initial am Kapitelanfang, ein großes F, schlangen sich lindgrüne Blütenranken, versetzt mit bunten, geometrischen Ornamenten und Figuren, die in glänzendem Blattgold aufgetragen waren. Phantastische Tiergestalten schlugen ihre scharfen Klauen in den Buchstaben, ein Drache spie rotgleißendes Feuer und bleckte dabei die Zähne, als ob er die ganze Szenerie verschlingen wollte. Die Farben waren frisch und leuchtend, die Schrift perfekt gezirkelt: Ein vollendetes Ergebnis der klösterlich-irischen Buchkunst, wie sie in Clonmacnoise seit Jahrhunderten gepflegt wurde. Der Abt hielt das schwere Buch möglichst weit von sich weg und kniff beim Betrachten die Brauen zusammen. In letzter Zeit waren seine Augen viel schlechter geworden, und bald, so überlegte er, würden seine Arme zum Lesen wohl nicht mehr lang genug sein. Die Vorstellung, sich einen Vorleser suchen zu müssen, war ihm zuwider, aber was sollte man machen? Das Greisenalter war schon eine Plage, aber es lehrte einen Demut, und die war schließlich eine gut christliche Tugend. Father Padraigs Lippen verzogen sich zu einem Lächeln, das in seinem Gesicht unzählige kleine Fältchen aufknistern ließ. Vierzig Jahre war er nun schon Abt, wer hätte das gedacht? Als Kind, jüngster Sohn einer Familie aus angloirischem Adel, war er damals nach Clonmacnoise gekommen, in den Orden eingetreten und schnell zu Amt und Würden aufgestiegen. Gute und friedliche Zeiten hatte das Kloster unter seiner Leitung erlebt, und so sollte es auch weitergehen, bis er eines wohl nicht mehr allzu fernen Tages bei denen dort draußen liegen würde, den Königen, Kriegern und Mönchen. Father Padraig schüttelte sich, als wolle er damit die trüben Gedanken an den Tod verscheuchen. Noch fühlte er sich rüstig, und in seinem Kopf herrschte noch beste Ordnung, auch wenn er die Zähne, die ihm geblieben waren, an den Fingern einer Hand abzählen konnte und er, nun ja, langsam ein bisschen vergesslich wurde. Aber die Geschicke seines Klosters, die konnte er noch ganz gut leiten, mit Gottes Hilfe natürlich.

Es klopfte, und ein Diener mit der typischen Haartracht der westlichen Provinzen trat ins Zimmer. »Gabh mo leithscéal, Father, gerade sind zwei englische Herren angekommen, die darum bitten, empfangen zu werden.«

Der Abt klappte sein Buch zu und riss die Augen auf. In den letzten Jahren war Besuch im Kloster selten gewesen. »Sie seien mir willkommen. Führ sie herein, a Seáinín.« Der junge Bursche nickte und kehrte nach kurzer Zeit mit zwei Fremden zurück, denen man ansehen konnte, dass sie eine lange Reise hinter sich hatten. Einer der beiden war vornehm gekleidet und von hoher, schlanker Statur. Auf seinen Handschuhen war ein Wappen eingestickt; Father Padraig war sich wegen seiner schlechten Augen nicht sicher, aber es konnte die Rose der Lancasters sein, das Familienwappen Henrys des Vierten, der vor sechs Jahren den englischen Thron bestiegen hatte. Der andere Mann war ein grobschlächtiger Kerl mittleren Alters, rothaarig wie ein Ire. Er trug ein riesiges Schwert an der Seite, stand mit breitem Kreuz da und wirkte wie einer, mit dem man sich besser nicht anlegte.

»Dia dhuit«, begrüßte Father Padraig die beiden Männer. »Seid willkommen in Clonmacnoise. Ich bin Father Padraig, der Vorsteher dieser klösterlichen Gemeinschaft. Wer seid Ihr, und was führt Euch her, Ihr Herren?« Der Abt, der nie von seiner Insel heruntergekommen war, sprach ein etwas holpriges Englisch mit deutlich irischem Akzent.

»Sir John Latimer mit Leibwache«, antwortete der Vornehme mit einer kleinen Verbeugung, »ich komme im Auftrag der Krone.«

»Nehmt Platz. Seáinín, Wein und Wasser für unsere Gäste.«

Der Vornehme setzte sich, während sein Begleiter sich breitbeinig hinter dem Stuhl aufpflanzte. Dankbar griffen die beiden nach der Mischung aus Wein und Wasser, die der Novize ihnen anbot. Sie tranken in durstigen Zügen, dann wischte sich der Engländer den Bart trocken und räusperte sich. »Ehrwürdiger Vater, ich habe den Auftrag, Erkundigungen einzuziehen über einen Fall, der schon lange Zeit zurückliegt. Es geht um ein Kind, das vor bald zwanzig Jahren an Eurer Klosterpforte ausgesetzt wurde.«

»Ah, Ciaran, ihn werdet Ihr wohl meinen. Ja, ich erinnere mich. Das war mitten in einem scheußlichen Sturm, damals, im Jahr, als der Shannon Hochwasser führte.« Bei länger zurückliegenden Dingen funktionierte Father Padraigs Gedächtnis vorzüglich.

Die Miene des Engländers hellte sich auf; er warf seinem Begleiter einen schnellen Blick zu, den dieser erwiderte. »Könnten wir mit diesem Ciaran sprechen?«

Der Abt wurde vorsichtig. Was wollten diese Gesandten des englischen Königs von dem winzigen Säugling, den man damals offenbar ausgesetzt hatte? Und wieso war dieses Kind so wichtig, dass man noch zwanzig Jahre später nach ihm suchte? Wie alle Iren hegte Father Padraig ein gesundes Misstrauen den Engländern gegenüber, deren Herrschaft seinem Land in der Vergangenheit selten Gutes gebracht hatte. »Worum geht es denn?«, erkundigte er sich.

Sir Latimer wollte nicht unhöflich sein, und außerdem war er ein ehrlicher Mensch. »Nun, Herr Abt, Ihr wisst vielleicht, dass in England eine religiöse Bewegung immer mehr Zulauf erhält, die, gelinde gesagt, kirchenfeindliches Gedankengut verbreitet. Sie nennen sich Lollarden und berufen sich auf einen Mann, dessen Ideen auf einer Synode in Oxford bereits als ketzerisch verurteilt wurden: John Wyclif.«

Father Padraig wusste natürlich Bescheid. Wyclifs Fall hatte damals viel Aufsehen erregt; seine Thesen von der Besitzlosigkeit der Kirche, seine Ablehnung des Papsttums, der Heiligenverehrung und des Priesterzölibats attackierten den katholischen Glauben in seinem Kern. Und nicht nur die heilige Kirche, auch der Staat war durch diese neuen Ideen gefährdet – der große Bauernaufstand des Jahres 1381 hatte sich maßgeblich auf Wyclifs Lehre berufen. Dass er immer noch viele Anhänger in England besaß, war bekannt. Aber was sollte der junge Ciaran damit zu tun haben?

»Der Erzketzer Wyclif«, fuhr Sir Latimer fort, »hat in seiner Sterbestunde ein Manifest verfasst und einem seiner Anhänger anvertraut. Dieser Mann ist später, sagen wir, gestorben, und die Schrift seither verschollen. Für die Lollarden ist dieses Vermächtnis aber von großer Bedeutung; sie sind unbeirrt auf der Suche danach. Es muss unbedingt verhindert werden, dass die Häretiker das Schriftstück finden, den Inhalt öffentlich machen und damit noch mehr Zulauf bekommen.«

Der Abt runzelte die Stirn. »Was könnte Euch dieses Findelkind dabei helfen?«

»Der Mann, dem Wyclif seinen letzten Willen anvertraut hat, Herr Abt, war der Vater dieses Findelkinds. Ein Landadeliger aus Leicestershire, der Name spielt keine Rolle. Man hat den Jungen damals aus christlicher Nächstenliebe verschont und ihn hierhergebracht, um ihn im rechten Glauben zu erziehen. Inzwischen wissen wir aber, dass der Schlüssel zum geheimen Aufbewahrungsort des Manuskripts etwas mit diesem Jungen zu tun hat.«

»Aber wie sollte er etwas darüber wissen! Er war ja kaum ein Jahr alt, als er hierherkam.« Father Padraig schüttelte den Kopf.

Der Leibwächter meldete sich zu Wort. »Ich selber habe das Kind damals an der Pforte abgelegt. Vielleicht war etwas an ihm, was niemand bemerkt hat, wir können es nicht sagen. Aber – vielleicht weiß er es ja. Oder eine Untersuchung seines Körpers bringt es an den Tag.«

»Warum sucht man denn erst jetzt nach ihm?«, wollte der Abt wissen.

Sir Latimer lächelte. »Seit unser geliebter König Henry den Thron bestiegen hat, der, wie alle Welt weiß, ein treuer Anhänger des wahren Glaubens ist, werden die Lollarden mit größerer Härte verfolgt. Das dürfte wohl auch Euch freuen, Herr Abt, schließlich ist es auch Eure Kirche, die man niederreißen will! Unter, nennen wir es einmal ›strenger Befragung‹, haben wir nun glaubhafte Aussagen von verhafteten Lollarden, dass nur über dieses Kind das Versteck des Wyclifschen Vermächtnisses herausgefunden werden kann. Glücklicherweise haben die Ketzer aber bisher keine Ahnung davon, wo sich das Kind aufhält, bis vor kurzem wussten sie nicht einmal, dass es überhaupt am Leben ist. Wir jedoch haben es nun in der Hand, das Geheimnis zu lüften und das ketzerische Machwerk Wyclifs zu finden und zu vernichten. Und das wollen wir auch tun.«

Father Padraigs Hände zitterten leicht, während er überlegte. Was, wenn der junge Ciaran nichts wusste? Verstohlen blickte er den Leibwächter an, dessen Hand den Griff seines Schwerts streichelte. Und plötzlich wurde ihm klar, dass sein Schützling in höchster Gefahr schwebte. Wenn er der einzige Schlüssel zu Wyclifs Vermächtnis war und die Mission der beiden Männer erfolglos bleiben sollte, dann gab es nur noch eine Möglichkeit, ein für alle Mal zu verhindern, dass die Lollarden an die Schrift gelangten: Sie mussten Ciaran töten. Der Abt sah nachdenklich auf das Schwert des Leibwächters und fasste einen Entschluss: Auch auf die Gefahr hin, dass eine bisher unbekannte Schrift dieses Ketzers Wyclif irgendwann wieder auftauchen mochte – er, Padraig, wollte in der Hölle schmoren, wenn er eines seiner Schäflein irgendwelchen englischen Mördern preisgab.

»Also, können wir nun mit dem jungen Mann sprechen?« Sir Latimers Stimme riss ihn aus seinen Gedanken. Er schob die Unterlippe vor und sah dem Engländer ins Gesicht. »Ich fürchte, das könnt Ihr nicht«, sagte er in bedauerndem Tonfall.

»Und warum nicht?« Latimers Augen verengten sich.

»Weil dieser junge Mann durch Gottes unabänderlichen Ratschluss von den Lebenden abberufen worden ist.« Father Padraig schlug mit trauriger Miene das Kreuz. »Im letzten Winter, als das Fieber umging und einige unserer Brüder mit sich riss. Der Herr sei ihrer Seele gnädig.«

»Das kann nicht wahr sein!« Sir Latimer sprang auf.

Der Abt breitete die Arme aus. »Ich will Euch gern zu seinem Grab führen, wenn es Euch beliebt.«

»Ich bitte darum«, erwiderte der Engländer. Er wirkte verunsichert. Durfte er dem Abt glauben? Wenn es stimmte, was er sagte, war das Problem erledigt, und er konnte mit einer guten Nachricht nach London zurückkehren. Aber diesen Iren war nicht zu trauen. Vielleicht führte der Alte ihn ja an der Nase herum?

Father Padraig erhob sich ächzend, griff nach seinem Gehstock und tappte voraus, eine kleine, gebückte Gestalt in dunkler Kutte. Er führte die beiden Männer über den Friedhof, vorbei an uralten, verwitterten Grabsteinen, vorbei an den Kapellen und den drei Hochkreuzen bis zum Begräbnisareal für die Mönche. Bei sieben vor nicht allzu langer Zeit frisch angesäten Grashügeln blieb er schnaufend stehen.

»Es gibt keinen Grabstein«, stellte Sir Latimer mit verkniffener Miene fest.

»Die einfachen Mönche und Novizen haben bei uns keine Grabsteine«, erwiderte der Abt mit bescheidenem Lächeln. »Wir sind die niedrigsten Diener des Herrn und nicht so wichtig, als dass man unsere Namen in späteren Zeiten noch kennen müsste.«

»Also kein Beweis«, sagte der Leibwächter und spuckte aus.

»Das Wort des Abtes von Clonmacnoise muss Euch schon genügen, Ihr Herren.« Father Padraig begegnete den zweifelnden Blicken der beiden Männer mit einem liebenswürdigen Lächeln.

Sir Latimer dachte einen Augenblick nach. »Nun gut«, sagte er dann, »ich glaube Euch. Hat der junge Mann irgendwelche Besitztümer hinterlassen?«

Der Abt schüttelte den Kopf. »Och, wie soll er etwas besessen haben? Er kam nackt und bloß wie unser Herr Jesus im Kloster an. Was er hatte, trug er am Leib. Und die Kleider der Toten haben wir damals im Winter verbrannt, wegen der Ansteckung …«

Der Engländer nickte langsam. »Natürlich.«

»Es tut mir leid, dass ich Euch und der Krone nicht besser helfen konnte.« Father Padraig sah betrübt drein. »Mir bleibt nur, Euch die Gastfreundschaft unseres Klosters anzutragen, solange Ihr bleiben mögt.«

Zu des Abtes Erleichterung schüttelte Sir Latimer den Kopf. »Danke, aber wir möchten uns nicht länger aufhalten als nötig. Unser Schiff wartet im Hafen von Dublin. Lebt wohl, und Gott mit Euch.«

»Slán ágat«, lächelte Father Padraig und machte eine segnende Handbewegung. »Go dtuga Dia slán abhaile thú – möge der Herr Euch sicher nach Hause geleiten.«

Der Abt sah seinen gefährlichen Besuchern nach, wie sie sich auf ihre Pferde schwangen und in Richtung Tor davonritten. Dann machte er sich auf den Weg zu den Wohnstätten der Mönche.

Er brauchte nicht lange nach Ciaran zu suchen. Schon von Weitem lenkte leise Harfenmusik seine Schritte zu der Hütte, die der Melaghlinkapelle am nächsten lag. Ein paar junge Männer saßen oder lagen im Gras und lauschten den Tönen, die ein dunkellockiger Novize mit langen, zarten Fingern seiner Clairseach entlockte. Er saß auf einem hölzernen Dreibein, das Instrument auf den Knien, und spielte mit geschlossenen Augen, wie in weite Fernen entrückt. Sein Gesicht war fein gezeichnet, fast mädchenhaft, mit heller Haut, die sich auch in der Sonne nicht tönte, und einer Ansammlung hübscher Sommersprossen um die Nase. Genau die Sorte Jüngling, dachte der Abt, deren Anblick manche Mönche in Versuchung führen konnte. Oh, Father Padraig wusste durchaus Bescheid, was sich in manchen Hütten des Nachts abspielte, und er kannte genau diejenigen Schäfchen in seiner Herde, die zu schwach waren, um der Sünde Sodoms zu widerstehen.

Jetzt begann Ciaran, zu singen. Er besaß eine tiefe, kristallene Stimme wie weicher Samt. Er sang von Finbar, dem Feenkönig von Ulster, der sich zu sterblichen Frauen hingezogen fühlte. Diejenigen, in die er sich verliebte, versetzte er durch Zauber in seinen Feenpalast, wo sie ihr irdisches Leben vergaßen und seine Geliebten wurden. Nur Céit, die Schönste, konnte den jungen Fischer nicht vergessen, dem sie versprochen war. Sie floh aus der Anderwelt, doch als sie deren Grenze überschritt, verwandelte sie sich in eine Greisin. Der Tag, den sie vermeintlich im Feenland verbracht hatte, war in der Menschenwelt ein ganzes Leben gewesen.

Father Padraig hielt sich abseits und hörte zu. Sollte er dem ahnungslosen Ciaran von den englischen Besuchern erzählen, ihm seine Herkunft offenbaren? Er zögerte. Würde dem Jungen das Wissen darum, dass er Sohn eines vermutlich ermordeten, ketzerischen englischen Adeligen war, den Frieden rauben? Ihn gar von seinem Entschluss, Mönch zu werden, abhalten? Dabei war er ein so vielversprechender Nachwuchs … Der Abt kratzte sich am spärlichen grauen Haarkranz. Er beobachtete, wie Ciaran die Harfe wegstellte und mit seinen Zuhörern ein fröhliches Gespräch begann. Die jungen Männer, die ihm so andächtig gelauscht hatten, waren ausländische Mönche, die sich als Gäste im Kloster aufhielten. Padraig erkannte den kleinen spanischen Buchmaler, einen deutschen Übersetzer irischer Schriften, einen dicklichen Italiener und diesen blonden Franzosen aus der Aquitaine, Frère Baptiste, der sich in der Bruderschaft am Shannon so gut eingelebt hatte, dass er kürzlich gebeten hatte, bleiben zu dürfen. Sie alle waren Ciarans

Freunde, denn er war nicht nur ein begnadeter Musiker, sondern auch ein Talent, was Sprachen betraf. Schon seit Jahren arbeitete er gemeinsam mit den ausländischen Gästen des Klosters an Übersetzungen aus dem Lateinischen, Englischen und Deutschen, um ihn versammelte sich die kleine Gemeinde der fremden Mönche. Er war hier aufgewachsen, und er hatte den festen Glauben, der einen Mann Gottes ausmachte. Niemand passte in die klösterliche Gemeinschaft von Clonmacnoise besser hinein als er. Father Padraig schüttelte den Kopf. Nein, er würde dem jungen Ciaran nichts sagen. Wo auch immer das Vermächtnis von John Wyclif verborgen lag – die Möglichkeit, dass Ciaran dieses Geheimnis lüften konnte, war gering. Für die Männer der Krone galt er nun als tot, und die Lollarden wussten nichts von seinem Aufenthaltsort. Niemand würde ihn hier im Herzen der Grünen Insel finden.

»A Chiaran«, murmelte er leise vor sich hin, als ob er zu dem jungen Novizen spräche, »mögest du dem Herrn ein Wohlgefallen und unserem Kloster eine Zierde sein.«

Mit langsamen Schritten ging der Abt zurück zum Refektorium.

Buda, Frühjahr 1406

Es war einer dieser milden, in Sonnenlicht getauchten Frühlingstage, an denen der Winter nur noch eine unwirkliche, ferne Erinnerung schien. Überall brach mit Macht helles, saftiges Grün hervor, das den Augen wohl tat, auf Wiesen, Feldern, Büschen und Bäumen. Die Vögel in den Donauauen hatten es geschäftig, überall Geflatter, Zwitschern und Piepen, Lämmer hüpften und buckelten übermütig in den Pferchen, Hummeln brummten suchend über den Boden. Sogar der alte Zeno spitzte die Ohren und hob beim Trab die Beine höher als sonst. Ezzo lenkte seinen Schwarzen am Fluss entlang, den Falken vor sich auf dem Sattelgestänge. Er hatte ihm die Haube übergestülpt – zu viele Wasservögel flogen umher, als dass Brun sonst hätte ruhig bleiben können. Leise, besänftigende Worte murmelnd trieb Ezzo sein

Pferd voran, geradewegs auf die Mauern der Stadt zu, die in der Ferne vor ihm aufragten. Seine Anspannung stieg mit jeder Meile, die er zurücklegte. Das Ziel seiner langen Reise stand ihm greifbar nah vor Augen: Buda, die alte Stadt an der Donau, Residenz des Königs und damit Zentrum der ritterlichen Welt.

Als er durch das Wiener Tor ins Burgviertel einritt, hätte Ezzo laut jubeln mögen, so glücklich war er. Staunend betrachtete er die prächtigen hochgiebeligen Bürgerhäuser, die Werkstätten der Goldschmiede, die vielen Geschäfte, Läden und Buden, die trutzigen Wohntürme des Stadtadels. Es war ihm ganz gleich, dass er im Gewirr der Gassen die Orientierung verlor, nur weiter, nur schauen wollte er. Das schöne Wetter hatte die Menschen aus ihren Häusern getrieben, alles, was Beine hatte, bevölkerte die Straßen und Plätze. Die Menschen trugen fremde Tracht, farbenfroh und mit merkwürdigen Hüten. Auf dem Markt mit seinen Krambuden und Verkaufsständen herrschte ein unglaubliches Getümmel, alles schrie durcheinander, auf Deutsch, auf Magyarisch und in allen möglichen anderen Sprachen. Am lautesten brüllten die Fischhändler. Sie boten Welse, Zander, Karpfen und Stör so frisch aus der Donau an, dass der Fisch noch mit der Schwanzflosse schnalzte.

Ezzo bahnte sich seinen Weg durch die Menge, ohne zu wissen, wohin. Auf seiner Reise war er durch viele Städte gekommen, die größte davon das reiche Nürnberg. Die fränkische Handelsmetropole hatte den Jungen vom Land schon tief beeindruckt, aber dies hier, dies musste der Nabel der Welt sein!

Die Gasse, die Ezzo schließlich vom Marktplatz aus nahm, stieg leicht an, und er hoffte, dass sie ihn hinauf zur Burg führen würde. Dorthin, wo der König Hof hielt, wo seine Ritter und Lehnsleute ihn umgaben, wo glorreiche Feste und Turniere stattfanden. Doch zunächst gelangte Ezzo nur zu einer riesigen Baustelle. Hunderte von Arbeitern waren gerade dabei, einen tiefen Halsgraben auszuheben; hinter dem aufgetürmten Erdwall erhoben sich hölzerne Gerüste, Kräne schwenkten ihre Lasten herum. Eine massige Mauer war schon zur Hälfte hochgezogen, die ersten Stockwerke eines unfertigen Turms ragten auf. Offensichtlich ließ Sigismund oder Zsigmond, wie sie ihn hier in Ungarn nannten, seine Wehranlagen verstärken. Als Ezzo weiterritt, bot sich ihm im Innern der Befestigung ein ähnlicher Anblick: Neue Gebäude wurden errichtet, Dächer gedeckt, überall wurde gebaut, verstärkt, erhöht. Sigismund, das war deutlich, plante den Ausbau der Budaer Residenz zur größten Burg seiner Zeit. Allein diese Tatsache warf schon ein Licht auf sein Selbstverständnis als Herrscher.

Ezzo lenkte seinen Rappen vorsichtig mitten durch das geschäftige Treiben. Bis hierher hatte er es geschafft, ohne von Wächtern aufgehalten zu werden, doch ins Innere der Burg, dort, wo der königliche Wohnbereich lag, würde er nicht so einfach vorgelassen werden. Suchend sah er sich um. Da drüben, hinter einer Zugbrücke, lag das Tor, das er passieren musste, um zum König vorzudringen. Und wie nicht anders zu erwarten, war es von zwei Bankriesen in voller Bewaffnung flankiert. Ezzo rückte seine Kappe zurecht, strähnte sein Haar mit den Fingern – lang war es geworden! – und klopfte sich den Staub aus den Kleidern. Ein wenig mulmig war ihm schon zumute, aber dann fasste er sich ein Herz und ritt geradewegs auf die Wachen zu.

Die beiden Landsknechte kreuzten ihre Hellebarden, sobald sie ihn kommen sahen. Ruhig zügelte er sein Pferd und grüßte. Aus einer kleinen Schlupfpforte im Innern des Tordurchgangs trat der Torwart, ein kräftig gebauter Glatzkopf mit einer Nase, die nicht nur einmal gebrochen war. Er lächelte und entblößte dabei eine Reihe gelbfleckiger Zähne. »Jó napot kivánok!«, grüßte er auf Ungarisch.

Als Ezzo verwirrt dreinblickte, fuhr er auf Deutsch fort. »Wer seid Ihr, Fremder, und wohin des Wegs, wenn man fragen darf?«

Ezzo war froh, sich mit dem Mann verständigen zu können. Nur jetzt nicht unsicher wirken, dachte er. »Ezzo von Riedern, auf dem Weg zu Seiner Majestät«, erwiderte er laut.

Der Torwart schob die Unterlippe vor. Merkwürdiger Adeliger, das. Sah recht heruntergekommen aus, die Kleider schmutzig und verschlissen, außerdem völlig aus der Mode. Dazu auch noch keine Waffen und das Haar ungepflegt wie ein Bauer. Auf dem Weg zu Seiner Majestät, ei freilich! Andererseits ritt der Bursche ein edles Ross, zwar ein bisschen struppig vom Alter, aber eindeutig ein wertvoller Turnierhengst. Auf der Schabracke war ein Wappen eingestickt, eines, das er noch nie gesehen hatte: Eine rote Kanne auf silbernem Grund, soso. Nun, schließlich konnte er nicht jedes Wappen im Kopf haben, das wäre schon ein bisschen viel verlangt. Mit langsamen Schritten ging der Glatzkopf um Ross und Reiter herum, kratzte sich am Kinn und überlegte. Dann entdeckte er erst den Falken, und das gab den Ausschlag. Nur wer von Adel war, besaß einen solch kostbaren Jagdvogel; niemand sonst wäre so übergeschnappt, einen Ger mit sich herumzuschleppen. »Tessék!« Der Kahle machte eine knappe Verbeugung und gab den Bankriesen einen Wink, worauf sie ihre Hellebarden senkrecht stellten. Ezzo atmete auf, dann schnalzte er mit der Zunge und schon war er im Schlund des Inneren Tors verschwunden.

Vor dem Palas herrschte geschäftiges Treiben. Mägde schleppten Wasser, in einem Bottich brühte der Fleischhauer gerade eine frisch geschlachtete Sau. Kinder lärmten und jagten aufgeregt gackernde Hühner um einen dampfenden Misthaufen. Zwei Weinfuhren wurden entladen, mit lautem Kollern rollten die Fässer eine Rampe in den Keller hinunter. Der Schmied beschlug mit schwerem Hammer ein Pferd und fluchte, weil es nach ihm trat. Irgendwo lachte laut eine Frau. Ezzo fühlte sich schmerzhaft an sein Zuhause in Riedern erinnert, nur dass hier alles viel größer war. Unter einem Säulengang bemerkte er etliche junge, gut gekleidete Männer, die allem Anschein nach zum Gefolge des Königs gehörten. Einer hielt ein Kurzschwert hoch und erklärte irgendetwas.

»Entschuldigt, Ihr Herren!« Ezzo zügelte seinen Hengst neben einer der dicken Säulen und stieg ab. »Ich komme von weither und möchte dem König gern meine Dienste antragen …« Er hoffte, die Männer würden ihn verstehen.

Der mit dem Kurzschwert hielt inne und musterte den Neuankömmling; sein Gesicht verzog sich dabei zu einem spöttischen Grinsen. »Dienste als was? Vogelscheuche? Hofnarrengehilfe? Maulschelleneinfänger?« Er sah seine Freunde herausfordernd an; die johlten und hielten sich die Seiten vor Lachen.

Ezzo fühlte, wie die Wut in ihm aufstieg, aber er beherrschte sich. »Weder noch«, lächelte er, »aber ich könnte den Höflingen

Seiner Majestät Manieren beibringen.« Jetzt hatte er die Lacher auf seiner Seite. Der mit dem Schwert rang sich ein Grinsen ab. »Weißt du, mit wem du es zu tun hast, Klugscheißer?«, fragte er mit sanfter Stimme und richtete wie zufällig seine Waffe auf Ezzos Bauch.

»Offenbar mit jemandem, der nicht viel von Höflichkeit Fremden gegenüber hält.«

Die anderen hatten inzwischen einen Kreis um die beiden gebildet und warteten gespannt, was der Streit noch bringen würde. Ezzo schob die Schwertspitze mit zwei Fingern von sich weg. »Ich hoffe, es stört Euch nicht, dass ich unbewaffnet bin?«

Sofort steckte der andere die Klinge weg. »Wir können unser kleines Geplänkel auch anders austragen«, schlug er vor. Und bevor Ezzo antworten konnte, hatte er schon den ersten Fausthieb eingefangen. Schon wälzten sich die beiden auf dem steinernen Pflaster. Eine größere Menge versammelte sich und feuerte die Kampfhähne an. Ezzo wehrte sich erbittert, bald hatte er den metallischen Geschmack von Blut im Mund, sein Ohr tat weh und ein Auge begann schon, zuzuschwellen. Aber auch sein Gegner war lädiert, er hinkte leicht und aus seiner Nase schoss es rot. Im Eifer des Gefechts merkten beide nicht, dass es um sie her plötzlich still geworden war, bis eine laute Stimme »Auseinander!« schrie.

Solchermaßen gestört, ließen die Kämpfer voneinander ab; schwer atmend standen sie da, die Fäuste immer noch geballt. Die Menge teilte sich und gab den Blick frei auf eine Gruppe Reiter, die eben in den Hof gesprengt war. Die Männer waren teuer gekleidet, trugen geschlitztes Mi-Parti in bunten Farben und Federhüte. Nur einer von ihnen war barhäuptig: Ein blondlockiger, bärtiger Hüne auf einem herrlichen Schimmel, der eindeutig von edelster arabischer Abstammung war. Ezzos Gegner sank sofort auf die Knie. Mein Gott, dachte Ezzo, es ist der König!, und versank ebenfalls in einer tiefen Verbeugung. Das Herz schlug ihm bis zum Hals.

»Ihr wisst genau, dass ich Raufhändel unter meinem Gefolge nicht dulde, Marquard von Leipstetten!«, donnerte Sigismund. »Keiner bricht mir hier ungestraft den Burgfrieden! Und Ihr, wer seid Ihr?«

Ezzo rappelte sich auf und tupfte sich mit dem Ärmel das Blut aus seinem Mundwinkel. »Verzeiht die Ungehörigkeit, Majestät. Ich bin der Sohn des Grafen Heinrich von Riedern, Herr, und gerade angekommen.«

»Und was ist Euer Begehr bei Hof, außer den Streithahn zu machen?«

»Zu Gnaden, Majestät, ich … ich möchte gern Ritter werden.«

Sigismund lachte laut auf, dann winkte er mit zorniger Geste ab. »Heißsporne kann ich in meinem Gefolge nicht brauchen, Junge. Schlag dir die Flausen aus dem Kopf und reite wieder heim. Und Ihr, Leipstetten, wenn so etwas noch einmal vorkommt, dann schick ich Euch zurück auf Euren zugigen Burgstall in Böhmen, habt Ihr verstanden? Und jetzt alle zurück an die Arbeit, hier gibt's nichts mehr zu sehen!«

Die Menge zerstreute sich, und auch der von Leipstetten klopfte sich den Staub aus den Kleidern und trollte sich unter die steinernen Arkaden. Ezzo stand allein da, alles tat ihm weh, und seine Enttäuschung war grenzenlos. Er war umsonst gewesen, der ganze lange Weg von Riedern bis nach Buda. Hätte er sich doch nur nicht so hinreißen lassen! Er spürte, wie ihm die Tränen in die Augen traten. Wo sollte er jetzt hin, was sollte er tun? Herrgott, er hatte alles verdorben. Langsam und mit gesenktem Kopf ging er hinüber zu seinem Pferd. Der Falke, der immer noch auf seinem Sattelgestänge hockte, begann zu flattern. Mit einem müden Seufzer nahm er ihn auf die Hand und blies ihm beruhigend seinen warmen Atem ins weiche Brustgefieder.

»Ei, Ritter wollt Ihr also werden, ja?« Eine hohe, helle Stimme riss ihn aus seiner Traurigkeit. Suchend sah er auf, und dann war ihm, als hätte ihn der Blitz aus heiterem Himmel getroffen: Über ihm auf einer Treppe stand das schönste Mädchen, das er je gesehen hatte, eine unwirkliche, feenhafte Erscheinung ganz in Rot. Sie mochte ungefähr so alt sein wie er. Ihr Gesicht war weiß wie Schnee, sie hatte große, ausdrucksvolle Augen, ein Paar herzförmiger Lippen. Honigblondes, in der Mitte gescheiteltes Haar fiel ihr offen in zwei langen Strängen über die Brust. Ein goldener Reif mit einem riesigen Rubin zierte ihre Stirn. Sie lächelte ihn an, freundlich, fast liebevoll, und er glaubte zu träumen.

»Äh, ja, Euer Liebden … Herrin«, stotterte er und kam sich vor wie ein Trottel. »Das möcht ich gern, aber …«

Sie neigte den Kopf. »Nun, Ihr könnt zwar nicht in die Dienste des Königs treten«, lächelte sie verschmitzt, »aber wohl in die der Königin, wenn es Euch genehm ist. Tapfere Männer kann ich immer gebrauchen.«

Ezzos Knie wurden weich wie Butter. Himmel, das war niemand anders als Barbara von Cilli, und jetzt wusste er auch, warum man sie als schönste Frau im ganzen Reich bezeichnete. »Majestät, ich wäre überglücklich, wenn Ihr mich als Euren niedersten Diener annehmen würdet. Ich gelobe, mit dem letzten Blutstropfen für Euch einzustehen!«

Die Leute kicherten. Jetzt erst wurde Ezzo gewahr, dass die blutjunge Königin von einem ganzen Rattenschwanz an Hofdamen und Lakaien begleitet wurde; außerdem stand hinter ihr ein ehrfurchtgebietender Mann im pelzverbrämten Umhang, sicherlich einer von hohem Adel. Barbara lachte glockenhell auf. »Versprecht nichts, was Ihr nicht halten könnt, mein Lieber. Und meldet Euch später bei meinem Waffenmeister.« Sie reichte ihrem Begleiter die Hand und stieg ein paar Stufen höher. Dann drehte sie sich noch einmal um, ihr Blick ruhte einen Augenblick anerkennend auf dem herrlichen Falken. »Euer Geschenk nehme ich natürlich gern an, zukünftiger Ritter von Riedern! Ihr müsst wohl geahnt haben, dass Eure Königin die Beiz liebt.« Dann war sie durch eine spitzbogige Tür im ersten Stockwerk des Palas verschwunden.

Noch bevor Ezzo sich fragen konnte, was sie gemeint hatte, war ein Diener herangetreten und band den Falken mitsamt seinem Gestänge vom Sattel los. Mit offenem Mund sah Ezzo zu, wie der Mann wortlos mit Brun davonging. Der Verlust seines Jagdfalken hätte ihn unter anderen Umständen zutiefst getroffen, aber nun fühlte er gerade einmal leises Bedauern. Ihn beschäftigte etwas viel Wichtigeres: Die strahlende, wunderschöne Königin. Ezzo von Riedern hatte sich zum ersten Mal im Leben verliebt …

Drinnen wandte sich der Burggraf Friedrich von Nürnberg mit amüsiertem Blick an Barbara von Cilli. »Ei, Liebden, so wirbt man

Getreue an, mein ich! Wie viele von der Sorte habt Ihr wohl inzwischen?«

Die Königin warf den Kopf zurück und lachte. »Eine ganze Menge, Herr Friedrich. Aber eine Frau von Rang kann nie genug Ritter haben, glaubt Ihr nicht auch?«

Er half ihr aus dem Mantel. »Habt Ihr bemerkt, wie der junge Held Euch angesehen hat?«

»Ach«, lächelte sie, »zum Rittertum gehört doch der Minnedienst. In allen Ehren, notabene.«

»Wartet nur, bis der König eifersüchtig wird.« Er drohte ihr scherzhaft.

Sie sah ihn an. Dann hob sie die Hand an sein Gesicht, mit dem Zeigefinger zog sie ganz langsam die Form seiner Wange nach. »Hat er denn Grund dazu, mein Freund?«, fragte sie.

Rasch drehte sie sich um und verschwand in der Frauenkemenate.

Derweil machte sich Ezzo beschwingt auf den Weg ins Zeughaus zum Waffenmeister. Eine Stunde später war er als Einrosser Ihrer Majestät bestallt, gegen Kost und Unterkunft, ein Schwert aus der Waffenkammer, ein paar Stiefel und Hofkleidung in den Cillischen Farben. Noch niemals in seinem Leben war er so glücklich gewesen.

Kloster Clonmacnoise, zwei Monate später

Mo Chua und Colm Cille waren Freunde, und als Mo Chua als Einsiedler in der Wildnis lebte, besaß er nichts mehr außer einem Hahn, einer Maus und einer Fliege. Er nannte sie seine drei Schätze. Der Hahn krähte für ihn zur Mitternachtsmesse. Die Maus ließ ihn nur fünf Stunden am Tag schlafen, und wann immer er gern länger geschlafen hätte, übermüdet von seinen Nachtwachen und Vigilien, leckte sie ihn am Ohr und weckte ihn so. Die Aufgabe der Fliege war es, jede Zeile in seinem Gebetbuch entlangzukrabbeln, während er las, und wenn er vom Psalmensingen müde war und einschlief, blieb sie an der Stelle sitzen, wo er innegehalten hatte, damit er wusste, wo er weitermachen sollte. Irgendwann starben Mo Chuas Hahn, die Maus und auch die Fliege, und er schrieb einen Brief an Colm Cille, in dem er den Verlust seiner drei Schätze beklagte. Colm Cille schrieb ihm Folgendes zurück: ›Bruder, du brauchst dich über den Tod deiner kleinen Herde nicht zu wundern, denn es gibt kein Unglück außer dort, wo Wohlstand herrscht.‹«

Brid kicherte. »Du bloß immer mit deinen Geschichten«, meinte sie kopfschüttelnd und versetzte Ciaran einen liebevollen Klaps.

»Hast du's denn verstanden? Es handelt davon, dass weltliche Güter uns nichts bedeuten sollen«, gab Ciaran zurück. Seine kleine rotlockige Freundin aus dem Dorf war ein bisschen einfach im Kopf. Dafür hatte sie andere Vorzüge: Brüste wie reife Äpfel, einen Rosenmund, geschickte Finger und eine flinke Zunge.

»Glaubst du, dass am Ende vom Regenbogen wirklich ein Topf mit Gold vergraben is'?«, fragte Brid in ihrer kindlichen Art und wickelte eine seiner schwarzen Locken um ihren Zeigefinger.

Ciaran lachte. »A óinsí!« Sie war wirklich ein süßes kleines Dummchen. Er kam sich ihr gegenüber viel älter vor als seine gerade mal sechzehn Jahre, und er genoss es. »Hast du schon mal versucht, ans Ende des Regenbogens zu gelangen?«

Sie schüttelte den Kopf.

»Dein Glück! Du würdest es nämlich nicht finden. Weißt du, der Regenbogen ist am Himmel aufgehängt, er berührt die Erde niemals.«

»Och!« Sie schob schmollend die Unterlippe vor, was ganz reizend aussah. Er beugte sich zu ihr und küsste sie. Forschend glitten seine Finger über den rauen Stoff ihres Hemds und nestelten ungeschickt an den Bändern des Ausschnitts. Aufseufzend half sie ihm, schob ihm willig die üppigen weißen Brüste entgegen. Ihre kleinen Brustwarzen hatten die Farbe reifer Himbeeren, und gierig nahm er eine davon in den Mund. Langsam tastete sich seine Hand unter ihre dicken Wollröcke, die Innenseiten ihrer Schenkel hinauf bis zu dem geheimen Ort, zu der feuchten, dunklen weiblichen Höhle, die ihm verboten war. Er war noch nie so weit gegangen, ihre Scham zu entblößen, sie anzusehen, als hätte er Angst davor, dass ihn der Anblick endgültig zum Sünder machte. Aber spüren, tasten, das erlaubte er sich. Sie machte Laute wie ein kleines Kätzchen, während er ihre Lust genoss und die Finger spielen ließ, bis sie endlich erschauerte. Dann rutschte sie an seinem Körper tiefer, kroch unter seine Kutte. Er sog die Luft zwischen den Zähnen ein, als ihre Zungenspitze sein Glied umspielte. Jedes Mal, wenn es so weit war, verstand er, warum der Umgang mit Frauen den Männern Gottes verboten war. Dies hier war jenseits von Gut und Böse, ließ jeden Gedanken an Glauben und Demut verblassen, ja, es war ein anderes, ein weltliches Himmelreich. Ciarans Atem ging schneller, er bewegte sich mit dem Rhythmus ihrer Hand, als sie plötzlich aufhörte. Sie raffte ihren Rock und setzte sich auf ihn, versuchte, ihn in sich aufzunehmen. Er wehrte sich mit dem letzten Rest seiner Selbstbeherrschung. Noch nie hatte er sich gestattet, ein Fleisch mit einer Frau zu sein. Alles andere ja, aber das nicht. Seinen Samen zu vergießen, Lust und Leidenschaft zu erleben, das fand er lässlich, fleischlichen Verkehr jedoch unentschuldbar. Er war nicht bereit, so weit zu gehen. Mit sanfter Gewalt schob er das Mädchen von sich herunter, wieder tiefer, und ließ sie mit Mund und Lippen beenden, was sie begonnen hatte.

Später lagen sie nebeneinander, schweigend. Sie war traurig und enttäuscht, das spürte er. Da war sie bereit gewesen, sich ihm ganz zu schenken – vielleicht war sie gar noch Jungfrau? – und er hatte sie zurückgestoßen. Und er, er hatte ein schlechtes Gewissen. Aber schließlich wusste sie, dass er Novize im Kloster war Was erwartete sie von ihm? Dass er sie mehr liebte als seine Seele? Er traf eine Entscheidung.

»Brid?«

»Mmmh.« Sie fuhr mit der Fingerspitze die Kontur seiner Wange nach.

»Ich werde nicht mehr ins Dorf kommen.«

Sie hob den Kopf. »Und wo soll'n wir uns dann treffen?«

»Gar nicht mehr«, sagte er.

Mit einem Ruck setzte sie sich auf. »Aber warum? A Chiaran, warum?«

»Ich lege in zehn Tagen die Profess ab«, erklärte er. »Ich werde Mönch.«

»Ach das.« Sie merkte nicht, wie ernst es ihm war. »Viele von denen kommen ins Dorf, denk bloß an Bruder Mícheál. Oder Bruder Máirtin, der hat mit der schwarzen Morrigu sogar ein Kind.« Sie legte ihre Hand an Ciarans Wange. »Tóg bog é«, lächelte sie. »Mach dir keine Gedanken.«

Er schob ihre Hand fort. »Was die anderen tun, ist deren Sache. Brid, ich will ein reines Gewissen vor Gott haben. Ich werde meine Gelübde halten. Und du, du findest einen netten Kerl aus dem Dorf, heiratest ihn und bekommst einen ganzen Haufen Kinder.«

Ihre Augen füllten sich mit Tränen. »Aber ich lieb dich doch. Ich will nur dich haben und keinen vom Dorf.«

»Sei doch nicht traurig.« Ungeschickt strich er ihr übers Haar. »Himmel, Brid, du hast doch gewusst, dass ich Mönch werde. Dass das mit uns nichts werden kann auf Dauer. Es war wunderschön mit dir, aber jetzt ist es eben vorbei. Mir fällt's auch schwer.«

»Warum machst du's dann nicht wie Bruder Máirtin?«, stieß sie hervor.

»Weil mir ein reines Gewissen wichtiger ist als ein bisschen Liebelei. Vergiss mich einfach, Brid. Es ist besser so, glaub mir, auch für dich.« Er stand auf und ordnete verlegen sein Gewand.

Brid begann vor lauter Wut und Trauer hemmungslos zu schluchzen. »Dann geh doch zum Teufel«, schrie sie unter Tränen. »Téigh i dtigh diabhail!«

Er senkte den Kopf und wandte sich zum Gehen. »Gott segne dich, Brid. Slán agat.«

Ein Klumpen Erde flog durch die Luft und traf ihn am Kopf. »Komm nie wieder«, heulte Brid. »Ich hass dich, du … du … du Mönch!«

Mit schnellen Schritten ging Ciaran davon, die Mauer der Normannenfestung entlang, über den Erdwall, der den Wassergraben durchbrach. Erleichtert trat er durch die Klosterpforte, die sich mit leisem Knirschen hinter ihm schloss. Dann blieb er erst einmal stehen und atmete tief durch. Er wusste, er hatte das Richtige getan.

Zehn Tage später war Beltane, der erste Mai. Im Dorf schmückten die Burschen die Hütten ihrer Liebsten mit Blumen und Bändern. Ein Pfahl wurde aufgerichtet und mit frischem Frühlingsgrün und Blüten umwunden; wie ein riesiges, obszönes Symbol ewiger Männlichkeit ragte er in den hellen Himmel. Es war ein alter heidnischer Brauch, ein Anbeten der Göttin Natur, eine Beschwörung der Fruchtbarkeit von Mensch und Tier. Alles war erlaubt an diesem Tag Beltane, es gab keine Tabus. Daran änderte auch die Nähe des Klosters nichts, obwohl der Bruderschaft von Clonmacnoise dieser Rückfall in vorchristliches Brauchtum ein Gräuel war. Was hatte man nicht alles versucht, es den Dörflern auszutreiben. Kirchliche Feierlichkeiten, Predigten, Verbote. Alles umsonst. Die Leute waren unbelehrbar, dumm, wie die Tiere.

Ciaran hörte Fetzen von Musik aus der kleinen Siedlung herüberwehen, während er sich für die Profess einkleiden ließ. Feines Gelächter drang wie winzige, spitze Nadeln an seine Ohren, als ihm Bruder Eoghain das Haar schnitt und die kreisrunde Stelle ausrasierte, die das Zeichen des Mönchs war. Ciaran versuchte, nicht an das zu denken, was gerade im Dorf vor sich ging, er musste sich konzentrieren, um die Feierlichkeit des Rituals zu empfinden. Mit geschlossenen Augen saß er da, die Hände betend aneinandergelegt. In kurzer Zeit würde er die ewigen Gelübde ablegen, die der Armut, der Keuschheit und des Gehorsams. Er war bereit, fühlte eine Vorfreude, ja eine Fröhlichkeit, die ihm fast unangemessen für die heilige Handlung schien. Nur eines fehlte noch: Als Bruder Eoghain gegangen war, löste er den Knoten des Lederbändchens, das um seinen Hals hing. Nachdenklich blickte er auf das Korallenamulett, das Einzige, was ihn noch mit der Welt draußen verband. Bis zum heutigen Tag hatte er es getragen, als Andenken an seine Eltern, die er nie gekannt hatte, und als Mahnmal an seine Herkunft, von der er nichts wusste. Sein kostbarstes Gut war dieses Bändchen mit dem roten Stein gewesen, der wie ein kleiner, aufgefächerter Ast aussah. Ab heute zählte dies alles nicht mehr. Kein weltlicher Besitz, keine weltlichen Bindungen. Und doch. Er brachte es nicht übers Herz, das Amulett wegzugeben. Sorgfältig wickelte er es in einen Stofffetzen und stopfte es ganz unten in den Strohsack, der ihm als Matratze diente.

Später betrat er die kleinste der sieben Kirchen, den Teampall Ciaran, an dessen Stirnseite der Gründer des Klosters begraben war. Drinnen hatte sich schon die Bruderschaft versammelt; ganz vorn am Altar stand Father Padraig. Unter den feierlichen Gesängen der Mönche ging Ciaran barfüßig auf den Altar zu. Er fühlte sich merkwürdig entrückt, fast schwerelos. Auf ein Zeichen des Abts hin warf er sich bäuchlings auf den nackten Steinboden und breitete die Arme aus. Er atmete flach und verharrte reglos, ohne die Kälte des Steins zu spüren.

Und während im Dorf die jungen Leute um den Maibaum tanzten, sich in versteckten Winkeln unter Büschen und Bäumen liebten und so den alten Göttern huldigten, empfing Ciaran demütig und von tiefster Frömmigkeit erfüllt die heiligen Weihen.

Köln, Frühjahr 1408

Manchmal schien es Sara erst ein paar Tage her zu sein, dass Salo die Stadt verlassen hatte, manchmal kam es ihr vor wie eine Ewigkeit. Oft ertappte sie sich dabei, wie sie rechnete. Fortgegangen war er im Monat Nisan des Jahres 5164, jetzt hatte man Ijar 5166. Dann Ellul 5167. Und nun schrieb man 5168. Mehr als vier Jahre waren vergangen, und inzwischen waren sie seit sechs Monaten ohne Nachricht. Salos letzter Brief, in dem er seine baldige Rückkehr angekündigt hatte, war völlig zerfleddert, so oft hatte Sara das Pergament auseinandergefaltet und die Zeilen gelesen. Langsam bekam sie Angst, Salo habe es sich anders überlegt oder es sei gar etwas Schlimmes geschehen. Dann, in ihren trübsten Augenblicken, sprach sie, als ob sie das Glück beschwören wollte, das alte Gebet: »Schma Jisroel J'hova eloheinu J'hova echad … Höre, Israel, der Ewige, unser Gott, der Ewige ist einzig …« Und sie dachte an Salos Briefe und den Ort, an dem er mit ihr leben wollte. Eine silberne Burg! Die Vorstellung gefiel ihr. Natürlich wusste sie, dass es keine wirkliche Burg war, eher ein geistiger Ort, ein Zuhause für die Seele. Der Gedanke, diese innere Heimat zusammen mit Salo zu finden, gab ihr Trost und Zuversicht. Jochebed war diejenige in der Familie, die am besten spürte, wann sie Zuspruch brauchte. Dann warf die Kleine ihre pummeligen Ärmchen um Sara und sagte: »Salo … bald.« Sie musste dann jedes Mal fast weinen.

Dann kam der 14. Adar, der Tag des Purimfestes. Sara war nicht in der rechten Stimmung, denn Purim war das fröhlichste, ausgelassenste Fest, das die jüdische Religion kannte, eine Gelegenheit, um üppig zu essen, noch mehr zu trinken, Lärm zu machen und Masken zu tragen. Es war auch und vor allem das Fest der Kinder, die sich jedes Jahr aufs Neue darauf freuten.

Am Morgen versammelte sich alles in der Synagoge. Wie immer ging Jochebed an Saras Hand dorthin, und wie immer bestand sie darauf, dass ihr Sara schon vor dem Gottesdienst die Geschichte Esthers erzählte, deren kluge Fürbitte einst ihren Glaubensgenossen das Leben gerettet hatte. Sara, in düsteres Brüten versunken, hatte wenig Lust, es ihrer Schwester recht zu tun, doch Jochebed, je älter sie wurde, konnte schnell regelrechte Wutanfälle bekommen, bei denen sie laut brüllte und um sich schlug. Also gab Sara nach.

»Vor langer, langer Zeit und in weiter Ferne, im Reiche des Kaisers Ahasver, lebte ein böser Minister namens Haman. Er kannte einen Juden, der hieß Mordechai, und den mochte er gar nicht leiden. Also beschloss er aus lauter Hass, alle Juden im Reich zu töten. Er heckte einen gemeinen Plan aus und überredete den Kaiser Ahasver, dem Mordplan zuzustimmen. Der Tag, an dem alle Juden grausam umgebracht werden sollten, wurde durch ein Würfelspiel bestimmt – weißt du, Würfel nennt man auf Hebräisch Purim. Aber Mordechai hatte eine Nichte, die hieß Esther. Der Kaiser hatte sie zu seiner Ehefrau erwählt, und auf Mordechais Bitten hin flehte sie ihren Mann an, die Juden zu verschonen. Der konnte zwar seine Zustimmung zum Mord nicht mehr rückgängig machen – ein Kaiser fällt schließlich keine falsche Entscheidung! –, aber er erlaubte den Juden, sich mit Waffen zu verteidigen. Und als dann der große Angriff des bösen Haman kam, kämpften die Juden tapfer und stolz. Und – sie siegten. Ja, und deshalb feiern wir jedes Jahr Purim, um an diesen herrlichen Sieg zu denken.«

Jochebed lachte übers ganze Gesicht. Sie hüpfte in ihrer tapsigen Art die Treppen hoch, die zum Frauenbereich der Synagoge führten. Er lag im ersten Stockwerk und war durch ein hölzernes Gitter vom Gebetsraum abgetrennt. So hielt der Anblick der Frauen die Männer nicht von der Andacht ab, aber diese konnten durch das Gitter alles hören, was drunten vorgelesen wurde. Sara spähte durch die Gitterstäbe nach unten und warf einen Blick auf den steinernen Almemor, der in der Mitte des Raumes stand. Die Männer saßen schon fast alle auf ihren Plätzen, und auch der Rabbi war bereits da. Der Form halber zählte er die männlichen Anwesenden durch, denn es mussten mindestens zehn sein, um einen Gottesdienst abhalten zu können.

Dann holte der alte Jossel das Buch Esther herbei, eine dicke Rolle, die in einer Ummantelung aus Samt mit Fransen und Borten steckte. Mit einer kleinen Verbeugung überreichte er die Schrift dem Pfandleiher Samson Männlein, der das Amt des Vorlesers innehatte. Der entrollte die Schrift vorsichtig und begann, mit tönender Stimme, in einer Art feierlichem Singsang, die Geschichte der Esther vorzulesen. Bei jeder Erwähnung des Bösewichts Haman war es den Kindern erlaubt, zu trampeln, zu buhen und zu zischen, und das taten sie mit voller Inbrunst so laut sie konnten. Manche hatten sogar Rasseln dabei, die einen ohrenbetäubenden Lärm machten. Es war ein Heidenspaß, und auch einige Erwachsene taten sich dabei hervor. An manchen Stellen musste selbst der Vorleser mit sich kämpfen, um nicht vor Vergnügen zu glucksen.

Am lautesten schrie natürlich wie immer Jochebed; Sara und ihre Eltern hatten Mühe, sie nach dem Gottesdienst wieder ruhig zu bekommen. Später auf der Straße setzten die kleineren Kinder Masken auf, tanzten und sangen, und sogar Rabbi Meir, sonst ein ernsthafter Gelehrter, schloss sich übermütig dem allgemeinen Ringelreihen an. Dann gingen die Leute nach Hause. Viele hatten zum Festmahl Freunde gebeten, denn es war fast unmöglich, all die guten Sachen, die zuzubereiten guter Brauch war, alleine aufzuessen.

Sara und ihre Eltern waren bei Salos Familie eingeladen. Der Tisch bog sich unter all den Köstlichkeiten, die der reiche Haushalt des Geldverleihers bereithielt: Es gab Pasteten, heiße Kastanien,

Täubchen und Wachteln, Törtchen und Fladen, Pfefferkuchen, Ragout vom Fasan und gebratene Hühner. Natürlich durften auch die »Ohren Hamans« nicht fehlen, kleine süße Mohnkuchen, die vor allem bei den Kindern beliebt waren. Und Wein, Unmengen von Wein. Eigentlich wurde das Trinken von Alkohol bei den Juden nicht gern gesehen, aber es war geradezu eine religiöse Vorschrift, sich wenigstens einmal im Jahr an Purim einen Schwips anzutrinken. Und wer wollte dieser angenehmen Pflicht nicht nachkommen?

Sara saß zwischen ihren Eltern, trank den gesüßten roten Wein in Maßen und beobachtete die Mitglieder von Salos Familie. Seine beiden Schwestern waren inzwischen verheiratet und hatten ihre Männer und drei kleine Kinder mitgebracht. Die eine war dicker denn je, genau wie ihr Mann, der mit Gewürzen aus dem Orient handelte. Mit geröteten Gesichtern schaufelten die beiden Essen in sich hinein. Die andere Schwester sah schlanker aus als sonst; sie hatte zwei schwere Schwangerschaften und Geburten hinter sich, das brauchte eine lange Erholungszeit. Gerade fütterte sie ihr Jüngstes mit kleinen Brocken vom Mohnkuchen, die sie in Wein einweichte. Alle waren bester Laune, und am fröhlichsten war Salos Bruder Chajim, was am Wein liegen mochte, denn sonst war er eher ein Griesgram. Sara mochte ihn immer noch nicht recht, auch wenn er ihr vor nicht einmal einem halben Jahr furchtbar leidgetan hatte, als seine Frau gestorben war. Die zarte Esther hatte die Geburt ihres ersten Kindes nicht überlebt, und das Kleine war im Mutterleib geblieben. Chajim war erschüttert gewesen und hatte sich zum Schiwe sitzen sieben Tage lang in seinem Haus eingeschlossen, was unüblich war. Doch dann war er wieder aufgetaucht, und niemand merkte ihm mehr an, was geschehen war. Natürlich hatte er Esther und dem Kind einen teuren Grabstein aufstellen lassen, aber man sah ihn nie auf den Friedhof gehen, um ein Steinchen darauf zu legen als Zeichen dafür, dass er an die Toten dachte. Er war schon ein merkwürdiger Mensch, dachte Sara, aber trotzdem lächelte sie ihrem zukünftigen Schwager zu und setzte den Becher an die Lippen, als er seinen Pokal grüßend hob.
Doch zum Trinken kam sie nicht mehr. Lautes Rumpeln war

zu hören, dann wurde die Tür aufgerissen und drei Männer polterten in die Stube. Es waren Reisende mit staubigen Mänteln; ihre spitzen Judenhüte hatten oben einen messingnen Knauf. Am Tisch wurde es still. Was wollten diese Fremden wohl, und wie konnten sie einfach so in eine Feier platzen? Saras Blick wurde von einem der Reisenden wie magisch angezogen. Er war groß und dünn, trug einen langen, dichten schwarzen Bart und gelockte Pe'ot fielen ihm von den Ohren fast bis auf die Schulter. Und dann schrie sie. Gleichzeitig sprangen alle von ihren Plätzen auf und stürmten lachend und weinend auf den Besucher zu. Salo war heimgekehrt.

»Schön bist du geworden, meine Sara.« Salo stand vor ihr und fasste sie um die Taille. »Ich habe ein kleines Mädchen zurückgelassen und finde eine Frau wieder.«

Sie konnte es immer noch nicht fassen. Die Tränen liefen ihr übers Gesicht, und sie hatte einen so dicken Kloß im Hals, dass sie daran zu ersticken glaubte. Natürlich warteten alle gespannt darauf, was ihre ersten Worte an Salo sein würden. Als Braut musste sie ihn schließlich gebührend empfangen. Aber ihr fiel einfach nichts ein, sie stand da, grade so wie Lots Frau, zur Salzsäule erstarrt. »Bekomme ich keinen Willkommensgruß?«, lachte Salo. »Hast du mich am Ende schon vergessen, treuloses Weib?«

Da fiel die Starre von ihr ab. Alle Anstandsregeln waren ihr egal, sie warf die Arme um Salos Hals, was wegen seiner Größe gar nicht so einfach war, drückte den Kopf an seine Brust und schluchzte hemmungslos vor lauter Glück.

»In drei Tagen ist Hochzeit!«, rief Salo, und alle klatschten Beifall.

In dieser denkwürdigen Nacht ging niemand mehr zu Bett. Salo musste sich ans Kopfende des Tisches setzen, essen, trinken und erzählen. So viel hatte er zu berichten, dass eine einzige Nacht dafür gar nicht ausreichte. Alle lauschten seinem Bericht, nur Sara saß da und bekam nichts mit von seinen Worten. Sie konnte ihn nur anschauen, diesen wunderbaren Mann, der ihr so vertraut und gleichzeitig so fremd schien. Wie erwachsen er aussah, dachte sie. Seine Züge waren kantiger und rauer geworden in den vergangenen

Jahren, seine Schultern breiter, seine Bewegungen eckiger, männlicher. Sara sah ihn die Lippen bewegen und hörte doch nicht, was er sagte. Ihr schien dies alles ein Traum. Wie konnte es sein, dass ihr Salo plötzlich wieder gegenübersaß, als sei nichts gewesen? Keine ewige Zeit des Wartens und der Sehnsucht?

Irgendwann sah er sie an, lächelte, zwinkerte ihr zu. Ach, und dann fiel die Traurigkeit über die lange Trennung von ihr ab, endlich, und machte dem Glück Platz. Eine unaussprechliche Freude überschwemmte sie wie eine Rheinwoge, nahm alles ein, was sie war, fühlte und dachte. Sie hätte schreien, jubeln, jauchzen mögen, aber natürlich ging das nicht vor der versammelten Gesellschaft. Wieder traf ihr Blick auf den ihres geliebten Salo, einen Moment lang ruhten ihre Augen ineinander. Salo geriet mit seiner Erzählung ins Stocken, so tief und inbrünstig war dieser Austausch gewesen. Und dann, als die Ersten schon gegangen waren, fanden die beiden Liebenden endlich einen kurzen Augenblick für sich selbst. Sara war in den Hof gegangen, um in dem großen Schaff Wasser zu schöpfen, da stand er auch schon hinter ihr, im Dunkel der Nacht. Er umfing sie, sie ließ den Krug fallen, und dann küsste er sie so hungrig und atemlos wie ein Mann, der vier Jahre lang auf die Liebe gewartet hatte. Sara spürte, wie alles um sie herum versank, gab sich diesem Kuss hin und wünschte sich, er möge nie zu Ende gehen. Doch dann trat einer der Gäste aus der Tür und riss die beiden aus ihrer Umarmung. »Ei, hier bist du, Salo!«, rief er laut, »Komm, du musst weitererzählen!«

Salo löste sich widerstrebend von Sara, und dann gesellten sich die beiden wieder zu den anderen, glücklich, dass sie sich wiedergefunden hatten.

Drei Tage später ging Sara in Begleitung aller Frauen, die zur Familie gehörten, in die Mikwe, um die traditionelle Reinigung vorzunehmen. Es war kurz nach Sonnenaufgang und noch empfindlich kalt; der Reif auf den Dächern der Stadt glitzerte im hellen Schein der Morgensonne. Wie es das Gesetz befahl, wusch sich die angehende Braut sorgfältig am ganzen Körper, ehe sie, Lobsprüche rezitierend, ins Wasser tauchte. Die Eiseskälte des Bades hatte ihr Gutes, denn Sara war müde; vor Aufregung hatte sie in den letzten Nächten kaum geschlafen. Jetzt fühlte sie sich frisch und hellwach.

Unter festlichen Gesängen marschierte die weibliche Sippschaft wieder ins Haus der Braut, wo für Sara bereits ein geschmückter Stuhl bereitstand. Sie ließ sich mit einem kleinen, wehmütigen Seufzer darauf nieder, denn sie wusste, was nun kommen würde: Ihre Mutter trat mit der Schere hinter sie und begann, eine lange dunkle Strähne nach der anderen abzuschneiden. Die entsetzt aufkreischende Jochebed versuchte, sie daran zu hindern, doch die anderen Frauen hielten das Mädchen lachend zurück. Es war nun einmal so, dass vor der Hochzeit das Haar fallen musste, die Halacha verlangte es. Dafür bekam Sara, die nun mit ihren kaum mehr fingerlangen Locken fast wie ein Junge aussah, eine wunderhübsche bestickte Brauthaube, verziert mit angenähten kleinen Perlenschnüren und roten Bändern. Von nun an würde sie ihr Haar regelmäßig schneiden und nie mehr ohne Kopfbedeckung gehen.

Dann wurde sie eingekleidet in das rohweiße Brautgewand, das schon so lange fertig genäht war und in der Truhe gewartet hatte. Fremd kam sie sich so vor, anders, ungewohnt. Aber auch wunderschön. Das muss wohl so sein, dachte sie, wenn man den Schritt in ein neues Leben tut. Ein Leben als Ehefrau und Mutter im Haus des Mannes, nicht mehr als Tochter im Haus der Eltern. Aber viel Zeit hatte sie nicht zum Nachdenken, denn schon wurde sie zur Tür hinausgeführt.

Im Garten der Synagoge hatte sich derweil die Hochzeitsgesellschaft versammelt – die ganze jüdische Gemeinde war gekommen, um mitzufeiern. Und da sah man auch schon die Chuppa, einen bunten, befransten Baldachin, dessen vier Ecken an gedrechselten Stäben befestigt waren. Vier hochgewachsene Männer hielten die Beschirmung hoch. Darunter wartete der Bräutigam im hellen Festmantel. Salo war blass um die Nase, er wirkte angespannt und trat ungeduldig von einem Fuß auf den anderen. Seine Miene hellte sich erst auf, als er sah, wie die Frauen seine Braut herbeiführten. Alles brach in bewundernde Rufe aus. Man tat kund, wie schön die Braut sei, wie tugendhaft und rein und wie gut sie zu ihrem zukünftigen Mann passte.

Siebenmal ging Sara um Salo und die Chuppa herum; sie musste aufpassen, dass sie sich nicht verzählte. Dann nahm sie ihren Platz neben ihm ein. Die beiden strahlten sich an, während der Rabbi den Hochzeitsgottesdienst abhielt. Am Ende seiner langen Rede mussten sie versprechen, einander zu ehren und zu dienen; dann verlas der Barnoss öffentlich die Ketuba, den Ehevertrag. Sara sah den Stolz und auch ein wenig die Trauer in den Augen ihrer Eltern, und eine kleine Träne bahnte sich ihren Weg, krabbelte an der Nase entlang bis zur Oberlippe. Sara fing sie verstohlen mit der Zungenspitze auf. Aber dann wurde sie schon wieder abgelenkt, denn Salo steckte ihr den schweren Hochzeitsring der Kölner Gemeinde an, einen riesigen massiven Goldreif, auf dem oben eine ganze Burg aus Silber thronte, die das Heilige Jerusalem darstellte. In den Ring war ein Spruch aus dem Buch des Propheten Jeremias eingraviert: »KOL SASSON WE KOL SIMCHA, KOL CHATAN WE KOL KALA« – Stimme des Jubels und Stimme der Freude, Stimme des Bräutigams und Stimme der Braut. Während Sara noch ganz versunken den Ring an ihrem Finger betrachtete, deklamierte der Rabbi die »Schewa Berachot«, die sieben Segenssprüche. Endlich reichte man dem Brautpaar einen gläsernen Pokal mit Wein, den beide sich teilten. Das war das Ende der Zeremonie, und Sara atmete erleichtert und glücklich auf. Jetzt fehlte nur noch eines: Salo trat vor und wog den Pokal in der Hand. Er visierte den Hochzeitsstein an, einen achtstrahligen Stern, der auf halber Höhe in die Mauer der Synagoge eingelassen war. An diesem Stein musste das Glas zerschellen, die Scherben galten als Symbol für die Sterblichkeit der Menschen, die man auch an frohen Festen bedenken sollte. Und es war ein glückbringendes Vorzeichen für die Ehe, wenn der Stein gut getroffen wurde und das Glas in tausend Splitter zersprang.

Salo holte aus und warf. Unter den Augen aller flog der Pokal weit am Hochzeitsstein vorbei und zerbarst mit lautem Klirren am Sims des Synagogenfensters.

Es war mit einem Mal totenstill. Das war kein gutes Omen. Sara wurde blass und griff Hilfe suchend nach Salos Hand. Nach schier endloser Zeit löste sich als Erster der Rabbi aus seiner Betroffenheit und schrie so laut er konnte »Masel tow!« – viel Glück! Alle fielen erleichtert in den Ruf ein.

Danach verließ die ganze Gesellschaft den Garten der Synagoge. Auf dem Weg hörte Sara die alte Schulamit raunen: »Oj, das wird nit gut mit den beiden!«

Sara

Wenn ich an die Zeit damals denke, wird mir heute noch das Herz schwer. Warum Salo und mir nur ein solch kurzes Glück vergönnt war, weiß nur Gott allein. Das schlecht geworfene Glas am Tag unserer Hochzeit weckte natürlich Befürchtungen in uns, aber gleich danach versicherten uns die Alten, dass so etwas schon oft vorgekommen sei und nichts bedeuten musste. So feierten wir noch fröhlich, tanzten und lachten, nahmen Glückwünsche und Geschenke entgegen.

Als uns die Gäste verlassen hatten, gingen wir zusammen in unsere Schlafkammer. Natürlich wusste ich, was nun kommen würde, meine Mutter hatte mich am Tag vor der Hochzeit zur Seite genommen und lange mit mir darüber gesprochen. Ich war aufgeregt, aber auch neugierig, und ja, ich freute mich auf diese Nacht, denn schließlich liebte ich meinen Mann von ganzem Herzen und er mich. Er nahm mir als Erstes die Haube ab und machte einen liebevollen Scherz über meine neue Haartracht, dann zogen wir uns ein bisschen verlegen voreinander aus und legten uns zu Bett. Was dann geschah, war für mich neu und wunderschön. Ich überließ mich Salo gern, und was er tat, verriet deutlich, dass er nicht ganz ohne Erfahrung war. So wurden wir Mann und Frau, und ich entdeckte dabei meinen Körper und meine Lust. Doch irgendetwas stimmte nicht. Ich spürte, wie Salo sich angestrengt bemühte, doch nach einiger Zeit erschlaffte er und zog sich aus mir zurück, ohne seinen Samen in mich gepflanzt zu haben. Diese Vereinigung würde keine Frucht tragen. »Es tut mir so leid«, murmelte er und bettete seinen Kopf an meine Brust. Tröstend strich ich ihm über die Stirn – sie war heiß wie Feuer. Ja, er glühte. Wieso hatte ich das nicht bemerkt? Deshalb war er den ganzen Tag so bleich gewesen, hatte kaum etwas gesagt und fast nichts gegessen. Und er hatte beim Tanzen ein paar Mal geschwankt.

»Du bist krank«, sagte ich erschrocken zu ihm.

»Aber wo«, widersprach er schwach, »es ist nichts.«

»Doch, es ist was. Du fieberst.« Ich setzte mich auf und sah ihn im Schein der Kerze prüfend an. Auf seiner Stirn glänzten winzige Schweißperlen, aber er lächelte und versuchte, mich zu beruhigen. »Dieses kleine Fieber hatte ich in Spanien schon etliche Male, kein Grund zur Beunruhigung, Liebste. Es geht von selbst wieder.«

Ich glaubte ihm. Müde, wie wir nach dem langen Tag waren, schliefen wir engumschlungen ein.

Am nächsten Morgen war das Fieber tatsächlich verflogen. Salo war davon überzeugt, dass er nun, da er wieder zu Hause war, bald ganz gesund sein würde. Und so wurden die nächsten Wochen die glücklichste Zeit unseres Lebens. Die Welt um uns herum schien weit weg, wir gingen nicht aus und luden niemanden ein, waren uns selbst genug. Jeden Tag begannen wir mit einem dankbaren Gebet, und ich verrichtete glücklich die Arbeiten, die einer verheirateten Frau anstanden. Mit Feuereifer kochte ich die besten Speisen für meinen Mann und platzte vor Stolz, dass es ihm schmeckte. »Ich werde noch so dick wie ein Elefant«, lachte er – ausgerechnet er, der kein Quäntchen Fett auf den Rippen hatte! Ach, manchmal konnten wir kaum voneinander lassen. Wir liebten uns überall im ganzen Haus, und was die erste Nacht nicht gehalten hatte, das schenkte mir Salo nun mit Lust und Leidenschaft. Manchmal standen wir erst mittags auf oder gingen schon vor dem Abendmahl zu Bett. Nie hätte ich mir träumen lassen, dass Mann und Frau so miteinander umgehen konnten und sich so viel Freude geben konnten.

Und dann träumten wir gemeinsam von der Zukunft. »Wie viele Kinder willst du?«, fragte ich ihn, und er antwortete: »Ein ganzes Haus voll bis unters Dach, und die Mädchen nennen wir alle nach dir!« Es gab keinen besseren Ehemann auf der Welt! »Du wirst einmal ein berühmter Rabbi sein«, erklärte ich ihm einmal voller Stolz, »und aus aller Welt werden Studenten in deine Jeschiwah kommen.«

»Für die du als meine Frau sorgen wirst«, erwiderte er. »Sie werden mit unseren Söhnen und Töchtern spielen, gemeinsam mit uns leben.«

»Und vom Ruhm und der Weisheit des Rabbi Salomon ben Hirsch künden.« Ich wusste es einfach. Und ich freute mich schon auf diese große Familie, deren mütterlicher Mittelpunkt ich einmal sein würde. »Aber ich möchte dann auch an euren Lehrstunden teilhaben«, bat ich – ein vermessenes Ansinnen, das war mir bewusst. Doch er küsste mich sanft und sagte: »Wer bin ich, dir einen Wunsch abzuschlagen, mein Goldstern. Ich war schließlich immer stolz auf deine Klugheit.«

Manchmal spazierten wir zum Fluss, legten uns ins Gras und sahen in den Himmel. Wir entdeckten Gesichter in den vorbeiziehenden Wolken, Bäume, Hunde, Schafe und allerlei Gestalten, ließen die Sonne unsere Haut wärmen, erzählten uns unsere innersten Geheimnisse. Es gab da eine Stelle, geschützt durch hohe Büsche, die niemand einsehen konnte, und dort liebten wir uns im hellen Tageslicht, lagen engumschlungen da und waren einfach nur unendlich glücklich. Alles schien so einfach, so selbstverständlich. Unser Weg schien vorgezeichnet, der Weg eines liebenden Paares, dem das Leben nur Gutes und Schönes bringen würde.

Dann kam der Tag, an dem er sich plötzlich wieder unwohl fühlte. Am Abend aß er kaum etwas von dem guten Lammeintopf, den ich gekocht hatte, klagte über Kopfschmerzen und Müdigkeit. Wir gingen früh zu Bett und schliefen wie immer Hand in Hand ein, mein Kopf auf seiner Brust.

Zwei Stunden später phantasierte er. Ich ließ sofort Rechla holen, und gemeinsam taten wir alles, was in unserer Macht stand. Wir brauten ihm Kräutertränke, um das Fieber zu senken, wuschen ihn am ganzen Körper mit lauwarmem Salzwasser. Löffelweise träufelte ich ihm Himbeerwasser ein, während sie ihm kalte Wickel anlegte. Am Ende beteten wir. Drei Tage kämpften wir um Salos Leben, umsonst.

Er starb in meinen Armen, hörte einfach auf, zu atmen. Es war die Nacht des 20. Adar.

Erhoben und geheiligt sei Sein großer Name,
in der Welt, die er erneuern wird.
Er belebt die Toten und führt sie empor zu ewigem Leben.
Er erbaut die Stadt Jeruschalajim
und errichtet Seinen Tempel auf ihren Höhen.
Er tilgt die Götzendienerei von der Erde
Und bringt den Dienst des Himmels wieder an seine Stelle.
Und regieren wird der Heilige, gelobt sei Er,
in Seinem Reich und Seiner Herrlichkeit,
in eurem Leben und in euren Tagen
und im Leben des ganzen Hauses Jisroel,
schnell und in naher Zeit.
Und sprechet: Amejn.

Ich weiß nicht mehr, wie ich die nächste Zeit hinter mich brachte. Ich saß Schiwe, sieben Tage lang hockte ich auf einem Schemel, das Hemd über dem Herzen zerrissen. Ich wusch mich nicht, kämmte mich nicht, aß und trank kaum etwas. Wie Gespenster zogen die Mitglieder der Gemeinde mit ihren Beileidsbekundungen an mir vorüber. Sie brachten mir Leckerbissen, die ich nicht anrührte, und Umarmungen, die ich nicht spürte. An Salos Begräbnis kann ich mich kaum erinnern, nur daran, dass ich mich wunderte, wie mein großer, schöner Salo in diesen kleinen, schmalen Leinensack passen konnte. Alles weinte, nur ich nicht. Ich hatte keine Tränen mehr.

Im zweiten Abschnitt der Schiwezeit, den dreißig Tagen, an denen ein Hinterbliebener wieder schrittweise ins Leben zurückkehren soll, begann ich mechanisch, meinen Aufgaben in der Familie nachzugehen. Danach arbeitete ich wieder im Hekdesch, um mich abzulenken. Ich konnte mir nicht vorstellen, jemals wieder glücklich zu sein. Die silberne Burg, die eine Zeitlang mein Zuhause gewesen war, gab es nicht mehr. Ich war achtzehn, und ich war Witwe.

Die Trauerzeit verging irgendwie. Ich fühlte mich langsam besser, ertappte mich manchmal ganz schuldbewusst dabei, wie ich über irgendetwas lachte. Allmählich glaubte ich dem Rabbi, der zu mir gesagt hatte, dass das Leben weitergehen und ich eines Tages den Schmerz vergessen würde. Und dann, genau am ersten Todestag meines Salo, kamen seine Eltern und sein Bruder in unser Haus. Und alles wurde geregelt, wie es uralter Brauch war: Man gibt die Witwe dem Bruder ihres toten Mannes. Schon immer war es so gewesen, und in unserem Fall sah man es in der ganzen Gemeinde als Glück an. Zwei Menschen, die ihre Ehegatten verloren hatten, taten sich zusammen, auf dass alles gut werde. Amejn.

Ich wollte nicht. Tagelang beschwor ich meine Eltern, weinte, raufte mir das Haar. Chajim war sehr aufmerksam zu mir. Er machte mir Geschenke und gab sich alle Mühe, aber ich mochte ihn noch immer nicht besonders. Ich wollte keine neue Ehe, und schon gar nicht mit ihm. Schließlich nahm mich meine Mutter beiseite. »Tochter«, sagte sie mit ernster Miene, »du musst ihn nehmen. Nicht nur, weil es eine Mizwa ist, der man Folge leisten muss, wenn sie eingefordert wird. Nicht nur, weil eine Weigerung eine Beleidigung der Familie deines toten Mannes wäre. Nein, da ist noch etwas anderes.« Sie nahm mich fest in die Arme und drückte mich an sich, während sie weitersprach. »Schau, dein Vater und ich sind alt. Ist dir nicht aufgefallen, wie grau wir geworden sind? Unsere Tage auf Erden sind gezählt, und was soll dann aus dir und Jochi werden? Du kannst im Hekdesch arbeiten und von dem leben, was dir die Gemeinde bezahlt, auch wenn es nicht viel ist. Aber kannst du dann auch für Jochi sorgen? Sie wird ihr Leben lang auf dich angewiesen sein.«

Ich schüttelte verzweifelt den Kopf. »Aber ihr werdet noch lange leben, Mutter, bestimmt. Und vielleicht heiratet mich ja ein anderer, irgendwann, einer, den ich auch will.«

Sie hielt mich ein Stück von sich weg. »Ach, Sara, glaubst du denn, irgendein Mann nimmt dich noch, wenn du den Sohn des mächtigsten Mannes in der Gemeinde zurückgewiesen hast? Wenn du die Mizwa gebrochen hast? Und noch dazu, wenn er weiß, dass er zusammen mit dir auch noch deine Schwester bekommt, die eine Närrin ist?«

Abwehrend hob ich die Hände, voll Verzweiflung. Ich sah, wie Tränen Mutters Augen füllten. »Ich kann im Leben nicht mehr ruhig sein, wenn ich nicht weiß, dass für Jochi gesorgt ist«, sagte sie. »Du hast sie selber gesehen, die armen Kreaturen, die in den Narrenkisten vor dem Stadttor wie die Tiere eingesperrt sind. Nie, niemals darf Jochi dort hinkommen. Es wäre ihr Tod, das weißt du. Sara, überleg doch. Chajim will dich heiraten, und er hat deinem Vater zugesagt, dass er sich auch um deine Schwester kümmern wird. Dein Vater und ich, wir wissen, dass du ihn nicht liebst und wir verstehen, dass du ihn nicht gern nehmen willst. Aber wir bitten dich: Heirate ihn. Tu's für deine Schwester.«

Ich konnte nichts mehr sagen. Sie hatte recht. Es war für alle das Beste.

So wurde ich ein Jahr nach Salos Tod Chajims Frau.

Kloster Clonmacnoise, Winter 1410

Es war ein trostloser, nasskalter Winter, wie man ihn in Irland gewohnt war. Ein Regenschauer nach dem anderen trieb über die Insel, an manchen Tagen wurde es kaum hell. Donnernd toste die Brandung gegen die Felsklippen, dass die Gischt hoch aufspritzte, Meerwasser schoss dunkelschaumig tief in die kleinen Buchten, Steine, Algen und Muschelschalen mit sich reißend. Überall stürmte und wehte es; der Wind rüttelte mit kräftigen Fingern an den niedrigen Steinmäuerchen, die das Land kreuz und quer durchzogen. Die Menschen scharten sich in ihren Hütten um die bläulich flackernden Torffeuer. Nur für die notwendigsten Arbeiten ging man noch nach draußen.

Es war die Zeit der Geschichtenerzähler.

Auch im Kloster war einer der zahlreichen herumziehenden Unterhalter angekommen, ein verschrumpeltes altes Männlein namens Conn mit runden Mäuseaugen und lebhaften Händen, die beim Reden nie stillhielten. Er hatte mit seinem Shillelagh, dem knüppelähnlichen Schwarzdornstock des Wanderers, an die Pforte geklopft und war mit Freuden hereingeholt worden. Das Haus, das Dorf, das einen solchen Besucher abwies, gab es in Irland nicht. Nirgendwo liebte man die Geschichtenerzähler so wie auf der Insel. Sie konnten das Dachgebälk vor Gelächter erzittern lassen, Geister durch die Wände heraufbeschwören, Feen im zuckenden Feuer zum Tanzen bringen.

Ciaran hockte mit seiner Harfe neben dem Alten beim Feuer, auf der anderen Seite des Erzählers thronte auf einem Sessel die massige Gestalt von Father Tomás, dem neuen Abt. Der greise Father Padraig war im vergangenen Frühling friedlich eingeschlafen und lag nun draußen beim »Kreuz der Inschriften«, dem schönsten Hochkreuz von allen, so wie er es sich gewünscht hatte.

Der Wind pfiff um die Klostermauern und peitschte die Regentropfen fast waagrecht über den Shannon, als der alte Wanderer zu erzählen begann: »Es war einmal zu einer Zeit, und eine gute Zeit war es, aber es war nicht meine Zeit, noch eure Zeit, noch irgend jemandes Zeit …«

Alle Mönche hingen gebannt an den Lippen des Alten, als plötzlich von irgendwoher ein langgezogener, schriller Ton erklang. Die Männer horchten auf. Der Ton schwoll an, ebbte ab, wurde dann wieder lauter. Es war ein trauriges Heulen, schauerlich, aber zugleich auch süß und verlockend. Das war nicht der uralte Totenschrei der Bauern, wie man ihn kannte. Dies hier war viel eindringlicher, unheimlicher, es ging einem durch Mark und Bein. »Die bean sidhe«, murmelte einer der Mönche, und Ciaran fröstelte. Das war kein Gedanke, den ein Christenmensch hegen sollte, aber auch die Brüder von Clonmacnoise waren Kinder ihrer Zeit, und sie waren Kinder Irlands.

Denn die Banshee war eine alte Frau, die Todesbotin aus der Anderwelt. Ihre weiße Gestalt mit dem silbergrauen Haar, so erzählte man, zeigte sich auf dunklen Hügeln und an reißenden Ufern. Ein graues Gewand aus Spinnweb hing um ihren dürren Leib, der vor Kälte und Trauer zitterte. Sie hatte ein bleiches Totengesicht, die Augen blutunterlaufen vom endlosen Weinen. Und sie sang. Wer immer ihr schauerliches Lied hörte, wusste, dass jemand sterben würde. Es war ein schlimmes Vorzeichen.

Der Gesang erstarb, und alle saßen wie gelähmt. Father Tomás fing sich als Erster wieder. »Es war nur der Sturm, der sich in den Mauern der Normannenfestung fängt«, sagte er, und nicht einer im Raum glaubte ihm. »Lasst uns beten«, murmelte er schließlich und begann mit dem lateinischen Vaterunser.

Es war schon spät, als sich die Versammlung im Refektorium auflöste. Keiner der Mönche war erpicht darauf, in dieser Nacht schlafen zu gehen, aber irgendwann war das Feuer lautlos niedergebrannt und die Talglichter erloschen. Ciaran ging als einer der Letzten, die Harfe in ihrem dunklen Lederfutteral unter den Arm geklemmt.

Draußen stürmte es immer noch, aber der Regen hatte aufgehört. Immer wieder gaben die jagenden Wolken für einige Augenblicke den vollen Mond frei, um ihn gleich darauf wieder zu verschlucken. Ciaran stemmte sich gegen den Wind und schlug den Weg ein, der an den Kapellen vorbei und dann über den Friedhof zu seiner Hütte führte. Eilig lief er durch die Nacht.

Schemenhaft konnte er das Südkreuz vor sich erkennen und bog gleich danach bei einer leeren Hütte rechts ab, als er plötzlich hinter sich ein Geräusch hörte. Er drehte sich um, und das war sein Glück, denn im selben Augenblick verfehlte ein harter Schlag seinen Kopf, traf nur die Schulter und riss ihn zu Boden. Benommen versuchte er, sich aufzurichten, da spürte er einen schweren Hieb gegen seinen Oberarm. Wie ein Blitz durchfuhr ihn der Schmerz, es musste ein Messerstich gewesen sein. Herrgott, da wollte ihn jemand umbringen!

Ciaran schrie, aber er wusste auch, dass der Wind seine Hilferufe verwehen würde. Er ließ die Harfe fallen und versuchte, zu laufen. Hinter ihm zischte jemand auf Englisch: »Er lebt noch!«, und dann setzten sie ihm nach. Es waren zwei Angreifer, soviel war Ciaran klar, und sie hatten Dolche. Irgendwo in der Dunkelheit waren sie hinter ihm. Die Todesangst verlieh ihm Flügel; er rannte in die Richtung, wo die Hütten lagen. Wenn sie ihn einholten, war er verloren, das wusste er. Er war kein Kämpfer, und er hatte nur sein Essmesser am Gürtel. Dann stolperte er und fiel hin. Einer seiner Verfolger versuchte ihn zu packen, aber er kroch mit verzweifelter Behendigkeit rückwärts, bis er mit dem Rücken gegen etwas Hartes stieß und nicht mehr weiterkonnte. Ein Grabstein. »Was wollt ihr von mir?«, keuchte Ciaran und zog sein lächerlich kleines Messer. Einer der Männer knurrte: »Sprich dein letztes Gebet, Ketzerbrut!« In diesem Augenblick brach der Mond durch die Wolken. Ciaran sah eine riesige Gestalt über sich, den Arm zum tödlichen Stoß erhoben. Er schrie, gleichzeitig schrie noch jemand. Da war ein Schatten, und dann war ein dumpfer Schlag zu hören. Der Angreifer brach zusammen wie ein gefällter Baum.

»Wehr dich, du Dummkopf!« Der schmächtige Geschichtenerzähler brüllte Ciaran durch den Wind an. »Greif dir seinen Dolch, schnell!«

Ciaran erwachte aus seiner Erstarrung. Im Mondlicht sah er die Klinge neben sich auf dem Boden schimmern, aber er konnte sie nicht mehr erreichen, denn der zweite Angreifer stürzte sich jetzt auf ihn. Die beiden wälzten sich stöhnend im hohen, nassen Gras; Ciaran gelang es lediglich, mit beiden Händen den Unterarm des Mannes zu packen und ihn daran zu hindern, zuzustechen. Über ihnen stand derweil mit erhobenem Knüppel der alte Conn und wartete in aller Seelenruhe, bis der richtige Kopf oben war. Dann sauste der armdicke Shillelagh nieder. Trotz des brausenden Sturms war ein hässliches Knacken zu hören und Ciaran spürte, wie der Mann über ihm erschlaffte. Schwer atmend rollte er sich unter dem Körper vor und blieb kraftlos auf dem Rücken liegen.

»Alles in Ordnung?«, fragte Conn, und Ciaran nickte. Der Geschichtenerzähler kicherte leise. »Jaja, auf meinen alten Freund hier ist Verlass«, gluckste er und strich liebevoll über seinen Schwarzdornstock. »Es gibt nichts Besseres zum Schädeleinschlagen. Hab ihn lang nicht mehr benutzt, den Dicken, aber er kann's noch!«

Ciaran rappelte sich auf. »Sind die beiden tot?«

»Das will ich meinen«, knurrte der Alte. »Die hab ich richtig gut getroffen. Wär ja noch schöner, wenn die Banshee nicht recht behalten hätte – obwohl sie mit ihrem Lied wohl eher dich gemeint hat. Aber hin ist hin, was?« Wieder kicherte er. »Wer hätte das gedacht, dass ich auf meine alten Tage nochmal richtig zuschlagen darf, und das ausgerechnet im Kloster! Kannst froh sein, dass ich dazugekommen bin, mein Kleiner, die zwei Galgenvögel hätten dich glatt zu den Deinen versammelt.«

»Danke«, stammelte Ciaran. »Gott hat Euch geschickt, um mich zu retten.«

»Was wollten die eigentlich von dir, hm?« Conn stieß verächtlich mit der Stiefelspitze gegen einen der Toten.

»Ich weiß es nicht.« Ciaran war ratlos. Wie hatten sie ihn genannt? Ketzerbrut? Er konnte sich keinen Reim darauf machen. Er trat zu der Leiche, die ihm am nächsten war, und sah sich beim nächsten Durchblitzen des Mondlichts das Gesicht des Mannes an. Er erkannte einen von zwei Fuhrleuten aus London, die vor einigen Tagen mit einer Wagenladung schreibfertigen Pergaments angekommen waren. Warum in aller Welt hatten sie ihn umbringen wollen?

Wäre der alte Father Padraig noch am Leben gewesen, er hätte die Antwort gewusst. Denn er hätte in dem einen der beiden Toten den rothaarigen Leibwächter des königlichen Gesandten Latimer erkannt, den er vor vier Jahren unverrichteter Dinge wieder fortgeschickt hatte.

Sie waren Ciaran wieder auf der Spur.

Ciaran selbst zermarterte sich noch wochenlang das Hirn über den nächtlichen Überfall. Am Ende beschloss er, es müsse sich um eine Verwechslung gehandelt haben. Schließlich sahen alle Mönche nachts gleich aus. Die Männer hatten irgendeinem von ihnen ans Leder gewollt, und es hatte zufällig Ciaran getroffen. Die Wege des Herrn sind eben manchmal seltsam und nicht zu begreifen, dachte er gottergeben. Als die Stichwunde dann verheilt war und sein Oberarm irgendwann nicht mehr schmerzte, hörte er einfach auf, über die Sache nachzugrübeln. Es war nun einmal, wie es war, Amen.

Und drüben die Lücke schließen!«, brüllte der Waffenmeister. »Was seid ihr für ein elender Sauhaufen, Blau! Knie an Knie reiten! Heiliger Strohsack!« Liudolf von Straßburg war puterrot im Gesicht, wütend hüpfte er auf seinem hölzernen Hochsitz auf und ab. Irgendwann würde es den Alten einmal mitten bei einer Kampfübung zerreißen, dachte Ezzo, der unten auf dem Vèrmezö, dem Blutanger, als Flankenreiter der Grünen galoppierte. Sie übten den Buhurt, den Kampf zweier Ritterhaufen gegeneinander, und da war jede Partei nur so gut wie ihr schlechtester Mann. Gott sei Dank war diesmal der lange Garai bei den Blauen eingeteilt. Der Kerl war so schwer von Begriff, dass er erst drei Tage später merkte, wenn er vom Pferd gefallen war.

Ezzo zog sein Übungsschwert, während seine Gruppe in geschlossener Formation auf die Gegner zusprengte. Es war stumpf, und die Grate waren gebrochen, damit beim Kampf keine allzu schweren Verletzungen entstanden. Trotzdem hatten sie alle schon ihre Wunden und Narben davongetragen, ob beim Buhurt – wo man leicht unter die Hufe geraten konnte, das war das Gefährlichste – oder beim Tjost, dem Kampf Mann gegen Mann. Ezzo fixierte seinen direkten Gegner, den jungen Georg von Rosenberg, und beugte sich locker im Sattel nach vorn. Gerade als er die Waffe im richtigen Winkel ansetzen wollte, ertönte das Signal zum Abbruch. Die zukünftigen Ritter der Königin zügelten ihre Pferde und brachten sie zum Stehen.

»Schämt ihr euch nicht?«, donnerte der Waffenmeister. »Wer so jämmerlich anreitet, der braucht überhaupt nicht anzufangen mit dem Fechten. Meinhart, was glaubst du, wofür wurde der Sattel erfunden? Du hockst auf deinem Gaul wie draufgeschissen! Laszlo, wenn du das Schwert ziehst, darfst du nicht so weit nach rechts reißen, dass du deinem Nebenmann ins Auge stichst! Und Ezzo, du musst als Flankenreiter mehr nach innen drängen, sonst zieht es deine Gruppe zu weit auseinander.« Liudolf schnaufte einmal tief durch, dann winkte er verächtlich ab. »Grün war grad noch so anzuschauen, Blau war gottserbärmlich.«

»Seid nicht gar so hart zu meinen Rittern, ich bitt Euch.« Von den Kämpfern unbemerkt, hatte die Königin von einer erhöhten Stelle aus die Übung mit angeschaut. Jetzt ritt sie auf ihrem isabellfarbenen Zelter heran, begleitet von einem kleinen Gefolge. Ezzos Herz tat einen Sprung, wie immer, wenn er Barbara sah. Wie die anderen stieg er ab – was nur möglich war, weil sie in leichtem Lederschutz übten; in voller Rüstung hätten sie die Hilfe eines Knappen oder zumindest ein Holzpodest gebraucht. Dann beugten alle das Knie, verlegen, dass ihre Königin sie bei solch einer schlechten Vorstellung ertappt hatte.

Barbara von Cilli neigte grüßend den Kopf. »Lasst Euch nicht entmutigen, Ihr Herren«, lachte sie. »Mein guter Liudolf ist ein rechter Griesgram, aber er ist der beste Waffenmeister im ganzen Reich. Jeder Ritter, der aus seiner Schule kommt, wird einmal seinesgleichen suchen. Und ich werde stolz auf meine Kämpfer sein.«

Sie lenkte ihr Pferd an der Gruppe kniender Ritter entlang. Jeder der jungen Männer hätte seine rechte Hand für sie gegeben. Wie sie da aufrecht im Sattel saß, das zimtfarbene, federbesetzte Jagdgewand wie ein goldglänzendes Festkleid trug, das war einer Göttin würdig.

Ezzo, der den Kopf gesenkt hielt, hörte mit einem Mal den königlichen Zelter ganz nah an seinem Gesicht schnauben. Er wagte kaum, aufzusehen, aber tatsächlich, sie hatte vor ihm angehalten.

»Begleitet uns zur Beiz, Herr Ezzo«, sagte sie zu ihm. »Wir haben ein paar neue Falken dabei, die noch unerfahren in der Jagd sind. Eure Anwesenheit könnte gut für sie sein.«

Er schluckte. So wusste sie also, dass er all seine freie Zeit bei der Arbeit mit den Greifvögeln verbrachte. Seit Langem schon war er die rechte Hand des Falkners, den er jetzt ganz hinten mit seinen Gehilfen sah. Einer von ihnen trug ein Gestell, auf dem drei junge Wanderfalken hockten. Der Falkner selbst hatte Brun auf der Faust, den Liebling der Königin.

Ezzo schnallte sein Schwertgehänge ab und ließ es zu Boden gleiten. »Es wird mir eine Ehre sein, Majestät«, erwiderte er beinahe zu überschwänglich. Dann stieg er auf und schloss sich unter den neidischen Blicken seiner Freunde der Jagd an.

Begleitet vom aufgeregten Gebell der Hunde ritt die kleine Gesellschaft hinaus in die Donauauen, wo es um diese Zeit vor Wildenten nur so wimmelte. Es war ein heißer Tag. Überall in dem sumpfigen Gebiet summten Mückenschwärme, riesige Bremsen stürzten sich gierig auf die schweifschlagenden Pferde. Ezzo schwitzte in seinem Lederwams, aber dennoch genoss er den Ritt. Wie lange war er schon nicht mehr auf der Beiz gewesen? Damals, auf Riedern – es schien ihm endlos her zu sein. Und jetzt würde er gar noch in der Nähe seiner Königin jagen! Verstohlen beobachtete er, wie sie an der Spitze der Gruppe ritt. Natürlich war der Burggraf von Nürnberg an ihrer Seite, wie immer, wenn er sich bei Hof aufhielt. Die beiden unterhielten sich angeregt, sie warf den Kopf mit der Federkappe in den Nacken und lachte. Man erzählte sich so allerlei über Barbara von Cilli und den gutaussehenden Markgrafen, aber Ezzo tat das als dumme Gerüchte ab. Nun, der König war viel unterwegs, während seine Gemahlin auf der Burg in Buda blieb, aber das war schließlich nicht ungewöhnlich. Und ja, Sigismund war über zwanzig Jahre älter als seine junge Frau, aber was gaben sie nicht für ein schönes Paar ab, und er stand doch in der Blüte seiner Jahre! Dass er Schutz und Schirm über die Königin einem seiner edelsten Reichsfürsten anvertraute, lag doch nahe. Außerdem hatte der Burggraf Weib und Kinder, und er war ein Ehrenmann!

Ezzo wurde aus seinen Gedanken gerissen, als die Hunde anschlugen. Die Königin ließ sich Brun auf die Faust geben und nahm ihm die Haube ab, während der Leithund wie angewurzelt am Rande eines Schilfdickichts stand, zitternd vor Anspannung. Barbara warf den Falken hoch und Brun stieg auf. Er war darauf abgerichtet, genau über seinem Falkner anzuwarten, sobald er seine Jagdhöhe von zweihundert Fuß erreicht hatte. Jetzt war es so weit, er kreiste. Barbara gab das Zeichen, ein leiser Pfiff ertönte, und sofort schoss der Hund bellend ins Schilf. Drei, vier Wildenten flatterten in Panik auf. Brun griff im selben Augenblick an. Er legte die Schwingen an und ging elegant in den Sturzflug über. Die Schnelligkeit des stürzenden Falken war atemberaubend, und seine Zielsicherheit unglaublich. Schon schwang er in die Flugbahn des verfolgten Vogels ein und schlug seine Klauen tief in dessen Rücken. Flatternd gingen der Jäger und sein Opfer zu Boden.

Barbaras triumphierender Schrei gellte über den Fluss. Sie ritt zu der Stelle, wo Brun mit seiner Beute gelandet war. Der Falke hüpfte aufgeregt um die tote Ente herum, rührte sie aber nicht an. Er war darauf trainiert, sein Opfer nur zu schlagen und nicht zu fressen. Barbara streckte den behandschuhten Arm aus und klopfte auf den Handschuh. Der Jäger flog sofort auf die Faust, wo sie ihm einen Leckerbissen zusteckte.

»Nie hab ich einen besser abgerichteten Falken gehabt!«, rief sie Ezzo zu, der stolzgeschwellt ein Stück hinter ihr stand. »Und dazu noch ein Männchen!«

Sie hatte recht, meistens waren nur die Weibchen zur Beiz zu gebrauchen. »Ich hab mehr als zwei Jahre täglich mit ihm gearbeitet«, erzählte Ezzo eifrig. »Er geht fast noch besser auf Rebhuhn und Fasan, sogar auf Reiher!« Er wagte es und ritt zur Königin hin, streckte die Hand aus und berührte den Falken zärtlich, als seien es nicht seine Federn, sondern ihre Haut, die er unter den Fingerspitzen spürte.

»Er mag es, wenn man ihn im Nacken krault, hier.« Brun hielt gern still, man sah ihm an, wie sehr er die Liebkosung genoss.

»Ihr müsst eine besondere Gabe haben, Herr Ezzo«, lächelte Barbara von Cilli, »dass Euch der Falke so liebt.«

Später saß die Jagdgesellschaft träge unter den Ästen einer großen Trauerweide. Im Schatten waren auf Decken mitgebrachte Pasteten, Käse und Obst ausgebreitet; dazu trank man ungarischen Wein, der im Donauwasser kühl gelegen hatte. Bündel von toten Wildenten hingen an den Sätteln, die Hunde lagen zufrieden hechelnd da, und die Falken hockten behaubt und mit Fleischstückchen satt gefüttert auf ihren Gestängen.

Ezzo hatte die ganze Rast über seine Augen nicht von der Königin lassen können, die nicht weit von ihm auf einer ausgebreiteten Decke saß. Sie hatte das Haar gelöst und die Handschuhe ausgezogen – eine Freizügigkeit, die schon einen gewissen Mut erforderte! Wie eine Waldnymphe sah sie aus, ein Stück reinster Natur, ein Weib, das vollkommen Weib war. Einer der Hunde schmiegte sich an ihre Seite, während sie sich von ihren Hofdamen Apfelstückchen reichen ließ. Ezzo nahm diesen Anblick tief in sich auf. Wer weiß, wann ich sie wieder einmal so sehe, dachte er. Und er fragte sich, ob er je eine andere Frau würde lieben können. Natürlich war die Königin unerreichbar für ihn, er konnte niemals auf die Erfüllung seiner geheimsten Wünsche hoffen. So war sie nun einmal, die ritterliche Minne, die höchste Spielart der Liebe. Der Ritter und seine Dame konnten niemals zusammenkommen. Es war ein Ritual, wie ein Tanz, dessen Schritte genau festgelegt waren. Das Feuer, das in ihm brannte, würde nie gelöscht werden – jedenfalls nicht von ihr. Genau deshalb war diese Liebe so rein, so keusch, so ehrenhaft. Alles andere war einfach nur fleischliche Lust, wie sie jeder Bauer, jeder Landstreicher, ja, jedes Tier erfahren konnte.

Ganz erfüllt vom Glück dieses Nachmittags ritt Ezzo heim. Der Falkner ließ ihn Brun tragen, der ruhig und zufrieden auf seiner Faust hockte, bis sie die Burg wieder erreicht hatten. Im innersten Hof stieg alles ab, eine Handvoll Rossknechte eilte herbei, um die Pferde in Empfang zu nehmen und zum Marstall zurückzuführen. Ezzo lockerte gerade den Sattelgurt, als eine von Barbaras Zofen hinter ihn trat.

»Herr Ezzo, als besondere Gunst Ihrer Majestät seid Ihr heute Abend zur Unterhaltung geladen. Bei Sonnenuntergang im Frauenzimmer.« Die Kleine wurde ein bisschen rot.

Sein Herz schlug heftig, aber er beherrschte sich und dankte dem Mädchen mit artigen Worten. Dann ging er auf sein Zimmer im Anbau des Westflügels, legte sich aufs Bett und zählte die Stunden.

Beim Abendessen in der Hofstube war er so aufgeregt, dass er kaum etwas essen konnte. Er hatte gebadet, sich sorgfältig rasiert, seine Stiefel geputzt und sein bestes Hofgewand angezogen. Ja, er hatte sich sogar von einem Freund ein paar saubere, geschlitzte Ärmel ausgeliehen und ans Wams angenestelt, weil seine schon ein wenig fleckig aussahen. Nun durchquerte er den Ostflügel des Palas, an dessen Ende der Wohnbereich der Königin lag.

Vor dem spitzbogigen Eingang zum Frauenzimmer standen zwei Türhüter, die ihn sofort durchließen, nachdem er seinen Namen genannt hatte. Drinnen brannten schon die Wandfackeln und Kerzen. Der erste Raum war leer; Ezzo hängte seinen Mantel an einen Wandhaken und folgte dann dem Lärm und Gelächter, bis er das große Eckzimmer erreichte, in dem Barbara ihre Gäste empfing. Erst einmal blieb er an der Tür stehen und sah sich um. An den Fenstern hingen schwere damastene Vorhänge, die in dunklen Grüntönen schimmerten, der Boden war nicht, wie üblich, mit Stroh oder Binsen bestreut, sondern mit dicken Teppichen aus dem Orient belegt, die wahllos übereinander lagen. An den Wänden entlang standen etliche Truhen, die als Tische dienten, auf ihnen waren große Krüge mit Wein und Wasser und silberne Platten mit Süßigkeiten schön hingerichtet. In einer Ecke lehnten ein paar Instrumente. Hunde schnüffelten herum, natürlich nicht die gewöhnlichen Burgstreuner, sondern kleine, ordentlich gekämmte Schoßhündchen, die den Damen gehörten.

Mitten im Raum waren einander gegenüber zwei lange Bänke aufgestellt, auf denen die Gäste saßen, die Frauen auf der einen, die Männer auf der anderen Seite, wie es Sitte war. Alle hörten einem edel gekleideten Herrn zu, in dem Ezzo den Hofmeister der Königin erkannte und der gerade eine komische Geschichte zum Besten gab. Ezzo schob sich unauffällig auf die Männerbank, worauf sofort ein riesiger Pokal zu ihm wanderte, der mit süßem Würzwein gefüllt war. Er trank und entspannte sich; sein Blick suchte die Königin, die schräg gegenüber in der Mitte der Frauenbank saß. Ihr Haar war zu einer komplizierten Frisur geflochten, die von einem Goldnetz gehalten wurde, und sie trug ein tief ausgeschnittenes, veilchenblaues Kleid, auf dem eine Unzahl an Perlen wie Sterne glänzte. Die trompetenförmigen Ärmel reichten bis zum Boden, wo unter dem Saum des hellen Unterkleids bestickte Seidenschuhe hervorlugten. In ihrem Schoß lag ein kleiner, rotsamtener Stoffball.

Jetzt klatschte Barbara in die Hände. »Ihr guten Herren, meine Hofdamen alle möchten gerne wissen, ob ihr wohl feinsinnig und züchtig in Liebesdingen sein könnt. Ein schöner Spruch, ein wahres Gedicht – zeigt, dass ihr es wert seid, von einem Weib geliebt zu werden. Und zeigt, dass ihr nicht nur kämpfen, sondern auch vom Schönsten auf der Welt sprechen könnt. Der Preis ist ein Kuss von der Dame Eurer Wahl. Nun denn!« Sie warf den Ball, und der junge Ritter von Eyb, einer aus des Burggrafen Gefolge, fing ihn. Er überlegte lange, dann deklamierte er:

»Es scheinen mir wohl tausend Jahr,
dass ich im Arm der Liebsten lag.
Ohn meine Schuld, s'ist wahr
ist sie nun fort schon manchen Tag.
Seitdem die Blumen ich nicht seh,
noch hör ich feiner Vögel Sang.
Mein Freud ist kurz,
dafür mein Jammer lang.«

Alle klatschten Beifall, und der junge Eyb verbeugte sich lächelnd. Dann warf er den Ball zurück zur Königin.

Der Nächste war Burggraf Friedrich von Nürnberg. Er dachte nicht lange nach, in solchen Spielen hatte er Übung.

»Wenn je ein Mensch zu einer Stund
von wahrer Minne wurd verwundt
der nimmermehre wird gesund –
er küsse denn denselben Mund
von deme er ist worden wund.«

Eine der Hofdamen warf dem Burggrafen eine Rose zu, die Männer klopften ihm auf die Schulter. Nun kam ein älterer Adeliger, den Ezzo nicht kannte. Er räusperte sich, dann rezitierte er:

»Ich lag im Winter einsam,
da tröstet mich ein Weib.
Ich sah mit Freuden kommen
Blumen und Sommerzeit.
Dann hat sie mich verlassen,
nun ist mein Herze wund.
Der Sommer kann's nicht heilen,
s' wird nimmermehr gesund.«

Alle seufzten, als er den Ball wieder zurückwarf. Und dann, ehe er sich's versah, hielt Ezzo das runde Ding in der Hand. In diesem Augenblick dankte er Gott für seinen Lehrer aus Kinderzeiten, der ihn mit Reimen und Sprüchen zum Überfluss traktiert und in ihm die Liebe zur Dichtung geweckt hatte. Darum hatte er auch in manchen langen Nächten sehnsuchtsvolle Liebesgedichte geschrieben; eines davon hatte er für sich ausgewählt, während die anderen an der Reihe waren. Er nahm noch einen Schluck Wein, um sich Mut zu machen. Dann, in einem kurzen Augenblick des Überschwangs, sah er die Königin mit einem geradezu tolldreisten Blick an und begann:

»Viel süße, sanfte Töterin,
warum willst morden du mir meinen Leib?
Wo ich dich doch so herzlich minne,
dich höher schätz als jedes andre Weib!
Die Lieb zu dir hat mich dazu gezwungen
dass deine Seele meiner Seele Herrin ist.
Ach, hätt ich deinen Leib doch schon errungen,
Ach, hätt ich deine Lippen schon geküsst.«

Barbara neigte den Kopf; es wurde still im Raum. Ezzo spürte, wie seine Wangen glühend heiß wurden, und er wäre am liebsten im Erdboden versunken. Hätte er doch diesen Blick nicht gewagt! Und dann klatschte die Königin, erst langsam, dann schneller, und ihre Damen fielen mit ein, kleine Laute des Entzückens ausstoßend.

Weitere Gedichte wurden zum Besten gegeben, einer nach dem anderen kamen die männlichen Gäste an die Reihe. Die Damen steckten tuschelnd die Köpfe zusammen, bis sich Barbara von Cilli am Ende erhob.

»Ich spreche den Preis einem zukünftigen Ritter zu, der meinen Farben Ehre machen wird«, sagte sie, »auch wenn er achtgeben muss, dass sein Wagemut nicht zu weit geht.« Eine kleine Pause entstand. Die Königin lächelte. »Nun, Herr Ezzo, welcher Dame wollt Ihr also einen Kuss rauben?«

Alles klatschte begeistert, als Ezzo aufstand und sich tief verbeugte. Einen winzigen Wimpernschlag lang fühlte er sich dazu gedrängt, die Königin selber zu wählen, doch dann verließ ihn der Mut. Schnell trat er zu der nächstbesten Hofdame – es war ein hässliches junges Ding mit schiefer Nase und ungezupften Brauen – und sank vor ihr in die Knie. Das Mädchen riss überrascht die Augen auf, dann beugte sie sich vor und bot ihm ihre Lippen dar. Er küsste sie aufs Züchtigste, dann zog er sich wieder auf seinen Platz zurück. Ein neues Spiel begann.

Später, es ging schon auf Mitternacht zu, beendete die Königin den Abend, indem sie die erste Kerze ausblies. Ezzo war es recht, er musste kurz nach Sonnenaufgang schon wieder auf dem Turnieranger antreten. Während sich die anderen noch eine gute Nacht wünschten, verließ er die Gesellschaft als Erster und trat ins Vorzimmer, das nur noch spärlich von einer Wandkerze erleuchtet wurde. Er griff nach seinem Umhang, als plötzlich wie durch einen Windstoß die Kerze ausging und es stockfinster im Raum wurde. Er spürte, dass jemand hinter ihm stand und drehte sich um.

»Ich glaube, Ihr habt heute Abend die falsche Frau geküsst«, flüsterte eine Stimme. Ezzo überlief es heiß und kalt gleichzeitig. War das die Stimme der Königin? Er hätte es schwören mögen, konnte in der Dunkelheit aber nur undeutlich eine weibliche Gestalt erkennen. Sie trat ganz nah zu ihm hin, er roch Rosenduft. Dann erhob sie sich auf die Zehenspitzen, und Ezzo spürte ein Paar weicher Lippen auf seinem Mund. Er begann, den Kuss zu erwidern, streckte die Hände aus, um die Gestalt zu umfassen, da griff er schon ins Leere. Sie war fort.

Am nächsten Morgen, als er zum Aufsatteln in den Marstall ging, kam eine der königlichen Hofdamen wie zufällig auf ihn zu. Es war die Hässliche, die er zum Kuss erwählt hatte. Wortlos ging sie an ihm vorbei, und er merkte, wie sie ihm dabei etwas in die Seitentasche seines Umhangs steckte. Als sie weg war, zog er es hervor: Es war ein feiner, veilchenfarbener Damenhandschuh – einer, wie ihn die Königin gestern getragen hatte. Er schnupperte daran und roch das Rosenöl.

Also war es wahr. Er hatte nicht geträumt. Sie liebte ihn wieder.

Sara

Über meine Zeit mit Chajim kann und will ich bis heute nicht reden. Ich bringe keine Worte über die Lippen für das, was er mir angetan hat. Die Schmerzen, die Demütigungen, ich mag es nicht aussprechen. Er war zutiefst schlecht, bis ins Mark hinein böse. Es bereitete ihm Vergnügen, eine Frau zu erniedrigen, sie zu Dingen zu zwingen, die gegen alle Natur, gegen all ihre Würde waren. Jetzt verstand ich, warum die arme Esther, seine erste Frau, so still und unglücklich gewirkt hatte, warum man sie nie hatte lachen sehen. Auch ich verlernte es. Chajim war ein Tyrann, der einem die Luft zum Atmen nahm, der allen Frohsinn erstickte.

Jeden Tag graute mir vor der Nacht, in der ich wieder mit ihm das Bett teilen musste. Bald bereitete mir allein schon sein Geruch Übelkeit, und wenn er mich anfasste, musste ich an mich halten, um nicht zu schreien. Ich verabscheute ihn, ich hasste ihn, ich wünschte ihm täglich den Tod.

Ich konnte mich niemandem anvertrauen, nicht einmal meiner Mutter. Lieber wäre ich im Boden versunken als auszusprechen, was er mit mir machte. Sie sah wohl, dass es mir schlecht ging, fragte auch manchmal nach. Dann wich ich ihr jedes Mal aus. Alles, was ihr zu meinem Trost einfiel, war der Satz: »Die Liebe wird mit der Zeit schon noch kommen.« Bald besuchte ich meine Eltern kaum noch. Und auch in den Hekdesch konnte ich nur noch selten gehen, denn ich hatte ja nun einen eigenen Haushalt zu führen. Und wie ich dieses Haus hasste, in dem ich leben musste. Oh, es war mit allen Annehmlichkeiten und Reichtümern ausgestattet. Truhen voller Kleider, Tücher und Vorhänge, gewirkte Teppiche an den Wänden, Betten aus feinsten Gänsedaunen. Möbel, die mit kunstvollen Schnitzereien verziert waren, Kerzen aus teuerstem Bienenwachs. Das Geschirr fürs Fleischige war aus dunklem, das fürs Milchige aus gelbem Kupfer. Der Schabbatleuchter aus Silber, die Besamimbüchse vergoldet. Pelze, Mäntel aus teuren Stoffen, Gürtel und Ringe aus Gold. Unsere Judenflecken waren aus gelber Seide. Wir hatten sogar eine eigene kleine Mikwe – wie nützlich, so konnte keine andere Frau meine blauen Flecke sehen, wenn ich zur Reinigung ging. Und wir hatten eine eigene Schabbatmagd, eine

Christin, die am Feiertag alle Arbeiten übernahm, die wir Juden nicht tun durften. Sonst aber hatten wir keine Hausbediensteten, sie wären ja irgendwann unweigerlich Zeugen dessen geworden, was sich zwischen Chajim und mir abspielte.

Nach einem halben Jahr sprach mich Rechla im Hekdesch an. »Dir geht es schlecht«, sagte sie in ihrer einfachen, geradlinigen Art. »Seit du verheiratet bist, hast du alle Freude verloren. Also, was tut dein Mann dir an?«

Ich schüttelte den Kopf, aber ich konnte nicht verhindern, dass mir die Tränen in die Augen stiegen. Die gute Rechla zog mich tröstend an sich. Ich zuckte vor Schmerz zusammen. Da drehte sie mich wortlos um, schob vorsichtig mein Hemd hoch und sah meinen Rücken.

»Du musst zum Rabbi gehen.« Rechla war vor Zorn ganz weiß im Gesicht geworden. »So was darf er nicht tun. Die Thora und der Talmud verbieten es.«

»Ich weiß«, schluchzte ich. Aber ich fürchtete mich doch so sehr vor Chajim. »Rechla, versprich mir, es niemandem zu sagen. Ich weiß nicht, was er sonst mit mir macht.«

Sie sah mich mitleidig an. »Wie du willst, Kindchen. Aber du musst etwas unternehmen, hörst du? So kann das mit euch nicht weitergehen.«

Ich nickte. Sie hatte ja recht.

In der nächsten Nacht, als er wieder mit seinen Demütigungen und Quälereien begann, wehrte ich mich zum ersten Mal. »Ich will das nicht«, schrie ich ihn in meiner Verzweiflung an. »Ich kann nicht mehr, Chajim. Ich sag es Rabbi Meir. Was du tust, ist gegen alle Mizwot.« Dann wartete ich auf den Schmerz.

Er sah mich nur an. Er schlug mich nicht. Er legte beide Hände um meinen Hals, drückte ein bisschen zu, bis ich kaum noch Luft bekam, und sagte dann ganz leise und freundlich: »Wenn du zum Rabbi gehst, bring ich dich um.« Ein Lächeln lag dabei auf seinen Lippen, und ich wusste, er würde es tun. Schließlich, als ich glaubte, er würde mich jetzt schon erwürgen, lockerte er seinen Griff und flüsterte: »Und jetzt knie dich hin und bitte mich um Verzeihung.« Ich tat es. Und alles andere, was er von mir verlangte.

Danach hörte ich auf, zu essen. Ich konnte in seiner Anwesenheit einfach nichts mehr hinunterbringen. Ich saß am Tisch und sah zu, wie er in sich hineinstopfte, was ich gekocht hatte. Mein Hals war wie zugeschnürt. Schon vorher war ich schlank gewesen, aber nun magerte ich zum Gerippe ab. Meine Brüste hingen schlaff, meine Beckenknochen und Schlüsselbeine standen hervor. Heute glaube ich, dass ich so werden wollte, damit er mich nicht mehr schön fand. Damit er mich in Ruhe ließ, weil ihn mein Anblick nicht mehr erregte. Aber es nützte nichts. Es ging ihm gar nicht um körperliche Lust. Chajim wollte eine Frau nicht quälen, um sich zu befriedigen. Er wollte einfach nur einen Menschen erniedrigen, ihn seine Macht spüren lassen, seinen Willen brechen.

Nach einem Jahr war ich am Ende. Hatte ich mir zu Anfang gesagt, ich bleibe für Jochi, hatte ich später aus Angst um mein Leben ausgehalten, so war mir ab einem gewissen Zeitpunkt alles egal. Sollte er mich doch umbringen – ich war ohnehin schon wie tot. Also ging ich zum Rabbi und sagte, ich wolle eine Scheidung.

»O Adonai«, meinte er erschüttert und tätschelte mir die Schulter. »Das ist eine schlimme Sache. Ein Mann, ja, der kann eine Ehe beenden, das ist schon öfter vorgekommen. Aber eine Frau? Davon habe ich noch nie gehört.« Er überlegte lange; seine Finger glitten nachdenklich über den langen weißen Bart. »Natürlich kann ich mit Chajim reden. Eine Ehe muss für beide Seiten glücklich sein. Aber ich kann ihn nicht zwingen, dich gehen zu lassen.«

»Warum nicht?«

»Dafür gibt es kein Gesetz, Sara. Und so wie ich Chajim kenne, wird er nicht zulassen, dass du ihn auf diese Weise vor aller Welt bloßstellst. Er wird dir kein Get geben, keine Erlaubnis zur Scheidung.«

»Und wenn ich ihn trotzdem verlasse, wenn ich zurück zu meinen Eltern gehe?«

»Du wärst eine Aguna, eine ›angekettete Frau‹. Du könntest nie wieder heiraten, denn du bist ja verheiratet.« Er schüttelte den Kopf. »Und ich kann mir nicht vorstellen, dass er das zulassen würde. Er würde dich zurückholen, und niemand könnte es ihm verwehren.«

Ich erzählte dem Rabbi nicht, dass Chajim mich nicht zurückholen, sondern gleich umbringen würde. Ich bat ihn, alles zu vergessen und zu niemandem ein Wort zu sagen. Er versprach es.

Danach verbrachte ich noch fünf Wochen in meinem Heim, das mein Gefängnis war. Ich blieb genau bis zu dem Tag, an dem Chajim aufbrach, um einen reichen Grafen im Rheintal aufzusuchen, der ihm viel Geld schuldete und die Zinsen nicht zahlte. Das verschaffte mir die Zeit, die ich brauchte. Ich packte die nötigsten Sachen in ein Bündel, band mir ein Säckchen mit Geld um und verließ im Schutz der Dunkelheit das Haus. Ich hatte kein Ziel, keinen Plan. Alles was ich wusste war, dass ich aus dieser Stadt herausmusste, irgendwohin.

Als ich an meinem Elternhaus vorbeikam, klopfte ich leise an die Tür. Drinnen war es dunkel, aber dann sah ich einen flackernden Lichtschein. Meine Mutter öffnete das Guckfensterchen, schrie leise auf und zog mich herein. Ich wusste nicht, wie ich es ihr sagen sollte, aber es war auch gar nicht notwendig. Ein Blick in mein Gesicht und der Anblick des Bündels auf meinem Rücken genügte. Meine Mutter schlug die Hände vors Gesicht. »Adonai hilf«, flüsterte sie.

Wir setzten uns hin und sagten lange Zeit nichts. Irgendwann kam mein Vater aus der Schlafkammer und hockte sich wortlos neben mich auf einen Schemel. Er hatte Tränen in den Augen.

»Was hat er dir angetan?«, fragte er schließlich.

Ich schüttelte den Kopf. »Ich kann's nicht sagen. Ich kann's einfach nicht. Es ist schlimmer als alles, was du dir vorstellen kannst, Vater. Chajim ist ein Tier. Lieber sterbe ich, als dass ich dorthin zurückgehe.«

Er schloss die Augen, nickte. Meine Mutter weinte.

»Vergib uns«, flüsterte sie schließlich mit tränenerstickter Stimme. »Das haben wir nicht gewollt. Du musst es mir glauben, Sara. Nie hätten wir dein Unglück gewollt.«

»Ich weiß doch.«

Mein Vater, der sonst nie trank, holte einen Krug Wein und drei Becher und stellte alles auf den Tisch. »Wo willst du hin?«, fragte er. Er wusste genauso gut wie ich, dass ich nicht bleiben konnte.

»Irgendwohin, wo er mich nicht findet. Es ist mir auch ganz gleich. Überall auf der Welt ist es besser als bei ihm.«

Vater stand auf und ging im Zimmer auf und ab. Ich glaubte zu wissen, was er dachte. Es gab niemanden, zu dem er mich schicken konnte. Meine Siegburger Großeltern waren schon lange tot, Freunde in der Fremde hatten wir nicht. Ich war völlig auf mich allein gestellt.

»Onkel Jehuda«, sagte meine Mutter plötzlich mit Bestimmtheit. »Du gehst zu deinem Onkel Jehuda.«

Ich fragte mich verwundert, wovon sie sprach. Ich hatte keinen Onkel. Doch dann enthüllte sie stockend die alte Geschichte, von der ich nichts wusste.

»Jehuda ist mein einziger Bruder, Sara, etliche Jahre älter als ich. Auch dein Vater kennt ihn noch. Jehuda war in seiner Jugend ein wilder Kerl, hatte seinen eigenen Kopf, ließ sich von niemandem etwas sagen. Ja, und dann hat er sich verliebt. Sie war keine von uns, sie war Christin. Das war unmöglich. Alle haben auf ihn eingeredet, meine Eltern, der Barnoss, der Rabbi. Er blieb stur wie ein Bock. Und dann ist er eines Nachts auf und davon, mit dieser Frau. Er hat für sie sogar seinen Glauben aufgegeben; als er fort war, fanden wir seinen Gebetsmantel, seine Riemen und seine abgeschnittenen Schläfenlocken. Er hatte alles zurückgelassen. Und kurze Zeit später hörten wir, dass er die Taufe erhalten und nach Christenart geheiratet hat.« Sie seufzte und strich sich eine graue Strähne aus dem Gesicht. »Mein Vater war ein strenger Mann. Er hat Jehuda aus der Familie ausgestoßen. Wir durften seinen Namen nicht mehr erwähnen. Er sei fortan wie tot, so hieß es. Als nach Jahren eine Nachricht von ihm kam, durften wir sie nicht beantworten.«

Mein Vater sprach weiter. »Er ist lange in der Welt herumgezogen, so scheint es, und Arzt geworden. Vor ein paar Jahren haben wir gehört, er habe sich in der Stadt München niedergelassen. Und er sei wieder zum rechten Glauben zurückgekehrt. Tja, mehr wissen wir nicht.«

»Glaubt ihr denn, er würde mich aufnehmen?«

Meine Mutter hob hilflos die Hände. »Ich hoffe es, Kind. Schließlich bist du Blut von seinem Blut.«

»Es ist den Versuch wert«, meinte mein Vater.

Trotz dieser Unsicherheit war ich erleichtert. Plötzlich hatte sich eine Tür aufgetan. Meine Flucht würde jetzt ein Ziel haben. Den Süden. München. Ein unbekannter Onkel namens Jehuda.

Wir sprachen noch die ganze Nacht durch, planten den Weg, den ich nehmen sollte. Als Mutter kurz vor Morgengrauen Brot und Käse brachte, aß ich zum ersten Mal seit Monaten mit Appetit. Dann tat ich meinen schwersten Gang. Mit der Kerze in der Hand stieg ich in Jochis Dachkammer hinauf, setzte mich zu meiner schlafenden kleinen Schwester aufs Bett und nahm Abschied von ihr. Als ich ihr sacht über die Stirn strich, wedelte sie unbeholfen mit ihrer dicken Patschhand herum, als wolle sie im Schlaf eine Fliege vertreiben. Dann öffnete sie kurz die Augen, murmelte schlaftrunken ein paar Worte und rollte sich auf die andere Seite. Ich nahm das dünne, goldene Kettchen ab, das ich trug, und legte es neben ihr auf das Kissen. Dann ging ich leise hinaus. Ich war so traurig, die Tränen liefen mir übers Gesicht. Was würde nun aus ihr werden?

Noch vor Tagesanbruch verließ ich mein Elternhaus. Mein Herz war schwer wie Blei. Ich wusste nicht, ob ich die Menschen, die ich liebte, jemals wiedersehen würde. Aber mir blieb keine Wahl. Ich konnte mit Chajim nicht leben. So huschte ich durch die Dunkelheit, damit mich keiner im Judenviertel entdeckte. Mit dem ersten Sonnenstrahl passierte ich die Judenpforte. So schnell ich konnte, lief ich am Rathaus vorbei, durch die Gassen und Straßen bis zur südlichen Stadtmauer.

Als die Flügel des Stadttors sich öffneten, war ich die Erste, die hinaus ins Freie trat. Zum ersten Mal im Leben war ich ganz allein.

Zweites Buch

Ritter, Mönch und Medica

München, Winter 1411

Jehuda Mendel trat vor die Tür und warf einen Blick auf den dunklen Abendhimmel. Es war klares Wetter und eisig kalt, und der Alte rieb sich frierend die Oberarme. Man schrieb den letzten Tag im Dezember, den Abend der Jahreswende nach christlicher Zeitrechnung. Überall auf den Plätzen und Straßen der Stadt München brannten deshalb christliche Feuer, und viele Leute trafen sich im Freien, um sich ein gutes neues Jahr zu wünschen. Die Juden verweilten dagegen still in ihren Häusern und zelebrierten die Hawdala, das Ende des Schabbat. Denn das jüdische Jahr endete nicht mitten im Winter, sondern dann, wenn der Sommer und die Ernte vorüber waren, am Anfang des siebten Monats, der Tischri hieß.

Jehuda kniff die Augen zusammen. Ah, da waren sie schon, die drei ersten Sterne, die sich nach Sonnenuntergang zeigten und damit das Ende des Schabbat markierten. Der alte Mann schnupperte. Es roch nach Schnee, nach dem halb gefrorenen, kotvermischten Matsch in den Gassen, nach dem brenzligen Rauch der vielen Herdfeuer. Bald würde er den wunderbaren Duft von Gewürzen riechen, dachte Jehuda zufrieden und trat wieder in die warme Stube.

Drinnen fuhrwerkte die alte Jettl, seine Hausmagd, schon lautstark herum. Sie war ein umtriebiger Mensch und tat sich immer schwer, die Sabbatruhe einzuhalten; kaum war der Feiertag vorbei, werkelte sie schon wieder unermüdlich. Jetzt richtete sie den Tisch her, breitete ein sauberes Tuch darauf aus, brachte den Wein und die mehrdochtige Schabbatkerze. Dann holte sie die Besamimbüchse vom Wandregal, ein hübsches Silbergefäß in Form eines zinnenbewehrten Turms. Jehuda brachte derweil die Rolle mit Texten aus der Thora. Er setzte sich umständlich, und auch die alte Dienerin ließ sich mit einem kleinen Ächzen am Tisch nieder. Jehuda entrollte die Schrift, las dann, wie es der Brauch war, laut aus dem Buch Jesaja vor und fügte noch einige Psalmen an. Ein

Schluck Wein wurde feierlich getrunken, und dann klappten die beiden Alten den Deckel der Besamimbüchse auf und sogen die darin befindliche Gewürzmischung tief in ihre Lungen. So sollte der Duft von Ruhe und Frieden die Woche über in den Menschen bewahrt werden, bis zum nächsten Schabbat.

Wie sie sich so gegenübersaßen, gaben die beiden Alten ein recht gegensätzliches Pärchen ab. Jehuda war groß und hager, hatte dünnes graues Haar und einen welligen, silberweißen Bart, der ihm bis auf die Brust reichte. Über dem Bart ragte eine lange, spitze Nase aus seinem von unzähligen Fältchen durchzogenen Gesicht. Jettl hingegen war klein, breithüftig und rundlich, hatte ein knubbeliges Kinn und runde schwarze Äuglein wie eine Maus. Wenn sie stand, reichte sie ihrem Herrn kaum bis zur Brust.

Nach einem letzten Gebet und dem Singen eines Lieds wünschten sich die beiden »Schawua tow«, eine gute Woche. Dann löschte Jettl die Schabbatkerze, indem sie die Dochte in den Wein tunkte. Jetzt konnte man zum Alltag zurückkehren. Und der begann mit einem guten Abendessen. Jettl trug Grützwürste, Brot und Schmalz auf, holte Zwiebeln und ein paar getrocknete Feigen für die Verdauung, brachte einen Topf heiße Brühe und ein Schüsselchen Salz. Fast hätte sie das kostbare Gewürz verschüttet, weil es plötzlich an der Tür geklopft hatte.

Jehuda stand mit einem Schulterzucken auf und ging seufzend zur Tür. Ein Arzt wurde eben zu jeder Tages- und Nachtzeit gebraucht, das kannte er nicht anders. Kaum hatte er geöffnet, stolperte eine dunkel gekleidete Gestalt in die Stube, rutschte mit nassen Schuhen auf den steinernen Fliesen aus und fiel mit einem kleinen Schrei hin. Da lag der nächtliche Besuch nun vor Jehudas Füßen, ein unförmiges Häufchen aus Tüchern und Decken, das bebte und sich bewegte.

»Bei Abrahams Schläfenlocken!«, rief der alte Arzt, runzelte die Stirn und blickte in gespieltem Entsetzen auf das merkwürdige Wesen herab, »Wer ist denn das?«

Sara wollte etwas sagen, brachte aber vor lauter Kälte und Erschöpfung kein Wort heraus. Zum Aufstehen war sie zu schwach, also kauerte sie einfach nur da und hoffte verzweifelt, endlich angekommen zu sein.

Jettl eilte herbei, stemmte die Arme in die Hüften und sah ebenfalls erstaunt auf das zitternde Bündel.

Ein leises, lang anhaltendes Geräusch erklang. Es war das Klappern von Saras Zähnen. Das war das Zeichen für den Arzt, tätig zu werden.

»Na, dann wollen wir mal.« Mit einer Kraft, die man ihm gar nicht zugetraut hätte, hob Jehuda die durchnässte Sara vom Boden auf und trug sie in die Stube, wo er sie auf einen gepolsterten Stuhl beim Feuer setzte. Jettl schälte sie aus ihren Decken und Umhängen, zog ihr die Strümpfe aus und begann, die eiskalten Füße zu massieren, bis sie schmerzhaft kribbelten. Bevor Sara noch recht wußte, wie ihr geschah, lag ein wärmendes Schaffell um ihre Schultern, und sie hielt ein Schälchen mit heißer Brühe in der Hand. Da endlich hatte sie Kraft genug, um zu reden. Sie sah dem Arzt ängstlich forschend ins Gesicht und sagte: »Onkel Jehuda?«

Jehuda hob amüsiert die Augenbrauen. »Nicht, dass ich wüsste, mein Kind. Aber ja, ich heiße Jehuda und bin Arzt. Braucht jemand meine Hilfe? Wer schickt dich?«

Sara schluckte. »Meine Mutter schickt mich. Ich bin deine Nichte Sara.«

Jehudas Augenbrauen sackten nach unten, ebenso wie sein Kinn. Konnte das sein? Er schüttelte ungläubig den Kopf. »Wer sind deine Eltern?«

»Schönla bat Mendel und Levi Lämmlein aus Siegburg. Jetzt leben sie in Köln. Sie haben mir gesagt, dass ich dich in München finde.«

Schönlas Tochter! Dabei hatte er seine Familie längst vergessen, verdrängt, dass es noch eine Schwester gab, irgendwo.

»Ich bin doch in München?«, fragte Sara jetzt nach. »Und du bist Jehuda, der Arzt, ja?«

»In der Tat, in der Tat.« Jehuda kratzte sich etwas ratlos im Nacken. »Und, äh, was willst du nun von mir?«

Sara sah verlegen in ihr Suppenschüsselchen. »Ich musste aus Köln weg«, sagte sie leise, »und ich wusste nicht, wohin sonst.« Ihre Stimme wurde fast unhörbar, als sie fragte: »Kann ich bei dir bleiben?«

Jehuda riss die Augen auf. »Wie stellst du dir das vor, mein

Kind? Ich meine, ich bin ein alter Mann, das ist doch keine Gesellschaft für ein junges Mädchen wie dich! Und überhaupt, ich bin gewohnt, allein mit meiner Dienerin zu leben, und hätte ja auch gar keine Zeit für dich. So viele Kranke, weißt du, und überhaupt, nein, das geht wirklich nicht …«

Jehuda war entsetzt. Jetzt, wo auf seine alten Tage alles so schön ruhig und ganz nach seinem Geschmack verlief, da sollte er sich so ein junges Ding aufhalsen? Mit allen Schwierigkeiten und der Verantwortung, die das mit sich brachte? Ein Mädchen, das er überhaupt nicht kannte! Mit dem er gar nichts zu tun hatte und das aus einer Familie kam, die ihn, Jehuda, ausgestoßen und verfemt hatte! Nie und nimmer, dachte der alte Arzt.

Sara sah es ihm an und schluckte. Er wollte sie nicht. Und sie hatte nach der langen Reise einfach keine Kraft mehr. Die Augen fielen ihr zu, so erschöpft war sie. Sie konnte einfach nicht mehr. »Bitte.« Sie warf einen verzweifelten Blick auf Jettl, die neben ihr stand.

Die Hausmagd kniff ärgerlich die Lippen zusammen und schüttelte den Kopf, als sei Jehuda ein ungezogenes Kind. »Also wirklich, mein Lieber, da bekommst du Besuch von deiner Verwandtschaft und stellst dich an wie ein Narr! Die Tochter deiner Schwester, und so ein hübsches Ding! Schau nur, wie müde sie ist. Natürlich bleibt sie hier, und du bist ein altes Rindvieh, damit du's weißt! Ich geh jetzt und hole Bettzeug.«

Jehuda kannte seine resolute Dienerin gut genug, um zu wissen, dass Widerrede sinnlos war. In gespielter Hilflosigkeit hob er die Arme und ließ sie wieder sinken. »Kommt der Wolf ins Alter, reitet ihn die Krähe!«, seufzte er. »Ist das dein letztes Wort, Weib? Ich dachte immer, ich hätte eine Hauserin, dabei hab ich eine sprechende Gesetzestafel auf zwei Beinen!« Dann wandte er sich an Sara. »Also, du hast's gehört, der Herr im Haus hat entschieden.« Er kratzte sich am Kopf. »Du kannst bleiben – fürs Erste. Morgen früh reden wir weiter.«

Saras Erleichterung war grenzenlos, und noch bevor Jettl mit Kissen und Decken zurückkehrte, war sie schon im Sitzen eingeschlafen.

134

»Du hast es doch damals auch nicht mehr in deiner Gemeinde ausgehalten. Genau wie ich bist du heimlich weggegangen!«

Das war ein gewichtiges Argument gewesen, und Sara hatte es
am nächsten Morgen mit blitzenden Augen vorgebracht. Jehuda
gab sich schneller geschlagen als er gedacht hatte. Sie hatte ja recht.
Er war wie sie geflüchtet, und sein Grund war damals weiß Gott
nicht besser gewesen als ihrer heute. Und sie war ganz allein und
ein Mädchen. Außerdem imponierte ihm ihr Mut. Sie schien klug
zu sein und willensstark. Dazu kam noch, dass sie ihn sehr an seine
kleine Schwester erinnerte, die er vor so vielen Jahren zum letzten
Mal gesehen hatte. Jehuda hatte sich also geräuschvoll mit dem Ärmel die Nase geputzt und dann gesagt: »Gut, wenn du nun einmal
bleiben willst, dann bleib! Aber nur, solange du mich nicht bei der
Arbeit störst! Und nach dem Winter sehen wir dann weiter.«

»Ich werde dich ganz bestimmt nicht stören, Onkel Jehuda«,
versprach Sara. »Weißt du, daheim in Köln habe ich im Hekdesch
Kranke gepflegt, und ich habe dort viel über die Heilkraft von
Kräutern gelernt. Vielleicht kann ich dir ja sogar helfen.«

Das fehlte mir grad noch, dachte Jehuda. Helfen will sie, das
dumme Ding, du meine Güte! O Himmel, schick mir eine andere
Heimsuchung!

In den nächsten Tagen und Wochen zeigte Jettl Sara die Stadt und
machte sie mit den Mitgliedern der jüdischen Gemeinde bekannt.
München war bei weitem nicht so groß wie Köln und auch nicht
so reich, aber es war immerhin Sitz der herzoglichen Familie.
Der Fürstenhof brachte viel Glanz in die Stadt an der Isar, es gab
wohlhabende Handwerker und gut bestückte Märkte, auf denen
kostbare Waren neben einfachen Dingen des Lebens angeboten
wurden. Auch die Flößerei brachte beträchtlichen Wohlstand.
Natürlich war Köln viel ehrwürdiger und älter; München war ja
gerade einmal vor zweieinhalb Jahrhunderten gegründet worden –
damals, als der Bayernherzog Heinrich, genannt der Löwe, Befehl
gegeben hatte, das bischöflich-freisingische Oberföhring samt seiner Brücke zu zerstören und die dort verlaufende Handelsstraße
durch seine Neugründung München zu verlegen.

Die jüdische Gemeinde war klein, sie bestand aus nicht einmal zwanzig Familien, die unter dem Schutz der herzoglichen Familie standen. Fast alle lebten in der Judengasse entlang der ersten Stadtbefestigung, wo auch die Synagoge stand. Die meisten waren reiche »Geldschwämme«, wie die Münchner sagten, und versorgten den Landesfürsten mit immer neuen Darlehen. Alle wussten, dass der Herzog auf seine Juden angewiesen war, und dass er deshalb gerne seine Hand über sie hielt. Wie in Köln gab es einen Hekdesch, ein Bad und einen eigenen Friedhof. Die Gemeinde führte ein ausgeprägtes Eigenleben mit einem Rabbiner und dem mehrköpfigen Rat an der Spitze; der Judenmeister, ein behäbiger, unglaublich dicker Pfandleiher namens Fink, lebte in einem auffälligen weißgetünchten Haus, das die Leute »Schneeberg« nannten. Jettl erzählte, dass seit jeher die Münchner Judenärzte einen hervorragenden Ruf genossen. Da war vor allem Meister Sun, vor fünfzig Jahren Leibarzt Herzog Ludwigs des Vierten, und nach ihm Meister Jakob, der Leibarzt Herzog Stephans des Dritten. Auch Jehuda wurde manchmal in die Residenz gerufen, um vornehme Höflinge oder sogar den Herzog selbst zu behandeln. Sara war beeindruckt, wie geachtet der Arztberuf allüberall war, und damit auch ihr Onkel, dessen Erwähnung bei jedermann stets Hochachtung hervorrief und ihr alle Türen öffnete.

Die Menschen sprachen ganz anders als in Köln, und Sara hatte manchmal größte Schwierigkeiten, überhaupt etwas zu verstehen. Sie kam sich unter ihren eigenen Leuten fremd vor. »Ei, das wird schon, du gewöhnst dich noch daran«, tröstete Jettl, die merkte, dass ihr Schützling sich bei den Unterhaltungen mühte. »Dich versteht man ja auch nicht so recht mit deiner rheinischen Aussprache!« Unbeirrt nahm sie Sara überallhin mit und stellte ihr die Mitglieder der jüdischen Gemeinde vor. Den hinkenden Schulklopfer Simon, der denselben Beruf hatte wie Saras Vater, was sie in eine traurige Stimmung versetzte. Dann den Rabbi, einen noch jungen Gelehrten, der sie an Salo erinnerte und ihr die Tränen in die Augen trieb, als er sie freundlich willkommen hieß. Dann nacheinander alle Juden im Viertel, bis hin zu der uralten, zahnlosen Ruth, die im Spital lebte, und zu dem rotgesichtigen, kahlköpfigen Jitzak ben Moses, der ein bisschen verrückt war, aber den alle mochten, weil er an Neujahr so schön die Schofar blies.

Alle empfingen Sara herzlich; das war unter den gastfreundlichen Juden schon immer guter Brauch gewesen. Als Volk, das über die ganze Welt verstreut war, hielt man einfach zusammen, und jeder, der sich zur Gemeinde gesellte, war willkommen. Keiner fragte viel nach ihrer Vergangenheit, und sie war froh darum. Für die Münchner Juden war sie eine weitläufige Verwandte des Arztes Jehuda, die gekommen war, um bei ihm zu leben. Mehr mussten, ja durften die anderen gar nicht wissen. Denn Sara hatte immer noch Angst, dass ihr verlassener Ehemann sie finden könnte – auch wenn München weit entfernt von Köln lag.

Und ihre Ahnungen trogen sie nicht. Eines Tages kam sie vom Wasserholen und fand den Rabbi mit ihrem Onkel in der Stube sitzen. Schon wollte sie leise die Tür schließen, um nicht zu stören, da rief Jehuda sie herein.

»Der Rabbi ist in einer Angelegenheit gekommen, die dich betrifft, Sara«, sagte er mit ernster Miene.

Sie fror plötzlich. Chajim, dachte sie, o Adonai, hilf!

»Ein Handelsmann aus Köln ist heute Morgen bei mir vorstellig geworden«, erzählte der Rabbi. »Er fragte im Auftrag eines Chajim ben Hirsch nach einer jungen Frau mit Namen Sara bat Levi, die vielleicht in letzter Zeit zu München angekommen oder durchgereist sei …«

Sara brachte vor Angst kein Wort heraus. Schließlich sprach ihr Onkel für sie: »Meine Nichte ist vor ihrem Mann geflohen, der ihr vielfach Gewalt und unaussprechliche Dinge angetan hat. Dass sie überhaupt noch am Leben ist, verdankt sie ihrem Mut zur Flucht. Ich habe sie aufgenommen, und sie wird wie mein eigenes Kind bei mir gehalten. Wenn Ihr sie verratet, Meister Zvi, gebt Ihr sie dem Schlimmsten preis, was einem Weib geschehen kann.«

Der Rabbi seufzte. »Schwörst du bei Gott, Sara, dass es sich so verhält, wie dein Onkel es schildert?«

Sara ergriff die Hände des Meisters; er spürte, wie sie zitterte. »Rabbi Zvi, o bitte helft mir. Ich kann nicht zu meinem Mann zurück, auch wenn es Sünde ist. Eher bringe ich mich um.«

Der Rabbi sah die Entschlossenheit in Saras Augen und nickte. »Es ist gegen alle Mizwot«, sagte er, »aber ich mag deshalb niemanden ins Unglück stürzen. Soll Gott der Gerechte dereinst entscheiden, ob es gut oder schlecht war, was du getan hast, Sara bat Levi. Ich werde dem Mann sagen, dass ich keine Frau dieses Namens kenne.«

Sara war erleichtert, aber die Angst saß ihr dennoch im Nacken. Sie war sich immer sicher gewesen, dass Chajim nach ihr suchte – jetzt hatte sie die Gewissheit. Sie besprach sich mit Jettl und ihrem Onkel, und gemeinsam beschlossen sie, dass Sara in den nächsten Monaten möglichst wenig unter die Leute gehen sollte. Es war zu gefährlich. Irgendwann würde jemand zur falschen Zeit etwas sagen, ihr Versteck vielleicht unwissentlich preisgeben. Sie musste sich zu ihrer eigenen Sicherheit daran gewöhnen, den Menschen zu misstrauen. Zunächst einmal war es besser, sich aus der jüdischen Gemeinde zurückzuziehen; in ein paar Monaten würde man dann weitersehen. Irgendwann musste ihr Mann doch die Suche aufgeben, meinte ihr Onkel, es war nur eine Frage der Zeit. Und die galt es einfach abzuwarten.

Sara machte sich danach hauptsächlich im Haus nützlich. Sie half Jettl, die sich mit dem Laufen manchmal schwer tat, bei den groben Arbeiten, hielt die Stube sauber, kochte und nähte. Mit der Zeit wagte sie es immerhin, Wasser vom Judenbrunnen zu holen, und irgendwann getraute sie sich, Einkäufe auf dem Markt alleine zu erledigen. Es war nicht so schwer, sich in der überschaubaren Stadt an der Isar auszukennen. Aber bei allem, was sie tat, dachte sie stets daran, nicht zu vertraut mit den Leuten zu werden. Es war besser, wenn niemand etwas über sie wusste.

Auch wenn sie nun im Doktorhaus schalten und walten konnte, wie es ihr beliebte – eines durfte sie nicht: Ihrem Onkel bei den Kranken helfen. Jehuda hatte einen Raum im Erdgeschoss als Behandlungsstube hergerichtet, in die er seine Patienten bat. Wenn jemand seinen Rat suchte und an die vordere Pforte klopfte, musste Sara ihn zum Krankenraum führen, dann holte Jehuda ihn herein und schloss die Tür vor ihrer Nase. Brauchte er Hilfe, dann rief er nach Jettl. Nur beim Saubermachen in Jehudas Stube durfte sie helfen. Dann wischte sie den Steinboden, öffnete die Fenster,

um üble Gerüche hinauszulassen, säuberte die hölzerne Kran-
kenliege und den Behandlungsstuhl. Sie sammelte blutige Tücher
und wusch sie im kalten Wasser, spülte merkwürdig aussehende
Instrumente: Da waren kleine scharfe Messerchen, Zangen und
Trepane, spitze Nadeln und Sonden, längliche Spatel. Auch kleine
Specula, Klistiere aus Tierblasen, Schnäpper zum Aderlass gehör-
ten zur Arbeitsausstattung ihres Onkels, dazu Seidenfäden, dünne
Hanfseile, Rosshaare und Tiersehnen. Sara hatte keine Ahnung,
wozu das eine oder andere gebraucht wurde. Manchmal hörte sie
Patienten stöhnen oder auch laut aufschreien, doch dann kamen
sie meistens blass, aber erleichtert wieder aus Jehudas Zimmer. Für
Sara war das, was Jehuda mit ihnen tat, ein großes, faszinierendes
Geheimnis, und ihre Neugier, es zu ergründen, wurde mit jedem
Tag stärker. Aber sie respektierte den Wunsch ihres bärbeißigen
Onkels, nicht gestört zu werden. Überhaupt versuchte sie, ihn
möglichst nicht zu behelligen und ihm das Gefühl zu geben, sie sei
eigentlich gar nicht da. Auf Zehenspitzen ging sie an seiner Arztstube vorbei, verschwand, sobald er den Kopf durch den Türspalt
steckte. Jettl sagte: »Gut so! Lass ihn nur in Ruhe, du wirst sehen,
er gewöhnt sich noch an dich.«

Und Jehuda gewöhnte sich schneller an seine Nichte, als er geglaubt hatte. Eines Tages stellte er fest, dass er sich schon mittags
auf den Abend freute, auf das gemeinsame Essen und die kurz-
weiligen Gespräche mit ihr. Verwundert fand er, dass das Zusammenleben mit Jettl zwar angenehm, aber doch mit der Zeit recht
eintönig geworden war. Nun ertappte er sich dabei, die Abwechslung zu genießen, die Sara in sein Leben brachte. Ihre unermüd-
lichen Fragen, die Unschuld ihrer Jugend. Dieses Mädchen hatte
eine geradezu unerschöpfliche Wissbegier, und das gefiel ihm ausgesprochen gut. Onkel Jehuda, warum dürfen die Christen keinen
Zins nehmen? Wie kommt es, dass sie uns so hassen, obwohl die
erste Hälfte ihrer Bibel und die Thora doch ein und dasselbe sind?
Wie kommt es, dass eine Religion geringer geachtet wird als die
andere? Wer sagt, dass die einen recht und die anderen unrecht
haben? Er genoss es, ihr Dinge zu erklären, die Weisheit seines
Alters über ihr auszuschütten wie Wasser aus einem immer vollen

Krug. Es war, als hätte er plötzlich eine Tochter bekommen, und das machte ihn froh.

Als der Winter vergangen war, setzte sich Jettl eines Tages zu ihm. »Weißt du, Jehuda«, sagte sie mit undurchsichtiger Miene. »Du hattest schon recht. Wir zwei alten Leute sind doch kein Umgang für eine junge Frau. Und jetzt ist der Frühling gekommen. Wäre es nicht Zeit, dass wir Sara wegschickten? Meine Schwester Lea im Haus zum Rechen bräuchte eine neue Dienstmagd. Da wären auch Kinder und eine große Familie. Und du hättest wieder deine Ruhe.«

Jehuda trommelte mit den Fingern auf die hölzerne Tischplatte. Der unerwartete Vorschlag hatte ihm tatsächlich kurz die Sprache verschlagen. Nach einer Weile erhob er sich mit einem Ruck und brummte mit finsterer Miene: »Ich werde doch nicht meine eigene Verwandtschaft aus dem Haus weisen.«

Jettl schob schmollend die Unterlippe vor und tat so, als sei sie ein bisschen beleidigt. »Ja, wenn das so ist«, murmelte sie und stand ebenfalls auf. Dann drehte sie sich um und watschelte breitbeinig zurück in die Küche. Ein zufriedenes Grinsen umspielte ihre Lippen.

Sara

Ich kann gar nicht beschreiben, wie glücklich ich war, als ich endlich bei Onkel Jehuda zu München Aufnahme fand. Über drei Monate lang war ich unterwegs gewesen. Ich hatte die ganze Strecke zu Fuß zurückgelegt, weil ich fürchtete, wenn ich einen Treidelkahn rheinaufwärts nahm oder mit einem Fuhrwerk mitfuhr, hätte Chajim meine Spur verfolgen können. So machte ich den Weg alleine, hielt mich von Menschen fern, übernachtete heimlich in Scheunen und Ställen. Mit jedem Schritt, der mich weg von Köln führte, wurde mir der Preis meiner Flucht bewusster: Ich war meinem Mann entkommen, aber dafür hatte ich meine Familie aufgegeben. Solange Chajim lebte, konnte ich nie mehr zurück.

Dass ich in München in Onkel Jehuda und Jettl eine neue Familie fand, war ein großes Glück. Und wenn ich heute zurückblicke, waren die Jahre dort vielleicht die wichtigsten meines Lebens. Immer noch sehe ich meinen Onkel bei flackerndem Kerzenlicht in seinem verschlissenen Armsessel sitzen, die gebauschte Arztkappe auf dem spärlichen grauen Haarschopf und die langen, feinfühligen Finger im Schoß verschränkt. Und ich höre ihn mit dunkler Stimme erzählen.

Oft jammerte er in gespielter Verzweiflung darüber, dass ich so viel wissen wollte, ihm unaufhörlich Fragen stellte. Dann antwortete ich jedes Mal mit denselben Zeilen aus der Thora: »Erwäge die Jahre vergangener Geschlechter, frage deinen Vater, dass er dir künde, deine Alten, dass sie dir ansagen.« Und er raufte sich die Haare und gab sich geschlagen.

Er erzählte mir die Geschichte der Münchner Gemeinde und an ihrem Beispiel die aller Juden im Reich. Bis zum ersten Kreuzzug, bei dem sich christliche Ritter anschickten, das heilige Jerusalem den Feinden der Christenheit zu entreißen, hatten alle sorglos und in Frieden gelebt. Dass dieses Jerusalem auch für die Muslime und die Juden ein heiliger Ort war, kümmerte dabei niemanden. Doch dann fiel den Kreuzrittern ein, dass man ja gar nicht erst übers Meer zu fahren brauchte, um gegen Andersgläubige zu kämpfen – schließlich lebten ja die Juden, die den Sohn ihres Gottes getötet hatten, mitten unter ihnen! Es kam zu furchtbaren Abschlachtungen, blutigen Morden, unfassbarem Leid. Viele Judengemeinden wurden ausgelöscht, Männer, Frauen und Kinder; und es dauerte lange, bis sich die Judenschaft wieder erholt hatte.

Nach diesen Metzeleien herrschte meistens Frieden, bis ein schrecklicher Feind die Menschheit in Europa heimsuchte: die Pest. Und wem sonst als den Juden sollte man die Schuld am Ausbruch der Seuche in die Schuhe schieben? So wurden auch in der bayerischen Herzogsstadt München die Juden allesamt grausam umgebracht, als im Jahr 1349 die Furcht vor dem großen Sterben umging. Man bezichtigte die Hebräer, heimtückisch die Brunnen zu vergiften und so den Christen die Pest zu bringen. Deshalb musste man sie vernichten, noch bevor sie die Krankheit in der Stadt verbreiten konnten. Onkel Jehuda wusste auch eine Erklärung dafür, warum man den Juden ausgerechnet den Vorwurf der Brunnenvergiftung machte: Den Christen schien es schon immer verdächtig, dass das Wasser für uns eine so große Bedeutung hat. All unsere Reinigungsbräuche, die ihnen fremd und unheimlich sind, haben mit Wasser zu tun. Während sie ihre Nachtgeschirre neben ihren Brunnen ausschütten, die Abwässer der Gerbereien in ihre Flüsse leiten und das Vieh in ihr Trinkwasser hineinsabbern lassen, bewachen wir unsere Brunnen Tag und Nacht, auf dass nichts verunreinigt werde. Das ist schließlich ganz verständlich – einem Volk, das einst aus der Wüste kam, ist Wasser ungleich kostbarer als Menschen, die es im Überfluss besitzen. Doch daran dachten die Christen nicht.

Wie in den anderen Gemeinden des Reiches hatte es damals in München nur wenige Überlebende gegeben. Aber weil der Herzog die Juden als Geldgeber brauchte, erlaubte er ihre Wiederansiedlung. Und tatsächlich kamen sie zurück, bauten ihre Häuser wieder auf und begannen ein neues Leben. Was hätten sie auch tun sollen? Woanders war es nicht sicherer oder besser. So klagten zwar die Weiber, wie es geschrieben stand: »Trauernd werfe ich meinen Schmuck fort und schere kahl mein Haupt wegen des berühmten München, der fröhlichen Stadt, welche ein Raub der Flammen, des Hohns und der Plünderung ward, so dass keiner übrig blieb in Jakobs Zelten, sondern alle zur Schlachtbank geschleppt wurden.« Aber sie ließen sich wieder hier nieder.

Das Zusammenleben mit den Christen wurde nie mehr ein friedliches Miteinander. Die Münchner schimpften das Volk Abrahams Hurenjuden und schürten an Ostern Judasfeuer, in denen sie den »Verräter« Judas als Puppe verbrannten, stellvertretend für die Stadtjudenschaft. Manchmal jagten sie in den sogenannten Rumpelmetten einen »Judas« durch die Stadt. Es gab viele Möglichkeiten, die Feindschaft zu den Hebräern öffentlich zu zeigen.

Überhaupt wusste Onkel Jehuda alles über die Christen. Schließlich war er eine Zeitlang selbst einer von ihnen gewesen und kannte ihre Art, zu denken. Ich habe lange nicht gewagt, ihn zu fragen, warum er seinen Glauben erst verleugnet hatte und dann wieder zu ihm zurückgekehrt war. Jettl war es, die mir alles erzählte. »Er hat es aus Liebe zu seiner Frau getan«, sagte sie schlicht. »Es war ihr Herzenswunsch. Ida – so hieß sie – wollte eine Familie gründen, Kinder haben, wie das eben so ist. Oj, aber dann kam dieses schlimme Unglück. Sie fiel aus dem Fenster, und unten schlug sie genau auf dem steinernen Viehtrog auf. Jehuda hat sie erst Stunden später gefunden. Danach lebte sie nur noch ein paar Wochen. Sie waren kein Jahr verheiratet. Deinen Onkel hat das fast um den Verstand gebracht. Er glaubte wohl, ihr Tod sei Gottes Strafe für seinen Abfall von der jüdischen Religion gewesen, machte sich die bittersten Vorwürfe. Sobald sie begraben war, verließ er Regensburg, wo sie damals gelebt hatten, und ging auf Wanderschaft. Er bereiste viele Länder, und als er nach langen Jahren zurückkehrte, war er Arzt geworden. Und er war wieder Jude.«

Nachdem ich diese Geschichte gehört hatte, empfand ich tiefes Mitgefühl für meinen Onkel. Auch er hatte den Menschen, den er auf der Welt am meisten geliebt hatte, früh verloren. Vielleicht war es dieses traurige Schicksal, das uns beide mehr verband, als Worte sagen konnten.

Ja, traurig war ich immer noch, auch wenn mein Salo nun schon bald zwei Jahre tot war. Aber es tat immer noch weh, wenn ich an ihn dachte, daran, wie schnell und viel zu früh sein Leben zu Ende gegangen war. Wie glücklich hätten wir sein können! Manchmal träumte ich nachts, er sei bei mir, und dann wachte ich auf und weinte.

Noch schlimmer waren die Träume von Chajim. Dann schrie und jammerte ich im Schlaf, bis mich Jettl weckte und tröstend in den Arm nahm. In diesen Nächten hatte ich entsetzliche Angst, er könne mich finden, mir etwas antun oder mich wieder mit nach Köln nehmen. Ich weiß nicht, was schlimmer gewesen wäre.

Aber die Träume wurden weniger, die Angst kam seltener. Ich erholte mich, wurde ruhiger, etwas von meiner alten Fröhlichkeit kehrte zurück.

Und eines Tages war es dann so weit: Ich durfte Onkel Jehuda zum ersten Mal bei einer Krankenbehandlung helfen. Jettl war an diesem Morgen unwohl, vermutlich hatte sie etwas Schlechtes gegessen. Da stand schon der erste Patient vor der Tür. Es war ein Starstich, und der fast blinde Mann war eigens von fernher nach

München gekommen – der Ruf meines Onkels als hervorragender Augenarzt reichte ja weit über die Stadt an der Isar hinaus. Ob er nun wollte oder nicht, Onkel Jehuda brauchte jemanden zum Helfen, und ich war zur Stelle.

Ich weiß noch, dass ich schrecklich aufgeregt war. Heute noch habe ich den Geruch in der Nase, der die Arztstube erfüllte: Kampfer und Balsam, Essig und ein Hauch von Minze. Mein Onkel erteilte mir kurze Anweisungen: »Ich brauche die lange Nadel mit dem beinernen Griff«, sagte er knapp. »Und eine doppelt armlange Bahn vom sauber gewaschenen Leinenverband, die schneidest du ab und legst sie mir zurecht.« Mit zitternden Händen erledigte ich die beiden Aufträge und holte dann den Patienten herein.

Es war ein Herr, vielleicht im Alter meines Onkels, beleibt und hochgewachsen, mit knolliger Nase und vollen Lippen. Merkwürdig, ich erinnere mich noch genau daran, dass er riesige Ohrläppchen hatte, die wie dicke, fleischige Trauben an seinen Ohren baumelten. Ein junger Mann, vielleicht ein Verwandter, hatte ihn hergeführt. Nach der Kleidung zu schließen war er ein vermögender Christ, wahrscheinlich ein Kaufmann oder Ratsherr. Er trug Samt und Seide, einen pelzbesetzten Hut, und sein Gürtel bestand aus beschlagenen Silberquadraten. Einem Juden hätte man solche Zurschaustellung von Reichtum an einem Werktag nie gestattet. Seine Augen waren milchig eingetrübt, und man konnte unschwer erkennen, dass er vor der Operation Angst hatte.

Onkel Jehuda begrüßte den Mann freundlich und führte ihn zu einem Stuhl am Fenster. »Seid so gut und nehmt Platz«, sagte er. »Und Ihr dürft gern Euer Wams öffnen. Wir wollen doch, dass Ihr es bequem habt.«

Der Patient hockte sich folgsam auf eine merkwürdige Holzkonstruktion, einen sechsbeinigen, niedrigen Schemel, an dem eine hohe, schmale Rückenlehne befestigt war. Diese Lehne war in Kopfhöhe mit einer Art ledernem Polster versehen, das je nach Körpergröße des Patienten verschoben werden konnte.

Ich brachte dem Mann einen kleinen irdenen Becher mit Wasser, in das Onkel Jehuda eine süßlich riechende Flüssigkeit geträufelt hatte. »Das macht Euch ruhig, Herr, und hilft gegen den Schmerz«, versicherte er in beruhigendem Tonfall.

»Es wird doch nicht zu sehr wehetun?«, fragte mich der Patient mit einem leichten Zittern in der Stimme, als er mir den Becher zurückgab.

Was sollte ich sagen? Ich hatte doch keine Ahnung, schließlich war dies mein erster Starstich! »Gewiss nicht«, lächelte ich und hoffte, dass es keine Lüge war. »Ihr seid in den besten Händen, mein guter Herr.« Aus dem Augenwinkel sah ich, dass mir mein Onkel zunickte.

Nun ging es ans Werk. Onkel Jehuda schob das Lederpolster zurecht und band den Kopf des Mannes mit einem breiten Stoffband an die Rückenlehne. »Könnt Ihr das große schwarze Kreuz vor Euch an der Wand erkennen?«, fragte er. Der Patient bejahte. »Ich bitte Euch nun darum«, sagte Onkel Jehuda mit Nachdruck, »dieses Kreuz genau im Blick zu behalten.« Dann wandte er sich an mich. »Nimm seine Hände«, befahl er, »und halte sie gut fest.«

Mit Daumen und Zeigefinger seiner linken Hand spreizte er die Lider des linken Auges auf. Die lange Nadel blitzte im Licht der Morgensonne. Er zog sie kurz durch den Mund, damit sie besser glitt, dann stach er sicher und entschlossen seitlich neben der Iris in das Weiße des Augapfels. Der Patient zuckte zusammen, schrie aber nicht. Ich hielt seine Hände so fest es ging, damit er nicht zum Auge greifen konnte, während mein Onkel die Nadel tiefer und vorwärts trieb, bis ihre Spitze mitten in der Pupille sichtbar wurde. Jetzt hatte er die getrübte Linse erreicht und schob das graumilchige Ding langsam nach unten. Die Scheibe glitt tiefer und tiefer, ging schließlich im Weißen unter wie die Sonne am Horizont. Mir schien es wie ein Wunder: Plötzlich waren da eine blaustrahlende Iris und das schwarzglänzende Loch der Pupille.

Onkel Jehuda hielt die Linse auf dem Boden des Augapfels fest und zählte dabei leise bis zehn, dann zog er die Nadel heraus und ließ die Lider des Patienten zufallen. »Fertig«, sagte er zufrieden.

Der Mann atmete erleichtert aus und entspannte sich. Er blinzelte, schaute, blinzelte, schaute erneut. »Bei allen Heiligen«, rief er überrascht aus, »ich kann wieder sehen! Das ist ja wie Zauberei!«

Onkel Jehuda winkte ab. »Die getrübte Linse hat Licht und Farben nicht mehr in Euer Auge eingelassen, Herr. Jetzt ist sie aus dem Weg, und Ihr könnt wieder vieles erkennen. Natürlich nicht mehr so scharf wie früher, aber es wird reichen. Ich habe auch schon gehört, dass man in Fällen wie dem Euren einen Sehstein oder eine Brille anfertigen lassen kann, um die Sehkraft zu verbessern. Sicher bin ich mir da nicht, aber Ihr könnt Euch vielleicht später einmal zu Nürnberg erkundigen, dort soll es solch einen Brillenmacher geben. Auf jeden Fall solltet Ihr in den nächsten Tagen ruhen und das Auge möglichst wenig bewegen, damit die Linse nicht wieder aufsteigt. Sobald wir sicher sein können, dass alles gut verlaufen ist, stechen wir den Star im rechten Auge.«

Auf Geheiß meines Onkels brachte ich ein rundes, gewölbtes Stück Leder, das ich vor das geheilte Auge stülpte, während er die Leinenbinde um den Kopf wickelte. Dann führte ich den frisch Operierten nach draußen und übergab ihn dem jungen Mann, der ihn hergebracht hatte.

Ich war überwältigt, begeistert, geradezu berauscht von dem, was ich eben gesehen hatte! Was war das für eine großartige Kunst, die mein Onkel da ausübte! Meine Ehrfurcht vor seinen Fähigkeiten war grenzenlos. Da kam ein Mensch, der mit Blindheit geschlagen war, und ging als Sehender wieder heim! Ich konnte es nicht fassen!

Aber ich hatte keine Zeit, länger über dieses unglaubliche Erlebnis nachzudenken. Am Vormittag kamen noch viele Leute, die Onkel Jehudas Hilfe in Anspruch nahmen. Er spaltete einen Furunkel, verabreichte ein Mittel gegen Kopfschmerzen, massierte dem kleinen Abi Löw so lange den Bauch, bis schmerzhafte Winde abgingen. Er schickte eine Frau zum Apotheker, um dort ein Mittel gegen Kopfläuse zu kaufen, das er ihr aufgeschrieben hatte. Außerdem brachte man ihm etliche Gläser mit Urin zur Harnschau; er besah sich die Flüssigkeit, roch und schmeckte und erkannte daran die verschiedenen Krankheiten. Anschließend half ich ihm dabei, die rechte Medizin zu mischen.

Nach einer kurzen Mittagspause, in der wir ein kaltes Mahl aus Brot, Käse und sauren Rüben verspeisten, begleitete ich Onkel Jehuda bei seinen Krankenbesuchen. Wir waren in der ganzen Stadt unterwegs, zumeist bei wohlhabenden Leuten, die sich einen studierten Medicus leisten konnten. Abends fiel ich völlig erschöpft und erschlagen von den Eindrücken des Tages ins Bett. Und bevor mir die Augen zufielen, keimte in mir, kaum dass ich es zu denken wagte, ein unverschämter, vermessener Wunsch: Ich wollte so sein wie mein Onkel. Ich wollte Ärztin werden!

Irland, Midlands, Sommer 1412

Entlang des Lough Ree führte von Roscommon bis Athlone eine schmale Landstraße, eigentlich eher ein von vielen Räderkarren gut ausgefahrener Weg. Meistens schmiegte er sich nah ans flache Ufer, nur manchmal erklomm er einen der niedrigen Hügel, von wo aus man den See dann ein Stück weit überblicken konnte. Der Lough war eine von mehreren Verbreiterungen des Shannon, in denen sich der Fluss eine Strecke lang unregelmäßig auffledderte, als ob er plötzlich seinen Weg vergessen hätte, bis er sich schließlich wieder besann und in sein Bett zurückfand.

Ciaran und sein Begleiter wanderten auf der vom letzten Regen noch aufgeweichten Straße in Richtung Süden. Der Wind blies stark und gleichmäßig, so dass den Wolken gar keine Zeit blieb, ihre Regenlast über dem weiten Land abzuladen. Ciarans Kutte flatterte so sehr, dass sie sich manchmal beim Laufen um seine Beine wickelte; dann beneidete er seinen Freund Connla, der kein Habit trug, sondern die bequemen knöchellangen Hosen der Landbevölkerung. Connla war seit ein paar Monaten im Kloster, ein gutmütiger Rotschopf, wohlbeleibter und wohlhabender Schafzüchter aus Dingle, der wegen eines Gelübdes zwei Jahre in Clonmacnoise als Laie mit Beten und Arbeiten verbringen wollte. Ciaran hatte schnell Freundschaft mit dem älteren Mann geschlossen, der so viele Geschichten wusste und ihm bereitwillig die Lieder der Halbinsel im Südwesten Irlands beibrachte. Connla hatte den jungen Mönch auch gerne zu den Dominikanerbrüdern nach Roscommon begleitet, wo sie Geschenke und ein Schreiben des Abts überbracht hatten. Nun waren sie wieder auf dem Heimweg.

Der Lough war immer noch aufgewühlt, denn vor zwei Tagen war ein Sturm über die Insel gefegt. Hohe Wellen ließen die kleinen Currahgs tanzen, auf denen die Fischer unterwegs waren, um ihre Netze auszulegen. »Sieh nur«, sagte Ciaran, blieb stehen und beschattete seine Augen. »Heute ist es so klar, dass man die Inseln erkennen kann. Da: Inisclearaun und Inisbofin.« Er wies mit der ausgestreckten Hand übers Wasser, wo in der Ferne zwei graugrüne Erhebungen zu sehen waren. »Es heißt, dass das alte Volk, die Tuatha de Danaan, dort in uralter Zeit eine Begräbnisstätte hatte. Die Leute sagen, die Inseln bringen Unglück, deshalb lebt dort auch niemand.«

Ciaran grinste und erzählte Connla die Legende der Kriegerkönigin Maeve, die auf Inisclearaun einst durch ein Geschoss aus Käse einen ungewöhnlichen Tod gefunden hatte. Der Mann aus Dingle runzelte die Stirn. »Kann keiner von meinen Schafen gewesen sein, der wird nicht so hart.« Lachend schlug er Ciaran mit seiner schwieligen Pranke auf die Schulter, und sie gingen weiter. Noch vor dem Abend hatten sie Athlone erreicht, wo sie im Haus des Priesters übernachteten.

Der nächste Tag brachte Sonnenschein und Wärme, und so brachen die beiden früh auf. Das Kloster lag gut drei Wegstunden von Athlone entfernt, also würden sie schon mittags zu Hause sein.

Nach der Hälfte der Strecke tauchte an einer Wegbiegung ein kleiner Dolmen auf. Mitten in einer Wiese mit hohem Gras stand das Steingrab, so uralt, dass niemand seinen Zweck mehr kannte und die Einheimischen es für einen Druidenaltar hielten. Es war halb eingestürzt; der schwere Abdeckstein ruhte mit einer Seite im Erdreich, drei kleinere Steine stützten ihn, sich unter seinem Gewicht schräg neigend. Ein paar grauzottelige Schafe mit schwarzen Köpfen und gekrümmten Hörnern grasten friedlich neben dem massigen Gebilde. Die beiden Wanderer hörten das regelmäßige laute Rupfen, wenn ihre Vorderzähne ein Büschel saftiges Grünzeug ausrissen.

»Ha!«, rief Connla, »das ist ein Platz zum Rasten, was, mein Freund?«

Ciaran musste sich ein Grinsen verkneifen. »Dir ist doch jeder

Platz zum Ausruhen recht, Faulpelz. Wärst du mit Moses durchs Rote Meer marschiert, hätte es das Volk Juda niemals vor der Rückkehr der Wasser ans andere Ufer geschafft!«

»Wenn du meinen Bauch hättest und meine kurzen Beine, kämst du auch nicht schneller voran als ich«, gab Connla zurück. »Und außerdem habe ich Hunger! Hat uns der geizige Pfarrer von Athlone nicht eine seiner verschrumpelten Würste mitgegeben?«

Ciaran seufzte. Ihm war klar, dass sein Freund, wenn er sich erst einmal dort im Gras niedergelassen hatte, so schnell nicht wieder aufstehen würde.

»Ich verstehe gar nicht, warum du es so eilig hast, a Chiaran«, meinte Connla, während er den jungen Mönch am Ärmel zum Dolmen hinzog. »Du weißt doch: Als Gott die Zeit erschuf, hat er genug davon gemacht.«

Vor einem der Stützsteine warfen die beiden ihre Bündel hin. Ciaran suchte nach einer Stelle im Gras, wo keine Schafsköttel lagen, um sich dort hinzusetzen, als er ein Geräusch hörte. Er sah hoch und erstarrte: Drei Männer traten hinter dem riesigen Abdeckstein des Dolmen vor. Ihre Kleider waren nicht irisch, vermutlich kamen sie aus England oder vom Festland, und zwei von ihnen waren mit Kurzschwertern bewaffnet. Sie kamen auf ihn zu, und die Angst packte ihn, wie damals auf dem Friedhof. Panisch sah er sich nach einer Fluchtmöglichkeit um. Dabei fiel sein Blick auf Connla, der sofort schuldbewußt den Kopf senkte. »Was geht hier vor?«, schrie er seinen Begleiter an. Schritt für Schritt wich Ciaran bis zum Stein zurück, die Hände zur Abwehr erhoben. Die Männer folgten ihm. Einer von ihnen, ein sehr junger Mann mit spärlichem Bartwuchs und schmaler Statur, trat vor den jungen Mönch hin und lächelte.

Ciaran schluckte. »Bei allen Heiligen, was wollt Ihr von mir?«, sagte er mit belegter Stimme. »Wer seid Ihr?«

Und dann streckte der seltsame Fremde die Hand aus und sagte stockend auf Irisch: »Ich bin dein Vetter Will aus England.«

»Anfangs wussten wir nicht, ob du überhaupt noch am Leben bist«, erzählte Will später, während Ciaran noch versuchte herauszufinden, ob er wachte oder träumte. »Aber nachdem man keinen toten Säugling in Tiltenham gefunden hat, haben wir immer daran geglaubt, dass es dich noch irgendwo gibt. Wir haben überall gesucht, haben nachgeforscht, haben nie aufgegeben. Und vor einigen Monaten kam schließlich der entscheidende Hinweis auf Clonmacnoise, zufällig ausgeplaudert von einem unserer Feinde. Da haben wir Connla hier« – er wies auf Ciarans Begleiter – »losgeschickt. Er sollte herausfinden, ob du tatsächlich im Kloster lebst.«

»Tut mir leid«, sagte Connla zerknirscht. »Aber einer musste schließlich die Lage erkunden. Wir wussten ja auch, dass die anderen hinter dir her waren. Und wir wollten erst einmal mit dir allein reden, deshalb war dies hier eine gute Gelegenheit.«

»Du hast mich zu Tode erschreckt, Mann!«, knurrte Ciaran, noch nicht ganz mit dem Freund versöhnt. »Und warum, Herrgott nochmal, die ganze Geheimniskrämerei? Wer sind die Feinde, von denen ihr sprecht, und was habe ich mit allem zu tun? Irgendjemand hat versucht, mich umzubringen! Ich verstehe überhaupt nichts!« Wütend warf er ein Steinchen weg, das er grade aufgehoben hatte.

Will nickte mitfühlend. »Ich kann dir alles erklären, aber das dauert ein Weilchen.« Er reichte Ciaran eine blecherne Flasche. »Trink einen Schluck Wein, den hast du, glaube ich, nötig.«

Ciaran zögerte kurz, aber dann nahm er ein paar Mundvoll. Wenn sie ihn hätten töten wollen, hätten sie das längst tun können. Sie brauchten ihn nicht zu vergiften. Dann lehnte er sich gottergeben mit dem Rücken gegen den Dolmen und hörte zu, was ihm sein vorgeblicher englischer Vetter zu erzählen hatte.

Am Ende war Ciaran bleich wie der Tod. Er, der sein ganzes Leben im Kloster verbracht hatte, der nur die eine christliche Wahrheit kannte, er, ein Mönch, war der Sohn von Abtrünnigen. Von Menschen, die er bisher zutiefst verachtet, ja verabscheut hatte. Ketzerbrut! Die gedungenen Mörder hatten recht gehabt. Seine Eltern, die er so sehnlichst hätte kennen wollen, nach deren Liebe er sich sein Leben lang verzehrt hatte, gehörten zu den Verblendeten, die von der Heiligen Römischen Kirche abgefallen waren. Zu den Anhängern Wyclifs. Den Leugnern der päpstlichen Herrlichkeit. Den Feinden Gottes. Schmutz auf dem Angesicht der Erde. Ciaran fühlte sich so verlassen wie noch niemals vorher in seinem Leben. Immer ist es mein größter Wunsch gewesen, meine Herkunft zu erfahren, dachte er. Und nun, da ich sie endlich kenne, wollte ich, ich hätte nie danach gefragt. Er schlug die Hände vors Gesicht, fassungslos.

Connla legte seinem verzweifelten Freund die Hand auf die Schulter. »Ich kann verstehen, wie du dich fühlst«, sagte er leise. »Aber glaube mir, deine Eltern waren keine Unmenschen. Sie haben Gott vielleicht mehr geliebt als du. Sie waren beseelt von dem, was sie glaubten. Und das sind wir auch. Deshalb sind wir hier. Wir bitten dich, uns zu helfen.«

»Helfen?« Ciaran sprang auf. »Ich soll euch also dabei helfen, eine ketzerische Schrift zu finden, ja? Ein Werk dieses Wyclif, der ein Feind meiner Kirche und meines Glaubens ist? Selbst wenn ich könnte – niemals!«

»Die Vertreter deiner Kirche und deines Glaubens wollten dich umbringen lassen, hast du das schon vergessen?«, brummte Connla.

Ciaran schüttelte den Kopf. »Das heißt doch nicht, dass ich deshalb ... Ich weiß doch gar nicht ... Herrgott nein, gemeinsame Sache mit euch zu machen, gegen meine heilige Überzeugung, das könnt ihr nicht von mir verlangen.«

»Vielleicht änderst du deine Überzeugung, wenn du dich mit Master Wyclifs Lehre beschäftigst«, warf Will ein.

»Nie werde ich eure englischen Ketzerschriften lesen«, fuhr Ciaran hoch. »Sie sind verderblich und vom Teufel eingegeben.« In seinem Zorn lief er im Kreis herum wie ein gefangenes Tier. »Ich bin Mönch und standhaft im Glauben. Und wenn meine ganze Familie, ja die ganze Welt, dieser falschen Religion anhinge, was hätte ich für einen Grund, euch zu helfen?«

»Tu's für deine Eltern«, erwiderte Will. »Egal, was du glaubst, du bist ihnen was schuldig.«

»Gread leat!«, schrie Ciaran seinen Vetter an. »Hau ab, und geh zum Teufel! Lasst mich doch alle in Ruhe!« Dann lehnte er die Stirn an den rauen Stein des Dolmen und weinte.

Später ging er allein zurück nach Clonmacnoise. Er hätte die Gesellschaft der anderen nicht ertragen. Seine Welt lag in Trümmern, er fühlte sich wie ein winziges Boot, das sich vom Tau im Hafen losgerissen hatte und jetzt im endlosen Meer von Sturm und Wellen hin- und hergeworfen wurde. Den ganzen Weg über konnte er keinen klaren Gedanken fassen. Er wusste nur, dass nichts mehr so war wie vorher.

Im Kloster angekommen, redete er mit niemandem. Verwundert sahen ihm die anderen Mönche nach, wie er, bleich wie ein Geist, zu der kleinen Kapelle ging, die das Grab seines Namenspatrons barg. Die ganze Nacht hielt er dort Zwiesprache. Zeig mir den Weg, flehte er, führe mich zum rechten Tun, ich weiß nicht mehr, wohin. Und während draußen die Nachtwolken über den Fluss jagten, spürte er langsam Ruhe einkehren. Seine Gedanken begannen sich zu ordnen, klarer zu werden. Irgendwann fiel er in einen unruhigen Schlaf; ihm träumte, der große irische Heilige stünde ihm gegenüber, die Hand zum Abschiedsgruß erhoben. Und als am Morgen über dem Temple Melaghlin die Sonne aufging, hatte Ciaran seine Entscheidung gefällt. Er trat ins Freie, ging geradewegs zu seiner Hütte und packte das Wenige, das er hatte, in einen Wandersack. Dann tastete er in seinem Strohsack nach dem Bündel mit dem Korallenamulett, dem einzigen Gegenstand, der ihn mit seinen Eltern verband. Er band sich das blutrote Geäst um den Hals. Ein Griff noch, und er hatte das Lederfutteral mit seiner geliebten Harfe über die Schulter geworfen.

Draußen empfing ihn schon Connla, der die ganze Nacht auf der Schwelle der Ciaran-Kapelle wach gelegen hatte. Er umarmte ihn. »Komm«, sagte er, »wir bringen dich nach England zu deiner Familie. Wenn du uns dann immer noch nicht helfen willst, werden wir dich nicht aufhalten. Du kannst jederzeit hierher zurück.«

Mit entschlossenem Schritt verließ Ciaran die heilige Stätte am Shannon, die seine Heimat gewesen war. Er musste sich seiner Herkunft stellen, sonst würde er seines Lebens nicht mehr froh – das hatte ihm der Heilige zugeflüstert, nachts in der Kapelle.

Als das Tor des Klosters hinter ihm zuschlug, war er nicht mehr Ciaran, das Findelkind. Fortan würde er Henry Granville sein, Sproß aus altem normannischen Adel, auf der Suche nach sich selbst. Er sah sich nicht um, als er Connla folgte und den Weg nach Dublin einschlug.

Augsburger Arztbestallung aus dem Jahr 1362

Also wer im [dem Arzt] sin Glas mit sinem Brunnen [Urin] sendet oder bringet und im saget wes er in von des Siechen wegen fraget, so soll er [der Arzt] im's gesehen und soll im nach sinen Triwen das best so er kan und waiß raten und helffen, waz er ezzen, trinken oder meiden, tuen oder lazzen sulle und was im guot sey ohn geverde.

Er soll auch kainerley Vergifft oder ander Ertzney, damit man kindlein vertreibt, keinem Menschen nit raichen oder verkauffen.

München, Herbst 1412

Seit vielen Jahrhunderten sind die jüdischen Ärzte für ihre Kunst berühmt. Ihr Ruf ist so groß, dass die Leute zuzeiten geglaubt haben, man müsse, um in der Heilkunde Erfahrung zu besitzen, von jüdischer Herkunft sein.« Jehuda rührte in einem Tiegel Salbe, während Sara verschiedene Kräuter und Essenzen dazutat.

»Woran liegt das?«, wollte Sara wissen. »Haben Juden und Christen unterschiedliche Heilmethoden?«

Jehuda legte den Spatel hin und goss ein wenig Baumöl zu der grünlichen Masse. »Das ist es nicht«, meinte er. »Es liegt eher daran, dass jüdische Ärzte in der ganzen Welt verteilt gelebt haben. Sie sprachen Hebräisch, Arabisch, Griechisch, Latein und Spanisch. So konnten sie sich als Erste die alten medizinischen Werke der Araber durch Übersetzungen zugänglich machen. Und die arabische Medizin war der abendländischen schon immer weit überlegen.«

»Das heißt, die Juden haben die Medizin des Orients schon angewendet, bevor die Christen sie kannten?«

»Genau«, antwortete Jehuda. »Gib noch etwas vom Alaun hinzu, sei so gut.«

»Rabbi Zvi hat neulich erwähnt, dass sogar christliche Päpste

jüdische Leibärzte hatten«, warf Sara ein, während sie eine Spatel-
spitze des Pulvers in den Tiegel schüttete.

Jehuda lächelte. »Das ist richtig, eben weil sie die Besten waren.
Wenn ich mich recht erinnere, war Isaak ben Mordechai Medicus
bei Papst Nikolaus dem Vierten. Papst Bonifaz der Neunte hatte
einen Juden namens Manuel und dessen Sohn Angelo. Und Papst
Innozenz der Siebte ließ sich von Elia de Sabbato behandeln. Aber
nicht nur das. Komm.« Der alte Arzt ließ das Rühren sein und
winkte Sara mit sich in die Wohnstube. Dort sperrte er eine Truhe
auf und entnahm ihr einen dicken, metallbeschlagenen Folianten.
Suchend blätterte er die Seiten durch. »Ah ja, hier habe ich es. Dies
ist ein Verzeichnis vieler berühmter jüdischer Ärzte in verschiedenen Ländern überall auf der Welt. Sehen wir mal nach, welche Kaiser und Könige im Reich sich ihnen anvertraut haben. Da: Schon
Kaiser Karl der Große hatte gleich fünf jüdische Leibärzte. Seinen
Enkel Ludwig den Kahlen behandelte ein Arzt namens Zedekia,
der so geschickt war, dass er geradezu als Zauberer galt. Auch Kaiser Konrad der Zweite hatte einen jüdischen Hofarzt, genau wie die
Herzöge von Baiern und die rheinischen Pfalzgrafen.« Jehuda ließ
den Blick schweifen und erzählte weiter. »Der große Simon, den
einer meiner Lehrer noch kannte, war vor einem halben Jahrhundert Medicus des Erzbischofs von Trier, und gerade jetzt ist mein
Freund Seligmann Leibarzt des Fürstbischofs von Würzburg. In
vielen Städten gibt es jüdische Ärzte, so wie mich. Und das, obwohl
Juden nicht an den deutschen Universitäten studieren dürfen.«

»Wo können sie denn lernen?«, wollte Sara wissen.

»Oh, in Padua oder in Montpellier, wenn sie an eine Universität wollen. Aber meist gehen sie bei einem jüdischen Arzt in die
Lehre«, erwiderte Jehuda. »So wie ich.«

»Und bei wem hast du gelernt?«

Der Alte lehnte sich zurück. »Mein erster Lehrer war ein Se-
pharde namens Fernando. Ich traf ihn in Jerusalem, wohin ich
nach dem Tod meiner Frau in Verzweiflung gepilgert war. An der
Stätte des zerstörten Tempels erkannte ich meine Berufung, zu
heilen, und so nahm mich Meister Fernando in die Lehre. Mit ihm
ging ich nach Spanien und zog dort später von einem Medicus zum
anderen, bis ich wieder hierher zurückkehrte.«

Sara war beeindruckt. »So hast du also deine Heilmethoden und Rezepte aus dem Land Sepharad?«

»Die meisten davon, ja. Aber sie stammen nicht von meinen Lehrern selber, sondern sind oft viel älter. Habe ich schon einmal Mose ben Maimon erwähnt?«

Sara erinnerte sich, dass ihr Onkel einmal von einem Arzt namens Maimonides gesprochen hatte, und nickte.

»Die Salbe gegen Hämmorrhoiden, die wir gerade angerührt haben, ist von ihm. Maimonides ist wohl der berühmteste aller jüdischen Ärzte; er war vor zweihundert Jahren Leibarzt des berühmten Sultans Saladin. Sein Ruhm war so groß, dass Richard Löwenherz, der englische König, ihn für sich haben wollte, aber Maimon lehnte ab. Er blieb in Kairo und verfasste elf medizinische Schriften, die ihn unsterblich gemacht haben. Einige habe ich selbst gelesen, darunter die über Diätetik und Ernährung, die über Gifte und ihre Heilung und die über Hämmorrhoiden. Sie sind bis heute unübertroffen. Das liegt daran, dass Maimonides bei seinen Behandlungsmethoden nur die Vernunft gelten ließ, die Wissenschaft, das Erwiesene. ›Die Augen sind vorwärts und nicht rückwärts‹, sagte er. Er ging immer den einfachen, den natürlichen Weg. So befand er, eine Krankheit sei zuallererst mit der richtigen Ernährung zu bekämpfen. Das nennt man Diätetik. Wo der Arzt eingreifen muss, schreibt er, besteht seine eigentliche Aufgabe darin, die Kraft des Kranken zu stärken und die Natur in ihrer Wirksamkeit zu unterstützen. Und er schreibt, dass die Geisteskräfte des Menschen eine starke Einwirkung auf die Gesundheit haben. Deshalb muss nicht nur der Leib, sondern auch der Geist geheilt werden. So, meine lernbegierige kleine Helferin, jetzt rühren wir weiter unsere Salben an, damit meine Patienten nicht klagen können, ich würde sie vernachlässigen.« Er erhob sich und sperrte das Buch wieder sorgfältig weg. Sara folgte ihm in die Offizin. Ihr schwirrte der Kopf.

Später am Tag begab sich Jehuda auf seinen üblichen Rundgang. Wie immer wollte er zuerst etliche Kranke in der jüdischen Gemeinde besuchen und dann im Hekdesch vorbeischauen, wo die alten Leute täglich seiner Pflege bedurften. Sara und Jettl säuberten derweil die Behandlungsstube und wuschen Verbände aus. Während sie hantierten, klopfte es ans offenstehende Fenster.

»Ist der Judendoktor daheim?«

Sara verneinte. Draußen stand eine Frau mittleren Alters, der Kleidung nach eine Christin. Sie hatte vom Laufen einen roten Kopf und schnappte nach Luft. »Ach Gott, ach Gott«, jammerte sie, »mein Schwiegervater stirbt, fürcht ich, so schlecht ist er beieinander. Und diese Schmerzen!«

»Ich kann meinen Onkel suchen gehen, wenn es so dringend ist«, meinte Sara.

»Ach, ich bitt recht schön! Und bringt ihn dann so schnell es geht zum Schiffertor, ins Haus zum grünen Schild. Mein Mann ist der Großschiffer Hans Vilsgruber, er zahlt auch gut.«

Sara warf sich einen Mantel um, schnallte die Trippen unter – die Straßen waren schlammig vom Herbstregen – und machte sich auf den Weg. Sie fand ihren Onkel in der Küche des Judenspitals, wo er der Küchenmagd gerade erklärte, welche Gewürze am besten gegen Blähungen halfen.

Gemeinsam machten sie sich auf zum Schiffertor, das hinaus in die Isarauen führte. Die Tür des Hauses zum grünen Schild stand offen, und drinnen empfing die Hausfrau sie erleichtert. »Ach Gott sei Dank, dass Ihr da seid, Meister Jehuda«, sagte sie. »Der Alte kann seit Tagen nicht mehr Harn lassen. Die Schmerzen bringen ihn bald um. Vor einer Stunde hab ich gedacht, er braucht den Priester, so hat's ihn gehabt.«

Jehuda nickte. »Bringt mich zu ihm.«

Sie stiegen eine Treppe nach oben zur Schlafkammer des Kranken. Schon hörte Sara ihn stöhnen, dann sah sie ihn halb aufrecht sitzend in seinem Alkovenbett, die Augen geschlossen, ein greises Männlein mit eingefallenem, bleichem Gesicht.

»Vater, der Medicus ist da«, sagte die Vilsgruberin leise.

Der Alte öffnete die Augen. »Endlich«, murmelte er mit raspeltrockener Stimme. »Ich halt's nicht mehr aus. Wenn ich nicht schnell wieder pinkeln kann, zerreißt's mich noch.«

Jehuda trat ans Bett und wollte eben das dünne Laken vom Unterleib des Patienten ziehen, als dessen Blick auf den gelben Judenfleck fiel, der am Umhang des Arztes aufgenäht war. Plötzlich kam Leben in den Alten. Er richtete sich auf, streckte beide Arme gegen seinen Helfer aus und kreuzte die Zeigefinger. »Teufel, du!«, kreischte er, die Augen weit aufgerissen. »Bleib mir vom Leib, Judensack!«

»Ich bin Arzt«, meinte Jehuda versöhnlich. »Eure Schwieger hat mich geholt, sie kennt mich, ich habe ihr schon drei Mal schlimme Gallenschmerzen vertrieben.«

Schafgarbe, Hirtentäschel, Katzenpfoten, Leinkraut, Löwenzahn, dachte Sara. In siedendes Wasser, eine halbe Kerzenlänge ziehen lassen.

»Bei mir vertreibst du nichts, beschnittenes Gesindel!«, zeterte der Alte.

Jehuda blieb ruhig. »Ein christlicher Medicus würde nichts anderes tun als ich«, erwiderte er.

»Verdammt will ich sein, wenn ich mich von einen Judenlumpen anfassen lasse«, geiferte der Kranke. »Lieber krepier ich.«

»Vater«, mischte sich die Vilsgruberin ein, »sei doch vernünftig. Der Doktor Peller ist über die Isar gesetzt und erst morgen Abend wieder da. Und Meister Jehuda hat den besten Leumund, er hat sogar schon bei Hof behandelt.«

»Ein Christusmörder, ha! Was will der …« Der Alte krümmte sich und stöhnte. Er konnte vor Schmerz nicht weiterreden.

»Hört, Vilsgruber«, sagte Jehuda geduldig. »Eure Blase ist zum Bersten voll. Und an Euren Augen sehe ich, dass Ihr die trockene Hitze habt, das heißt, die Ausscheidungsorgane sind bereits angegriffen. Ich kann Euch vielleicht noch helfen, indem ich ein Silberröhrchen einführe und den Harn ablasse. Das muss aber in den nächsten Stunden geschehen, sonst werdet Ihr unter Schmerzen elendiglich sterben.«

»Besser mit Christo gestorben, als durch einen Judendoktor mit dem Teufel gesund geworden«, keifte der Alte. »Verschwinde, Drecksgeschmeiß!«

»Steht es wirklich so schlimm um ihn?«, raunte die Vilsgruberin Jehuda zu.

Der nickte. »Er hält nicht mehr durch, bis der Doktor Peller vom Land zurück ist. Wenn nichts unternommen wird, stirbt er vielleicht schon heut Nacht.«

Die Vilsgruberin erschrak. »Vater«, sagte sie eindringlich, »lass Deine Sturheit sein und gib nach. Es geht ums liebe Leben. Wenn der Hans heut Abend vom Flößen heimkommt, will er keine Totenklage halten.«

Der Alte atmete gepresst. »Verschwind, du schlechtes Weibsstück!«, stieß er mühsam hervor. »Holst mir einen verfluchten Hebräer ins Haus! Hinaus mit euch allen, sag ich, hinaus!«

»Ihr wollt also lieber sterben als Euch von mir helfen lassen? Herr, bedenkt Euch doch!« Jehuda versuchte es noch einmal. Im nächsten Augenblick wich er dem zinnernen Kerzenleuchter aus, den der Patient mit aller Kraft nach ihm geworfen hatte. Da war wohl nichts zu machen. Er breitete mit einem Seufzer die Arme aus, drehte sich um und ging.

Die Vilsgruberin lief ihm nach und hob bittend die Hände. »Verzeiht ihm, Meister, er ist ein alter Mann und schon immer ein sturer Bock gewesen, Gott sei's geklagt.«

Jehuda nickte betrübt. »Es tut mir leid, dass ich nicht helfen kann.«

Sie wollte ihm ein Geldstück in die Hand drücken, doch er lehnte ab. »Ich habe nichts getan, was der Bezahlung wert gewesen wäre, Vilsgruberin.« Dann wandte er sich an Sara, die die gesamte Szene stumm mit angesehen hatte. »Komm, wir gehen.«

»Aber die Christen müssten doch wissen, dass ihnen ein jüdischer Arzt nichts Schlechtes antut …«, begann Sara nach einiger Zeit, als sie gerade über den Rindermarkt gingen.

»Die meisten wissen das auch. Aber manche sind eben verblendet. Immer wieder hat es Verbote für jüdische Ärzte gegeben, am Krankenlager von Christen zu praktizieren. ›Ein Narr bei solchem Hülfe sucht, der Christum selbst – und dich – verflucht‹, den Spruch habe ich oft gehört. Und das ist nicht der einzige. ›Die Judenärzt tun großen Fehl, sie bringen alle in die Höll.‹ Die Christen erzählen sich allerlei schlimme Geschichten.«

»Das ist doch närrisch!«, ereiferte sich Sara.

»Das ist nicht närrisch, wenn man bedenkt, dass die christlichen Ärzte, die meist weniger bewandert in der Heilkunst sind, von solchen Geschichten einen Nutzen haben.« Jehuda legte seiner Nichte besänftigend den Arm um die Schulter. »Schau, Sara, ein Arzt muss jeden Menschen mit der gleichen Gewissenhaftigkeit und Treue behandeln, ob Christ oder Jude. Sonst wäre er ein schlechter Vertreter seiner Zunft.«

Sara seufzte. »Wenn ich Ärztin werden will, dann muss ich das wohl noch lernen«, sagte sie unbedacht.

Jehuda nahm seinen Arm von ihrer Schulter und sah sie mit hochgezogenen Brauen an. »Ärztin willst du werden? Oj, schlag dir das ganz schnell wieder aus dem Kopf. Schließlich bist du eine Frau, und Frauen haben eine andere Bestimmung.«

»Aber …«

»Kein Aber! Es ist ja gut, dass du mir manchmal hilfst – das tut die Jettl auch immer. Aber der Beruf des Arztes ist schwierig und anstrengend. Er erfordert, dass man ihm sein ganzes Leben widmet. Wie soll eine Frau das können? Sie muss die Aufgaben des Hauses übernehmen, Mann und Familie versorgen. Das sagt die Thora.«

»Die Thora sagt aber nicht, dass Frauen nicht heilen dürfen.«

»Äh, nun ja, nicht direkt …« Jehuda suchte nach weiteren Argumenten. »Aber Frauen können vieles, was der Arztberuf von einem Menschen fordert, gar nicht aushalten. Oft muss man seinen Ekel überwinden, Gestank und Geschrei ertragen, in Kot und Eiter fassen, offene Wunden behandeln, brennen, schneiden, amputieren. Das viele Blut …«

»Blut macht mir nichts aus.«

Jehuda runzelte die Stirn. Dieses Mädchen war dickköpfig wie ein Esel. Das musste sie sich von Jettl abgeschaut haben. Vermutlich brauchte seine Nichte einfach einen Mann und Kinder, schließlich war sie längst im richtigen Alter. Aber halt, das ging ja nicht, sie war ja schon verheiratet. Da gab es ja noch diesen – wie hieß er doch noch gleich? –, vor dem sie davongelaufen war. Der sie vielleicht immer noch suchte und sie niemals freigeben würde. »Ojojoj«, murmelte Jehuda vor sich hin und zupfte dabei an seinem Bart. Das war schon eine verfahrene Geschichte.

Sara sah ihren Onkel von der Seite her an. Sie wusste, dass es jetzt besser war, nichts mehr zu sagen. Es war schon ein großes Entgegenkommen von ihm gewesen, sie bei der Krankenbehandlung helfen zu lassen – und das hatte er auch nur erlaubt, weil die gute Jettl ihm kurzerhand mitgeteilt hatte, sich in Zukunft nur noch der Hausarbeit zu widmen, jetzt, wo Sara da war. Vielleicht hab ich mir zu viel erwartet, dachte Sara, während sie zum Doktorshaus zurückgingen. Ich sollte zufrieden mit dem sein, was ich jetzt tue, und dankbar dafür, dass mein Leben eine gute Wendung genommen hat.

Aber dann ballte sie die Fäuste in den Rocktaschen. Sie war nun einmal nicht zufrieden …

Budapest, zur selben Zeit

eit Wochen war der Hof in heller Aufregung. In Küche und Keller wurden massenhaft Vorräte angeschafft und eingelagert, Gästezimmer und Ställe wurden in der ganzen Stadt gemietet, die Wohnräume der Burg geputzt und ausgestattet. Aus Brettern und Blöcken zimmerte man einfache Tische und Bänke zurecht, Strohsäcke für Nachtlager wurden befüllt, Laken und Leintücher genäht, Gänsedaunen in Kissen gestopft. Ganze Ochsenherden aus Böhmen wurden durch die Stadt getrieben und in Mastställen untergebracht. Bei den Apothekern der Stadt bestellte man allerlei Spezereien und Süßigkeiten, die Bäcker wurden angewiesen, Mehl genug für Hunderte von Broten jeden Tag zu bevorraten. Die Kerzenzieher zogen jede Nacht Unmengen an Lichtern. In der Burgküche mauerte man einen eigenen Pastetenofen auf. Wäscherinnen, Stallknechte und andere Dienerschaft wurden aushilfsweise bestallt, Küchenutensilien eingekauft: Mörser, leinene Streichtücher, Kessel, Dreifüße, Bratspieße und -böcke, eiserne Löffel, Bankschaber und Roste. Aus der Kanzlei nahm man alte Akten, um daraus Hüllen für ein großartiges Feuerwerk zu basteln. Im Marstall wurden täglich Säcke mit Hafer, Einstreu und Häcksel angeliefert. Der Keller schaffte neue kupferne Stutzen, Blechkannen, Lasshähne, Fassbohrer, Kloben und Schläuche an, und ein schwerer Wagen nach dem anderen lieferte wohlgefüllte

Weinfässer, die der Kellner mit Kreide kennzeichnete. Kerbhölzer wurden verglichen, Beutel mit Geld wechselten den Besitzer. Ein Turnier kam den Veranstalter teuer.

Ezzo kontrollierte wohl zum hundertsten Mal seine Ausrüstung. Sein Schwert war rasiermesserscharf und glitt leicht in der gefetteten Scheide hin und her. Jedes Metallstück am Gehänge glänzte sauber poliert. Das Leder des Brustharnisches war weich und geschmeidig vom Wollfett, ebenso der Beinschutz. Alle Scharniere der leichten Rüstung bewegten sich reibungslos. Sporen und Trense waren frisch geputzt, der Sattel gewienert. Für den Buhurt, der zu Mittag als Turnierauftakt geplant war, brauchte Ezzo nur den leichten Sattel; der schwerere Sattel für das Gestech, das »Hohe Zeug«, hing noch an der Stallwand. Zum Tjost war Ezzo nicht zugelassen, schließlich war er noch kein Ritter. Dass er beim Buhurt mitmachen durfte, verdankte er dem Burggrafen Friedrich von Nürnberg. Hier traten die hohen Herren mit ihren Mannschaften gegeneinander an, jeder umgab sich dabei mit einer gewissen Anzahl an Kämpfern. Und der Markgraf, der Ezzos Reit- und Fechtkünste in den letzten Wochen beobachtet hatte, hatte ihn als Beikämpfer ausgewählt.

Der Stallknecht hatte derweil dem Pferd die lederne Roßstirn angelegt und die Steigbügel eingestellt. Er würde den Braunen, der nervös mit den Hufen stampfte, gleich in den Hof führen und ihm dort zur Beruhigung einen Eimer Bier zu saufen geben, dann war der Wallach einsatzbereit.

Ezzo ließ sich von einem Knappen in den Harnisch helfen und achtete peinlichst genau darauf, dass alle Schnallen fest geschlossen und alle Bänder gut verzurrt waren. Auch er war aufgeregt. Es war sein erstes öffentliches Turnier, eine Bewährungsprobe, die er lange herbeigesehnt hatte. Oh, er wusste, wie gefährlich solche Schaukämpfe waren! Das Turnier war kein Spiel, in das man leichtfertig hineingehen durfte. Viele waren schon bei Tjost und Buhurt zu Tode gekommen oder hatten sich Verletzungen zugezogen, die sie ihr Leben lang zu Krüppeln gemacht hatten. Der Kampf bedurfte höchster Konzentration und großer Geschicklichkeit.

Als Letztes zog Ezzo die schweren Handschuhe an, setzte

den Helm bei geöffnetem Visier auf und ließ ihn vom Knappen hinten und vorne am Harnisch festmachen. Endlich stieg er mit Hilfe einer kleinen hölzernen Treppe aufs Pferd. Zusammen mit den anderen Kämpfern ritt er im Schein der Mittagssonne aus dem Burghof hinaus.

Der Turnieranger wimmelte vor Menschen und Pferden. Ein Geviert war abgesteckt und mit Schranken eingefriedet worden, hier würde der Kampf stattfinden. In der Mitte war der Platz durch zwei gespannte Seile getrennt. Den ganzen Vormittag über hatten Helfer den gestampften Erdboden mit unzähligen Eimern Wasser benetzt – das war wichtig, denn sonst entstanden im Kampfgetümmel die gefürchteten Staubwolken. Mit Schrecken erinnerte man sich noch nach vielen Jahrzehnten an den Tod Lantfrieds von Landsberg im Staub von Straßburg oder an das Turnier von Neuß, bei dem mehr als zehn Ritter jämmerlich erstickt waren.

Entlang der längeren Südschranke hatten Zimmerleute in tagelanger Arbeit eine solide Tribüne aufgebaut – hoffentlich solide genug, dass sie die Hunderten von adeligen Zuschauern auch tragen konnte! Oft genug war es in der Vergangenheit zu Einstürzen gekommen, die Tote und Verletzte gefordert hatten. Aber das Gerüst sah stabil aus, es wankte nicht, obwohl es bereits voll besetzt war.

Ezzos Blick wanderte über die bunte Menge. Noch nie hatte er so viele Menschen auf so engem Raum gesehen. Der alte Spruch stimmt schon, dachte er, ein Turnier hat mehr Zulauf als zehn Prediger. Diese Tatsache entbehrte nicht einer gewissen Ironie, waren doch Turniere seit jeher von der Kirche verboten – was allerdings niemanden groß störte und den Kampfspielen keinen Abbruch tat. Langsam ritt Ezzo in der Formation der Burggräflichen an der Tribüne vorbei zum Eingang des Gevierts. In der Mitte des Gerüstes schützte ein rotsamtener Baldachin mit goldenen Posamenten die Zuschauer vor der Mittagssonne. Dort saß die Königin, umrahmt von adeligen Damen und Edelleuten. König Sigismund selbst war in wichtiger Angelegenheit abwesend; überhaupt hielt er sich wenig zu Buda auf – sein hohes Amt erforderte es, dass er ständig im Land umherritt. Infolge seiner Abwesenheit war Barbara von Cilli die Schirmherrin des Turniers, und ihr Vater leitete die Kämpfe als Turnierkönig.

Ezzo drückte stolz den Rücken durch und suchte den Blick seiner Angebeteten, die in goldglänzendem Kleid hoch über ihm thronte. Er hatte ihren veilchenfarbenen Handschuh an seinem Schild befestigt und hoffte, sie würde es bemerken. Aber Barbara war in ein Gespräch vertieft, und so ritt Ezzo ein wenig enttäuscht vorbei, hinein in die Schranken. Er stellte sich zur Rechten des Burggrafen auf und hob wie alle anderen grüßend das Schwert. Beifall brandete auf. Der Graf von Cilli als Turnierkönig stieg auf ein kleines Podest und deklamierte, wie es der Brauch war, mit lauter Stimme die Kampfregeln. Ein Trompetenstoß ertönte, und dann wurden die Seile durchgehauen, die beide Kampfgruppen trennten. Achtzig bewaffnete Reiter galoppierten mit wilder Entschlossenheit aufeinander zu.

Der Kampf wogte hin und her. Es war ein Spektakel, wie es Kriegsleute liebten: Schwerter klirrten, Funken stoben, wenn Metall auf Metall traf. Die blankpolierten Panzerungen der Ritter blitzten im Sonnenlicht und blendeten die Augen der Zuschauer. Die Pferde schnaubten vor Anstrengung, und manch wildes Wiehern zeugte davon, dass eines der kostbarsten Tiere verletzt worden war. Bald herrschte ein wildes Durcheinander aus Pferdeleibern und Kämpfern, in dem nur die Klügsten noch den Überblick behielten. Schreie, ob aus Wut oder Schmerz, zerrissen die staubige Luft. Blut strömte und färbte die Rüstungen dunkelrot. Solch ein Buhurt war kein Spiel, man kämpfte mit scharfen Waffen, und wenn es auch nicht um den Sieg gegen einen gefährlichen Feind ging, so ging es doch um die Ehre. Das Streiten geriet mit der Zeit immer verbissener. Es war schon oft vorgekommen, dass aus einem solchen Schaugefecht bitterer Ernst geworden war, deshalb achtete der Grießwart als Schiedsrichter streng auf Disziplin. Irgendwann hatte die Gruppe um den Burggrafen, die in Rot focht, sich an einem Gegner festgebissen: dem böhmischen Ritter Cenek von Leipa und seinen Kämpfern, ganz in Gelb. Leipa und der Burggraf waren einander schon seit Jahren in herzlicher Feindschaft zugetan, jetzt gingen sie mit ihren Schwertern aufeinander los und beschimpften sich dabei aufs Erbittertste. »Fränkischer Lumpensack!«, brüllte der von Leipa durch sein Visier. »Böhmischer Ochsenarsch!«, schrie der Burggraf zurück und stieß sein Schwert vor. »Dich stech ich ab!«

»Da hab ich keine Angst!«, dröhnte es höhnisch aus dem Helm des Böhmen. »Wenn's ums Stechen geht, seid Ihr ja nur gut im Bett der Königin!«

Der Burggraf brüllte vor Wut, wurde aber abgedrängt. Plötzlich sah sich Ezzo dem Böhmen gegenüber, der mit harten Schlägen auf ihn eindrang. Er focht erbittert zurück und hielt sich gut, gewann sogar an Raum. Und dann gelang ihm ein Schlag gegen Leipas Schulter, der den Gegner aus dem Gleichgewicht brachte. Der Böhme schwankte, und zu allem Überfluss tat sein Schimmel einen Sprung seitwärts. Leipa stürzte.

Triumphierend hob Ezzo seinen Schild und stieß einen Siegesschrei aus. Im selben Augenblick erkannte er die tödliche Gefahr: Cenek von Leipa war mit dem Scharnier seines Helms am Steigbügel hängengeblieben. Und er trug zum Unglück einen Kopfschutz, der nicht am Harnisch festgemacht, sondern nur durch einen Halsriemen gehalten wurde – das war riskant, verlieh im Kampf aber größere Kopffreiheit. Nun galoppierte der führerlose Hengst davon, seinen hilflosen Reiter im Staub neben sich her schleppend. Ezzo war sofort klar, dass sich der Böhme entweder das Genick brechen oder vom Halsriemen erwürgt werden würde. Er gab seinem Pferd die Sporen und setzte mit erhobener Waffe nach. Der Grießwart, der das Turnier von einem Hochstand aus überwachte, erkannte die Situation und gab dem Posauner ein Zeichen. Doch noch bevor alle mitbekommen hatten, dass der Kampf abgeblasen war, war Ezzos Brauner mit dem Schimmel des Böhmen auf gleicher Höhe. Im gestreckten Galopp lehnte sich Ezzo so weit wie möglich im Sattel nach rechts und hieb mit einem gezielten Schlag den Steigbügelriemen durch. Der von Leipa blieb reglos am Boden liegen, während sein Hengst davonstob.

Inzwischen hatten die Kämpfer den Buhurt abgebrochen und versammelten sich um den am Boden liegenden Ritter. Der Grießwart kniete sich hin, öffnete den Halsriemen und nahm dem Böhmen vorsichtig den Helm ab. Sein Gesicht war schon blau angelaufen, aber er lebte, sog hörbar und mit gierigen Zügen Luft in die Lungen. Mit Hilfe des Grießwarts setzte er sich auf und hob schwach einen Arm zum Zeichen, dass er unverletzt sei. Die Kämpfer brachen in Hochrufe aus, und von der Tribüne her erscholl erleichtertes Jubelgeschrei.

Burggraf Friedrich von Nürnberg kam herbeigeritten, stieg ab und besprach sich mit dem Turnierkönig, der ebenfalls herangeeilt war. Dann trat der Graf von Cilli zu Ezzo hin, der schon seinem Wallach den Backenriemen lockerte. Es wurde still im Geviert.

»Ezzo von Riedern«, hallte Cillis Stimme über den Blutanger, »Ihr habt eine Tat vollbracht, die Ehre und Hochachtung verdient. Einen Ritter vor einem unritterlichen, beschämenden und unwürdigen Tod zu bewahren, ist wahrlich lobenswert. Und wenn es sich dabei noch um den eigenen Gegner handelt, zeugt dies von edelster Gesinnung. Ihr habt gehandelt wie es eines Ritters und Edelmanns würdig ist, und dies scheint mir allerhöchsten Lohnes wert. Nehmt den Helm ab und kniet nieder!«

Ezzo beugte überwältigt das Knie. Auch alle anderen Ritter taten es ihm nach. Es war ein feierlicher Augenblick, eine Erhebung gleich nach der Schlacht, wie es seit alter Zeit bei besonderer Tapferkeit Sitte war. Der Turnierkönig zog sein Schwert und trat vor Ezzo hin. Leicht berührte er mit der Spitze seiner Klinge erst die eine, dann die andere Schulter des jungen Kämpfers. Und dann sprach er die Worte, auf die Ezzo ein Leben lang gewartet hatte:

»Nimm diesen Schlag und sonst keinen mehr!«

Später, als er vor lauter Glückwünschen und Schulterklopfen kaum noch wußte, wie ihm geschah, trat Cenek von Leipa vor ihn hin, immer noch voller Staub und leicht hinkend.

»Herr Ritter«, schnarrte der Böhme, ganz heiser vom Einschnüren seines Halses durch den Kehlriemen, »ich verdanke Euch mein Leben. Wenn Ihr je die Hilfe eines Kampfgenossen braucht, seid sicher, ich werde an Eurer Seite sein.«

»Es war mir eine Ehre, Euch zu Diensten sein zu können«, antwortete Ezzo höflich. »Ihr hättet dasselbe für mich getan.«

Der Böhme nickte anerkennend. Dann hinkte er etwas umständlich um Ezzos Braunen herum, klopfte ihm auf die Kruppe, strich ihm über die Hinterhand. Schließlich lächelte er und meinte mit einem kleinen Kopfschütteln. »Wie ich sehe, Herr Ritter, habt Ihr da ein recht einfaches Ross. Seid so gut und macht mir die Freude, es gegen meines zu tauschen.«

Ezzo wusste, dass eine Ablehnung einer Beleidigung gleichgekommen wäre. Unter den anerkennenden Rufen der anderen Ritter bestieg er den herrlichen böhmischen Schimmel und trabte aus dem Geviert.

Als er vor dem Marstall absattelte, traf auch die Turniergesellschaft wieder im Burghof ein, angeführt von der Königin und ihren Damen, die unter Gelächter und begleitet von fröhlicher Musik dem Eingang zum großen Saal zustrebten. Ezzo beugte das Knie, als Barbara von Cilli an ihm vorbeikam. Sie hielt inne und lächelte.

»Ihr habt Uns heute Ehre gemacht, dafür nehmt Unseren Dank«, sagte sie laut und vernehmlich. »Was wäre ein Turnier ohne Ritter wie Euch?«

Ezzo hob den Kopf und sah sie an. Nie war sie ihm schöner erschienen als in diesem Augenblick. Verzweifelt suchte er in seinem Kopf nach einer höfischen Erwiderung, aber ihm fiel vor lauter Glück nichts ein. Sie wandte sich ab und ging. Und dann, während die Damengesellschaft weiter an ihm vorbei zum Palas lief, trat eine der königlichen Kammerzofen zu ihm und sagte leise: »Heute nacht um Schlag zehn in der Marienkapelle. Und seid pünktlich.«

Er schluckte und hätte am liebsten einen Luftsprung gemacht, wenn es noch mit der frisch gewonnenen Ritterehre vereinbar gewesen wäre. Aber dann hörte er hinter sich eine weibliche Stimme raunen.

»Nehmt Euch in Acht«, wisperte es, »sie spielt nur mit Euch.«

Ezzo drehte sich um und sah, wie eine gedrungene, dickliche Gestalt davoneilte. Es war die Hässliche, die er einmal geküsst hatte. Er runzelte kurz die Stirn, beschloss dann aber, die Sache nicht ernst zu nehmen.

Ezzo konnte es kaum erwarten. Den ganzen Abend über horchte er auf das Schlagen der Turmuhr, rutschte beim Bankett auf seinem Platz hin und her und war überhaupt nicht bei der Sache. Die Festgäste schoben seine Zerstreutheit, seine flüchtigen Antworten und sein Herumstochern im Essen darauf, dass er die frisch verliehene Ritterwürde noch gar nicht recht fassen konnte. Endlich war die Zeit gekommen, und er drückte sich unauffällig durch eine Seitentür der großen Hofstube.

Die Kapelle lag in einem Seitentrakt des Palas, gleich bei den herrschaftlichen Wohngemächern, und er fand sie nach längerem Weg durch schlecht beleuchtete Gänge. Die kleine spitzbogige Pforte war geschlossen, er hob den Riegel hoch, schob die Tür knarzend auf und trat ein.

Drinnen brannten zwei dicke gelbe Bienenwachskerzen auf dem Altar. In ihrem flackernden Licht konnte Ezzo an der Wand die wunderschöne Schnitzfigur einer Madonna mit Kind erkennen. Die Muttergottes schien ihm freundlich zuzunicken, als ob sie das nächtliche Treffen billigte und schirmte. Gerade wollte er näher an den Altar treten, als er hinter sich das Rascheln von Frauenkleidern hörte.

Und da stand sie, das Gesicht goldglänzend vom Kerzenschein. Ein kleines Perlenhäubchen betonte die hoch ausrasierte Stirn mit den schönen Schwalbenschwingenbrauen, unter denen dunkel geschminkte Augen leuchteten. Barbaras schlanken Hals schmückte eine einfache Perlenkette, und darunter ließ das tief angesetzte modische Mieder beinahe ihre Brustspitzen sehen. Ezzo machte ein paar schnelle Schritte auf seine Königin zu und beugte das Knie.

»Herr Ritter«, sagte sie leise. »Ihr habt heute unter meinem Zeichen gefochten.«

»Euer Handschuh«, entgegnete er. »Seit ich ihn besitze, ist er mein kostbarstes Gut, Herrin.«

Sie blickte auf ihn hinab. »Niemand wäre würdiger als Ihr, ihn ans Schild zu heften, Ezzo von Riedern. Sagt, habt Ihr ein Liebchen, das heute stolz auf Euch ist?«

Ezzo schüttelte heftig den Kopf. Natürlich gab es Mägde und Zofen bei Hof, die den königlichen Einrossern gerne entgegenkamen, und er war kein Kostverächter. Aber nicht eine war ihm wichtig gewesen. Und so war seine Antwort ehrlich, als er mit leiser Stimme sagte: »Keine ist wie Ihr, Herrin.«

Sie sah ihn stumm an, und er glaubte, Begehren in ihrem Blick zu erkennen. Dann begann sie langsam, mit der rechten Hand die Bänder aufzunesteln, die ihren linken Ärmel an der Schulter hielten, einen fast durchsichtigen, glatten Seidenstoff. Er glitt von ihrem Arm, und sie hielt ihn Ezzo hin. »Mein Handschuh ist heute im Buhurt zerrissen«, flüsterte sie, »Nehmt dies als Ersatz.«

Seine Finger schlossen sich um die kühle Seide und, er wagte es, um ihre Hand. Ihr nackter weißer Arm ließ ihn jegliche Selbstbeherrschung vergessen. Seine Lippen pressten sich auf die Innenseite ihres Handgelenks, wanderten auf schimmernder, weicher Haut hoch zur Ellbeuge. Und dann, er konnte es kaum fassen, war sie neben ihm auf den Knien, er spürte ihre Umarmung, küsste sie wie im Rausch. Sie erwiderte den Kuss mit einer Leidenschaft, die ihn überraschte und ermutigte. Er ließ seine Hände über ihren Rücken wandern, vorbei an der schmal eingeschnürten Taille, hinab bis zu den Schenkeln. Sein Kuss wurde fordernder, härter. Da plötzlich stieß sie ihn weg, sprang auf, wich vor ihm zurück. »Gott steh mir bei«, stieß sie hervor, »das dürfen wir nicht. Liebster, ich kann nicht. Der König würde uns beide umbringen. Geh. Geh, ich bitte dich.«

Ezzo stand schwer atmend auf. Einen Augenblick kämpfte er mit sich, doch ihr Wille war ihm Gebot. Er nahm ihre Hände in seine, küsste sie voller Inbrunst. Dann verließ er wortlos die Kapelle, unfassbar glücklich und zum Sterben unglücklich zugleich.

Kaum war er fort, trat Burggraf Friedrich von Nürnberg aus einer kleinen Seitenpforte der Kapelle, laut und demonstrativ langsam Beifall klatschend.

»Meiner Treu«, sagte er in bewunderndem Tonfall, »das war die beste Vorstellung, die Ihr je gegeben habt, meine Liebe.«

Sie ordnete ihre Röcke. »Ihr seid doch wohl nicht eifersüchtig, Herr Friedrich?«

Er zuckte mit den Schultern und lächelte. »Ich lasse mir nur nicht gerne etwas wegnehmen.«

»Ei, jetzt hört Ihr Euch an wie mein königlicher Gatte!« Sie rückte ihr verrutschtes Häubchen zurecht.

»Was wollt Ihr nur mit dem Grünschnabel?«, fragte der Burggraf amüsiert. »Zugegeben, er ist ein ganz hübscher Junge, und er kann kämpfen, aber …«

»… aber ein richtiger Mann, so wie Ihr, stünde mir besser an, meint Ihr?«, beendete sie seinen Satz mit einem Augenzwinkern.

»So ist es, Majestät!« Er zog eine traurige Grimasse. »Ich will doch hoffen, Ihr habt nicht vor, mich durch ihn zu ersetzen?«

Sie lachte glockenhell. Dann trat sie ganz nah an ihn heran, löste mit aufreizender Langsamkeit die Bänder ihres zweiten Ärmels und ließ ihn zu Boden gleiten. »Seht«, flüsterte sie ihm ins Ohr, »dieser Arm gehört Euch, und dazu, was Ihr sonst noch wollt …«

Er zog sie in den Seitenraum. Und während das hohe Paar ungestört und mit Lust und Leidenschaft die Kapelle entweihte, schlief Ezzo selig ein, als Ritter und Liebender, den Ärmel der Königin unter seinem Kopfkissen.

München, Dezember 1412

Die gelbe Galle führt man ab mit Wolfsmilch, Lärchenschwamm, Aloe, Bertram und Saft vom Sonnenwerbel. Der Schleim geht ab mit getrockneter Springwolfsmilch, Seidelbast, Koloquinte und weißem Germer. Schwarze Galle wird purgiert mit Quendelseide, Engelsüß und schwarzer Nießwurz.« Sara wanderte in der Wohnstube hin und her und murmelte dabei die Behandlungsmethoden nach der Schule des legendären antiken Arztes Galen vor sich hin. Auf dem Tisch lag ein aufgeschlagenes Buch, in dem sie immer wieder nachschaute, bevor sie eine weitere Passage auswendig lernte. Seit Monaten ging sie heimlich an Jehudas Bücher, sobald er das Haus verlassen hatte. Sie nutzte jede Gelegenheit, und Jettl half ihr, indem sie immer wieder aus dem Küchenfenster spähte und rechtzeitig Bescheid gab, bevor ihr Herr zurückkehrte. Dann steckte Sara die kostbaren Bücher wieder in die Truhe zurück, damit ihr Onkel nichts merkte.

Es war ein grauer, regnerischer Wintertag, und Jehuda hatte gleich am Morgen das Haus verlassen müssen. Ein schwer mit Baumstämmen beladenes Fuhrwerk war vor dem Isartor auf schlüpfrigem Schlammboden verunglückt, die gesamte Ladung war umgekippt, und es hatte mehrere Verletzte gegeben. Sara nutzte die gute Gelegenheit zum Lernen, und Jettl kochte derweil Schwefelbrocken in Wasser auf, um über den ätzenden Dämpfen Schleier und Tücher zu bleichen. »Adonai«, murmelte sie plötzlich und rannte zur Tür.

Draußen in der Gasse war ein kleiner Menschenauflauf entstanden, der sich aufs Doktorhaus zubewegte. Die Leute riefen aufgeregt durcheinander, sie drängten sich um vier kräftige Kerle in der Mitte, die einen Mann trugen. Es war ein junger Bursche, soweit man das erkennen konnte, und überall an ihm war Blut, es spritzte und pulste hellrot. »Den Arzt, den Arzt!«, schrie jemand.

Jettl schlug die Hände über dem Kopf zusammen. »Der Herr ist nicht da!«, rief sie, »bringt den Jungen zum Doktor Peller!«

»Jesusmariaundjosef«, jammerte ein hübsches, dralles Mädchen im kurzen Hemd der Badersmägde, »da kommen wir grad her. Der ist beim Isartor, da war ein Unfall! Ach Gott, ach Gott, mein Schorschi stirbt!«

Jettl konnte nicht verhindern, dass einer der Träger sich den blutüberströmten Verletzten kurzerhand über die Schulter warf und in die Behandlungsstube schleppte. »Sie haben gefochten, die Brunzdeppen«, knurrte er, »wegen diesem Weibsbild, dem vermaledeiten!«

»Aber der Doktor ist nicht da!«, jammerte Jettl noch einmal.

»Wo sollen wir jetzt sonst mit ihm hin?«, fragte der Träger zurück. »Ist auch schon wurscht, wo er verblutet.«

Sara kam in die Stube gerannt. Ihr Blick fiel als Erstes auf den Armstumpf, aus dem, nun schon schwächer, das Blut spritzte. Dann sah sie, dass der junge Mann nicht mehr die geringste Farbe im Gesicht hatte und kaum noch Kraft genug besaß, um zu stöhnen. Es ging um Leben oder Tod. Mit einem Griff hatte Sara einen daumendicken Lederriemen in der Hand und band den Arm oberhalb des Ellbogens ab.

»Hol jemand meinen Onkel vom Isartor her, schnell«, befahl sie knapp, während sich mehrere Leute in der Behandlungsstube drängten und erzählten, was geschehen war.

»Dumm wie die Nacht finster!«, zeterte eine ältere Frau, anscheinend die Mutter der hübschen Badersmagd. »Legt sich mit dem Sohn vom Waffenschmied an, der Schorsch! Und du«, fuhr sie ihre Tochter an, »du liederliches Mensch, merk dir, dass mit Männern nicht Spaßen ist!«

»Ich kann nix dafür«, greinte die Magd, »der Schorschi hat auf einmal das Messer in der Hand gehabt …«

»Und dann rennt der andere in die Schmiede von seinem Alten und schnappt sich ein Schwert!«, berichtete der Träger. »Kurz drauf ist er wieder da, der Schorsch droht ihm wieder mit dem Messer, sie geraten in Händel, und der andere hackt ihm einfach mit einem einzigen Hieb die Hand ab, Messer dran und alles …«

»Ist mir alles gleich«, erwiderte Sara knapp. »Steckt ein Kissen unter seine Beine, damit sie hoch liegen.« Sie hatte zugesehen, dass ihr Onkel das bei den meisten Verletzten so machte.

Der Junge war kaum noch bei Bewusstsein. Sara bekam es mit der Angst. Sie wusste aus den Büchern, was ein Arzt tat, um derartig furchtbare Blutungen zu stillen: Brennen. Aber bisher hatte sie weder bei einer solchen Behandlung zugesehen noch mit Jehuda darüber gesprochen.

»Was machen wir bloß?«, flüsterte ihr Jettl ins Ohr.

Sara zögerte. »Was würde Onkel Jehuda tun?«

»Ich weiß nicht«, jammerte Jettl, »er kann Adern irgendwie zunähen, aber frag mich nicht, wie das geht. Da ist doch lauter Blut!«

Sara schüttelte den Kopf. Ihr war klar, sobald sie die Aderpresse lockerte, würde das Blut wieder herausschießen. Und sie fürchtete, dass jeder Fingerhut des kostbaren Lebenssaftes, den der Verletzte jetzt noch verlor, ihn umbringen könnte. Jetzt sickerte, obwohl der Arm abgebunden war, trotzdem noch Blut aus dem Stumpf.

Zu allem Überfluss fing auch noch die Badersmagd an, immer lauter zu heulen und zu zetern. »Schorschi«, flehte sie, »stirb mir nicht! Ich will dich auch nehmen, auf Ehr und Gewissen! Der andere ist mir doch ganz gleich, der Lump, der gemeine!« Sie begann, das Vaterunser auf Lateinisch zu beten, und alle fielen ein. Sara sah zu Jettl hinüber, die am Fenster Ausschau hielt. Die alte Magd schüttelte den Kopf.

Und dann fasste Sara einen Entschluss. »Schür das Kochfeuer hoch, Jettl«, befahl sie.

Unter den Instrumenten, die Jehuda in einer großen Lade neben dem Kräuterschrank aufbewahrte, waren auch drei Brenneisen, wie Sara wußte. Lange Stangen mit runden und ovalen glatten Flächen ganz vorne, eine so groß wie ein Guldenstück, eine wie der Handteller eines Kindes und eine wie ein schmales Rosenblatt. Sie wählte die mittlere und gab sie Jettl zum Erhitzen. Dann trat sie zu dem Verletzten, der inzwischen nur noch ganz flach und stoßweise atmete. »Schorsch«, sprach sie ihn an, »halt durch, du blutest gleich nicht mehr. Aber vorher tut es sehr weh.«

Der Angesprochene öffnete die Augen halb und nickte schwach. »Ich …«, flüsterte er, »ich will nicht sterben, bitte, lieber Gott …« Die Badersmagd schluchzte auf und warf die Arme um ihn.

»Halt den Stumpf«, sagte Sara, als sie Jettl das rotglühende Brenneisen abnahm. »Und einer von euch«, befahl sie den Umstehenden, »hält den Schorsch gut fest.«

Die Einzige, die sich bewegte, war die resolute Mutter der Badersmagd. Sie warf sich mit ihrem ganzen Gewicht auf den Verletzten, damit er sich nicht rühren konnte.

Sara hielt den Atem an und presste das glühende Eisen aufs rohe Fleisch des Armstumpfes. Es zischte, wie wenn man ein Stück Fleisch in eine heiße Pfanne warf. Der arme Schorsch brüllte aus Leibeskräften, bäumte sich auf und fiel dann ohnmächtig auf die Liege zurück. Erst als er sich nicht mehr rührte, zog Sara das Eisen zurück. Es roch widerlich nach verbranntem Fleisch. Der Stumpf war schwärzlich und zusammengeschrumpelt, die Hautränder vollkommen versengt, ein hässlicher Anblick. Auf ein Nicken von Sara löste Jettl jetzt den Riemen der Armpresse. Ein Aufatmen ging durch den Raum: Der Blutfluss war zum Stillstand gebracht.

Sara trat einen Schritt zurück. Ihr war übel.

»Da hätt ich die Hand nicht mitzunehmen brauchen, damit er vollständig begraben werden kann«, murrte einer der Zuschauer und klatschte das sichergestellte Körperteil auf ein Tischchen neben der Liege.

»Doch«, meinte die Badersmagd, »die muss der Schorsch auf-
heben, für später einmal.«

Dann rief jemand: »Ah, Meister Jehuda, Ihr kommt reichlich
spät! Schon alles erledigt.«

Sara atmete auf. Ihr Onkel war endlich da. Er warf ihr einen Blick
zu, den sie lieber nicht deuten wollte, und wandte sich dem Patienten zu. Sie schlich sich derweil zur Tür hinaus und lehnte sich draußen gegen die Hauswand. Ihre Hände waren immer noch blutig,
auch ihr Kleid, sogar die Schuhe. Blut! Mit einem Mal hatte sie das
Bedürfnis, die unreine Flüssigkeit von sich abzuwaschen. Sie ging
die paar Schritte zur Mikwe und freute sich auf das eiskalte Wasser.

Später kehrte sie ins Doktorhaus zurück. Sie hatte ihre blutigen
Sachen nicht mehr angezogen, sondern ein großes Tuch aus der
Mikwe umgeworfen. Die inzwischen wieder schulterlangen Haare
ringelten sich in nassen Löckchen um ihr Gesicht. Ihr war kalt,
und sie fürchtete sich vor der Schelte, die sie jetzt gleich bekommen würde. Jettl zog sie stumm ins Haus und schubste sie so, wie
sie war, in die Stube zu ihrem Onkel. Da stand sie nun, den Kopf
gesenkt, in Erwartung einer gesalzenen Strafpredigt. Sie wagte gar
nicht, aufzuschauen.

Dann hörte sie, wie ihr Onkel sich von seinem Stuhl erhob. Mit
festen Schritten trat er vor sie hin, nahm ihre rechte Hand und
drückte etwas hinein. Langsam öffnete sie die Finger und sah, was
es war: ein halber goldener Florentinergulden.

»Der gehört dir«, raunzte Onkel Jehuda und setzte sich wieder.
»Dein erster Verdienst.«

Ungläubig sah sie ihn an.

»Ich war im Unrecht«, fuhr er fort. »Ich habe geglaubt, du
wärst ein gewöhnliches junges Ding. Aber offensichtlich bist du
das nicht. Nun ja.« Er breitete die Arme aus, eine Geste der Ka-
pitulation. »Also, wenn du immer noch willst, dann brauchst du in
Zukunft meine Bücher nicht mehr heimlich zu lesen …«

Sie öffnete den Mund, um etwas zu erwidern, aber er hob die
Hand und winkte ab.

»Glaubst du, das habe ich nicht gewusst? Aber die Jettl hätte
mich mit dem Schürhaken aus meinem eigenen Haus getrieben,

wenn ich dich nicht gelassen hätte!« Er erhob sich. »Du hast heute
Mut bewiesen, Sara, das verdient Anerkennung. Und du hast zwar
nicht das Beste getan, aber auch nichts Falsches. Der Junge wird
mit dem Leben davonkommen.« Er schüttelte stirnrunzelnd den
Kopf. »Ha! Ausbrennen! Viel hätte nicht gefehlt, und der Stumpf
wäre die reinste Holzkohle geworden! Bei meinem Bart, das
machst du mir nicht noch einmal, hörst du? Ich werde dir beibringen, wie man die Adern vernäht, dann ist so starkes Brennen, wie
du es getan hast, gar nicht mehr nötig. Nur, wenn die Wundfäule
droht. Ansonsten genügt leichtes Überglühen. Und freu dich bloß
nicht zu früh! Du wirst hart arbeiten müssen! Außerdem kannst
du dir gleich abgewöhnen, nach jeder Berührung mit Blut sofort
in die Mikwe zu rennen. Ein Arzt wird bei der Ausübung seines
Berufs nicht unrein! Willst du jetzt, oder willst du nicht?«

Sara war völlig überrumpelt. »Was?«, fragte sie schüchtern.

»Na, Medica werden, was sonst?«

Sie schluckte, in ihrem Hals war ein riesengroßer Knoten. »Ja«,
quetschte sie heraus, und dann lachte sie und rief es noch einmal
laut: »Ja, ja, ja!«

London, zur selben Zeit

Es war ein für Südengland ungewöhnlich frostiger Wintertag. Kein Lüftchen regte sich, und die Sonne zog ihren Bogen als gleißend helle Kugel über einen eisblauen Himmel.
Drei Männer ritten in die Stadt an der Themse ein, man mochte
sie für Landjunker halten in ihren feinen Kleidern, die zwar nicht
der neuesten Mode entsprachen, aber doch teuer und elegant aussahen. Gemächlich lenkten sie ihre Pferde im Schritt durch das
Getümmel der Londoner Gassen, wichen Karren, Kindern und
dem Inhalt von Nachttöpfen aus. Ihr Weg führte offensichtlich
zum Fluss hinunter, dorthin, wo die London Bridge die trägen
graubraunen Fluten überspannte.

»He, Ciaran, was sagt das irische Landei zur schönsten, lautesten
und schmutzigsten Stadt des englischen Imperiums?« Nur Connla

nannte Ciaran noch bei seinem alten Namen, für alle anderen war er längst Henry Granville.

Ciaran war die ganze Zeit über stumm vor Staunen durch die Stadt geritten, vorbei an den dicht gedrängt stehenden Fachwerkhäusern mit ihren vorkragenden oberen Stockwerken, die kaum Sonne in die engen Gassen ließen. Er hatte die unglaubliche Mischung aus Herdrauch, Essensgerüchen, Abfallgestank, Schweiß, Kot und Fisch geschnuppert, war versucht gewesen, sich die Ohren zuzuhalten vor dem Geschrei der Leute, dem Lärm der Handwerker, dem Gegacker, Gemecker und Gegrunze der frei herumlaufenden Tiere. Hunderttausend Menschen, so hatte man ihm erzählt, lebten in diesem Ungeheuer London, eine kaum vorstellbare Zahl. Und sie lebten nicht nur in einfachen Gebäuden aus Holz, Weidengeflecht und Lehm, sondern es gab auch imposante Steinhäuser mit hohen Giebeln, kleine Stadtschlösschen, ummauerte Adelssitze. Und es gab Kirchen, Brücken, den mächtigen Tower und den Palast des Königs, wo Henry IV. und sein Hofstaat in größtem Luxus residierten. Ciaran war überwältigt; nie hatte er Derartiges gesehen.

»Arrah, wie soll sich hier je einer zurechtfinden?«, rief er über die Schulter zu Connla zurück. »Die Stadt muss riesig sein!«

»Du wirst dich dran gewöhnen«, meinte sein Vetter Will, der voranritt. »Und«, fügte er leiser hinzu, »in dieser Masse an Menschen fällt einer mehr oder weniger nicht weiter auf. Man wird dich hier nicht entdecken.«

Ciaran nickte. Ein halbes Jahr war vergangen, seit er sein Leben als Mönch hinter sich gelassen hatte. Im Sommer des vorigen Jahres war er in Dublin an Bord eines kleinen Seglers gegangen, der ihn übers Meer gebracht hatte. Dort hatte ihn sein Weg zunächst nach Kent geführt, zu Sir John Oldcastle, Lord Cobham, einem weitläufigen Verwandten seiner toten Mutter. Oldcastle und seine hübsche Frau hatten ihn wie einen verlorenen Sohn willkommen geheißen, ihn mit Freuden aufgenommen und ausgestattet, wie es einem vornehmen jungen Herren anstand. Die ganze Zeit über war er bei seiner neugefundenen Familie auf Cowling Castle geblieben, ohne sich wirklich an das sorglose Leben im Überfluss gewöhnen zu können. Seine Vorurteile gegen die Anhänger Wyclifs hatte er bald abgelegt – spätestens, als ihm Connla wortlos eine Übersetzung des Neuen Testamtens in die Hand gedrückt hatte. Die christliche Botschaft nicht auf Latein, sondern in einer Sprache zu lesen, die auch der einfachste Mensch verstand, hatte Ciaran tief berührt. Noch viel mehr hatten ihn die lollardischen Messen beeindruckt: Keine Priester, sondern einfache Menschen standen da und sprachen von Gott, so ehrlich und beseligt, wie Ciaran selten einen Geistlichen hatte reden hören. Er begriff plötzlich, dass man den Glauben auch anders leben konnte, dass die Lollarden in vielen Dingen strenger und ernster dachten und Gott mehr liebten als der heiligmäßigste Mönch. Er las ihre Schriften und begann, Ansichten und Argumente zu verstehen, die er noch vor kurzer Zeit als ketzerisch abgetan hatte. Und dennoch – von seinen frommen Überzeugungen, zu denen ihn die irischen Mönche erzogen hatten, konnte sich Ciaran nicht lösen. Zu sehr war ihm der alte Glaube in Fleisch und Blut übergegangen, als dass er ihn hätte verleugnen können. Er war ja noch nicht einmal in der Lage, den Lebensrhythmus des Mönchs abzulegen. Immer noch teilte er seine Tage im Dreistundentakt der klösterlichen Gebetszeiten ein: die Matutin zur Morgendämmerung, die Prim in der Frühe, die Terz am Mittag, die Sext, die Non und die Complet. Sogar zu den Vigilien der Nacht wachte er immer noch auf. Er fühlte sich zerrissen, hilflos. An manchen Tagen war er der Verzweiflung nah, wusste nicht mehr, was richtig und falsch war. Und dann entschied er sich, den Lollarden zu helfen. Wieder und wieder zermarterte er sich den Kopf, suchte nach Erinnerungsfetzen, nach irgendwelchen Hinweisen auf das Versteck der Wyclifschen Schrift. Umsonst. Gemeinsam mit Will hatte er den Korallenanhänger – das Einzige, was ihm aus seiner Kindheit geblieben war – aus seiner Fassung gelöst, weil sie hofften, darin verberge sich irgendetwas. Sie hatten das rote Zweiglein wohl hundert Mal gedreht und gewendet, hatten es gegen das Licht gehalten, hatten versucht, Muster zu erkennen. Sogar mit Feuer hatten sie es gebrannt, auch in Essig und Wein geworfen, um zu sehen, ob etwas geschah. Nichts. Es war zum Verzweifeln. Ciaran fand keine Antwort. So war er für beide Seiten nutzlos: für die Lollarden und für die Kirche von England. Er konnte den einen nicht helfen und den anderen nicht schaden. Wozu war er überhaupt noch gut im Leben?

Dann, vor ein paar Wochen, hatte man über geheime Kanäle Nachricht erhalten, dass die Männer des Erzbischofs von Canterbury, des schlimmsten Feindes der Lollarden, seinen Aufenthaltsort kannten. Und wenn auch die Burg gut bewacht war – man hatte es für besser gehalten, Ciaran nach London zu schicken und bei den dortigen Glaubensbrüdern in Sicherheit zu bringen. So waren sie in aller Eile aufgebrochen.

Irgendwo im Labyrinth der Gassen hielt Will vor einem der typischen Stadthäuser des Landadels an. Es war ein herrschaftliches Gebäude mit Stallungen und Garten, das wegen der vielen Londoner Diebe mit einer hohen Mauer umgeben war. Ein Diener übernahm im Hof die Pferde, ein anderer führte sie ins obere Stockwerk. Sie betraten einen kleinen Saal, dessen Längsseite fast ganz von einem überdimensionalen Kamin eingenommen wurde, in dem eine mächtige Glut loderte. Gegenüber der Feuerstelle stand ein breiter Lehnstuhl an einem der Fenster, und darin saß der dickste Mensch, den Ciaran je gesehen hatte.

»Schön, schön, dass ihr endlich da seid, meine Brüder«, ertönte seine tiefe, kollernde Stimme, die klang, als käme sie aus einer Höhle. »Kommt näher und erlaubt mir, dass ich sitzenbleibe. Mein Bauch ist nicht ganz leicht hochzuhieven.«

Die drei Neuankömmlinge taten wie geheißen. »Das ist Thomas Whistle«, raunte Will Ciaran ins Ohr, »einer der wenigen von uns, die Wyclif noch gekannt haben.«

Jetzt erst sah Ciaran, wie alt der Mann war, der da wie eine riesige fette Kröte in seinem Sessel eingezwängt saß und schier über die Polster hinausquoll. Whistle schob die wulstige Unterlippe vor, kniff die Augen zusammen und musterte seine Gäste, sein Blick blieb schließlich an Ciaran haften.

»Bei Gott, das gespuckte Ebenbild seines Vaters«, murmelte er kopfschüttelnd, was seine Backen in wildes Zittern versetzte.

»Ihr kanntet meinen Vater, Sir?«, fragte Ciaran.

Der Alte nickte. »Ein guter Freund, so wahr ich hier sitze! Du hast sein Kinn und seine Augen, Söhnchen, und dieselben schwarzen Locken. Mir ist, als sähe ich ihn selber vor mir, Gott sei seiner armen Seele gnädig.« Er fuhr sich mit den fleischigen Fingern über die Augen. »Wir haben ihn nicht schützen können damals. Ihn nicht, und deine Mutter nicht. Aber dich, Henry Granville, dich werden wir nun hüten wie unseren Augapfel.«

»Ich fürchte, ich bringe Euch in Gefahr«, entgegnete Ciaran. »Die Männer des Erzbischofs sind immer noch hinter mir her. Dabei bin ich völlig harmlos. Ich weiß einfach nichts, was zu Wyclifs Vermächtnis führen könnte.«

Der Alte verschränkte die Hände über seinem Bauch und schnoberte laut durch die Nase. »In Gefahr sind wir auch ohne dich, mein Junge. Seit dem Bauernaufstand und noch mehr seit der Thronbesteigung Henrys IV. geht man immer härter gegen uns vor. Sogar Todesurteile hat es schon gegeben. Die Kirche spürt, dass unsere Lehre vom Volk verstanden wird, und das macht den Mächtigen Angst. Sie wollen uns vernichten, nennen uns Ketzer. Bei Gott, ich fürchte, unsere Zeit läuft ab.«

Er machte eine Handbewegung, als ob er die düsteren Gedanken verscheuchen wollte. »Aber ihr müsst durstig sein, macht es euch bequem und nehmt vom Wein. Und dann erzählt, was es für Neuigkeiten vom Land gibt.«

Er wies auf ein paar Stühle und eine Karaffe mit Gläsern, die auf dem Beistelltischchen neben seinem Lehnstuhl stand.

Ciaran ließ sich auf eine der Sitzgelegenheiten sinken. Er schwitzte, denn das Kaminfeuer hatte den Raum bald heißer als ein Dampfbad aufgeheizt. Mit einer Hand nestelte er den Kragen seines Hemds auf und zog ihn auseinander. Dann beugte er sich nach vorn, um das Glas entgegenzunehmen, das ihm sein Gastgeber hinhielt. Doch der hielt mitten in der Bewegung inne.

»Was hast du da, Jungchen?«

Ciaran runzelte die Stirn. »Was meint Ihr?«

»Na, das da!« Der Alte deutete auf Ciarans Hals.

Ciarans Hand fuhr unwillkürlich hoch und legte sich schützend um das Korallenamulett. Dann zuckte er die Schultern. »Es ist ein Glücksbringer, wie man ihn Kindern umhängt. Der einzige Gegenstand, der mich noch an meine Eltern erinnert.«

»Du meinst, du hast das noch von damals?« Whistle runzelte die Stirn.

Ciaran nickte. »Ich trug es, als man mich an der Klosterpforte fand. Ich weiß schon, was Ihr denkt, Sir, aber ich habe es wohl hundert Mal untersucht und nichts gefunden, was uns weiterhelfen könnte. Leider.«

»Gebt es mir.« Whistle streckte die Hand aus, seine dicken Finger zitterten vor Aufregung.

Ciaran nestelte den Anhänger los. »Ihr werdet auch nichts daran entdecken können, fürchte ich.«

Whistle legte das Korallenzweiglein auf seinen Handteller, als ob es ein lebendiger Käfer sei. Er stupste das Ding an, drehte und wendete es. Immer wieder schüttelte er leicht den Kopf, schloss die Augen, machte leichte schmatzende Geräusche mit den Lippen. »Ich weiß nicht, ich weiß nicht«, murmelte er vor sich hin. »Da war etwas, irgendetwas, nur was? Herrje, mein altes Hirn! Ich hab so was schon mal gesehen, nur wo? Denk nach, Thomas Whistle, denk nach …«

Ciaran nahm einen Schluck vom Malvasier und seufzte. »Ich hab's Euch ja gesagt, Sir Thomas. Da verbirgt sich kein Hinweis.«

Plötzlich riss der Alte die Augen auf. Auf seinem Gesicht breitete sich ein triumphierendes Lächeln der Erkenntnis aus. Langsam schüttelte er den Kopf. »Du begreifst nicht, Jungchen. Das Amulett selbst *ist* der Hinweis!«

Mit einer Kraftanstrengung, die ihn laut ächzen ließ, stemmte sich Whistle aus seinem Stuhl hoch. »Danke, mein Herrgott! Du hast schon gewusst, warum du mich so lang am Leben lässt«, frohlockte er und schlug das Kreuzzeichen. »Vermutlich bin ich der Einzige, der dieses Zeichen nach so langer Zeit noch versteht. Auf, Freunde, lasst uns einen kleinen Ausflug machen!«

Will zögerte. »Sollten wir nicht lieber ohne Euch … ich meine, es wird sicherlich anstrengend …«

Thomas Whistle warf sich in die schwabbelige Brust. »Ich komme mit! Und wenn es das Letzte ist, was ich in meinem Leben tue, Söhnchen!«

Keine Stunde später saß der Alte erwartungsvoll und aufgeregt in einem Reisewagen, dessen Tür man erst hatte aussägen müssen, um ihn hineinzubekommen. Es war das erste Mal seit siebzehn Jahren, dass er das Londoner Haus verließ. Hinter der Kutsche ritten Ciaran, Will und Connla, immer noch völlig verblüfft und unwissend, wohin es denn gehen sollte.

Der Weg führte über Land. Raureif bedeckte die Wiesen und Felder, und die Räder des Wagens ratterten auf dem gefrorenen Schlamm. Der Alte, fest eingepackt in Felle und Decken, schwieg eisern, bis sie am Abend des dritten Tages Lutterworth erreichten, den Ort, an dem John Wyclif bis zu seinem Tod Priester gewesen war. Sie mieteten sich in einem Wirtshaus ein, wo man sie für reisende Kaufleute hielt, und warteten dort auf den Einbruch der Nacht. Erst als alles schlief, huschten sie durch das stockdunkle Dorf zur Kirche St. Mary's und betraten, jeder eine Kerze in der Hand, das Hauptschiff durch eine Seitenpforte.

Ciaran fühlte Beklemmung in sich aufsteigen, während sie an der Wand entlang in Richtung Apsis schlichen. Ein Schauer überlief ihn, nicht nur wegen der eisigen Kälte, sondern weil er das Gefühl hatte, das hier gleich etwas Heiliges, Denkwürdiges geschehen würde. Der Mond schien durch die hohen Kirchenfenster und sandte sein Licht in breiten, milchigweißen Streifen durch das Langschiff. Es war gespenstisch.

»Jetzt wird sich herausstellen, ob ich recht habe!«, flüsterte Whistle. Wie ein Bär breitbeinig von einem Fuß auf den nächsten tappend, um seine Masse im Gleichgewicht zu halten, näherte er sich dem Eingang zur Sakristei. Die anderen folgten ihm stumm, bis er sein Talglicht hob. »Seht!«

Ciaran erkannte ein Bild in geschnitztem und vergoldetem Rahmen. Es zeigte eine süße, kindliche Madonna im blauen Mantel, die lächelnd auf einem herrlichen Thron unter dem Sternenhimmel saß. Zu ihren Füßen spielte ein blondlockiges Jesulein ganz versunken mit der Weltenkugel. Es war im Alter von vielleicht zwei Jahren dargestellt, dick und pausbäckig, und nur mit Windel und Hemdchen bekleidet. Und – um den Hals trug das Kind ein Amulett, das vor Krankheit und Unbill schützen sollte: ein blutrotes Korallenzweiglein.

»Wie oft hab ich dieses Gemälde angeschaut, damals, als ich Wyclifs Predigten gehört habe«, sagte Sir Thomas mit rauer Stimme. »Immer stand ich mit den Freunden ganz vorne vor dem Altar, um nur ja nichts zu verpassen und um ihm nah zu sein. Wir waren nur eine Handvoll, die ihm nach Lutterworth gefolgt waren – dein Vater, Henry, war einer von uns. Nach der Messe verschwand Wyclif immer durch die Tür zur Sakristei, und jedes Mal sah er, bevor er ging, das Bild an und schmunzelte. Einmal, als wir alle beieinandersaßen, fragte ihn einer, warum ihn der Anblick so fröhlich mache. Da gab er zur Antwort: ›Muss das nicht ein kleingläubiger Maler gewesen sein? Wozu in aller Welt sollte der Herr über Himmel und Erde wohl den schützenden Zauber der Koralle nötig haben?‹«

»Ihr meint …« Ciaran sah kritisch auf das Madonnenbild.

»Dein Vater hat ein gutes Versteck gewählt«, erwiderte Whistle. »Wir Alten hätten uns wohl alle an Wyclifs Worte erinnert, jedem aus unserem Kreis von Getreuen hätte dein Amulett verraten, wo das geheime Vermächtnis unseres verehrten Meisters liegt. Der treue Granville – er konnte ja nicht ahnen, dass es so lange dauert, bis wir nach der Schrift suchen können. Außer mir ist inzwischen keiner mehr da!« Er rieb sich über die Augen, dann straffte sich sein mächtiger Körper. »Worauf wartet ihr? Hängt das Bild ab!«

Connla und Will streckten sich und nahmen die Madonna ganz langsam ab, um nichts zu beschädigen. Ciaran strich mit der flachen Hand über die dahinterliegende Wandfläche. War da nicht etwas? Er kniff die Augen zu und sah genau hin. Ja, einer der Steine stand eine fast unmerkliche Winzigkeit vor. Will zog sein Messer und kratzte so lange am bröseligen Mörtel, bis er den Stein gelockert hatte. Dann befreite er den Brocken vorsichtig und zog ihn heraus. Da war ein Hohlraum, tatsächlich! Er wollte schon hineingreifen, als er innehielt. »Ciaran, das ist dein Vorrecht«, flüsterte er und machte dem Freund Platz.

Ciaran merkte, dass er trotz der Kälte schwitzte. Tastend fuhr er mit der Hand in die Höhlung, immer tiefer hinein. Da war etwas … etwas Hartes, Kantiges. Er schluckte. War dies das Ende seiner Suche? Seine Finger schlossen sich fest um das Ding, und er holte seinen Fund heraus. Connla hielt seine Kerze dicht an den Gegenstand.

»Halleluja«, flüsterte der alte Whistle ergriffen. Die kleine Flamme beleuchtete eine Metallkassette, schmutzig und verstaubt. Ciaran hielt sie mit beiden Händen, als wolle er sie nie wieder loslassen. Ehrfürchtig standen die vier Männer da und starrten auf den geborgenen Schatz.

Connla war der erste, der sich wieder fasste. »Beeilt Euch«, drängte er, »wir haben nicht ewig Zeit!«

Während Connla die Mörtelspuren auf dem Steinboden beseitigte, steckten Will und Ciaran den Stein wieder in das Loch zurück und hängten das Bild davor. Dann verließen sie leise die Kirche. Whistle trug das Kästchen dabei wie einen heiligen Schrein vor sich her.

Zurück in ihrem Zimmer im Wirtshaus saßen sie bei Kerzenschein um einen wackligen Holztisch. Mit bebenden Händen öffnete der Alte den Deckel der Kassette. In dem Behälter lag ein Stapel pergamentener Seiten. »Bei allen Heiligen, ja, es ist seine Schrift«, murmelte er. Die Buchstaben waren zittrig, mit fahriger Hand mühsam geschrieben – die Schrift eines Sterbenden.

Ciaran legte den Kopf schräg und las die ersten Worte – Worte, für die seine Eltern ihr Leben gegeben hatten: »*Alt, abgelebt, müde, kalt und nun gar halbblind, schreibe ich, John Wyclif, geringster unter den Dienern des Allmächtigen, das, was mir noch zu sagen bleibt, auf dass es jener wisse, der mein Werk fortführt ...*«

Er merkte es gar nicht, aber über sein Gesicht liefen Tränen.

Und er sah auch nicht das dunkle Augenpaar des Wirts, das sich in diesem Augenblick vom Fenster zurückzog ...

Würcksame Mittel gegen alle mögklichen Gebresten des Leybes

Rezepte aus der mittelalterlichen »Dreckapotheke«

Item so nimm ein Stück Fleysch vom ungebornen Lamm. Koche dieß im Harn eines Krancken biß auf dass es gentzlich eingekochet ist. Nun gib neuen Harn daran und koch das wieder. Tu das ein

dritts Mal. Darnach gibs einem Hundt zum Fraße, er stirbt daran.
Der Mensch aber wirdt genesen.

Das hülft gegen allerley Krankheitten.

Wider die Gicht
Geh an drey Tagen bei Sonnen Unthergang zu eim Fliederbuschen,
umfaß ihn und sprich: »Fliederbusch ich hab die Gichtt – nimstu sie
mir, hab ich sie nicht.«

Darnach sind die Glieder ohne Schmertzen.

Oder aber mach ein Umschlagk auß Ziegen Mißt, Rosmarin und
Honigk.

Bey Zahn Schmertz
Bindt dir einen Schneck in eim Tuch ans Gesicht und laß ihn dortten sterben. Er wirdt den Zahn Schmertz mit sich nehmen.

Oder tauch ein Tuch in ein Sudt auß gekochthem Ratten Dreck
und Schlehen und Essigk. Steck's so heiß du's ertragen kannst in
den Mundt. Es hülft.

Gegen die Krätz
Hier hülfet sehr gut, wenn du ein Knochen von eim Todten mit ins
Bade nimmst

Ein anders Mittel ist, ein Maullwurf zu Pulfer zu verprennen.
Vermisch das mit Eiweiss und schmiers auf die Krätz, sie vergehet.

So einer die Flechtten im Gesicht hat, soll ein frembdte Person hin-
gehn und ihm unvermuthet ins Gesichte spucken. Darauf vergehet
die Flechten.

Item so dich das Kopfweh plaget, brenn drey Kröthen in eim neuen
Topff zu Pulfer. Dann reyb deinen Kopf tüchtig mit Enten Schmaltz
ein, gib das Pulffer darauf, daß es gut bestäubet ist. Bind sodann
eine Schweins Blasen umb den Schädel. Die wird nach zwei Tagen
abgenomen und vergraben. Der Schmertz pleibet in der Blasen.

Wenn du das Ohren Saußen hast
Nimm 17 Stück Mäuße Koth und die gleiche Menge an Ohren

Schmaltz. Das vermeng fein zu kleynen Kugeln, und tu dieselben
bey Vollmondt in den Harn eines neu gebornen Kalbes. Darvon
nimm eine Kugel ins Ohr, und drey Tagk darauff ist das Saußen
vergangen.

Sara

Achte den Arzt mit gebührlicher Verehrung, dass du ihn
habest zur Not. Denn der Herr hat ihn geschaffen, und
die Arznei kommt von dem Höchsten, und auch Könige
ehren ihn.«

Mit diesem Satz aus den alten Schriften begann meine Lehrzeit
bei Onkel Jehuda, die ich so herbeigesehnt hatte. Jeden Abend
und tagsüber jede freie Stunde nutzte er, um all sein Wissen vor
mir auszubreiten. Zuallererst brachte er mir bei, woraus sich der
menschliche Körper zusammensetzt: Er besteht aus vier Säften,
nämlich Blut, Schleim, schwarze Galle und gelbe Galle. Das fanden der griechische Arzt Hippokrates und der römische Arzt Galen schon vor vielen Jahrhunderten heraus. Sind diese Säfte in der
rechten Menge vorhanden und stehen untereinander in ausgewo-
genem Verhältnis, so erfreut sich der Mensch guter Gesundheit.
Krankheit beruht demnach auf einer Fehlmischung oder einem
Ungleichgewicht der Säfte oder darauf, dass ein Saft verdorben
oder gar vergiftet ist.

Ich lernte auch, dass die Säfte unterschiedliche Qualitäten haben. Blut zum Beispiel ist warm und feucht, schwarze Galle kalt
und trocken, Schleim ist kalt und feucht, gelbe Galle warm und
trocken. Nach dem Prinzip des contraria contrariis können nun
fast alle Krankheiten mit Mitteln geheilt werden, die das genaue
Gegenteil ihrer eigenen Eigenschaften sind. Liegt also eine Krankheit der schwarzen Galle vor, so kann sie mit feucht-warmen Mitteln kuriert werden, eine des Schleims braucht eine warme und
trockene Medizin.

Auch das Wesen des Menschen ist durch die vier Körpersäfte
bestimmt. So überwiegt beim Sanguiniker das Blut, das ihn über-

reizt, aber auch heiter macht. Der Choleriker hat wegen der überwiegenden gelben Galle ein jähzorniges, heftiges Temperament. Der Phlegmatiker ist wie der Schleim langsam, zähflüssig und zögerlich, und beim Melancholiker bewirkt zu viel schwarze Galle ein trauriges Gemüt.

In diese Säftemischung des Körpers kann der Arzt eingreifen durch Aderlass, Fördern der Harnentleerung oder des Schwitzens, durch Purgation, Herbeiführen von Erbrechen oder Niesen. Dazu muss der Medicus natürlich genau wissen, welche Krankheit mit welchem Saft in Zusammenhang steht. Und er muss beachten: Was im Winter gut ist, kann im Sommer schaden, und was bei Alten hilft, kann bei Kindern schlecht sein. Ich lernte und lernte, und manchmal glaubte ich, nie fertig zu werden. So viele Kräuter und ihre Wirkungen, so viele Krankheiten!

Als Nächstes begann mein Onkel damit, mir beizubringen, wie man eine Krankheit überhaupt erkannte.

»Eine der wichtigsten und ältesten Diagnosemöglichkeiten ist die Harnschau«, erklärte er. »Denn man kann die einzelnen Säfte an ihrem Geschmack erkennen: Blut schmeckt süß, gelbe Galle bitter, schwarze Galle sauer und scharf und der Schleim salzig. Der Grundgeschmack oder -geruch des Urins weist also darauf hin, welcher Körpersaft für eine Krankheit verantwortlich ist.«

Natürlich musste ich das alles probieren. Jedes Mal, wenn ein Siecher seinen Harn schickte, ließ mich Onkel Jehuda schnuppern und kosten. Ich gestehe, dass es mir am Anfang schwer fiel, aber nach einiger Überwindung ging das vorbei. Auch erklärte er mir, was es bedeutete, wenn der Harn trüb oder klar war, wenn er flockig aussah oder blutig, hellgelb oder todschwarz. Ich lernte, dass manche Krankheiten sich allein an einer Harnprobe ablesen ließen, ohne dass der Arzt seinen Patienten überhaupt zu sehen brauchte. Aber Vorsicht: Geschmack und Farbe des Harns richten sich auch oft nach den Speisen, die ein Mensch zu sich nimmt. Deshalb ist es in vielen Fällen wichtig, dass der Arzt seinen Patienten selbst untersucht und mit ihm spricht. Tut er das nicht, sagte mein Onkel scherzhaft, darf er sich nicht wundern, wenn man ihn einen dummen Harnpropheten schimpft.

Also lernte ich weiter, wie man von der Stärke und Schnelligkeit des Pulsschlags auf eine Krankheit schließt, wie man den Körper abtastet, um Verhärtungen, Aufgedunsenes oder Geblähtes herauszufinden. Ich lernte, die richtigen Fragen zu stellen, um die eine Krankheit auszuschließen und die andere zu bestimmen.

Und ich lernte, dass sich ein Arzt trotzdem nie völlig sicher sein sollte.

London, Februar 1413

Innerhalb des Holzfasses, in das man den Delinquenten bis zu den Hüften gesteckt hatte, züngelten die Flammen an den Füßen des nackten Mannes empor, leckten an seinen behaarten Oberschenkeln und versengten mit ihrer Hitze die Locken, die sich um sein schlaffes Gemächt ringelten. Der Mann wand sich in seinen Fesseln, schrie seinen Schmerz hinaus, seine Augen rollten wild und wanderten ziellos über die unüberschaubare Menge, die sich um die Brandstatt versammelt hatte. Dunkler Rauch hüllte langsam den Scheiterhaufen ein, es roch brenzlig. Immer noch schrie der Mann, aber man sah ihn nicht mehr. Dann hörte das Schreien ganz plötzlich auf, man hörte nur noch das Knistern des Feuers.

Ciaran wandte sich ab, ihm war von dem Geruch allein schon speiübel. Wie viele andere Schaulustige war er am Morgen mit Will und Connla nach Smithfield gepilgert, auf die große Turnierfläche vor Londons Mauern. Nur, dass sie nicht wegen des Spektakels gekommen waren, sondern um der Lollardengemeinde später wieder einmal vom Tod eines der Ihren berichten zu können.

»Der wievielte ist es?«, fragte Ciaran.

Will zuckte die Schultern. »Ich will lieber nicht zählen. Vor zweieinhalb Jahren hat es angefangen, mit John Badby. Ein verdammt guter Mann, Schmied aus den Midlands, der als ungeweihter Priester umhergezogen ist. Du hättest seine Predigten hören sollen! Das war Gottes Wort, wie es reiner niemand verkünden kann.«

»Amen«, pflichtete Connla bei. »Damals, bei seiner Hinrichtung, waren wir alle Zeugen. Und noch einer hat zugeschaut, hoch zu Ross und gekleidet wie ein Geck: Der König. Damals war er noch Prinz Henry, der Thronfolger. Ich sehe ihn heute noch vor mir: In den Steigbügeln hat er sich aufgerichtet und gerufen: ›John Badby! Ich biete dir Verschonung an, und eine Rente für dich und die Deinen – nur widerrufe! Kehre zurück in den Schoß der Kirche! Du hast geleugnet, dass die Hostie der Leib des Herrn sei – nimm es zurück und lebe!‹«

»Und weißt du, was der tapfere Badby getan hat?«, fuhr Will fort. »Er hat sich hoch aufgerichtet in seinem Fass und dem Thronfolger ins Gesicht gelacht. ›Wenn jede Hostie, die am Altar geweiht wird, Gottes Leib wäre‹, hat er geantwortet, ›dann hätten wir jeden Tag zwanzigtausend Götter in England!‹«

Ciaran kannte das Ende der Geschichte: Henry hatte daraufhin zornig sein Pferd herumgerissen und war vom Richtplatz galoppiert. Die Menge hatte getobt vor Wut und war anschließend in wilde Begeisterungsrufe ausgebrochen, als der Henker die todbringende Fackel unterhalb des Fasses in den Scheiterhaufen gestoßen hatte. So war John Badby als erster Märtyrer für die Lehre Wyclifs wie ein Ketzer auf dem Scheiterhaufen gestorben. Und seither waren ihm viele gefolgt.

Die drei Freunde warteten noch, bis sich die schlimmsten Flammen verzogen hatten und der schwarz verbrannte Körper ihres hingerichteten Getreuen sichtbar zu Asche zerfiel. Dann traten sie stumm den Heimweg an.

»Das wird den Fels, auf dem die Kirche ruht, zum Bersten bringen!« John Oldcastle legte mit ungläubigem Kopfschütteln das Manuskript beiseite. Whistle hatte einen Boten geschickt, um den Führer der Lollardenbewegung aus Kent holen zu lassen. Oldcastle setzte mit diesem Besuch viel aufs Spiel, er wusste, dass ihm zu London die Verhaftung drohte. Doch das, was John Wyclif in seinem Vermächtnis geschrieben hatte, war so unerhört, barg solche Sprengkraft, dass Oldcastle es mit eigenen Augen sehen musste, um es zu glauben. »Ihr hattet recht, Thomas Whistle, bei Gott«, sagte er nun und atmete tief durch. »Dies ist kein einfaches Testament, dies ist die Aufforderung zum Umsturz des Glaubens im gesamten Abendland! Nie hätte ich vermutet, dass John Wyclif am Ende seines Lebens so weit gehen würde!«

Whistle nickte ernst. »Deshalb habe ich Euch ja holen lassen. Was der Meister hier geschrieben hat, wird die Welt des Glaubens bis in die Grundfesten erschüttern. Wenn ich ihn richtig verstanden habe, bereut er zutiefst, nicht besser für seine Überzeugung gekämpft zu haben. Er verlangt von uns, dass wir die Sache gegen den Papst höchstselbst durchfechten. Dass wir das Oberhaupt der Christenheit vom Thron stürzen! Herrgott, was muss in seinen letzten Tagen in ihm vorgegangen sein? Wie sehr muss er mit sich gerungen haben, um solch Unglaubliches auch nur zu denken?«

»Aber er hat recht, Thomas, er hat recht.« John Oldcastle hieb mit der Faust auf den Tisch. »Die Kirche ist verdorben bis ins Mark. Es ist ein Hohn für Gott und alle Gläubigen. Wie lange sollen wir dem noch zusehen?«

»Ihr wollt also tatsächlich den Aufstand?«, kollerte Whistle mit seiner tiefen Stimme. »Wie soll das gehen? Wir haben nicht die Kraft, das wisst Ihr so gut wie ich. Das Verhältnis zwischen den Anhängern Wyclifs und der englischen Kirche hat sich stetig verschlechtert. Erst haben sie unsere Schriften verboten und uns in den Untergrund gezwungen. Dann vor ein paar Jahren die ersten Hinrichtungen. Und seit Henry Lancaster König ist, verfolgt er uns erbittert. Er wird nicht eher ruhen, als bis wir alle unser Ende im Feuer gefunden haben. Unsere Zeit läuft ab.«

Oldcastle sagte eine Weile gar nichts. Dann kniff er die Augen zusammen und sah Whistle ins Gesicht. »Wer spricht denn von uns?«

»Was wollt Ihr damit sagen?«

Der Anführer der Lollarden fuhr sich durchs schüttere Haar. »Hört, Thomas Whistle. Ich glaube, dass der Meister am Ende seines Lebens weit mehr vorausgesehen hat, als er uns damals sagen wollte. Der Allmächtige hat ihn ahnen lassen, dass unsere Bewegung bald mit Feuer und Schwert verfolgt werden würde. Und er hat ihm auch eingegeben, wann wir seine Schrift finden würden. Dies ist ein göttlicher Plan, Whistle, und wir sind ein Teil davon.«

»Sprecht weiter.« Thomas Whistle nahm einen tiefen Schluck aus dem Weinpokal, um sich für alles Weitere zu wappnen.

»Glaubt Ihr denn«, sagte Oldcastle beschwörend, »es ist Zufall, dass Wyclifs Vermächtnis ausgerechnet jetzt wieder aufgetaucht ist? Nein, mein Freund, es ist genau die richtige Zeit. Seht auf den Kontinent: Die Kirche ist in der schlimmsten Bedrängnis seit Menschengedenken. Sie ist nur noch ein leerer Weinschlauch, kraftlos, ohne Führung. Wie viele Päpste haben wir? Drei! Drei machtgierige, verderbte Männer, die sich um das Erbe des Petrus streiten wie Diebe um ein paar Goldstücke! Überall wenden sich die Menschen von diesen falschen Propheten ab, suchen eine neue Wahrheit, einen neuen Führer, der sie dem Himmel näher bringt und Gott ein Wohlgefallen ist. Ihr habt recht, Thomas Whistle, wenn Ihr sagt, dass wir in England zu schwach sind, um uns gegen das Papsttum aufzulehnen. Deshalb muss die Flamme auf den Kontinent getragen werden.«

Oldcastle lehnte sich in seinem Stuhl zurück, erschöpft von seinem leidenschaftlichen Vortrag.

»Aber wohin, und zu wem?«, fragte Will, der soeben mit Ciaran und Connla den kleinen Saal betreten und die letzten Sätze gehört hatte. In ihren Kleidern hing noch der Brandgeruch vom Richtplatz.

Thomas Whistle hob die Hand. »Setzt Euch und hört zu. Ich glaube, Sir John, ich weiß, wen Ihr meint.«

Oldcastle nippte an seinem Becher, bevor er weitersprach. »Drüben auf dem Festland, genauer gesagt, in Böhmen, lebt ein Mann, der reinsten Glaubens ist. Sein Name ist Jan Hus. Einer seiner Gefolgsleute, ein Geistlicher namens Hieronymus aus Prag, war vor etlichen Jahren in Oxford. Er hat mir damals Briefe und Abhandlungen seines Freundes überbracht. Und ich sage Euch, aus diesen Schriften weht der reine Atem Wyclifs.«

»Jan Hus«, murmelte Connla nachdenklich. »Ich habe von ihm gehört. Es heißt, er sei ein neues Licht in der Finsternis der alten Lehre.«

Oldcastle nickte. »Ich habe ihm schon vor langer Zeit über einen zuverlässigen Boten etliche Werke unseres Meisters in Abschrift zukommen lassen. Jan Hus ist der Einzige, dem ich Wyclifs Nachfolge zutraue. Er hat an der Prager Universität gelehrt und dort den wahren Glauben gepredigt. Er hat sich öffentlich gegen das

Papsttum gewandt. Und was das Wichtigste ist: Er besitzt nicht nur eine große Anhängerschaft, sondern auch die Unterstützung breiter Adelskreise. Niemand anderer als er hat die Möglichkeit, John Wyclifs letzten Willen in die Tat umzusetzen, und das vielleicht sogar bald.«

»Woran denkt Ihr?«, fragte Ciaran.

Oldcastle beugte sich vor. »Ich habe Nachricht, dass der deutsche König Sigismund ein Konzil einberufen will. Dabei sollen alle drei Päpste zur Abdankung bewegt und ein neuer gewählt werden. Wenn jemals Rom angegriffen werden kann, dann in diesem Augenblick. Jan Hus wird an diesem Konzil teilnehmen und unsere Lehre dort vertreten.«

»Wenn er es wagt …«, warf Connla ein.

»Wenn nicht er, wer dann?«, erwiderte Oldcastle und bekreuzigte sich. Nie hatte ihm die Ungeheuerlichkeit dieses Unterfangens klarer vor Augen gestanden. Welch große, gefährliche Aufgabe bürdeten sie diesem Mann aus Böhmen auf …

»Gut«, meinte Thomas Whistle. »Lassen wir die Schrift kopieren und schicken einen Vertrauensmann damit aufs Festland. Und wenn Kirche und Krone von England uns dann auch vernichten mögen – wir haben alles getan, um Wyclifs Vermächtnis zu erfüllen.«

Später saßen die drei Freunde am Kamin zusammen. Connla reichte Ciaran einen Becher Wein und lächelte ihm zu. »Willst du nicht lieber weg von hier?«, fragte er leise. »Du bist keiner von uns. Aber wenn wir auffliegen, hängst du mit …«

Ciaran zog eine Augenbraue hoch und sagte gar nichts.

»Connla hat recht«, mischte sich Will ein. »Du hast uns geholfen, um deiner Eltern willen. Deine Aufgabe ist erfüllt. Wir verstehen, wenn du jetzt gehst.«

»Und wo soll ich eurer Meinung nach hin?«

Will zuckte die Schultern. »Zurück nach Irland?«, schlug er vor.

Ciaran schloss die Augen. Wie oft hatte er daran gedacht. Nach Hause! Heim nach Clonmacnoise, das Leben als Mönch wieder aufnehmen, keine Unruhe, keine Zweifel, keine Gefahr mehr. Aber es ging nicht. Er stand immer noch auf der Todesliste des

Erzbischofs von Canterbury. Und da war noch etwas: Die Lehren Wyclifs waren nicht spurlos an ihm vorübergegangen. Er war nicht mehr derselbe Mensch, als der er das Kloster am Shannon verlassen hatte. Sein Glaube, sein Denken hatten sich verändert.

»Ich kann kein Mönch mehr sein, Will«, sagte er schließlich. »Nicht nach allem, was ich bei euch erlebt habe.«

Oldcastle war herübergekommen und legte Ciaran die Hand auf die Schulter. »Ich verstehe dich gut, mein Junge. Du weißt, dass die Güter deines Vaters von der Krone eingezogen wurden, aber wenn du willst, hast du immer eine Heimat auf Cobham Castle.«

In diesem Augenblick hörte man ein Rumpeln und Krachen vom Tor her, Männer brüllten, Kampfgeräusche ertönten. Connla stürmte zum Fenster. »Sie kommen!«, schrie er, »Das müssen die Männer des Erzbischofs sein! Heiliger Himmel, das ist das Ende! Alles ist verloren!«

»Nein!«, rief Whistle. »Ihr müsst euch verstecken. Will, du weißt Bescheid!«

Will dirigierte die drei anderen zu dem riesigen Kamin. Er langte unter das breite Sims und legte den Hebel um, der die Mechanik zur Öffnung einer geheimen Schlupftür in Gang setzte. Langsam schob sich die linke innere Seite der Feuerstelle nach hinten; ein dunkler, schmaler Spalt tat sich auf. »Schnell«, keuchte Will atemlos, »da hinein.«

Die vier Männer quetschten sich durch die Öffnung und schoben die Steinplatte von innen wieder vor. Dann kauerten sie sich stumm in der kleinen gemauerten Seitennische zusammen. Sie hörten, wie Thomas Arundels Leute den alten Whistle aus seinem Sessel zerrten.

»Wo ist die Schrift, Ketzerschwein?«, brüllte ihn jemand an.

Whistle fing an zu zetern. »Was wollt Ihr von mir? Ich bin nur ein alter Holz- und Pelzhändler, weiter nichts. Fragt den König – meine Nerze sind die schönsten, die man heutzutage kriegen kann. Er hat erst wieder welche bestellt, und mein Schiff, die ›Crown and Country‹, fährt morgen früh aus nach Wladiwostok …«

Ein dumpfer Schlag unterbrach den Redefluss des Alten.

»Schafft ihn weg!«, blaffte dieselbe Stimme. »Unter der Folter wird er schon reden! Und dann durchsucht das Haus!«

Ciaran und die anderen saßen hilflos in ihrer finsteren Kammer, während die Häscher des Erzbischofs Thomas Whistle nach draußen schleiften.

Erst in der Nacht, als längst alles ruhig war, wagten sich die vier Männer aus ihrem Versteck. Whistle und die anderen Hausbewohner waren verhaftet, bis auf einen, dessen Leiche im Garten beim Tor lag. Das Gebäude war vom Keller bis zum Dach durchwühlt worden, man hatte alles auf den Kopf gestellt, jede Truhe geöffnet, alle Betten aufgeschlitzt.

Nachdem sie sich umgesehen hatten, standen Ciaran und seine Freunde mutlos in der Eingangshalle, unschlüssig, was sie tun sollten. Schließlich traf Oldcastle eine schwere Entscheidung. »Hört zu«, sagte er. »Niemand ist hier mehr sicher. Das Vermächtnis muss jetzt sofort aus dem Land.«

»Wenn sie es nicht schon gefunden haben …«, warf Connla ein.

Sir John lächelte grimmig. »Das konnten sie gar nicht.« Er langte in die Innenseite seines Wamses und zog eine dicke Ledertasche hervor. »Es lag auf Whistles Schreibtisch. Ich hab's eingesteckt, gleich zu Anfang, als die Bewaffneten das Tor gestürmt haben.«

Will legte ehrfürchtig die Hand auf das Manuskript. »Wir müssen es gleich kopieren lassen.«

»Keine Zeit.« Oldcastle schüttelte den Kopf. »Wenn Whistle unter der Tortur redet, erwischen sie uns womöglich in den nächsten Stunden. Es steht jetzt alles auf dem Spiel, Freunde. Sie werden auch uns foltern, wenn sie uns ergreifen – und wer kann schon sicher sein, bei der peinlichen Befragung stark zu bleiben? Deshalb muss die Schrift sofort nach Böhmen.«

Connla nickte. »Wer geht?«

»Du und Will. Jetzt gleich.«

»Und ich?«, fragte Ciaran.

Oldcastle hob die Brauen. »Komm mit mir nach Cobham Castle, Junge. Ich kann für dein Leben nicht garantieren, aber dort sind wir noch am sichersten.«

Ciaran war anderer Meinung. »Sie werden auch dort nach der Schrift suchen.«

»Er hat recht«, sagte Will.

Ciaran sah die anderen der Reihe nach an. »Lasst mich mit aufs Festland gehen«, bat er. »Meine Eltern sind gestorben, um Wyclifs Vermächtnis zu schützen. Ihr Tod soll nicht umsonst gewesen sein. Außerdem habe ich im Kloster Sprachen gelernt. Ich kann ein bisschen Deutsch, das wird uns helfen.«

Oldcastle sah ihn eine Weile forschend an, dann drückte er ihm das Manuskript in die Hand. »Geh mit Gott, mein Junge. Du bist der rechte Bote. Und ihr beiden, beschützt ihn gut. Reist zusammen nach Prag. Jan Hus wird nicht dort sein – die letzten Nachrichten aus Böhmen besagen, dass er sich derzeit an einem geheimen Ort aufhält, um die Bibel in die Volkssprache zu übersetzen. Wo genau, das müsst ihr dann selber in Erfahrung bringen.«

Die drei jungen Männer umarmten Sir John zum Abschied, dann stahlen sie sich im Schutz der Nacht aus Thomas Whistles Haus.

Draußen blieb Ciaran plötzlich stehen. »Ich bin gleich wieder da«, flüsterte er und rannte zurück. Kurz darauf tauchte er wieder auf, das Lederfutteral mit seiner irischen Harfe unter dem Arm. »Ohne sie gehe ich nirgendwohin«, grinste er schief. Dann verschluckte die Nacht die drei Gestalten. John Oldcastle verließ das Haus kurz nach ihnen, um auf seine Ländereien in Kent zurückzukehren.

Zwei Tage später gingen drei junge Benediktinermönche an Bord des holländischen Schiffes »Geertje«, das mit Rohwolle beladen nach Brügge fuhr. Sie hatten frisch rasierte Tonsuren und trugen das dunkle Habit ihres Ordens unter ihren festen Reisemänteln. Zwei der Mönche hatten das übliche Gepäck der Reisenden bei sich, rucksackähnliche Leinentaschen, die mit Proviant und allerlei Nützlichem gefüllt waren. Der Dritte trug ein unförmiges Lederding über der Schulter. Fragte ihn jemand nach dem Inhalt, so sagte er jedes Mal mit ehrfürchtiger Miene: »Es sind wundertätige Reliquien, die wir im Auftrag unseres Ordens zum Heiligen Vater nach Rom bringen.« Niemand ahnte, dass sich in Wirklichkeit etwas ganz anderes in dem seltsamen Behälter verbarg – so wenig wie die drei Flüchtlinge ahnten, dass John Oldcastle bereits verhaftet und der Ketzerei angeklagt im Kerker lag, noch bevor ihr Schiff das offene Meer erreicht hatte. Sein Tod war nur noch eine Frage der Zeit.

Empfehlung eines christlichen Patienten, 15. Jhd.

»Man mög von dem Juden-Doctor sagen was man will, ich habe mich bißhero bey ime nit übel befunden, dann erstlich ist er sehr fleyßig in Besuchungk seiner Patienten, alßo daß er in einem Tage wol zwey oder drey mehr Visiten wurd ablegen und bißweilen zwey oder drey und mehr Stunden bey dem Patienten wurd sitzen. Zum andern ist er sehr behutsam und vorsichtig in seinen ordinationibus. Er verschreibet lautter gelinde medicamenta, die den Menschen nit starck angreiffen und abmatten ...«

Sara

Von Onkel Jehuda erfuhr ich, dass es vor mir berühmte Ärztinnen unter der Judenschaft gegeben hat. So erzählte er mir von der klugen Rebekka, die vor bald zweihundert Jahren in der italienischen Stadt Salerno, dem Zentrum der abendländischen Medizin, studiert hatte. Von ihr stammen sogar schriftliche Abhandlungen über das Fieber, den Urin und den menschlichen Fötus. Und vor etwas mehr als hundert Jahren hatte die spanische Königin Leonor zwei jüdische Leibärztinnen mit Namen Ceti und Floreta, die man ehrerbietig mit dem Titel ›Magistra‹ anzureden hatte.

Natürlich waren Frauen in der Geschichte der Ärzteschaft sehr selten. Aber dass es sie überhaupt gegeben hatte, machte mir Mut, weiterzulernen.

Auch eine Christin war unter meinen Vorbildern, die berühmteste aller weiblichen Ärzte: Hildegard von Bingen, die Nonne. Onkel Jehuda besaß die Abschrift eines ihrer Bücher, der »Causae et Curae«, in dem Wichtiges über die Ursache und Behandlung von Krankheiten steht. Hildegard heilte vor allem mit den Mitteln der Tier- und Pflanzenwelt; heute noch benutze ich viele ihrer Rezepturen, die stets gut und wirksam waren. Sie bereitete viele Tränke aus Kräutern mit Wein, mischte Salben und stellte aus

Mehl kleine, münzgroße Tortelli oder Kucheln her, in die pulverisierte Heilkräuter eingebacken wurden. Auf der anderen Seite war sie noch eine Anhängerin der alten Heilschule, die mit widerlichen Substanzen wie Kot, Schleim und Ähnlichem behandelte – so kenne ich von ihr eine Rezeptur gegen Lepra, in der Schwalbenkot mit Klettenkraut zu Pulver zerstoßen und dann mit Schwefel und Storchenfett vermischt werden soll. Onkel Jehuda regte sich jedes Mal furchtbar auf, wenn er hörte, dass es immer noch Ärzte gab, die sich an diese »Drecksmedizin«, wie er es nannte, hielten.

Ja, es gab und gibt viele falsche Lehren in unserem Beruf. Onkel Jehuda machte mich mit allen vertraut, denn man muss auch wissen, was man als Arzt nicht tun darf. So lernte ich ein Prinzip verwerfen, nach dem die allermeisten Ärzte noch behandeln: Das Prinzip der »heilsamen Eiterung«. Danach kann eine Verletzung oder ein Gebrechen erst heilen, wenn Eiter entstanden und abgeflossen ist, denn im Eiter sammeln sich alle schlechten Substanzen der Körpersäfte. Die ungebildeten Ärzte rufen deshalb mit allen möglichen Verunreinigungen der Wunde eine künstliche Eiterung hervor. Onkel Jehuda hat mir aber mehrfach bewiesen, dass eine Wunde viel schneller und mit viel kleinerer Narbe heilt, wenn sie sauber mit Wein oder verdünntem Essig ausgewaschen wird. Daran habe ich mich später immer gehalten.

Ich hatte so viel zu tun und zu lernen, dass ich oft nicht wusste, wo mir der Kopf stand. Dennoch gab es manchmal Augenblicke, in denen ich innehielt. Dann ertappte ich mich dabei, wie ich mit Salo Zwiesprache hielt. Meistens war das am Abend, wenn ich allein in meiner Kammer saß, oder am Schabbat, an dem mein Onkel nur Notfälle behandelte und mich nicht brauchte. Schau, Salo, sagte ich dann im Stillen, schau, wo ich jetzt bin und was ich tue. Stolz wärst du auf mich, mein Liebster. Ich lerne die Medizin! Ich helfe meinem Onkel, Menschen zu heilen und viel Gutes zu tun. Die meisten finden es ungewöhnlich, ja, verabscheuenswert, dass eine Frau eine solche Beschäftigung ausübt. Sie meinen, ein Weib sei in der Küche am besten aufgehoben und ihre einzige Pflicht seien Kinder und Familie. Aber du, Salo, du hättest gutgeheißen, dass ich lerne und für mich einen besonderen Platz im Leben finde. Die

Burg aus Silber, so hast du diesen Ort einmal genannt, erinnerst du dich? Der Weg dorthin ist lang und schwer, aber ich will ihn gern gehen. Und manchmal sehe ich am Ende dieses Weges meine Burg aufblitzen, herrlich schön und voller Verheißung. Weißt du, ich habe geglaubt, ich könne ohne dich nie mehr glücklich sein. Jetzt habe ich das Gefühl, dass die Aufgabe als Ärztin mich wenigstens zufrieden macht. Ach, Salo! Wie glücklich waren wir in der kurzen Zeit, die uns vergönnt war! Diese wenigen Wochen waren wie ein großes Geschenk des Himmels, wie ein Ausflug ins Paradies, von dem nur ich allein wieder auf die Erde zurückgekommen bin. Und dort hat mich der Teufel empfangen! Was wäre nur aus mir geworden, wenn ich bei Chajim geblieben wäre? Du hast nie erfahren, was für ein Tier dein Bruder ist, aber wenn du es gewusst hättest, hättest du meine Flucht gebilligt, auch wenn ich damit Schande über deine Familie gebracht habe. Ich wäre gestorben mit diesem Mann. Dich, nur dich habe ich geliebt, und nie wieder werde ich so lieben können. Aber ich muss nun alleine weitergehen, das verstehst du doch, nicht wahr, mein Löwe? Und jetzt habe ich wenigstens ein großes Ziel: Ich will Medica werden! Liebster Salo, wo mich mein Leben als Ärztin auch hinführt, immer werde ich an dich denken. Und ich weiß, dass du das, was ich tue, für recht befinden würdest. Sei mir nicht böse, wenn ich meine Zukunft ohne dich lebe. Mein Glück mit dir werde ich immer wie einen Schatz in meinem Herzen tragen und hüten.

Ich wusste, dass Salo mich hören konnte, irgendwo dort draußen. Wo immer er auch jetzt war, ein Teil von ihm lebte in mir fort.

Und dann, endlich, kam das Wichtigste: Onkel Jehuda lehrte mich die Kunst des Messers!

Zuerst hatte ich Angst, in die Haut eines Menschen zu schneiden, vor allem dann, wenn er bei Bewusstsein ist. Aber bald spaltete ich ohne mich überwinden zu müssen meine ersten Furunkel, öffnete kleine Geschwüre und oberflächliche Abszesse. Hier brachte der Schnitt den Patienten mehr Erleichterung als Schmerz, und es ging alles ganz schnell. Anders war es bei schwereren Operationen. Hier wägte mein Onkel genau ab. »Wir Ärzte können einen Kranken betäuben, wenn es darum geht, tief zu schneiden oder der Eingriff sehr lange dauert. Dafür brauchen wir Mandragora, Schlafmohn und Bilsenkraut, aus denen wir eine wässrige Mischung herstellen. Ein Schwamm, in diese Mischung getaucht und unter die Nase des Patienten gehalten, lässt diesen in einen Zustand der Ohnmacht hinübergleiten. Aber Vorsicht: Nur der Arzt darf den Schlafschwamm anwenden, der die Dosierung recht einschätzen kann. Dosis facit venenum – die Menge macht das Gift! Zu viel davon und der Kranke wacht nie wieder auf. Deshalb wagen die meisten Ärzte nicht, mit dem Schlafschwamm zu arbeiten. Lieber soll der Kranke den Schmerz ertragen.«

Überhaupt, das weiß ich inzwischen, gibt es nur wenige Ärzte, die schneiden. Meistens tun dies die Bader, und oft gar nicht schlecht. Ich jedoch begann, Freude an der Chirurgia zu finden und bat Onkel Jehuda, mir mehr davon beizubringen. Erst wollte er nicht recht. Aber ich lag ihm beständig in den Ohren, und irgendwann gab er nach. Ich durfte meine erste wirkliche Operation wagen.

Heute noch sehe ich mich mit weichen Knien, aber entschlossener Miene vor der Liegestatt stehen, auf der meine Patientin seitlich mit angezogenen Knien lag. Es war eine Frau mittleren Alters mit einer riesigen Wucherung, die vom Kinn bis zum Ohr reichte.

»Nicht zu tief schneiden, Mädchen«, mahnte mein Onkel, während ich das scharfe, spitze Operationsmesser unterhalb des Ohrläppchens ansetzte. »Nur knapp durch die Haut. Und jetzt gerade bis zum Kinn. Siehst du, es ist nicht viel anders, als wenn du einen großen Abszess öffnest.« Mit einem Schwamm tupfte er das hervorquellende Blut weg, während ich den zweiten Schnitt von der Mitte der Wange bis zur hinteren Kinnlade setzte. Die Frau, die mit geschlossenen Augen dalag, zuckte und stöhnte leise, blieb dann aber ruhig. Onkel Jehuda hatte sie auf ihren Wunsch hin – sie hatte große Angst vor Schmerzen – mit einem Schlafschwamm leicht betäubt. Während er nun die Hautlappen mit Hakennadeln aufzog und wegspreizte, unterband ich mit feinem Fohlen-Rosshaar zwei große Adern und ein kleineres Gefäß. Damit war die stärkste Blutung gestillt. Ich merkte, wie mein Onkel kurz die

Augen zusammenkniff, aber er sagte nichts. Stattdessen griff er sich ein stumpfes Schälmesser und löste die riesige gelbliche Geschwulst mit schabenden Bewegungen von Haut und Knochen. Ich tupfte beständig Blut weg, bis er die Masse im Ganzen heraushob und in eine Schüssel warf. Noch drei weitere Gefäße mussten abgebunden werden; anschließend nähte ich sorgfältig die Wunde wieder zu. Sobald dies geschehen war, weckten wir die Frau auf, diesmal mit einem Schwamm, der in Essig und Rautensaft getaucht war. Ihre Augenlider flatterten, sie hob benommen die Hände, als wolle sie an die Wunde greifen. Ich hielt sie davon ab.

»Schon vorbei, Grönla, schon vorbei«, beruhigte mein Onkel die Erwachende. »Es tut noch recht weh, aber gleich kommt ein schöner Verband drüber. Dann kannst du wieder heim.«

Nachdem die Patientin abgeholt worden war, ließ Onkel Jehuda mich die Geschwulst noch einmal betasten. »Weich und nachgiebig, fast wie ein Gallert, spürst du das?«, fragte er.

Ich fühlte und nickte. »Das heißt, es ist eine gutartige Wucherung, nicht wahr?«

»Richtig. Sie ließ sich auch leicht von ihrer Umgebung lösen, ist nicht ins Fleisch hineingewachsen. Grönla wird wieder ganz geheilt sein, nur eine schlimme Narbe, die wird ihr bleiben.«

»Und wenn die Wucherung bösartig ist?«

Mein Onkel schürzte die Lippen. »Krebs, ja, das ist schlimm. Wenn du ihn tastest, wirst du finden, dass er viel fester und härter ist als das Gewebe, das du gerade vor dir hast. Aber du kannst ihn nicht immer entfernen. Wenn Krebs an einer Stelle ist, wo du ihn ganz ausschneiden kannst, etwa an der Mamma oder am Schenkel, dann soll man es versuchen. Besonders, wenn er noch klein ist, ein Knoten bis zur Nussgröße. Aber wenn er schon alt und groß ist, dann darfst du ihn nicht antasten. Ich selbst habe in diesem Stadium nie einen heilen können, und ich habe auch nie einen gesehen, der ihn geheilt hat.«

»Aber wenn ich ihn operiere, mache ich es dann genauso wie grade eben?«

Onkel Jehuda schüttelte den Kopf. »Du musst viel mehr von der Umgebung mit herausschneiden und sehr darauf achten, dass auch nicht der kleinste Rest zurückbleibt. Das Blut lasse dabei fließen und stille es nicht zu schnell. Dann glühe die Wunde aus, bis das Blut steht.«

Ich öffnete das Fenster und warf die Geschwulst auf die Straße. Sofort stritten sich zwei streunende Hunde zähnefletschend um die Beute; schließlich schnappte sich ein dritter das blutige Gewebe und flitzte damit um die Ecke. Währenddessen hatte Onkel Jehuda ein dickes gebundenes Buch aus seiner Truhe geholt und auf den Arbeitstisch gelegt. Mit seinen knotigen Fingern klopfte er ein paar Mal auf den ledernen Wälzer. »Das, mein Mädchen, ist die ›Chirurgia‹, geschrieben von Frugardi. Darin sind enthalten die Weisheiten des großen Roger von Salerno, eines der besten Chirurgen, die je gelebt haben. Es ist ein Lehrbuch über die Grundlagen der Operationskunst, das aus Aufzeichnungen der Schüler des Meisters besteht, denn selber hat er nichts Schriftliches hinterlassen. Du wirst dieses Lehrbuch in den nächsten Monaten so oft lesen, bis du seinen Inhalt im Schlaf hersagen kannst.«

»Bisher hast du immer gesagt, die echte Chirurgia sei noch zu schwierig für mich«, warf ich verblüfft ein.

Er kratzte sich am Bart. »Hmm, hab ich das? Nun, weißt du, ich glaube, du wirst gar keine schlechte Chirurgin werden. Und, äh, um die Wahrheit zu sagen, du hast heute eine Ader unterbunden, die ich gar nicht gesehen habe.«

Deshalb hatte er also die Augen zusammengekniffen. Ich verstand. Seine Sehkraft ließ nach. Es würde nicht mehr lange dauern, und er würde manche Operationen nicht mehr selbst durchführen können. Zum ersten Mal wurde mir bewusst, das Onkel Jehuda ein alter Mann war. Und dass ich diejenige sein würde, die sein Werk fortsetzte, sein Wissen und Können weitertrug. »Ich werde mich bemühen, alles so gut wie möglich zu lernen«, versprach ich. »Du sollst einmal stolz auf mich sein.«

Von dieser Zeit an führte ich alle Operationen unter Onkel Jehudas Anleitung selbst durch, vom Entfernen von Blasensteinen bis hin zur Öffnung eines Darmverschlusses und zur Amputation einer weiblichen Brust. Bei den schwereren Eingriffen starb die Hälfte der Patienten später, auch das lernte ich. Der schlimmste Feind hieß Wundfieber, und er war oft nicht zu besiegen. Aber dennoch:

So vielen Menschen kann mit der Chirurgie geholfen werden, und der Erfolg ist meist schneller sichtbar als der einer Behandlung von Krankheiten mit Kräutern und Salben. ›Die Chirurgie ist die höchste Abteilung der heilenden Kunst, am wenigsten anfällig für Betrug, durchsichtig in sich selbst, voller Beweglichkeit in ihrer Anwendung, das würdige Produkt des Himmels, die sichere Quelle des Ansehens auf Erden‹ – dieser Satz aus einem von Onkel Jehudas Lehrbüchern prägte sich mir für immer ein. Die Arbeit mit dem Messer wurde meine Leidenschaft.

Under der Linden
Walther von der Vogelweide, Anfang 13. Jahrhundert

Under der Linden an der Heide,	*Unter der Linde auf der Heide,*
da unser zweier Bette was,	*wo unser beider Lager war,*
da muget ir vinden schöne beide	*da könnt ihr finden, schön gesammelt*
gebrochen bluomen unde gras.	*beides, Blumen und Gras.*
Vor dem walde in einem tal,	*Vor dem Wald in einem Tal,*
tandaradei,	*tandaradei,*
schön sanc die nahtegal,	*sang schön die Nachtigall.*
Ich kam gegangen zuo der ouwe,	*Ich kam gegangen zu der Aue,*
do was min friedel komen e.	*da war mein Liebster schon vor mir da.*
Da wart ich empfangen, here frouwe,	*Da wurd ich empfangen als hohe Herrin,*
daz ich bin saelic iemer me.	*Dass es mich allzeit glücklich machen wird.*
Kust er mich? Wol tusentstunt,	*Küsst er mich? Wohl tausend Mal,*
tandaradei,	*tandaradei,*
seht wie rot mir ist der munt!	*Seht wie rot mir ist der Mund!*

Do her er gemachet also riche
von bluomen eine bettestatt.
Des wird noch gelachet
    innecliche,
kumt iemen an daz selbe pfat.

Bi den rosen er wol mac,
tandaradei,
merken wa mirs houpte lac.

Daz er bi mir laege, wessez
    iemen
(nu enwelle got!), so schamt
    ich mich.
Wes er mit mir pflaege niemer
    niemen
Bevinde daz wan er unde ich.
Und ein kleinez vogelin,
tandaradei,
daz mac wol getriuwe sin.

Da hat er gemacht so prächtig
aus Blumen eine Lagerstatt.
Darüber wird einer noch
    herzlich lachen,
wenn er später an dem Platz
    vorbeikommt
An den Rosen kann er noch,
tandaradei,
merken, wo mein Kopf gelegen
    hat.

Dass er bei mir lag, wüsst es
    jemand,
(das verhüt Gott!), so schämte
    ich mich.
Was er mit mir tat soll niemals
    jemand
erfahren außer ihm und mir.
Und ein kleines Vögelein,
tandaradei,
das kann wohl verschwiegen
    sein.

Eine Donauinsel nahe Budapest, Sommer 1413

So einen riesigen Keiler hab ich lang nicht gesehen, mit solchen Hauern!« Der junge Hunyadi zeigte mit den Händen die Größe der Eckzähne an, maßlos übertrieben, wie Ezzo fand. Dann erzählte er mit glänzenden Augen und weinschwerer Zunge weiter: »Ich steh da, ohne Spieß – der steckte ja noch in der Sau, die ich grad erlegt hatte. Und das Mordsvieh bricht durchs Unterholz und galoppiert auf mich zu. Die Treiber hinterher, die haben gar nicht gemerkt, dass sie in die falsche Richtung gehetzt haben! Ich schau mich um – kein Baum nah genug, hinter den ich hätte springen können. Joi, dein letztes Stündchen hat geschlagen, dacht ich bei mir und hab schon angefangen, zu beten. Auf einmal taucht der lange Istvan neben mir auf und sieht sofort, was los ist. ›Da!‹, schreit er und wirft mir seinen Spieß zu. Ich schnapp mir das Ding, richte es nach vorn, und – keinen Augenblick zu früh. Der Keiler spießt sich auf, quiekt, fällt um und ist mausetot!«

Es war ein blaustrahlender Sommertag an der Donau, und der ganze Hof hatte sich auf einen Jagdausflug begeben. Man hatte auf die andere Seite des Flusses übergesetzt, wo ein schöner großer Wald eigens für die Sauhatz gepflegt wurde. Jetzt war es später Nachmittag, und die Gruppe der Jäger war mit ihrer Beute auf die kleine Klosterinsel mitten in der Donau zurückgekehrt, wo die Damen den Tag mit Spielen und Blumenpflücken verbracht hatten.

Ezzo saß mit den anderen im Refektorium des Klosters, das die Prämonstratensermönche für sie freigemacht hatten – wie überall waren auch in Ungarn die Klöster verpflichtet, den Landesherrn und sein Gefolge bei der Jagd aufzunehmen und zu verkösten. Man trank nicht gerade wenig und ließ dabei die Erfolge des Tages noch einmal aufleben. Die Sauen wurden mit jeder Erzählung und jedem Pokal Wein größer, die Situationen gefährlicher. Auch Ezzo hatte eine schöne Bache erlegt, es war seine erste Hatz, seit er bei Hof war. Jetzt, nach zwei Bechern Wein und einem guten Essen, erinnerte er sich wieder an seine Zeit als kleiner Junge in den Hügeln um Riedern. Er sah seinen Vater, wie er durch den Wald stapfte, immer aufmerksam in die Richtung schauend, aus der von fern der Lärm der Treiber erklang. Und er erinnerte sich an jedes Wort, das der Graf damals gesagt hatte. »Du musst die Sau gegen dich laufen lassen, damit du sie von vorne annehmen kannst, und dabei ruhig stehenbleiben. Die Sau wird ihr eigenes Blatt in die Saufeder rennen und so zu Ende kommen. Niemals von hinten oder von der Seite stechen, wie du's auf den Holzschnitten in der Lateinschule gesehen hast!« Wehmut machte sich in Ezzo breit, seit Langem dachte er wieder einmal an seine Heimat, an Mutter und Vater. Er ließ die anderen weiter ihr Jägerlatein spinnen und trat hinaus in den Klostergarten.

Von der Wiese hinter der Gartenmauer erklang helles Gelächter.

Ezzo wurde neugierig; er schlüpfte durch ein niedriges Tor und zwängte sich zwischen Haselbüschen hindurch. Ein hübsches Bild bot sich ihm da: Bunte Kleider flatterten im Wind, Schleier wehten – die Damen des Hofes spielten am Ufer Blindekuh. Eine von ihnen lief mit verbundenen Augen barfuß durchs Gras, die Arme suchend weit von sich gestreckt. Laut lachend und rufend flüchteten ihre Mitspielerinnen vor ihr, hüpften übermütig herum, lockten sie, wichen ihren tastenden Händen aus, bis endlich eine gefangen war.

Ezzo sah unter den Zweigen der Hasel mit verschränkten Armen zu und lächelte wehmütig. Natürlich war die Königin dabei, sie trug ein kornblumenblaues, eng tailliertes Gewand, das ihre weiße Haut wunderbar zur Geltung brachte. Seit jenem leidenschaftlichen Kuss im letzten Herbst hatte er sich von Barbara von Cilli ferngehalten. Monatelang war er als ritterlicher Gefolgsmann mit dem König durchs Land gezogen, dann, zurück in Budapest, hatte er ihre Nähe gemieden, um die unmögliche Liebe nicht wieder aufflammen zu lassen. Inzwischen glaubte er, darüber hinweg zu sein, aber jetzt, als er sie sah, wusste er, dass dem nicht so war. Er hatte nur Augen für sie.

Unvorsichtig wagte er sich ein paar Schritte aus den Büschen, um besser sehen zu können, als die Hofdamen ihn auch schon entdeckten, riefen und winkten. Er lachte und wollte sich zurückziehen, doch drei von den Mädchen waren schon herübergelaufen und zogen ihn an Kragen und Ärmeln in die Mitte des Reigens, so sehr er sich auch scherzhaft wehrte. Eine schlang ihm das Band um die Augen, eine drehte ihn ein paar Mal im Kreis, und dann war er auch schon der Mittelpunkt des Spiels. Er fügte sich ins Unvermeidliche, suchte mit rudernen Armen, lief hierhin und dahin, immer einem anderen Lachen nach. Manche Damen waren sogar so frech, ihn anzufassen, doch wenn er dann herumfuhr und nach ihnen greifen wollte, waren sie weg. Irgendwann gelang es ihm, eine von ihnen zu berühren. Sie schrie leise auf, versuchte, sich ihm zu entwinden, doch da hatte er sie schon um die Taille gepackt. »Hab ich dich!«, rief er und riss sich das Tuch vom Kopf. Und dann sah er in ein Paar hellblauer Augen, das er nur allzu gut kannte. Sein Herz setzte einen Schlag aus.

Die anderen kamen herangelaufen und klatschten jubelnd Beifall, während Ezzo einfach nur dastand und sich nicht rührte. Barbara sah ihn an, ihr Mund verzog sich zu einem spöttischen Lächeln. »Ihr dürft mich jetzt loslassen, Herr Ezzo!«, sagte sie.

»Verzeiht.« Er lockerte sofort seinen Griff. Die Spielregeln verlangten, dass er ihr nun das zusammengefaltete Tuch um die Augen band. Während er sich zu ihr beugte, um einen Knoten zu schlingen, hörte er ihr Flüstern: »Heut nacht, in meinem Zimmer beim zwölften Glockenschlag.« Dann war sie weg.

Wie betäubt lief Ezzo zurück zum Kloster. Sie liebte ihn noch!

Der Abend wollte einfach nicht vorübergehen, und Ezzo hing seinen Gedanken nach. Er wusste, der König war längst zu Bett gegangen; ihn schmerzte eine Verletzung, die er sich kürzlich bei einem Sturz vom Pferd zugezogen hatte. Ezzo hatte Sigismund in den letzten Monaten kennengelernt. Der König war jetzt Anfang vierzig, mehr als doppelt so alt wie seine junge Frau. Er hatte sie in zweiter Ehe geheiratet, wohl auch wegen ihrer Schönheit, aber in erster Linie, um sich den böhmischen Adel gewogen zu machen. Ezzo wusste, dass die beiden ein Kind miteinander hatten, eine Tochter, die abgeschirmt vom Hof mit Zofen und Kindermädchen aufwuchs. Er hatte sie noch nie gesehen. Und Ezzo wusste auch, dass Sigismund kein Kostverächter war, was die Frauen betraf. In jeder Stadt, auf jeder Burg, die ihn mit seinem Gefolge aufnahm, hatte er ein Mädchen. Er ließ sich nur die Schönsten bringen, und er machte überhaupt kein Geheimnis daraus. Schließlich war er der König und konnte tun und lassen, was er wollte. Durfte er da von seiner Frau überhaupt Treue erwarten? War es nicht eine lässliche Sünde, einen solchen Mann zum Hahnrei zu machen?

Als es spät genug war, stand Ezzo auf und verließ das Refektorium unauffällig. Er hatte herausgefunden, dass die Damen im Ostflügel des Klosters untergebracht waren; die Königin schlief in den eigens dafür hergerichteten Gemächern des Abtes, die zur Donau hinausgingen. Leise öffnete er die Tür und ging hinein. Kerzen brannten, und es roch nach frischen Kräutern – man hatte Melisse und Lavendel unter die Binsen gemischt, die den Steinboden bedeckten.

Sie saß in der Fensternische, eine Laute in der Hand, und sah in die Dunkelheit hinaus. Dort draußen, gleich unterhalb der Mauer, strömte die Donau, nahm langsam und gelassen ihren Weg zum Meer. Unbemerkt trat Ezzo näher, als die Königin mit feiner, leiser Stimme zu singen begann.

»Es stuont ein frouw alleine	*Es stand eine Frau alleine*
und warte über heide	*und sah über die Heide*
und warte ir liebes.	*und schaute aus nach ihrem Liebsten.*
So gesach si valken fliegen	*Da sah sie einen Falken fliegen.*
So wol dir valke daz du bist!	*Glücklich bist du, Falke!*
Du fliugest, swar dir liep ist.	*Du fliegst, wohin du willst.*
Du erkiusest dir in dem walde	*Du wählst dir im Wald*
einen boum, der dir gevalle.	*einen Baum, der dir gefällt.*
Also han ouch ich getan:	*Genauso habe ich's gemacht:*
Ich erkos mir selbe einen man,	*Ich habe mir einen Mann ausgesucht,*
den erwelten mine ougen ...«	*den erwählten meine Augen ...*

Mit drei Schritten lag er vor ihr auf den Knien.

»Du bist gekommen«, sagte sie und stellte die Laute weg. »Es hat lange gedauert ...«

»Ich dachte, es sei Euer Wunsch gewesen.« Ezzo nahm ihre Hände. »Gott weiß, ich habe versucht, Euch zu vergessen ...«

»Schscht.« Sie legte die Stirn an seine. »Jetzt bist du ja bei mir.«

Draußen auf dem Gang erklangen Schritte, kamen näher, gingen vorbei. Ezzo spürte, wie sie erstarrte. »Wir müssen vorsichtig sein, Liebster. Der König ist misstrauisch und eifersüchtig. Und er hasst mich. Er wartet nur auf eine Gelegenheit, mich zu vernichten.«

»Wie sollte er? Ihr seid die Königin!«

Sie lachte freudlos auf. »Weißt du, wie viele von uns schon ihr Leben in finsteren Kerkern beendet haben?«

»Ihr nicht.« Zärtlich küsste er ihre Fingerspitzen. »Ich werde Euch nie im Stich lassen! Barbara von Cilli, ich bin Euer Ritter mein Leben lang, das schwöre ich! Wenn Ihr mich braucht, werde ich da sein.«

Die Königin wurde wieder fröhlich; scherzhaft zog sie ihn am Ohrläppchen. »Ein Leben ist lang, mein Freund! Ihr versprecht viel! Dabei würden mir die nächsten drei Jahre auch genügen.«

»Nun denn«, lachte er, »auf drei Jahre gehöre ich Euch, bei meiner Seele, nur Euch und niemandem anders, ich gelobe es!«

Sie wurde ernst. Langsam stand sie auf, ging in die Mitte des Raums. »Ich nehme deinen Schwur an, Ezzo von Riedern. Und ich gebe dir etwas dafür als Lohn.« Sie löste die Spange, die ihr langes Abendgewand vor der Brust zusammenhielt. Der Stoff glitt zu Boden.

Ezzo sah sie nur an. Sie hatte kleine Brüste, eine schmale Taille, breite Hüften, eine rasierte Scham – wie die nackten Engel auf den wenigen Gemälden, die er kannte. Ihre Haut leuchtete sogar im goldenen Kerzenschein noch weiß. Sie war perfekt, so perfekt, dass er nicht wagte, sie zu berühren. Ihre Lippen öffneten sich zu einem Lächeln, lockten ihn. Da ging er auf sie zu. »Diesmal schickst du mich nicht mehr fort«, flüsterte er mit rauer Stimme. Dann hob er sie hoch und trug sie zum Bett.

Der Morgen schlich sich sacht und leise über den Fluss und sandte Rosenduft durchs offene Fenster. Ihre beiden nackten Körper lagen ineinander verschlungen unter den zerwühlten Laken. Sie waren erst eingeschlafen, als draußen die ersten Hähne gekräht hatten. Die Kerzen waren heruntergebrannt.

»Aus dem Weg!«

Barbara schrak hoch, kreidebleich. Sie kannte diese Stimme. Hastig rüttelte sie Ezzo wach. »Schnell, du musst weg!«

Die Tür sprang auf, und eine der königlichen Zofen stand da, völlig aufgelöst. »Herrin, verzeiht, ich konnte ihn nicht aufhalten«, keuchte sie atemlos. Ein paar kräftige Arme schoben sie zur Seite, und dann war er im Schlafzimmer, das Gesicht wutverzerrt, den Dolch in der Rechten: Sigismund.

Ezzo sprang nackt, wie er war, aus den Kissen und stellte sich schützend vor die Königin, die hinter ihm auf dem Bett kniete. »Es ist alles meine Schuld, Majestät!«, stieß er hervor. »Sie kann nichts dafür! Tötet mich, aber verschont sie.«

Sigismund hielt inne und starrte seinen jugendlichen Widersacher ungläubig an. Dann brach er in lautes Lachen aus. Nicht zu glauben! Der war ja tatsächlich ein Unschuldslamm, noch nicht trocken hinter den Ohren! So einen konnte man wohl kaum als ebenbürtig erachten – den Jungen für seine Verfehlung umzubringen wäre unter der Würde eines Edelmanns. Kopfschüttelnd steckte Sigismund den Dolch weg und schnaubte. »Geh mir aus den Augen, Ezzo von Riedern, und lass dich nie wieder blicken. Verschwinde!«

Nun war es an Ezzo, ungläubig zu schauen.

»Ihr fragt Euch, warum ich Euch am Leben lasse?« Der König zuckte die Schultern. »Weil ich mein Weib kenne.« Er ging an Ezzo vorbei zur Bettstatt und blickte voll Verachtung auf seine Frau herunter, die inzwischen ein Leintuch um sich geschlungen hatte. Dann holte er unvermittelt aus und schlug Barbara mit dem Handrücken ins Gesicht. Sie schrie auf, ein kleines Blutströpfchen erschien in ihrem Mundwinkel. Sigismund spuckte aus, dann wandte er sich ab und ging.

Inzwischen hatten sich mehrere Zofen im Schlafzimmer versammelt. Ezzo streifte sich hastig Hemd und Hose über und schlüpfte in seine Stiefel. Auch die Königin hatte sich einen Umhang überwerfen lassen. Dann standen sie sich gegenüber, und er wusste nicht, was er sagen sollte.

»Wohin wirst du gehen?«, fragte sie schließlich.

»Irgendwohin. Aber was geschieht mit dir?«

»Gar nichts.« Sie lächelte ihn an. »Noch kann er sich nicht leisten, mich anzutasten. Er will keinen Ärger mit Böhmen. Aber du – mach dich auf den Weg, bevor er es sich anders überlegt.«

Er griff nach seinem Wams, das am Boden lag. Es war nicht der Augenblick für einen Abschiedskuss. »Leb wohl«, sagte er leise und ging zur Tür. Ihm war zum Heulen.

»Was ist mit deinem Schwur?«, rief sie ihm hinterher.

Er drehte sich um, breitete die Arme aus. »Ich bin dein Ritter, mein Leben, meine Ehre und meine Treue gehören dir.«

»Lass mich wissen, wo du dich aufhältst«, bat sie.

Ezzo nickte. »Wenn du mich brauchst, schick nach mir.«

»Drei Jahre?«

»Drei Jahre.«

Dann war er zur Tür hinaus.

Noch bevor die Gesellschaft sich zur Frühsuppe im Refektorium versammelte, ließ sich Ezzo vom Fährmann des Klosters zum westlichen Ufer übersetzen. Mit versteinertem Gesicht und Verzweiflung im Herzen bestieg er im Schilfgrund seinen Schimmel und galoppierte nach Budapest, als sei der Teufel hinter ihm her. Auf der Burg holte er sich Schwert, Schild und Brustpanzer, alles andere würde ihm nur hinderlich sein. Dann verließ er die königliche Stadt durch dasselbe Tor, durch das er sie vor mehr als fünf Jahren betreten hatte. Nichts war ihm geblieben außer seiner Ritterwürde. Und dem Schwur, der in den nächsten Jahren sein Leben bestimmen sollte.

Irgendwo zwischen Brügge und Lüttich, zur selben Zeit

Es war wie der Schritt in ein neues Leben: Seit Ciaran den Boden des Festlands betreten hatte, war sämtliche Anspannung von ihm abgefallen. Alles lag hinter ihm: Seine Jahre im Kloster, seine Zeit bei den Lollarden, die Angst vor den Häschern des Erzbischofs. Er musste sich nicht mehr zwischen zwei Glaubensrichtungen entscheiden, musste sich nicht mehr verstecken. Nur diese letzte Aufgabe hatte er noch hinter sich zu bringen: Nach Böhmen zu reisen und Wyclifs Vermächtnis zu übergeben. Danach war er frei.

Das Mönchshabit kam ihm nur noch vor wie eine groteske Verkleidung, als sie von Brügge aus zu Fuß, wie es echte Mönche tun würden, den Weg nach Südosten einschlugen. Niemand folgte ihnen, zumindest konnten sie niemanden ausmachen. Es schien, als seien sie entkommen und in Sicherheit. Wenn alles gut ging, würden sie spätestens im Frühling Prag erreicht haben.

Die Menschen in den Dörfern, durch die sie kamen, erwiesen sich als gutmütig und gastfreundlich. Ciaran war ein bisschen enttäuscht, dass niemand sein Deutsch verstand, aber dann begriff er, dass er sich noch zu weit westlich befand. Dennoch kamen sie gut zurecht. Sie machten Quartier in Wirtshäusern oder bei Bauern, die ihnen gern für ein paar Münzen einen Schlafplatz richteten. Und Ciaran lernte schnell, sich auch ganz ohne Worte mit den rosigen blonden Mädchen zu verständigen, die es hier überall gab. Anfangs war es ihm gar nicht bewusst, aber selbst in seiner Kutte und mit Tonsur strahlte er etwas aus, das die Frauen mochten. Viele schauten ihm verstohlen nach, fühlten sich angezogen von seinen meerblauen Augen und der anmutigen Art, wie er sich bewegte. Und sobald er abends seine geliebte Clairseach auspackte und zu spielen begann, lagen sie ihm endgültig zu Füßen. Will und Connla amüsierten sich königlich, stachelten ihn auf und drängten ihn so lange, bis er schließlich eines Abends alle mönchische Zurückhaltung ablegte und mit einer drallen Milchmagd im Stroh verschwand.

Von dieser Nacht an begann Ciaran, die Frauen zu lieben. Es war ganz anders gewesen als damals mit Brid. Ohne schlechtes Gewissen, ohne Heimlichkeit. Zum ersten Mal war er mit einem Mädchen »ein Fleisch geworden«, wie sie es im Kloster augedrückt hatten, hatte seinen Samen nicht auf die Erde vergossen. Es war das Wunderbarste, was er je erlebt hatte, so wunderbar, dass er nie wieder darauf verzichten wollte. Wie konnte es sein, dass die Kirche die Lust als etwas Schlechtes hinstellte? War der Mensch nicht dafür gemacht? Oh, Ciaran hatte so viel nachzuholen! Selbst im hässlichsten Ding sah er noch eine Schönheit, entdeckte an jedem Mädchen etwas Neues, Faszinierendes, genoss das prickelnde Spiel zwischen Mann und Frau. Jeder seiner kurzen Liebschaften gab er das Gefühl, etwas ganz Besonderes zu sein, und sie blieben glücklich und traurig zugleich zurück, wenn er am nächsten Tag weiterzog. »Kannst du mir vielleicht mal sagen, wie du das machst?«, fragte Will nach ein paar Wochen neidisch. Und Ciaran antwortete grinsend: »Das lernt man im Kloster.« Worauf Connla trocken bemerkte: »Du siehst erschöpft aus, mein Freund. Zu wenig Schlaf. Wenn du so weitermachst, schaffst du's nicht mal bis an den Rhein.«

So näherten sie sich der Stadt Lüttich. Inzwischen hatten sie sich ein struppiges Eselchen gekauft, das ihren Proviant, die Decken und Rucksäcke und Ciarans Harfe trug. Sie hatten dem Grautier eine Pilgermuschel umgehängt, und so zockelte es meist brav neben ihnen her, wedelte mit den großen Ohren und verlieh ihnen erst recht den Anschein wandernder Mönche.

In einem Dorf, dessen Namen sie nicht verstanden, machten sie Rast für die Nacht. Sie kehrten in einer gemütlichen Taverne ein. Ciaran entdeckte sofort das Schankmädchen, das rötlich-trübes Bier aus einem riesigen Fass zapfte. Sie war nicht besonders hübsch, hatte aber lustige Sommersprossen, eine Stupsnase und ein ansteckendes Lachen. Fröhlich bediente sie die drei Mönche, aber es dauerte nicht lange, da begann Ciaran sein Spiel. Er neckte sie, sprach mit ihr in einem deutsch-französisch-englischen Kauderwelsch, das er selber kaum verstand, aber sie begriff sein Werben auch ohne Worte. Als die Nacht hereinbrach und der Wirt begann, die Lichter zu löschen, stiegen Will und Connla ohne ihren Freund die Leiter zur Dachstube hoch, in der man ihnen ein Lager gerichtet hatte.

Am nächsten Morgen waren die beiden schon bei Sonnenaufgang auf den Beinen. Sie hatten vereinbart, dass ein Bauer aus dem Dorf, der Verwandte in Lüttich besuchen wollte, sich ihnen als Führer anschloss. Der Mann wartete schon vor der Taverne, ein großes gelbes Käserad auf dem Rücken. Ciaran schlief noch in der Kammer seiner nächtlichen Eroberung, die in einem windschiefen Nebengebäude lag.

»He, Ciaran, bist du wach?« Will klopfte an die Tür. Drinnen hörte er das Mädchen kichern.

»Wir wollen los, Mann, sonst schaffen wir es nicht bis Lüttich. Komm schon.«

Ciaran setzte sich auf und machte Anstalten, seine Kutte überzustreifen. Doch dann zog ihn ein Paar weiblicher Arme von hinten auf den Bettsack zurück. »Noch nicht«, flüsterte sie und knabberte an seinem Ohrläppchen. Ihre Hand glitt zwischen seine Schenkel, und er stöhnte genüsslich auf. »Geht schon vor«, rief er durch die geschlossene Tür. »Ich hol euch dann ein.«

Will zuckte die Schultern. »Na gut. Aber beeil dich.«

Das Mädchen lächelte, als Ciaran sich zu ihr herumrollte und das Laken von ihrem nacken Körper zog.

Eine halbe Stunde später war Ciaran auf dem Weg. Er schritt kräftig aus, der Pfad in Richtung Lüttich war trocken und von unzähligen Karrenrädern gut ausgefahren. Er führte erst durch Wiesen, Stoppelfelder und abgeerntete Äcker, dann entlang eines Flüsschens, über dem noch Reste des morgendlichen Herbstnebels waberten. Nach ein paar Meilen entfernte sich der Pfad vom Wasser, und in der Ferne tauchte die Silhouette eines kleinen Waldes auf. Ciaran summte eine Melodie, die ihm die Schankmagd am Abend beigebracht hatte, als er die ersten Bäume erreichte. Ein junger Igel, noch nicht fett genug für den Winter, trappelte eilig vor ihm über den Weg und verschwand im raschelnden Birkenlaub.

Und dann sah er sie.

Connla lag bäuchlings im tiefen Gras, nackt, die Arme weit von sich gestreckt. Sein Schädel war eingeschlagen, weiße Knochensplitter ragten aus einer blutigen Masse von Haaren, Haut und Hirn. Ciaran rannte. Er konnte es nicht fassen, dachte immer nur ein Wort: Nein! Nein! Nein! Ein paar Schritte weiter entdeckte er Will. Auch er war nackt. Seine offenen Augen starrten blicklos ins goldene Laub der Baumkronen. Die Finger der rechten Hand krallten sich noch um den Dolch, den er immer unter der Kutte getragen hatte. In der Brust hatte er zwei Stichwunden, Blut färbte seine Haut und die Erde unter ihm. Ciaran sank neben seinem toten Vetter in die Knie, die Tränen liefen ihm übers Gesicht. Eine ganze Weile kauerte er so und schluchzte, bis er es endlich über sich brachte, Wills Augen zu schließen. Mein Gott, sie hatten sich so sicher gefühlt!

Ein Rascheln riss ihn aus seiner Verzweiflung. Es war der Esel, der durch das trockene Laub auf ihn zutrottete. Ciaran stand auf und griff nach dem von seinem Zaumzeug herunterhängenden Führstrick. Dabei sah er auch den Bauern, der sich seinen Freunden am Morgen angeschlossen hatte. Der Mann lehnte ein paar Schritte weiter mit dem Rücken gegen einen dünnen Baumstamm, den Kopf zur Seite geneigt. Auch er war nackt und voller Blut. In seinem Hals klaffte ein tiefer Schnitt, der von Ohr zu Ohr reichte. Neben ihm lag der zerquetschte Käselaib, den er seinen Verwandten in der Stadt hatte mitbringen wollen.

Ciaran drückte auch ihm die Augen zu, dann erbrach er sich

würgend in einen Busch. Erst eine ganze Weile später war er in der Lage, wieder klar zu denken. Einer der Lollardenbrüder musste unter der Folter geredet haben – er hoffte inständig, dass es nicht Oldcastle gewesen war, sondern einer derjenigen, die ihnen geholfen hatten, die Mönchskutten zu besorgen. Deshalb waren ihnen die Männer Arundels gefolgt, hatten sie überholt und ihnen hier aufgelauert. Will, Connla und der Bauer waren am Morgen in ihr Verderben gelaufen.

Ciaran rappelte sich auf und sah sich um. Die Mörder hatten nicht nur die drei Männer ausgezogen und durchsucht, sondern auch alles Gepäck, das der Esel getragen hatte. Decken und Rucksäcke waren zerschlitzt, die Proviantpakete aufgerissen. Gründliche Arbeit, ihr Henkersknechte, dachte Ciaran. Etwas abseits im Gras fand er endlich, was er gesucht hatte: Seine Harfe, in der Mitte zerbrochen und achtlos weggeworfen. Daneben lag, mit langen Schnitten aufgeschlitzt, das lederne Futteral. Ciaran hob die Clairseach hoch. Er zog sein Messer, setzte die Spitze an einer bestimmten Stelle an und stemmte dadurch einen Teil der Einlegearbeit ab. Dann griff er hinein. Es war noch da! Sie hatten es nicht gefunden! Es war ein trauriger Triumph.

Ciaran ließ sich mit dem Instrument ins Gras sinken. Was sollte er nun tun? Er konnte nicht einmal seine Freunde begraben, ohne Schaufel oder anderes Werkzeug. Vermutlich hätte er ohnehin keine Zeit dazu – er befürchtete, dass die Mörder früher oder später zur Taverne zurückkehren und dort nach dem Manuskript suchen würden. Und dann würden sie erfahren, dass sie mit dem armen Bauern einen Unschuldigen getötet hatten, dass einer der Mönche noch lebte. Er musste schnell hier weg. Müde fuhr er sich mit der Hand über die Augen. Ich halte das nicht mehr aus, dachte er, und ballte die Fäuste. Was hatte er, Ciaran – oder Henry Granville, wie auch immer –, überhaupt mit all dem zu schaffen? Wieso sollte ausgerechnet er diesen Kampf durchfechten? Er war kein Lollarde. Er konnte nichts für den Glauben seiner Eltern. Wie kam er überhaupt dazu, sein Leben für deren Sache aufs Spiel zu setzen? Eins war klar: Er wollte nicht mehr. Aus, Schluss, vorbei. Das Maß war voll. Was scherten ihn Wyclif oder dieser böhmische Priester? Er wollte sich nicht aufopfern für eine

Aufgabe, die nicht seine war. Und schon gar nicht wollte er dafür sterben. Ab jetzt ging ihn das alles nichts mehr an. Ab jetzt würde er sein eigener Herr sein!

Mit einem Ruck erhob sich Ciaran aus dem Gras. Das Wichtigste war jetzt, den Häschern nicht doch noch in die Hände zu fallen. Sie würden nach einem Mönch suchen, also zog er sich hastig aus und schlüpfte in die zerrissenen Sachen des toten Bauern. Einen Augenblick zögerte er, dann holte er das Manuskript aus der Harfe und stopfte es in seinen Rucksack. Sei's drum. Diese Schweine sollen es nicht kriegen, dachte er trotzig. Er steckte die Teile seiner Harfe in das zerschnittene Futteral und warf es sich über die Schulter. Dann warf er einen letzten Blick auf die Toten und stapfte durch das Unterholz in Richtung Norden.

Aus den Werken Abaelards über die Juden

... Keine Nation hat je derartiges für Gott erlitten. Unter alle Nationen zerstreut, ohne König oder weltliche Fürsten, werden die Juden mit schweren Steuern bedrückt, als ob sie jeden Tag von neuem ihr Leben loskaufen sollten. Die Juden zu misshandeln, hält man für ein Gott wohlgefälliges Werk. Denn eine solche Gefangenschaft, wie sie die Juden erleiden, können sich die Christen nur aus dem höchsten Hass Gottes erklären. Das Leben der Juden ist ihren grimmigsten Feinden anvertraut. Selbst im Schlaf werden sie von Schreckensträumen nicht verlassen. Außer im Himmel haben sie keinen sicheren Zufluchtsort. Die christlichen Fürsten wünschen in Wahrheit ihren Tod, um ihren Nachlass an sich zu reißen. Äcker und Weingärten können sie nicht haben, weil niemand da ist, der ihren Besitz garantiert. Also bleibt ihnen als Erwerb nur das Zinsgeschäft, und dieses macht sie wieder bei den Christen verhasst ...

München, Ostern 1414

Der Mann stand schon eine ganze Weile an der Bretterwand des Schweinekobels und beobachtete die Kinder, die am Kaltenbach spielten. Es war Gründonnerstag, und an dem kleinen Wasserlauf herrschte vor dem Feiertag reges Treiben. Hausfrauen fleihten Schleier und Tücher, Mägde schöpften mit dickbauchigen Krügen fließendes Wasser für die Osterweihbräuche, zwei Handwerksburschen wuschen ihre Füße. Unterhalb des schmalen Holzstegs ließen ein paar Buben Rindenschiffchen schwimmen, die Mädchen hockten dabei und schaukelten ihre Lumpenpüppchen in den Armen. Ein Scherenschleifer hatte seinen Schleifstein auf dem Platz aufgestellt und pries seine Dienste an. Vom Kirchturm schlug es die fünfte Stunde. Der Mann ging langsam hinüber und ließ für einen kleinen Obolus sein Messer schärfen.

Martin war schmal und dünn für seine acht Jahre und auch nicht besonders gescheit, ersteres lag daran, dass er das jüngste Kind von fünf Geschwistern war und sein Vater nur ein einfacher, »brotender« Nadlersgeselle, der zwar ein paar Lebensmittel als Lohn, aber kaum Geld heimbrachte. Die Mutter arbeitete als Waschmagd bei einigen wohlhabenden Bürgern, und seine älteren Brüder klauten, was sie kriegen konnten, nur so ließen sich die vielen Mäuler wenigstens an ein paar Tagen in der Woche stopfen. Martin durfte bei den Brüdern nicht mit, weil er langsam und schwer von Begriff war, er hätte sich von jedem halbwegs pfiffigen Stadtknecht einfangen lassen. Also blieb er fast den ganzen Tag allein und spielte, bis am Abend die Familie wieder in der zugigen Dachstube zusammenkam, die ihnen der alte Tobler-Michel im Kotgässchen für ein paar Pfennige überließ.

Martins Magen knurrte. Seit ein paar gemusten Hirsekörnern am Morgen hatte er nichts gegessen. Während er so darüber nachdachte, wie gut wohl ein Stücklein Brot mit Hartkäse schmecken würde, wie es der alte Scherenschleifer da drüben grade aß, schwamm ihm sein Schiffchen davon, den Bach hinab. Er sprang auf und rannte hinterher, versuchte es zu erhaschen, aber das Wasser floss zu schnell, und unten beim Stadel vom Bernauer wurde der Lauf breiter und das Schiffchen schwamm in der Mitte, wo er es nicht mehr erwischen konnte. Enttäuscht schob er die Unterlippe vor, blieb stehen und sah traurig seinem Rindenschifflein nach, wie es zwischen den Kieselsteinen bachabwärts hüpfte.

»Na, so ein Pech«, sagte jemand hinter ihm. »Das schwimmt jetzt ins große Meer.«

Martin sah hoch zu dem Fremden, der ihn freundlich anlächelte. »Weg ist's«, jammerte er. »Wo ich's so schön gebastelt hab mit meinem Bruder.«

»Du bist doch der Bub vom Schusters Fritz aus der Kotgasse, hm?«, fragte der Mann.

Martin freute sich. Der Mann kannte ihn! »Ja«, antwortete er, »ich bin der Martel, und ich bin schon acht.«

Der Mann hockte sich neben ihn ins Gras, zog eine goldgelb gebackene Honigpastete aus der Tasche und biss herzhaft hinein. Martin lief das Wasser im Mund zusammen, die Augen fielen ihm bald aus dem Kopf. »Magst auch was?«, fragte der Mann. Er hatte ein Bärtchen am Kinn, das lustig wippte, wenn er kaute. »Ja«, sagte Martin hoffnungsvoll. Da brach der Mann seine Pastete entzwei und hielt ihm die Hälfte davon hin. Martin ließ sich neben seinem neuen Freund nieder und stopfte sich die klebrige Süßigkeit gierig in den Mund.

»Musst dir halt ein neues Schifflein basteln«, meinte der Mann irgendwann, nachdem sie fertig gegessen und anschließend gemeinsam eine ganze Menge Steinchen ins Wasser geworfen hatten. »Aber nicht so ein kleines. Ein großes, mit schönem Papier, und einem Holzspreißel als Mast, und vielleicht einem Stofffetzen als Segel.«

Martin überlegte. »Kann ich nicht, mit Papier und so Sachen. Ist mir zu schwer.«

»Ei, soll ich's dir wohl zeigen?«

Martin überlegte wieder. »Ja.« Er sah den Mann erwartungsvoll an. Der stand jetzt auf. »Drüben hinter dem alten Schuppen vom Bernauer hab ich vorhin ein paar alte Lumpen gesehen, die taugen für ein Segel. Ein Holzstöcklein finden wir da auch. Und Papier hab ich.« Er zog ein beschriebenes Blatt, wohl einen Brief, aus seinem Wams.

Martin lachte übers ganze Gesicht. Dann fiel ihm etwas ein. »Aber ich muss bald heim«, meinte er.

Der Mann lächelte. »Ach, das geht schnell. Und dann bring ich dich heim zu deinen Eltern, die kenn ich gut, die werden sich freuen. Komm.«

Die Finger des Mannes legten sich fest um Martins schmutzige Kinderhand, und der Junge sah vertrauensvoll zu ihm auf. Dann ging er brav mit.

Abends liefen Martins vier Brüder durch die Gassen, fragten überall nach dem Buben. Sie schauten an seinen Lieblingsplätzen nach, krochen in sämtliche Ecken und Löcher, vergeblich. Der Bub war wie vom Erdboden verschluckt. Schließlich benachrichtigten die sorgenvollen Eltern früh am nächsten Morgen den Viertelmeister, der wiederum dem Stadtknecht Bescheid gab. Ein Suchtrupp durchkämmte das ganze Viertel, obwohl man am Karfreitag weiß Gott lieber in die Kirche gegangen wäre. Ab Mittag schlossen sich immer mehr Leute den Suchenden an, und die Aufregung wuchs. Irgendwann erzählte ein Mädchen, dass der Martel am Tag vorher am Kaltenbach gespielt hatte, und ein anderes erinnerte sich, dass er mit einem fremden Mann weggegangen war. Alles konzentrierte sich nun auf den Bach und seine Ufer.

Hinter dem Schuppen, der direkt an den Wasserlauf gebaut war, wurde das Bächlein durch ein Brett aufgestaut und bildete eine tümpelartige Ausbuchtung. Hier hingen ein paar Fischkästen, in denen der Stadtfischer seine fetten, silberglänzenden Isarforellen bis zum Verkauf aufhob und mit Setzlingen eine kleine Fischzucht betrieb. Ein Entenpärchen flatterte laut schnatternd auf den vordersten Kasten und begann, sich ausgiebig zu putzen. Nachdenklich sah einer der Suchenden zu. Er scheuchte die Vögel weg, hob den locker aus Weiden geflochtenen Deckel des ersten Kastens hoch – und prallte zurück. Der Stadtknecht schaute ihm über die Schulter und murmelte: »Heiligemariamuttergottes.« Dann brüllte er: »Hierher! Kommt alle her!«

Sie legten den Martel vorsichtig auf die Bleichwiese, als ob sie ihm jetzt noch wehtun könnten. Sein nackter, magerer kleiner Körper war mit unzähligen Messerstichen fürchterlich zugerichtet, es war ein entsetzlicher Anblick. Schneeweiß leuchtete seine Haut im Sonnenschein, als sei kein Tropfen Blut mehr in ihm. Da drängte sich auch schon seine Mutter durch die Menge der Umstehenden und brach laut schreiend über ihrem jüngsten Sohn zusammen. Ihr Schluchzen und Weinen war herzzerreißend. »Wie die Schmerzensmutter«, murmelte jemand. Auch die Brüder und der Vater waren inzwischen da, ein Bild des Jammers. Die Menschen standen dabei, bedrückt, erschüttert und zutiefst aufgewühlt. Eine Frauenstimme fragte: »Bei allen Heiligen, wer bringt so was fertig?«

»Und das am Osterfest!«, ergänzte ein anderer.

»Das war kein Mensch, wo das gemacht hat«, raunte ein dritter.

»Ein Teufel muss das gewesen sein.«

»Oder vielleicht ein Dämon?«

»Es soll auch Hexen geben, die Kinder töten, um an ihr Fett zu kommen …«

So gab jeder seine Meinung zum Besten, während der kleine Martel bleich und still dalag. Und irgendwann raunte einer: »Die Juden. Das waren die Juden!«

»Genau!«, kreischte ein Weib. »Verflucht sollen sie sein!«

Diese Sätze hörte der Salzhändler Nierlinger, der ganz hinten in der Menge stand, ein angesehener Münchner Bürger aus guter Familie, der sich am Nachmittag aus lauter Langeweile an der Suche nach dem Buben beteiligt hatte. Ihm gehörte ein schönes, großes Fachwerkhaus im Tal, die Geschäfte liefen nicht schlecht, und er hätte eigentlich keine Sorgen haben müssen – wenn da nicht der verdammte Spielteufel gewesen wäre, der ihm im Nacken hockte. In letzter Zeit hatte er mehr verloren als er verkraften konnte und stand deshalb gleich bei mehreren Juden tief in der Kreide. Nierlinger hob den Kopf und blinzelte. Wann hätte er je eine gute Gelegenheit nicht erkannt und beim Schopf gepackt? »Jawohl«, schrie er laut und stieß seinen Nachbarn mit dem Ellbogen an. »Die Juden waren's!« Der riss die Augen auf.

»Die Juden, das Mörderpack!«, pflichtete von irgendwoher jemand bei. »Jetzt bringen sie schon unschuldige Kinder um!«

»Das weiß doch jeder, dass die so was machen!«, stimmte der Stadtknecht zu.

»Blut, sie wollen ihr Blut!«, keifte ein altes Weib heiser. »Das sammeln sie in wachsgetränkten Beuteln und trinken es bei ihren gottlosen Zusammenkünften.«

»Genau! An Ostern machen sie's, grad unserem Herrgott zum Hohn.«

»Mörder!«

»Ach Gott, der arme unschuldige Bub!«

»Die sollen bekommen, was sie verdienen!«

»Judenschweine, elendige!«

In der Menge brodelte es. Niemand war da, die aufgewühlten Leute zu beruhigen, und der Nierlinger warf geschickt hier und da einen Satz ein, um Wut und Zorn noch zu steigern. Irgendwann schrie ein Weib mit schriller Stimme: »Bringt sie doch alle um, die Christusmörder! Los, bringt sie um!«

»Ja, lasst sie büßen!« Das war wieder Nierlinger. »Die grausligen Frevler! Christus selbst haben sie geschändet, heut, am heiligen Kartag!«

Dann schrie alles durcheinander. Die Männer setzten sich in Bewegung; an der Spitze des Haufens marschierte der Stadtknecht mit gezogenem Schwert. Ihr Ziel war die Judengasse. Am Anfang gingen sie noch, dann rannten sie im Laufschritt, Zeter und Mordio brüllend. Sie hatten Messer, Dolche, Spieße, Knüppel, und in ihren Augen brannte Mordlust.

Sara saß am rückwärtigen Fenster in ihrem Studierstübchen unterm Dach, als sie den Lärm hörte. Noch war die wütende Meute weit weg, aber die Schreie, das Klirren von Glas, das Brechen von Holz, wenn eine Tür eingerannt wurde, verhießen nichts Gutes. Sie legte ihr Buch weg und rannte über die schmale Stiege nach unten. Jehuda und Jettl standen mit sorgenvoller Miene in der Küche.

»Habt ihr das gehört?«, fragte sie atemlos. »Es kommt von der Synagoge her!«

»Wenn es das ist, was ich befürchte, dann ...«, sagte ihr Onkel. Sie hatte ihn noch nie so bleich gesehen.

Jettl rang die Hände. »Ja, was ist es denn?«

»Eine Judenhatz! Sie bringen alle Juden um, die sie finden können!«

Ein unterdrückter Aufschrei von Jettl. Sara spürte, wie alles Blut aus ihrem Gesicht wich. »Aber warum?«

Jehuda schob die beiden Frauen zur Hintertür. »Ich habe so etwas schon einmal erlebt, in Spanien. Sie lassen all ihre Wut an uns aus. Schnell, wir haben keine Zeit zu verlieren!«

»Aber wir haben ihnen nichts getan«, protestierte Sara.

»Sei jetzt still und geh mit Jettl in die Holzlege. Ihr versteckt euch hinter dem Holzhaufen. Ich komme gleich nach.«

»Was willst du tun?«

Onkel Jehuda schubste die beiden zur Tür hinaus. »Ich muss noch ein paar Dinge zusammensuchen. Los jetzt!«

Voller Angst hasteten die beiden Frauen zum Schuppen und quetschten sich in den schmalen Zwischenraum zwischen dem aufgeschichteten Brennholz und der Bretterwand. Jehuda raffte währenddessen hastig die wichtigsten medizinischen Instrumente zusammen und stopfte sie in eine große lederne Tasche. Dann hob er mit einiger Anstrengung eines der Dielenbretter hoch, holte einen kleinen Zugbeutel heraus und tat ihn dazu. Anschließend wühlte er in fieberhafter Eile in seiner Büchertruhe, zog endlich den gesuchten Band hervor und steckte ihn ebenfalls hinein. So schnell er konnte, rannte er in die Holzlege und reichte die Tasche den beiden Frauen zu. Sara und Jettl drückten sich eng aneinander, um Platz für ihn zu machen, aber er machte keine Anstalten, hinter den Holzstoß zu kriechen. Stattdessen sagte er: »Ihr bleibt hier und rührt euch nicht, was auch geschieht. Es hat keinen Sinn, auf die Straße zu flüchten, dort lauft ihr nur den Mördern in die Hände.« Dann war er fort, noch bevor Sara fragen konnte, was er vorhatte.

Jettl stöhnte auf und zog den Zipfel ihres Schleiers vors Gesicht. »Oj, er will Kiddusch Haschem machen«, jammerte sie voller Verzweiflung, »oj, oj.«

Saras Herz setzte einen Schlag aus. Kiddusch Haschem, das war die »Heiligung des Heiligen Namens«, die Verherrlichung des Herrn durch den Tod, das Aufsichnehmen des Martyriums für den jüdischen Glauben. Die Kämpfer gegen die römische Eroberung in der Festung Masada hatten dies getan und waren durch ihren Selbstmord als Helden in die Geschichte ihres Volkes eingegangen. Und bei den Verfolgungen während des Ersten Kreuzzuges hatten auch viele rheinische Juden diesen Weg gewählt, anstatt sich zwangsbekehren oder abschlachten zu lassen.

»Das kann er doch nicht tun«, sagte Sara.

»Doch.« Jettl schloss die Augen. »Er wird in der Welt, die da kommen wird, das große Licht erblicken, amejn.«

Sie umarmten sich verzweifelt und kauerten sich in dem engen Spalt dicht aneinander. Draußen wurde es laut, jemand brüllte, eine Butzenscheibe zerbarst durch einen Steinwurf. Sara spürte, dass sie am ganzen Körper zitterte. Jettl betete. Und dann, plötzlich, machte sie sich von Sara los. »Ich muss zu ihm«, sagte sie, und ihre Stimme klang gefasst. »Ich kann ihn doch nicht alleine gehen lassen.«

»Nein, Jettl!«

Sara wollte nach ihr greifen, sie festhalten, aber die alte Magd schüttelte den Kopf. »Was soll ich denn ohne ihn auf der Welt?«, sagte sie leise. Dann war sie auch schon hinter dem Holzstoß vorgekrochen, und noch ehe Sara es hätte verhindern können, hatte sie geschickt ein Brett schräg in die Öffnung gespreizt. Sara rüttelte daran, aber es gelang ihr nicht, die Latte von innen zu entfernen. Sie war eingeschlossen.

Sie hatten die Tür des Doktorhauses mit Äxten zertrümmert und waren in den Flur gestürmt, eine Handvoll blutrünstiger Männer, die nichts als Mord und Rachedurst im Herzen trugen. »Wo seid ihr, Judensäcke?«, schrie einer mit heiserer Stimme, »Kommt heraus!«

Sie durchkämmten das Haus, schlugen die wenigen Möbel kurz und klein, steckten alles Wertvolle in Säcke, die sie vorsorglich mitgebracht hatten. Bis sie im ersten Stock auf eine verschlossene Tür stießen. Einer rammte seine Schulter dagegen, das Türblatt barst entzwei, und dann standen sie in Jehudas Schlafkammer. »Rache für Martel!«, brüllte einer.

Der alte Arzt saß auf dem Bett, den Gebetsmantel umgelegt, die Riemen der Armtefillin um den Unterarm geschlungen, auf der Stirn das kleine quadratische Gehäuse der Kopftefillin, wie es der Brauch verlangte. Neben ihm, ihre Hand fest in seiner, saß die treue Jettl. Ruhig und gefasst, geborgen in der Gewissheit ihres Glaubens, sahen die beiden ihren Mördern entgegen.

»Wir sind bis an die Enden der Welt geschleudert worden«, sagte Jehuda laut und deutlich. »Unsere Thora ist in Babylonien und Medien und Griechenland und Ismael wie auch unter den siebzig Völkern jenseits der Flüsse Äthiopiens anzutreffen, dort werdet ihr sie finden. Unser Leib ist in eurer Hand, nicht aber unsere Seele.«

Da rammte ihm einer das Schwert bis zum Heft in den Bauch.

Sara hörte Jettls Schrei, der plötzlich in einem Gurgeln erstarb. Sie kauerte sich in die hinterste Ecke ihres Verstecks, und die Angst schnürte ihr die Kehle zu. Die Zeit schien stillzustehen, sie hatte kein Gefühl mehr dafür, wie lange sie schon da hockte. Dann dröhnten Schritte im Hinterhof. Eine Männerstimme sagte laut: »Die Junge fehlt noch! Sucht sie!« Die Schritte kamen näher, immer näher, bis sie dicht neben dem Holzstoß waren. Das Brett wurde weggerissen. »Schau an, wen wir da haben!«, knurrte jemand. Dann fühlte Sara sich am Arm gegriffen und grob herausgezogen. Hände schleuderten sie zu Boden. Sie schrie, hörte nicht mehr auf zu schreien. Sie wartete auf den Schlag oder den Dolchstich, der sie treffen würde, aber stattdessen zerrten die Männer sie unter Gelächter und Witzereißen weiter, auf die Straße hinaus. Dort waren noch andere. Mit Stangen und Spießen trieben sie Sara durch die Gassen, vorbei an Toten, die sie alle kannte, vorbei an der Synagoge, aus der lichterloh die Flammen schlugen. Sie sah ein Kind vor dem Eingang zur Mikwe liegen, mit verdrehten Gliedern, den Schädel eingeschlagen und blutig, und erst als sie vorbei war, dämmerte ihr, dass es Jettls Nichte Judith war. Der junge Rabbi hing mit gespreizten Armen an der Tür des Hospitals, ein grausiges Abbild der Kreuzigung Jesu. In seiner Seite steckte eine abgebrochene Lanze. Der Christenmob johlte und kreischte. Sara stolperte, fiel hin, rappelte sich wieder auf. Ihren Schleier hatte sie verloren, ihre Kleider waren zerrissen, das Haar hing ihr wirr um den Kopf. Sie spürte keine Trauer mehr, sondern nur noch Hass, abgrundtiefen, brennenden, glühendheißen Hass.

Dann stand sie vor dem offenen Portal der Peterskirche. Die Männer stießen sie hinein, und sie taumelte über die steinernen

Fliesen in die Leere des riesigen Kirchenschiffes. Zum ersten Mal in ihrem Leben befand sie sich in einem christlichen Gotteshaus. Es roch nach Weihrauch, sie kannte den Duft. Langsam drehte sie sich um die eigene Achse und sah sich um. Das Gebäude war unglaublich hoch, weit und lang. Hier musste Platz für hunderte von Menschen sein! Durch bunte Glasfenster fiel das Sonnenlicht ins Innere, rot und blau und golden. Es sah wunderschön aus, eine Schönheit, die sie als Hohn empfand. Sie bemerkte, dass ihre Verfolger die Waffen draußen gelassen hatten – auch den Christen war es nicht gestattet, bewaffnet ihre Kirche zu betreten. Was hatten sie mit ihr vor?

Dann packte sie einer am Handgelenk und zerrte sie vor den Altar, wo er sie in die Knie zwang. Ein anderer drehte ihren Kopf mit Gewalt nach oben, so dass sie den Gekreuzigten anschauen musste, der über dem Altar hing. »Sieh ihn dir an, unseren Gott, Judenhure«, schrie er, »und erkenne seine Macht!«

Sie keuchte. Ihr blieb nichts anderes übrig, als hinzusehen, und sie sah einen fast nackten, toten Mann mit blutenden Wunden, den man an ein Kreuz genagelt hatte. Seine Haut war wächsern, totenbleich, und der Kopf hing ihm auf die Brust. Ein bejammernswerter Anblick. »Ihr tut mit uns dasselbe, was mit ihm gemacht wurde«, stieß sie hervor. »Wie er sterben wir für unseren Glauben!« Ein Tritt in den Rücken warf sie nieder, und sie prallte mit dem Gesicht auf kalten Stein. Jemand zog sie an den Haaren hoch, und dann war da plötzlich ein Kruzifix vor ihren Augen. »Schwör ab!«, keifte eine Stimme. »Ja, schwör ab!«, riefen die anderen. Sie schüttelte wild den Kopf. In ihr brodelte ein Hass, der sie nicht mehr klar denken ließ. Plötzlich hatte sie keine Angst mehr. Sie wusste nur, sie würde sich nicht mit diesem Mördervolk der Christen gemein machen. »Schwör ab!«, dröhnte es in ihren Ohren. Sie richtete sich halb auf. Die Umstehenden wurden still, sie warteten auf die Unterwerfung. Neben sich erkannte sie den Priester der Kirche, der ihr immer noch das Kreuz hinhielt. Er trug ein schwarzes Gewand, schwarz wie eine Krähe, schwarz wie der Tod. Sie sah ihm in die Augen. Triumph spiegelte sich in ihnen. Du wirst diesen Sieg nicht erringen, dachte sie. Und dann, blind vor Wut und Verachtung, spuckte sie auf das Kruzifix.

Sofort spürte sie den Schmerz. Fäuste trafen sie überall, Stiefel-
tritte, die Menge fiel über sie her wie ein Wolfsrudel. Jemand biss
sie in den Schenkel, und sie schrie. Schläge prasselten auf ihren
Kopf. Auf ihrer Zunge lag der Geschmack von Blut, in ihren Ohren rauschte es. Irgendwann hörte sie auf, sich zu wehren, hatte
keine Kraft mehr, lag nur noch da, zusammengekrümmt wie ein
Kind im Mutterleib. Sie würden sie erschlagen, zertreten, würden
nicht eher aufhören, als bis sie tot war. Hier, vor dem Altar dieses
erbärmlichen Christengottes, würde sie sterben, und es war ihr
ganz gleich.

Es war Kiddusch Haschem.

Über Nacht war Ruhe in der Stadt eingekehrt, und mit der Ruhe
kam die Ernüchterung. Herzog Ernst, dem der Ausbruch des Pöbels noch am Abend zugetragen worden war, hatte inzwischen Bewaffnete ausgeschickt, um die Bürgerschaft wieder zur Vernunft
zu bringen und zu verhindern, dass die Judengemeinde noch vollständig ausgelöscht würde. Schließlich war er der Schutzherr der
Münchner Juden. Getobt hatte er ob der Anmaßung und Eigen-
mächtigkeit seiner Untertanen, hatte mit dem Gedanken gespielt,
die Übeltäter zur Rechenschaft zu ziehen. Doch dann beschloss
er, die Dinge in Herrgotts Namen so sein zu lassen, wie sie eben
waren. Er würde dafür sorgen, dass dieser furchtbare Tag nicht in
den Annalen der Stadt auftauchte, dann musste er sich auch für
nichts rechtfertigen. Denn auf ihn und seinen Bruder Wilhelm als
Landesherrn durfte nicht der Schatten einer Schuld fallen, ihre Namen sollten keinesfalls beschmutzt werden mit solch unschönem
Makel …

Ganz früh am nächsten Tag, noch vor der Morgenmesse, öffnete
sich das Seitenportal der Peterskirche, und zwei Gestalten traten
ein, ein vierschrötiger Mann in festem Lodenumhang und eine
rundliche Frau, das Haar züchtig unter einem Kopftuch verborgen. Beide knicksten und bekreuzigten sich. Mit festen Schritten
ging die Frau dann auf eine kleine Wandnische zu, in der ein Abbild des heiligen Christophorus hing, wie er das Jesuskind übers
Wasser trug. Umständlich zog sie eine dicke gelbe Bienenwachs-

kerze unter ihrem Mantel hervor und stellte sie auf den steinernen Sims. Der Mann hatte derweil Feuerstein, Zunder und Schlagring hervorgeholt, schlug einen Funken und zündete damit die Kerze an. Beide knieten zu einem inbrünstigen Gebet nieder. Sie flehten um die gesunde Rückkehr ihres Sohnes, der vor fünf Wochen ein Floß isarabwärts geführt hatte und der eigentlich längst hätte wieder daheim sein sollen. Sie machten sich Sorgen, denn der Fluss war im Frühjahr besonders gefährlich, seit Fastnacht schäumte er vor Hochwasser und strömte noch schneller als sonst in Richtung Osten. Eine ganze Weile verharrten die beiden in ihrer Andacht, dann standen sie auf.

Der Blick der Frau fiel auf etwas Dunkles, das vor dem Hauptaltar auf dem Boden lag. Ein Haufen Kleider oder Lumpen – wer ließ denn so etwas mitten in der Kirche einfach liegen? Sie schaute genauer hin und erschrak – war da eine Bewegung gewesen? Ein Geräusch?

»Franzl, komm«, raunte sie ihrem Mann zu, »da vorn ist was.«

Dann standen sie voller Entsetzen vor dem Bündel Mensch, das da auf dem Steinboden zusammengekrümmt lag. Als Erstes fasste sich der Mann wieder. Er hockte sich neben Sara und tippte sie vorsichtig an, dann rüttelte er an ihrem Arm. Ein Zucken und Stöhnen.

»Heiliger Gott, Afra«, sagte er leise zu seiner Frau, »das muss eine von den Juden sein, die sie gestern hingemacht haben. Vielleicht ist sie hierher vor den Altar geflüchtet.«

»Die kenn ich«, erwiderte Afra, nachdem sie sich ein Stück hinuntergebückt hatte. »Das ist die junge Helferin, die vom Judendoktor.«

Sara tauchte auf aus einem schwarzen Abgrund. Sie versuchte, die Augen zu öffnen, aber sie waren zugeschwollen. Sie konnte nichts sagen, alles war Schmerz, stechender, pochender, mörderischer Schmerz. Nur hören konnte sie. Da redete jemand.

»Was machen wir denn jetzt?«, fragte Afra betroffen.

Ihr Mann zuckte mit den Achseln. »Am besten, wir gehen. Die findet später schon einer.«

»Und bringt sie dann um wie die anderen, ja freilich!«

Der Franz kratzte sich am Bart und sagte eine Zeitlang nichts. Sara wimmerte leise. Afra rieb sich die Augen und seufzte, dann stieß sie ihren Mann an. »Wir nehmen das arme Mensch mit, Franzl.«

»Bist du närrisch? Wenn das einer rausfindet …«

»Und wenn unser Adam irgendwo da draußen liegt, und keiner hilft ihm?« Sie schüttelte den Kopf. »Wie können wir hergehen und den heiligen Christophorus um Hilfe bitten, wenn wir selber nicht mitleidig mit denen sind, die uns brauchen. Auch wenn's Juden sind!«

Er hörte sich die Überlegungen seiner Frau mit hängenden Schultern an und nickte dann schuldbewusst. »Hast ja recht, Weib. Liebe deinen Nächsten wie dich selbst, sagt der Herr.« Mit plötzlicher Entschlossenheit zog er seinen Umhang aus. »Man müsst sich ja der Sünd' schämen!«

Der Franz legte die halb Bewußtlose auf seinen Mantel und wickelte sie mit bedächtigen Handgriffen ein, damit niemand etwas in dem Bündel erkennen konnte. Sara stöhnte vor Schmerz, als er sie aufhob und auf seinen kräftigen Armen zur Seitenpforte trug. Seine Frau ging hinter ihm. Bevor sie die Kirche verließ, drehte sie sich noch einmal zu dem goldgerahmten Heiligenbild um, unter dem die Kerze hell flackerte. »Schau, Christophorus, ich bitt dich, tu an unserm Sohn, was wir diesem armen Weib Gutes angedeihen lassen.«

Dann stahlen sich die beiden mit ihrer Last durch die morgendlichen Gassen heim, ohne dass jemand Verdacht schöpfte.

Sara

Wie viele Tage ich dalag, ohne wirklich aus meiner Ohnmacht zu erwachen, weiß ich nicht mehr. Ich erinnere mich nur an den ständigen Schmerz, der überall in meinem Körper tobte, an dumpfe, wabernde Schwärze und an wilden Schwindel. An Berührungen, die so wehtaten, dass ich schrie. Afra hatte mich in einen Alkoven hinter dem großen Kachelofen gelegt, wo es dunkel und warm war. Später erzählte sie mir, an meinem Körper sei keine Stelle gewesen, die nicht grün und blau gefärbt war. Zu allem Überfluss begann ich zu fiebern; zwei Nächte lang saß sie an meinem Bett und machte mir kalte Wickel, bis ich über den Berg war. Während dieser ganzen Zeit konnte ich keinen klaren Gedanken fassen, schwebte wie in einer Nebelwolke. Als sich dieser Dämmerzustand irgendwann zu lichten begann, hatte ich jede Erinnerung daran verloren, was mit mir geschehen war. Erst ganz langsam und in Bruchstücken kamen die Geschehnisse wieder in mein Bewusstsein. Es war wie das Erwachen aus einem Albtraum – und dann die schreckliche Erkenntnis, dass es eben kein Traum gewesen war.

Ich spürte mit jedem schmerzenden Atemzug, dass etliche meiner Rippen gebrochen waren. Meine Nase war – das sah ich in einem Spiegel, den mir die Afra gebracht hatte, kaum dass ich wieder aus den Augen sehen konnte – zu fast doppelter Größe angeschwollen, die Lippen aufgeplatzt. Am Kopf hatte ich drei Platzwunden, die meine Wohltäterin mit ihrem Hausfrauennähzeug schön genäht hatte, während ich bewusstlos war. Meinen linken Arm konnte ich nicht drehen, ich befürchtete einen Bruch des Unterarmknochens, aber soweit ich erkennen konnte, war der Arm gerade. Der linke Mittelfinger war ebenfalls gebrochen und notdürftig mit zwei Stöckchen geschient. Er sollte nie mehr richtig heilen, das vorderste Glied ist seitdem ein wenig schräg abgeknickt und erinnert mich stets an das Glück, das ich mitten im furchtbarsten Unglück hatte.

Das sehe ich heute so – damals wollte ich am liebsten sterben. Ich dachte an all diejenigen, die tot auf den Straßen oder in ihren Häusern geblieben waren, Männer, Frauen, Kinder, und ich wollte bei ihnen sein. Warum hatte ich überlebt, und sie nicht? Ich dachte an Jettl, die mir wie eine Großmutter gewesen war. Blind war ich gewesen, dass ich nie gesehen hatte, wie sehr sie ihren Herrn geliebt haben musste, so, wie eine Frau ihren Mann liebt. So sehr, dass sie ohne ihn nicht weiterleben wollte. Und ich dachte an Onkel Jehuda. Warum nur war er freiwillig in den Tod gegangen? Ich zermarterte mir das Hirn, jeden Tag und jede Nacht, und fand doch nie eine Antwort. Vielleicht hatte er mit seinem Kiddusch Haschem Buße tun wollen dafür, dass er als junger Mann zum Christentum übergelaufen war? Oder hatte er geglaubt, Jettl und mich retten zu können, hatte gehofft, wenn sie ihn umbrachten, würden sie in Haus und Hof nicht weiter suchen? Ob er wohl am Ende froh gewesen war über Jettls Beistand, den Beweis ihrer großen Liebe? Froh darüber, dass er nicht allein sterben musste? Ob er sie als seine Frau mit hinübergenommen hatte, dorthin, wo er jetzt war?

Ich versuchte, zu beten. Immer wieder. Aber es gelang mir schlecht. Wie konnte ich mich jetzt noch an einen Gott wenden, der dies alles zugelassen hatte? Was war das für ein Gott, der sein Volk so grausam strafte? Genoss er, wie sehr die Menschen seinetwegen litten? Oder sah er gleichgültig zu? Aus welchen Beweggründen ließ er den einen grausam sterben und den anderen leben? Liebte er die Christen mehr als die Juden? Oder konnte er gar nichts ändern an dem, was in der Welt geschah? Vielleicht war er schwach? Ich wusste auf gar nichts mehr eine Antwort. Ich wollte nicht mehr denken, nicht mehr trauern, nicht spüren, nicht essen, nicht trinken.

Aber die Afra war eine beharrliche und fürsorgliche Pflegerin. Ich glaube, ohne sie wäre ich nicht mehr am Leben. Mit unerschütterlicher Geduld flößte sie mir Wasser ein und Würzwein, Brühen und Suppen, Breie und Muse. Mir blieb gar nichts anderes übrig, als zu schlucken, erst unter Schmerzen, dann ging es immer besser. Mein Gesicht schwoll ab, die Wunden begannen zu heilen. So vergingen die ersten Wochen.

Niemand wusste, dass ich im Haus des Flößers lag. Vielleicht hätten sie mich sonst noch herausgezerrt, halbtot wie ich war, und ihr Werk beendet. Und dann hätten sie mich, so wie die anderen, in die hochwasserschäumende Isar geworfen, auf dass ich kein Grab hätte und keinen Platz in der Ewigkeit.

Nach einiger Zeit war ich so weit wieder hergestellt, dass ich aufstehen und in der Stube umhergehen konnte, wenn auch noch unter Schmerzen. Und ich begann mich zu fragen, wie es denn nun mit mir weitergehen sollte. Ich musste, so schnell es ging, von hier fort, nicht um meinetwillen, mein Leben war mir nicht mehr wichtig. Doch meine Anwesenheit brachte meine beiden Retter in Gefahr, sie musste ich schützen. Sie waren gute Menschen. Immer, wenn mich – auch später noch so oft – der Hass übermannte, konnte ich mir sagen, dass es auch Christen gab, die nicht verderbt und mörderisch waren. Die ein gutes Herz hatten und mitleidig halfen. Und ich freute mich mit Afra und Franz, als irgendwann ein blasser junger Mann durch die Haustür hereinstürmte, dem sie unter Freudentränen um den Hals fielen. Ihr Sohn, der Adam, war wieder da, wegen eines Unfalls verspätet, aber heil an Körper und Geist. An diesem Tag stellte ich fest, dass ich noch lächeln konnte.

Und ich beschloss, dass ich nun so weit genesen war, um meine Lebensretter zu verlassen. Sie bestürmten mich in ihrem Glück über die Heimkehr ihres Sohnes, doch noch zu bleiben und mich besser zu erholen, fürchteten, ich könnte eine weite Reise nicht durchhalten. »Sag, wohin willst du denn gehen?«, fragten sie.

Ja, wohin eigentlich? Es gab keinen Ort, an den es mich zog, und es würde niemals mehr einen geben, so glaubte ich damals, an dem ich mich je wieder sicher fühlen könnte. Aber in München bleiben, nach all dem, was gewesen war? Ohne Onkel Jehuda, ohne Jettl? Nein, das war unmöglich, das konnte ich nicht. Zurück nach Köln, schoss es mir durch den Kopf. Meine Eltern wiedersehen, und Jochi, die liebe, gute Jochi! Wie mochte es ihnen inzwischen wohl gehen? Doch dann, noch im selben Augenblick, dachte ich auch an den Mann, mit dem ich immer noch verheiratet war, an Chajim. Und wieder spürte ich diese unbändige, panische Angst in mir hochkriechen, die mir den Atem raubte. Nein, ich wagte es nicht.

Aber der Wunsch und die Sehnsucht, meine Familie wiederzusehen, wurde schließlich übermächtig und überstieg alle Bedenken. Welches Ziel hätte ich auch sonst haben sollen? Ja, beschloss ich, ich würde nach Köln zurückgehen, unerkannt, heimlich, meine Familie wiedersehen. Bleiben würden wir dort nicht können, aber wir konnten zusammen fortgehen, ohne dass es Chajim erfuhr. Ich hatte gelernt, wie man Kranke heilte, und viele Städte brauchten einen Arzt. Ich würde meine Eltern und Jochi schon durchbringen. Vielleicht würden wir in ein anderes Land ziehen, nach Spanien oder Italien, wie Onkel Jehuda. Dort konnten wir am Ende wieder glücklich sein …

Dieser Gedanke gab mir Kraft und Hoffnung. Sonst hatte ich doch nichts.

Zwei Wochen vor Schawuot brach ich auf, in aller Frühe. Meine Kleider waren nicht mehr brauchbar, also trug ich alte Sachen von Afra – ein leinenes Unterkleid, darüber ein einfaches rehbraunes Gewand mit dunkler Schürze, ein festes Mieder. Meine Haare steckten unter einem hellen Kopftuch, das hinter dem Kopf mit einer Schleife gebunden wurde. Afra lachte, weil ich ihr Kleid weder an Brust noch Hüften ausfüllte, und legte mir fürsorglich noch einen mausfarbenen Wollumhang um. Franz drückte mir verlegen einen Beutelsack mit Brot und Käse in die Hand. Es war ein trauriger Abschied, aber ich spürte auch die Erleichterung, die sie empfanden, mich wieder los zu sein. Ich wünschte ihnen alles Glück der Welt und machte mich auf den Weg.

Kaum war ich ein paar Schritte von meinem sicheren Hafen entfernt, packte mich die Angst mit eiskalten Händen. Ich war davon überzeugt, dass mir der sichere Tod drohte, sobald mich jemand als Jüdin erkannte. Dabei hatten die Münchner längst schon wieder andere Sorgen, an die Juden dachte keiner mehr. Und so früh am Morgen war ohnehin kaum jemand in den Gassen unterwegs. Mit gesenktem Kopf lief ich durch die Stadt und bemühte mich, mein Zittern zu verbergen und niemandem aufzufallen.

Dann stand ich vor Onkel Jehudas Haus. Es war verlassen, die hölzerne Haustür immer noch zersplittert, sämtliche Fenster, die Scheiben hatten, eingeschlagen. Vorsichtig sah ich mich um, dann huschte ich schnell hinein.

Sie hatten alles mitgenommen, was nicht niet- und nagelfest gewesen war. Zurückgeblieben waren nur zerschlagenes Mobiliar und beschädigter Hausrat, ein Bild der Zerstörung. In der Arztstube war fast alles gestohlen, womit sie etwas hatten anfangen können, nur ein paar Salbentöpfe lagen zerbrochen auf dem Boden. Und Onkel Jehudas Bücher! Mir traten die Tränen in die Augen. Sie hatten sie zerrissen, aus dem Leder geschlitzt, auf einen Haufen geworfen und in der Zimmerecke angezündet. Jemand hatte wohl rechtzeitig gelöscht, um einen größeren Brand zu vermeiden, aber nichts war mehr davon brauchbar. So viel Wissen, solch ein Schatz, auf immer zerstört. Ich spürte, wie der Hass wiederkam.

Dann zwang ich mich, nach den Leichen zu suchen. Ich wusste, man hatte alle in die reißende Isar geworfen, aber ich musste mich überzeugen. In meines Onkels Schlafkammer stieß ich endlich auf die Spuren des Mordes. Große Flecken auf Bett und Boden, die geronnenes Blut sein mussten, sichtbare Zeugen von Tod und Grauen. Mir wurde schlecht. Ich lehnte mich an die Wand und schloss die Augen. Ich wollte so gern weinen, aber es ging nicht. Irgendwann sprach ich leise das Kaddisch, das jüdische Totengebet, für die beiden Menschen, die ich geliebt hatte: *»Jitgadal w'jitkadasch, Sch'meh rabah, b'Alma di hu Atid l'it'chadata* – erhoben und geheiligt sei Sein großer Name in der Welt, die Er erneuern wird. Er belebt die Toten und führt sie empor zu ewigem Leben. Er erbaut die Stadt Jeruschalajim und errichtet seinen Tempel auf ihren Höhen ...« Das war mein Abschied.

Später trat ich in den Hof hinaus, in den die ersten Strahlen der Morgensonne fielen. Ohne echte Hoffnung spähte ich hinter den Holzstoß, wo ich mich versteckt hatte. Aber zum Glück täuschte ich mich: Niemand hatte die Ledertasche entdeckt, die mir mein Onkel noch kurz vor seinem Tod zugesteckt hatte! Ich kroch in den Spalt und holte sie heraus. In der Tasche fanden sich die wichtigsten ärztlichen Instrumente, ein paar verstöpselte Fläschchen und ein Beutel mit Münzen: rheinische Goldgulden, Kreuzer, Ort, sogar ein paar ausländische Silberstücke. Es war kein Vermögen, aber ein ansehnlicher Betrag, der mir für längere Zeit reichen würde. Und dann war da noch ein Buch, das ich noch nie gesehen hatte. Ich schlug es auf, und auf der ersten Seite schon erkannte ich die Schrift meines Onkels. *»Des sorgsamen Artztes heyl bringender Rosengartten«* stand da in großen hebräischen Lettern, *»geschrieben mit eygner Hand von mir, Jehuda ben Mendel, Medicus zu Mynchen«.*

Und endlich konnte ich weinen. Onkel Jehudas kostbarstes Gut, sein Wissen und seine medizinischen Kenntnisse, sein Vermächtnis! Ich drückte das Buch an meine Brust und ließ meine Tränen auf das dunkelbraune Leder tropfen. Von nun an würde es mein wertvollster Besitz auf der Welt sein.

Eine Stunde später war ich aus der Stadt und schlug den Weg nach Norden ein.

Drittes Buch

Die Fahrenden

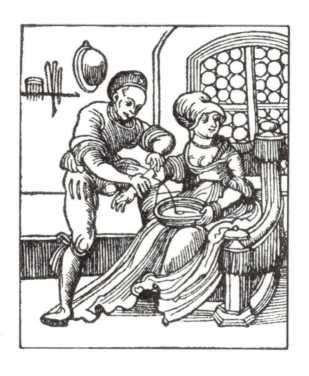

Köln, Juni 1414

Es war ein trüber, wolkiger Tag, und die Dächer der Dreikönigsstadt glänzten noch vom warmen Sommerniesel. Der Rhein führte Niedrigwasser, breit, grau und träge floss er dahin und schaukelte eine Unzahl von Lastkähnen sanft auf und ab. Wegen des Stapelrechts hatten alle Schiffe ihre Waren in Köln feilzubieten, bevor sie weiterfuhren, ein wichtiger Beitrag zum Wohlstand der Kölner Bürgerschaft.

Einer dieser Lastkähne, der mit Draht, Kupferscheiben und Harnischplatten beladen war, kam nach stundenlangem Warten endlich an die Reihe und legte vor einem der vielen Hebekräne an. Eine Holzplanke wurde von der Reling zur gepflasterten Lände geschoben und mit Ketten festgemacht. Der Schiffer und zwei seiner Bootsknechte gingen an Land, um mit dem städtischen Hafenbeamten die üblichen Formalitäten zu erledigen. Ihnen folgten drei Passagiere, die in Mainz zugestiegen waren, zwei reisende Handwerksburschen und eine junge Frau in einem viel zu warmen mausgrauen Wintermantel, die unsicher über die Planke balancierte.

Sieben Wochen hatte es gedauert, bis Sara endlich den Boden ihrer alten Heimatstadt wieder betrat. Anfangs war sie alleine marschiert, immer auf Nürnberg zu, größere Orte und Menschenmengen meidend. Aber schon bald war ihre Ängstlichkeit einem Hochgefühl gewichen, das sie gar nicht recht beschreiben konnte. Sie ertappte sich immer wieder dabei, dass sie nach dem Judenfleck auf ihrer Brust tastete – doch da war ja keiner! Mit ihren kastanienbraunen Haaren, von denen ein paar Löckchen unter dem Kopftuch vorsprangen, ihren rehbraun gesprenkelten Augen und dem nicht allzu dunklen Teint sah sie aus wie viele Christinnen auch – niemand hätte sie in Afras Kleidern als jüdisch erkannt. Wenn sie etwas zu essen kaufte oder in einer Wirtschaft einen Becher Wein trank, wurde sie von allen Leuten freundlich behandelt. Auch die Bauern nahmen sie bereitwillig auf, wenn sie um eine Übernachtung im Heu bat und dafür ein wenig bei der Arbeit half. Überall fühlte sie sich willkommen. Es war eine Normalität, die ihr unendlich guttat. Schon nach wenigen Tagen schritt sie freier aus, wagte es, sich unterwegs der ein oder anderen Gruppe anzuschließen. Sie sprach nicht viel, weil sie Angst hatte, sich durch irgendeine Bemerkung zu verraten. Aber sie genoss die Gesellschaft der anderen. Und sie stellte fest, dass die Christen, die sonst so leicht dazu neigten, einen Juden zu beleidigen oder zu beschimpfen, meist recht fröhliche Menschen waren. Doch immer, wenn sie anfing, sich unter ihnen allzu wohl zu fühlen, rief sie sich die mörderischen Ungeheuer ins Gedächtnis, die zu München die jüdische Gemeinde ausgelöscht hatten. Dann kamen Angst, Wut und Verbitterung zurück, und sie wanderte wieder eine Zeitlang alleine. Trau ihnen nicht, sagte sie zu sich selbst, sie können sich von einem Augenblick zum anderen in Bestien verwandeln. Wenn sie wüssten, wer du wirklich bist, würden sie nicht einmal ihr Waschwasser aus demselben Brunnen schöpfen, aus dem du trinkst.

Jetzt stand sie am Kölner Hafen, ein Bündel auf dem Rücken und Onkel Jehudas Tasche in der Hand. Alte Erinnerungen stürmten auf Sara ein, sie sah sich selber zusammen mit Salo, wie sie das Treiben beobachteten, nicht offen und fröhlich wie die Christenkinder, sondern von einem Platz hinter hoch aufgestapelten Taurollen aus. Einmal rollte eine Pomeranze bis zu ihrem kleinen Versteck, eine Kiste war heruntergefallen und aufgegangen. Sie hatten das runde gelbe Ding mit großen Augen bewundert, wohl hundert Mal hin und her gedreht und daran geschnuppert, und dann voller Erwartung hineingebissen. Sara lächelte über die kindliche Enttäuschung, die sie damals empfunden hatten, ihr war, als spüre sie den bitteren Geschmack wieder auf der Zunge, genau wie früher.

Eine Kanonade an Schimpfworten riss sie aus ihren Gedanken – sie stand einem mit Stoffballen beladenen Karren im Weg, den zwei Frauen zogen. Erschrocken sprang sie zur Seite, fast wäre sie noch in einer Pfütze gelandet, und das Kopftuch rutschte nach hinten. Hastig band sie es wieder fest und gab sich einen Ruck. Um Gottes willen, dachte sie, wenn dich jemand erkennt! Ab jetzt musst du wachsam sein, mahnte sie sich selbst. Sonst erfuhr noch Chajim, dass sie hier war – und dann war alles vorbei. Nie wieder würde er sie fortlassen, er würde sie quälen und peinigen bis an ihr Lebensende. Sara spürte, wie sie sich verkrampfte. Auf keinen Fall wollte sie jetzt schon in die Judengasse gehen, es war besser, wenn sie den Einbruch der Dunkelheit abwartete. So lief sie erst einmal ziellos durch die Gegend, entdeckte alte, liebgewordene Dinge wieder, bestaunte Neues und genoss das Wiedersehen mit ihrer Heimatstadt so gut es ging. Vor dem Dom kaufte sie sich bei einer Marktfrau einen Rosinenkuchen und unterhielt sich ein Weilchen mit ihr. Wie schön war es, den vertrauten Dialekt wieder zu hören! Hungrig verspeiste sie ihre Süßigkeit, während sie den Fortschritt am Bau der riesigen Kirche bewunderte: Der Turm war schon wieder ein Stück in die Höhe gewachsen. Die Zeit wurde ihr endlos lang, und ihre Anspannung wuchs. Sie begann, sich unbändig auf das Wiedersehen mit ihrer Familie zu freuen, so unbändig, dass sie es kaum mehr aushielt.

Endlich wurde es dunkel. Sie rückte ihr Kopftuch so zurecht, dass es das Gesicht möglichst weit bedeckte, zog den Zipfel tief in die Stirn und machte sich auf ins Judenviertel. In der Deckung eines Fuhrwerks passierte sie unauffällig das Tor, kurz bevor es ein Wächter zur Sperrstunde schloss. An den Ecken mancher Häuser brannten schon die ersten Feuerpfannen, und sie mied ihren rötlich flackernden Schein. Da – dort vorn sah sie es schon, ihr Elternhaus. In den Fenstern war Licht. Sie musste sich beherrschen, um nicht zu rennen. Und dann stand sie vor der Tür, atemlos vor Erwartung. Schon hatte sie die Hand gehoben, um anzuklopfen, da hielt sie inne.

Etwas stimmte nicht.

Die Mesusa! Die Mesusa fehlte! Jemand hatte sie aus dem Türstock gebrochen. Sara ließ die Hand sinken. Sie ging zum Fenster und spähte vorsichtig in die Stube. Drinnen sah alles anders aus. Die Möbel. Die Lampe. An der Wand war kein Spruch mehr, der auf die Himmelsrichtung hinwies, in der Jerusalem lag. Das eiserne Gestell war weg, über dem immer Vaters Gebetsmantel hing. Auf dem Regal für die Menora standen irdene Teller und Krüge. Und dann ging die Tür auf, und eine fremde Frau kam herein, jung, hellhaarig, einen Napf mit Nüssen in der Hand. An ihrem Rock hielt sich ein halbnackter kleiner Junge fest, dessen Windel gerade aufging und ihm schon in den Knien hing. Die Frau stellte die Nüsse auf den Tisch und rief nach ihrem Mann.

Sara schwindelte. Im Haus ihrer Eltern lebten fremde Leute. Christen. Sie hatte den weiten Weg umsonst gemacht! Langsam drehte sie sich vom Fenster weg und lief ein Stück die Gasse entlang. Sie fühlte sich unendlich verloren. Waren sie tot? Weggezogen? Was war geschehen? Wen konnte sie nur fragen? In Gedanken ging sie die Menschen durch, die sie hier kannte. Der Rabbi! Doch würde sie der nicht zu Chajim zurückschicken? Nein, zum Rabbi konnte sie nicht. Salos Eltern? Eine ihrer früheren Freundinnen? Rechla! Ihre alte Lehrerin in der Hekdesch hatte sie damals nicht verraten. Sie würde ihr weiterhelfen!

Rechla werkelte beim Schein einer Talgfunzel in ihrem Schuppen herum, wo sie Kräutersträuße, fertige Arzneimischungen und Tinkturen aufbewahrte. Ein Geräusch riss sie aus ihren Gedanken. Diese verfluchten Ratten! Sie kamen zur Zeit in Scharen vom Fluss und suchten nach Fressbarem. Gestern waren die elenden Viecher schon an ihrem Salbenfett gewesen. Mit der Lampe und dem Kräuterkorb in der Hand ging sie nach draußen, als sie aus dem Augenwinkel eine Bewegung wahrnahm. Doch keine Ratten – es war eine Frau, die in der Dunkelheit auf sie zukam. Sie hob das Licht hoch und kniff die Augen zusammen.

»Rechla?«, sagte die Frau und streifte das Kopftuch nach hinten.

Und dann erkannte sie ihre alte Schülerin aus dem Hekdesch.

»Es war Chajim«, sagte Rechla später, als sie gemeinsam am Tisch saßen. »Ein halbes Jahr, nachdem du fort warst, starb sein Vater, und sie haben ihn als seinen Nachfolger zum Barnoss gewählt. Er hat sofort dafür gesorgt, dass jemand anders als Schammes bestallt wurde. Und dafür, dass niemand deinem Vater eine andere Arbeit angeboten hat. Da sind sie fortgegangen, deine Eltern und Jochebed.«

»Weißt du, wohin?«, fragte Sara hoffnungsvoll.

Die Alte schüttelte den Kopf. »Ich glaube, das wussten sie selber nicht«, erwiderte sie.

Sara schluckte den Kloß in ihrem Hals hinunter. »Vielleicht sind sie zurück nach Siegburg, wo ich geboren bin?«, überlegte sie.

»Du kannst es dort versuchen«, meinte Rechla. »Hier in Köln kannst du jedenfalls nicht bleiben, außer du willst zu deinem Mann zurück.«

»Nie im Leben«, fuhr Sara hoch.

Rechla nickte. »Das hab ich mir gedacht. Er sucht dich übrigens immer noch. Anfangs ist er in alle Judengemeinden geritten, die in der Nähe von Köln liegen, um dich zu finden. Und er hat mehr als einmal deine Eltern belästigt, aber sie haben nichts gesagt. Heute noch fragt er jeden Reisenden nach dir, der im Viertel vorbeikommt, ob Händler, Fuhrmann oder Thoraschüler. Der gibt niemals Ruhe.«

»Das hab ich immer gewusst.« Saras Blick wurde hart. »Einer wie er vergisst nie.« Müde strich sie sich eine Haarsträhne aus dem Gesicht. Rechla legte ihr begütigend die faltige Hand auf den Kopf. »Du bleibst heute Nacht hier«, sagte sie. »Aber morgen solltest du so schnell wie möglich die Stadt verlassen.«

Sara nickte. »Ja«, lächelte sie, um sich selber Mut zu machen. »Und dann gehe ich nach Siegburg, meine Eltern und Jochi suchen. Irgendwo müssen sie ja schließlich sein, oder?«

Am nächsten Tag brach sie noch vor der Morgendämmerung auf, damit niemand sie sah. Einen Gang wollte sie an diesem Tag machen, der ihr schwer werden würde. Weil die Tore des Judenviertels noch geschlossen waren, schlüpfte sie durch einen versteckten Mauerspalt hinter dem Haus des Vorbeters, ein heimlicher Zugang, den nur die Juden kannten. Ihr Weg führte sie zum Bonner Tor, das gerade geöffnet wurde. Zum Glück traf sie dort einen Kramhändler, der sie ein Stück auf seinem Karren mitnahm, bis zum Judenbüchel, dem jüdischen Friedhof. Weißer Nebel trieb vom Fluss her und schmiegte sich wie ein feines Tuch in die Senke vor dem Hügel, den man der Kölner Gemeinde als Begräbnisplatz zugewiesen hatte. Sara nahm den schmalen Trampelpfad durchs Gras, den sie so gut kannte, vorbei an dem Tahara-Häuschen, in dem die Toten gewaschen und vorbereitet wurden, und dann stand sie wie früher vor Salos Grab. Es war ein einfacher grauer Granitblock, auf dem in hebräischer Schrift sein Name unter einem vielzackigen Stern eingemeißelt stand. Eine ganze Weile verharrte sie davor und betete still. Ihr Herz war schwer, aber sie fühlte auch, dass die Trauer in ihr nicht mehr stach und brannte, sondern einem wehmütigen Frieden gewichen war. Ach Salo, dachte sie, wärst du doch bei mir. Sie versuchte, sich sein Gesicht vorzustellen, seine schlanke, hochgewachsene Gestalt, aber zum ersten Mal, ausgerechnet hier, an diesem Ort, gelang es ihr nicht. Seine Züge verschwammen, blieben undeutlich. Tränen liefen ihr über die Wangen. So nimmst du Abschied von mir, Liebster, weinte sie, und ich von dir. Du willst mir sagen, dass es Zeit ist, dich loszulassen. Der Wind säuselte in den Ästen der alten Linde am Tor, als gäbe er ihr Antwort.

Sara wischte die Tränen fort. Dann bückte sie sich, hob ein Steinchen auf und legte es zu den anderen kleinen Kieseln auf den Grabstein, als Zeichen ihrer Liebe und ihres Gedenkens. »Leb wohl, Salo«, sagte sie laut. Als die Sonne schon hoch am Himmel stand, verließ sie die Totenstätte und kehrte in die Mauern der Stadt zurück.

Nachdem sie den Nachmittag über Vorräte für ihre weitere Reise eingekauft hatte, blieb sie noch eine Nacht in einer Wirtschaft bei Sankt Pantaleon, einer der altehrwürdigen Kölner Kirchen. Ins Judenviertel wagte sie sich aus Angst vor Chajim nicht zurück. Am nächsten Morgen in aller Frühe stand sie mit schwerem Herzen auf. Jetzt, da ihre Familie nicht mehr hier lebte, würde sie Köln für immer den Rücken kehren. Sie packte ihr Bündel und beeilte sich, das Severinstor zu erreichen. In den ersten Morgenstunden gingen die meisten Fuhrwerke aus der Stadt ab, und sie hoffte, dass eines sie ein Stück würde mitnehmen können. Da plötzlich hörte sie hinter sich Lärm und Gezeter. Sie beobachtete, wie ein Kind vom Hauptportal der Pantaleons-Basilika aus wegrannte, ein kleiner Junge, barfuß, dürr und schmächtig. Hinter ihm kam ein Priester gelaufen, die Faust drohend erhoben. »Haltet ihn!«, schrie er mit höchster Fistelstimme, und etliche Leute nahmen mit ihm die Verfolgung auf. Der Bub flitzte auf Sara zu. Noch bevor sie irgendetwas tun konnte, war er auch schon an ihr vorbeigeschossen und blitzschnell in eine Seitengasse eingebogen. Sara sah ihm nach; er kletterte behände auf einen Stapel Fässer, zog sich von dort auf ein Mäuerchen hoch und sprang auf der anderen Seite hinunter. Sie hörte einen unterdrückten Schmerzensschrei, und dann war sie auch schon von den Verfolgern des Jungen umringt. »Wo ist er hin, der elende Bankert?«, keuchte der Priester mit hochrotem Kopf. »Den hau ich windelweich! Opferstockmarder, vermaldedeiter!«

Sara brachte es nicht übers Herz, den kleinen Burschen zu verraten. Sie wusste nur zu gut, wozu eine aufgebrachte Menge fähig war. Also schwieg sie fein still, während sich die Leute suchend umsahen und schließlich in die falsche Gasse stürmten. Sobald die Luft rein war, ging sie um ein paar Gebäude herum auf die Rückseite der Mauer, die der Junge übersprungen hatte. Und tatsächlich, da hockte er, in Deckung unter einem Gebüsch, und hielt sich mit schmerzverzerrtem Gesicht das linke Bein. Sie bog einen Ast zur Seite, und der Bub sah sie mit ängstlich aufgerissenen Augen an.

»Keine Angst«, sagte sie, »ich tu dir nichts.« Dann ging sie neben dem Kleinen in die Knie. »Was ist mit deinem Bein?«

»Weiß nicht.« Der Junge schniefte ein bisschen und zog dann lautstark den Rotz hoch. »Bin wohl umgeknickt.«

»Lass mal sehen.« Sara schob die Hose bis zum Knie hoch. Der Knöchel war weder geschwollen noch verfärbt. Vorsichtig betastete sie das Schienbein. Der Bub zuckte zusammen und jammerte: »Au, au, das tut weh!«

»Das glaub ich dir«, erwiderte Sara. »Dein Bein ist wohl gebrochen. Das muss gut geschient werden, und du darfst lange nicht mehr auftreten. Am besten, ich bringe dich zum nächsten Bader.«

Der Junge schüttelte heftig den Kopf. »Dann schnappen sie mich doch, Menschenskind!«

Sara hob die Augenbrauen. »Willst du lieber dein Leben lang hinken?«

»Was soll ich denn machen?«, greinte er.

Sara seufzte. Dann stand sie auf und ging eine Weile suchend umher. Schließlich fand sie eine ellenlange dünne Latte und den abgebrochenen, halbierten Stiel einer Axt.

»Du musst dein Hemd opfern«, sagte sie, und der Junge zog das Kleidungsstück bereitwillig über den Kopf. Sie riss es in lange Streifen und legte sie neben sich ins Gras. »Pass auf, jetzt tut's weh«, warnte Sara. »Halt dagegen, wenn ich ziehe.« Dann packte sie den Knöchel des Buben und zog, so gut es eben ging, das Bein lang, damit die Knochenenden wieder gerade aufeinander zu liegen kamen. Der Bub schrie auf, dann war es auch schon vorbei. Sie legte die Holzstücke an beiden Seiten des Schienbeins an und band alles gut mit den Hemdstreifen fest. »So, geschafft.« Es würde nicht lange halten, aber für den Augenblick war es gut genug.

Der Junge war kreidebleich im Gesicht, auf seiner Stirn standen winzige Schweißtröpfchen. »Mir ist schlecht«, sagte er.

Sie lächelte. »Das geht allen so. Lehn dich zurück, mach ein bisschen die Augen zu und erhol dich.«

»Bleibst du da?«, fragte er weinerlich.

»Ja«, tröstete sie. »Ich pass auf dich auf, Kleiner.«

Mit gemischten Gefühlen wachte sie eine Zeitlang neben ihrem Patienten. Eigentlich wollte sie längst aus der Stadt sein, und jetzt hatte sie sich dieses kleine Schlitzohr aufgeladen. Sie schalt sich selbst, weil sie so dumm gewesen war. Und doch – sie hatte recht gehandelt. Schließlich war der arme Bursche verletzt und brauchte Hilfe, und sie war Ärztin. Sie würde ihn noch nach Hause bringen und dann hatte sie ihre Pflicht getan. Friedlich sah er aus, im Schlaf, das blonde Haar verstrubbelt, den Mund halb offen, so dass man eine lustige Zahnlücke sehen konnte. Sie musste an Jochi denken und lächelte ein bisschen traurig. Endlich setzte sich eine Mücke auf seine Nase, er zuckte und wachte auf.

»Wie heißt du eigentlich?«, fragte sie.

»Finus.« Ein merkwürdiger Name. Sie prüfte noch einmal seinen Schienverband, dann gab sie ihm einen Klaps auf die Schulter. »Na, dann komm, Finus. Ich bring dich heim zu deinen Eltern. Wo wohnst du denn?«

Er richtete sich auf. »Meine Leute haben ihr Lager vor dem Pantaleonstor. Wir sind Fahrende.«

Jetzt wurde Sara einiges klar. Fahrendes Volk! Man wusste ja, was das für welche waren! Joglare, Schauspieler, Bänkelsänger, Possenreißer, Feuerspucker. Man nahm sie gern auf, weil sie Unterhaltung und Neuigkeiten mit sich brachten, aber kaum waren sie in der Stadt, war es besser, alles Wertvolle in Sicherheit zu schaffen. Jedermann wusste, dass sie diebisch waren wie die Elstern! Tücher verschwanden von der Bleiche, Hühner aus dem Stall, Würste aus dem Rauch. Sie schnitten Beutel, führten Vieh davon, und wenn man nicht aufpasste, nahmen sie gar den halben Hausrat mit. Selbst die kleinen Kinder in der Wiege waren nicht vor ihnen sicher! Hüten musste man sich vor denen. Vermutlich hatten sie den kleinen Finus zum Stehlen abgerichtet. Da hatte sie ja eine schöne Bekanntschaft gemacht!

»Wenn du mich hinbringst, gibt dir mein Großvater bestimmt was dafür!«, sagte Finus.

Sara half ihm auf. »Schon recht. Ich will sowieso aus der Stadt hinaus, da kann ich dich mitnehmen. Stütz dich fest auf mich und tritt ja nicht mit dem wehen Bein auf!«

An Saras Seite humpelte der Bub durch die Gassen und biss dabei tapfer die Zähne zusammen.

»Was ist eigentlich ein Opferstockmarder, hm?«, fragte Sara unterwegs.

Finus grinste. »Ei, in so einem Opferstock sind immer viele Münzen. Und wenn man kleine Hände hat, so wie ich, kann man durch das Loch hineinlangen und sie herausholen.« Er stieß sie mit dem Ellbogen an. »Weil du mir geholfen hast, können wir halbehalbe machen, was sagst du?«

»Du bist wohl nicht ganz gescheit! Ich will dein geklautes Geld gar nicht.«

Er zuckte die Schultern. »Wie du meinst.«

So kamen sie unbehelligt durch das Stadttor.

Auf dem weiten Feld vor der Stadtmauer sahen sie bald bunte Wagen und Zelte, an denen sich Leute zu schaffen machten. Eine kleine Ziegenherde weidete Gräser und Blättchen von jungen Büschen ab, Hunde sprangen umher und kläfften. Etliche Pferde standen angepflockt da und witterten ihnen neugierig entgegen. Es waren meist kräftige Zugtiere, aber eines von ihnen fiel Sara auf, ein wunderschöner großer Schimmel mit langer, welliger Mähne und dichtem Schweif. Solche Tiere hatte sie in München gesehen, wenn der Herzog mit seinem Gefolge durch die Stadt ritt. Bestimmt gestohlen, dachte sie.

Als sie sich mit dem humpelnden Finus dem Lagerplatz näherte, lief ihnen eine ältere Frau mit ausgebreiteten Armen entgegen und drückte den Jungen überschwänglich an ihr Herz. »Gott sei Dank«, rief sie mit Tränen in den Augen, »Gott sei Dank, dass du wieder da bist! Wir haben dich schon überall gesucht, ein paar von uns sind noch in der Stadt. Was war denn los? Und dein Bein, du meine Güte, was ist mit deinem Bein?«

Finus war der Ausbruch ein bisschen peinlich, und zu Wort kam er schon gar nicht. Inzwischen waren etliche andere von den Fahrenden herbeigelaufen und taten ihre Erleichterung über seine Rückkehr kund. »Es ist alles in Ordnung, Großmutter«, sagte der Junge schließlich, »ich bin bloß von einer Mauer gefallen. Hier, für dich.« Er griff in die Hosentasche und hielt ihr einen Stoffbeutel voller Münzen hin.

Im selben Augenblick war ein hagerer älterer Mann vor ihn hingetreten, ein hünenhafter Kerl mit langer Hakennase und blitzenden Augen. Er hob die Hand und versetzte Finus einen schallende Ohrfeige, dass er wankte. »Du weißt genau, dass du nicht an die Opferstöcke gehen sollst!«, grollte er mit Bassstimme. »Hundert Mal hab ich's dir gesagt! Wenn sie dich erwischen, liegst du im Stock, bis dich die Ratten anfressen – wenn du Glück hast! Wenn du Pech hast, verlierst du deine Hand! Und dann wirst du kein Joglar mehr und kein Musikant! Donnerkeil nochmal, ist das so schwer zu begreifen?«

Dann wandte sich der Mann mit entschuldigender Geste an Sara. »Dank Euch, dass Ihr meinen Enkel hergebracht habt. Das war sehr freundlich.«

Finus rieb sich immer noch die Wange. »Sie hat mir geholfen und das Bein geschient, Großvater.«

Der Alte sah sie mit dankbarem Blick an. Er hatte einen struppigen grauen Lockenkopf und trug einen verwegenen Schnurrbart auf der Oberlippe. »Der Bursche ist einfach zu wild«, meinte er kopfschüttelnd. »Ihr hattet seinetwegen Umstände. Was sind wir Euch schuldig?«

»Nichts«, entgegnete Sara. »Ich hab ihm gerne geholfen, und ich wollte ohnehin zum Tor hinaus. Ich muss nach Siegburg.«

»Ganz allein?«, fragte Finus' Großmutter, eine rundliche, apfelwangige Person mit dickem Haarknoten am Hinterkopf.

Sara nickte.

»Wenn Ihr wollt, könnt Ihr mit uns dorthin ziehen, das ist sicherer als alleine«, meinte sie. »Wir laden Euch gern ein, unser Gast zu sein. Das ist doch das Mindeste.«

»Ja, komm doch mit«, freute sich Finus.

Sara wollte erst ablehnen. Diese Fahrenden waren ihr nicht geheuer. Aber schon hatte sich Finus' Großmutter bei ihr eingehakt und zog sie mit an die Feuerstelle. »Ich bin Janka«, sagte sie augenzwinkernd, »und wer bist du?«

»Sa…« Fast hätte Sara ihren Namen genannt, doch im letzten Moment biss sie sich auf die Zunge. Wer wusste schon, wie diese Fahrenden zu Juden standen? Vielleicht hassten sie sie ja? Auch wegen Chajim wollte sie keinen Fehler machen. »Sanna heiß ich«, sagte sie. »Von Susanna. Und wenn Ihr mich unter Euren Schutz nehmt, komme ich gern bis Siegburg mit Euch.«

»Brav, Sanna«, brummte eine Stimme hinter ihr. »Kannst mich Pirlo nennen, ich bin Finus' Großvater. Und ich führe diesen Haufen hier an. Eigentlich wollten wir heute Mittag schon weg sein, aber dieser Spitzbub hier« – er fuhr Finus übers Haar –, »hat alles durcheinander gebracht.«

»Habt ihr Hunger?«, unterbrach Janka. »Es ist noch Suppe da.«

Sie setzten sich auf ein paar Strohballen ums Feuer, und die Alte schöpfte ihnen aus dem riesigen Hängekessel Brühe mit Gemüse und Graupen ein. Während sie aß, sah Sara zwei Männer auf das Lager zukommen. Einer war lang und schlaksig, hatte rabenschwarze Locken und breitete jetzt resigniert die Arme aus. Der andere war blond, mittelgroß und kräftig, trug ein blankes Schwert am Gürtel und sah aus, als ob er damit umgehen konnte. Müde rief er: »Nichts! Er ist wie vom Erdboden verschluckt!«

Dann fiel sein Blick auf Finus, der aufgestanden war und ihm auf einem Bein stehend fröhlich zurief: »Hier bin ich, hier!« Er lief auf den Kleinen zu und schloss ihn in die Arme. »Du Lauser, wir haben uns alle Sorgen gemacht! Noch einmal such ich dich nicht, das sag ich dir!«

Auch der Dunkelhaarige trat näher. »Was war denn los?«, fragte er. Er sprach mit einem merkwürdigen Akzent und ungewohnter Betonung; seine Stimme war sanft und dunkel.

»Sie hätten mich fast erwischt«, erzählte Finus. »Ich hab mir das Bein gebrochen, aber dann hat mir Sanna hier geholfen. Sanna, das ist Ciaran. Er kommt von einer Insel im Meer, und er singt und spielt die Harfe.«

Ciaran strahlte sie an mit den blauesten Augen, die Sara je gesehen hatte. »Wenn mir eine solch schöne Frau hilft, würd ich mir auch gern ein Bein brechen«, sagte er lächelnd.

»Und das ist mein bester Freund Ezzo«, plapperte Finus weiter. »Der stärkste Kämpfer und edelste Ritter im ganzen Land.«

»Glaubt ihm kein Wort«, sagte Ezzo fröhlich und reichte ihr die Hand. »Danke, dass Ihr ihn hergebracht habt.«

»Sanna wird uns bis Siegburg begleiten«, mischte sich Pirlo ein. »Ich hab mir gedacht, dass sie in deinem Wagen schläft, Ciaran, und du derweil zu Ezzo ins Zelt ziehst.«

»Go maith.« Ciaran nickte Sara zu. »Komm, ich zeig dir meinen Wagen.«

Sara folgte ihm durchs Lager. Ihr anfängliches Misstrauen war gewichen, und nun freute sie sich, die Fahrenden getroffen zu haben. Es waren, so schien es zumindest, offene und freundliche Menschen, und sie müsste bis Siegburg nicht alleine reisen.

Musik und Tanz, 15. Jhd.

Still trat ein Paucker ein,
und aus der Pfeiffen sein
tönt ein Moriskentanz.
Ein Narr nachfolgen tat,

der einen Kolben hatt,
damit er unbedacht
ein grosz Gefuchthel macht.
Darnach ein Weibsbild zart,
geziert nach Wunsches Art,
kombt mit sechs Mohren stoltz,
die arabischen Goldts
tragen an Arm und Ohrn,
desgleichen hint und vorn.
Ein Apfel schön und rot
dies Weibsbild von ihr bot,
welcher das Beste tät,
dass ihn derselbig hätt.
Ihr Tantzen hatt solch Art,
dass kaum desgleichen ward.
Etlicher für sich sprang,
hoch weit und auch gar lang,
und kehrt den Kopf hint um,
stund mit den Seiten krumm,
und mit den Bein' verschränkt,
die Arm gar ganz verrenckt.

Siegburg, Juni 1414

Sie brauchten drei Tage bis nach Siegburg, Tage, in denen Sara Pirlos Truppe kennenlernte. Da war Gutlind, eine dicke Blondine mittleren Alters, die einen geräumigen, blutrot bemalten Wagen ganz für sich alleine hatte. Sara konnte sich denken, warum: Gutlind war so eine, die sich von Männern bezahlen ließ! Sie sah Sara erst einmal mit argwöhnischem Blick an, weil sie befürchtete, nun Konkurrenz zu bekommen, doch als sie erfuhr, dass die andere lieber nichts mit Männern zu tun hatte, wurde sie herzlich.

Schwärzel, der Kettensprenger und Tierbändiger, machte Sara

erst einmal Angst. Er war ein Bär von einem Kerl, überall haarig, und konnte vor Kraft kaum laufen. Zur Begrüßung brummte er etwas, das sie nicht verstand, und zu allem Überfluss führte er an einem Nasenring einen zottigen Bären bei sich, der wild und böse aussah. Doch dann pfiff Schwärzel zwischen den Zähnen, und hinter seinem Zelt galoppierte ein Schwein hervor, hockte sich vor Sara auf die Hinterbeine und quiekte sie zum Steinerweichen an. Unwillkürlich wich sie zurück. Das Schwein war ein unreines Tier, ekelhaft, voller Würmer und Schmutz. Der Teufel war nicht umsonst ins Borstenvieh gefahren! Doch dann ließ Schwärzel das Tier ein paar Kunststücke vorführen, die Sara zum Staunen brachten, und am Schluss stellte er ihr noch Braunäugel, den zahmen Hirsch vor, der sein prachtvolles Geweih vor ihr neigte und sich dann hinter den Ohren kraulen ließ. Außerdem, so meinte Schwärzel dann, habe er noch ein Weib namens Ada, aber die sei leider nicht so gut abgerichtet.

Dann war da noch Schnuck, der Joglar, Feuerschlucker und Seiltänzer. Er war die Unruhe selbst, lief hierhin und dorthin, wippte selbst im Sitzen mit den Knien. Sein ganzer Körper war unglaublich beweglich, die langen Arme flogen nur so, wenn er zum Üben Gegenstände durch die Luft warf und mit großem Geschick wieder auffing. Schüchtern hieß er Sara willkommen, indem er ihr einen kleinen unreifen Apfel schenkte, mit dem er gerade jongliert hatte.

Einen ebenso zaghaften Gruß entbot ihr das einsamste Mitglied der Fahrenden, ein Mann, der seinen Wagen immer ein Stück von den anderen entfernt hielt und auch sonst meist abseits blieb. Finus führte sie auf seinen von Pirlo gebastelten Krücken zu ihm und stellte ihn mit den Worten vor: »Das ist Zephael, der Elefantenmann!« Sara konnte ihr Erschrecken kaum verbergen, sie schnappte unwillkürlich bei dem abstoßenden Anblick nach Luft. Zephael war ein missgestaltetes Wesen, wie sie es noch nie gesehen hatte. Sein linker Arm und beide Beine waren unglaublich fleischige, riesige Wülste von monströsen Ausmaßen, die Haut schwärzlich verfärbt, hart, dick und ledrig. Seine Gliedmaßen sahen nicht mehr natürlich aus, sondern wie aufgequollene Geschwülste, unförmige Wucherungen, die am Rumpf ansetzten und eigentlich nicht zu einem menschlichen Körper gehören sollten. Der Elefantenmann sah Saras Entsetzen und lächelte traurig. »Keine Angst, ich tue nichts«, sagte er mit erstaunlich sanfter, hoher Stimme. »Ich sehe nur aus wie ein Ungeheuer, bin aber keins. Der liebe Gott hat mich halt einfach vergessen.«

Sara schämte sich. »Es tut mir leid«, sagte sie, »ich wollte dich nicht verletzen, Zephael.«

»Schon gut.« Zephael winkte ab. »Das geht allen so. Ich sehe nun einmal aus wie eins von diesen merkwürdigen, langnasigen Riesentieren, die man sonst nur von Bildern kennt. Keiner kann glauben, dass ich früher einmal Arme und Beine hatte wie jeder andere.«

»Ist es eine Krankheit?«, fragte Sara. Die Ärztin in ihr war erwacht.

Er hob die Schultern. »Das weiß keiner. Ein Seemann hat mir einmal erzählt, dass im Lande Africa, weit weg von hier, viele solcher Menschen leben. Und Hiltprand meint, ich hätte nur zu viel Blut im Körper. Dauernd ist er mit dem Schnäpper hinter mir her und will mich zur Ader lassen, aber ich hab das früher schon oft versucht. So viel ich auch Blut verliere, es hilft nichts.«

»Wer ist Hiltprand?«

»Oh, er wohnt im Zelt dort drüben, er ist unser Quacksalber, Zahnbrecher und Heilkundiger.«

Das machte Sara neugierig. So lernte sie ein weiteres Mitglied von Pirlos Truppe kennen, einen imposanten Fettwanst mit grauem Wallebart, aufgeworfenen Lippen und listigen Schweinsäuglein. Er sah sie so grimmig an, dass sie gar nicht wagte, ihm zu erzählen, dass sie einer ähnlichen Profession nachging wie er. »Ich heile die Menschen«, brüstete er sich mit wichtiger Miene. »Auf der ganzen Welt bin ich schon herumgekommen und für meine ärztliche Kunstfertigkeit berühmt. Habt Ihr ein Leiden, he?«

Sara beeilte sich, zu verneinen. »Ich will nur ein Stück mit euch reisen«, erwiderte sie und stellte fest, dass dieser Mann für einen Arzt erstaunlich schmutzig war.

»Ah, Ihr seid die Frau, die unseren diebischen Kleinen gerettet hat!«, stellte Hiltprand fest. »Ich habe im Übrigen seinen Bruch behandelt, eine wunderbare Kuhmistpackung darauf getan und neu geschient. Er wird wieder herumspringen können wie ein Rehlein, dafür garantiere ich!«

Kuhmist, dachte Sara. Du meine Güte!

Mit diesem Mann wollte sie so wenig wie möglich zu tun haben, beschloss sie.

Viel lieber waren ihr dagegen Jacko, Imre und Meli, drei Geschwister, die zusammen mit ihrer Mutter Esma in einem großen, gemütlichen Wagen reisten. Es waren Zigeuner, Leute aus Klein-Ägypten, wie man sie für gewöhnlich nannte. Sie hatten dunkel getönte Haut, rabenschwarzes Haar und Augen wie Kohlestücke. Tanzen konnten sie wie nur irgendwer, singen und trommeln, fiedeln und pfeifen. Jacko war der Älteste, vielleicht zwanzig, dann kam Imre, dann die kleine Meli, die einen so dehnbaren Körper besaß, dass sie die irrwitzigsten Verrenkungen machen konnte. Alle redeten sie in einem seltsamen Mischmasch aus fremden Dialekten und Sprachen, an die man sich erst gewöhnen musste, um sie gut zu verstehen. Sara musste sofort ihren Wagen besichtigen und sich einige ihrer Lieder anhören, manche davon lebhaft und fröhlich, andere von seltsamer Schwermut.

Und dann, am späten Nachmittag des dritten Tages, erreichten sie Siegburg. Es wurde ein prachtvoller, aufsehenerregender Einmarsch, den die Truppe beinahe wie ein heiliges Ritual zelebrierte. Die Siegburger liefen zusammen, klatschten, staunten und jubelten. Eine Abwechslung, wie sie die Fahrenden brachten, war hoch willkommen im täglichen Einerlei der kleinen Stadt. Der Stadtbote überbrachte ihnen schon nach kurzer Zeit die Erlaubnis des Rats, auf dem Oberen Marktplatz ihr Lager aufzuschlagen, und sofort verfielen die Fahrenden in ameisenhafte Geschäftigkeit.

Sara ging gleich zu Janka und Pirlo, um sich zu verabschieden. Sie wollte keine Zeit verlieren. »Dank euch für alles«, sagte sie. »Lebt wohl und alles Gute.«

Die beiden umarmten ihre Mitreisende herzlich. »Viel Glück, Kindchen«, lächelte Janka. »Ich hoffe, du findest deine Familie hier.«

Sara machte sich auf den Weg.

Unschlüssig streifte sie eine Zeitlang durch die Gassen. Sie fand weder eine Synagoge noch eine Mikwe, noch entdeckte sie Häuser mit einer Mesusa im Türstock. Schließlich betrat sie eine Werkstatt, in der ein alter Mann hinter seiner Töpferscheibe saß und ein bauchiges Gefäß formte.

»Verzeiht, Meister, darf ich Euch fragen, ob es hier in Siegburg Juden gibt?«

Der Alte hörte auf, mit den Füßen die Scheibe zu drehen, und sah sie misstrauisch an. »Und was wollt Ihr wohl von denen, he?«

Sara erschrak. Beinahe hätte sie sich verraten. »Oh, ich … ich will einen Ring verpfänden, weiter nichts.«

Die Miene des Töpfers wurde freundlicher. »Da habt Ihr Pech, Jungfer.« Bedauernd hob er seine tonbeschmierten, braunglänzenden Hände. »Nach dem großen Brand vor zehn Jahren sind alle Juden weggezogen, und danach hat der Rat keine mehr hereingelassen. Wenn wir Geld leihen wollen, gehen wir nach Köln, das ist besser, als diese Brut in der Stadt zu haben. Versucht dort Euer Glück.«

Sara stand die Enttäuschung ins Gesicht geschrieben. Sie trat ins Freie und blinzelte die Tränen weg. So sicher war sie sich gewesen! Und nun? Was sollte sie nun tun? Wohin gehen? Sie hatte nicht weiter gedacht als bis Siegburg. So weit hatte ihr Weg sie geführt, von Köln über München bis hierher, und alles war umsonst gewesen. Sie fühlte sich wie betäubt, ihr Kopf war leer, sie konnte nichts mehr denken. Sie hatte keine Kraft mehr. Ihre Familie war endgültig verloren, wo sollte sie denn noch suchen? Mit unsicheren Schritten ging sie zu dem Schöpfbrunnen, aus dem die Töpfer ihr Wasser holten, setzte sich auf die Stufen und umfing ihre Tasche auf den Knien. Todmüde legte sie die Stirn auf das warme, trockene Leder und schloss die Augen.

Eine fröhliche Melodie riss sie aus ihren Gedanken. Sie hob den Kopf, und wie durch einen Schleier sah sie Pirlo, Ciaran und die beiden jungen Zigeuner mit ihren Instrumenten die Gasse entlangkommen, gefolgt von Braunäugel und dem Schwein. Zum ersten Mal hörte Sara den Mann von der Insel singen, ein anzügliches Spottlied, das von einer jungen Rittersfrau handelte, die ihren viel älteren Ehemann frech mit einem Pfaffen betrog:

»... der selbe Ritter hett ein Weib,
die hett ein wunderschönen Leib,
dasz sie waz gut zu sehen an,
dabei war vil zu altt der Mann ...«

Das bunte Grüppchen kam näher, und die Fenster in den um-
liegenden Häusern öffneten sich. Die Leute winkten gut gelaunt,
Kinder rannten herbei, und sogar der alte Töpfer steckte seinen
Kopf aus der Werkstatt.

»... da waz ein armer Kapellan,
waz von der Lieb wol angethan,
sobald er hört der Glocken Klang
so hett er sunderlich Gedrang:
Mit den schönen Weiben
Wollt er die Zeit vertreiben ...«

Sobald Ciaran sein Stück zu Ende gebracht hatte, breitete Pirlo die
Arme aus und rief: »Morgen, ihr Leut, zur Mittagsstund, könnt
ihr hören und sehen, was die Fahrenden euch an Herrlichkeiten
gebracht: Staunet über Satan, den tanzenden Bären! Über Rutliese,
das klügste Schwein der Welt! Und über den Herzog von Schnuff,
unseren singenden Hund! Sehet den stärksten Mann des Univer-
sums und ringt mit ihm, lasset euch von Zenobia der Wahrsagerin
euer Glück weisen! Schauet die besten Joculatores Arabiens, den
feuerspeienden Schnuck, das scheue Schlangenmädchen aus dem
fernen Bengalesien. Und ersterbt vor Grauen beim Anblick des Ele-
fantenmenschen Horribilus, des menschlichen Ungeheuers grad-
wegs aus dem Höllenschlund! Wer ein Leiden hat, den wird der
weitbekannte Medicus Koromander davon befreien, ein Heiler,
der seinesgleichen sucht! Auch ziehet er die faulen Zähn und ver-
treibet Läus und Wanzen! Sehet das Schauspiel von dem Prinzen
und den drei nackenden Göttinnen, das schon den König selbst
entzückt hat! Entscheidet den Streit zwischen Frau Tugend und
Frau Wollust um die rechte Lieb! Staunt über die Kampfeskünste
des Ritters Ezzelin und messt euch mit ihm beim Fechten! Kommt,
kommt herbei und schaut die Wunder, die wir euch zeigen!«

Ciarans Blick fiel derweil auf Sara, die immer noch ganz verloren auf den Brunnenstufen kauerte. Er sah, wie traurig sie war und kam näher. »Was hast du?«, fragte er. »Du siehst aus wie drei Tage Gewitter!«

Aus ihrer Kehle kam ein kleiner Schluchzer. »Ach Ciaran, ich habe meine Familie nicht gefunden. Und jetzt weiß ich gar nicht mehr, was ich tun soll.«

Er setzte sich neben sie. »Du Arme«, tröstete er mit sanfter Stimme, »das ist schlimm. Ich weiß, wie es ist, wenn man ganz alleine ist. Aber du darfst nicht verzweifelt sein. Geh heut Abend zu Janka, sie kann in solchen Dingen helfen. Ihre Karten geben immer guten Rat.«

Sara seufzte. »Vielleicht tue ich das sogar«, antwortete sie ohne große Hoffnung.

Abends brannten auf dem Marktplatz die Feuer. Die Fahrenden waren mit den Vorbereitungen für die kommende Vorstellung beschäftigt, besserten Kostüme aus, übten und bastelten an irgendwelchen Gerätschaften. Allein Janka und Gutlind waren nicht dabei. Die Dicke hatte den roten Wagen am Rand des Platzes aufgestellt, um sich ihren Männerbesuchen zu widmen, und Janka hatte ebenfalls zu tun. Vor ihrem kleinen Zelt, dessen Eingang von zwei lodernden Kienspänen beleuchtet wurde, standen die Leute Schlange.

Sara wartete, bis niemand mehr kam, dann trat sie schüchtern ins Innere. Beinahe hätte sie Janka nicht wiedererkannt: Pirlos Frau trug eine Art Turban mit nachtblauen Fransen und ein scharlachfarbenes, wallendes Gewand, in das bunte Steine eingenäht waren. Die Lider hatte sie mit Kohle umrandet, so dass ihre hellgrauen Augen etwas Stechendes, Hypnotisierendes bekamen. Silberne Ketten hingen ihr von Hals und Handgelenken; bei jeder kleinen Bewegung klirrte es leise. Vor ihr stand ein kleines, kaum eine Elle hohes Tischchen mit einem Stapel Spielkarten und einer brennenden Kerze. Von einer Räucherschale stieg ein betäubend süßlicher Duft auf, der Sara an die Kräuter der Besamimbüchse erinnerte.

»Ich hab mir schon gedacht, dass du zu Zenobia kommst«, sagte Janka mit ihrer leicht heiser klingenden Stimme. »Setz dich.«

Sara ließ sich folgsam auf einem kleinen Teppich nieder; Janka mischte indes die Karten und fächerte sie mit großer Geschicklichkeit auf dem Tischchen aus. »Zieh sieben«, sagte sie. Dann legte sie das gewählte Blatt aus. Mit skeptischem Blick begutachtete sie ihr Werk, rückte hier eine Karte gerade, legte dort eine zurecht.

»Das ist das Hufeisen«, erklärte sie, »eine uralte Art, die Karten zu legen. Ich hab's schon als Kind von den Zigeunern gelernt. Das Hufeisen zeigt, woher du kommst und wohin du gehst.«

Dann wurden ihre Augen klein. »Du bist traurig«, sagte sie leise. »Und du hast Angst. Angst vor etwas oder jemandem. Dieses Gefühl liegt auf deinem Leben wie eine Last, aber du bist auch stark, du kannst es tragen – das sagt mir die ›Priesterin‹. Irgendetwas Schlimmes ist dir geschehen, lass gut sein, du brauchst es mir nicht zu sagen, ich sehe den ›Mond‹ in deiner Vergangenheit. Das ist die Karte der Bedrohung, der Dunkelheit.«

Janka ordnete die Karten auf dem Tisch erneut. »Schau, schau, du hast einen Schatz verloren, hm? Das müssen keine Reichtümer sein, ich denke, die Karte mit dem Kelch meint wohl deine Familie. Und ich sehe einen Tod. Jemand ist gestorben. Deine Eltern – nein, vielleicht nicht so nah …«

»Mein Onkel«, warf Sara ein.

»Ah.« Janka nickte wissend. »Jetzt gib mir deine Hände.«

Sara spürte warme, streichelnde Finger. Ganz still hielt sie, und Janka nahm mit geschlossenen Augen etwas von ihr auf, etwas, das sich nicht beschreiben ließ und für das es keinen Namen gab. »Du hast eine besondere Gabe«, murmelte sie. »Es ist eine gute Kraft, für dich und andere. Ich sehe Menschen, die zu dir kommen.«

»Ich bin Ärztin«, lächelte Sara. »Das habe ich von meinem Onkel gelernt.«

»Aber du hast auch ein Geheimnis«, sagte Janka. »Da ist etwas Dunkles, etwas, das du niemandem sagst. Ja, natürlich – da ist der ›Eremit‹, man nennt ihn auch das ›große Arkanum‹, er steht für etwas Verborgenes in dir. Oh, nein, du musst es mir nicht verraten!« Sie winkte ab. »Wir alle hier bei den Fahrenden haben solche Geheimnisse, jeder von uns. Frage nie jemanden nach seiner Vergangenheit, das ist eine ungebrochene Regel. Entweder man erzählt sie dir freiwillig, oder nie. Die Zeit wird kommen …«

Sie ließ Saras Hände los und mischte die Karten neu. Dann ließ sie Sara vier davon ziehen und legte sie zum Kreuz aus.

»Ein Schatten liegt auf deinem Leben, etwas Böses, das dich verfolgt. Das ist deine Angst. Aber du hast auch Glück, hier ist der ›Wagen‹, eine der guten Karten! Er sagt: Da ist ein Weg, der sich dir bietet. Du solltest ihn gehen, denn er zieht dich ins Licht. Fahr los, auf und davon, da ist ein Ziel! Und darüber die ›Liebenden‹! Dir steht eine Herzensentscheidung bevor. Zuletzt sieh, das ›Große Rad des Schicksals‹! Es steht im Hier und Jetzt, das bedeutet, du befindest dich in einer Zeit der Veränderung, du tust etwas Neues. Zieh noch einmal vier Karten.«

Sara wählte aus, und dann sah sie, wie sich Jankas Gesicht verdunkelte. »Was siehst du?«, fragte sie ängstlich.

Die Wahrsagerin schüttelte den Kopf. »Es ist schwer zu erkennen, Kind. Hier liegt die ›Welt‹ – sie sagt, du wirst einmal den Platz erreichen, an den du gehörst. Und da haben wir wieder die ›Liebenden‹. Ich sehe Menschen, die dir im Leben etwas bedeuten, in der Zukunft und in der Vergangenheit … Es ist nicht nur ein Mann, es sind mehrere, vielleicht noch eine Frau. Neben ihnen liegt noch einmal der ›Mond‹ – nicht über allen, aber über einem oder mehreren von ihnen schwebt die Finsternis. Zieh noch ein letztes Mal.«

Und Sara zog. Janka nahm die Karte verdeckt, dann drehte sie sie um und legte sie in die Mitte des Kreuzes. Der ›Turm‹. Etwas wie Erschrecken blitzte in den dunkel geschminkten Augen der Wahrsagerin auf. Dann fegte sie mit der Hand über die Karten und brachte sie durcheinander.

»Was hast du gesehen, Janka?« Sara spürte, dass etwas nicht in Ordnung war.

Die Alte hob die Hand. »Es ist nichts, nichts von Bedeutung. Zieh noch ein allerletztes Mal.«

Und Sara zog. Wieder der ›Turm‹! Mit zitternden Fingern deckte sie die nächste Karte auf, und der Schreck fuhr ihr kalt in die Glieder. Es war der ›Tod‹.

War Janka kurz zusammengezuckt? Aber nein, sie lächelte ja. »Das ist gut«, sagte die Alte. »Sieh hier den ›Turm‹, er steht für jemanden, der dir Böses will. Der ›Tod‹ aber zeigt an, dass er sein Ziel nicht erreichen wird.«

Sara atmete auf. Sie dachte an Chajim.

»Ich bin müde«, meinte Janka schließlich. »Geh jetzt, wir reden morgen noch einmal.«

Nachdem Sara das Zelt verlassen hatte, saß die Wahrsagerin noch lange über ihren Karten. Sie wusste, sie hatte gelogen. Manchmal war es nicht gut, den Menschen die Wahrheit zu sagen. Was sie Sara erzählt hatte, war die eine Auslegung der Konstellation ›Turm‹ und ›Tod‹ gewesen. Doch es gab noch eine zweite, wichtigere. Janka rieb sich die müden Augen. Es half nichts, man musste annehmen, was die Karten einem sagten. Und es musste ausgesprochen sein.

»Du wirst einmal dem Menschen den Tod bringen, der dich am meisten begehrt.«

Sie lauschte dem düsteren Klang ihrer Stimme in dem leeren Zelt nach.

Dann löschte sie die Kerze.

Sara

Ich wußte nicht recht, was ich von alledem halten sollte. Da saß mir diese fremde Frau gegenüber und erzählte Dinge über mich und mein Leben, Dinge, die sie nicht wissen konnte. Tief stand ich unter dem Eindruck ihrer Worte. Und je länger ich darüber nachdachte, desto mehr wurde mir klar: Ich glaubte ihr. Ich hatte ihre Hände gefühlt und ihren Blick in mich aufgenommen, und ich wusste, sie war kein Scharlatan. Es gibt Dinge zwischen Himmel und Erde, die sich nicht messen oder beweisen lassen. Es gibt Menschen, die anders sind und besonders, die mit Kräften umgehen, die sonst keiner kennt. Solch ein Mensch war Janka. »Ich kann mich natürlich täuschen«, sagte sie später, »es wäre nicht das erste Mal. Und die Todeskarte ist auch nicht immer dunkel und böse. Sie kann auch einen Neubeginn bedeuten, eine Befreiung oder eine Erlösung. Viel wichtiger ist, dass die Karten einen Weg gezeigt haben, den du gehen musst. Der ›Wagen‹

führt dich voran, und die ›Welt‹ sagt, dass du dein Ziel erreichen wirst.«

Ich ließ mir von ihr Mut machen. Ja, dachte ich, du bist jetzt frei, von allem Vergangenen losgelöst. Das ist auch etwas Gutes. Wie ein Aufatmen. Und ich überlegte, was für ein Weg das sein könnte, den der ›Wagen‹ mir gezeigt hatte. Die Suche nach meinen Eltern und Jochi? Nach dem Ort, an dem ich leben konnte, meiner »Burg aus Silber«? Nach einem Mann, der mich liebte? Nach einem Leben ohne Angst, in Frieden und Sicherheit? Konnte so etwas möglich sein? Den Karten nach wohl. Ich wagte noch nicht, an mein Glück zu glauben. In dieser Nacht fand ich keine Ruhe. Ein Gedanke jagte den nächsten wie Sturmwolken über den dunklen Himmel. Als der Morgen graute, fasste ich einen Entschluss. Ich ging zu Pirlo.

»Kann ich noch ein Stück weiter mit euch ziehen?«, fragte ich. »Bis wir in eine Stadt kommen, die mich als Ärztin aufnimmt?«

Er legte den Kopf schief. »Da muss ich erst alle anderen fragen«, gab er zurück. »Das ist so bei uns.«

Er rief also das Häuflein der Fahrenden zusammen und unterbreitete ihnen meinen Wunsch.

»Wenn Ciaran noch eine Zeitlang bei mir im Zelt nächtigen will, habe ich nichts dagegen«, meinte der stille, freundliche Ezzo als Erster. »Auch wenn er schnarcht wie ein altes Ross.«

Ciaran tat erstaunt. »Ich schnarche? Du Lügner! Aber ich bleib gern nachts bei dir, mein lieber Freund, solang du nur die Finger von mir läßt.« Ezzo versetzte ihm einen scherzhaften Tritt.

Die anderen waren auch nicht gegen meine Mitreise. Finus stieß sogar einen Jubelschrei aus; er hatte mich als seine Retterin ins Herz geschlossen. Nur Hiltprand, der Quacksalber, war nicht begeistert. »Und was steuert sie zum Leben bei, wenn sie mitkommt?«, fragte er verdrießlich. »So gut geht's uns nicht, dass wir fremde Mäuler einfach so mit durchfüttern könnten.«

»Sie ist eine Medica«, warf Janka ein. »Vielleicht würdet ihr gemeinsam …«

»Kommt nicht in Frage!« Feindselig starrte Hiltprand mich an.

»Oh, ich kann bei allen Arbeiten helfen«, beeilte ich mich, zu erwidern. »Und ich würde für das bezahlen, was ich täglich brauche.

Ich will ja auch nur ein Stück rheinaufwärts mit euch ziehen, bis ich irgendwo als Ärztin bleiben kann.«

Und vielleicht, bis ich meine Eltern gefunden habe, dachte ich dabei im Stillen. Ich hatte die Hoffnung noch nicht aufgegeben. Rheinaufwärts lagen die berühmten Schum-Städte, wie mein Volk sie nach ihren alten Anfangsbuchstaben S-V-M nannte – Städte, in denen seit Jahrhunderten die ältesten und bedeutendsten jüdischen Gemeinden des Reichs lebten: Speyer, Worms und Mainz. Vielleicht war meine Familie dorthin gegangen.

Pirlos Stimme riss mich aus meinen Gedanken. »Also, Hiltprand, was ist?«

Der Angesprochene spuckte aus. »Ich bin dagegen.« Herausfordernd sah er die anderen an, aber niemand schloss sich seiner Meinung an. »Macht doch, was ihr wollt«, knurrte er schließlich. »Aber sie soll sich von mir und meiner Arbeit fernhalten, sonst lernt sie mich kennen!« Er drehte sich auf dem Absatz um und stapfte davon.

Einen peinlichen Augenblick lang sagte niemand etwas, doch dann breitete Pirlo die Arme aus. »Willkommen bei den Fahrenden, Sanna«, rief er. Lachend zwinkerte er mir zu, und unzählige Fältchen bildeten sich um seine Augen.

Damit war ich in der Truppe aufgenommen.

Während die anderen sich für die Vorstellung umzogen, die gleich beginnen sollte, ging ich auf die Suche nach einem Zeltmacher. Ich wollte Ciaran nicht für so lange aus seinem Wagen vertreiben, und Geld hatte ich genug im Beutel. Tatsächlich fand ich einen Kaufmann, der gewachstes festes Tuch anbot, und danach erstand ich von einem Zimmerer Holzstangen, ein paar Bretter, einen festen Strick und was für mein zukünftiges Heim sonst noch vonnöten war. Am Schluss kaufte ich noch allerlei nützliche Dinge wie ein Talglämpchen, Feuerstein und Zunder, ein bisschen Hausrat, Decken und Kissen. Dies alles lud ich auf einen kleinen Leiterwagen, den ich von Schwärzels Frau Ada geliehen hatte, und zog es zurück zum Marktplatz.

Schon von Weitem hörte ich das Gelächter der Zuschauer. Mit meinem Wägelchen blieb ich am Rand der Menge stehen, denn ein Durchkommen war unmöglich. Ich stellte mich auf die Zehenspitzen, um besser sehen zu können, aber es waren zu viele Leute vor mir. Dann fiel mir ein, dass ich mir ja ein großes Holzschaff zum Wasserholen gekauft hatte. Kurzerhand stülpte ich es um und kletterte darauf.

Mir stockte der Atem. Sie hatten zwischen zwei Häusern, dort, wo eine Gasse auf den Marktplatz mündete, ein Seil gespannt, in luftiger Höhe, dort, wo die Dächer auf das zweite Stockwerk stießen. Und auf diesem Seil stand Schnuck, eine lange Stange in der Hand. Flink lief er hin und her, hob hier ein Bein und da, ging in die Knie, hüpfte ein paar Mal hoch und trug bei all dem ein breites Grinsen im Gesicht. Ich hatte so etwas als Kind schon einmal gesehen. So wie damals hielt ich die Luft an ob der Gefährlichkeit dieses wagemutigen Unterfangens. Und da – Schnuck machte tatsächlich einen Purzelbaum auf dem Seil! Es war ganz und gar unglaublich! Die Leute klatschten und johlten begeistert, und der junge Schausteller verbeugte sich aufs Zierlichste. Doch plötzlich presste er eine Hand vor die Stirn, als würde ihm schwindelig. O Himmel, er wankte, ließ die Stange fallen, suchte mit den Händen nach Halt! Sein Körper schwankte vor und zurück, die Augen vor Schreck weit aufgerissen. Mir blieb fast das Herz stehen. Ein Kind schrie: »Fall nicht herunter, Seilmann!« Aber da hatte Schnuck mit einem Mal wieder alles im rechten Lot, sicher setzte er die nackten Füße und rannte noch einmal über das Seil, als ob zwischen ihm und dem Erdboden nicht zehn Schuh hoch Luft sei. Die Leute begriffen, dass er sie nur gefoppt hatte, und auch ich atmete erleichtert auf. Schnuck kletterte an einer Strickleiter hinunter auf die Gasse, warf Kusshände und machte Verbeugungen. Dann beeilte er sich, mit einem Schüsselchen in der Hand von Zuschauer zu Zuschauer zu gehen, bevor sich die Begeisterung wieder legte. Als er an mir vorbeikam, strahlte er mich an, und ich bewunderte ihn grenzenlos. In diesem Augenblick war ich wieder Kind, wie damals in Köln.

Kaum war Schnuck fort, ließ ein lauter Schmerzensschrei mich aufhorchen. Ich suchte nach der Ursache und stieß so auf einen vierschrötigen Kahlkopf in Bauernkleidern, der sich die Wange rieb und dabei einen blutigen Zahn begutachtete, den er auf seiner

257

Handfläche trug. Er spuckte aus, drückte Hiltprand – besser: dem großen Medicus Koromander – ein Geldstück in die Hand und trollte sich erleichtert von dannen.

Derweil hatte schon der nächste Patient auf Hiltprands Stuhl Platz genommen, ein junger rothaariger Bursche mit geschwollener Backe. Ich verbarg mich hinter einer dicken Frau und sah ihr neugierig über die Schulter. Koromander untersuchte die Zähne des Rothaarigen, dann holte er eine kleine Kugel aus der Hosentasche und zündete sie mit Hilfe eines Spans an, der in einem Becken mit glühenden Kohlen steckte. »Ihr habt den Zahnwurm, junger Mann, ein ganz vermaledeites Tierchen, das einem Löcher in die Zähne bohrt und große Schmerzen verursacht. Ich werde diesen Wurm nun herausholen, damit er Euch hinfort nicht mehr belästigt. Keine Angst, es ist nicht schlimm.« Mittels einer Pinzette stopfte er das qualmende Kügelchen in oder neben den kranken Zahn. Ich vermutete, dass es aus zusammengerolltem getrocknetem Bilsenkraut war und dadurch eine schmerzstillende Wirkung hatte. Während nun dunkler Rauch aus dem offenen Mund des Rothaarigen quoll, langte Hiltprand hinein – und als er die Hand wieder aus dem Rachen seines Patienten zog, wand sich das kleine Würmlein zwischen seinen Fingern. »Seht hier!«, rief der Quacksalber triumphierend, »der Übeltäter!« Er zerquetschte das Würmchen zwischen Daumen und Zeigefinger und schnippte es weg. »Die Schmerzen werden noch ungefähr drei, vier Tage anhalten«, sagte Hiltprand zu dem Rothaarigen, der ihn dankbar anblinzelte. »Dann werden sie besser und vergehen ganz. Macht einen Kreuzer.«

Ich schnappte nach Luft. Denn ich hatte gesehen, was die anderen Zuschauer offenbar nicht bemerkt hatten: Hiltprand hatte vorher heimlich hinter seinen Ärmelaufschlag gegriffen und von dort das Würmlein »hervorgezaubert«. Es war die ganze Zeit über in seiner Hand versteckt gewesen. Dieser Mann war ein Betrüger, ein ganz windiger Halsabschneider! Es war eine Schande! Ich ballte vor lauter Zorn die Fäuste. Ein Medicus hatte die Verpflichtung, den Menschen zu helfen! Hiltprand zog unsere ganze Profession in den Schmutz. Wer würde noch Vertrauen zu einem Arzt haben, wenn er einmal an solch einen Quacksalber geraten war? Kein

Wunder, dass dieser Kerl mich von sich fernhalten wollte – er fürchtete, dass ich ihn entlarven könnte.

Mir war der Spaß vergangen. Nicht einmal das herzerweichende Gejaule von Schnuff, dem singenden Hund, konnte mich recht aufmuntern. Ich schlenderte unentschlossen weiter, dorthin, wo die Leute immer dichter standen, und drängte mich durch. Um den Brunnen standen und saßen die Zigeuner, Ezzo und Ciaran, Pirlo und Schwärzels Frau. Alle hatten sie Instrumente bei sich: Die Zigeuner Fiedel, Trommel, Schellen und Rankett, Ezzo eine Flöte, Ada ein Scheitholt und Pirlo eine Bassfiedel. Ciaran saß mit seiner Harfe etwas abseits. Es war ein wunderschönes Instrument mit Intarsien aus Ebenholz und weißem, manchmal grüngefärbtem Elfenbein, wie er mir später einmal erklärte. Die Einlegarbeiten bildeten auffällige Muster: Rauten, Herzen, Kreise und Dreiecke. Es war einmal zerbrochen gewesen, das konnte man an manchen Stellen sehen, aber Ciaran hatte es mühe- und liebevoll wieder heil gemacht. Kein Wunder, dass er die Harfe hütete wie seinen Augapfel. Ich schlängelte mich zum Brunnen hinüber und setzte mich zu ihm auf die Stufen. Er lächelte mir zu, als auch schon die Musik begann.

»Pirlo spielt auf der Bassfiedel den Bordun«, begann Ciaran zu erklären. »Das ist ein Grundakkord, der sich immer wiederholt. Darüber legt jetzt Jacko mit seiner kleinen Fiedel die Melodie, hörst du's?«

Ich fühlte mich wie verzaubert! Allein schon die Instrumente, die immer wieder wechselten! Da waren die Zupfleier, die Ciaran spielte, die Pommer und das Krummhorn. Ezzo beherrschte außer der Flöte noch die Rotte, eine dreieckige Brettzither, die wie feines Vogelzirpen klang. Und später humpelte Finus noch mit einer Drehleier hinzu. Auch diese erklärte mir Ciaran: »Mit der rechten Hand dreht Finus die Kurbel, siehst du? Diese Kurbel bewegt eine Holzscheibe, an der die Saiten anliegen. Dadurch werden die Saiten in Schwingung versetzt. Die Leier macht so einen schnarrenden Grundton, der sich durchs ganze Lied zieht, und darüber spielt Finus mit der linken Hand auf den Tasten die Melodie. Das ist wie zwei Instrumente.«

Die Fahrenden spielten mitreißend fröhliche Lieder, deren

Rhythmus den Leuten sofort ins Blut überging. Bald tanzten die Siegburger den Reigen, sprangen und hüpften so übermütig herum, wie es ihre spitzen Schnabelschuhe zuließen. Auch ich konnte kaum stillhalten. Es war das erste Mal, dass ich solche Klänge hörte – sie klangen so ganz anders als unsere wehmütigen jüdischen Lieder. Und ich wunderte mich über mich selbst, was das mit mir anstellte. Ezzo, der bemerkt hatte, wie mir die Musik in die Beine fuhr, fasste mich an der Hand und zog mich mit unter die Tanzenden. O Adonai, dachte ich, ich kann das doch gar nicht! Ich wollte mich wehren, aber er drehte und schwenkte mich, fasste mich um die Hüften, lenkte meine Schritte – und plötzlich tanzte ich! Es war herrlich! Ich gab mich den Tönen hin, stampfte zur Trommel, wiegte mich zur Fiedel, bis ich ganz schwindelig war.

Dann, als alle müde getanzt waren, hörte die wilde Musik auf. Ciaran lehnte sich gegen den Brunnenrand und machte den Leuten ein Zeichen, dass sie sich auf den Boden setzen sollten. Dann begann er, mit seinem angenehm fremdartigen Zungenschlag zu erzählen.

»In dem Land, aus dem ich komme, Ihr Leute, gibt es ein kleines Volk, das heißt Lepreachaun. Sie haben einen König mit Namen Jubdan. Sein stärkster Untertan zeichnet sich dadurch aus, dass er eine Distel mit einem Hieb umhauen kann. Alle Lepreachauns sind hässlich und nur so groß wie ein Kind von zwei Jahren, meistens noch kleiner. Ihre Gesichter sehen aus wie verschrumpelte Äpfel. Immer tragen diese Zwergenleute eine Lederschürze, denn sie sind Schuster – Lepreachaun heißt in Eurer Sprache Einschuhmacher! Aber sie machen immer nur einen Schuh und nie einen zweiten dazu. Über der Schürze tragen sie einen grünen Mantel, und auf dem Kopf haben sie stets einen roten Hut, daran kann man sie erkennen. Und an ihrer Hinterhältigkeit! Sie foppen die Menschen gern und halten sie zum Narren. Trotzdem sind die Leute in meinem Land immer auf der Suche nach den Lepreachauns. Wollt Ihr wissen warum? Arrah, die kleinen Kerle kennen nämlich den Ort, an dem ein kostbarer Goldschatz versteckt liegt! Wenn nun ein Sterblicher einen Lepreachaun fängt, dann kann er ihn zwingen, diesen Ort zu verraten. Aber er darf den Kleinen die ganze Zeit über nicht aus den Augen lassen, sonst ist er verschwunden. Immer versucht der Lepreachaun, den Menschen einen Augenblick abzulenken und dann zu entwischen. Wer darauf hereinfällt, ist selbst schuld. Er wird nie wieder einen Lepreachaun fangen und den Schatz finden. Einmal ließ sich ein Bauer namens Finbar aber nicht überlisten, und der Lepreachaun zeigte ihm den Busch, unter dem der Schatz lag. Finbar band ein rotes Band um den Busch und ließ dann den Lepreachaun frei. Dann ging er, um einen Spaten zu holen. Und was glaubt Ihr, was geschah? Als Finbar zurückkam, flatterten an allen Büschen rote Bänder! Den Schatz hat er nie gefunden.«

Die Leute hatten mucksmäuschenstill zugehört. Doch kaum war Ciaran zum Ende gekommen, fingen die Zigeuner schon wieder an, zu spielen, und der Tanz ging weiter.

»Das Ganze ist Ciarans Erfindung«, erklärte Ezzo mir. »In seiner Heimat gibt es Tanz- und Erzählfeste, an denen sich Musik und Geschichten abwechseln. Er nennt sie ceilidhs.« Dann stand mein Tanzmeister auf. »Ich muss los. Zwei junge Kerle wollen sich gleich mit mir im Schwertkampf messen.«

»Ist das nicht gefährlich?«

Er lachte. »Aber wo! Die wissen ja kaum, wo beim Schwert vorne und hinten ist. Manchmal erwischt mich schon einer aus Versehen, aber das ist meistens nicht schlimm. Hiltprand schmiert mir dann immer ein bisschen Schwalbenkot auf die Schnitte, dann heilen sie gut.«

Noch bevor ich ihm sagen konnte, was ich von Schwalbenkot hielt, war er schon weg. Dieser Hiltprand ist eine Heimsuchung, dachte ich erbittert.

Später half ich Janka beim Kochen. Sie hatte zwei Feuer gemacht, über dem einen hing ein Kessel mit Wasser, und über dem anderen brutzelte an einem Drehspieß – o Himmel! Ein Schwein! Schon der durchdringende Geruch machte mir zu schaffen, und ich vermied es hinzusehen, wie Finus, das geschiente Bein lang ausgestreckt, den Spieß drehte und manchmal mit dem Finger versuchte, das tropfende Fett aufzufangen.

Ahnungsvoll äugte ich immer wieder zu dem Schwein hinüber, während ich mit Janka Pastinaken schnippelte und Mehl für das

Morgenmus mahlte. Bisher hatte ich immer vermeiden können, Schweinernes zu essen. Wenn ich im Zweifel war, nahm ich eben gar kein Fleisch. Aber an diesem Abend, so erzählte Finus voller Vorfreude, würde es für alle Braten geben! Mir graute schon, und ich sann nach einer Ausrede. Zu allem Überfluss tat Finus irgendwann vom Drehen der Arm weh, und ich musste ihn ablösen. Ich drehte den Spieß möglichst ohne hinzuschauen und atmete dabei durch den Mund. Wenn das mein Vater sehen würde, dachte ich. Seine Tochter, ein unreines Schwein bratend! Rauch und Schweineduft hüllten mich ein – eigentlich ein Grund, um sofort in die Mikwe zu laufen, dachte ich mir und schüttelte mich. Aber während ich so drehte, musste ich dann doch über mich selbst lachen. Mein Ekel vor dem unreinen Tier war so groß, und alle anderen freuten sich auf das Essen! Ich fragte mich zum ersten Mal, wozu unsere Speisevorschriften eigentlich gut waren …

Es dauerte nicht lang, da hatte auch ich ein Stück knusprigen Schweinebraten auf dem Teller. Gott sei Dank waren die anderen so mit Essen beschäftigt, dass keiner bemerkte, wie ich einen Brocken davon zu Boden fallen ließ. Kurz darauf raschelte es: Der Herzog von Schnuff war schwanzwedelnd zur Stelle und verschlang den Leckerbissen gierig. Ich sah mich noch einmal um und ließ dann mein ganzes Bratenstück vom Teller fallen. Der Hund fraß selig und wich danach nicht mehr von meiner Seite. Ich blieb hungrig, aber zumindest hatte ich an diesem Abend einen Freund gewonnen. Schnuff ließ sich das glänzende schwarze Fell ausgiebig von mir kraulen. »Glaub bloß nicht, dass du genauso viel abkriegst, wenn es Hühnchen gibt«, flüsterte ich ihm ins Ohr.

In dieser Nacht schlief ich stolz und glücklich in meinem eigenen Zelt. Die Männer – natürlich außer Hiltprand – hatten mir geholfen es aufzubauen, und drinnen war es recht gemütlich. Ich schlug Feuer, zündete mein Talglämpchen an und kuschelte mich unter die warmen Decken. Dann fiel mein Blick auf Onkel Jehudas Ledertasche. Und zum ersten Mal seit ich München verlassen hatte, holte ich sein Buch hervor. Bisher hatte ich es einfach nicht lesen können; jedes Mal, wenn ich es versucht hatte, war mir der Text vor lauter Tränen vor den Augen verschwommen. Jetzt endlich konnte ich den Band aufschlagen und durchblättern, ohne zu weinen.

Die Titelvignette enthielt die schönsten farbigen Pittoresken, und auch in den Text waren viele verschiedene Abbildungen eingestreut, in denen Kranke nach den verschiedenen Stadien ihres Leidens dargestellt waren. Hier stand ein Arzt am Bett eines Siechen und fühlte demselben den Puls, da flößte er einer Frau Arznei ein, dort schloss er einem Sterbenden mit einem frommen Spruch die Augen. Alle Bilder waren in so feiner, meisterlicher Ausführung, als seien sie mit dem Grabstichel angefertigt. Vermutlich hatte Onkel Jehuda dafür einen Buchmaler bezahlt. Nur ein einziges Bild stammte von seiner Hand: Auf der letzten beschriebenen Seite hatte er ein Lassmännlein gezeichnet und die Stellen markiert, an denen ein Aderlass besonders günstig war. Danach waren alle Seiten unbeschrieben – es war ihm nicht vergönnt gewesen, sein Buch zu vollenden. Wieder schossen mir die Tränen in die Augen, und mir fiel ein Grabspruch für einen jüdischen Arzt ein, den ich als Kind auf dem Kölner Friedhof gesehen hatte: »Es haben gesiegt die Engel und Platz eingeräumt dem Reinen und Lautern, der hier unten ruht. Er war ein Arzt für Körper und Gemüt, seiner Kunst stand die Lehre Gottes zur Seite.« Ich schwor mir, meinem Onkel irgendwann einen Stein mit einem ähnlichen Spruch setzen zu lassen, auf dass die Erinnerung an ihn unter den Lebenden wach bliebe. Und ich schwor mir auch, so bald wie möglich in seine Fußstapfen zu treten und ihm als Ärztin Ehre zu machen.

Aus »Des sorgsamen Artztes heyl bringender Rosengartten«, geschrieben von Jehuda Mendel

Bey Eckel vor dem Essen:
Bey Eckel vor dem Essen kann es seyn, daß üble Säfte in den Eingeweyden und der Miltz überhandt genomen haben. Dagegen helffen Pfeffer und Galgant, im Mörßer gestossen und vor jedem Mahl geben in warmem Wein.

Gegen Verstopfungk in Magen und Bauch:
Nimm Ingber und stoß ihn schön feyn. Dann mach aus dem Pulffer
mit Dinckelmehl, Wasser und Ei einen guthen Brey, und back den
alß Tortelli. Und gibs dann hin drey Mal am Tagk.

Bey Kolick:
Bey Kolick hülffet ein Tranck aus Ingber, Zimmet, Pfeffer und
Honigwein. Gib einen Fingerhuth voll alle hundert Atemzüg, biß
die Windt abgangen sind. Dieß kann man auch eym Pferdt geben,
aber nit mehr denn ein Stübchen voll jedes Mal.

Für krancke Eingeweyde:
Hier nimb Nelcken ein gantz Handvoll und tu sie in ein Seidlein
Weins. Laß zwey Monath im Duncklen ziehn, dan seyhs ab. Und
trincks jeden Morgen und Abendt.
  Diß hülfet auch bei Kopfschmertz, mindert die Geschwülst und
die Wassersucht.

Bey Halß Schmertzen
So ein Mensch an Drüsen am Halß Schmertzen hat, sodaß die Halß
Adern auffgebläht sind, dann nehm er Liebstöckel und etwas mehr
Gundelreb, und er koch das gleichzeitig in Wasser. Nach Ausgies-
sen des Waßers leg er das warm umb den Halß, und er wirdt geheilt
werden.
  Dieß hülfet auch gegen Schmertzen in der Brußt, wenn sich der
Husten auff die Brust gelegt hat. Nur daß man dartzu vorher noch
Fenchel thun soll und alles in Wein kochen. Den Wein soll man
warm nach dem Essen trincken, es wirdt beßer.

Gegen Heiserkeyt
Hier hülfet Süß Holtz, denn es ist von gemässigter Wärme und
bereitet eine klare Stimme, auf weliche Weis es auch immer ges-
sen wird. Es macht auch den Sinn mildt, erhellet die Augen und
erweicht den Magen zur Verdauungk. Aber auch dem Wirren im
Geist hilfet es sehr, dieweiln es die Wuth im Gehirn auslöschet.

Aber vergiß nit: Gott ist immer noch der erste Artzt!

Burg Drachenfels, Juli 1414

ie Burg lag hoch über dem Rhein auf der Kuppe des Berges, den die Leute Drachenfels nannten. Zum Rhein hin fiel der Hang steil ab, und schon von Weitem war zu erkennen, dass sich ein Steinbruch bis nahe an die Ummauerung in den Fels gefressen hatte – seit über zweihundert Jahren brach man hier den Trachyt, aus dem der Kölner Dom erbaut wurde.

Langsam näherten sich die Fahrenden von Norden her der alten Festung. Ein Adelssitz verhieß immer guten Verdienst, da lohnte es sich, für ein, zwei Tage zu bleiben. Ezzo trabte auf seinem Schimmel ein Stück voraus und betrachtete die Mauern und den dreistöckigen Bergfried mit gemischten Gefühlen. Jedes Mal, seit er zu den Fahrenden gestoßen war, erinnerte ihn der Anblick einer Burg an seine Kindheit und daran, dass da noch eine Rechnung zu begleichen war. Aber noch war er an die Königin gebunden. Sein Schwur, ihr als Ritter zu dienen, galt auf drei Jahre. Kurz nachdem er Hals über Kopf von Budapest fortgeritten war, hatte Barbara von Cilli ihm einen Boten nachgeschickt. Der Mann hatte ihm einen schweren Silberring mit dem Siegel der Königin übergeben, zusammen mit zwei von ihr eigenhändig verfassten Schreiben. Das erste war an Ezzo selbst gerichtet; es enthielt eine leidenschaftliche Liebesbeteuerung und einen Auftrag. »Du mögest«, so hatte Barbara geschrieben, »mein heimblicher Fürsprech in den teutschen Landen sein. Schaff mir das Vertrauen von Kirche, Adel und Städten und versprich ihnen dafür Geld und Landt. Es wird die Zeyt kommen, da mich der König nit mehr in Gnaden helt. Schon hat er gedrohet, mich in einer böhmischen Burg verrotten zu laßen. Daß dieß niemals gescheen mög, dafür brauch ich mächtige Freunde im gantzen Reich. Du sollst mir diese Freunde werben ... Verprenn dießen Brief, wenn er gelesen ist. In Lieb biß wir uns wiedersehn, geh mit Gott, Barbara.«

Das zweite Schreiben war eine Urkunde, in der Barbara bei Bischöfen, Klöstern, Adeligen und Städten für ihre Sache warb, sie um Unterstützung ansuchte und ihnen dafür Gegenleistungen versprach.

So war Ezzo denn als fahrender Ritter im Land umhergezogen,

hatte versucht, seine Aufgabe nach bestem Wissen und Gewissen zu erfüllen und regelmäßig Bericht nach Buda erstattet. Als geheimen Boten der Königin hatte man ihn überall empfangen, auch wenn sein vorsichtiges Werben um Zustimmung nicht immer von Erfolg gekrönt war. Immerhin, es gab genug Adelige, Beamte und kirchliche Würdenträger des Königs, die es nicht schädlich fanden, sich die Königin gewogen zu halten.

Nach einigen Monaten, in denen Ezzo allein unterwegs war, hatte er zufällig Pirlos Truppe getroffen und sich ihr angeschlossen. Zum einen fühlte er sich auf seiner Reise doch recht einsam, und zum anderen waren die Gaukler eine gute Tarnung, falls sein Auftrag ruchbar würde und man ihn verfolgte. Schnell schloss er Freundschaft mit Ciaran, der schon vor ihm mit den Spielleuten durch die Lande gezogen war, und mit der Zeit genoss er das freie Leben der Fahrenden immer mehr. Es brachte Abwechslung und Kurzweil und ließ ihn seine unglückliche Liebe vergessen.

Jetzt fragte Ezzo mit vollendeter ritterlicher Höflichkeit am Burgtor an, ob die fahrenden Spielleute willkommen seien, und erhielt vom Grafen von Drachenfels sofort eine Einladung. Es geschah selten, dass die Truppe weggeschickt wurde, und dann war meistens ein Trauerfall oder die Abwesenheit der Herrschaft Grund dafür.

Der Wagentross der Fahrenden rollte in den Zwinger ein, und das Lager wurde gleich neben der Rossschwemme eingerichtet. Die gräfliche Familie bat für den Abend um ein erbauliches Schauspiel und ließ nachfragen, ob man denn das Schauspiel »Sigismunda, die Tochter des Fürsten von Salerno« kenne, das Lieblingsstück der Gräfin.

Das Ansuchen führte zu fieberhafter Unruhe unter den Schauspielern. Natürlich kannte man die beliebte »Sigismunda«, aber die Rolle der Fürstentochter spielte sonst immer Finus, der dummerweise immer noch nicht laufen konnte. Sara wunderte sich: »Warum spielt denn nicht eine der Frauen die Sigismunda?«

Gutlind schüttelte grinsend den Kopf. »Das geht doch nicht, Schätzchen, wie stellst du dir das vor? Frauen dürfen nicht auf der Bühne spielen.«

»Ja, warum denn?«

»Keine Ahnung. Ist einfach nicht erlaubt. Hab ich auch noch nie gesehen.« Gutlind zuckte mit den Schultern. »Wieso weißt du das nicht, hm?«

Sara erfand eine Ausrede. »Ich durfte früher nie zu solchen Stücken gehen«, sagte sie und hoffte, dabei nicht rot zu werden. »Meine Familie war immer sehr streng mit mir.«

Inzwischen hatten sich alle vor Pirlos Wagen versammelt.

»Schnuck muss es machen, er kennt das Stück am besten«, beschloss Pirlo.

Der junge Seiltänzer schrak hoch. »Aber mein Schnurrbart …«

Die anderen lachten. Sie wussten alle, wie lange und mit welcher Hingabe Schnuck seine paar Härchen auf der Oberlippe gehegt und gepflegt hatte, damit sie endlich halbwegs wie ein richtiger Bart aussahen. Doch Widerstand war zwecklos. Schwärzel brachte sein Rasierzeug, Ezzo und Ciaran schnappten sich den lamentierenden Schnuck. Der Bart musste ab.

»Wächst doch wieder«, tröstete Ezzo den Ärmsten.

»Hättest doch du die blöde Kuh gespielt«, erwiderte Schnuck beleidigt.

»Denk doch mal nach, Schnuck!« Ezzo schlug dem Frischrasierten gutmütig auf die Schulter. »Ich spiele doch schon den Liebhaber!«

Am Abend sah Sara zum ersten Mal ein ernstes Schauspiel. In Siegburg hatte man nur Possen und Lächerliches zum Besten gegeben, aber vor adeligem Publikum brauchte man ein anderes Repertoire, zu dem auch die »Sigismunda« gehörte.

Alles traf sich beim Licht vieler Kienspäne in der Hofstube, die im ersten Stockwerk des Bergfrieds lag. Das Grafenpaar und seine vier Kinder warteten schon in ihren schön geschnitzten Lehnstühlen. Etliche Höflinge, ein paar Hintersassen und Lehnsleute und sogar das ganze Gesinde saßen auf schnell zurechtgezimmerten Holzbänken. Alle blickten mit erwartungsvollen Mienen auf die Schmalseite des Saals. Hier waren ein paar einfache Kulissen aufgebaut, verdeckt von einem über ein Seil geworfenen Vorhang.

Schwärzel machte den Proklamator. Mit aufgeblähten Backen stieß er in ein Kuhhorn, das quäkenden Tones den Beginn der

Vorstellung verkündete. »Wohlan, ihr Frauen, Herrn und Knecht, springt herbei von allem Geschlecht, wie jung, wie alt, wie krauß, wie schön, eilet unser Stück zu sehn!« Die Zigeunerjungen zogen die Vorhänge auf. Es konnte losgehen.

In der nächsten Stunde litten alle mit der schönen Fürstentochter, dem einzigen Kind des Fürsten Tancred von Salerno, gespielt von Pirlo. Der Alte hatte eine geschnitzte, goldbemalte Holzkrone auf und trug einen purpurnen Umhang, was ihn hoheitsvoll und königlich aussehen ließ. Der Fürst liebte seine schöne Tochter über alles, lobte sie und ihre Tugendhaftigkeit in den allerhöchsten Tönen und ließ sie schließlich rufen. Das war Schnucks Auftritt. Von der Seite her trippelte er mit winzigen Schritten herein, das Gesicht weiß geschminkt, auf dem Kopf eine blonde Perücke mit dicken Zöpfen. Dabei wäre er beinahe über den Saum seines langen Kleides gestolpert, er, der doch auf dem Seil so trittsicher war. Sara, Gutlind und Ciaran, die ganz hinten an der Wand standen, sahen sich an und unterdrückten ein Lachen. Schnuck stellte sich in Positur, breitete die Arme aus und warf sich in die Brust, um seinen üppig mit Stoffresten ausgestopften künstlichen Busen zur Geltung zu bringen. Dann deklamierte er salbungsvoll seine erste Zeile: »Herr Vater, Ihr habt mich rufen lassen?«

Leises Prusten von Sara, Gutlind und Ciaran. Schnuck hatte mit einer so piepsigen Fistelstimme gesprochen, dass sie einem Kastraten alle Ehre gemacht hätte. »Jetzt weißt du, warum man die Frauenrollen von Buben spielen lässt, die noch nicht im Stimmbruch sind«, flüsterte Gutlind Sara ins Ohr. Ein vernichtender Blick von Pirlo ließ sie verstummen.

Dann ging das Stück weiter. Natürlich war kein Bewerber um Sigismunda dem liebenden Vater gut genug – alle wies er ab: Schwärzel, der sich schnell in den Herzog von Campanien verwandelt hatte, Jacko, der den Grafen von Montevarco spielte und schließlich Ciaran, der – eine Rolle, die man eigens für ihn angelegt hatte – den König von Irland verkörperte und ein paar Sätze in seiner Muttersprache zum Besten gab. Doch es kam schließlich, wie es kommen musste. Sigismunda, ein Weib von Fleisch und Gefühl, verliebte sich in den armen Ritter Guiscard. In einem

Brief lud sie ihn zum nächtlichen Treffen auf ihre Kemenate. Zuvor jedoch, während sie im Garten lustwandelte, kam der Fürst in ihr Zimmer und schlief, da er seine Tochter nicht vorfand, hinter einem Vorhang ein. Tancred erwachte schließlich nicht dadurch, dass sich Ezzo in Gestalt des jungen Guiscard an einem an der Saaldecke angebrachten Seil ins Schlafzimmer herabließ, er erwachte nicht durch das überschwängliche Liebesgeflüster des Paares, nein, er erwachte erst, als die beiden mitten im Liebesspiel auf dem Bett lagen. Sofort ließ der Fürst den armen Guiscard in den Kerker bringen und dort ermorden. Am nächsten Morgen überreichte er dessen Herz seiner Tochter in einem goldenen Becher. Sigismunda erkannte das Herz und trank in ihrer Verzweiflung Gift. Sterbend bat sie den reuigen Vater, sie an Guiscards Seite zu begraben.

Spätestens bei der Schlussszene war das Publikum – und auch Sara – in Tränen aufgelöst. Es gab rauschenden Beifall, und die Gräfin warf sogar eines ihrer nassgeweinten seidenen Taschentücher auf die Bühne. Die Schauspieler mussten sich wieder und wieder verbeugen, und schließlich wurde eine Zugabe gefordert. Das übernahm Ciaran, der zur Harfe ein höfisches Liebeslied des alten Meisters Walther von der Vogelweide sang:

»Nehmt, Herrin, diesen Kranz,
so sprach ich zu der wunderschönen Magd,
so ziert Ihr diesen Tanz
mit schönen Blumen, die ihr herrlich tragt.
Hätt ich viel Edelsteine,
die müssten auf Eur Haupt!
Bei meiner Treu, ich meine
es ehrlich, bitte glaubt.«

Danach, es war schon spät und die Lichter niedergebrannt, gingen alle zufrieden auseinander. Nur Ezzo hatte sich in einer dunklen Wandnische verborgen. Als die Dienerschaft aus dem Saal war, trat er auf den Grafen von Drachenfels zu. »Auf ein Wort, Liebden.«

Der Graf runzelte die Stirn. »Euer Geld bekommt ihr morgen,

Mann. Heut Abend will ich nicht mehr behelligt werden«, brummte er.

»Verzeiht, Liebden, darum geht es nicht.« Ezzo zog den Siegelring hervor und hielt ihn dem Grafen hin. »Ich komme im Auftrag Ihrer Majestät, der Königin.«

Der Graf riss die Augen auf und besah sich den Ring genau. Kein Zweifel, es war das Wappen der Königin. Dann musterte er Ezzo noch einmal von oben bis unten. »Euer Name?«, fragte er schließlich.

Ezzo machte eine höfische Verbeugung. »Ritter Ezzo von Riedern, Graf.«

»Setzt Euch, Herr Ritter, und sagt mir Euer Begehr.«

Eine Stunde später hatte Ezzo ein weiteres Mal seinen Auftrag erfüllt. Der Graf von Drachenfels hatte Barbaras Schreiben gelesen und erklärt, er habe grundsätzlich nichts dagegen, die Königin zu unterstützen. Die Zusage war ihm leicht von den Lippen gegangen, hatte er doch bei der Königswahl von 1410, die Sigismund zunächst verloren hatte, auf Seiten Jobsts von Mähren gestanden, was nicht gerade zu einem guten Verhältnis zwischen ihm und dem König beigetragen hatte. Vielleicht, wer konnte das schon wissen, mochte ein Band zwischen ihm und der Königin einmal von großem Nutzen sein. Zufrieden schlug er Ezzo auf die Schulter. »Hab ich doch gleich gesehen, dass in Euren Adern edles Blut fließt, mein Freund. Ein Ritter am Königshof, so etwas lässt sich nicht verleugnen, was? Sagt, wie steht's mit Eurer Kriegskunst? Turniert Ihr gern?«

Ezzos Augen blitzten. »Das möcht ich meinen, Liebden.«

»Dann bleibt mit Euren Leuten noch ein paar Tage auf Drachenfels. Ich habe für Jakobi zum Gestech geladen. Nichts Großes, aber man muss sich schließlich die Zeit vertreiben, solang kein Krieg in Sicht ist, oder? Es kommen ein paar ganz anständige Kämpfer, Ihr würdet nicht enttäuscht werden.«

Ezzo überlegte. »Ich müsste ohne Namen auftreten …«

Der Graf lachte. »Das wäre nicht das erste Mal. So mancher hat schon mit verhängtem Wappen gekämpft, das wisst Ihr selbst.«

Die Einladung war nur zu verlockend! »Ich werde meine Freunde fragen, ob wir so lange bleiben können«, sagte er.

Jetzt, am frühen Morgen des Turniertages, spürte er sein Blut heißer durch die Adern rinnen. Ein Tjost, das war das Höchste, die Krone der ritterlichen Kriegskunst! Auch der Schimmel schien zu wissen, was bevorstand; er stampfte und rollte mit den Augen, so dass sein Herr ihm beim Satteln nach altbewährter Methode einen halben Eimer Bier zu saufen gab, um ihn ruhiger zu machen.

Die Wachtruppe der Burg hatte am Vortag im Zwinger eine Art kleiner Tribüne gebastelt, vor der auf dem Kampfplatz Sand und Sägespäne aufgeschüttet worden waren. Der Graf hatte eine ganze Anzahl adeliger Familien aus der Umgebung eingeladen, und so saßen an die hundert Zuschauer bereit, als Ezzo einritt.

Das erste Gestech würde er mit einem jungen Herrn von Heinsberg bestreiten, kaum achtzehn Jahre alt und frisch zum Ritter geschlagen. Der Knabe war, wie Ezzo schmunzelnd feststellte, unter Harnisch, Bein- und Armschienen gut gepolstert, damit er sich beim Aufprall nicht verletzte. Anfänger!

Sara stand vorne beim Gatter und schützte die Augen mit der Hand vor den hellen Strahlen der Septembersonne. Sie hatte sich von der allgemeinen Aufregung anstecken lassen und beobachtete nun, wie Ezzo und sein Gegner Aufstellung nahmen. Die Gräfin von Drachenfels erhob sich von ihrem Platz und gab das Zeichen zum Beginn. Schon sprengten die Rösser mit wuchtigen Galoppsprüngen aufeinander zu. Sara hörte das Donnern der Hufe, sah, wie Erdklumpen und Grasfladen aufwirbelten. Nie waren ihr Pferde so riesig und so bedrohlich erschienen, geballte Bündel an Wucht und Kraft, die kaum gebändigt werden konnten. Ezzo und der junge Heinsberg hatten die Lanzen eingelegt, die Hände dicht hinter der Brechscheibe. Immer näher kamen sie sich, und dann trafen auch schon Lanzen auf Körper, krachend, berstend und splitternd. Die beiden Kämpfer wendeten, ließen sich neue Lanzen reichen, und das Spiel ging erneut los. Am Ende flog der von Heinsberg in hohem Bogen aus dem Sattel und landete unsanft auf der Erde. Ezzo stieß einen triumphierenden Schrei aus, und die Leute auf der Tribüne zollten ihm gebührend Beifall.

Gegen den nächsten Gegner, einen groß gewachsenen Ritter aus einer Nebenlinie derer von Katzenellenbogen, ging es nicht viel anders, nur dass es diesmal vier Durchgänge waren, bis Ezzos Gegner ausgehoben wurde. Danach traten etliche junge Adelige aus dem Gefolge des Kölner Erzbischofs gegen ihn an – auch sie mussten sich geschlagen geben. Am Ende hielt den begeisterten Grafen von Drachenfels nichts mehr. Er wagte selbst den Tjost, und natürlich ließ Ezzo ihn gewinnen, indem er im entscheidenden Augenblick danebenstach. Der Graf wurde zum Turniersieger ausgerufen, und die Gesellschaft war zufrieden.

Am Nachmittag gab Ezzo noch ein paar Proben seiner Fechtkunst zum Besten, während die anderen ihre gewohnten Kunststücke zeigten. Schnuck tanzte auf dem Seil, Schwärzel führte seine Tiere vor, Janka las die Karten, und Gutlind widmete sich in ihrem Wagen den Freuden der Liebe. Sara hatte nichts zu tun; sie saß vor ihrem Zelt und ließ noch einmal das herrliche Turnier in Gedanken an sich vorüberziehen. Was für ein prächtiger Kämpfer Ezzo gewesen war! Plötzlich sah sie ihn mit ganz anderen Augen. Sie bewunderte seine Kraft und Geschicklichkeit, die Eleganz, mit der er zu Pferd saß, den Mut und die Ausdauer, die er bewiesen hatte. Zum ersten Mal seit einer Ewigkeit fühlte sie sich wieder von einem Mann angezogen. Wie er wohl küsste? Wie sich seine Haut anfühlte? Wie sein Haar roch? Sie stellte sich vor, wie es wäre, ihn zu berühren, seine Lippen zu schmecken … aber dann spürte sie, wie sich etwas in ihr verkrampfte. Sie dachte an Chajim, und ihr verträumter Blick wurde hart. Ich will nie wieder einen Mann, sagte sie zu sich selbst, nie wieder! Und dann stand sie auf, um nicht mehr denken zu müssen. Langsam streunte sie durch den Zwinger, bis sie irgendwann bei Hiltprands Wagen landete. Waren das nicht die Gräfin und eine ihrer Töchter, die mit dem Quacksalber redeten? Vorsichtig kam sie näher, stellte sich hinter einen Stapel Strohballen und hörte dem Gespräch zu.

»Meine Elisabeth leidet unter unerträglichem Kopfwehe«, sagte die Gräfin gerade. »Dabei ist sie noch so jung, kaum fünfzehn. Bisher konnte ihr noch kein Arzt helfen. Wollt Ihr sie Euch nicht einmal ansehen?«

Hiltprand nickte ernst. »Setzt Euch auf den Stuhl, hohes Fräulein, und beschreibt mir Eure Schmerzen.«

Das Kind, ein blasses blondes Ding mit großen hellblauen Augen, tat, wie geheißen. »Die Schmerzen kommen alle paar Wochen«, erklärte sie mit dünnem Stimmchen. »Es ist immer nur die rechte Seite, die wehtut. Und es wird jedes Mal so schlimm, das ich es kaum mehr aushalte. Ich liege zu Bett, im Dunkeln, weil ich den hellen Tag nicht ertrage. Dann wird mir meistens ganz und gar übel, und ich muss alles von mir geben, bis die grüne Galle kommt. Danach wird es besser und geht vorbei. Das letzte Mal ging es mir vor drei Tagen so.«

Hiltprand tat so, als überlege er. Mit seinen großen, unsauberen Händen betastete er Kopf und Nacken des Mädchens, sah ihr in die Ohren, ließ sie die Zunge herausstrecken. »Schließt die Augen!«, befahl er. Dann legte er alle zehn Finger gespreizt an ihren Kopf und murmelte unverständliches Zeug. Plötzlich begannen seine Finger zu zittern, immer stärker, bis er schließlich losließ, als hätte er sich verbrannt. Er schnaufte ein paar Mal tief durch und machte ein unglückliches Gesicht.

»Ich fürchte, ich weiß, was Eurer Tochter fehlt«, sagte er zu der Gräfin, die nun ganz ängstlich dreinsah. »Das arme Ding hat einen Dämonen im Kopf, der sich in sie verliebt hat. Sie wird nicht gesund werden, wenn er nicht ausgetrieben wird.«

»Ach du heilige Mutter Maria!«, schrie die Gräfin auf und sah entsetzt auf die junge Elisabeth, die vor Schreck gar kein Wort herausbrachte. »Könnt Ihr etwas tun, guter Herr Medicus? Ich bitt Euch …«

Hiltprand schürzte die Lippen. »Es gibt da ein Mittel«, meinte er. »Ich habe es schon mehrfach erprobt und hatte immer Erfolg damit. Soll ich …?«

Die Gräfin und ihre Tochter nickten.

»Schert ihr die Haare!«, befahl der Quacksalber und reichte ihr ein Rasiermesser.

Sara sah entsetzt zu, wie die Gräfin ihrer Tochter den Kopf kahl rasierte. Dann nahm Hiltprand ein kleines, scharfes Messer und schnitt ihr so schnell, dass ihr Schrei zu spät kam, kreuzförmig über den Kopf. Das Blut schoss hervor, lief über Ohren, Stirn und Augen, bis der vermeintliche Arzt einen großen Schwamm auf die Wunde drückte. Dann rieb er eine schwärzlich aussehende Salbe in die Schnitte und verband den Kopf des halb ohnmächtigen Mädchens, das von seiner Mutter gehalten wurde. »Der Dämon erträgt das heilige Kreuz nicht«, erklärte er den beiden. »Er wird vielleicht noch ein oder zwei Mal wiederkommen, aber dann gibt er es auf und sucht sich ein anderes Opfer.«

Die Gräfin atmete erleichtert auf. »Was bin ich schuldig?«, fragte sie.

»Drei Gulden rheinisch«, lächelte Hiltprand.

Sara schlich sich vom Wagen des Quacksalbers weg. Das arme Mädchen! Natürlich würde der Schnitt nichts helfen, das wusste Hiltprand so gut wie sie. Diese Art von Kopfschmerz gab es häufig; manche Menschen hatten ihn ihr ganzes Leben lang. Man konnte ihn höchstens mit Arzneien mildern, aber niemals heilen. Es war zum Fürchten, was dieser Mann anrichtete! Wenn sich der Schnitt entzündete, konnte das schlimme Folgen haben, und selbst wenn er gut heilte – auf den Narben würde vermutlich kein Haar mehr wachsen. Sara haderte mit sich selbst. Aber was hätte sie tun sollen? Hätte die Gräfin ihr geglaubt, wenn sie sich eingemischt hätte? Sicherlich nicht.

Den ganzen Abend über konnte sie sich nicht an der Musik der Zigeuner, am Tanz und an Ciarans Geschichten freuen. Und dann begann Hiltprand zu allem Überfluss, sich vor den anderen mit seiner Behandlung zu brüsten: »Drei Goldgulden hat die Gräfin mir gegeben, aus lauter Dankbarkeit. Und sie hat mir die Hand gedrückt. Meister Koromander, ich und meine Tochter werden Euch auf ewig in unsere Gebete einschließen, hat sie zu mir gesagt.«

Sara stand abrupt auf und verließ den Kreis um das Feuer. Sie ging ein Stück weit im Zwinger spazieren, weil es eine zu warme Nacht war, um jetzt schon schlafen zu gehen. Als sie zurückkam, lief ihr ausgerechnet der Quacksalber über den Weg. Sie wollte an ihm vorbei, aber er hielt sie am Arm zurück.

»Du bist vorhin schnell gegangen, hm?«, säuselte er. »Warst wohl nicht einverstanden mit meiner Heilmethode?«

Sara riss sich los. »Da könnt Ihr recht haben, Meister Koromander.«

Er feixte. »Glaubst wohl, du bist klüger als ich, du Weibsstück?«

»Dazu muss man nicht besonders klug sein. Und Ihr wisst selber ganz genau, dass dieses Kind wieder Kopfschmerzen bekommen wird. Ihr habt die Kleine umsonst gequält. Aber wenn die Leute merken, dass Ihr sie betrogen habt, sind wir ja Gott sei Dank schon über alle Berge, nicht wahr?«

Hiltprands Augen wurden schmal. Er packte Saras Handgelenk und verdrehte es, bis sie leise aufschrie. »Ich sag's dir jetzt zum ersten und letzten Mal, du Mistluder: Was ich tue, geht dich nichts an. Bleib mir vom Leib und halt dein loses Maul, sonst wirst du mich kennenlernen!« Dann ließ er ihre Hand los und ging davon.

Sara biss sich auf die Lippen und rieb das verdrehte Gelenk. Hätte ich nur nichts gesagt, dachte sie. Es hat sowieso keinen Zweck, und jetzt hab ich mir Hiltprand endgültig zum Feind gemacht. Zu den anderen wollte sie jetzt nicht mehr, also zog sie sich in ihr Zelt zurück. Weil sie so aufgewühlt war und nicht schlafen konnte, las sie noch eine ganze Zeit bei Kerzenschein in Onkel Jehudas Buch. Immer deutlicher fühlte sie es dabei: Sie wollte unbedingt wieder heilen. Es fehlte ihr so.

Aus »Des sorgsamen Artztes heyl bringender Rosengartten«, geschrieben von Jehuda Mendel

Einen Tranck zu machen, wenn die Pest naht
Nimm Goldwurtzelkraut und Weyrauch, von jedem eine Handt voll, und siede das mit eim Virthel guthen Weins. Darnach wind man es durch ein Tuch und geb es in ein Glaß, darzu Theriak 1 Loth. Setz das in die Sonne und laß es recht langk dortten. Wenn einen dann die Kranckheit befället, so trinck er ein Haßelnuss Schalen darvon.

Der Tranck hellt sich ein gantzes Jar.

Dartzu sol man räuchern im Hauß mit dießen Kreuttern: Hufflattig, Bockshorn, Myrrhen und Schwehfel.

Zum Abführn von phlegmatischen Säfften
Zum Abführen von phlegmatischen Säfften mache ein Composi-
tum aus Alohe mit gerößteten Zwiebeln, einer Untze Schafgarben,
Wermuth und Wacholder. Gib Honig dartzu biß es eine dicke Lat-
werge wirdt. Dies erhitzet, öffnet Verstopfungen und führt dicke
Sefte ab. Man nennet es Hiera Picra.

Über die Rettungk des ungebornen Kindtleins
Viel Mütter bitten den Artzt sterbendt, das Kind durch ein Schnitt
zu befreien. Dann mußtu eine Seite auffschneiden, aber nit die
rechte. Du mußt unten beginnen und über eine Handt breit auff-
schneiten, und mit der geölten Handt sollstu sorgfeltigk die Eyn-
geweidt weg schieben. Dann befrey das Kindt von den Eihäutten
und hol es. Versieh die Wunde mit drey oder vier Nadel Stichen
und eim seydnen Faden. Darüber mach ein Pflaßter aus drey
Eiern und starckem Hanfstoff, dem du noch Pulfer auß arme-
nischer Erde beygefüget hast. Gib dem Weib ein Schluck beßten
Weins. So sie es überleben sollt, reich ihr einen Tranck von der
Wurtzel der großen Schwartzwurtz und in Wein gesottenes Bergk-
Albanum.

    Das Kindtlein sollstu, um es am Leben zu erhaltten, in warme
Speckhaut wickeln, wo es pleiben muß, damit seine Hautt nach-
reiffet. Solche Kinder pleiben ir Leben langk zart, sindt aber rechte
Glücks Kinder.

So einem die Nasen auß dem Gesicht geschnitten wurdt
Alßo schneid neben der Naßen ein Stück Wangen-Hautt herauß,
stülph es um, legs auff die Wunde und nähs an, damit es aussiehet
wie eine Naße. Zuvor aber mußtu in die Naßen Löcher zwei Röhr-
lein vom Rizinus Baum oder von hohlen Gräßern stecken. Damit
kannstu dann die neue Hautt so hoch heben, wie es nöthig ist, dann
siehet es auß wie ein rechte Nasen. Streu ein Wundt Puder auf und
tu darüber ein Streiffen baumwollen Tuchs, das du des öftern mit
kaltem Öl betreuffelst. Zur schnellern Heylung soll der Krancke
gekochte Butter trincken und gib ihm auch Koloquinten zum Ab-
führn. Ist dann die neue Hautt gut angewachsen, so trenn die Ver-
bindungk zur Wange durch.

So beschreibet es Abulcasis in seiner »Chirurgia«, und ich hab's selbsten versucht, es ward gut.

Bey Zahn Schmertzen

Bey Zahn Schmertzen koch Wermuth und Eisenkrautt in Wein, seih's durch und gib Honig dartzu. Tu alles in ein Säckchen und leg's auf die Backen. Ist aber eine große Schwellungk im Zahn Fleysch neben dem wehen Zahn, so schneid's auf. Ritz das mit eim Messerchen und laß den Eitter abfließen. Dann laß mit Wein spülen, es heylet.

Bey schweren Geburthen

Kommet ein Arm des Ungebornen zuerst heraus, und nit der Kopff, so steck deine rechtte Handt in die Mutter. Mit der Lincken führ mit einem Stöckchen zwei Bänder hinein, in die du vorher eine Schlaufen gemacht hast. Die schling dann mit der rechten umb die Fuß Knöchel des Kindtleins. Die Enden laß herauß hängen. Mit der Linckeh zieh dann langksam an den Bändlein und schieb mit der Rechten das Kindtlein herumb biß es richtig lieget. Dann kombt es leicht herauß.

Zu Straßburgk kam ich zu einem Weib, das lag schon 4 Tagk in Wehen, und nur ein Ärmlein sah hervor. Es war seit eim Tagk schon schwartz und stanck gar arg, so daß man den Raum schon mit Wacholder Zweygen räuchern hat müßen. Der Geburts-Weg war durch die langen Wehn so angeschwolln, daß ich auch mit gefetteten Händten das tothe Kind nit drehen und heraußholen konnt. Alßo mußt ich es mit dem langken Schneid Haken theilen, umb die Mutter zu retten. Es ist zuerst gut gelungen, aber dann bekam das Weib die trockene Hitz und starb zwey Tag darauff. Hat also das gantze nichts gefruchtet und kann nit empfelen, solches noch einmal zu unternehmen. Aber: Hätt man nit geholffen, wär sie ohnehin gestorben.

C iaran saß auf seinem ausgebreiteten Mantel, den Rücken gegen das eisenbeschlagene Vorderrad seines Wagens gelehnt. Gedankenverloren zupfte er ein paar Töne auf der Harfe und summte dazu. Es war ein herrlich warmer Oktobertag, die glatte Oberfläche des Laacher Sees, an dessen Ufer die Fahrenden lagerten, glitzerte in der Sonne wie ein polierter Spiegel. Mückenschwärme tanzten über dem Schilf, es war windstill und ruhig. Die große, silbrig schimmernde Wasserfläche erinnerte Ciaran an den Shannon, den Fluss seiner Kindheit, nur dass an manchen Stellen des Sees wunderliche kleine Bläschen aufstiegen – Zeichen dafür, dass hier vor Menschengedenken einst der Krater eines Vulkans gewesen war.

Lange hatte Ciaran nicht mehr an seine Mönchsjahre in Clonmacnoise gedacht. Die Zeit schien ihm unendlich weit weg, beinahe unwirklich. Er hatte abgeschlossen mit seinem früheren Leben, auch mit den Lollarden, die ihn in dieses fremde Land gebracht hatten, das er jetzt bereiste. Nach dem Überfall in den Niederlanden, der seine Gefährten das Leben gekostet hatte, war er zuerst ziellos umhergezogen, innerlich zerrissen vor Trauer und Wut. Hätte er nach England oder Irland zurückkehren sollen? Er konnte sich nicht dazu entschließen, denn er gehörte nirgendwo mehr hin. Sorgfältig hatte er die Wyclifsche Handschrift wieder in seiner reparierten Harfe versteckt, ohne recht zu wissen, warum. Denn er war entschlossen, den Plan, sie zu Jan Hus nach Böhmen zu bringen, nicht weiterzuverfolgen. Er hatte Angst vor den Schergen des Erzbischofs von Canterbury – warum, so fragte er sich, sollte er sein Leben aufs Spiel setzen für eine Sache, die letztlich nicht seine eigene war? Nur durch einen glücklichen Zufall war er davongekommen, eine Fügung, die er seiner frisch erwachten Liebe zu den Frauen verdankte. Nun wollte er frei sein, die schönen Dinge genießen, seinen eigenen Weg finden. Und als er dann hoch im Norden auf Pirlos Gruppe traf, fühlte er sich schnell bei den Spielleuten heimisch. Endlich durfte er nach Herzenslust das tun, was er am besten konnte: Singen, Musizieren, Erzählen. Das bin ich, dachte er, endlich. In jedem Dorf ließ er ein Liebchen zurück, kostete bis zur Neige aus, was ihm Kirche und Religion so lange versagt hatten. Irgendwann vergaß er, dass er das Vermächtnis des großen Wyclif noch immer in seiner Harfe trug. Er war Ciaran, der Troubadour.

Als er begann, sich zu langweilen, stand er auf und schlenderte zum See hinunter. Am steinigen Ufer sammelte er ein paar flache Kiesel und ließ sie lustig auf der Wasseroberfläche hüpfen, ein, zwei, drei, vier, fünf Mal. Ein Schwanenpärchen suchte beleidigt das Weite. In einiger Entfernung standen Bäume und Büsche, und Ciaran lenkte seine Schritte dorthin. Er mochte Bäume gern, strich gern über ihre rissige Rinde – vielleicht gerade weil es in seiner Heimat so wenige davon gab. Das Laub prangte schon in den herrlichsten Herbstfarben; zwischen den Blättern huschte ein Eichhörnchen umher und flitzte schließlich an einem der Stämme herunter.

Und da war noch eine Bewegung, am Ufer. Es plätscherte leise. Langsam kam Ciaran näher, hielt unter einem Baum inne und sah neugierig zum See hin. Ein Lächeln breitete sich auf seinem Gesicht aus – der Anblick, der sich ihm bot, war gar zu lieblich.

Es war Sara, die bis zu den Knien im Wasser stand, nackt wie Gott sie geschaffen hatte. Er sah nur ihren Rücken, den sanften Bogen ihrer Schultern, die weich geschwungenen Hüften und das Schönste: Ein Paar herrlich birnenförmiger Hinterbacken, prall und rund über schlanken Beinen. Ihre Haut war nicht so weiß wie die der meisten Frauen, die er gekannt hatte, eher golden getönt, als seien es die Strahlen der Abendsonne, die sie beschienen und nicht das helle Mittagslicht.

Sara watete mit vorsichtigen Schritten in den See hinein. Das Wasser war kalt, doch das kümmerte sie nicht. Wie lange war es her gewesen, dass sie zum letzten Mal in lebendigem Nass untergetaucht war? München, dachte sie, eine halbe Ewigkeit. Die Christen wuschen sich meist in Trögen und Eimern, und so hatte sie es auch lange halten müssen. Es ging ihnen ja nicht um die innere Reinigung, sondern nur darum, einigermaßen sauber zu sein. Aber sie, Sara, konnte nun endlich auch alles Unreine in ihrem Innern abwaschen. Mit einem Lächeln auf den Lippen formte sie einen

Becher aus ihren Händen, schöpfte das klare Seewasser und trank. Sie ließ das Wasser durch ihre Finger rinnen, während sie immer weiter in den See hinauslief. Und dann tauchte sie unter, ganz, bis auch nicht ein Stückchen Haut oder eine Haarspitze mehr über dem Wasser waren. Es tat so gut!

Später, wieder am Ufer, rubbelte sie sich mit einem Laken ab, das sie mitgebracht hatte, und schlüpfte rasch wieder in ihre Kleider. Dann lief sie mit tropfenden Haaren zum Lager zurück.

Ciaran sah ihr nach, bis sie hinter dem ersten Wagen verschwand. Mit Macht waren ihm die Säfte in die Lenden geschossen. Wie hatte er bisher nur nicht bemerken können, dass sie so schön war! Er dachte an die vielen Zeichnungen von nackten Frauenkörpern, die er unter den Miniatur-Buchmalereien der Clonmacnoiser Mönche gesehen hatte, rosige Haut auf goldenem Untergrund, Gliedmaßen, liebend umschlungen von grünen Ranken und Ornamenten. Und er wusste, könnte er malen, dann würde er diese Frau aufs Pergament bringen, so, wie sie da gestanden hatte. Ein vollkommenes Wunder der Natur, ein reines Geschöpf Gottes. Geschaffen dafür, einem Mann Lust und Liebe zu geben. Und er, Ciaran, wollte dieser Mann sein.

Nachdenklich folgte er ihr zu den anderen.

Am nächsten Tag gleich in aller Frühe zogen sie weiter und erreichten nach kurzer Zeit das altehrwürdige Kloster Laach am Südwestufer des Sees. Pirlo klopfte an die Pforte, um bei den Benediktinern anzufragen, ob ein erbauliches Kirchenspiel oder einige Bibelszenen gelegen kämen, während die anderen gemeinsam zur Westseite der Abtei hinüberwanderten. Sara war überwältigt von der Schönheit der dreihundert Jahre alten Kirche, einer wuchtigen, sechstürmigen Basilika im alten Baustil. Wie eine riesige Burg erhob sie sich über die umliegenden Wiesen und Felder, trutzig und mächtig zur Ehre Gottes. Zum ersten Mal im Leben kam Sara der Gedanke, wie klein und schäbig Gott die schmucklosen jüdischen Synagogen wohl finden musste, so fromm die Menschen auch waren, die darin beteten. Vielleicht ließ er deshalb zu, dass die Juden so viel Leid zu tragen hatten? Vielleicht beeindruckten ihn solch übergroße, steingewordene Beweise des Glaubens, wie sie die Christen bauten, und er nahm dem Volk Abrahams übel, dass es ihm nicht ebenso huldigte?

»Wollt ihr nicht eintreten, ihr guten Leute, und drinnen ein Gebet an die Heilige Jungfrau Maria richten?« Ein alter Mönch war am Eingangsportal aufgetaucht und streckte mit einladender Geste die Hand aus. »Das Haus Gottes steht auch den Fahrenden offen …«

Sara erschrak. Noch nie war sie in einer Kirche gewesen, außer damals an diesem furchtbaren Tag des Schlachtens in München, der ihr Leben so plötzlich verändert hatte. Sie wusste doch gar nicht, wie man sich dort drinnen benahm! Aber die anderen waren schon auf dem Weg hinein. Janka hatte sie untergehakt, und Finus hing an ihrer freien Hand, sie musste wohl oder übel mit.

Zuerst durchquerten sie eine Art quadratischer Säulenhalle, in deren Mitte ein Brunnen leise plätscherte. »Wir nennen diesen Ort ›Paradies‹«, erklärte der graubärtige Benediktiner, »weil hier solch ein wunderbarer Friede herrscht.«

Sara ließ sich von Janka durch die Kirchenpforte dirigieren. Wachen Auges bemerkte sie, dass Ciaran und Schnuck, die vor ihr gingen, zwei Finger in ein steinernes Becken tauchten und sich damit an Stirn, Brustmitte und beide Schultern tupften. Adonai, verzeih, dachte sie und tat es ihnen nach. Sie fühlte sich schäbig, schuldig und schlecht, eine Verräterin, eine, die gemeinsame Sache machte mit den Mördern ihres Volkes. Aber jetzt, wo sie die Kirche bereits betreten hatte, war es zu spät. Hätte sie jetzt zugegeben, dass sie Jüdin war – wer wusste schon, ob sie die anderen nicht aus Hass umbringen würden, weil sie eine heilige Stätte durch ihre Gegenwart entweiht hatte …

Staunend blickte sie sich um. Wie hoch dieser Bau war, als reiche er geradewegs bis zum Himmel! So viele Säulen und Gewölbebögen, Fenster und Simse, Portale und Nischen – wie war es nur möglich, so etwas zu bauen? Dreihundert Jahre sei die Kirche schon alt, sagte der Mönch, gestiftet vom damaligen Pfalzgraf bei Rhein, Heinrich dem Zweiten, dessen sterbliche Überreste hier lagen. Geweiht sei sie zugleich der Gottesmutter Maria und dem heiligen Nikolaus.

Sara ging mit den anderen durch das Langhaus nach vorne, um

den Hochaltar zu bewundern, einen auf Säulen gestützten Baldachin, der sich über dem Stiftergrab erhob. Alle knieten nieder, um ein Gebet zu sprechen, und Sara tat es ihnen nach. Während die Spielleute gemeinsam das Paternoster murmelten, senkte sie den Kopf und zog ihr Tuch weit ins Gesicht, damit niemand sehen konnte, dass sie nicht mitsprach.

Danach führte der freundliche Benediktiner sie zu den vielen verschiedenen Altären der Basilika, die ganz offenbar nicht Gott, sondern irgendwelchen Heiligen oder Märtyrern gewidmet waren, von denen Sara noch nie etwas gehört hatte. Die Christen beteten anscheinend eine ganze Menge von Göttern oder gottähnlichen Wesen an, und so, wie sie es verstand, waren diese jeweils für unterschiedliche Dinge zuständig. Die einen für bestimmte Krankheiten, die anderen für gewisse Berufsgruppen, die nächsten für Feuer oder Hungersnot. Es erinnerte sie an das, was sie in der Schule über den griechischen Götterhimmel gelernt hatte. Und dann war da natürlich die Gestalt Jesu, wie immer fahl und leblos an einem Kreuz hängend.

Schließlich standen sie alle vor einem goldglänzenden Marienbild, das die Gottesmutter zeigte, wie sie ihren Sohn liebevoll auf dem Schoß wiegte. Sara wusste, dass die Christen behaupteten, Maria sei trotz ihrer Mutterschaft rein und von einem Mann unberührt. Eine merkwürdig weltfremde Vorstellung! Überhaupt lehnten die Juden eine Verehrung oder gar Anbetung dieser vorgeblichen Gottesmutter ganz und gar ab. Sara kam dazu ein Satz in den Sinn, den sie irgendwo einmal gehört hatte: »Wie kann das blinde Judentum so lichtlos sein, dass es dich, Himmelskönigin, nicht als Jungfrau anerkennt?« Sie schüttelte ganz leicht den Kopf. Für Juden war der Glaube, Gott könne von einer einfachen Magd geboren worden sein, ganz ungeheuerlich! Trotzdem fand Sara das Bildnis von anrührender Schönheit und begann mit einem Mal zu erahnen, warum gerade die christlichen Frauen sich zu dieser mütterlichen Gestalt hingezogen fühlten.

Am Ende war Sara erleichtert, als alle die Kirche wieder verließen und ins helle Tageslicht zurückkehrten. Draußen wartete schon Pirlo und zuckte mit bedauernder Geste die Schultern. »Kinderchen, sie wollen uns nicht«, sagte er. »Auch christliche Theaterstücke sind nichts anderes als Spiel und Verlockung und halten die Menschen nur vom ernsthaften Beten und Arbeiten ab, meint der Abt.«

»Ei, wer nicht will, der hat schon«, brummte Schwärzel. »Lasst diese trübsinnigen Betbrüder unter sich! Zu Andernach gibt's hoffentlich keine solchen Trauerklöße wie hier.«

Der Name Andernach ließ Sara aufhorchen. Sie wusste, dass es in dieser Stadt seit jeher Juden gegeben hatte. Vielleicht konnte sie hier endlich eine Spur ihrer Familie finden. »Wie lange brauchen wir bis Andernach?«, fragte sie Ezzo, der neben ihr stand.

»Drei Tage, wenn Hiltprand noch lange an der Mauer herumkratzt«, meinte dieser grinsend. »Sonst weniger.« Tatsächlich stand Hiltprand an der Kirchenfassade und schabte mit einem Spatel daran herum. »Schwalbenkot«, gab der Quacksalber ungerührt zurück. »Gut bei Verbrennungen und offenen Geschwüren! Und hervorragendes Wundmittel. Das kommt auf die Schwertverletzungen, die du dir manchmal holst, Ezzo!«

Sara und Ezzo blickten nach oben, wo in luftiger Höhe eine ganze Reihe inzwischen verlassener Schwalbennester unter einem steinernen Sims hing, und Sara schüttelte fast unmerklich den Kopf, bevor sie weitergingen.

Hiltprand hatte die Bewegung gesehen. Dieses Weib würde ihm noch einmal sehr lästig werden, wenn nicht sogar gefährlich. Er fühlte sich wohl bei den Fahrenden, es war besser und sicherer, als allein umherzuziehen. Niemand hatte je an seinem Können gezweifelt, oh, er war geschickt im Täuschen. Natürlich wusste er, dass er die Menschen oft betrog, aber was machte das schon? Hauptsache, es kam Geld herein. Hiltprand war selten vorher so zufrieden mit seinem Leben gewesen. Und nun war diese angebliche Ärztin aufgetaucht! Wie konnte er sich das Weib nur vom Hals schaffen? Den ganzen weiteren Weg nach Andernach brütete der Quacksalber über eine Möglichkeit, Sara zu schaden.

Würcksame Mittel gegen alle mögklichen
Gebresten des Leybes,

Rezepte aus der mittelalterlichen »Dreckapotheke«

Item nimm die jungen Hündtlein vom dritten Wurff einer Hündin, tu sie in ein Topff, der gut verschloßen ist, und prenn sie darin zu Pulffer. Nimm darvon teglich drey Löffel – es hülfet gegen die trockene Hitz und den Hußten.

Wenn man ein Wurm in sich trägt
Zu allerersten mußtu eine lederne Schuh Sohlen verprennen, und nimm von der Aschen den ersten Theil. Für den zweiten Theil nimm Ruß auß dem Schornstein. Der dritt Theil ist naßer Rinder Koth. Für den vierthen Theil such Würmer vom Feldt, dörr sie in der Pfannen und zerstoß sie. Das alles rühr zusammen, und gib vom Harn einer rothen Katze dartzu. Von dem Brey nimm ein Finger Huth voll, es treybet den Wurm aus.

So einer im Altter nit mehr gut sehen kann
Mit einer Kertzen muß er sich den Hinttern gut warm machen und ihn sodann eine Weille über kochende Pferde Milch halten, biß diese im Topfe einprennt. Dann steck er sich den Blüthen Stängel einer Königskertze tieff in den After hineyn und verschließ ihn mit einem Pfropffen auß leinernem Tuch mit Wachs für drey Tagk.
Zur selben Zeyt nehm er die Galle eines Haßen oder eines Aals, vermisch sie mit Honigk und bestreich die Augen damit. Das hülffet bei schlechtem Augen Lichtt.

Item wenn das Bluth nit auffhöret zu fließen
Sammle im Früjahr Frosch Laych und tu ihn in ein Leinen Sack. Wring das Waßer herauß und laß den Sack im Schatten trocknen. Ist er gantz trocken, schneyd ihn in Stücke und heb die guth auff. Legst du eins darvon auf eine Wunde, so hört das Bluth gleich auff zu fließen.

Für die Fruchtbarkeyt
Gegen schwere Schwangerschafft hülfet es, hin und wieder ein
Handt voll frischen Tauben Koth unterm Nabel zu verstreychen.

Zu Transmonthanien nehmen die Männer, die wohl ihren Wei-
bern beyliegen, aber keine Kinder zeugen, ein Knochen auß dem
Vorderfuße eins Marders, gut gesotten, daß kein Fleysch mehr
daran ist, und tragen ihn nah beim Gemächt. Das hülfet!

Wenn du willst, daß dein Weyb dir ein Knaben gebäret, darfstu
beim Beyschlaff nit furtzen.

Gegen die bößen Geschwür
Ein guthes Mittel gegen die wuchernden Geschwür ist dies: Man
brauchet dafür Bluth von eim gantz gesunden Menschen. Dieß
tu man in ein außgeblasens Hühner Ei, welches darauf gut ver-
schlossen wirdt. Schieb's einer Henne zum Brüthen unter. Wenn
die Henne ihr Neßt verlässt, ist das Blut in dem Ei fest, und schieb's
zusammen mit Brot in den Backoffen. Iß das Brot, die Geschwür
vergehn.

Andernach, September 1414

Saras Aufregung wuchs, als es auf Andernach zuging. Ezzo, der schon einmal hier gewesen war, erzählte ihr, dass die kleine Stadt wohl mehr als tausend Jahre alt war und sich bis auf die Römerzeit zurückführen ließ. Es hatte sich inzwischen so ergeben, dass sie mit auf Ciarans Wagen fuhr und Ezzo nebenher ritt. Die drei lachten und erzählten, manchmal sangen sie auch ein Liedchen, um sich die Zeit zu vertreiben. Für Sara war es ein unbeschwertes Leben wie selten vorher, und manchmal konnte sie dabei sogar für ein Weilchen vergessen, wer sie war und warum sie überhaupt mit den Fahrenden zog. Vor Andernach wurde ihr der Zweck ihrer Reise allerdings wieder schmerzhaft bewusst, und sie versank ins Grübeln.

Vor der Kornpforte im Norden der Stadt hatte sich eine große Menschenmenge versammelt, und Pirlo ließ halten. Es war eine

Hinrichtung, wie sich herausstellte. Ein Dieb sollte gerichtet werden, der rückfällig geworden war, man sah es daran, dass ihm schon die linke Hand fehlte. Ein paar von den Fahrenden liefen neugierig hinüber zur Richtstatt, während Sara auf dem Bock sitzen blieb. Von ihrem erhöhten Platz aus konnte sie sehen, wie sich die Schaulustigen drängten und um die besten Plätze rangelten. Der Verurteilte hatte die Schlinge schon um den Hals. Er war ein großgewachsener, bärtiger Kerl von vielleicht vierzig Jahren, zerlumpt und schmutzig. Ihr tat er leid.

Finus, der neben Sara saß, stupste sie an. »Gleich hält er mit des Seilers Tochter Hochzeit«, grinste er.

»Löffelt die Hanfsuppe aus«, fügte Schwärzel schmunzelnd hinzu, der auf seinem Maultier neben ihm angehalten hatte. Sara sah Finus und den Tierbändiger streng an. »Macht euch nicht lustig über den armen Kerl. Sterben ist kein Spaß. Sprecht lieber ein Gebet für ihn.«

»Pah«, entgegnete Schwärzel. »Wie heißt es doch so schön? Der Galgen ist der Diebe Kanzel!«

Treuherzigen Blickes bat der Mann darum, noch etwas sagen zu dürfen. Mit ungeschickten Worten bat er um Vergebung für seine Sünden, sagte seiner Familie und seinen Freunden Ade. Dann sang er noch zwei fromme Lieder: »Wann mein Stündlein vorhanden ist«, und »Was mein Gott will, das gescheh allzeit.« Die Leute hatten Tränen in den Augen. Es kam nicht oft vor, dass einer auf der Richtstatt so schön starb. Selbst Schwärzel putzte sich die Nase, und Sara war ganz und gar zum Heulen. Dann tat der Henker seine Arbeit, und der Dieb baumelte zuckend in der Luft.

»Hoffentlich endet Jacko nicht auch einmal als Galgenschwengel«, meinte Finus bedrückt. Sara nickte. Alle wussten, dass der junge Zigeuner stahl wie ein Rabe.

Als Sara wieder hochsah, schnitt der Henker dem toten Dieb gerade den Daumen ab. Bald würde er im Weinfass eines Andernacher Winzers hängen, das machte den Wein schmackhafter und süßer und brachte gutes Geld. Die Menge zerstreute sich langsam, und die Fahrenden zogen in die Stadt ein, diesmal ohne die Parade. Pirlo hielt einen großen Aufzug nach der schönen Hinrichtung nicht für angebracht.

Kaum war das Lager fertig – die Truppe durfte es hinter der kurkölnischen Stadtburg aufschlagen –, lief Sara durch die Gassen, um nach dem Judenviertel zu suchen. Sie durchkämmte die Gegend um Marktplatz und Rathaus, und endlich traf sie auf einen älteren Mann mit dunklem Bart, der den kegelförmigen Judenhut trug.

»Schalom«, grüßte sie mit klopfendem Herzen. Der Mann sah sie misstrauisch an. Natürlich, sie trug ja kein Judenzeichen und sah aus wie eine gewöhnliche Christin. Aber dann antwortete der Bärtige: »Möge der Frieden mir dir sein.«

»Ich bin fremd hier«, sagte Sara, »und suche meine Eltern Levi Lämmlein und seine Frau Schönla aus Köln. Und meine Schwester Jochebed.«

Der Mann schüttelte den Kopf. »Die kenn ich nicht. Aber geh zum Rabbi, vielleicht kann er dir helfen.«

So fand Sara endlich den Weg in die Judengasse, die gleich beim Burgtor auf der anderen Seite der Festung lag. Der Rabbi war dick, rotgesichtig und gastfreundlich, wie es unter Juden üblich war. Er bewirtete Sara mit Speisen, die sie so lange nicht mehr gegessen hatte: gedämpfter Fisch mit Kräutern, Lammpastetchen und Ölgebackenes. Sie erzählte ihre Geschichte, und er hörte sie mit geschürzten Lippen an. »Wir Andernacher Juden«, sagte er dann, »haben auch viel Schlimmes erlebt. Die Gemeinde wurde beim Ersten Kreuzzug fast völlig ausgelöscht. Früher waren wir viele. Wir lebten in der Kramgasse beim Marktplatz, aber dahin durften wir später nicht wieder zurück. Damit sich überhaupt wieder Juden als Geldverleiher in der Stadt ansiedelten, haben sie uns den Judenturm beim Ochsentor als Zufluchtsort gegeben. Wir sind nur noch wenige, aber immerhin sind uns die alte Synagoge, die Mikwe und ein eigenes Backhaus geblieben.«

Und dann stellte Sara die Frage nach ihrer Familie.

»Ein älteres Ehepaar mit einem halbwüchsigen Mädchen?«, murmelte er. »Nein, ich erinnere mich nicht. Und ich müsste es wissen, wenn sie durchgekommen wären. Tut mir leid, Sara bat Levi.«

Sara ließ den Kopf hängen. Wieder ein Fehlschlag! Zum ersten Mal dachte sie daran, aufzugeben. Sollte sie fragen, ob zu Andernach ein Stadtarzt gebraucht wurde? Aber nein, sie konnte sich nicht dazu durchringen. Noch ein Stück mit den anderen weiterziehen, noch ein paar Städte, noch bis Koblenz vielleicht, oder Mainz …

Sie dankte dem Rabbi und verabschiedete sich. Traurig ging sie zurück ins Lager.

Ezzo bemerkte Saras blasses Gesicht und fragte besorgt, ob es ihr wohl nicht gut gehe. Er bot sogar an, Hiltprand zu holen. Sara wehrte entsetzt ab. »Es ist nichts«, sagte sie, »ich muss nur dauernd an den armen Gehenkten denken.«

Merkwürdig, dachte Ezzo, irgendetwas ist merkwürdig an ihr. Schon vorher war ihm einige Male aufgefallen, dass sie sich seltsam benahm. Wenn man sie nach ihrer Familie fragte, nach der sie doch so verzweifelt suchte, antwortete sie mit Ausflüchten. Auch sonst erzählte sie nichts über sich. In der Klosterkirche zu Laach hatte sie angespannt gewirkt, als ob sie sich dort drinnen unwohl fühlte. Und oft wirkte sie traurig, hatte etwas Dunkles im Blick. Da war etwas in ihrer Vergangenheit, wovon sie nichts erzählen wollte, ganz sicher. Aber es stand ihm nicht an, zu fragen.

Sara spürte, dass Ezzo mit ihrer Antwort nicht zufrieden war. Den ganzen Tag und auch am Abend hatte sie das Gefühl, als beobachte er sie. Ahnte er etwas? Sie wurde immer unruhiger. Als alle nach dem Essen wie immer im Schein der Fackeln zusammensaßen, stahl sie sich davon. Sie musste eine Zeitlang allein sein, zur Ruhe kommen.

Nachdenklich sah Ezzo zu, wie Sara das Lager verließ. Wo wollte sie wohl hin, so spät? Nun, es ging ihn ja eigentlich nichts an! Er holte sich noch einen Becher Wein und setzte sich zu Pirlo und Janka, um den morgigen Auftritt der Truppe durchzusprechen. Aber immer wieder sah er dabei hoch, ob Sara inzwischen wieder aufgetaucht war. Es ließ ihm keine Ruhe. Ihr war doch hoffentlich nichts geschehen? Als die Turmuhr schließlich zur zehnten Stunde schlug, ging er los, um nach ihr zu suchen.

Ziellos wanderte Sara durch die nächtliche Stadt. Vorbei an hell erleuchteten Fenstern, an dunklen Torbögen, über kleine Brücken und Treppen. Sie hing ihren Gedanken nach und war froh, allein zu sein. Es war eine wolkenlose Sommernacht, der Mond schien so hell, dass sie kein Licht brauchte, um sich zurechtzufinden. Überall in diesen Häusern lebten Familien, Menschen, die zueinandergehörten, die ihr Leben miteinander teilten. Sara wünschte sich so sehr, ihre Elten und Jochi wiederzusehen, dass es wehtat. Sie ging an einer Taverne vorbei, der einzigen, die noch offen hatte. Aus den geöffneten Fenstern drang Stimmengewirr, irgendjemand sang. Sara blieb stehen, um zuzuhören, es war ein fröhliches Lied, in dem ein Mann Anzügliches über seine Geliebte zum Besten gab:

»Lieber hätt ich mit ihr
fünf mal hundert Pfund in Silber
und noch eine Truhe Gold,
als von ihr getrennt zu sein,
ganz allein und arm und krank.
Wie schade, dass ich nicht der Seidenschleier bin,
der von ihren Wänglein hängt,
vor den so roten Lippen.
Wär ich der Gürtel, den die Liebste trägt,
wenn sie ausgeht, um zu tanzen!
Ich legt mich um ihren Leib,
umschlöss sie sanft
und wär am Ziel der Wünsche,
da, wo die Schnalle sitzt!«

Sie hörte das Gelächter in der Schankstube und lächelte mit. Dann beschloss sie, umzukehren, es war schon spät. Sie lief an einem der kleinen Bäche entlang, die Andernach durchzogen. Ihr Wasser trieb eine Reihe von Mühlen an: Kornmühlen, aber auch Walk- und Poliermühlen, die vom Handwerk genutzt wurden und zum Reichtum der Stadt beitrugen.

Ezzo bog gerade um die Ecke eines Getreidespeichers, als er Sara entdeckte, wie sie im Mondschein über einen schmalen Steg ging. Ein Stück den Bach hinunter lief ein riesiges Mühlrad, Wasserkaskaden fielen schäumend in ein tiefes Becken, es rauschte und gluckerte. Sara lenkte ihre Schritte auf das Mühlrad zu, sie trug ihren Mantel locker über dem Arm und sah nach unten ins schnell fließende Wasser. Da plötzlich war Ezzo, als habe er aus dem Augenwinkel eine schnelle Bewegung hinter ihr wahrgenommen. Unbehagen stieg in ihm auf. War da jemand? Ezzo drückte sich an die Wand des Speichers und spähte angestrengt in die Finsternis. Hatte er überhaupt richtig gesehen, oder narrte ihn seine eigene Phantasie? Da! Ein Schatten huschte über den Weg! Diesmal war Ezzo sich sicher: Jemand folgte Sara im Dunkeln durch die nächtlichen Gassen! Vorsichtig schlich Ezzo hinter Sara und ihrem Verfolger her. Was wollte der Mann von ihr? Hatte das etwas mit ihrer Vergangenheit zu tun, von der sie nie sprach? Manchmal war sie schon seltsam, verschlossen, wirkte oft ängstlich oder abwesend. War sie in Gefahr? Hatte irgendjemand Grund, ihr übelzuwollen? Und verstrickte sie dadurch womöglich die Fahrenden in irgendwelche bedrohlichen Machenschaften? Ezzo tastete unwillkürlich nach seinem Schwert – er hatte es nicht umgeschnallt. Aber wenigstens das Essmesser hing in einem Futteral an seinem Gürtel. Besser als nichts. Während seine Finger sich um den Horngriff des Messers schlossen, sah er plötzlich, wie die schwarze Gestalt von hinten auf Sara zuschlich, die gerade den Steg über das Bächlein betrat. Der Verfolger hielt die Arme vorgestreckt, bereit, sie in das laufende Mühlrad zu stoßen. Ezzo öffnete den Mund, doch bevor er einen Warnruf ausstoßen konnte, schwankte aus einer Seitengasse ein Mann und lief mit unsicheren Schritten auf die beiden zu. Die Gestalt hinter Sara war plötzlich verschwunden. Leise vor sich hin murmelnd torkelte der Betrunkene an dem Brücklein vorbei und um die nächste Ecke.

Ezzo atmete auf. Er folgte Sara in dichtem Abstand, aber der geheimnisvolle andere Mann kam nicht wieder. So gelangten sie wieder zum Lager, wo Sara gleich in ihrem Zelt verschwand.

Auch Ezzo ging zu Bett, konnte aber lange nicht schlafen. Welches dunkle Geheimnis barg die Ärztin? Wer war der nächtliche Verfolger gewesen? Und warum hatte er Böses im Schild geführt? Irgendetwas an der Gestalt war ihm bekannt vorgekommen, aber so sehr Ezzo sich auch den Kopf zermarterte, ihm fiel nicht ein, was es gewesen war. Er beschloss, in der nächsten Zeit die Augen offen zu halten.

Sara

Während wir den Rhein aufwärts zogen, wurden Ciaran, Ezzo und ich immer unzertrennlicher. Wir waren wie die drei verflochtenen Stränge eines Zopfes, dauernd zusammen. Und obwohl oder vielleicht gerade weil wir völlig unterschiedliche Menschen waren, ergänzten wir uns vollkommen. Da war der leichtfertige Ciaran, der sich voll Freude ins Leben warf wie ein Schwimmer ins Wasser. Nie nahm er die Dinge wirklich ernst, für ihn war alles ein Spiel. In jedem Ort machte er ein Mädchen glücklich, flatterte wie ein Schmetterling von einer zur anderen. Dass er sich irgendwann auch in mich verlieben könnte, daran dachte ich damals noch nicht. Dann der ritterliche Ezzo, männlich, ein Kämpfer und Beschützer. Ich hielt ihn für den ehrlichsten, anständigsten Menschen, der mir je begegnet war. Trotz seiner Fröhlichkeit nahm er nichts leicht, fühlte sich immer für andere verantwortlich. Auch äußerlich war er das Gegenteil von Ciaran: Der eine schlaksig, mit fast mädchenhaften Zügen, heller Haut und rabenschwarzen Locken, der andere kräftig, blond, sonnengetönte Haut vom Üben mit nacktem Oberkörper, das Bild eines Ritters. Ciarans Bewegungen waren leicht, graziös, er hatte die Anmut eines Tänzers. Ezzo hingegen bewegte sich immer wie in einem Faustkampf, einen Fuß fest vor den anderen setzend, sicher, ruhig und selbstverständlich, so als könne ihn nichts umwerfen. Und dazu ich, eine junge Frau, die sich selber nicht besonders hübsch fand, mit kastanienfarbenem Haar und Augen in der Farbe dunklen Herbstlaubs. Eine Frau, die nicht wusste, wie es war, mit Männern zu tändeln. Eine Frau, die zwar schon zwei Ehemänner gehabt und mit ihnen das Schönste und das Schlimmste erlebt hatte, in sich aber dennoch eine Unschuld trug, die sie nicht sehen ließ, was doch so offensichtlich war …

Aber nicht nur Ezzo und Ciaran gewann ich lieb, auch die anderen Fahrenden. Sie waren so frei, so ungezwungen! Alle verstanden sich untereinander prächtig. Nur einer passte nicht recht hinein – Hiltprand. Er hielt sich immer ein wenig abseits von den anderen, redete nicht viel, war mit keinem näher befreundet. Wie alle hielt er sich an die Abmachung der Truppe, drei Viertel des eingenommenen Geldes an Pirlo abzugeben. Von diesem Gemeinschaftsgeld wurden die täglichen Ausgaben für Essen und Trinken bestritten und alles gekauft, was sonst noch von der ganzen Truppe gebraucht und benutzt wurde. Auch ich entrichtete meinen Obolus an Pirlo, für jede Woche ein paar Pfennige. Noch hatte ich ein bisschen von dem Geld übrig, das mir Onkel Jehuda in den Sack getan hatte, aber für sehr lange würde es nicht mehr reichen. Ich wusste, dass meine Zeit bei den Fahrenden begrenzt war.

Irgendwann Ende September erreichten wir Koblenz, die alte Stadt am Zusammenfluss von Rhein und Mosel. Ich wusste, dass auch hier eine kleine jüdische Gemeinde lebte, aber ich versuchte so gut es ging, mir gar keine großen Hoffnungen zu machen – viele Enttäuschungen, so spürte ich, würde ich nicht mehr aushalten. Trotzdem machte ich mich gleich auf den Weg in die Judengasse zum Rabbi. Und wie erwartet, hatte auch hier niemand meine Familie gesehen. Ich verlor alle Zuversicht. Was, wenn sie nach Norden gezogen waren? Oder nach Osten? Ich konnte sie doch nicht im ganzen Reich suchen! Mir wurde immer stärker bewusst, dass ich irgendwann einmal mit der Suche aufhören musste, dass ich mich als Ärztin niederlassen sollte, sobald sich die Gelegenheit bot. Von irgendetwas musste ich schließlich leben, wenn mein Geld zu Ende war.

So fragte ich zu Koblenz das erste Mal, ob man hier eine Ärztin brauchen könnte. Der Mann, dem ich die Frage stellte, ein gutmütiger, dicker Weinhändler, starrte mich entgeistert an: »Ihr meint – Ihr? Eine Frau?«

»Zu München habe ich als Medica gearbeitet«, sagte ich die halbe Wahrheit.

Der Weinhändler hob erstaunt die Augenbrauen, dann schüttelte er den Kopf. »Wir haben schon einen Stadtarzt«, erwiderte er. »Der ist grad nach Bacharach, um dort seine Tochter zu verheiraten. Ich kann mir nicht vorstellen, dass die Stadt einen zweiten Arzt zulassen würde …«

Ja, so groß war Koblenz mit seinen vielleicht tausend Einwohnern nicht, das verstand ich. Wieder um eine Enttäuschung reicher, kehrte ich zu den Spielleuten zurück, die inzwischen das Lager auf einem Platz zwischen zwei Häusern am Moselufer aufgeschlagen hatten. Um mich von meinen schwarzen Gedanken abzulenken, half ich Janka, die alle möglichen Sachen für die Schauspieler vorbereitete. Wir befüllten für die Kampfszenen kleine Darmblasen mit dem Blut eines geschlachteten Hasen, der am Abend gebraten werden sollte, pinselten frisches Bleiweiß auf Finus' Gesichtsmaske, mit der er beim Rosengartenspiel die Kriemhild verkörperte, nähten die aufgeplatzte Naht am rosa Hautkostüm von Frau Wollust wieder zu. Es war jedes Mal ein herrlicher Anblick, wenn Ciaran, ganz in das rosa Leder gekleidet, als nackte Frau auftrat, Brüste, Hüften und Hinterbacken wie Säcke angenäht und mit zusammengeknüllten Lumpen ausgestopft. Als Frau Wollust stritt er sich vor Gericht – Pirlo war der gestrenge Richter – mit Finus als Frau Tugend über Sünde und Anstand. Der »Gerichtsstreit« war eines der Lieblingsstücke der Leute, und ich hatte es bestimmt schon zehn Mal gesehen.

Janka brachte es fertig, mich mit ihrer gütigen, klugen Art wieder aufzumuntern. Ich bat sie, mir doch noch einmal die Karten zu legen, aber sie lehnte mit ernster Miene ab. »Das ist kein Spiel, das man nach Belieben betreiben kann, Kindchen«, sagte sie. »Du kannst die Karten nicht alle Tage befragen und glauben, irgendwann sagen sie dir schon das, was du hören willst.« Und so oft ich auch bat, auch später – niemals mehr legte sie die Karten für mich. Wie hätte ich damals ahnen können, warum? Erst im Nachhinein, nach langer Zeit, sollte mir klar werden, dass sie sich nur deshalb so beharrlich weigerte, weil sie fürchtete, ihre erste, düstere Prophezeiung könne sich bestätigen.

Später ging ich hinüber zu Ezzo und Finus, die gerade eine neue Schnurre probten. »*Und find ich dann das Blumelin, so müsset Ihr min Buhle sin*«, schmetterte Ezzo, während Finus mit hochmütigem Gesicht dastand und die Herzogin von Österreich verkörperte. Ezzo fiel auf die Knie: »*Gnade, edele Herzochin, eur steter Diener ich will sin, stet bis an mein Ende.*« Ich sah den beiden eine Weile zu.

»Huh«, machte plötzlich eine Stimme hinter mir. Ich drehte mich um und blickte in ein grinsendes Rüsselgesicht. Es war Schwärzel, der seine neue Schweinemaske aufprobierte, in der er den Teufel in dem Stück »Das alte Weib und der Teufel kämpfen um einen Schatz« spielte. Die letzte Maske war kaputtgegangen, weil das alte Weib den Teufel am Ende gar zu arg verprügelt hatte. Ich tat erschrocken und zog Schwärzel zur Strafe am Bart. Ja, inzwischen konnte ich sogar über Schweine lachen, auch wenn ich sie immer noch nicht essen mochte.

Auf der Wagenbühne hatte Hiltprand inzwischen seinen Behandlungsstuhl aufgestellt, und es waren auch schon eine ganze Reihe von Leuten da. Ich sah lieber nicht genauer hin. Ich wollte gar nicht wissen, wem er gerade wieder ein Fußsohlenpflaster aus Kren und Mäusekötteln gegen die Wassersucht auflegte. Stattdessen ging ich mit Ada zum Wasserholen.

Als wir mit dem großen Schaff, das man zu zweit tragen musste, vom Brunnen zurückkehrten, herrschte im Lager große Aufregung. Ein paar Leute zerrten Hiltprand unsanft von dem Patienten fort, den er gerade behandelte. Ich schnappte ein paar Worte auf: »Messerstich«, rief einer, »Blut«, ein anderer. Wie sich später herausstellen sollte, hatte der jüngste Sohn des Sternwirts sich mit einem Zechpreller angelegt, der ihm im Streit ein langes, spitzes Messer in die Brust gerammt hatte.

Hiltprand kehrte nach nicht allzu langer Zeit zurück und aß ungerührt mit uns zu Abend. Als ihn Gutlind fragte, was denn gewesen sei, zuckte er mit den Schultern. »Hab den Kerl zugenäht, der wird schon wieder«, erklärte er mit vollen Backen. Ich dachte mir nicht viel dabei. Raufhändel mit Messern waren an der Tagesordnung, zu München hatten ich und Onkel Jehuda eine Unmenge Stichwunden verarztet.

Wir saßen noch in kleinen Grüppchen um das Feuer, als plötzlich eine alte Magd herbeihastete und sich suchend umsah. »Wo ist der Meister Koromander?«, fragte sie schwer atmend. Wir sahen uns um, Hiltprand war schon vor einiger Zeit weggegangen. Finus ging ihn suchen und fand den Quacksalber schließlich betrunken schnarchend unter seinem Wagen. Das hatte ich schon vermutet; wir alle wussten, dass Hiltprand die Abende nach dem Essen meist alleine mit seinem Weinkrug verbrachte. Die Alte rang die Hände.

»Ogottogott!«, jammerte sie, »Und der arme Heiner stirbt! Ach du lieber Herr Jesus!«

»Was hat er denn, der Heiner?«, fragte ich. Immer noch fand ich es abwegig, dass jemand ausgerechnet, wenn es ums Sterben ging, einen Gott um Hilfe bat, der selber tot und bleich an einem Holzkreuz hing.

»Na«, greinte die Magd, »der Messerstich doch! Euer Medicus hat ihn zugenäht, dass er nicht mehr blutet, und hat gesagt, das wird schon wieder. Aber seitdem schnauft er immer schwerer, und wird bleicher und bleicher. Er stirbt uns noch weg ...«

In diesem Augenblick traf ich eine Entscheidung. »Ich bin Ärztin«, sagte ich. »Bringt mich hin!«. Eilig holte ich meine Arzttasche aus dem Zelt und folgte ihr dann zum Sternwirtshaus.

In einer Kammer unter dem Dach lag der Verletzte totenfahl und mit geschlossenen Augen da. Nachdem ich den misstrauischen Eltern und Verwandten erklärt hatte, dass ich Medica war, und aus blanker Not heraus, ließen sie mich schließlich ans Bett des Jungen.

Er war nicht ansprechbar. Seine Brust hob und senkte sich so flach, dass man es fast nicht sehen konnte, der Atem ging schnell und mühsam. Am Handgelenk konnte ich seinen Pulsschlag kaum spüren, am Hals war er auch nicht viel stärker. Die Mutter schluchzte leise; wie alle Verwandten im Raum konnte sie unschwer erkennen, dass ihr Sohn mit dem Tode rang. »Als der andere Medicus den Stich genäht hat, da war mein Heiner noch wach. Das Bluten hat aufgehört, und wir haben gedacht, er überlebt es.« Sie konnte nicht mehr weitersprechen, ihr Mann übernahm. »Aber nach einiger Zeit ist der Bub immer blasser geworden, hat immer schwerer geatmet. Und als er dann bewußtlos geworden ist ...« Auch ihm versagte die Stimme.

Ich besah mir die Wunde mitten in seiner Brust. Der Einstich war nicht breit, und Hiltprand hatte ihn ordentlich mit einem dünnen, schwarzen Rosshaar genäht. Es war mir ein Rätsel, warum der junge Mann danach in Bewußtlosigkeit gefallen war. Die Blutung war doch gestillt! Ich warf einen Blick auf den Mund des Verletzten. Kein Blut. »Hatte er irgendwann blutigen Schaum am Mund?«, fragte ich.

Die Eltern verneinten. Also konnte die Lunge nicht verletzt sein, bei Stichen in die Lunge kam beim Atmen immer blutiger Schaum. Das wäre noch die einzige Erklärung dafür gewesen, warum es dem Jungen jetzt so schlecht ging. Ich schloss die Augen. Überleg, befahl ich mir, denk nach! Warum atmet er schwer, wenn doch die Lunge nicht getroffen ist? Warum ist der Herzschlag kaum spürbar? Das Herz selber kann nicht verletzt sein, sonst wäre er längst tot. Ich wünschte mir, Onkel Jehuda wäre da.

Und dann kam mir ein Gedanke. Was, wenn Hiltprands Naht die Blutung nur äußerlich zum Erliegen gebracht hatte? Wenn der Junge innerlich langsam weitergeblutet hatte? Ich war mir nicht sicher, aber etwas anderes fiel mir nicht ein. Ich musste einfach recht haben!

»Ich möchte die Wunde noch einmal öffnen«, sagte ich zu den erschrockenen Eltern. »Es könnte sein, dass der Blutfluss innen nicht zum Stillstand gekommen ist. Wenn ich recht habe, dann hat sich eine Blase gebildet, die voll Blut ist. Die drückt auf die Lunge und lässt Euren Sohn immer schlechter atmen. Und auf das Herz, das seine schwere Arbeit bald nicht mehr tun kann.«

Der Sternwirt und seine Frau sahen sich mit verzweifelten Mienen an. Dann nickten die beiden. Sie hatten begriffen, dass es die einzige Möglichkeit war.

Ich nahm ein Messerchen aus meiner Arzttasche und schnitt die Rosshaarnaht auf. Der Junge lag immer noch totenblass da, seine Ohnmacht war bereits so tief, dass er nichts mehr spürte. Die Wunde klaffte sofort leicht auseinander, aber – es quoll kein Blut aus der Öffnung. Ich war ratlos. Der Sternwirt schüttelte den Kopf; seine Frau fing an, leise zu wimmern. Was konnte ich noch tun? Es gab keine andere Erklärung. Saß die Blutung noch tiefer, als ich angenommen hatte?

Und dann wurde ich ganz ruhig. »Ich brauche ein dünnes Schilfrohr, oder den hohlen Zweig eines Hollerbusches«, sagte ich. Meine Stimme war fest, obwohl ich innerlich zitterte. Jemand rannte und brachte eines der langen Röhrchen, mit denen man zum Probieren den Wein aus den Fässern zog. Ich brach es auf die rechte Länge ab und nahm mir die Zeit, es mit Essigwasser zu säubern. Sauberkeit ist bei einer Operation immer oberstes Gebot, sonst führte der Schmutz leicht zu Entzündungen. Schon Maimonides hatte das geschrieben, und so hatte es mir Onkel Jehuda beigebracht.

Und dann betete ich stumm, so, wie ich es von meinem Onkel gelernt hatte. »*Ich schicke mich an, Adonai, zu meinem Berufe. Stehe mir bei, Allmächtiger, dass es mir gelinge, denn ohne deinen Beistand gelingt dem Menschen auch das Kleinste nicht.*« Ganz langsam und vorsichtig führte ich das Röhrchen in die Stichwunde ein, immer tiefer, bis ich spürte, dass es nicht mehr weiterging. Nichts. Ich beugte mich hinunter, nahm das Ende zwischen die Lippen und sog. Ein kleiner Widerstand, und dann, es ging so schnell, hatte ich den ganzen Mund voll Blut. Ich spuckte aus, und der warme, rote Saft quoll durch das Röhrchen und über meine Hände, lief über die nackte Brust des Jungen und färbte das Leintuch. Es war so viel, dass ich es gar nicht glauben konnte, und ich war so erleichtert, dass ich das Aufseufzen der Verwandten, die mit angehaltenem Atem dabeigestanden hatten, gar nicht hörte. Noch bevor der Strom versiegte, konnte man schon sehen, wie sich der Brustkorb des Verletzten wieder deutlicher hob und senkte. Ich fühlte seinen Pulsschlag: schwach, aber doch stärker als vorher. Selten habe ich eineren tieferen Atemzug getan als in diesem Augenblick.

Danke, Adonai, dachte ich inbrünstig, und nickte den Eltern zu.

Jemand brachte mir eine Schüssel Wasser zum Waschen, ich muss entsetzlich ausgesehen haben, alles voller Blut. Dann schob mich die alte Magd mit einem Packen neuer Kleider ins Nebenzimmer, wo ich mich umzog. Als ich zurückkam, hatte der Sohn des Sternwirts schon eine bessere Gesichtsfarbe, und seine Lider flatterten ganz leicht. Als ich mit der Handfläche ein paar Mal auf seine Wange schlug, öffnete er die Augen und sah mich mit erstauntem Blick an. Dann schlief er sofort wieder ein. Ich wartete noch ein Weilchen, ob es aus der Wunde nachblutete, aber nichts kam mehr, gottlob. »Ich lasse die Wunde offen«, sagte ich zu den Eltern, »damit sich das Blut nicht wieder stauen kann. Morgen früh komme ich wieder und nähe zu. Sollte es Eurem Sohn wieder schlechter gehen, wisst Ihr, wo Ihr mich findet.«

Dann ging ich heim. Ich war völlig erschöpft, aber zufrieden und glücklich.

Gleich nach Sonnenaufgang am nächsten Morgen eilte ich ins Wirtshaus zum Stern. Der Junge schlief immer noch, aber er atmete gut und das Herz schlug so kräftig, wie es angesichts des starken Blutverlusts zu erwarten war. Ich verschloss die Wunde und legte einen Verband an, wobei der Wirtssohn aufwachte. Als er mit noch schwacher Stimme verkündete, er habe Durst und Hunger, wusste ich, dass er wieder gesund werden würde. Die dankbaren Eltern umarmten mich unter Tränen und drückten mir einen Beutel mit Münzen in die Hand.

Auf dem Rückweg ins Lager fiel mir Hiltprand ein, und ich spürte ein unangenehmes Kribbeln im Magen. Ich hatte ihm ins Handwerk gepfuscht, das würde er mir nicht verzeihen. Was konnte ich tun, um seinen Zorn zu besänftigen? Nachdenklich ging ich zu meinem Zelt – und blieb verblüfft stehen. Da warteten schon etliche Leute, zumeist Frauen, die bei meinem Anblick tuschelten und gestikulierten. Dann trat die erste auf mich zu, eine ältere Frau in vornehmer Bürgertracht. »Ihr seid die Medica, die den Sternwirt-Heiner vom Tod gerettet hat, nicht wahr?«

Es hatte sich also über Nacht schon herumgesprochen. Ich nickte. Die Frau deutete auf die Leute, die mit ihr gewartet hatten. »Wir möchten alle Eure Kunst in Anspruch nehmen, wenn's Euch beliebt.«

Ich war sprachlos. Noch einmal dachte ich an Hiltprand, daran, ob ich die Leute nicht besser zu ihm schicken sollte. Aber dann siegte die Ärztin in mir. Diese Menschen wollten Hilfe – wie konnte ich sie da einem Kurpfuscher in die Hände geben? Nein, ich würde sie nicht enttäuschen. »Kommt mit ins Zelt«, bedeutete ich der Frau, die mich angesprochen hatte. »Und dann einer nach dem anderen.«

»Das war so nicht abgemacht!« Hiltprand brüllte den Satz fast, sein Gesicht war rot vor Wut. Er sah aus, als wolle er jeden Augenblick auf mich losgehen. Es war Mittag, kurz vor Beginn der ersten Vorstellung, und die ganze Truppe stand um uns herum. Ich versuchte mich zu verteidigen. »Du warst betrunken gestern Abend«, sagte ich so ruhig wie möglich. »Jemand musste helfen, sonst wäre der Junge gestorben.«

»Und jetzt, he? Den ganzen Morgen hast du meine Patienten behandelt. Kein Mensch ist zu mir gekommen!« Hiltprand trat ganz nah an mich heran, ich roch seinen schlechten Atem. »Das hast du geplant, du Hexe. Hast nur darauf gewartet, bis du mich ausspielen kannst.« Er drohte mir mit der Faust. »Aber das lass ich mir nicht gefallen! Du hörst sofort damit auf, oder …«

Ezzo versuchte zu schlichten. »Beruhige dich, Hiltprand. Sie hat gestern nur getan, was nötig war. Du bist schließlich selber schuld, wenn du dich besäufst. Sei froh, dass sie geholfen hat, sonst wärst du vielleicht in Schwierigkeiten gekommen.«

»Misch du dich nicht ein«, fauchte Hiltprand. »Das hier geht dich nichts an. Ich bin hier der Arzt, und ich will, dass dieses Weibsbild sich nicht in meine Angelegenheiten mischt.«

Ich sah hilfesuchend zu Janka und Pirlo hinüber. Jedes Wort, das ich sagte, würde Hiltprand nur noch wütender machen. Schließlich schritt Pirlo ein.

»Hör zu, Hiltprand«, sagte er. »Ganz offensichtlich versteht Sanna ihr Handwerk. Sie hat gestern Abend einen halben Gulden verdient, das ist Geld, von dem wir alle etwas haben. Es wäre dumm, wenn wir ihre Fähigkeiten nicht für die Truppe nutzen würden. Warum könnt ihr denn nicht gemeinsam …«

Hiltprands Fluch schnitt Pirlo das Wort ab. »Verdammt will ich sein! Das Weibstück nimmt mir nicht die Butter vom Brot, das schwör ich! Ich will, dass sie geht!«

Gutlind blies die Backen auf und schüttelte den Kopf. »Sei vernünftig, Hiltprand. Ich hab mir das heute Vormittag angesehen. Es waren fast nur Frauen, die Sannas Hilfe in Anspruch genommen haben. Schau, als Frau vertraut man sich nun einmal lieber einer Ärztin an als einem Arzt. Besonders, wenn es um Weibersachen geht. Und von denen hast du sowieso keine Ahnung, gib's zu. Also wie wäre es, wenn du in Zukunft die Männer behandelst und Sanna die Frauen? Ihr könntet es doch versuchen. Dann sehen wir weiter.«

Es war die längste Rede, die ich je von Gutlind gehört hatte. Die anderen nickten beifällig. »Genau«, sagte Schwärzel, »versucht es. Zwei verdienen mehr Geld als einer. Und wir haben alle was davon.«

»Ihr könnt mich alle mal«, tobte Hiltprand. »Da mach ich nicht mit.«

»Lasst uns abstimmen«, rief Ciaran. »Wer ist für Gutlinds Vorschlag?«

Alle hoben die Hand. Ich war so erleichtert, dass ich am liebsten Schnuck umarmt hätte, der neben mir stand. Hiltprand starrte die anderen böse an. »Treuloses Pack«, geiferte er. »Das ist euer Dank dafür, dass ich für euch gutes Geld hereingeholt hab, Tag für Tag. Da kommt eine dahergelaufene Kuh, und ihr schickt mich dafür zum Teufel! Ihr werdet schon sehen, was ihr davon habt, ihr und eure ganze beschissene Bande!«

Damit drehte er sich um und stürmte davon. Vorher hatte er mir noch einen Blick zugeworfen, der nichts Gutes verhieß.

Dennoch war ich glücklich. Nicht nur, weil die anderen mir vertrauten und zu mir gehalten hatten. Nein, das Wichtigste war: Ich durfte wieder heilen! Noch während der Nachmittagsvorstellung lief ich zum Apotheker – Gott sei Dank gab es einen in der Stadt – und kaufte von Onkel Jehudas letztem Geld die wichtigsten Kräuter, Salben und Tinkturen. Außerdem diejenigen Mittel, die bei den häufigsten Frauenleiden halfen: Weißblühende Melisse und Beifuß gegen den Weißen Fluss, Hirtentäschelkraut gegen zu starke Blutungen, Rittersspornsamen zum Austreiben der abgestorbenen Frucht. Dann Anis, Mutterkraut und Wollkraut für das unerwünschte Ausbleiben der Rosen, Sellerie und Betonie für zu starken Blutfluss nach der Geburt und Rainfarn gegen Schmerzen der Mutter. Am Schluss nahm ich noch eine Handvoll Goldwurz mit, die den Kleinsten beim Zahnen die Schmerzen lindert – ich dachte mir, die Frauen würden vielleicht auch ihre Kinder zu mir bringen. Mit diesem Schatz lief ich stolz und frohgemut heim. Hiltprand, so dachte ich, würde sich mit der Zeit schon an die neue Regelung gewöhnen.

St. Goar, Oktober 1414

Die Fahrenden zogen langsam immer weiter den Rhein aufwärts. Über Lahnstein gelangten sie nach Braubach, einem geschäftigen, lebhaften Städtchen. Hier wurden seit Urzeiten Blei und Silber gefördert, stetige Quelle des Reichtums für die Grafen von Katzenellenbogen, die gerade auf der Burg über der Stadt Rechnung hörten. Graf Johann, der Landesherr, war ein Liebhaber des Theaterspiels, und so blieb Pirlos Truppe eine ganze Zeit, um ihren gesamten Fundus an Stücken darzubieten. Sara ging Hiltprand so gut es möglich war aus dem Weg und hielt sich strikt daran, nur Frauen zu behandeln. Der Quacksalber schien sich tatsächlich dem Willen der Gruppe zu fügen, zumindest sprach er die Streitsache nicht mehr an und hielt sich abseits. Sie hätte ihn gern gefragt, wie viel Geld er für die eine oder andere Behandlung nahm, aber sie wagte es nicht. Hauptsache, er ließ sie in Ruhe.

Bei der Abfahrt aus Braubach begann es, zu regnen. Tropfen hämmerten auf die Dächer, klopften an Butzenscheiben, platzten im Staub der Gassen. Alles ging über in lautes Rauschen, Pfützen bildeten sich, Bäche gruben sich durch den Boden und züngelten von Haus zu Haus. Außerhalb der Stadt ging der Wolkenbruch in leisen Dauerregen über, der Himmel und Erde grau färbte und alle Konturen verschwimmen ließ. Es hörte einfach nicht mehr auf. Das Wasser drang überallhin, durch die Kleider, die Zelte, alles wurde nass und klamm. Zum ersten Mal erlebte Sara die Nachteile des fahrenden Lebens. Im Regen zog man herum, im Regen schlug man das Lager auf, im Regen wurde gegessen, geübt und gearbeitet. Es war Gott sei Dank noch nicht kalt, aber Sara bekam einen Vorgeschmack darauf, wie es im Winter sein würde. Sie fühlte sich lustlos und niedergeschlagen, genau wie die anderen. Zum ersten Mal fiel ihr die Armut der Landbevölkerung auf, wenn sie an Höfen und Dörfern vorbeizogen, an niedrigen, strohgedeckten Hütten, in denen Mensch und Tier zusammen hausten. Trübsinnig konnte man werden bei solch einem Wetter, dachte sie. Während die Tropfen auf ihr Zeltdach trommelten, fragte sie sich eines Nachts, welches Datum wohl inzwischen sein mochte und stellte mit Erstaunen fest, dass sie den zeitlichen Bezug zum Jahreslauf völlig verloren hatte. Bisher hatte sie von einem Schabbat zum anderen und von einem jüdischen Fest oder Feiertag zum nächsten gelebt, immer im Ablauf der Monate: Tischri, Cheschwan, Kislew, Tewet, Schewar, Adar, Nisan, Ijar, Siwan, Tamus, Av, Elul. Aber jetzt, seit sie mit den Christen umherzog, hatte sie tatsächlich die Zeit verloren. War nun schon Laubhüttenfest gewesen, oder kam es noch? Welchen Monat schrieb man, wenn die Christen Oktober hatten? Das Jahr war ihr noch bewusst: Nach der christlichen Zeitrechnung, die mit der Geburt Jesu begann, schrieb man 1414 – das entsprach dem Jahr 5175 nach jüdischer Rechnung, die ab der Erschaffung der Welt zählte. Sara wurde plötzlich schmerzhaft klar, wie sehr sie die stillen Rituale des Schabbat vermisste, das Innehalten und Durchatmen, das mit diesem Ruhetag verbunden war. Der Sonntag schien ihr nicht dasselbe zu sein – zwar arbeiteten auch die Christen an diesem Tag nicht, aber die Regeln schienen nicht so streng wie bei den Juden – oder sie wurden weniger beachtet. Sara kam sich auf einmal ganz verloren vor. Ihr war, als lebte sie zwischen den Welten, als habe sie die Haftung verloren, wie ein Sandkorn, das im Regen davonschwimmt …

Endlich erreichten sie St. Goar, und die Sonne brach durch die Wolken. Wie zur Begrüßung wölbte sich ein bunter Regenbogen über der Stadt und tippte mit seinem Ende auf die darüber thronende Burg Rheinfels. Durch die ganze Truppe ging ein Aufatmen. Man kampierte noch vor der Stadt, um alles wieder zu trocknen. Das erste Mal seit fast zwei Wochen konnten die Fahrenden wieder unbeschwert im Freien sitzen und sich das Abendessen schmecken lassen. Ein Fischer hatte Janka einen großen Korb Salme unglaublich billig verkauft – der Flussfisch wurde hier in solchen Mengen gefangen, dass man seiner gänzlich überdrüssig war. Die St. Goarer Lehrlinge bedingten sich sogar in ihren Verträgen aus, nicht jeden Tag Salm essen zu müssen. Für Sara und die anderen dagegen war es ein Festmahl. Sogar der Herzog von Schnuff, der sich sonst für Fisch zu fein war, vertilgte zwei der silbrigen Schwimmer mitsamt Kopf und Gräten.

Eine größere Jagdgesellschaft weilte gerade auf Rheinfels, und Ezzo machte sich sofort auf den Weg, um die Fahrenden anzukündigen. Die vom Adel waren hocherfreut und luden gleich für den nächsten Tag auf die Burg.

Rheinfels war eine großartige Festung und galt weithin als uneinnehmbar. Ein Jahr und vierzehn Wochen hatte die Burg der Belagerung durch den Rheinischen Städtebund getrotzt; damals hatten neuntausend Angreifer und fünfzig Schiffe ihr nichts anhaben können. Der Bergfried mit seinem Aufsatz, den man wegen seiner Form Butterfass nannte, war unglaubliche hundertzwanzig Fuß hoch. Und immer noch wurde auf der Burg überall gebaut, die Wehren verstärkt und die Wohnbauten erweitert.

Als die Spielleute in der Festung eintrafen, lagen an die fünfzig Stück Wildpret im Hof vor der Küche, die Beute des Tages. Köche und Metzler waren damit beschäftigt, die Tiere zu häuten und zu zerlegen, Küchenmägde rannten schwitzend mit Wasserzubern hin und her, ein riesiger Kessel hing über offenem Feuer, in den man gleich den Tran zum Auslassen warf. Überall rannen Bäche von Blut, an denen die Hofhunde gierig leckten.

Die Fahrenden bahnten sich ihren Weg zum Palas und gaben im großen Saal ihre Kunststücke zum Besten. Anschließend speisten die vom Adel; Ciaran und die Zigeuner spielten zum Essen auf, und auch die Fahrenden bekamen ihren Anteil am Hirsch- und Wildschweinbraten. Nach dem Abendbankett wünschten sich die Herrschaften ein Theaterstück, und Pirlo wählte eine bekannte Posse des Neithart von Reuental. Die Darbietung endete in einer wilden Schlägerei zwischen einem Ritter – gespielt von Ezzo – und drei tölpelhaften Bauern.

»Holla«, schrie nach dem Schlussapplaus einer der adeligen Jäger – es war der junge Edelfreie von Stein, ein aufbrausender, rotnasiger Hitzkopf. Er stand schwankend auf und hielt Ezzo am Arm fest. »Mit ein paar blöden Bauernärschen kannst du ja leicht fertig werden, Mann! Drei von uns dagegen hätten dich schon das Fürchten gelehrt!«

Ezzo versuchte, sich herauszuwinden. »Ei, das mag wohl sein, Herr.« Er hatte schon überlegt, mit welchem der adeligen Zuschauer er anschließend das erste heimliche Gespräch führen wollte. Dieser Disput kam ihm gar nicht recht.

»Was soll das heißen: ›Das mag wohl sein, Herr?‹«, äffte der junge Ritter Ezzo nach. Er konnte kaum noch verständlich reden, so betrunken war er. »›Da bin ich mir sicher, Herr!‹ muss es heißen, du Lümmel!«

Ezzo deutete eine kleine Verbeugung an. »Da bin ich mir sicher, Herr!«, wiederholte er und wollte an dem Betrunkenen vorbei. Er hatte nun wirklich keine Lust, sich mit diesem Weinsack aufzuhalten. Doch der fühlte sich allein schon durch den kühlen Tonfall seines Gegenübers beleidigt. »Wirst jetzt wohl auch noch unverschämt, he? So lass ich nicht mir mir reden, du Eselsgosche! Brauchst wohl ein paar Maulschellen, he, damit du deinen Platz wieder weißt?«

Ein anderer von der Jagdgesellschaft stand auf, um seinen Freund zu beruhigen, aber der hatte schon ausgeholt, um Ezzo ins Gesicht zu schlagen. Ezzo hob blitzschnell den Arm und packte den Streithammel beim Handgelenk. Eine Rangelei entwickelte sich. »Lasst gut sein, Herr, ich will keinen Ärger mit Euch«, presste Ezzo zwischen den Zähnen hervor, während er versuchte, den Betrunkenen abzuwehren. Und plötzlich, keiner hatte es kommen sehen, hielt der von Stein ein Messer in der Hand und ging damit auf Ezzo los. Ein Schnitt, dann waren etliche der Tischgenossen aufgesprungen und entwanden dem Angreifer die Waffe. Aber es war schon zu spät. In Ezzos weißem Hemd klaffte über der Brust ein Riss, und schon färbte sich der Stoff blutig. Einige Aufregung entstand, aber Ezzo presste nur die Hand auf die Verletzung und wehrte ab. »Es ist nichts, Ihr Herren, nur ein Kratzer. Nicht der Rede wert.«

Aber der kleine Zwischenfall hatte nun schon zu einiger Ernüchterung unter den adeligen Herren geführt. Der fröhliche Abend war zu Ende, und die Spielleute machten sich im Licht der Fackeln auf den Heimweg.

Sara hatte schon geschlafen, als sie plötzlich ein Scharren vor ihrem Zelt hörte.

»Sanna? Bist du da?«

Das klang nach Ezzo. Sara stand auf, legte ein Schultertuch um ihr leinenes Unterkleid und steckte den Kopf durch den Eingangsschlitz. »Was ist los?«, fragte sie schlaftrunken.

Er stand da, eine Fackel in der Linken, und sie sah auf den ersten Blick, dass er verletzt war. Sofort war sie hellwach, ein kleiner Schrei entfuhr ihr. »Nicht so schlimm«, wehrte Ezzo gleich ab. »Aber ich hätte doch gern, dass du es dir ansiehst.«

Sie zögerte. »Wäre es nicht besser, du gingst zu Hiltprand? Du weißt, unsere Abmachung …«

»Ich möchte aber lieber zu dir.«

Sie nickte seufzend. »Komm«, sagte sie.

Er ließ seinen Kienspan draußen und setzte sich auf ihr leibwarmes Lager, während sie ein paar Kerzen an der Flamme entzündete und rundherum aufstellte. Dann half sie ihm, das blutige Hemd über den Kopf zu ziehen, und hieß ihn sich hinlegen. Im rötlichen Kerzenschein wrang sie ein sauberes Tuch in der Wasserschüssel aus, die immer bereitstand, und wusch das Blut ab. Seine Brust war fest und glatt, harte Muskeln unter weicher Haut. Sara konnte nicht umhin, zu lächeln. Er ist schön, dachte sie, ein Körper, wie ihn ein Maler nicht besser zeichnen könnte. »Was denkst du?«, fragte Ezzo, und sie fühlte sich ertappt. »Nichts.« Sie drehte sich weg, um nach einem neuen Tuch zu greifen; so konnte er nicht sehen, wie sie errötete. Sanft tupfte sie seine Brust trocken. Er sog leise die Luft durch die Zähne ein, als sie die Wunde vorsichtig betastete. Tatsächlich war es nur ein oberflächlicher Schnitt durch die Haut, der schräg über der rechten Brusthälfte verlief. »Du sollst doch nicht raufen«, mahnte sie ihn vorwurfsvoll.

»Ich konnte nichts dafür«, wehrte er sich. »Außerdem – du solltest erst mal den anderen sehen!« Er zwinkerte ihr zu, und sie schlug spielerisch mit dem Tuch nach ihm, vorsichtig, um die Wunde nicht zu treffen. »Das sagen sie alle!«, lächelte sie.

Dann wurde sie wieder ernst. »Es wäre besser, wenn ich den Schnitt nähe, sonst könnte die Narbe wuchern. Soll ich?«

Er nickte. »Du bist die Ärztin.«

Sie holte ihr Nähzeug. Erst griff sie nach dem üblichen Rosshaar, aber dann schlossen sich ihre Finger wie von selbst über etwas anderem: Der Rolle mit dem Seidenfaden, schimmernd und glatt. Gleichzeitig schüttelte sie den Kopf über sich selbst. Seide, die nahm man bei Frauen, an den Stellen, wo man Narben ganz fein und unsichtbar halten wollte. Närrin, schalt sie sich, aber da fädelte sie den Faden auch schon ein.

Und dann nähte sie. Ezzo beobachtete sie dabei; ihre Miene war ernst und konzentriert, der Blick fest auf den Schnitt geheftet. Und zum ersten Mal seit Buda sah er im Gesicht einer Frau, die ihm nah war, nicht die Züge der Königin. Er spürte kaum den Schmerz, er sah nur Saras Augen, ihre Lippen, die rosige Zungenspitze, die vor lauter Anspannung kurz zwischen den weißen Zähnen vorlugte. Eine lockige Strähne ihres dunklen Haars fiel ihr in die Stirn, und sie schob sie mit dem Handrücken fort. Er stellte sich vor, dass ihre Finger nicht seine Haut für den nächsten Stich spannten, sondern seine Brust liebkosten, schmale, zarte Finger, die ihn federzart berührten. Und jetzt war er es, der lächelte.

»Was denkst du?«, fragte Sara.

»Nichts.« Er konnte nicht aufhören, sie anzusehen. Langsam beugte sie sich zu ihm hinunter, bis ihre Lippen fast seine Brust berührten. Er hob die Hand, wollte in ihren dunklen Schopf greifen, sie festhalten.

Sie biss den Faden ab. Seine Hand sank herunter.

Sara hatte seine Blicke gespürt. Es hatte sie Mühe gekostet, überhaupt bei der Sache zu bleiben, während sie nähte. Jetzt setzte sie sich wieder aufrecht hin. Der Zauber hing immer noch in der Luft. »Danke«, sagte er. Seine Stimme klang belegt.

Sie musste sich zusammenreißen, strich sanft eine Wundsalbe aus Butterschmalz und Diptam auf die Naht. »Du warst ein tapferer Junge«, lächelte sie. »Jetzt lassen wir den Schnitt heilen.«

Er setzte sich auf, hob die Arme und ließ sich saubere Leinenstreifen um die Brust wickeln. Ihre Haare kitzelten ihn an der Schulter, und er lachte leise.

»Dir geht's ja schon wieder recht gut«, meinte sie munter.

»Bei einer solchen Medica … da möcht ich gleich morgen wieder einen Raufhändel anfangen.« Er lächelte ihr zu, wollte nach ihren Händen greifen.

»Untersteh dich!« Sie bückte sich schnell und warf ihm sein Hemd zu.

Etwas Glitzerndes fiel heraus, landete zu ihren Füßen, und sie hob es auf. Es war ein Ring, der an einem ledernen Bändchen hing. Doch bevor sie ihn sich ansehen konnte, hatte Ezzo ihn ihr schnell aus der Hand gerissen. Sara spürte ein kleines Ziehen im Herzen. So war das also. Er trug den Ring einer Frau. Gott, wie dumm war sie gewesen!

»Wer ist denn die Glückliche?«, fragte sie leichthin, mit gespielter Fröhlichkeit.

Er schüttelte den Kopf, sagte erst nichts, dann: »Das ist eine lange Geschichte …« Wie hätte er von seiner heimlichen Liebschaft mit der Königin erzählen sollen? Oder von dem Auftrag, mit dem er durchs Land zog?

Der Zauber war verflogen. Sara räumte das Nähzeug weg und schüttete das Waschwasser draußen neben ihr Zelt. »In einer Woche muss der Verband gewechselt werden, dann zieh ich dir die Fäden«, sagte sie.

Er stand da, das zerknüllte Hemd über der Schulter, den Ring der Königin heiß in seiner Faust. »Ja dann«, sagte er, »danke für deine Hilfe.«

Dann stapfte er durch die Nacht davon.

Sara war wütend auf sich selber, wütend auf Ezzo, wütend auf die ganze Welt. Da war sie fest entschlossen gewesen, nie mehr einen Mann anzusehen. Es konnte sowieso nicht besser werden als mit Salo, und nicht schlechter als mit Chajim. Liebe führte immer zu Schmerz. Das wusste sie doch. Und sie wusste außerdem, dass sie dem Gesetz nach nicht frei war. Trotzdem hatte sie sich beinahe hinreißen lassen. War ihre Sehnsucht nach Zweisamkeit so groß? Die Thora hatte schon recht, wenn sie den Menschen vorschrieb, als Mann und Frau zu leben, weil es das Beste für sie sei. Und Ezzo hatte offensichtlich die Frau gefunden, die er liebte. Wieso fühlte sie sich ausgerechnet zu ihm hingezogen? Sie konnte es nicht sagen, es war ein Gefühl, etwas, das sich nicht mit Worten, nicht mit dem Verstand beschreiben ließ. Was ging da nur in ihr vor? Schließlich gab es auch andere Männer. Ciaran zum Beispiel. Ja freilich, er war nicht treu, hatte in jedem Ort ein Liebchen. Aber er war klug, sanft und freundlich. Und er war aufmerksam, kümmerte sich oft liebevoll um sie. Ach, natürlich tändelte er auch mit ihr herum, wie eben mit jeder. Das hatte sie nicht ernst genommen. Jetzt kam ihr Ciaran ehrlicher vor als Ezzo. Bei ihm wusste man wenigstens woran man war, während Ezzo seinen Ring versteckt trug. Warum wollte er wohl, dass niemand davon erfuhr? Sie seufzte. Irgendwann nachdem die Turmuhr Mitternacht geschlagen hatte, schlief sie mit ihrer Enttäuschung ein. Und mit dem Entschluss, sich Ezzo gegenüber in Zukunft freundlich, aber gleichgültig zu verhalten. Es war ohnehin besser so.

Burg Pfalzgrafenstein, Anfang November 1414

Pirlos Truppe zog nun an der engsten und tiefsten Stelle des schiffbaren Flusses entlang, der hier einen großen Bogen beschrieb. Die Wasser tanzten schäumend über Klippen und Riffe, schossen an steinigen Ufern vorbei, kreisten ein zu wirbelnden Strudeln, die schon so manchen Schiffer hinabgezogen hatten. Deshalb hatte sich hier auch vor Zeiten der heilige Goar niedergelassen, um Schiffbrüchige zu retten und zu pflegen. Ein hoher Schieferfelsen erhob sich am östlichen Ufer, der Lurlei genannt. In seinen Höhlen hausten Zwerge, wie Pirlo erzählte, der schon öfter hier gewesen war. Er tat einen Juchzer, und wie durch ein Wunder wiederholte sich der laute Ton sieben Mal – das war das Werk der Kleinwüchsigen, die sich daraus einen Spaß machten. Sie erzeugten auch das laute Rauschen, das weithin zu hören war. Manchmal, so hieß es, saß auf dem Gipfel eine wunderschöne Nix und hielt hoch über den Fluten des Rheins Ausschau nach einem Bräutigam. Nur der konnte sie sehen, den sie auserwählt hatte. Und der nahm ihr Bild mit ins nasse Grab.

Zu Oberwesel kaufte sich Sara hundslederne Handschuhe, Mütze und Winterkleid, denn es wurde empfindlich kalt. Der Herbst verging schnell, und schon stand der Winter vor den Toren. Die Bäume reckten ihre Äste unbelaubt gen Himmel, Störche, Schwalben und Singvögel waren lang schon nach Süden gezogen. Die Ernte, in diesem Jahr keine besonders gute, war seit Wochen eingebracht. Das Land ruhte, es gab kein Grün mehr, keine Weide für das Vieh. Entbehrungsreiche Monate lagen vor den Menschen: Kein frisches Gemüse mehr zu essen, nur noch getrocknete Linsen, Erbsen, Bohnen und das alltägliche Kraut. Kälte, Schnee und Eis mussten ertragen werden, Wind und Sturm. Ach, wäre nur schon wieder Mai!

Sie zogen langsam weiter, solange es das Wetter noch erlaubte. Am Morgen, wenn die Kälte der Nacht noch auf den Feldern lag, machte der Frost sie zu atemrauchenden Geistern. Sara hatte ihre Schuhe mit Lumpen umwickelt und trug um die Schultern ein Wolfsfell, das Schwärzel ihr geschenkt hatte. Sie hatte den großen Fluss immer als einen Freund betrachtet, die funkelnden Wellen, die grünen Ufer, die Hänge, auf denen Wein und Obstbäume wuchsen. Jetzt hatte der Rhein nichts Liebliches mehr, er wirkte grau, düster und bedrohlich. Nebel hockte auf dem Wasser, den ganzen Tag war es trüb und diesig, manchmal sah man vor lauter Dunst den Wagen vor einem nicht mehr. So erreichten sie den Ort Kaub, reich geworden durch seine Weinberge, den Abbau von Schiefer und die ergiebigen Rheinzölle. Hier herrschten die Pfalzgrafen bei Rhein und zeigten ihre kurfürstliche Macht gleich mit zwei wehrhaften Burgen: Von oberhalb der Stadt her drohte die Festung Gutenfels, und unten, mitten auf einer kleinen Flussinsel, lag wie ein steinernes Schiff, das auf dem Rhein schwamm, die neuere Burg Pfalzgrafenstein.

Der Rat der Stadt erlaubte den Fahrenden nicht, auf dem Marktplatz zu lagern, aber Pirlo gelang es irgendwie, den Kommandanten der Zollwache dazu zu bewegen, die Truppe in den Hof der Inselburg zu lassen. Landesherr und Vogt waren nicht in der Stadt, und Pfalzgrafenstein beherbergte derzeit nur eine kleine Besatzung, da die Rheinschifffahrt um diese Jahreszeit kaum der Rede wert war. So schlugen sie ihre Zelte wohlgeschützt durch die sechseckige Ringmauer auf harten Pflastersteinen auf. Und weil die Wachmannschaft der Burg herzlich froh über die Abwechslung war, durften sie auch dort im Schatten des hohen Fünfeckturms auftreten. Sie entschieden sich für ein Kampfspiel, an dem die Wachen begeistert teilnahmen. Am Schluss ließ Ezzo den Kommandanten gewinnen, obwohl der während des Kampfes kaum Augen für seinen Gegner als vielmehr für Gutlind gehabt hatte, die am Rande zusah.

Auch Ezzo war unkonzentriert gewesen und hatte schlampig agiert. Seine Laune war schlecht, hatte er doch fest damit gerechnet, zu Kaub den Pfalzgrafen treffen zu können. Schon auf Rheinfels hatte er nichts ausrichten können, weil sich nach seiner Verletzung keine Gelegenheit mehr gefunden hatte, mit den anwesenden Adeligen zu sprechen. Und jetzt fehlte ihm auch noch der wichtige Pfalzgraf, den er unbedingt hatte von Barbaras Sache überzeugen wollen! Die Mission, auf die ihn die Königin geschickt hatte, war derzeit nicht sehr erfolgreich, und Ezzo fühlte sich unzufrieden und nutzlos.

Sara und Hiltprand durften ihre Heilkünste unterdessen in der Stadt vor dem Rathaus feilbieten. Die Leute kamen zuhauf, denn Rotz, Ohrenreißen und Halsweh gingen in dieser kalten Zeit um. Die Aufteilung in männliche und weibliche Patienten ließ sich wegen ihrer großen Anzahl kaum noch bewerkstelligen, und vor allem Hiltprand hielt sich oft nicht an die Abmachung. Sara war es recht, es gab genug zu tun. Gerade hatte sie einen Mann zu Hiltprand geschickt, einen Nagelschmied, der sich böse in den Daumen geschnitten hatte. Der Mann hatte sich selber mit einem unsauberen Lappen verbunden, und nun wütete der Brand. Sara wusste, dass der Finger nicht zu retten war, und bei einer Amputation konnte Hiltprand nicht viel falsch machen. Der Schmied trollte sich, als ein Grüppchen Leute auf Saras Behandlungsstuhl zukam. Sie führten ein junges Mädchen in ihrer Mitte, das zuckte und zitterte und sich kaum auf den Beinen halten konnte. Zwei Frauen drückten die Kranke auf den Stuhl und hielten sie dort fest.

»Meine Bärbel hat das Zucken«, jammerte eines der Weiber, gut gekleidet und mit einer teuren Gürtelkette um die Taille. »Es wird immer schlimmer. Ach, wir sind schon ganz verzweifelt.«

Die andere, offenbar die Großmutter, schlug bittend die Hände zusammen. »Vorgestern haben wir sie zum Meister Koromander gebracht, er hat ihr eine Salbe mitgegeben. Seitdem ist es nur noch ärger.«

»Was war das für eine Salbe?«, wollte Sara wissen.

»Er hat gesagt, aus getrocknetem Moos, das auf einem Totenschädel gewachsen ist. Das hilft immer, wenn ein Mensch von einem Alb gerüttelt wird.«

Sara schüttelte nur stumm den Kopf. Sie beugte sich zu dem Mädchen hinunter, dessen Arme und Beine immer wieder unkontrolliert zuckten. »Hast du Schmerzen?«, fragte sie. Die Kranke nickte. »Am Anfang hat's gekribbelt, jetzt brennt's, als wie im Höllenfeuer«, brachte sie stockend und mit krächzender Stimme hervor.

Sara schob einen Ärmel hoch. Die Haut der jungen Frau war bleich, an manchen Stellen bleifarben und runzelig. Wächsern überspannte sie Muskeln und Knochen. Der Arm war verkrümmt und verkrampft. Ein schneller Stich mit der Spitze des Schnäppers – nichts, kein Schmerz, kein Blut.

»Hast du Hunger und Durst?«, fragte Sara. Die Patientin nickte. »Dauernd.« Wieder schüttelte sie ein Krampf, und sie stöhnte laut.

»Gibt es hier noch mehr solche Kranke?«, fragte Sara die Mutter.

Die Frau verneinte. »Nur meine Bärbel, sonst keiner.«

»Ist sie vielleicht auf den Kopf gefallen oder hat einen Schlag bekommen?«

»Nein, es ging einfach in der Nacht los, vor einer Woche.«

Sara überlegte. Wenn die Symptome nicht von einer Kopfverletzung kamen, ließ die Untersuchung eigentlich nur einen Schluss zu: Es musste sich um ein leichtes Antoniusfeuer handeln, Gott sei Dank eines ohne Brand und abfallende Gliedmaßen. Sie war einmal mit ihrem Onkel in ein Dorf nahe München gerufen worden, in dem das Feuer grassierte. Es war schrecklich gewesen: Kranke, die vor Schmerz unaufhörlich schrien, Glieder wie zusammengeschnurrt, maulbeerfarbene Haut, die wie tot wirkte, schwarze Blasen, fauliges Fleisch, der unerträgliche Gestank. Alle hatten das Brot der umliegenden Felder gegessen, Roggen, in dessen Ähren etwas Schwarzes gewachsen war, giftig wie die Hölle: der Kornzapfen oder Wolfszahn. Man konnte nichts gegen die Krankheit tun, die das merkwürdige Gewächs hervorrief, die Opfer blieben Krüppel oder starben gar. Dabei war der Wolfszahn auch für Heilzwecke zu gebrauchen, er wirkte blutstillend, half gegen Schwindel und förderte die Wehen. Aber es passte nicht zum Antoniusfeuer, dass in Kaub sonst keiner die Krankheit hatte. Alle aßen doch das gleiche Brot, benutzten das gleiche Mehl. Es gab eigentlich nur eine Erklärung. Sara bat die Verwandten des Mädchens, sie mit ihrer Patientin allein zu lassen. Dann beugte sie sich zu Bärbel hinunter und streichelte ihre zuckende Hand. »Du warst schwanger, nicht?«

Das Mädchen sah sie erschrocken an. »Lieber Herr Jesus«, stammelte sie, »woher wisst Ihr das?«

»Weil du versucht hast, mit dem Kornzapfen die Frucht auszutreiben«, erwiderte Sara. »Aber du hast nicht gewusst, dass man davon furchtbar krank werden kann.«

»Ich konnte doch nicht …«, schluchzte das Mädchen, »die Eltern, die Schande …«

Sara schloss die Augen. Was war schlimmer, ein uneheliches Kind oder ein Leben als Krüppel? Das Mädchen tat ihr unendlich leid. Wie verzweifelt musste sie gewesen sein! »Bärbel«, sagte sie, »ich kann nicht viel gegen das Gift tun. Du wirst das Zucken und die Schmerzen noch lang aushalten müssen, es geht erst mit der Zeit weg. Aber deine Arme und Beine – du wirst sie wohl nie wieder so benutzen können wie früher.«

Das Mädchen weinte. »O bitte, bitte, sagt es niemandem«, wimmerte sie.

Sara nickte und winkte die Leute wieder her. »Eure Bärbel hat Brot gegessen, in das der Wolfszahn hineingemahlen war. Das ist ein giftiges Korn am Roggen, Menschen können daran sterben.«

»Das Antoniusfeuer«, murmelte die Mutter entsetzt und bekreuzigte sich. »Also ist es kein Teufel, von dem sie besessen ist?«, fragte sie mit großen Augen.

»Nein, es ist eine Vergiftung. Eure Tochter muss jetzt viel trinken, damit das Gift wieder aus ihrem Körper herausgespült wird. Ich kann sie auch noch zur Ader lassen, das hilft. Und dann geht ihr zum Apotheker und kauft Wegerich. Den kocht ihr in Wein, davon muss sie in den nächsten drei Tagen stündlich einen Becher trinken. Außerdem macht ihr davon kühle Umschläge auf Arme und Beine. Ganz gesund wird sie wohl nie mehr, aber das Zucken und der Schmerz werden bald verschwinden.«

Die Mutter der Kranken ließ den Kopf hängen. Es war keine gute Nachricht, aber wenigstens kein Todesurteil. Und dann, noch ehe Sara es verhindern konnte, lief die Bürgersfrau voll Zorn und Verzweiflung zu Hiltprand hinüber. »Gebt mir mein Geld zurück«, rief sie. »Quacksalber! Sterben hätte sie können, meine Bärbel! Die andere dort drüben, die weiß, welche Krankheit sie hat! Sofort will ich meinen Viertelgulden wiederhaben!«

Die Leute begannen schon, aufmerksam zu werden. Hiltprand wurde ganz weiß im Gesicht. Er griff in seine Tasche und zog eine Münze hervor. »Hier, Weib, und nun schweigt still!«

Dann sah er zu Sara hinüber, die dem kranken Mädchen gerade in die Ader schlug. Seine Kiefer mahlten. Das Maß war voll.

Am Abend saßen die Fahrenden bei Brot und Erbsenmus zusammen. Gutlind hatte den Kommandanten inzwischen so weit um den Finger gewickelt, dass er ihnen erlaubte, sich tagsüber in den leeren Stallungen aufzuhalten. Und er hatte Genehmigung erteilt, dass die Truppe noch eine Woche bleiben durfte. Die Stimmung war deshalb gut, alle lachten und redeten; sogar Zephael, der traurige Elefantenmensch, sang ein paar Liedchen zur Begleitung der Zigeuner mit. Sara ging herum und teilte zur Feier des Tages an jeden ein Stückchen Konfekt aus, das sie in der Apotheke gekauft hatte: Nussmarzipan mit einer kandierten Kirsche obenauf, ein sündhaft teures Naschwerk. Sie setzte sich einen Augenblick zu Meli, dem kleinen Schlangenmädchen, und ließ sich verblüfft zeigen, wie weit das Mädchen die Finger nach hinten verbiegen konnte.

Darauf hatte Hiltprand gewartet. Wie zufällig schlenderte er dort vorbei, wo Sara gesessen hatte, kniete sich hin und tat so, als ob er an seinen Schnürstiefeln nestelte. Ein schneller Blick in die Runde – keiner gab acht. Sara unterhielt sich immer noch mit dem Zigeunerkind. Blitzschnell zog Hiltprand ein kleines Fläschchen aus dem Schaft seines linken Stiefels und schüttete es in Saras halb vollen Becher, der auf dem Boden stand. Dann versteckte er das Fläschchen wieder im Schuh, stand auf und ging weiter. Unauffällig verließ er den Marstall. Draußen war kein Mensch, nur eine stummelschwänzige Katze streunte um die Wagen und Zelte; ihre

Augen leuchteten gelb im fahlen Schein des Mondlichts. Die Wach-mannschaft war um diese Zeit bis auf den Türmer schon schlafen gegangen. Hiltprand überquerte den nächtlichen Hof, um etwas abseits vom Lager sein Wasser abzuschlagen. Zufrieden schloss er den Hosenlatz und stopfte sein Hemd in den Gürtel. Die Sache würde bald ausgestanden sein.

»Ei, Meister Koromander, trinkt einen Schluck mit mir!«

Hiltprand erschrak und drehte sich um. Vor ihm stand Ezzo, ein Henkelkrüglein voll Wein in der Hand. Hiltprand sah ihn unbehaglich an. Er runzelte kurz die Stirn, dann lächelte er und breitete die Arme aus. »Ich hab leider nichts zum Anstoßen, mein Freund.«

Aus dem Schatten trat eine weitere Gestalt. Ciaran. Er hielt dem Quacksalber einen Becher hin. »Doch, Hiltprand, das hast du«, sagte er freundlich.

Hiltprand wollte schon nach dem Becher greifen, als seine Hand zurückzuckte. Es war Saras kleiner Zinnpokal.

»Was ist? Willst du nicht?« Ezzo trat einen Schritt näher und stellte seinen Krug in eine Mauernische. Dann packte er Hiltprand am Kragen. »Was hast du da hineingetan?«, zischte er.

Hiltprand wehrte sich, kam aber nicht aus Ezzos Griff los. »Nichts! Ich weiß gar nicht, was du meinst! Lasst mich doch in Ruhe! Was wollt ihr überhaupt von mir, he?«

Jetzt griff Ciaran dem Quacksalber von hinten in den Schopf. »Na, wenn du nichts hineingetan hast, dann kannst du ja trinken!« Er drückte den Becher an Hiltprands Lippen, der sich wehrte als hielte ihn der Teufel persönlich in seinen Klauen. Der Becher flog in hohem Bogen davon. Dann zwang Ezzo Hiltprand in die Knie, den Arm schmerzhaft auf den Rücken gedreht. Hiltprand heulte auf vor Schmerz.

»Du hast das schon lange vorgehabt, stimmt's?« In Ezzos Stim-me klang kalte Wut. »Du warst das auch in Andernach, neulich Nacht. Ich hab dich am Gang erkannt. Hast Sanna ins Mühlrad stoßen wollen …«

»Das Luder«, keuchte Hiltprand und wand sich vergeblich in Ezzos Griff. »Ich war zuerst da!«

»Was hast du in den Becher getan?«

Hiltprand schrie auf; sein Arm war kurz davor, zu brechen. »Eisenhut«, wimmerte er. »Nur ganz wenig. Nur, damit sie nicht mehr weiter mitkommen kann.«

Ezzo ließ ihn los und wischte sich die Hände an seinem Umhang ab, als seien sie schmutzig. »Du hast bis morgen früh Zeit«, sagte er voller Verachtung. »Dann bist du nicht mehr da.«

»Ihr könnt mir gar nichts beweisen!« Hiltprand rollte sich auf den Rücken und rieb sich trotzig die Schulter.

»So?« Ezzo bückte sich, und noch bevor Hiltprand sich wehren konnte, zog er ihm mit schnellem Griff den linken Stiefel vom Fuß. Er holte das noch halb volle Fläschchen hervor und hielt es dem Quacksalber vor die Nase. »Dein Wagen bleibt hier«, sagte er, »er gehört der Truppe. Solltest du nach Sonnenaufgang noch in der Burg sein, übergeben wir dich dem Stadtknecht.«

»In meinem Land steht auf Giftmischerei der Tod«, ergänzte Ciaran mit schneidender Stimme, »und soweit ich weiß, ist das hier auch so.«

Hiltprand rappelte sich auf und spuckte vor den beiden aus. Dann schnappte er sich seinen Stiefel, drehte sich um und ging zu seinem Wagen.

»Lass uns Stillschweigen über die Sache bewahren«, meinte Ezzo hinterher zu Ciaran. »Sanna braucht sich nicht im Nachhinein noch zu ängstigen.«

Ciaran nickte. »Ist vielleicht besser so.«

Sie gingen langsam zum Marstall zurück. »Dir liegt was an ihr, hm?«, fragte Ciaran. »Sonst würdest du nicht so auf sie aufpassen.«

Ezzo zuckte die Schulten und log ein bisschen: »Aber wo. Das würde ich doch für jeden tun. Schließlich ist Ritter Ezzelin der Beschützer der Jungfrauen, Witwen und Waisen.« Er grinste.

»Na dann …« Ciaran schlug Ezzo freundschaftlich auf die Schulter. Mehr hatte er gar nicht wissen wollen.

Am nächsten Morgen war Hiltprand fort.

Sara

Ich war unendlich erleichtert, als Hiltprand plötzlich verschwunden war, und ich glaube, die anderen trauerten ihm auch nicht nach. Keiner wusste, warum er sich entschlossen hatte, zu gehen. Zuerst warteten wir ein, zwei Tage, ob er nicht vielleicht wiederkommen würde. Schließlich hatte er alles zurückgelassen – seinen Wagen, die Arzneien, die meisten Instrumente. Aber er blieb fort. Am dritten Tag kam Pirlo zu mir. »Du kannst Hiltprands Wagen haben, wenn du willst«, sagte er.

Die Aussicht, in den Wagen des Quacksalbers umzuziehen, machte mich nicht gerade glücklich, aber angesichts des nahenden Winters war mein Zelt auch nicht die beste Unterkunft. Also räumte ich alles, was ich nicht brauchen konnte, aus dem Wagen und machte erst einmal sauber, bevor ich meine Sachen hineinschaffte. Zephael, der stille Elefantenmensch, und die kleine Meli halfen mir, so gut sie konnten. Dann ging ich ans Sortieren von Hiltprands Arzneien. Was warf ich nicht alles weg: zu Pillen gedrehte Kellerasseln, Mehl vom Fersenbein eines Gehenkten, getrocknete, unflügge Zaunkönige, Regenwurmpulver. Getrocknetes Moos, das auf einem menschlichen Schädel gewachsen war, zerriebene Wolfshörner, Marmorsaft, Hühnermilch, einen Tiegel Menschenfett und natürlich den unvermeidlichen Schwalbenkot. Der Quacksalber hatte alle Fläschchen, Beutelchen und Tütchen genauestens beschriftet – ich konnte zwar die lateinische Schrift nicht schreiben, aber ganz gut lesen, und so hob ich nur das auf, was ich zum Heilen verwenden konnte, meistens Kräuter. Den ganzen Tag war ich so beschäftigt. Schließlich, es war schon spät am Nachmittag, fand ich noch eine ganze Kiste voller schmutziger Leintücher und Verbandsstreifen, und weil ich selber kaum noch einen Vorrat hatte, beschloss ich, die Sachen zu waschen. Ich stopfte alles in zwei große Körbe und schleppte sie zu einer Stelle am Ufer, wo auch die armen Weiber der Stadt ihre Wäsche wuschen.

Es war ein kalter Tag, über Nacht hatte es gefroren, und das Wasser war eisig. Außer mir war sonst niemand da, und so rubbelte und schrubbte ich und hing dabei frierend meinen Gedanken nach. Wieder einmal dachte ich an Ezzo, er ging mir einfach nicht aus dem Kopf. Seit der Nacht, in der ich seine Wunde genäht hatte, war unser Verhältnis nicht mehr so unbefangen wie früher, und das machte mir zu schaffen. Ich glaube, er vermied es, mit mir allein zu sein. Nicht einmal, als ich ihm die Fäden zog, kam er in mein Zelt, sondern er ließ es mich draußen tun, wo alle zusehen konnten. Oh, er behandelte mich zuvorkommend und höflich, so wie immer, aber unter der Oberfläche seiner Freundlichkeit spürte ich etwas, was ich damals nicht benennen konnte. Und auch ich konnte nicht wie sonst ganz selbstverständlich mit ihm fröhlich sein. Unsere Freundschaft hatte einen Riss bekommen. Ich hatte beinahe den Fehler gemacht, mich in ihn zu verlieben, in dieser Nacht in Sankt Goar – Gott sei Dank hatte ich noch rechtzeitig den Ring entdeckt! Ich stellte mir vor, wie die Frau wohl aussehen mochte, die Ezzo liebte. Sicherlich eine Hofjungfer, anmutig und edel, mit kostbaren Kleidern und Gold im blonden Haar. Wie hatte ich nur denken können, dass ich ihm gefiel? Ich, eine jüdische Wanderärztin, die keine Ahnung von feinsinnigem Leben hatte, die nicht wusste, wie man tanzte, sich vornehm bewegte, in gewählten Sätzen redete? Die sich nicht das Haar kunstvoll aufsteckte, sondern ihre wilden Locken einfach mit einem Band oder einer schlichten Haube bändigte. Die kein Lippenrot benutzte, sich nicht täglich mit wohlriechenden Ölen parfümierte, nicht die Brauen zu Schwalbenschwingen zupfte. Ich rubbelte und rubbelte, als ob ich meinen Zorn auf mich selbst an der Wäsche auslassen könnte. Dabei merkte ich gar nicht, dass ich irgendwann mit den Füßen im seichten Wasser stand. Erst als meine Zähne anfingen, zu klappern und alles Tuch sauber war, ging ich zurück in die Burg. Ich hängte noch schnell die Leinenstreifen in einer Ecke des Marstalls zum Trocknen auf, dann zog ich die nassen Schuhe aus und lieh mir ein Paar von Janka, die mich schmunzelnd ansah, tausend winzige Fältchen um die Augen. »Wo hast du denn deine Gedanken, Kleines?«, fragte sie, und ich hatte das Gefühl, sie wusste die Antwort ohnehin. Janka durchschaute Menschen, als seien sie aus Glas. »Dass du mir nur nicht krank wirst«, sagte sie und drohte mir mit dem Finger.

Beim Abendessen gab sie mir eine besonders große Schüssel mit Brotsuppe und einen Schöpfer heißen Met. Ich bekam einen irdenen Humpen mit abgesprungenem Rand als Trinkgefäß, weil mein Zinnbecher verschwunden war – erst viel später sollte ich erfahren, warum. Hätte ich nur damals schon gewusst, was geschehen war! Vielleicht wäre vieles anders gekommen! Aber nein, wenn Janka diese Gedanken hören würde! Ts, ts, ts, würde sie sagen, alle Dinge im Leben haben ihren Sinn. Das Schicksal lässt sich nicht wie ein Strumpf stricken, wo man ein paar Maschen auftrennen und einen neuen Wollfaden nehmen kann. Es ist, wie es ist, und so ist es gut.

Nach dem Abendessen war mir immer noch kalt. Draußen hatte es zu schneien begonnen, der erste Schnee des Winters. Ich bibberte und fror, wickelte mich in eine Decke und setzte mich ganz nah ans Kochfeuer. Mir graute schon davor, zum Schlafen in den kalten Wagen zu gehen. Solange meine Füße sich wie Eis anfühlten, würde ich sowieso kein Auge zutun.

Da tippte mir Ciaran von hinten auf die Schulter. »Komm«, flüsterte er, »ich zeig dir was.«

Er nahm mich bei der Hand, und ich folgte ihm neugierig durch die lautlos tanzenden Schneeflocken, über den dunklen Hof zu einem kleinen, rundbogigen Türchen. Er öffnete es leise und zog mich mit hinein. »Psst«, machte er, »ganz leise.«

Auf Zehenspitzen tappte ich ihm nach durch die Finsternis eines schmalen Ganges, stolperte Treppen hoch und durch herrschaftliche Räume, wo ich mich im Dunkeln an irgendwelchen Möbeln stieß, bis er schließlich vor einer Tür stehenblieb. Leise und vorsichtig öffnete er sie und lud mich mit einer Verbeugung nach drinnen: »Willkommen in der Wärme!« Er grinste wie ein Lausbub und schob mich ins Zimmer.

Ich blieb wie angewurzelt mitten im Raum stehen. Es war wie im Traum: Im Kamin flackerte ein munteres Feuer, die Fenster waren mit schweren, dicken Vorhängen verschlossen. Auf dem Steinboden lagen Teppiche, in denen meine Füße fast versanken. Gepolsterte Sessel standen neben einem kleinen Tischchen, auf dem ich einen Krug und zwei Becher entdeckte. Und hinten im Raum entdeckte ich ein riesiges Lotterbett voller Kissen und Decken, wie es eines Fürsten würdig war. Ungläubig schüttelte ich den Kopf. Wer hier lebte, war ja wie im Paradies!

»Ciaran, das dürfen wir nicht«, flüsterte ich atemlos. »Wenn uns jemand hier findet …«

»Keine Angst!« Er freute sich wie ein kleines Kind über mein Staunen. »Ich hab den Türmer bestochen. Die anderen Wachen sind alle schon schlafen gegangen – und hier im Herrenflügel ist sowieso niemand.«

Ich sah ihn an. »Aber …«

Er legte den Finger an die Lippen, führte mich zum Kamin und drückte mich in einen der weichen Sessel. Dann fuhr er mit dem Schürstab in die brennenden Holzscheite, dass die Funken stoben. Ich konnte es einfach nicht glauben, dass ich da saß, stumm ließ ich es zu, dass er mir die Schuhe auszog und meine Füße auf ein Bänkchen stellte. »Eiskalt«, stellte er fest, und begann, sanft meine Zehen zu kneten. »So hübsche kleine Füße. Zart und weiß wie Elfenfüßchen.«

Die Wärme im Zimmer umfing mich wie weicher Nebel; ich lehnte mich zurück und schloss die Augen. Meine Zehen fingen an zu kribbeln, und ich hörte auf zu denken. Es war so angenehm, nur dazusitzen, auf das Knistern des Feuers zu hören und zu spüren, wie Ciarans Finger meine Füße warmstreichelten.

»So hat es Mutter Mairin immer gemacht, damals im Kloster, als ich noch ein kleiner Junge war«, erzählte Ciaran.

»Du bist im Kloster aufgewachsen, nicht wahr?«, fragte ich. Wir hatten noch nie wirklich über seine Vergangenheit gesprochen.

»Mmh.« Er goss warmen Wein in zwei Becher und reichte mir einen davon. »Ich war sogar Mönch, aber das ist lang vorbei.«

Ich schnupperte am Wein: Zimt, Honig und Nelken. »Würzwein, herrlich! Wo hast du den bloß her?«

Er grinste. »Man muss nur wissen, wo die Fässer stehen … Sláinte!«

Wir stießen an, und der Wein rann wie Öl durch meine Kehle. Er schmeckte so gut, dass mein Becher schnell leer war und sich eine wohlige Wärme in meinem Magen ausbreitete. Ciaran legte noch ein Scheit ins Feuer und setzte sich dann zu meinen Füßen nieder. Er sah zu mir auf und lächelte. Die schwarzen Locken fielen ihm bis auf die Schultern und umrahmten sein schmales Gesicht. Ich fand ihn in diesem Augenblick schön wie einen Engel, als sei er nicht von dieser Welt. Er nahm meine Hand, und ich ließ sie ihm. Es war so einfach. Und es tat so gut.

Den Kopf an mein Knie gelehnt, erzählte er mir von seiner Insel, bis ich das grüne Gras auf den Hügeln, das Blau des Flusses und das Grau der Steinmäuerchen sehen konnte, bis ich den würzigen Rauch der Torffeuer roch und die salzige Gischt des Meeres. Ich vergaß über seinen Worten alles, lauschte seiner Stimme wie ein glückliches Kind. Irgendwann spürte ich, wie er mit dem Finger über meine Wange strich, den Hals entlang bis zum Rand meines Mieders, und dann, dann zog er mich zu sich hinab und küsste mich. Seine Zunge spielte eine Melodie in meinem Mund, tupfte und neckte, leckte und tastete, und ich erwiderte seinen Kuss, erst langsam, dann mit Leidenschaft. Er löste sich von meinen Lippen und lachte mich an, mit diesem strahlendem Blick, den er immer hatte, wenn er froh war. »Du schmeckst nach Honig«, flüsterte er. Eine Welle des Glücks schlug über mir zusammen. Mit einem Seufzer schlang ich die Arme um seinen Hals. Er zog mich zu sich auf den Teppich, ich fiel fast über ihn, und wir kicherten wie die Kinder. »Lass mich dich ansehen«, raunte er und nestelte an meinem Mieder. Dann lag ich da, nackt bis zu den Hüften, der Schein des Feuers auf meiner Haut. Er sah mich an mit diesen Augen, die groß waren vor Staunen und vor Freude. Es war mir peinlich, dass er mich so musterte, aber als er dann meine Brüste streichelte, mit den Fingern umfuhr, mit den Lippen berührte, fühlte ich mich schön, so schön. Er murmelte Worte, die ich nicht verstand, Worte in seiner Sprache, die klangen wie Zaubersprüche, die mich einlullten, mich verhexten. Es war wie Musik. Ich grub meine Finger in sein Haar, ließ meine Hände unter sein Hemd gleiten. Er setzte sich auf und zog es aus. Er war schlank und schmal, und einen winzigen Augenblick lang dachte ich an Ezzo, seine breite Brust, die festen Muskeln, aber dann war der Gedanke wieder weg, fortgeküsst von Ciaran. Er befreite mich aus meinen Röcken, stieg aus seinen Hosen – und ich erschrak. Lieber Gott, ich hatte gar nicht daran gedacht, er war ja kein Jude! Zum ersten Mal sah ich ein männliches Glied, das nicht beschnitten war. Würde er mir damit wehtun? Er sah meinen Blick und lächelte. »Keine Angst«, raunte er, »ich will ganz sanft mit dir sein, meine Schöne. Du wirst spüren, dass es gut ist, glaub mir.«

Und ich überließ mich ihm. Überließ mich seinen kundigen Händen, seinen Lippen, seinen Worten. Er erweckte eine Lust in mir, die so lange Jahre verschüttet gewesen war, brachte wieder ins Leben, was Chajim zerstört hatte. »Hör nicht auf, oh, hör nicht auf«, bat ich, als er anfing, sich in mir zu bewegen. Ich hörte mich stöhnen, wimmern, schreien. Es war gut, es war alles gut.

In dieser Nacht fand ich wieder zu meinem Körper, und dafür werde ich Ciaran immer dankbar sein. Damals liebte ich ihn, ich betete ihn an, ich hatte keinen Gedanken mehr an Salo, an Chajim, an Ezzo. Ezzo? Doch, er war immer da, irgendwo in meinem Kopf. Als Ciaran und ich am nächsten Morgen den Wohntrakt der Burg verließen, Hand in Hand über den Platz gingen, stießen sich die anderen schmunzelnd an und grinsten uns zu. Nur einer nicht. Ich sah den Schmerz in Ezzos Blick. Unsere Augen trafen sich, und er wandte sich schnell ab. Es tat mir weh. Ich hatte ein schlechtes Gewissen, und ich spürte, dass es Ciaran genauso ging. Wir fühlten uns, als hätten wir einen Freund verraten. Aber dann schob ich trotzig das Kinn nach vorn – schließlich war ich Ezzo nichts schuldig. Er hatte ein Mädchen, irgendwo. Und Ciaran war jetzt mein Geliebter, mein Mann. Wir waren frei, und wir konnten tun und lassen, was wir wollten. Etwas Neues hatte begonnen. Nur Janka sah uns mit merkwürdigem Gesichtsausdruck an, den ich nicht deuten konnte …

Wir hatten keine Gelegenheit, uns mit Ezzo auszusprechen, denn kaum saßen wir mit den anderen bei der Frühsuppe, als auch schon das Tor aufgerissen wurde. Drei schwere Reisewägen rollten in den Hof, begleitet von einer Hand voll Reiter auf dampfenden Pferden. Den Wägen entstiegen graubärtige Männer in langen schwarzen Roben und Kappen, sie unterhielten sich in einer Sprache, die ich nicht kannte. Eilig rannte der Hauptmann der Wache herbei, offenbar hatte er noch geschlafen, er knöpfte sich im Laufen die Jacke zu. Einer der Herren holte aus den Tiefen seines Talars eine Urkunde mit einem riesigen anhangenden Siegel, und reichte sie dem Kommandanten. Kaum hatte der einen Blick darauf geworfen, versank er schon in die tiefste Verbeugung, die sein fetter Bauch zuließ. Der Fremde redete gestikulierend auf ihn ein, aber es war offensichtlich, dass er kein Wort verstand.

Ciaran hatte bei den ersten Sätzen die Ohren gespitzt, dann ging er hinüber und sprach den Robenträger höflich an. Dessen Miene hellte sich sofort auf, er redete gestenreich auf Ciaran ein, der auch schon zu übersetzen begann. Nach kurzer Zeit bat der Hauptmann die Neuankömmlinge in die Wohngemächer, das Gepäck wurde abgeladen, und Ciaran verschwand mit den anderen im Palas. Erst nach einer ganzen Weile kam er zurück.

»Es sind Juristen und Theologen der Universität Oxford im Königreich England«, erklärte er. »Ein paar Schotten sind auch dabei. Sie befinden sich auf der Durchreise und haben einen Geleitbrief vom König selbst.«

Pirlo runzelte die Stirn. »Wo wollen die vornehmen Herren denn hin, mitten im Winter?«

»Nach Konstanz«, antwortete Ciaran, »und da müssen wir auch hin.«

»Nun mal langsam«, meinte Schnuck. »Warum?«

Ciaran breitete die Arme aus. »Weil Konstanz in den nächsten Monaten der Mittelpunkt der Welt ist! Dort findet ein Konzil statt, mit Würdenträgern aus allen Ländern der Christenheit! Es heißt, der Papst sei schon dort, und König Sigismund sei auch schon unterwegs …«

»Was ist ein Konzil?« Das war Finus, der gerade mit der grunzenden Rutliese dazugekommen war.

Ezzo erklärte. »So nennt man eine Zusammenkunft wichtiger Kirchenleute. Weißt du, Finus, es ist nämlich so: Seit langer Zeit schon hat die Christenheit nicht mehr einen Papst, sondern zwei. Einer sitzt in Frankreich, in Avignon, der andere in Rom. Beide behaupten, sie seien rechtmäßig gewählt. Und seit einiger Zeit haben wir nicht mehr nur zwei, sondern sogar drei Päpste: Gregor in Rom, Johannes in Pisa und Benedikt, der in Frankreich sitzt, oder in Spanien, das weiß ich nicht so genau.«

Finus riss ungläubig die Augen auf. »Aber welcher Papst gilt denn nun?«

»Das ist genau die Frage, Kleiner«, sagte Ciaran. »Der König will auf diesem Konzil in Konstanz entscheiden, wer der echte Papst ist. Und weil er das nicht allein entscheiden kann, kommen von überall her Bischöfe, Fürsten und Gelehrte, um darüber zu diskutieren.«

Pirlo nickte bedächtig. »Du hast recht, Ciaran, da müssen wir hin! Es mögen bestimmt tausende Leute sein, die dort zusammenkommen – die brauchen Unterhaltung, Tanz und Musik!«

»Und Weiber!«, krähte Gutlind vergnügt. »Wenn nur recht viele Pfaffen mit dabei sind!«

»Ich hör schon die Dukaten klimpern«, freute sich Schwärzel und tätschelte Rutliese die rosige Hinterbacke. Das Schwein quiekte fröhlich, als hätte es alles verstanden.

»Meint ihr, wir kriegen dort den Papst zu sehen, oder den König?« Ada war schon ganz aufgeregt.

Ciaran zwinkerte. »Wenn wir Glück haben, wer weiß? Jedenfalls wird alles in Konstanz versammelt sein, was Rang und Namen hat.«

»Und da dürfen wir nicht fehlen, was, Schnuck?« Schwärzel schlug dem Seiltänzer so überschwänglich auf die Schulter, dass der nach vorn stolperte. »Wie lang brauchen wir bis an den Bodensee?«

Pirlo überschlug die Zahl der Tagereisen. »Vielleicht sechs bis acht Wochen, je nachdem wie das Wetter mitspielt.« Er klatschte in die Hände. »Kinderchen, wir packen zusammen. Morgen in aller Frühe geht's los!«

Ich war froh, dass es weiterging und freute mich auf unser neues Ziel. Wie die anderen begann ich, meine Sachen herzurichten. Am Abend gab es noch einmal ein üppiges Nachtmahl – Schwärzel war zur Feier unseres Aufbruchs auf die Fleischbank gegangen und mit einem halben Lamm zurückgekehrt, aus dem Janka mit Linsen und Saubohnen einen wunderbaren Eintopf zauberte. Die Zigeuner holten noch einmal Fiedel, Krummholz und Schellen heraus. Dann gingen wir früh zu Bett.

In dieser Nacht liebten wir uns zum ersten Mal in Ciarans Wagen. Danach lagen wir eng umschlungen unter den warmen Decken,

Ciarans Kopf an meiner Brust. Er wirkte irgendwie abwesend, nachdenklich. »Was ist mir dir?«, fragte ich. Er drückte meine Hand. »Ach, nichts Wichtiges«, murmelte er. Dennoch spürte ich, dass ihn etwas beschäftigte.

Erst viel später, als wir schon in Konstanz waren, vertraute er mir an, was er damals von der englischen Reisegesellschaft erfahren hatte. Dass nämlich außer König und Papst noch jemand beim Konzil sein würde: Ein böhmischer Magister, der von seiner Heimat aus gegen Papst und Kirche aufbegehrte und sich vor der Versammlung der Kirchenoberen gegen den Vorwurf der falschen Lehre verteidigen sollte. Der Mann, auf dem alle Hoffnungen der englischen Lollarden ruhten, der Erbe Wyclifs: Jan Hus.

Viertes Buch

Das Konzil

Konstanz, Februar 1415

Die Fahrenden hatten lange gebraucht bis an den Bodensee, länger als Pirlo gerechnet hatte. Der Schnee war noch vor Weihnachten in anhaltenden Regen übergegangen, die Wagenräder versanken im Schlamm, und so mussten sie zu Worms wohl oder übel eine Woche Halt machen. Dann, kurz vor Speyer, kam ein Achsbruch bei Schnucks Karren hinzu. Zu allem Übel wurden auch noch zwei der Zugpferde krank; Pirlo mietete von einem Bauern eine trockene Scheune, um die Tiere unterzustellen. Es dauerte fast zehn Tage, bis Sara ihren bösen Husten mit einem Aufguss aus wildem Fenchel, Seifenkraut und Bibernell, Spitzwegerichlatwerge und Brustpflastern kuriert hatte. Schwärzel hatte zwar erst ungläubig abgewinkt, aber sie hatte mit ihrer Vermutung recht behalten: Man konnte sehr wohl auch Tiere mit den Arzneien behandeln, die für Menschen gedacht waren.

Danach zogen sie bei trübem Winterwetter durch kahles, graues Land. Krähen hockten auf den brachen Feldern, verwilderte Hunde aus den Dörfern jagten in den Wäldern nach Kleingetier und manchmal, wenn sie nachts lagerten, konnten sie die Wölfe heulen hören. Sie hatten nicht mehr viel zu essen; die Einnahmen waren seit Kaub gering gewesen. Im Sommer hätte man hie und da wenigstens ein paar Eichhörnchen gefangen oder einen Igel, der im Nadelkleid gebacken recht gut schmeckte. Ezzo und Finus zogen täglich mit Pfeil und Bogen los und brachten, wenn sie Glück hatten, einen Hasen heim, manchmal auch den ein oder anderen Vogel, aber größeres Wild wagten sie nicht zu schießen – das war Herrenrecht, und auf Verstöße stand der Tod. Janka verstand es zwar, aus nichts eine Suppe zu kochen, aber als sie den Neckar erreichten, knurrten ihnen die Mägen so arg, dass die Truppe beschloss, eine ihrer braven Milchziegen zu opfern. Alle fieberten dem Ende der Reise entgegen, wo es endlich besser werden sollte.

Sara focht das alles nicht an. Sie war glücklich mit Ciaran, auch wenn sie dabei einen leeren Magen hatte. Selbst die Tatsache, dass weder die uralte jüdische Gemeinde von Worms noch die von Speyer ihr auf der Suche nach ihrer Familie hatten helfen können, machte sie nur für kurze Zeit traurig. Ciaran las ihr jeden Wunsch von den Augen ab, und ganz gegen seine alte Gewohnheit würdigte er andere Frauen und Mädchen keines Blickes. Die beiden lebten seit Kaub in ihrer eigenen Welt, kreisten umeinander wie zwei Gestirne, die sich gegenseitig anzogen.

Ezzo hielt sich meist fern von ihnen. Es machte ihm zu schaffen, der vertrauten Zweisamkeit zuzusehen, auch wenn er es vor sich selbst nicht zugeben wollte. Mit aller Macht richtete er seine Gedanken auf etwas anderes: Konstanz. Denn inzwischen hatte sich herumgesprochen, dass Sigismund in Aachen endlich zum König des deutschen Reichs gekrönt worden war – und Barbara zur Königin. Das hohe Paar weilte, so erzählte man sich, bereits seit Weihnachten in der Konzilsstadt. Und so setzte Ezzo all seine Hoffnungen und Wünsche auf ein Zusammentreffen mit Barbara von Cilli. Wie lange hatte er sie nicht mehr gesehen! Er stellte sich ihr Gesicht vor, ihren schlanken, weißen Körper, dachte an die schicksalhafte Nacht, in der sie sich geliebt hatten. Er rief sich den Klang ihrer Stimme in Erinnerung und den Duft ihres Haars. Vor dem alles überstrahlenden Bild der Königin und der Aussicht, sie in Konstanz zu treffen, erschienen ihm seine Gefühle für Sara plötzlich wieder klein und unwichtig. Er würde die Frau wiedersehen, der all sein Streben galt! Nur das zählte.

Nach über zwei Monaten erreichten sie den Bodensee, auch wenn sie die riesige Wasserfläche zu Anfang gar nicht sahen. Die ganze Gegend lag in Dunst und dickem Nebel verborgen, manchmal waren sie froh, überhaupt den Weg erkennen zu können. Immer mehr Reisende hatten sie in den letzten beiden Wochen auf ihrem Weg getroffen, als strömten alle dem Mittelpunkt der Welt zu. Gruppen von Schreibern und Juristen, Nonnen und Mönche, die den Papst sehen wollten, Kaufleute mit ihren Waren, Bauern, die mit Käselaiben oder Speckseiten beladene Esel vorantrieben, Weiber, die Käfige mit lebenden Hühnern auf dem Rücken trugen, und

Knechte, die feist gemästete Ochsen nach Konstanz trieben. Einmal überholte sie ein vornehmer Tross, man flüsterte ehrfurchtsvoll, das sei der berühmte Kanzler der französischen Universität Sorbonne gewesen, womöglich hätte sogar der Papst Benedikt höchstselbst mit im Wagen gesessen.

Aufregung und freudige Erwartung ergriffen die Fahrenden, je näher sie ihrem Ziel kamen. Sie zogen eine kurze Strecke den südlichen Finger des Sees entlang, setzten zu Steckborn mit einer Fähre für teures Geld über den Rhein. Und endlich, endlich, tauchte aus dem diesigen, weißen Gedämpf die Silhouette der Stadt auf, ganz plötzlich, wie aus dem Nichts, ragten die hohen Mauern vor ihnen himmelwärts.

Sie ritten am abgeriegelten Gelände des Schottenklosters entlang, nur um festzustellen, dass beim Schottentor kein Durchkommen war. Dort wartete schon eine riesige Menschenschlange, um einer nach dem andern durchgelassen zu werden; vor dem Tor standen kunterbunt durcheinander Zelte oder behelfsmäßig zusammengezimmerte Unterkünfte. Menschen kochten im Freien, überall qualmten die Feuer. Hämmern, Sägen und anderer Handwerkslärm hallten laut in den Ohren. In großen Pferchen aus Weidengeflecht hielt man Herden von Ziegen, Schweinen und Schafen, dazwischen lagen Latrinen, auf denen die Menschen ganz offen ihr Geschäft verrichteten. Der Geruch war unbeschreiblich. Über dem Eingangstor in die Stadt hatte man zwei roh behauene Bretter angebracht, daran hingen, mit langen Nägeln befestigt, bald ein Dutzend abgehackte Hände. Sara verstand die Botschaft. Ein solch großartiges Ereignis wie das Konzil zog natürlich auch Diebe an, und die Stadt wollte jedem Neuankömmling deutlich machen, dass mit Verbrechern keine Nachsicht geübt wurde. Pirlo schnappte sich Finus und deutete auf die frisch abgeschlagenen Diebeshände. »Damit du gleich weißt, was los ist«, warnte er. »Denk gar nicht erst dran, irgendwas zu klauen!«

Sie beschlossen, es ein Tor weiter zu versuchen. Doch auch hier, beim Paradiestor, war kein Durchkommen, und vor dem Geltingertor stampften und muhten dreihundert Rinder aus Böhmen, die in die Stadt getrieben werden sollten. Außerdem blockierte ein umfangreiches Lager die Zufahrt, das sich, wie sie hörten, das italienische Gesinde des Papstes und die Knechte des österreichisch-tirolischen Adels teilten. Sie passierten die Richtstatt, einen mehrschläfrigen Galgen, an dem zwei Plätze belegt waren. »Schau nicht hin«, sagte Ciaran zu Sara, als sie dicht an den Gehenkten vorbeifuhren, »es ist kein schöner Anblick.« Sie tat ihm den Gefallen, obwohl ihr als Ärztin der Anblick von Leichen nicht ungewohnt war und sie nicht schreckte. Endlich, am Schnetztor, war weniger Betrieb, und sie reihten sich in die wartende Menge ein.

»Wir sind Fahrende, Herr, und kommen von weit her. Sehr berühmte Gaukler, Musikanten, Schauspieler, Tierbändiger und eine Medica«, meldete Pirlo dem Torwart. Der machte eine unmissverständliche Handbewegung. »In die Stadt kommt ihr nicht hinein«, schnarrte er. »Da sind schon zu viele von eurer Sorte. Wenn's denn sein muss, könnt Ihr drüben lagern, dort, hinter den Hundsställen.«

Also schlugen sie ihr Lager hinter dem Zwinger für die Jagdhunde des Königshofes auf, eine muntere Meute, die sofort aufgeregt Schwärzels Tanzbären verbellte. Schwärzel fluchte und stellte den Bärenkäfig so auf, dass Hunde die vergitterte Öffnung nicht sehen konnten. Kurz darauf kam einer der Stadtschreiber vorbei, der vom Torwart benachrichtigt worden war. Er trug ein Hängepult vor dem Bauch und stellte der Truppe die Genehmigung aus, in der Stadt aufzutreten. »Ich höre, Ihr habt einen Wanderarzt bei Euch?«, fragte er am Ende.

Sara trat vor. »Das bin ich, Herr.«

Der Schreiber zog amüsiert eine Braue hoch. »Ein Weib? Ei meinetwegen, mir soll's recht sein. Ärzte sind hier hochwillkommen, also wenn Ihr wollt, könnt Ihr mit Eurem Wagen einfahren. Ach ja, und wie ich sehe, ist unter euch auch eine Hübschlerin?« Er musterte Gutlind ungeniert, sie war ja an ihrer roten Kleidung gleich zu erkennen. »Die kann auch einfahren«, meinte der Schreiber gut gelaunt. »Bei der weibstollen Pfaffheit in der Stadt sind wir dankbar für jeden Rock, der sich freiwillig hebt. Sonst müssen die Bürgerstöchter herhalten, und wir haben hinterher jede Menge Pfaffenbälger in der Stadt!« Er stellte für Sara und Gutlind zwei

Passierscheine aus und siegelte sie. »Meldet euch bei Lütfried Möttel im Haus zur Waage. Er ist dem Stadtmarschall Bodman unterstellt und wird euch einen Platz zuweisen, wo ihr bleiben könnt. Wünsche fröhlichen Aufenthalt.« Und fort war er.

Sara war nicht froh darüber, von den anderen getrennt zu sein, aber sie brauchte den Wagen in der Stadt für die Krankenbehandlung. Und für Gutlind war ein Standort innerhalb der Mauern unbedingt notwendig, denn sonst konnte nachts bei geschlossenen Toren kein Freier zu ihr gelangen. Also beschlossen sie, sich eine Bleibe in Konstanz zu suchen. Voller Erwartung fuhren sie durch das Schnetztor in die Stadt ein – dasselbe Tor, durch das vor wenigen Wochen mit Pomp, Glanz und Gloria auch der Papst gekommen war.

Die Stadt erschien ihnen wie ein riesiger Ameisenhaufen, zum Bersten voll. Menschen, überall Menschen, die sich drängten und zwängten. Und Schmutz! In den ungepflasterten Gassen stand die Gosse fast knietief, an den Häusern entlang hatte man zuweilen hölzerne Stege gezimmert oder kleine Dämme aufgeschüttet. Mit den Wagen war fast kein Durchkommen, die Pferde sanken bis weit über die Fesseln im Schlamm ein. Abdecker waren unterwegs, um tote Ratten, Hunde und Katzen einzusammeln. Ganze Heerscharen von Kehrichtbauern aus dem Umland durchkämmten jeden Tag die Stadt, um Kot und Abfälle einzusammeln und die übervollen Sickergruben zu leeren. Gott sei Dank ist Winter, dachte Sara, sonst wäre alles schwarz von Fliegen. Sie und Gutlind reihten sich ein in die Menge, die durch die Gassen strömte. Anwälte und Geistliche in ihren Talaren, die Röcke hochgerafft und dennoch am Saum voller Matsch. Vornehm gekleidete Junker auf ihren Pferden. Disputierende Theologen aus aller Herren Länder, die wild gestikulierend durch den Morast stapften. Langbärtige Byzantiner mit fremdartigen Umhängen und Hüten. Bürger, die eilig ihren Geschäften nachgingen. Handwerker, die auf den Straßen klopften und sägten, Bauern, die Eier und Würste aus der Rückentrage heraus verkauften, und Händler, die in hastig zusammengezimmerten Bretterbuden ihre Waren feilboten. Ohne Trippen konnte man nicht gehen, sonst wäre auch das festeste Paar Schuhe nach ein paar Tagen nicht mehr zu gebrauchen gewesen. Aber viele liefen auch trotz der Kälte barfuß oder in Lumpen durch den Schlamm: Bettelvolk, Landfahrer und andere Unbehauste, denen es irgendwie gelungen war, in die Stadt zu kommen. Luderpfaffen, die sich als Prediger ausgaben. Kinder, die ihre schmutzigen Händchen zum Betteln hochreckten. Zerlumpte Männer und Frauen, die sich mit ätzenden Mitteln schwärende Wunden beigebracht hatten, die blutbeschmierte Binden um die Augen trugen, die zuckten und zitterten und alle möglichen Gebrechen zur Schau stellten, um Almosen zu ergattern. Suppenschlecker und Schmalzbettler, Beutelschneider, Faltenstreicher und Hosenschlitzer.

Nachdem die beiden Frauen sich bis zum Haus zur Waage durchgefragt hatten, erhielten sie vom zuständigen städtischen Beamten die Erlaubnis, ihre Wagen in der Nähe des Sankt-Stefans-Kirchplatzes aufzustellen, in einer Ecke beim Franziskanerkloster, gleich neben einem großen Schuppen, in dem die Stadt Stroh und Brennholz lagerte. Es war eine ruhige, windgeschützte Stelle mit ebenem Boden, was wollte man mehr? Gutlind schloß gleich beim Abschirren der Pferde ihre erste Bekanntschaft mit einem welschen Rossknecht, dem beim Anblick ihres Ausschnitts fast die Augen aus dem Kopf fielen. Kaum war das Nötigste gerichtet, verschwand sie mit ihrer Eroberung im Lotterwagen.

Seufzend versorgte Sara noch die Pferde, dann machte sie sich auf den Weg, der immer ihr erster in einer neuen Stadt war: ins Judenviertel. Unterwegs fiel ihr auf, dass hier außergewöhnlich viele Männer den spitzkegeligen Judenhut trugen – nachdem sich Tausende von Ausländern mit fremden Währungen in Konstanz aufhielten, brauchte man Geldwechsler und natürlich auch Pfandleiher. Juden waren deshalb von nah und fern gekommen, um ihren Anteil am Geschäft zu ergattern.

Der alte Rabbi war zutiefst betrübt, dass er Sara nicht weiterhelfen konnte. Auch in Konstanz waren ihre Eltern nirgends gesehen worden. »Armes Ding, beim Atem Adonais«, lamentierte er. »Hier war deine Familie nicht. Aber es kommen viele von den Unsrigen aus anderen Orten des Reichs hierher, ich werde sie fragen. Sag, willst du nicht bei uns bleiben? Es gibt ein paar junge

Männer in unserer Gemeinde, die auf der Suche nach einer guten Frau sind …«

Sara schüttelte schnell den Kopf. »Ich bin Witwe«, erklärte sie, »und habe gelobt, nicht wieder zu heiraten. Deshalb suche ich ja meine Eltern, um wieder mit ihnen zu leben. Bitte, Rabbi, erzählt niemandem von mir. Ich will mir hier als Ärztin meinen Unterhalt verdienen, und das kann ich vielleicht nicht, wenn man erfährt, dass ich Jüdin bin. Dieses Konzil ist ein Hort des Christentums.«

Der Alte machte ein bekümmertes Gesicht. »Nun ja, wenn dies dein Wunsch ist, Sara bat Levi aus Köln. Obwohl ich ein solches Verhalten nicht billige …«

Sara hob die Hände. »Ich weiß, dass es nicht richtig ist. Aber ich muss leben …«

»So sei es denn«, antwortete der Rabbi. »Ich werde dir Bescheid geben, wenn ich etwas von deinen Leuten höre. Schalom und masel tow.« Kopfschüttelnd sah er seiner Besucherin nach, als sie auf die Münzgasse hinaustrat und in der Menge verschwand.

Gesamtübersicht über die Gäste und Teilnehmer am Konzil
aus der »Chronik des Constanzer Conzils« von Ulrich Richental

RECAPITULATIO
Papa Johannes der XXIII kam mit VI hundert personen.
Patriarchen fünf mit CXVIII personen.
Cardinäl XXXIII mit III tusend und LVI personen.
Ertzbischoff XXXXVII mit MMMM und VIIi hundert personen.
Bischoff hundert und XXXXV mit VI tusend personen.
Weihbischoff LXXXXIII mit CCCLX personen.
Gaistlich fürsten V hundert mit IIII tusend personen.
Auditores, secretarii, der waren XXIIII, die kamen mit III hundert personen.

Schulen von allen nacionen, XXXVII hoher schulen mit MM personen.

Doctores in theologya von den fünf nacionen ... II hundert XVII mit MM und VI hundert personen.

Doctores in utroque, das ist baider rechten, der warend III hundert und LXI mit MCCLX personen.

Magistri artium, licentiati XIIII hundert mit MMM personen.

Ainfaltig priester und schüler, fünf tusend CCC. Etlicher selbdritt, etlicher selb ander, etlicher allain.

Appentegger, die ze gaden stundent (Apotheker, die in Verkaufsbuden ihre Ware feilboten, Anm. d. Verf.) mit CCC personen, iro waren XVI maister.

Goldschmid, die ze gaden stunden, LXXII.

Koufflüt, kromer, kürsiner, schmit, schuchmacher, wirt, all handwerch di zu gaden stundent und hüser und gaden mietotend, dero warend ob XIIII hundert, one ir dinst.

Recht herolten der künig: XXIIII mit ir knechten.

Pusuner, pfifer, fidler und allerlay spillüt: XVII hundert.

Offen huren in den hurenhüsern und sunst, die selb hüser gemiet hattend und in den ställen lagen und wo sy mochten, dero waren ob VII hundert, ohn die haimlichen, die laß ich bliben.

Die zum Baupst gehörtend: Secretarii: XXIIII mit II hundert personen. Thorhüter: XVI. Büttel, die silbrin stäb trugen: XII. Ander büttel der cardinäl, der auditores und des auditors camere, der waren by LX. Alt frouwen, die den römischen herren ire klaider wüschend und bessretend, der waren vil, haimlich und offenlich.

Äpt, hundert und XXXIII, all mit ir namen, mit MM personen.

Pröbst: hundert LV, all mit ir namen geschriben, mit XV hundert personen.

Unßer herr der küng, zwo künginen und fünf gefürster frouwen.

Hertzogen: XXXVIIII.

Gefürst herren und graufen: XXXII.

Graufen, der warend: CXXXXI.

Fry herren: LXXI.

Ritter, der warend mer dan: XV hundert.

Edelknecht, mer dann: XX tusend.

*Bottschaften von küng von Asia, Affrica und Europa, ob
LXXXIII küngen mit vollem gewalt.*

*Von andern herren der was on zal, die täglich uß und in rittend,
wol by fünf tusend.*

Bottschaften der richstett: CCCCLXXII.

Von der herren stett bottschaft: CCCLII.

Sara

Der Kopf konnte einem wirr werden in Konstanz oder
Costnitz, wie die Leute es meist nennen. Zu Anfang fand
ich mich gar nicht zurecht vor lauter Menschenmassen.
Dann langsam lernte ich die Stadt kennen. Sie war gar nicht so
groß, es hieß, dass ungefähr fünf- oder sechstausend Leute hier
lebten – jetzt allerdings beherbergte der Ort mindestens die drei-
fache Anzahl. Die Vornehmen hatten ihr Quartier in den Bürger-
häusern oder den Klöstern, während Knechte und Dienerschaft
in Ställen und Schuppen hausten, unter Treppen, in Kellern und
auf Dachböden schliefen. Überall, wo auch nur eine Winzigkeit an
Raum in der Stadt übrig war, fand man schnell zurechtgezimmer-
te Schuppen und Buden, Verschläge und Unterstände, wo Leute
notdürftig unterkommen konnten. Von den öffentlichen Latrinen,
die man in Hinterhöfen und anderen abgelegenen Ecken angelegt
hatte, kam ein Gestank, der an windstillen Tagen unerträglich war.
Konstanz platzte aus allen Nähten, so dass viele Gäste in benach-
barten Orten wie Kreuzlingen untergebracht werden mussten,
etliche sogar auf der anderen Seite des Sees, in Meersburg oder
Überlingen.

Die ganze Stadt war von Wasser umgeben: Auf der einen Seite
der Bodensee, auf der anderen der Rhein, dann im Süden und Westen der Stadtgraben. Es war wie auf einer Insel. Es gab das Münster
mit seinem riesigen Holzdach und den beiden Kugeldächern, einige Kirchen, das Spital und das Kornhaus. Dann waren da noch
Türme: der Ziegelturm, der Aberhakenturm, der Rheintorturm,

der Pulverturm. Dazu mehrere Klöster und das mächtige welsche Kaufhaus am Seeufer, das man für die italienischen Kaufleute aus Mailand gebaut hatte. Denn Konstanz war durch den Handel reich geworden, den Handel mit Leinwand. Man hatte die Stadt als Konzilsort gewählt, weil sie im Schnittpunkt der großen Handelsstraßen nach Oberitalien, Frankreich und dem Reich gelegen war und weil sie ein weites Hinterland hatte, aus dem man sich Nahrungsmittel und alles andere beschaffen konnte, was nötig war.

Anfangs hatte ich Finus mit der Aufgabe betraut, sich auf den weiten Platz vor dem Franziskanerkloster zu stellen und auszuschreien, dass eine Medica hier Kranke empfange. Aber das war nicht lange nötig, ich musste bald Leute abweisen, weil ich so viel zu tun hatte. Ja, die Adeligen und vornehmen Kirchenleute hatten ihre Leibärzte dabei, aber das einfache Volk behandelten diese hohen Herren natürlich nicht. Dann kam noch die Fastnacht, zu der in der Stadt ein prächtiges Turnier abgehalten wurde. Dabei brach ein Haus neben dem Münster unter der großen Zahl der Schaulustigen zusammen, es gab etliche Tote und viele Verletzte, von denen auch ein großer Teil meine Hilfe suchte.

Während ich so meiner Arbeit nachging, hatten auch die anderen eine gute Zeit: An mehreren Stellen in der Stadt waren hölzerne Wagenbühnen aufgestellt worden, die man für ein paar Pfennige mieten konnte, um Stücke aufzuführen. Der Obermarkt, sonst Gerichtsort und Richtstatt, stand ganz im Zeichen der Gaukler, Joglare, Feuerschlucker und Kartenleser, auf dem großen Platz vor dem Rathaus fanden Theateraufführungen statt, und die unzähligen Schenken boten überreiche Spielgelegenheit für Musikanten. Der Elefantenmann mietete einen Verschlag in der Nähe der Predigerbrücke, wo er sich bequem zur Schau stellen konnte und ihm die Neugierigen nur so zuströmten. Pirlos Truppe verdiente in einer Woche so viel wie sonst in einem ganzen Monat nicht. Pirlo selbst war ganz in seinem Element als Possenreißer, Bierfiedler und Hanswurst. Er unterhielt ganze Menschentrauben mit seinen Schnurrpiepereien und dem schier unerschöpflichen Vorrat an schlüpfrigen Pfaffenwitzen, die er im Laufe seines Lebens angesammelt hatte. Bei den vornehmen Leuten waren Ciaran und das kleine Schlangenmädchen besonders gefragt. Sie hatten einstudiert, dass Meli ihre wundersamen Verrenkungen zu leiser Harfenmusik zeigte, und Esma hatte ihrer Tochter dafür eigens ein neues hautenges Gewand in Smaragdgrün und Sonnengelb genäht. Die beiden wurden zu einer Abendgesellschaft nach der anderen geladen.

Jede Nacht kam Ciaran zu mir in den Wagen und blieb bis zum Morgen. Oh, ich war glücklich, so weit ich damals glücklich sein konnte. Seit Hiltprands Verschwinden durfte ich meiner Berufung nachgehen, ich lebte im Kreis von Freunden, ich hatte einen Liebhaber, dem ich zugetan war. War dies schon meine silberne Burg, die ich immer gesucht hatte? Wie ich mich täuschte! Ich versuchte, nicht daran zu denken, dass ich Ciaran etwas Wichtiges, vielleicht das Wichtigste überhaupt, verheimlichte: meine Herkunft und meine Religion. Es war so wunderschön, diese Zweisamkeit mit ihm zu genießen, ein Teil des anderen zu sein, zu lieben und geliebt zu werden. Immer dann, wenn sich mein Gewissen regte, beschwichtigte ich mich selbst damit, dass es doch ganz gleich sei, welchem Glauben zwei Menschen angehörten, solange sie einander liebten. Manchmal fragte ich Ciaran nach religiösen Dingen, und dann antwortete er jedes Mal ausweichend. Daraus schloss ich, dass sie ihm eher gleichgültig waren. Und ich wusste ja auch, dass er sein Gelübde gebrochen und sein mönchisches Dasein hinter sich gelassen hatte. Aus Angst, ihn zu verlieren, hörte ich irgendwann auf, darüber nachzudenken, ob ich ihm mit meinem Schweigen unrecht tat. Heute ist mir klar, dass es falsch war. Liebe darf keine Geheimnisse kennen. Ciaran hätte ein Recht darauf gehabt, alles zu wissen. Ja, ich nehme diese Schuld auf mich. Es lag an mir, dass später alles so kam, wie es schließlich kommen musste …

Nach zwei Wochen wartete eines Morgens eine Bürgersfrau vor meinem Wagen. Sie war in gute schamlottene Gewänder gekleidet, trug einen gehämmerten Silbergürtel und eine teure Pelzmütze. »Ich bin Hiltrud Maulprat, die Frau des Obermeisters der Metzgerszunft«, sagte sie, und ihre Stimme zitterte. »Ich komme zu Euch, weil ich nur einer Frau mein Leiden zeigen will.« Sie sah ängstlich und verhärmt aus, ihr hübsches Gesicht war von Sorge gezeichnet.

»Steigt in den Wagen«, forderte ich sie auf, und, als wir drinnen waren: »Erzählt mir, was Euch plagt.«

Sie sagte kein Wort, begann nur stumm, ihr Mieder aufzunesteln. Schließlich stand sie mit nacktem Oberkörper vor mir, das Gesicht vor Scham hochrot. »Hier«, flüsterte sie und deutete mit dem Zeigefinger auf eine Stelle an ihrer rechten Brust. »Da ist ein Knoten, ich spüre ihn schon seit dem letzten Frühjahr. Er wächst.«

Ich tastete vorsichtig die Brust ab. Ja, es war deutlich zu spüren, so groß wie eine Nuss. Mir war sofort klar, dass die Frau allen Grund zur Angst hatte: Dies war keine gutartige Wucherung. Es war festes, hartes Gewebe, nicht schwammig und weich.

Sie sah mein Gesicht und fing an, zu weinen. Ich biss mir auf die Lippen. Das durfte einem guten Arzt nicht passieren! Wie oft hatte Onkel Jehuda zu mir gesagt: Aus deiner Miene darf niemals ein Kranker ein Urteil ablesen können! Und jetzt war genau dies geschehen.

»Seid nicht verzweifelt«, tröstete ich. »Ja, es ist der Krebs, das ist schlimm, aber vielleicht kann ich Euch helfen. Hebt den Arm.«

Ich tastete unter der Achsel nach weiteren Knoten, fand aber nichts. Ich wusste, dass, wenn die Krankheit weiterging, man dies zuerst unter den Armen feststellen konnte. Vielleicht war es noch nicht zu spät.

»Es gibt eine Möglichkeit, die Krankheit zu besiegen«, sagte ich und bedeutete meiner Patientin, sich wieder anzuziehen. »Aber sie ist schmerzhaft, und ich kann eine Heilung nicht versprechen.«

Sie sah mich hoffnungsvoll an. »Was könnt Ihr tun?«

»Ich kann die ganze Brust mitsamt dem Krebs wegschneiden.«

Sie gab einen kleinen Laut des Entsetzens von sich, es klang wie das verzweifelte Piepsen eines verlassenen Vögelchens.

»Ich habe die Operation schon öfter durchgeführt«, beschwichtigte ich sie. »Sie ist nicht lebensbedrohlich. Und ich muss Euch sagen, dass es nach allem, was wir wissen, die einzige Möglichkeit für eine Heilung ist.«

Die Maulpratin schwankte, und ich half ihr, sich auf einen Schemel zu setzen. »Das halt ich nicht aus«, wimmerte sie. »Die

Schmerzen … Und dann … Ich bin doch kein rechtes Weib mehr, mit nur einer Brust … ach Gott, mein Mann …«

Ich reichte ihr einen Becher Wasser, weil ich fürchtete, sie würde ohnmächtig werden. Sie trank folgsam. »Was, wenn ich es nicht tue?«, fragte sie schließlich.

Ich sagte ihr die Wahrheit: »Der Krebs wird im Körper weiterwandern. An anderen Stellen werden sich Geschwülste bilden, zumeist in den Knochen. Ihr werdet große Schmerzen leiden und am Ende sterben.«

»Wie lange noch?« Sie tat mir in der Seele leid.

»Vielleicht ein, zwei Jahre, das ist schwer zu sagen.«

Die Tränen liefen ihr über die Wangen. »Ich hab zwei kleine Kinder«, schluchzte sie. »Die armen Würmlein, ich kann sie doch noch nicht allein lassen! Warum straft mich der Himmel nur so hart?«

Diese Frage hatte ich schon so viele Male gehört. Warum Gott den einen Gesundheit schenkt und den anderen Krankheit schickt, das vermag der beste Arzt der Welt nicht zu sagen. Manch böser Unmensch wird hundert Jahre alt und stirbt friedlich im Bett, während ein frommer Wohltäter Schreckliches durchleiden und vor der Zeit gehen muss. Man sucht nach Gerechtigkeit. Aber Krankheit und Tod sind ein Mysterium, dass noch niemand je ergründet hat. Nie habe ich das Geheimnis des Lebens und Sterbens erklären können, und auch damals fand ich für die Frau keinen Trost.

»Wenn Ihr Angst vor den Schmerzen der Operation habt«, sagte ich, »dann kann ich einen Schlafschwamm benutzen. Er versetzt Euch in eine Ohnmacht, während der Ihr nichts spürt. Aber er birgt auch eine Gefahr: Ihr könntet nicht mehr aufwachen …«

Sie sah mich verzweifelt mit großen Augen an. Dann ging ein Ruck durch ihren Körper. »Ich muss mich mit meinem Mann bereden«, sagte sie mit brüchiger Stimme. »Wenn ich mich für das Schneiden entscheide, komme ich wieder.«

Zwei Tage später war sie wieder da, zusammen mit ihrem Ehemann. Sie sagte nichts mehr, er sprach für sie. »Wenn es die einzige Aussicht auf Heilung ist«, sagte er mit entschiedener Miene, »dann schneidet die Brust ab. Und mein Weib möchte, dass Ihr

339

den Schlafschwamm benutzt. Lieber wacht sie nicht mehr auf, als dass sie langsam dahinsiecht und unter Schmerzen elendiglich zugrundegeht.«

Sie wollten, dass ich die Operation daheim bei ihnen durchführte, und so ging ich am nächsten Tag mit allem, was ich brauchte, zum Haus bei den Staffeln. In der Frühe hatte ich den Schlafschwamm gerichtet und mit einer Mischung aus Bilsenkraut, ganz wenig vom Schierling, Mandragora und Mohnsaft getränkt. Ich wusste, es war gefährlich, aber ich hatte schon immer ein gutes Gefühl für die Stärke der Betäubung gehabt, gerade bei Frauen. Das lag daran, dass ich zu München einmal an mir selbst ausprobiert hatte, wie viel des Gifts für eine Frau meiner Größe und Statur nötig war. Die Maulpratin war etwas stattlicher als ich, also tat ich etwas mehr Mohnsaft hinein und hoffte, es würde genügen.

Der Zunftmeister hatte es sich nicht nehmen lassen, das Operationsmesser selber zu wetzen. Auch hatte er Kohle in einem gusseisernen Becken bereits zum Glühen gebracht; das runde Brenneisen ließ ich ihn gleich hineinstecken. Nun saß er da und beobachtete, wie ich seinem Weib den Schlafschwamm unter die Nase drückte, bis ihr die Augen zufielen. Ich fädelte eine dicke Flachsfaser auf, dann stach ich die überlange Nadel tief in die rechte Brust der Maulpratin. Ihre Lider flatterten, aber sie rührte sich nicht. Ich drückte die Nadel durch die ganze Brust und zog den Faden durch. Dann tat ich das Gleiche mit einem neuen Faden noch einmal, so dass die Brust kreuzweise durchstochen war. Die Frau lag immer noch ruhig; ich vergewisserte mich, dass sie tief und regelmäßig atmete. »So, Meister Maulprat, jetzt nehmt die beiden Fäden und hebt die Brust Eures Weibes damit an, so straff Ihr könnt«, bat ich den Ehemann. Er trat an den Tisch und zog gehorsam hoch, während ich zum Messer griff. Ein schneller Schnitt, noch einer und noch einer, dann baumelte die blutige Brust an den Flachsfäden. Die Maulpratin wimmerte und zuckte mit den Beinen, wachte aber nicht auf. Ich schob den Meister zur Seite, holte mir das Brenneisen und drückte es zweimal kurz auf die stark blutende Wunde. Es roch verbrannt. Dann war es vorbei. Die Maulpratin stöhnte. Ihr Mann, der Metzger, erbrach sich in eine Schüssel.

Dann warteten wir voller Sorge. Und, Adonai sei bedankt, keine

Stunde später war die Patientin wieder wach. Sie wirkte benommen und litt starke Schmerzen, aber augenscheinlich hatte sie die Operation gut überstanden. Ihre größte Sorge war, die abgetrennte Brust dem Totengräber zu übergeben, der sie ordentlich bestatten sollte, damit ihr Körper am Jüngsten Tag vollständig in die ewige Herrlichkeit eingehen konnte.

Meister Maulprat war so erleichtert und dankbar, dass ihm Tränen in den Augen standen. Er bezahlte mich großzügig und fragte, ob er denn sonst etwas für mich tun könne. Mir fielen die anderen ein, die immer noch vor der Stadt lagern mussten. »Wisst Ihr nicht einen Platz innerhalb der Mauern für meine Freunde, die Spielleute?« Er grübelte eine Weile, während ich seiner Frau den Verband anlegte: Myrrhentinktur auf einem Stück Stoff, darüber eine Schicht aus Gänsefedern, Flachs und frisch geschorener Wolle, dann Leinenstreifen. Als ich fertig war, nickte er mir zu.

Und so kam es, dass Pirlos Truppe tags darauf in die Stadt umzog, in einen ehemaligen Viehpferch, der der Metzgerszunft gehörte. Er lag in der Nähe der Marktstätte bei der Brotlaube, wo die Konstanzer Bäcker Brot und Wecken feilboten. Auch ich und Gutlind verlegten nun unsere Karren dorthin, und so waren wir wieder alle vereint.

Konstanz, Anfang März 1415

Verdammt, pass doch auf, Hanswurst!«
Ezzo machte einen Sprung zur Seite, um dem Ellbogenstoß eines fluchenden Weinhändlers auszuweichen, den er gerade aus Versehen angerempelt hatte. Eilig und ganz in Gedanken hatte er die Brückengasse beim Kloster Zoffingen überquert und nicht auf seinen Weg geachtet. Eine Dominikanernonne, die zur gleichen Zeit aus dem Portal trat, schüttelte missbilligend den Kopf.

Sieben Mal war er in den letzten Wochen über die hölzerne Rheinbrücke marschiert, zur Abtei Petershausen, wo der König residierte. Damit ihn niemand erkannte, hatte er die typischen Kleider des Gauklers getragen: Bunte Hosen, ein Bein gelb, das andere grün, ein gepolstertes Oberteil mit Zaddeln und Schlitzen und eine zipfelige Gugelhaube, die sein Gesicht beschattete. Der König hatte Ezzo schließlich vom Hof verbannt, wer wusste, welche Strafe ihn im Falle einer Entdeckung erwartete!

Jedes Mal hatte er im Kloster vorgesprochen, hatte gebetet, eine Nachricht an die Königin weiterzugeben, und war rüde abgewiesen worden. Die Königin sei auf Umritt, hatte es geheißen, und er solle sich trollen. Heute endlich war er an einen redseligen alten Pförtner geraten, der ihm erzählte, dass Barbara von Cilli zwar wieder in Konstanz sei, aber nicht in Petershausen. Es hieß, das hohe Paar habe sich gestritten, weshalb die Königin irgendwo in der Stadt Quartier bezogen hätte.

Ezzo machte sich sofort auf die Suche. Oh, er wusste inzwischen, dass das Dominikanerkloster am See die italienische und die französische Gesandtschaft beherbergte, während der Papst im Augustinerkloster zu Kreuzlingen residierte. Der Erzbischof von Magdeburg mit 36 Pferden und Gefolge wohnte im Haus zur Tule. Er kannte die Aufenthaltsorte der Gesandten des dänischen Königs, der englischen, schottischen und irischen Abordnung, des Mainzer Kurfürsten mit zweihundert Gefolgsleuten. Dort brauchte er gar nicht mehr vorbeizuschauen. Er vermutete, dass Barbara von Cilli mit ihrem Hofstaat eines der anderen großen Bürgerhäuser bezogen hatte.

Mit Späherblick stapfte Ezzo durch die Stadt, lehnte die unvermeidlichen Flugblätter ab, die man ihm in die Hand drücken wollte, hielt Ausschau nach irgendeinem Anhaltspunkt. Und plötzlich entdeckte er einen jungen Burschen, der vor ihm über den Münsterplatz lief, offenbar ein Einrosser vom Adel, der hatte eine Ledertasche umhängen, wie sie reitende Boten trugen. Und auf dieser Tasche war ein Wappen gemalt, das Ezzo nur zu gut kannte: Ein gevierter Schild mit zwei roten Balken in silbernem Feld und drei goldenen Sternen in blauem Feld – das Wappen derer von Cilli.

Ezzo folgte dem Burschen, was wegen der großen Menschenmenge in der Stadt gar nicht so einfach war. Sein Weg führte ihn erst über die Hauptstraße zum Obermarkt, dann nahm der Bote ganz offensichtlich eine Abkürzung durch ein paar winzige Seitengässchen, die hier in Konstanz Wuoschtgräben hießen. Endlich verschwand er in einem ansehnlichen zweigiebeligen Steingebäude. Aus den Fenstern hingen lange Fahnen in den Cillischen Farben. Das musste es sein, dachte Ezzo. Er hatte die Königin gefunden, endlich!

Er wartete ein Weilchen, bis eine Magd das Haus durch eine Seitenpforte verließ, die sprach er an, um sich zu vergewissern. »Verzeiht, gute Frau, welcher vornehme Herr wohnt denn hier?«

Sie warf sich in die Brust. »Ei, dies hier ist der Lanzenhof, das Stadthaus der Edlen von Lanz-Liebenfels, Spielmann. Und wenn du's genau wissen willst, hier wohnt kein Herr, sondern die Königin höchstselber.«

Ezzos Herz machte einen Sprung. Er suchte einen Brunnen, wusch sich mit kaltem Wasser notdürftig Hände und Gesicht und richtete seine Kleider. Dann kehrte er zurück und klopfte an die Pforte. Ein vierschrötiger Wächter öffnete, die Hellebarde in der Hand. »Euer Begehr?«, fragte er unfreundlich und entblößte eine Reihe gelblich fauliger Zähne.

»Ich habe eine Botschaft für Ihre Majestät, die Königin«, erklärte Ezzo keck.

Der Wächter schüttete sich aus vor Lachen. »Du bist wohl nicht ganz gescheit, Jungchen! Da könnte ja jeder kommen! Schau, dass du weiterkommst, du Tropf, bevor ich dir Beine mache!«

Ezzo stellte blitzschnell den Fuß in die Tür. »Nicht so hastig«, sagte er leise und hielt dem Mann den silbernen Siegelring mit dem königlichen Wappen hin, »du bringst das jetzt gleich zu deiner Herrin, und es wird dein Schaden nicht sein!«

Der Wächter wurde unsicher. Er besah sich den Ring mit gerunzelter Stirn, endlich nickte er. »Wartet hier!«

Ezzo atmete auf.

Und dann stand er vor ihr, kam sich vor wie ein Tölpel in seinem Spielmannskostüm.

»Mein Ritter von Riedern!« Er hätte ihre Stimme unter Tausenden erkannt. Huldvoll hielt sie ihm ihre Hand hin; er beugte das Knie, ergriff und küsste sie. Mehr wagte er nicht. Er sah das spöttische Lächeln, das ihre Lippen umspielte.

»Das Narrengewand steht Euch nicht schlecht, mein Freund«, sagte sie und zupfte spielerisch an einem der Glöckchen, die den Kragen der Gugel zierten.

»Ich wollte nicht erkannt werden«, erwiderte er. »Schließlich bin ich des Hofs verwiesen …«

Sie nickte. »Wer hätte gedacht, dass wir uns hier wiedersehen? Nun denn, kommt ans Feuer, Herr Ritter, es ist kalt hier drin.«

Auf dem Weg zum Kamin klatschte Barbara in die Hände, worauf eine Zofe erschien. »Wein für meinen Gast«, befahl sie. Das Mädchen verschwand und kehrte gleich darauf mit einem silbernen Pokal zurück, den sie neben Ezzo auf ein Tischchen stellte. »Geh. Und sorge, dass wir nicht gestört werden.« Die Königin winkte, und sie waren wieder allein. Ezzo forschte in ihrem Gesicht. War da ein neuer Zug um ihre Lippen, härter, bitterer als damals? Nein, es musste wohl der flackernde Schatten des Kaminfeuers sein … Sie war so wunderschön wie immer, nein, noch schöner, als er sie in Erinnerung hatte. Das blonde Haar offen, nur über der Stirn von einem dünnen Reif gehalten. Die hellblauen Augen, die fast durchsichtig weiße Haut, die schlanke Linie ihres Halses.

»Kommt Ihr, um Bericht zu erstatten?« Sie reichte ihm den Pokal, er nahm ihn und trank. Warum war sie so kühl, so abweisend? Er fühlte sich befangen, wie ein Fremder. In dürren Sätzen erzählte er von seinen Begegnungen mit dem rheinischen Adel, dem Entgegenkommen mancher, der Ablehnung anderer. Sie hörte ihm mit ernster Miene zu, bis er zu Ende war.

»Ihr habt mir einen großen Dienst erwiesen«, sagte sie schließlich. »Ich weiß nicht, wie ich Euch danken soll.«

Er neigte höflich den Kopf. War das alles? Mehr hatte sie ihm nicht zu sagen? Er war wohl einem Traum hinterhergejagt, einer schönen Phantasie. Vorbei. »Eure königliche Gunst ist mir Dank genug, Herrin«, erwiderte er knapp.

Da lächelte sie, versenkte ihre Augen in seine. Langsam, ohne den Blick abzuwenden, ließ sie ihren hermelingesäumten Umhang zu Boden gleiten. »Ezzo von Riedern«, sagte sie leise, »meine Gunst als Königin – ist das alles, was du dir von mir wünschst?«

Da war es um seine Beherrschung geschehen. Im Nu war er bei ihr, umschlang sie, küsste sie gierig, hungrig, leidenschaftlich. Sie zog ihm die Gugel über den Kopf, dann die Jacke, ihr Surkot landete auf dem Boden, ihr Kleid, mit zerrissenen Bändern, seine Beinlinge, ihr Untergewand. Endlich waren sie nackt, Haut an Haut. Ezzo hob sie hoch, schwer atmend, und sah sich suchend um. »Wo?«, fragte er.

Sie deutete auf die weichen Binsen, die die Holzdielen unter ihren Füßen bedeckten. »Hier.«

Später lagen sie vor dem Kamin, Ezzo hatte den Kopf in ihrem Schoß. Sie zupfte Binsenfasern aus seinem Haar. »Ich bin so froh, dass du hier bist«, sagte sie. »Es war einsam ohne dich.«

Er küsste ihre Fingerspitzen. »Wenn ich nur bleiben könnte«, murmelte er.

Sie schüttelte den Kopf. »Das geht nicht. Wir müssen vorsichtig sein, Liebster. Der König … es ist schlimmer mit ihm als je zuvor. Er schlägt mich, bezichtigt mich der unflätigsten Dinge. Dabei betrügt er mich täglich und vor aller Augen. Er hat freien Eintritt zu den feilen Weibern im Frauenhaus und schämt sich nicht, öffentlich dorthin zu gehen. Dann kommt er heim und brüstet sich damit, wie oft er …« Sie fing an, zu schluchzen. »Ach Ezzo, er droht mir damit, mich einzusperren, wenn das Konzil vorüber ist. Deshalb bin ich aus Petershausen fort in dieses Haus hier. Ich ertrage es nicht länger.«

Er setzte sich auf und wiegte sie in seinen Armen. »Du hast immer gesagt, er könne dir nichts anhaben.«

»Das war einmal. Ja, ein großer Teil des Adels steht hinter mir und stützt mich. Aber wenn Sigismund erst einmal das Konzil zu einem guten Ende gebracht hat, dann steht er auf dem Höhepunkt seiner Macht. Er will die drei Päpste zur Abdankung zwingen und einen neuen Papst von seinen Gnaden wählen lassen. Dann winkt ihm die Kaiserkrone. Und danach wird sich ihm niemand mehr in den Weg stellen, wenn er mich verstößt und in irgendeinem dunklen Kerker elend verkommen lässt. Heilige Mutter Maria, ich habe solche Angst.« Er spürte, wie sie zitterte, Wut stieg in ihm auf. »Und wenn wir fliehen?«, fragte er. »Ich weiß, ich kann dir keine

Reichtümer bieten, aber wir könnten es nach Frankreich schaffen, oder übers Meer nach England …«

Sie winkte ab. »Er würde uns überall finden, Ezzo. Es wäre unser Tod.«

»Dann darf es nicht so weit kommen, dass er die Macht hat, dir zu schaden.«

Sie nickte. »Du hast recht. Er darf dieses Konzil nicht zu einem guten Ende bringen. Dann wäre ich sicher, und wir haben zumindest dies hier.« Sie machte eine Bewegung, die den Raum umriss. »Auch wenn es heimlich ist und unter Gefahr, das ist mir gleich. Ich liebe dich, und das ist alles, was zählt.« Sie nahm seine Hand und legte sie auf ihre linke Brust. »Spürst du das? Es schlägt nur für dich, Liebster.«

Er zog sie auf seinen Schoß, und sie spreizte die Beine, nahm ihn in sich auf. Ezzo stöhnte. Noch nie hatte er eine Frau auf diese Weise geliebt, es war nicht recht. Die Weltordnung verkehrte sich, wenn das Weib obenauf war. Aber mit ihr fühlte es sich richtig an, sie stand so hoch über ihm, dass es fast selbstverständlich schien. Er musste an sich halten, damit es nicht zu schnell vorüber war.

»Ich habe einen Plan«, sagte sie später, als sie sich beide anzogen. »Wir müssen den Papst aus Konstanz wegbringen, bevor ihn Sigismund dazu zwingen kann, abzudanken. Solange Johannes hier bleibt, ist er ganz und gar in der Hand des Königs und kann sich seinen Wünschen nicht widersetzen.«

Ezzo schlüpfte in seine bunte Scheckenjacke. »Ich habe Flugblätter gelesen, die den Papst der schrecklichsten Dinge anklagen. Unzucht mit Tieren, Kindern, Männern. Inzest. Mord. Betrug. Gotteslästerliches Zeug. Es ist widerlich. Wenn die Beschuldigungen stimmen, dann bleibt ihm gar nichts anderes übrig, als zurückzutreten.«

Sie nickte eifrig. »Das sind die Machenschaften meines Mannes. Er setzt Johannes immer stärker unter Druck. Es rotten sich schon die Leute unter seinen Fenstern zusammen und schänden ihn mit Spottliedern und Gedichten.«

»Und wenn er aus der Stadt ist?«

»Dann ist er zu nichts mehr verpflichtet. Schafft er es, Papst zu

bleiben, dann treten die anderen beiden auch nicht zurück. Dann
bliebe die Kirche gespalten, und Sigismunds Pläne wären zerschla-
gen. Er würde niemals Kaiser und müsste mit dem Makel leben, zu
Konstanz gescheitert zu sein. Man hielte ihn für schwach und unfähig, wie seinen Bruder Wenzel in Böhmen. Ezzo, ich weiß, dass
der Papst schon seit Wochen an Flucht denkt. Aber ohne Hilfe
kommt er nicht aus der Stadt. Er wird im Augustinerkloster wie
ein Gefangener bewacht.«

»Wer kann uns beistehen?« Ezzo war klar, dass er das nicht alleine schaffen konnte.

Sie setzte den Silberreif wieder auf ihr Haar. »Ich denke da an
den Herzog von Österreich. Seit seiner Ernennung zum Generalkapitän der römischen Kirche ist er Schutzherr des Papstes. Und
er hasst meinen Mann wie der Teufel das Weihwasser. Sein Herr-
schaftsgebiet beginnt nicht weit von hier, dort könnte der Papst hin
und wäre sicher. Wenn der Österreicher sich mit uns verbündet,
haben wir die Aussicht auf Erfolg. Ich werde mit ihm sprechen.«
Sie wirkte plötzlich mutig und entschlossen. »Aber jetzt musst du
gehen, Liebster, ich bekomme Gäste zum Nachtmahl.«

Er küsste sie noch einmal zum Abschied. »Morgen?«, fragte
sie.

»Wann immer du willst«, raunte er ihr ins Ohr.

Klagelied über die Bosheit der Frau
von Oswald von Wolkenstein
in der Übersetzung von Dieter Kühn

…

Ich hatte mir gedacht,
die Schlangenart, von der Johannes schreibt,
die sei die schlimmste Ausgeburt,
die sich auf Erden regt,
doch schlimmer ist die Frau, die aus der Art geschlagen –
die schöne, böse Frau als Plage!
Die Leoparden zähmt man, wilde Löwen,

den Büffel spannt man ins Geschirr,
doch eine Frau, die ihren Anstand aufgibt,
der könnte man die Haut abziehn,
die ließe sich dadurch nicht zähmen,
ihr schlimmes Gift bleibt wirksam.
…

Wird sie gefeiert, kann ihren Hochmut keiner überbieten,
wird sie geschmäht, so tobt ihr Zorn
wie wilde Meeresflut.
…

Die schöne, böse Frau
ist ein recht hübscher Strick, ein Stich ins Herz,
Betrug, sobald man ihr den Rücken zeigt
und Lust, die täuscht, nur Schmerzen bringt!
…

Ich rate deshalb jung und alt:
Entzieht euch der Verblendung böser Frauen!
Bedenkt doch, wie sie wirklich sind –
ihr Stachel ist sehr giftig!
…

Konstanz, zur selben Zeit

Seit Ciaran in Kaub erfahren hatte, dass Jan Hus zu Konstanz am Konzil teilnehmen würde, war ihm der Name des böhmischen Predigers nicht mehr aus dem Kopf gegangen. Es war zum Verrücktwerden. Da hatte er endlich, fern der Heimat, seinen Frieden gefunden, lebte mit Menschen, die er Freunde nennen konnte, und von dem Talent, mit dem Gott ihn gesegnet hatte. Schon hatte er die Gefahr vergessen, in der er einmal geschwebt war, hatte mit seinem Leben als Mönch abgeschlossen, genau wie mit seiner Zeit bei den Lollarden. Und dann brachte ihn ein einfacher Name aus dem Gleichgewicht. Jan Hus.

Das geheime Manuskript schlummerte immer noch im hohlen Innenraum seiner Harfe, seit dem tödlichen Überfall vor Lüttich

348

hatte er es nie mehr herausgeholt. Tausend Mal hatte er auf dem Instrument gespielt, ohne überhaupt daran zu denken. Und nun konnte er seine Clairseach nicht mehr anfassen, ohne dass sie ihn an ihren geheimen Inhalt erinnerte. Sobald er das Holz berührte, brannte ihn Wyclifs Vermächtnis gleichsam in die Haut. Jeden Tag gemahnte es ihn an den Grund, aus dem er aus England geflohen war, an die Aufgabe, die er einst übernommen und nie zu Ende gebracht und an die Toten, die er zurückgelassen hatte. So konnte es nicht weitergehen.

Endlich sprach ihn Sara darauf an. »Etwas bedrückt dich, Liebster«, sagte sie zu ihm, als sie spät abends, nachdem er die Gäste mit seiner Musik unterhalten hatte, in einer schummrigen Ecke der Taverne zum Silbernen Felchen saßen. »Willst du mir nicht erzählen, was es ist?«

Er rührte erst stumm mit einem Strohhalm in seinem Honigwein. Noch nie hatte er jemandem von seiner Vergangenheit erzählt. Unter den Fahrenden war es verpönt, einander danach zu fragen, schließlich gab es bei ihnen kaum einen, der nichts zu verbergen hatte. Aber Sara war seine Geliebte, die Frau an seiner Seite. Und er hatte schon zu viel von dem süßen Würzwein getrunken. Also schob er den halbleeren Becher weg und begann zu reden. Er verheimlichte nichts, ließ nichts aus, erleichterte seine Seele. Dann sah er Sara mit scheuem Blick an. Wie würde sie reagieren?

»Du musst das Manuskript diesem Jan Hus übergeben.« Sara fällte ihr Urteil schnell und sicher. »Sonst macht es dich unglücklich.«

Er griff über die Tischplatte nach ihrer Hand. »Ich weiß nicht«, murmelte er niedergeschlagen. »Ist die Sache der Reformer es wirklich wert, unterstützt zu werden?« Gedankenverloren streichelte er ihre Finger. »Ich habe den Papst gesehen, weißt du, ganz zu Anfang, als wir hierher gekommen sind. Nur kurz, nur von fern, aber allein sein Anblick ließ mir vor Ehrfurcht die Knie weich werden. Und gegen diesen Mann und sein heiliges Amt soll ich Partei ergreifen, indem ich Hus unterstütze? O Gott, ich weiß einfach nicht, was ich tun soll.«

Sara strich Ciaran liebevoll durchs Haar. »Es geht doch gar nicht darum, wessen Sache du unterstützt. Es geht darum, dich von einer Last zu befreien. Du hattest eine Aufgabe zu erfüllen, oder nicht? Deine Eltern haben dir noch im Tod die Übergabe dieser Schrift übertragen. So hast du's zumindest gerade erzählt.« Sie seufzte. »Ich glaube, dass du nicht glücklich würdest, wenn du ihren letzten Willen missachtest, jetzt, wo du die Gelegenheit dazu hast, ihrem Wunsch nachzukommen. Du hättest auf ewig ein schlechtes Gewissen.«

Ciaran atmete tief durch. Ja, sie hatte recht. Egal, wie seine eigene Meinung im Glaubensstreit war – und er hatte nicht einmal eine, schwankte zwischen dem Althergebrachten und dem Neuen –, er musste seinen Eltern diesen letzten Dienst erweisen. Erst dann konnte er wirklich frei von seiner Vergangenheit sein und unbeschwert leben. »Also gut«, sagte er und fühlte sich auf einmal erleichtert. »Ich will herausfinden, wo dieser Hus sich derzeit aufhält. Man hört ja, er liege irgendwo in der Stadt gefangen. Und dann werde ich Wyclifs Vermächtnis in seine Hände geben. Was er dann damit tut, ist seine Sache.« Er drückte Sara die Hand. »Du bist mein guter Stern, Liebes. Dank dir von Herzen für deinen Rat.«

Gleich am nächsten Tag zog Ciaran Erkundigungen ein. Der böhmische Magister, so erzählte man ihm, sei bereits seit Anfang November in der Stadt. Anfangs habe er bei der rechtschaffenen Witwe Fida Pfister logiert, im Haus zur roten Kanne in der Paulsgasse. Und natürlich habe er gepredigt, in einer Herberge, wo sich täglich eine große Menschenmenge um ihn versammelt hatte. Ohne jede Zurückhaltung habe er seine ketzerischen Ansichten verbreitet. Gerade diejenigen hatte er angegriffen, die nun zuhauf in der Stadt waren, die Mönche und Priester, die studierten Theologen, die Bischöfe, ja sogar den Papst. Herabsteigen sollten sie von ihren Thronen, wenn sie in Sünde lebten. Arm sollten sie sein wie Jesus. Kein Recht hätten sie, ihr Amt auszuüben, weil sie sich der Hurerei, Geldgier und Völlerei hingaben. Nun, die hohen kirchlichen Würdenträger hatten diesem Treiben nicht lange zugeschaut. Schon nach drei Wochen hatte man Hus verhaftet.

Genaueres erfuhr Ciaran von Mitgliedern der böhmischen Gesandtschaft selbst. Er hatte herausbekommen, dass sich die Böhmen gern in einer ziemlich verrufenen Schänke in der Niederburg trafen, dem Stadtviertel der armen Weber zwischen Münster und Rhein. Die Wirtschaft hieß »Zur gelben Gans«, was wohl ausschlaggebend für die Wahl der Böhmen gewesen war – »Hus« bedeutete auf deutsch »Gans«. Die Taverne lag gleich hinter dem Haus zum Blaufuß, und noch am selben Abend ging Ciaran hin, die Harfe unter dem Arm.

Drinnen war es verräuchert und stickig. Der Boden war mit altem Stroh bedeckt, das dringend hätte ausgewechselt werden müssen, so faulig stank es. In der Mitte des Raumes befand sich eine riesige schwarzgefärbte Esse, darunter prasselte ein Feuer. In einem gusseisernen Topf blubberte Fischsuppe. Die Gäste hockten auf roh zurechtgezimmerten Bänken und Stühlen, löffelten ihren Eintopf, redeten und tranken. Als Ciaran anfing zu spielen, hoben sich die Köpfe, und manche der Männer klatschten Beifall. Nach dem dritten Lied brachte ihm einer einen Becher Wein und klopfte ihm auf die Schulter, ein anderer ließ ihm Brot und Käse reichen, und so kam er bald mit den Böhmen ins Gespräch – fast alle waren des Deutschen noch besser mächtig als er. Sie unterhielten sich über dies und das, und irgendwann kamen sie auf das unvermeidliche Thema der Glaubensstreitigkeiten. »Man hört, euer Landsmann Hus sei verhaftet worden«, begann Ciaran vorsichtig. »Ist das denn rechtens?«

»Teufel nochmal!« Einer der Böhmen, ein hitzköpfiger Spitzbart mit langen dunklen Haaren, hieb gleich mit der flachen Hand auf den Tisch. »Natürlich nicht! Jan Hus hatte ein Salvus Conductus des Königs! Angeblich hat Sigismund getobt, als man ihm die Kunde überbrachte, dass Hus im Kerker sitzt. ›Ich will ihn befreien, und wenn ich eigenhändig die Tür seines Gefängnisses erbrechen müsste‹, soll er gebrüllt haben. Ja freilich! Alles nur falsches Spiel! Jedermann weiß zwar, dass der König Hus freies Geleit versprochen hat, aber ernst gemeint war das nicht!«

»Ihr meint, der König hat den Wutanfall nur vorgetäuscht?«

Der Schwarzhaarige nickte, und sein Nebenmann pflichtete ihm bei. »Rein gar nichts hat er zu Hussens Befreiung unternommen! Im Gegenteil: Bald darauf hat er öffentlich davon gesprochen, dass die ›causa Hus et alia minora‹ die Reform von Reich und Kirche nicht behindern dürften – na, deutlicher kann man sich nicht ausdrücken! Die Sache unseres Hus als Kleinigkeit zu bezeichnen!« Der Böhme ballte wütend die Fäuste. »Ein Protestschreiben, das alle Böhmen unterschrieben und gesiegelt haben – stellt Euch vor, zweihundertfünfzig böhmische Adelige! –, hat ihn überhaupt nicht gejuckt. Es ist zum Kotzen!«

»Und warum tut der König nichts für Jan Hus?«, hatte Ciaran seine Tischnachbarn gefragt. Die begannen nun wild durcheinander zu reden. »Weil er nach dem Tod seines Bruders König von Böhmen sein wird«, schrie einer. »Und er will keinesfalls ein Ketzerland übernehmen, sondern ein gut katholisches Reich, das dem neuen Papst von Sigismunds Gnaden treu ergeben ist.«

»Ketzerland?« Ciaran zog überrascht die Augenbrauen hoch. »Ist denn die Lage in Böhmen schon so weit gediehen?« Das hatte man in England vor zwei Jahren noch nicht gewusst.

Der Schwarzhaarige nickte. »Der größte Teil des Adels ist auf Hussens Seite, obwohl man ihn mit dem Kirchenbann belegt hat. Ihr müsst wissen, dass der Kirche halb Böhmen gehört. Sollte Hus seine Forderung nach Besitzlosigkeit des Klerus in unserer Heimat durchsetzen, würde das bedeuten, dass Fürsten und Ritter die Kirchengüter übernehmen könnten. Und ein so reicher und mächtiger Adel ist das Letzte, was sich Sigismund als König wünscht. Deshalb, ganz im Vertrauen, glaube ich, dass der Geleitbrief für Hus eine Falle war. Der König wird im Zweifelsfall sein Geleitversprechen brechen. Wenn der Magister nicht widerruft, ist er ein toter Mann.«

»Ihr glaubt, man würde ihn tatsächlich umbringen?«

Die Böhmen sahen bedrückt und schweigend in ihre Weinpokale. »Ja«, sagte schließlich einer. »Wir fürchten, sie wollen ihn als Ketzer verbrennen. Und wir hoffen, dass er klug genug ist, sein Leben zu retten, indem er öffentlich widerruft. Wenn er dann wieder sicher in Böhmen ist, kann er den Widerruf ja zurücknehmen. Hauptsache, er bleibt am Leben.«

Ciaran verabschiedete sich zu später Stunde von seinen böhmischen Trinkgenossen und ging nachdenklich heimwärts. Er sah die Schwierigkeit der Lage. Hus irgendwo im Kerker, die Kirchenoberen bereit, ihn als Ketzer zu verurteilen, ein König, der ihn gegen seine Zusage fallen lassen würde wie ein heißes Stück Kohle. Und diesem Hus wollte er Wyclifs Vermächtnis übergeben? Hatte das überhaupt einen Sinn? Noch am vorherigen Tag war ihm alles ganz einfach vorgekommen. Er würde den böhmischen Prediger ausfindig machen und ihm das Manuskript übergeben. Nicht, weil es ihm eine Herzens- oder Glaubensangelegenheit war. Sondern weil damit endlich etwas abgeschlossen sein würde. Sara hatte schon recht gehabt: Er hätte dann erfüllt, was seine Eltern sich gewünscht hatten, wäre seiner Sohnespflicht nachgekommen. Sie und die vielen anderen wären nicht umsonst gestorben. Er, Ciaran, hätte dann das Seinige getan und ein reines Gewissen. Und damit wäre er endlich, endlich von allem frei.

Mit Schwung trat er gegen eine herrenlose Laterne, die mitten auf der Gasse stand. Es schepperte laut, und jemand fluchte aus einem der nächstgelegenen Fenster. Also gut, dachte Ciaran, egal, was mit Hus geschieht, ich werde ihm Wyclifs Vermächtnis bringen. Noch ist er schließlich nicht tot.

Die Schwierigkeit war nur, wie er das anstellen sollte. Denn der Magister stand nicht etwa nur unter Hausarrest, sondern man hatte ihn tatsächlich in den Kerker geworfen. Hus befand sich, schwer bewacht, im dunkelsten Verlies des Dominikanerklosters auf der Konstanzer Seeinsel.

Der nächste Morgen war der des 13. März 1415. Ciaran und Sara standen auf der hölzernen Predigerbrücke, der einzigen Verbindung, die von der Stadt zum Dominikanerkloster führte, und blickten auf die alte Klosteranlage. Ciarans Mut sank. Das Kloster war ein großer, vierflügeliger Komplex mit geräumigem Innenhof, den man gleich an die Kirche angebaut hatte. Wie sollte man da herausfinden, wo Hus gefangengehalten wurde, wie hineinkommen? Dicke Steinmauern, vergitterte Fenster, Wachen vor den Toren – es war hoffnungslos. »Wie soll ich da jemals an Jan Hus herankommen?«, fragte Ciaran mit niedergeschlagener Miene. »Schließlich kann ich nicht einfach mit meiner Harfe da hineinmarschieren und fragen, wo der Ketzer sitzt …«

Sara seufzte. »Stimmt. Aber vielleicht finden wir einen aus der Dienerschaft, der uns weiterhelfen kann …«

Zwei junge Frauen kamen plaudernd von der Stadtseite her auf die beiden zu. Eine trug einen großen Korb mit Eiern, die andere hatte in jeder Hand einen Zwiebelzopf und auf dem Rücken ein Netz mit Krautköpfen. Sara fasste sich ein Herz und zupfte die Eierträgerin am Ärmel. »Sagt, Jungfer, arbeitet Ihr hier im Kloster?«, fragte sie mit unschuldiger Miene.

»Wir sind Küchenmägde«, erwiderte die Angesprochene, »aber nur, solange das Konzil dauert. Da helfen wir aus, weil so viel zu tun ist.«

»Stimmt es, dass man diesen böhmischen Prediger hier gefangen hält? Wie heißt er noch gleich?«

»Ihr meint Jan Hus«, sagte die Magd mit den Zwiebelzöpfen bereitwillig. »Ja, der ist schon länger da. Wir haben ihn aber noch nicht gesehen. Er sitzt im Verlies.«

»Der arme Kerl«, meinte die andere. »In der Küche müssen wir für ihn Schonspeise kochen, weil er sonst nichts bei sich behält. Na, kein Wunder, dass er krank ist, sie haben ihn ja gleich neben die Latrine gesteckt. Da kommt den stärksten Mann das Kotzen an.«

»Wieso wollt Ihr das wissen?«, wandte sich die Eiermagd an Sara. Ihr Blick wurde plötzlich misstrauisch.

Sara winkte ab. »Nur so. Wir sind gerade angekommen und hören uns halt um.«

Die Mägde wandten sich zum Gehen, und Ciaran stieß wütend mit der Fußspitze ein Steinchen ins Wasser. »Mo sheacht mallacht!«, knurrte er.

»Ts, ts, ts, das klingt nach einem Fluch«, bemerkte Sara trocken.

Er lachte kurz auf. »Es war auch einer«, grinste er schief. »Aber fluchen hilft auch nichts. Komm, lass uns gehen.«

Sie schlugen den Weg zum Obermarkt ein, wo Pirlo neben Jankas Zelt seine Späße zum Besten gab und Schnuck sein Seil zwischen dem Malhaus und dem Haus zum Barbarossa gespannt hatte. Doch schon an der Westecke des Münsterplatzes, wo die Straße rechts zum Schottentor führte, kamen sie vor lauter Karren und Wagen nicht weiter. Die Leute redeten ganz aufgeregt durcheinander. Ciaran wandte sich an einen Pferdeknecht, der versuchte,

seine tänzelnden Rösser zu beruhigen. »Was ist denn los?«, fragte
er. »Geht's nicht weiter?«

»Das kann man wohl sagen«, gab der Mann zornig zurück.
»Diese Arschlöcher haben alle Tore dichtgemacht! Befehl des Königs.«

»Und warum?«

Der Fuhrmann spuckte aus. »Es heißt, der Papst wolle aus der
Stadt fliehen!«

Sara

Ciaran ein Mann von Geblüt! Ich brauchte eine Zeitlang, um
diese Neuigkeit zu verdauen. Er ein hoher Herr, ein Graf –
ich ein Niemand. So war die Welt nicht geordnet, dass zwei
Menschen solch unterschiedlichen Standes sich zusammentun
konnten. Er spürte meine Befangenheit, ahnte meine Befürchtungen, und beruhigte mich. »Ich bin nur ein Fahrender wie die anderen auch«, sagte er lächelnd. »Meine Herkunft ist unwichtig. Ich
kann nie mehr nach England zurück, mein Leben ist dies hier. Und
wenn ich erst das Manuskript los bin, verbindet mich nichts mehr
mit der Vergangenheit. Dann bin ich endgültig nur noch Ciaran,
der Spielmann. Also denk nicht weiter darüber nach und gib mir
lieber einen Kuss!«

Ich war froh, dass er es so leicht nahm und versprach ihm, sein
Geheimnis zu bewahren. Aber bei seinem Vorhaben, Jan Hus dieses vermeintlich ketzerische Schriftstück zu übergeben, konnte ich
ihm auch nicht helfen. Überhaupt konnte ich mir als Jüdin nur wenig vorstellen unter dem, was die Christen Ketzerei nannten. Oder
Glaubenskampf. Oder Kirchenreform. Was ich verstand, war, dass
viele der kirchlichen Würdenträger ein unwürdiges Leben führten.
Dass sie zu Huren liefen, obwohl ihnen der fleischliche Umgang
mit Frauen verboten war, dass sie sündigten und Verbrechen begingen, obwohl es ihnen die Bibel untersagte, dass sie Reichtümer
anhäuften auf Kosten der einfachen Leute. Sie verlangten von ihren Untertanen christlichen Gehorsam, aber selbst hielten sie sich

nicht an das Wort Gottes. Wenn Jan Hus diese Zustände anprangerte, war mir das begreiflich. Man stelle sich vor, ein Rabbi würde gegen alle Gesetze verstoßen, die Talmud und Thora vorschrieben. Keiner in der Gemeinde würde ihn mehr haben wollen.

Die Kirche empfand es außerdem als Angriff auf ihre Autorität, so erzählte mir Ciaran, dass der böhmische Magister in der Volkssprache predigte und nicht auf Lateinisch. Er wollte, dass die Leute begriffen, worum es im Gottesdienst ging. Nun, auch bei uns Juden wurde in der Synagoge auf Hebräisch aus der Thora gelesen, aber die meisten von uns verstanden so viel von der alten Sprache, dass sie dem Inhalt folgen konnten. Die einfachen Christen aber sprachen offensichtlich gar kein Latein und fühlten sich so ausgeschlossen. Ich fand es merkwürdig, dass es der Kirche so wichtig war, diesen Zustand beizubehalten. Wollten die Bischöfe denn nicht, dass die Menschen das Gotteswort verstanden?

Und dann gab es etwas, was mir als Jüdin völlig fremd war: Das, was die Christen das heilige Abendmahl nannten. Oh, ich wusste, da gab es die Hostie, ein kleines Stückchen brotähnliches Gebäck, das man beim Gottesdienst aß. Und sobald man es aß, verwandelte es sich in den Leib Christi. Eine absonderliche Vorstellung. Die Christen verspeisten also einen Teil vom Körper ihres Gottes. Aber das genügte den Anhängern der neuen Lehre des Jan Hus nicht. Sie forderten, dass jeder Gottesdienstteilnehmer, genau wie der Priester auch, einen Schluck Wein aus einem Kelch trinken solle. Dieser Schluck Wein, so nahmen sie an, würde sich dann in Jesu Blut verwandeln. Mir war nicht klar, warum die Priester den Menschen diesen Wunsch verweigerten, aber sicherlich muss man Christ sein, um so etwas zu verstehen. Was ich zumindest verstand, war, dass nicht nur die höchsten Würdenträger, sondern sogar der Papst selber von Jan Hus angegriffen wurde. Er sprach ihnen das Recht auf ihre Ämter ab, weil sie sündig lebten. Dagegen wehrte sich die Kirche mit aller Macht. Und Ciaran erklärte mir, dass nun dieser Jan Hus nichts völlig Neues lehrte, sondern genau das, was vor ihm schon der Engländer Wyclif erdacht und gefordert hatte. Nur, dass es inzwischen nicht mehr nur einen Papst gab, sondern derer drei. Jeder hatte seine Anhängerschaft, jeder fühlte sich als der einzig wahre Stellvertreter Gottes. Und König Sigismund wollte sie alle absetzen, einen Erfolg der neuen Lehre verhindern und damit seine eigene Macht festigen. Das war der Grund, warum er das Konzil nach Konstanz einberufen hatte.

Die ganze Lage schien mir schwierig, und je länger ich darüber nachdachte, desto verzwickter und undurchsichtiger wurde sie. Dabei hatte ich gar nicht viel Zeit, mich mit solchen Überlegungen zu befassen, denn die Kranken strömten von früh bis spät zu meinem Wagen. Ich stach den Star, ich spaltete Furunkel, ich verschrieb Mittel gegen Läuse und Flöhe, ich nähte Platzwunden und Messerstiche, denn es gab jede Nacht irgendwo Raufhändel. Einem kleinen Jungen nähte ich ein halb abgerissenes Ohr wieder an, eine zweite Frau kam zu mir, der ich eine Brust wegschnitt. Dann waren da die üblichen Winterkrankheiten: Husten, Fieber, Ohrenschmerzen, der Rotz und das Halsweh, das Reißen und der Blasenschmerz. Ja, und dann kamen auch noch täglich Männer zu mir, die mir verlegen ihr Gemächt präsentierten und über Jucken, Brennen, Pusteln und schmerzhafte kleine Geschwüre klagten. Die meisten Ärzte behandeln diese Symptome, mit denen man sich vermutlich beim Beilager ansteckt, indem sie die empfindliche Eichel mit Bimsstein traktieren, was alles nur noch schlimmer macht, aber von der arabischen Medizin her wissen wir Juden, dass gegen diese Krankheit kein Kraut gewachsen ist. Man kann nur mit Salben das Brennen und Jucken lindern, das ist alles. Dieselbe Krankheit hatten auch viele Frauen, die zu mir kamen; auch sie konnte ich nicht heilen, nur ihr Ungemach lindern. Die meisten von ihnen waren Hübschlerinnen und »Fensterhennen«, wie sich diejenigen nannten, die sich in den Fenstern ihrer Schlafkammern barbrüstig zeigten, um Männer anzulocken.

Fast alle, die mit geschlechtlichen Krankheiten zu mir kamen, litten außerdem unter der Sorte Läuse, die man bald überall scherzhaft als »Liebeskäfer« bezeichnete. Bei manchen Leuten war es so schlimm, dass die Läuse nicht nur in den Schamhaaren, sondern schon in den Wimpern und Augenbrauen saßen. Zumindest dagegen konnte ich etwas tun, ich verschrieb Salben, Sitzbäder und Aufgüsse, die das Ungeziefer eine Zeitlang abtöteten oder vertrieben. Der Apotheker im Malhaus am Obermarkt kam gar nicht mehr nach mit dem Mischen von Arzneien und dem Anrühren von Heilsalben. Er grüßte mich bald mit allergrößter Ehrfurcht, obwohl ich doch eine Fahrende war, und er schickte mir viele Kunden.

Am meisten aber freute ich mich darüber, dass die Freundschaft mit Ezzo sich in Konstanz wieder eingefunden hatte. Hatte er Ciaran und mich zu Anfang noch gemieden, so fand er sich inzwischen immer öfter wieder an unserer Seite, saß bei der Morgensuppe neben mir wie früher und begleitete uns abends wieder wie selbstverständlich in die Schänken und Tavernen. Die frühere Schwermut schien von ihm abgefallen. Er scherzte und lachte, sang mit uns, machte mit Ciaran nachts die Straßen unsicher. Jung sah er aus, zeigte wieder dieses lausbübische Grinsen, dass ich an ihm so gemocht hatte. Es war fast wie früher, bis auf die Tatsache, dass er es peinlich vermied, mich zu berühren oder zu nah bei mir zu sitzen. Und manchmal hatte ich das Gefühl, dass ihn irgendetwas bedrückte, etwas, das gar nichts mit Ciaran und mir zu tun hatte.

Eines Abends, als Ciaran wieder einmal mit Meli bei einem vornehmen Bankett zur Unterhaltung geladen war, aßen wir alle zusammen unter der gewachsten Zeltbahn, die zwischen den Wagen aufgespannt war. Janka hatte ein Zicklein auf dem Markt ergattert, was gar nicht so einfach war, denn bei so vielen Tausend Gästen in der Stadt waren die Lebensmittel knapp. Der Rat hatte sogar Höchstpreise festgelegt, damit kein Wucher stattfinden konnte, für Brot, Wein, Fisch und Fleisch, aber auch für Pferdefutter und Brennholz, sogar für Schlafstellen und Liebesdienste – inzwischen waren, so hieß es, achthundert Huren in der Stadt. Also genossen wir unseren frischen Braten – solche Herrenspeise gab es nicht alle Tage. Außerdem hatte Schnuck, der mit seinen Seiltänzereien und dem Feuerschlucken gute Geschäfte machte, einiges Geschleck aus dem Welschland erstanden – krachhartes Honigzeug mit Mandeln und süße Zuckerhippen. Ezzo saß neben mir auf einem Heuballen und erzählte von dem seltsamen Tier, dass er am Nachmittag gesehen hatte. »Es hatte Finger und Zehen, Arme und Beine und ein Gesicht fast wie ein Mensch! Und es hat gelacht, auf Ehre und Gewissen!«, begeisterte er sich. »Schwärzel war so verblüfft, dass er beinahe die Kette mit dem Bären losgelassen hätte. Ich fasste mir ein Herz und ging auf das haarige Vieh zu, und, was glaubst du, es nahm meine Hand und kletterte an mir hoch, bis es auf meiner Hüfte saß wie ein Kind!« Mit Genuss biss er in ein knuspriges Rippenstück, von dem das Fett troff. »Dann allerdings begannen ein paar Leute zu raunen, das sei gewiss der Teufel, der sei nach Konstanz gekommen, um den Papst zu holen. Da hat der Besitzer des Tiers, ein alter Seemann, erklärt, das sei ein Affe, und in Afrika gäbe es davon so viele wie hierzulande Hunde und Katzen. Ein dicker Kerl schrie, das könne er seiner Großmutter erzählen, das Vieh sei ein böser schwarzer Dämon, das wüsste er genau. Daraufhin meinte ein anderer: ›Das kann nicht sein, Nickel, denn ein Dämon, der sieht genauso aus wie deine Alte!‹ Alles brüllte vor Lachen, sogar der haarige Affe lachte mit!«

Ich kicherte. Der Wein, den Jacko an diesem Abend besorgt hatte, war stark, und ich hatte schon ein bisschen zu viel davon getrunken. Ich fühlte mich übermütig, leicht und beschwingt, und so wagte ich es irgendwann, Ezzo auf das anzusprechen, was wir seit langem zu bereden vermieden hatten. »Du warst lang nicht mehr so fröhlich«, sagte ich und trank ihm zu. »Sag, bist du gar verliebt?«

Er zog die Augenbrauen hoch. »Wie kommst du denn darauf?«
»Oh, nur so …«

Er drohte mir mit dem Finger. »Ihr Frauen habt wirklich eine besondere Gabe, Menschen zu durchschauen«, meinte er und schenkte mir nach. Ich fragte leichthin: »Ist es am Ende diejenige, deren Ring du trägst?«

Er nickte, und ein Schatten huschte über sein Gesicht. »Ich hab sie hier wiedergetroffen.«

»Das freut mich für dich.« Warum nur spürte ich plötzlich einen Stich, da, wo das Herz war?

Er nahm einen großen Schluck Wein, und ich tat es ihm nach. »Schon. Aber es ist nicht ganz so einfach …« Mit gerunzelter Stirn blickte er in seinen Becher, als suche er darin etwas. »Sie ist … wie kann ich's sagen … sie steht so hoch über mir …«

Es ging mit mir durch. »Du redest grad so, als sei es die Königin höchstselbst«, grinste ich und zwinkerte ihm zu.

»Und wenn?« Er sah mich an.

»Witzbold«, kicherte ich und bekam einen Schluckauf.

Er tat einen tiefen Atemzug. »Lass uns nicht weiter darüber reden, Sanna. Man muss die Liebe genießen, so lange und so gut es geht, oder? Manchmal ist es besser, fröhlich zu sein und nicht an morgen zu denken. Komm, gehn wir zu den Zigeunern hinüber, sie haben schon angefangen, zu spielen. Hoppla, fall nicht hin!«

Esma und ihre Familie hatten neue Freunde ins Lager mitgebracht, die aus dem fernen Spanien kamen. Es waren dunkelhäutige, wilde Gesellen, die eine fremdartige Musik spielten, einmal schwermütig und klagend, dann wieder voller Kraft und Schnelligkeit, Klänge wie aus einer anderen Welt. Ein stolzes Weib tanzte dazu, schön wie die Sünde, mit blauschwarzem Haar bis fast zu den Knien, und ein zweites, älter, mit scharfen Zügen und Hakennase, klatschte den Takt. Ezzo und ich lauschten den lockenden Klängen eine Zeitlang, ließen uns von dem wirbelnden Tanz verzaubern, dann wurde mir schlecht. Er brachte mich zu meinem Wagen, wo ich sofort auf den Bettsack fiel und mir schwor, nie wieder zu viel Wein zu trinken.

Ein paar Tage später stand er plötzlich früh am Morgen vor meinem Wagen. Offensichtlich wollte er mit mir reden, bevor der erste Kranke zur Behandlung kam. »Sanna«, sagte er ernst, »ich brauche deine Hilfe.«

Ich bat ihn herein. »Erzähl.«

Er druckste ein bisschen herum. »Deine Operation mit dem Schlafschwamm – sie war ja wochenlang Stadtgespräch ... Ich habe mich gefragt, ob man mit solch einem Schlafschwamm auch einen erwachsenen, gesunden Mann betäuben kann ...«

»Natürlich. Es kommt auf die Menge der Arznei an, mit der man den Schwamm tränkt.« Ich war mir nicht sicher, worauf er hinauswollte.

»Geht das auch, wenn dieser Mann ... ich meine, gegen den Willen desjenigen, den man betäuben will?«

Ich runzelte die Stirn. Was hatte er vor? »Nun ja, ich denke schon. Man muss den Menschen eben so lange festhalten, bis er genug von den Dämpfen aus dem Schwamm eingeatmet hat.«

Ezzo blieb eine Weile stumm und spielte mit einem Kräuter-sträußchen. Dann rückte er mit seinem Anliegen heraus. »Kannst du mir ein paar solcher Schlafschwämme geben?«

»Mein Gott, Ezzo, was willst du damit anfangen? Ein Schlaf-schwamm ist nicht ungefährlich. Es kann sein, dass einer nicht mehr aufwacht ...«

»Ein Kampf mit Schwert oder Messer ist auch nicht ungefähr-lich«, entgegnete Ezzo.

»Willst du mir nicht sagen, was du vorhast?«, fragte ich.

Er schüttelte den Kopf. »Ich kann nicht, Sanna. Ich kann dich nur bitten, mir zu helfen. Es ist sehr wichtig.«

Er will diese Frau entführen, dachte ich, und war schon ein we-nig gekränkt, dass er mir nicht vertraute. Und was, wenn die Ob-rigkeit davon erfuhr? Aber dann gab ich nach. Ezzo bat mich um Hilfe, und ich wollte sie ihm nicht verwehren. Seufzend hob ich die Hände. »Wann brauchst du die Schwämme?«

»Ich weiß noch nicht. Reicht es, wenn ich dir einen Tag vorher Bescheid gebe?«

»Ja. Es dauert nicht lang, die Mischung herzustellen, und die Arzneien habe ich hier. Aber du darfst sie nicht zu lange unter die Nase drücken – auf keinen Fall mehr als zwanzig Herzschläge lang. Sonst geht der Schlaf in den Tod über. Du wirst merken, wenn die Ohnmacht einsetzt, dann musst du sofort aufhören.«

»Wie lange wird diese Ohnmacht dauern?«

Ich zuckte die Schultern. »Das kann man nie genau sagen. Viel-leicht eine Stunde, vielleicht nur halb so lang.«

»Gut.« Er nahm meine Hand. Seine Finger waren warm, und sein Griff kräftig. »Dank dir, Sanna. Das werde ich dir nicht ver-gessen.«

Er ließ mich viel zu schnell los und ging. Während ich ihm nach-sah, fühlte ich mich plötzlich allein und traurig.

Lange konnte ich nicht über Ezzos merkwürdiges Ansinnen nachdenken, denn kaum war er fort, klopfte es an die Wand des Wagens. Draußen stand ein vornehm gekleideter Mann, der ein eigentümlich eingefärbtes Deutsch sprach. Er war dick und statt-lich, mit lockigem, halblangem Haar und wulstigen Lippen. Sein auffälligstes Merkmal war jedoch das rechte Auge, dessen Lid völlig geschlossen war. Er stellte sich als Oswald von Wolkenstein vor, Ritter aus Tirol, Gefolgsmann des Königs, Dichter und Musikant. Ein lustiger Gesell war das, der meine Trübsal sofort vertrieb und mich mit seiner guten Laune ansteckte! Bevor er mir sein Leid klagte, sang er erst einmal ein Liedchen, machte ein paar ziemlich unflätige Scherze und sagte mir dann, dass ich die schönste Frau sei, die er bisher in Konstanz gesehen habe. Ich lachte und sah mir dann sein Glied an, das mit kleinen roten Pünktchen übersät war. Ein paar davon gingen schon in ein geschwüriges Stadium über und bluteten leicht. Das Übliche! Also gab ich ihm einen Tiegel mit Salbe, die er täglich drei Mal anwenden sollte, und riet ihm, sich eine Weile von Frauen fern zu halten. Er machte ein Gesicht, als hätte er in verdorbenen Fisch gebissen, versprach aber, meinen Rat zu beherzigen. Dann wollte er gehen, doch ich hielt ihn zurück.

»Herr, wollt Ihr mir nicht noch Euer Auge zeigen?«, fragte ich.

Er winkte ab. »Ein Unfall in meiner Kindheit«, lächelte er. »Da ist nichts zu machen. Das Auge ist blind, und das lahme Lid lässt sich nicht mehr heben.«

»Aber der Rand Eures Augenlids ist entzündet«, erwiderte ich. »Er ist rot und geschwollen, und ich vermute, dass das Auge ständig tränt, nicht wahr?«

Der von Wolkenstein zuckte mit den Schultern. »Das ist schon immer so, ich bin's gewohnt. Viele Ärzte haben sich daran versucht, aber keiner hat helfen können.«

»Ihr verliert nichts, wenn Ihr es noch einmal probiert«, sagte ich und drückte ihm ein kleines Fläschchen meiner Wundtinktur in die Hand. »Ein paar Tropfen auf ein Stückchen sauberes Leinen und fünf Mal am Tag zehn Vaterunser lang auf das Auge drücken.« Das mit dem Vaterunser hatte ich inzwischen von den Christen gelernt.

Er nahm Salbe und Fläschchen und zahlte. »Wenn's hilft, dann komm ich zurück und geb dir einen Kuss, meine Hübsche«, versprach er und zwinkerte mit dem gesunden Auge. Ich lachte und scheuchte ihn hinaus.

Keine Woche später war er wieder da. Er stellte sich mit seiner Laute vor meinem Wagen auf und begann, ein Lied zu spielen. Heute noch hab ich einen Vers davon im Kopf:

»Mein Freudenmacherin,
meins Herzens Zuckerstück,
du hast mir Herz und Sinn
geraubt und brachtst mir Glück.
Ach du feine, die ich meine,
süße Kleine, Brüstlein, Beine,
ach vereine dich alleine
doch mit mir!«

Die Entzündung an seinem Auge war abgeklungen, und er dankte mir von Herzen, nicht ohne mir noch mehr wirklich unverschämte Anträge zu machen. Doch dann wurde er ernst.

»Hört zu, Magistra«, sagte er. »Ihr habt etwas fertiggebracht, das noch kein Arzt vor Euch geschafft hat, nämlich mein Auge trockenzulegen. Das ist sogar meinem Herrn, dem König, zu Ohren gekommen. Auf seinen Wunsch hin habe ich über Eure Fähigkeiten Erkundigungen eingezogen und nur Gutes vernommen.« Er blickte mir tief in die Augen. »Und nun möchte der König Eure Dienste gern in Anspruch nehmen.«

Ich bekam weiche Knie. »Der König?«

»Nun«, erwiderte der Wolkensteiner, »nicht der König selber. Sondern jemand, der – wie soll ich sagen? – dem König sehr am Herzen liegt. Habe ich Eure Verschwiegenheit?«

Ich nickte. Was sonst.

»Nun gut«, fuhr er fort, »es geht um einen, sagen wir, Bekannten, des Königs, der krank geworden ist. Kopfschmerzen, Leibschmerzen, Fieber, all das. Man hat ihn schon in anderen Räumen untergebracht. Der Papst höchstselbst hat ihm seinen Leibarzt geschickt, diesen hochnäsigen, wie heißt er doch gleich? – Pietro di Bernardo. Der Stümper hat nicht recht helfen können, und nun steht zu befürchten, dass der Kranke womöglich stirbt, bevor er seinen Zweck erfüllt hat.«

»Welchen Zweck?«

»Ach Gott.« Oswald von Wolkenstein verzog jammervoll das Gesicht und sah aus wie ein dicker, trauriger Bär. »Alles Staatsgeschäfte! Das muss Euch gar nichts angehen, meine Hübsche. Ihr sollt nur verhindern, dass der Mann das Zeitliche segnet. Denn es fiele ein unschöner Schatten auf das Angesicht meines Herrn, wenn dieser – Bekannte – sein Leben vorzeitig aushauchen würde.«

»Um wen handelt es sich denn?«, wollte ich wissen.

»Das erfahrt Ihr noch früh genug. Was ist, wollt Ihr nun den Auftrag übernehmen? Es wird Euer Schaden nicht sein, das versprech ich.«

Also sagte ich ja, ohne zu wissen, worauf ich mich einließ. Wir verabredeten uns für den nächsten Morgen. Noch in der Nacht wollte ich Ciaran von der ganzen Sache erzählen, aber er war so müde, dass ich es sein ließ. Wer weiß, was daraus überhaupt wird, dachte ich. Noch konnte ich nicht ahnen, dass mich der nächste Tag in die Mitte eines Wirbelsturms tragen sollte …

Konstanz, Dominikanerkloster, 20. März 1415

Der Gefangene hockte auf seiner hölzernen Pritsche unter der vergitterten Fensteröffnung und starrte zum Licht hinauf. Wie eine zerfledderte Krähe sah er aus in seinem zerrissenen schwarzen Gewand und mit den wirren Haaren, die ihm strähnig vom Kopf hingen. Hin und wieder krümmte er sich, stöhnte, erbrach sich in einen Eimer, der schon einen widerlich riechenden Bodensatz an Mageninhalt und Galle enthielt. Er war körperlich am Ende, hatte kaum noch Kraft, um aufzustehen, aber seinen Geist hatten sie nicht brechen können. Noch nicht. Ächzend legte er sich auf den Rücken und schloss die Augen.

Weit war er gekommen, er, der Sohn eines kleinen Fuhrmanns aus dem verdreckten, bettelarmen Dorf in Böhmen. Aufgewachsen war er inmitten von Hühnermist und Schweinekot. Nicht einmal einen Nachnamen hatte er gehabt; erst als er auf die Lateinschule nach Prachatice ging, wo er sich als Sängerknabe das Schulgeld verdienen musste, hatte er sich nach der Ansammlung schäbiger Bauernhöfe genannt, aus der er stammte: Husinec – Hus, zu deutsch: Gans.

Weil seine Klugheit dem Pfarrer auffiel, hatte er studieren dürfen, in Prag, an der berühmten Karls-Universität. Und dort war er auch zum ersten Mal auf die Lehren des Oxforder Religionsgelehrten Wyclif gestoßen. Tschechische Adelige, von denen etliche seit der Vermählung von König Wenzels Schwester Anna mit Richard II. von England in Oxford studierten, hatten Wyclifs Ideen nach Böhmen getragen. Hus lächelte, dann presste er mit einem kleinen Stöhnen die Hand auf den schmerzenden Magen. Oh, welche Offenbarung waren die englischen Gedanken damals für ihn gewesen! Er hatte die neue Lehre aufgesogen wie ein Schwamm, hatte sie fortentwickelt, weitergedacht. Es schien alles so einfach, am Anfang. Wie lange war es nun her, dass man ihn zum Priester geweiht hatte? Fünfzehn Jahre, konnte das sein? Ah, wie hoch hinauf hatte ihn sein Weg seitdem geführt! Dekan war er geworden, dann Professor für Religion und Philosophie, dann Rektor der Prager Universität. Aber wichtiger als der Aufstieg in hohe Ämter war ihm immer das Predigen gewesen. Nein, nein, nicht wie die anderen auf Lateinisch, damit es auch ja keiner aus dem Volk verstand! Nein, er, Hus, predigte tschechisch, und er sang sogar tschechische Kirchenlieder gemeinsam mit den Gottesdienstbesuchern. Die Prager Betlehemkapelle war jedes Mal zum Bersten voll, und sein Ruf reichte bald weit über Böhmen hinaus. Die Menschen kamen von nah und fern, um seinen Worten zu lauschen. Die Königin Sophie berief ihn zu ihrem Beichtvater. Er wurde zum Synodalprediger, zum einflussreichsten Theologen des Landes, und seine neue Lehre fand überall begeisterte Anhänger.

Dann der erste Rückschlag: Der Prager Erzbischof, verärgert über die Forderung nach Armut und Lasterfreiheit des Klerus und höchst erbost über die Angriffe auf den Papst, verbot ihm das Predigen. Vergebliche Liebesmüh! Er, Hus, ließ sich nicht von seinem Weg abbringen, er predigte weiter, unermüdlich, im Bewusstsein, den wahren Glauben in sich zu tragen. Niemals hätte er damals gedacht, dass dies der Anfang eines todgefährlichen Weges sein könnte. Auch Wyclif, sein Vorbild, war schließlich zu Lebzeiten nicht allzu sehr behelligt worden.

Doch dann ging alles unerwartet schnell. Vor fünf Jahren hatte er hilflos mit ansehen müssen, wie sie seine Handschriften – es waren über zweihundert – öffentlich verbrannten. Er hatte den Schmerz beinahe körperlich gespürt, als sich die Flammen ins Pergament fraßen. Dann folgte der Kirchenbann. Dann die Ausweisung aus Prag, der er nicht nachkam – Unruhen waren deswegen ausgebrochen, so dass König Wenzel ihn noch in der Hauptstadt dulden musste. Doch vor fast drei Jahren hatte er endgültig fliehen und sich auf den Burgen adeliger Gönner verstecken müssen. Immerhin hatte er in dieser Situation die Zeit gefunden, sein wichtigstes Werk zu schreiben, das all seine Thesen zusammenfasste: De Ecclesia – Die Kirche. Sein ganzer Stolz! Schließlich war der Ruf zum Konzil gekommen. Alle seine Freunde hatten ihm abgeraten. Man will dich nur erniedrigen, zum Widerruf zwingen, hatten sie gesagt. Aber König Sigismund sicherte ihm freies Geleit zu, und das hatte den Ausschlag gegeben. Ein Königswort galt … ja, das hatte er damals geglaubt! Endlich habe ich Gelegenheit, mich vor den Obersten der Kirche zu rechtfertigen, meine wahre Lehre zu verteidigen, hatte er seinen Freunden entgegnet. Das ist meine von Gott auferlegte Pflicht und mein Wunsch. Und ich bin sicher. Nun, wie sicher er war, das sah er ja jetzt! Gutgläubig und dumm war er gewesen, dumm wie eine Gans eben …

Es knirschte, ein Schlüssel drehte sich im Schloss. Hus setzte sich auf. Ein Wachmann trat ein, stellte einen Napf Suppe und weißes Brot auf das Tischchen unter dem Fenster, und verschwand wortlos wieder. Hus schlurfte zum Tisch und setzte sich auf den Schemel, der davorstand. Er musste essen, ganz egal ob er Schmerzen litt oder ob die Übelkeit wieder kam. O nein, er hatte ganz bestimmt nicht vor, in diesem Verlies zu krepieren! Nicht bevor er sich in aller Öffentlichkeit von den Vorwürfen der Ketzerei befreit hatte! Er griff nach dem Holzlöffel, tunkte ihn in die Brühe und schlürfte vorsichtig das heiße Zeug. Wenn er sich Zeit ließ, ging es besser, dann behielt er das meiste bei sich. Das Brot war schwieriger, er konnte kaum kauen, weil seine Zahnschmerzen dann unerträglich wurden. Dennoch zwang er sich, den Kanten aufzuessen. Warum dauerte es nur so lange, bis seine Anhänger aus dem böhmischen Adel ihn hier herausbringen konnten? Er hatte ihnen geschrieben: »Wenn ihr das arme Gänschen lieb habt, dann sorget dafür, dass es bald aus der Haft kommt und nicht gebraten wird!« Noch hatte er seinen Humor nicht verloren.

Inzwischen war seine Zuversicht nicht mehr so groß. Die Gefangenschaft hatte ihm schwer zugesetzt. Anfangs hatte man ihn nur in der Wohnung eines Domherrn unter Arrest gestellt, doch dann war er in den Kerker des Dominikanerklosters gebracht worden. Seitdem durchlebte er qualvolle Wochen. Bei Tage lag er in Fesseln, und nachts sperrte man ihn in einen Verschlag. Das Verlies lag unmittelbar neben der Kloake des Klosters, der Gestank war unerträglich und machte ihn krank. Wenigstens hatte man angesichts seines Zustands inzwischen davon abgesehen, ihn anzuketten, und man hatte ihm sogar eine Bibel und Schreibzeug gebracht, aber sein Gesundheitszustand hatte sich nicht gebessert, ein Fieber war dazugekommen. Jan Hus verzog die Lippen zu einem freudlosen Lächeln. Man stelle sich vor, der Papst höchstselbst, dieser Pirat, Mörder und Frauenschänder, hatte ihm seinen Leibarzt geschickt! Welch ungeheure Heuchelei! Sein erster Impuls war gewesen, den Mann hinauszuwerfen, aber dann hatte das arme Gänschen nicht einmal die Kraft gehabt, sich auf seiner Pritsche aufzusetzen. Der Italiener hatte ihm freundlich auf Lateinisch gesagt, er solle doch vernünftig sein, niemandem sei gedient, wenn er jetzt stürbe. Schließlich müsse er sich ja noch vor dem Konzil verteidigen. Da hatte er nachgegeben, hatte folgsam das bittere Zeug hinuntergewürgt, das ihm der Magister dagelassen hatte. Zumindest das Fieber war wieder abgeklungen, nicht aber die Schmerzen und die Übelkeit, und der Zahn plagte ihn schlimmer als vorher. Aber jetzt wusste er wenigstens, dass seine Feinde nicht vorhatten, ihn einfach so im Kerker zu lassen. Sie wollten einen Prozess, wollten die Öffentlichkeit, wollten ihn zum Ketzer erklären.

Damit war Hus' Kampfgeist wieder erwacht. Oh, er würde kein leichtes Opfer werden. Er wollte sich wehren, den Bischöfen und Kardinälen, dem König und dem Papst vor Augen führen, welch falschen Weg sie eingeschlagen hatten. Gott stand ihm sicher zur

Seite und ließ nicht zu, dass die gute Sache zugrunde gerichtet wurde.

Hus stellte den Suppennapf auf den Steinboden und zog Pergament, Feder und Tintenhorn zu sich heran. Fieberhaft begann er, im Halbdunkel seiner Gefängniskammer zu schreiben, seine Verteidigungsrede zu konzipieren. Er fühlte, wie das alte Feuer zurückkehrte, diese glühende Besessenheit, die ihn immer angetrieben hatte. Die wahre Lehre könnt ihr nicht verbrennen, dachte er, und seine Augen funkelten. Noch ist die Gans nicht gebraten!

Konstanz, zur selben Zeit

Ezzo betrat den unteren Eingangssaal des Lanzenhofs und warf einem Lakaien seinen Umhang zu. Inzwischen wurde er von der Wache ohne Fragen eingelassen, man kannte ihn. Immer zwei Stufen auf einmal nehmend stieg er die Treppen nach oben in das zweite Stockwerk, wo Barbaras Räume lagen. Der Türsteher öffnete ihm mit einer Verbeugung.

»Oh, komme ich ungelegen?« Die Königin hatte Besuch, einen jungen, schwarzhaarigen Mann in welscher Tracht, klein und schlank, mit auffälliger Hakennase.

»Messer Medici wollte gerade gehen«, erwiderte Barbara mit einem Lächeln und reichte dem Italiener die Hand zum Kuss. »Wir haben schöne Geschäfte miteinander gemacht, Messer«, flötete sie. »Wir sind hochzufrieden und wünschen uns Euren Besuch in der nächsten Woche.«

Cosimo de Medici, der als Geldwechsler in Konstanz weilte, schmachtete die Königin an. »Grazie, Altezza. Ich komme, wann immer Ihr es befehlt«, säuselte er und ging, nicht ohne einen etwas eifersüchtigen Blick auf Ezzo zu werfen.

Barbara schüttelte bewundernd den Kopf. »Selten habe ich einen Menschen gesehen, der einen solch unglaublichen Sinn für Geld und Gewinn hat«, meinte sie. »Er wird es noch weit bringen, nicht nur in seiner Heimat. Aber nun zu unserem kleinen Spiel,

Liebster«, wandte sie sich an Ezzo und bot ihm die Wange. »Wie stehen die Dinge?«

Ezzo nahm auf einem der Lehnstühle am Feuer Platz. »Es ist alles vorbereitet«, erzählte er. »Gerade komme ich vom Herzog von Österreich. Alles läuft wie geplant. Das Turnier, das er zur Ablenkung ausgerichtet hat, ist inzwischen in vollem Gang.«

Die Königin nickte zufrieden. Es war nicht schwer gewesen, Friedrich von Habsburg zu gewinnen. Nicht umsonst nannte man ihn »Friedel mit der leeren Tasche« – er war ständig in Geldnöten, und ein paar hundert ungarische Rotgulden hatten ihn vom Anliegen der Königin überzeugt. Eigentlich hatte die Flucht des Papstes schon früher stattfinden sollen, aber das Schließen der Stadttore hatte ihnen einen Strich durch die Rechnung gemacht. Nun musste der Papst nicht nur aus dem Augustinerkloster geschmuggelt werden, wo er eine Flucht von Zimmern bewohnte, sondern er musste auch noch unerkannt durch die Tore kommen, die sich nur für Angehörige des Adels und ihr Gesinde öffneten. Ezzo, der Habsburger und Barbara hatten fieberhaft einen neuen Plan ausgearbeitet, zu dem das Turnier gehörte, das außerhalb der Mauern veranstaltet wurde. Das bedeutete ständiges Kommen und Gehen durch die Tore, die Stadt ließ sich dadurch nicht mehr wirksam abriegeln.

Der Papst selber hatte inzwischen verkünden lassen, er sei krank; seit gestern lag er im Bett und tat so, als habe sein letztes Stündlein geschlagen. Die Wachen im Augustinerkloster würden weniger aufmerksam sein, wenn sie glaubten, Seine Heiligkeit könne ohnehin das Lager nicht verlassen. Und dann …

»Hast du die Kleider?«, fragte Barbara.

Ezzo nickte. »Alle in den Farben des Österreichers, ja. Und eine kleine Armbrust.«

»Gut. Der König ist beim Turnier, eben hat man es mir gemeldet. Und ich kenne ihn – wenn ein Gestech stattfindet, hat er nur den Kampf im Kopf. Er verschwendet keinen Gedanken an den Papst.« Sie ballte entschlossen die kleinen Fäuste. »Alles wird gut gehen.«

Ezzo lächelte. Es würde eine lange Nacht werden, die Nacht vom zwanzigsten auf den einundzwanzigsten März 1415. Mit einem wohligen Seufzer zog er Barbara an sich und küsste sie. »Mach dir keine Sorgen, meine Königin«, murmelte er in ihr Haar. »Morgen wird der Papst über alle Berge sein.«

»Und mein Mann wird toben wie ein wildgewordener Stier«, kicherte sie. »Dann ade, Papstwahl und Kaiserkrone ...«

Ezzo ließ sie los. »Man könnte glauben, es mache dir Spaß«, sagte er.

Sie lachte perlend, ihre Augen blitzten. »Na und?«

Seine Miene verdüsterte sich. »Du sprichst nur noch von deinem Mann, wie sehr ihm dies alles schaden wird. Nie redest du von uns, davon, wie es weitergehen soll. Und du verschwendest keinen Gedanken darauf, dass der Österreicher, ich, und alle, die in die Sache verwickelt sind, dafür ihr Leben aufs Spiel setzen. Manchmal glaube ich, es geht dir nur darum, den Hass auf deinen Mann zu verfolgen.«

Barbara machte einen Schmollmund. »Wenn du so schlecht von mir denkst, dann geh doch!« Sie drehte sich um, trat an den Kamin und zog fröstelnd den Surkot enger. »Und ich dachte, du liebst mich!«

Er küsste sie auf den Nacken. »Natürlich liebe ich dich. Aber manchmal erschreckt mich dein Zorn auf Sigismund.«

»Wer leidenschaftlich liebt, der kann auch leidenschaftlich hassen«, erwiderte sie. »So bin ich eben.« Ihre Hände fuhren unter sein Hemd, nestelten an seinem Gürtel, schoben die Schamkapsel zur Seite. Er stöhnte auf. »Du würdest mich gar nicht anders haben wollen«, flüsterte sie und zog ihn zu sich auf den Boden.

Derweil war der Tjost vor den Toren der Stadt in vollem Gang. Eingedenk des Unfalls am Fastnachtstag hatte man die Sitzgerüste verstärkt und ließ nur eine begrenzte Anzahl Zuschauer zu. Alle waren entweder Adelige oder geistliche Würdenträger. Der König war für den Höhepunkt des Turniers eingeteilt, also ganz am Ende des Nachmittags, bevor es zu dunkeln begann. Vorher trat Friedrich von Österreich an, der mit Barbaras Geld die Schaukämpfe ausgerichtet hatte. Sein Gegner war, wie vorher abgesprochen, Barbaras Bruder Ulrich, der in alles eingeweiht war. Friedrich ritt gerade zum zweiten Mal gegen den Grafen von Cilli an. Mit lautem Krachen prallten die beiden Lanzenspitzen gegen die Brustharnische der beiden Gegner, doch dann rutschte Friedrichs Lanze ab – man hatte die Spitze vorsorglich abgerundet. Graf Ulrich hatte ganz offensichtlich den besseren Treffer gesetzt und seinen Gegner aus dem Gleichgewicht gebracht. Der Österreicher schwankte, ließ sich halb von seinem galoppierenden Schimmel herunterhängen, verlor schließlich einen Steigbügel und rutschte mehr vom Pferd als dass er fiel. Die Zuschauer schrien auf, manche erhoben sich von ihren Plätzen. Der Herzog lag reglos da. Zwei österreichische Ritter rannten auf den Sandplatz und lösten ihrem Herrn den Helm, er blinzelte benommen – Gott sei Dank, er lebte! Dann trugen sie ihn vom Platz.

Nach kurzer Zeit erschien ein Herold im Geviert, stieß in sein Gemshorn und verkündete, der edle Herzog von Österreich sei an Schulter und Arm verletzt und könne das Turnier nicht fortsetzen. Man brächte ihn unverzüglich in sein Quartier nach Kreuzlingen. Es sei aber ausdrücklicher Wunsch des hohen Herrn, dass alle Kämpfer das Turnier heute noch in seinem Namen und zu seinen Ehren zu Ende brächten.

Jubel erschallte, Fahnen wurden geschwenkt. Der Turnierkönig rief die Paarung der nächsten beiden Kämpfer ins Geviert. Und während der König weiter voller Vorfreude auf seinen Turniereinsatz wartete, fuhr der keineswegs schwer verletzte Herzog von Österreich in einer verhängten Kutsche zunächst nach Kreuzlingen, wo man bereits die Abreise seines Trosses vorbereitete. Ungefähr zur gleichen Zeit, mitten im Durcheinander des Turniers, verließen Beamte von Johannes XXIII. mit der päpstlichen Kasse unerkannt die Stadt. Kurze Zeit später verbreitete sich die Nachricht, die Burgunder seien ins Oberelsass eingefallen, das zu Friedrichs Landen gehörte.

Kaum war Friedrich in Kreuzlingen angekommen, schickte er einen Boten mit einem vorbereiteten Schreiben an den König, in dem er bedauerte, kurzfristig abreisen zu müssen. Seine Anwesenheit sei im Oberelsass dringend erforderlich …

Konstanz, am selben Abend und am Tag danach

ährend der Herzog von Österreich zu Kreuzlingen seine Abreise vorbereitete, nahm Baldassare Cossa ein leichtes Abendessen zu sich. Süße, mürbe Winteräpfel, Käse, geräucherten Felchen, hartgekochte Eier, Oliven und in Honig eingelegte Feigen. Und helles Weizenbrot, wie er es aus seiner Heimat gewohnt war – das hiesige Gebäck, dunkles, pappiges Zeug, das wie ein Stein im Magen lag, kam ja einem Höllenfraß gleich! Kein Wunder, dass diese Deutschen ein schwerfälliges, trübseliges Volk waren, ohne Witz und Frohsinn, wenn sie sich von solch ungenießbarem schwerem Klump ernährten. Die Suppe, die er sich hatte kommen lassen, um die Mär von seiner Krankheit aufrechtzuerhalten, schüttete Cossa in den Kamin, wo sie sich zischend in Dampf auflöste.

Während er aß, ärgerte er sich. Eigentlich ärgerte er sich ständig, nicht erst seit er hier war, sondern schon lange vorher. Natürlich hatte er gewusst, dass es ein Fehler war, hierherzukommen. Ein großer Fehler sogar. Aber er hatte diesen Sigismund gebraucht, und er brauchte ihn jetzt und in Zukunft. Schließlich wollte er in dem Amt bleiben, das er sich so mühsam erobert hatte, indem er seinen Vorgänger mit Gift ins Jenseits hatte befördern lassen. Ein Amt, das er nun mit Zähnen und Klauen verteidigen musste. Italienische Politik, dachte Cossa verdrießlich. Ein Greuel! Der König von Neapel, dieser Schweinefurz Ladislaus, war im Kirchenstaat einmarschiert und hatte ihn, Baldassare Cossa, den einzig rechtmäßigen Papst, vertrieben, die Peterskirche zum Pferdestall entweiht! Ohne die Hilfe des deutschen Königs war an eine Rückkehr nach Rom gar nicht zu denken. Und dieser Sigismund war nicht dumm, er forderte für diese Hilfe einen Preis: Cossas Teilnahme am Konzil. Die »verfluchte Dreiheit« sollte beendet werden und nur ein Papst übrig bleiben: er selbst, Cossa. Damals, als er zugestimmt hatte, war er überzeugt gewesen, Sigismund würde ihn als Einzigen im Amt lassen. Wie leichtgläubig er gewesen war! Wütend spuckte er einen Olivenkern auf den Boden. Schon bei der Anreise hatte sich Unglück angebahnt: Bei der Überquerung des Arlbergs auf dem Reschenpass war sein Wagen umgestürzt – du lieber Gott, ein übleres Vorzeichen ließ sich wohl nicht denken! »Ich liege hier im Namen des Teufels«, hatte Cossa ausgerufen und war in düsterster Stimmung weitergereist. Beim Anblick der Konzilsstadt hatte er den denkwürdigen Ausspruch getan, dieser Ort sei eine Fuchsfalle. Und er hatte recht behalten mit seinem Misstrauen.

Der Papst sah aus dem Fenster. Es wurde schon dunkel, Zeit, dass der Herzog von Österreich endlich auftauchte! Er wollte endlich aus diesem vermaledeiten Konstanz heraus! Diese verfluchte Stadt, die ihn mit Flugschriften und Schmähungen empfangen hatte, kaum dass er eingeritten war. Sein Fähigkeiten, so hatten seine Gegner verbreitet, lagen wohl weniger auf geistlichem Gebiet als vielmehr im weltlichem Bereich: Er habe sich hervorgetan beim Kapern von Schiffen und Weibern, sich zu behaupten gewusst auf militärischem Gelände und im Geschäftlichen. Verschlagen sei er, habgierig, skrupellos und grausam. Seinen Vorgänger habe er meucheln lassen, Unzucht mit allerlei Getier getrieben, der Völlerei gefrönt. Ha, was denn sonst? Auf welchen Papst trafen denn solche Vorwürfe nicht zu? Baldassare Cossa war ebenso wenig ein Waisenknabe wie seine Vorgänger. Heilige gab es nur in der Legende!

Manchmal wünschte er sich tatsächlich nach Neapel zurück, die Stadt, in der er aufgewachsen und reich geworden war. Zurück in die Zeit, als er es noch als Ziel aller Träume betrachtet hatte, Papst zu werden. Diu cane, hätte er nur die Finger davon gelassen! Sein Leben wäre einfacher, ohne Verwicklungen, ohne Ärger und diese verdammten Staatsgeschäfte. Aber er hatte es ja nicht lassen können! Macht, das war es gewesen, Macht und die Aussicht, an der Spitze der gesamten Christenheit zu stehen. Er, der kleingewachsene, dickliche Baldassare, den die anderen oft genug verspottet hatten, wollte der Welt seinen Stempel aufdrücken. Und jetzt hockte er hier, in diesem tristen, eisigen, unbequemen, scheußlichen Winkel der Welt, und musste sehen, wie er aus dieser Klemme herauskam! Ruckartig schob er die Platte mit dem Essen von sich weg. Er hatte Magenschmerzen, kein Wunder. Wo zum Henker blieb dieser verdammte Österreicher?

Während Johannes XXIII. seine schlechte Laune an seinen Leibdienern ausließ, verließ Herzog Friedrich Kreuzlingen. Gefolgt von einer Anzahl unbewaffneter Knappen und Einrosser, so wie es seinem Stand entsprach, ritt der verdammte Österreicher, Schulter und Arm in einem Verband, nach Konstanz. Als Generalkapitän der römischen Kirche war es schließlich seine Pflicht, dem Papst einen Abschiedsbesuch zu machen, darüber konnte sich niemand wundern. Die Wachen vor dem Augustinerkloster ließen ihn mit seinem Gefolge in den Hof ein, wo die Einrosser bei den Pferden warteten. Der Herzog betrat mit einer Handvoll Knappen das Kloster. Einer von ihnen war gutaussehend, blond und kräftig. Er trug unter seinem kurzen Umhang versteckt ein Bündel mit Männerkleidern. Und einen Beutel mit Schlafschwämmen ...

Der Anstandsbesuch des Herzogs zog sich eine ganze Weile hin. Endlich, es ging schon auf Mitternacht, verließ der Österreicher in plötzlicher Eile das päpstliche Domizil. Im Licht der inzwischen entzündeten Fackeln bestieg er seinen Leibschimmel und trabte an der Spitze seiner Männer aus dem dunklen Hof des Klosters. Unter dem herzoglichen Gefolge befand sich, als einfacher Knappe verkleidet, ein kleiner, fetter Neapolitaner, niemand anderes als Baldassare Cossa, der sich Papst Johannes XXIII. nannte.

Man schlug den Weg zum Kreuzlinger Tor ein, wo immer noch der Torwart Dienst tat, der sie eingelassen hatte. Er hatte die Begleiter des Herzogs nicht gezählt. Deshalb fiel ihm, als er den ganzen Trupp durchwinkte, auch nicht der zusätzliche Mann mit der Armbrust auf, der mit gesenktem Kopf gleich hinter Friedrich ritt.

In sicherer Entfernung von der Stadt teilte sich die Gruppe. Die eine Hälfte, zu der Friedrich und der Papst gehörten, galoppierte eilig weiter nach Steckborn. Dort bestiegen Johannes XXIII. und sein Generalkapitän ein Boot, das die beiden nach Schaffhausen brachte – die Stadt war vom Reich an Habsburg verpfändet worden und damit im Besitz des Österreichers. Die anderen begaben sich ins Kreuzlinger Quartier. Ezzo ritt allein zurück nach Konstanz, mischte sich am Morgen unter die Arbeiter, die den Turnierplatz aufräumten, und gelangte so unbehelligt wieder in die Stadt.

Am nächsten Tag herrschte in Konstanz das blanke Durcheinander. Die Flucht des Papstes hatte alle in heillosen Schrecken versetzt. Was wurde nun aus dem Konzil? Wie sollte es weitergehen? Sigismund selbst – nachdem er sich unter größter Anstrengung wieder beruhigt hatte – fühlte sich bemüßigt, öffentlich zu verkünden, dass dies nicht das Ende des Konzils bedeutete. Die Kardinäle und Vertreter der verschiedenen Länder trafen sich im welschen Kaufhaus zu einer turbulenten Sitzung. Nach erregten Auseinandersetzungen beschloss man ein Dekret, welches besagte, dass das Konzil seine Gewalt unmittelbar von Christus beziehe und seine Arbeit nicht wegen der Flucht des Papstes beenden würde. Jedermann, auch der Papst, habe dem Konzil in Glaubenssachen zu gehorchen. Sigismund versprach, Johannes XXIII. schnellstmöglich zurück nach Konstanz zu bringen. Und er verhängte die Reichsacht über den Herzog von Österreich.

Derweil feierte Barbara von Cilli im Lanzenhof ihren Sieg.

»Das Schönste ist, dass niemand zu Schaden kam«, fasste sie ihren Triumph zusammen. »Der Einfall mit diesen Schlafschwämmen war köstlich! Ein Kampf mit Toten und Verletzten zur Befreiung des Papstes hätte das Ende des Konzils bedeutet – es wäre niemals mehr Ruhe eingekehrt, und die Versammlung der Kardinäle hätte Johannes vermutlich sofort abgesetzt. So aber sind die Wachen irgendwann wieder zu sich gekommen. Sie hatten keine Erinnerung; keiner wusste, was geschehen war. Und ich konnte in aller Seelenruhe die Legende ausstreuen, der Himmel habe die königlichen Wachen mit Ohnmacht geschlagen, um den rechtmäßigen Papst aus den Klauen meines Gatten zu retten.« Sie lachte ihr glockenhelles Lachen.

»Sigismund hat so laut getobt, dass man es bis zu mir ins Steinerne Haus gehört hat«, grinste der Burggraf von Nürnberg. »Und am meisten ärgert ihn, dass seit gestern Abend überall in den Straßen schon ein Spottlied auf ihn gesungen wird …«

»Ich weiß«, die Königin summte übermütig die kleine Melodie. »Ich habe schon veranlasst, dass der Text aufgeschrieben und als Flugschrift verteilt wird.« Sie nahm eine Nuss und schob sie Friedrich in den Mund. Spielerisch biss er in ihren Finger. »Sigismund braucht mich jetzt mehr denn je«, murmelte er kauend. »Er hat heute Morgen erklärt, dass er gegen den Österreicher in den Kampf ziehen will.«

»Natürlich«, entgegnete Barbara fröhlich. »Solch ein feindseliges Verhalten kann er sich nicht gefallen lassen. Und für diesen Kampf braucht er dich, mein Freund. Ich wusste es! Was hat er dir geboten?«

Er zuckte die Schultern. »Eine Menge Geld. Aber ich will etwas ganz anderes …«

»Ach, und was?« Sie knabberte an seinem Ohrläppchen.

»Die Markgrafschaft Brandenburg«, sagte er mit Unschuldsmiene, fing aber dann doch an, zu grinsen.

Sie hob die Augenbrauen. Manchmal glaubte sie tatsächlich, Friedrich sei ihr an Klugheit überlegen. Die Markgrafschaft würde ihn jedenfalls zu einem der mächtigsten Männer im Reich machen. Denn mit ihr verbunden war das Recht zur Königswahl. »Und, hat Sigismund zugesagt?«, fragte sie.

Er küsste sie, ohne eine Antwort zu geben.

»Meinen Glückwunsch!«, sagte sie, als sie sich atemlos wieder von ihm befreit hatte. »Als Kurfürst wirst du noch viel besser zu mir passen …«

Sara

Ich erinnere mich noch genau an den Tag, als ich Jan Hus zum ersten Mal besuchte, denn es war der Tag, an dem die Flucht des Papstes aus Konstanz bekannt wurde. Alle waren in fieberhafter Aufregung. An jeder Straßenecke standen Grüppchen beieinander und debattierten heftig in allen möglichen Sprachen. Männer in dunklen Talaren eilten finsteren Gesichts in Richtung Münster. Bewaffnete Reiter galoppierten durch die Stadt, Suchtrupps formierten sich und ritten hinaus aufs Land, Boten rannten mit wippenden Hutfedern von einem Haus zum anderen.

Oswald von Wolkenstein, der wegen des allgemeinen Durcheinanders erst gegen Mittag bei mir erschienen war, ging so eilig vor mir her durch die Gassen, dass ich Mühe hatte, ihm zu folgen. Zu diesem Zeitpunkt dachte ich noch, er würde mich in irgendein vornehmes Bürgerhaus führen, zu einem adeligen Herrn aus des Königs Gefolge, der dort Quartier genommen hatte. Doch dann überquerten wir das Brücklein, das zur Insel mit dem Dominikanerkloster führte, und mir schwante etwas.

Der Wolkensteiner zeigte den bis an die Zähne bewaffneten Wachen ein gesiegeltes Papier, worauf sie ehrerbietig Köpfe und Hellebarden senkten. Die Eingangspforte öffnete sich, und wir traten in einen dunklen Saal mit hohem Kreuzgewölbe, in dem es nach Weihrauch roch. Ich mag den Geruch bis heute nicht, er ist aufdringlich und süß, aber für die Christen hat er etwas Heiliges. Es stach mir in die Nase, und ich musste niesen.

Derweil war ein rundlicher, älterer Mönch hereingekommen, der sich nun mit meinem Führer unterhielt. »Zustände sind das, Zustände!«, beschwerte er sich mit näselnder Stimme. »Der Papst ist auf und davon, und seine Wachleute haben heute Morgen ebenfalls das Weite gesucht. Unser ehrwürdiger Herr Abt hat sofort höchstselbst in der königlichen Kanzlei vorgesprochen, doch dort fühlte man sich für unseren Gefangenen nicht zuständig; schließlich ginge es ja um eine kirchliche und keine weltliche Angelegenheit. Immerhin schickte man einen Boten zum Bischof, um den Häftling offiziell seiner Gewalt zu überantworten. Und jetzt haben wir hier bischöfliche Wachen statt der päpstlichen! Ohnehin ist es ein ganz und gar lästerliches Ding, dass man aus unserem friedlichen Kloster ein Gefängnis gemacht hat.« Der Ordensmann blies vor Entrüstung die Backen auf, und er rang die Hände.

»Beruhigt Euch, Bruder«, tröstete der Wolkensteiner. »Ich kann Euch gut verstehen und darf Euch versichern, dass unser gnädiger Herr König ebenfalls nicht glücklich über die Lage ist. Mögt Ihr aber nun so gütig sein …?« Er machte eine auffordernde Geste. Der Mönch seufzte und setzte sich in Bewegung. Wir folgten ihm durch Räume und Treppenfluchten, durchquerten einen Innenhof mit Kreuzgang, betraten einen anderen Gebäudeflügel, und schließlich gelangten wir in den Teil des Klosters, der zum See hin lag und die Latrinen für die Ordensbrüder beherbergte. Es stank so erbärmlich, dass ich mir ein Tuch vor Nase und Mund halten musste und mir den Weihrauchduft vom Eingang zurückwünschte. Unser Führer drehte sich um. »Im Sommer ist es noch schlimmer«, meinte er entschuldigend und blieb schließlich vor einer kleinen Tür stehen, neben der wieder zwei Wachen postiert waren. Ein weiteres Mal zeigte Oswald von Wolkenstein das kaiserliche Siegel vor, worauf einer der Männer einen großen Bartschlüssel aus seinem Wams zog, mit dem er aufsperrte. Es knirschte und klickte. Der Wolkensteiner hob den Riegel und öffnete die Tür. Dann schob er mich in den dahinter liegenden Raum. »Ihr wisst, was Ihr zu tun habt«, sagte er leise zu mir. »Nehmt Euch Zeit. Ich warte hier draußen.« Und schon schloss sich die Pforte hinter mir.

Als sich meine Augen an die Düsternis gewöhnt hatten, erkannte ich eine Gestalt, die zusammengesunken auf einer Pritsche saß. Es war undenkbar, dass es ein Mensch in diesem Gestank länger aushalten konnte, aber dieser Mann war offenbar schon einige Zeitlang hier eingesperrt. Und mir war inzwischen klar, wer der Mann war.

»Guten Tag«, sagte ich, weil mir nichts Besseres einfiel.

Der Gefangene hob den Kopf. Erst sah er mich eine Weile verblüfft an – er hatte nicht mit einer Frau als Besuch gerechnet. Dann lächelte er und sagte: »Bog ti sprimi.«

Ich schüttelte den Kopf. »Ich verstehe kein Böhmisch, Herr.«

»Ah«, sagte er. Seine Stimme klang müde, fein und leise. Und dann fuhr er auf Deutsch fort, mit starkem Akzent und rollendem R. »Wer seid Ihr, und in wessen Auftrag kommt Ihr?«

»Man hat mich zu Euch geschickt, weil ich Ärztin bin«, antwortete ich, »Wenn ich es recht verstanden habe, ist mein Besuch der Wille des Königs. Ihr seid der Magister Hus, nicht wahr?«

»So ist es.« Er nickte. »Meine Kerkermeister kümmern sich rührend um mich. Erst schickt mir der Papst seinen Leibmedicus, und nun hat Seine Majestät Euch entsandt. Ich muss ein wichtiger Mensch sein.« Seine Augen blitzten spöttisch, aber ich konnte sehen, wie erschöpft und krank er war. Ich stellte meine Tasche auf den einzigen wackligen Stuhl im Raum und warf meinen Umhang über die Lehne. Mein Blick fiel auf den Eimer neben der Pritsche, und ich roch nun, dass sich der Gestank von Erbrochenem unter den von Kot und Fäulnis gemischt hatte. Der Mann dauerte mich.

Unter solchen Bedingungen konnte ein Gesunder krank, aber niemals ein Kranker gesund werden. »Dass Ihr hier sein müsst, tut mir leid«, sagte ich zu dem Magister. »Wenn Ihr erlaubt, will ich Euch helfen, so gut es in meiner Macht steht.«

Er zuckte die Schultern. »Wenn es denn Gottes Wille ist, dass ich leben soll, um meine Lehre zu verteidigen ...« Mühsam erhob er sich, breitete die Arme aus und ließ sie dann wieder fallen. »So waltet Eures Amtes.«

Jetzt erst konnte ich erkennen, dass er bis auf die Knochen abgemagert war. Er war ein kleiner Mann, nicht viel größer als ich, mit tiefliegenden Augen, eingefallenen Wangen und langem, strähnigem Haar, in dem ich sogar in der Düsternis die Läuse sehen konnte. Es war ein jammervoller Anblick. Als ich ihm näher kam, nahm ich den durchdringend säuerlichen Geruch des Magenkranken wahr. Ich bat ihn, mir seinen Zustand zu schildern, und er erzählte von Schwäche und Übelkeit, von Erbrechen und Schmerzen, von Fieber, Schwindel und Durchfall. Seit Wochen konnte er kaum etwas bei sich behalten.

Ich ließ mir einen mehrflammigen Leuchter bringen, um den Mann besser untersuchen zu können. Im fahlen Schein der Kerzen sah er noch mitgenommener aus, und ich entdeckte Läuse auch in seinen Augenbrauen. Am Leib trug er nichts als ein langes Leinenhemd, drecksteif, voller Löcher und Risse und von Kot und Erbrochenem verschmutzt. Er deutete meinen Blick richtig und senkte verlegen den Kopf. »Leider bin ich im Augenblick wohl keine eindrucksvolle Erscheinung, nicht war?«, lächelte er dann. »Es ist mir peinlich. Ich stinke, und ich starre vor Schmutz.« Er wankte leicht, es war offensichtlich, dass er sich kaum auf den Beinen halten konnte. Ich bat ihn, sich hinzulegen, und tastete mit der Hand vorsichtig seinen Bauch ab. Als ich rechts oben unterhalb der Rippen nur leicht drückte, schrie er vor Schmerz laut auf.

»Ziehen die Schmerzen auch manchmal bis in Schulter und Rücken?«

Er bejahte, immer noch leise stöhnend. Ich griff mir den Leuchter und hielt ihn dicht über sein Gesicht. Es war schlecht zu erkennen, aber ich glaubte, eine Gelbfärbung der Haut auszumachen, auch das Weiße in den Augen war gelb getönt. Mehr brauchte ich nicht zu wissen. Es war eine Entzündung der Galle, vermutlich saßen in ihr auch Steine, die das Abfließen des Gallensaftes verhinderten. Tatsächlich waren die Befürchtungen des Königs, der Gefangene könnte sterben, nicht unbegründet – wenn die Entzündung auf andere innere Organe übergriff, würde man angesichts des geschwächten Zustands des Patienten nicht mehr viel tun können.

»Was hat Euch der Leibarzt des Papstes gegeben?«, fragte ich.

»Safranwurz und Kardamom«, antwortete Jan Hus. »Dazu Himbeerwasser, um die feuchte Hitze aus dem Körper zu vertreiben. Umschläge mit ichweißnichtwas. Und Schleimsuppe.«

»Hat es geholfen?«

Er zuckte die Schultern. »Ein bisschen. Das Fieber und der Schüttelfrost wurden vorübergehend besser, aber die Schmerzen und alles andere nicht.«

»Ihr habt eine Entzündung der Galle«, erklärte ich ihm. »Das ist nicht ungefährlich. Es gibt aber Arzneien, die gut helfen. Schleimsuppe ist richtig; Ihr könnt auch andere Suppen essen, aber nichts mit Bohnen oder Kohl. Ich werde dem Mönch Anweisung geben, was zu tun ist, und ihm heute Nachmittag die Medizin bringen. Auch soll man Euch fünf Mal am Tag Wickel machen, die ich vorbereite. Aber vor allem: Hier drinnen könnt Ihr unmöglich gesund werden, deshalb werde ich versuchen, Eure Kerkermeister zu überreden, Euch in ein anderes Gelass zu bringen.«

Der Magister sah mich dankbar an. »Das wäre eine Wohltat«, sagte er leise.

Ich nahm die Hand, die er mir darbot. »Wenn man mich lässt, komme ich wieder«, versprach ich. »Bald.«

Draußen war Oswald von Wolkenstein schon ungeduldig geworden. »Und?«, fragte er, »Wie geht es ihm?«

Ich funkelte ihn wütend an. »Wenn er noch lange in diesem stinkenden Dreckloch bleibt, stirbt er! Wie kann man mit einem kranken Menschen so umgehen?«

»Na, na!«, entgegnete der Wolkensteiner beleidigt. »Erstens kann ich nichts dafür, und zweitens ist der Kerl ein gottloser Ketzer. Mitleid ist da nicht angebracht, meine Liebe. Aber wenn Ihr meint, werde ich mit dem König reden.«

Ich beruhigte mich wieder. »Sagt Eurem Herrn, dass alle ärztliche Behandlung nichts helfen wird, wenn er seinen Gefangenen nicht in gesündere Umgebung bringen lässt. Er ist schwer krank, seine Galle ist entzündet, vermutlich sind Steine darin. Die Säfte können nicht mehr abfließen und stauen sich. Alles ist schon sehr weit fortgeschritten.«

»Könnt Ihr so etwas denn heilen?«

»Mit Gottes Hilfe schon.« Ich hoffte, recht zu behalten. »Wenn Ihr wollt, könnt Ihr mich zum Apotheker begleiten. Ich muss eine ganze Anzahl von Arzneien herrichten lassen.«

Oswald von Wolkenstein wollte. Wir gingen zusammen zum Malhaus am Obermarkt, wo ich Schöllkraut, Mariendistel und Pfefferminze als Mischung für einen Aufguss bereiten ließ. Für den besseren Abfluss der Gallenflüssigkeit sollte ein Tee aus Kalmus, Berberitze, Andorn und Schafgarbe sorgen. Und als Wickel waren am besten Alant, Rosmarin, Quecke und Tüpfelfarn. Leider gab es zu dieser Jahreszeit keinen frischen Rettich, dessen Saft besonders heilsam gewesen wäre, aber der Apotheker hatte getrocknete Rettichraspel, die ich in Wein legen ließ. Ein Löffel davon dreimal am Tag gegeben würde hilfreich sein. Ich ließ den Apotheker die Anwendung der Arzneien genau aufschreiben und alles durch seinen Gehilfen in das Dominikanerkloster schicken.

Als alles Nötige getan war, verabredete ich mit Oswald von Wolkenstein, dass er für die rechte Anwendung meiner Arzneien sorgen sollte. Er versprach, mir baldmöglichst Bericht zu erstatten. Dann drückte er mir einen Beutel mit drei Gulden in die Hand – für meine Künste und für meine Verschwiegenheit, wie er sagte. Sobald er gegangen war, suchte ich Ciaran. Ich war ganz aufgeregt, hatte ich doch nun den Mann gesehen und gesprochen, dem er dieses geheimnisvolle Manuskript übergeben wollte, das ihn bedrückte. Schließlich fand ich ihn auf dem Fischmarkt, wo er in Jankas Auftrag gerade einen Korb Aale kaufte. »Ich muss dir was erzählen«, sagte ich atemlos. »Du errätst nie, wem ich heute begegnet bin!«

Ciaran lachte, stellte seinen Fischkorb ab und küsste mich übermütig. Als er dann hörte, wo ich gewesen war, wurde er ernst. Er zog mich in eine stille Gasse, wo wir uns auf eine steinerne Bank setzten. »Mein Gott, Sanna, das ist die Gelegenheit.«, sagte er. »Wenn sie dich wieder zu Jan Hus holen ...«

»Ja, wenn ...«

»... dann nimmst du Wyclifs Schrift heimlich mit hinein und gibst sie ihm«, ergänzte er.

»Nur langsam«, erwiderte ich. »Ich will dir ja gern helfen, aber ich weiß doch nicht, ob ich noch einmal ins Dominikanerkloster gerufen werde.«

Wir beschlossen also abzuwarten, bis Oswald von Wolkenstein wieder zu mir kam. Alles hing davon ab, ob es dem böhmischen Magister trotz der neuen Behandlung schlecht genug ging, dass ein weiterer Besuch bei ihm in der Haft nötig war. Fast war ich um Ciarans willen versucht, mir zu wünschen, dass meine Medizin nicht wirklich anschlüge, mein Patient nicht so schnell gesund würde. Adonai, Onkel Jehuda hätte sich ob solcher Gedanken im Grabe herumgedreht! Ich schämte mich sofort dafür und bat den Kranken insgeheim um Verzeihung. Er hatte mich beeindruckt, siech, schmutzig, verlaust und übel riechend, wie er in seinem Verlies gesessen hatte. Sanftmütig war er mir vorgekommen und gut, gar nicht wie einer, der Gott lästerte und ein schlechter Mensch war, wie man es sich über Ketzer erzählte. Aber vielleicht verstand ich als Jüdin ja auch gar nichts davon, und es ging mich eigentlich auch nichts an. Dennoch, irgendetwas Besonderes war an diesem Mann, dass ich mich so zu ihm hingezogen fühlte. Ich beschloss, alles zu unternehmen, damit er wieder gesund würde. Das war das Wichtigste. Und wenn wir dazu noch die Möglichkeit bekamen, ihm Ciarans Schrift zu übergeben, würde ich das Meinige dazu tun.

An diesem Abend saßen wir in einer kleinen Schänke in der Salmannsweilergasse. Irgendwann gegen Mitternacht stieß Ezzo zu uns, fröhlich und ausgelassen wie selten. »Wo warst du eigentlich die letzten zwei Tage?«, fragte ich neugierig. »Pirlo und Finus wollten mit dir eine neue Schnurre einüben und haben dich nirgends finden können.«

Er setzte sich zu uns und winkte nach einem Krug Wein. »Ei, ich habe einen kleinen Ausflug gemacht«, erwiderte er gut gelaunt. »Man kommt ja nur noch selten aus der Stadt.«

Mehr war aus ihm nicht herauszubekommen. Ich runzelte die

Stirn. In letzter Zeit sprach Ezzo für meinen Geschmack ein bisschen zu viel in Rätseln.

»Hast wohl dein Liebchen getroffen, hm?« Ciaran stieß den Freund mit dem Ellbogen in die Seite, dann hob er seinen Becher: »Auf die Schönheit der Frauen!«

»Auf die Freundschaft der Männer!«, entgegnete Ezzo.

»Auf die Liebe!«, sagte ich – und wusste in dem Augenblick nicht, wen von beiden ich eigentlich meinte. Ciaran legte den Arm um mich. Ich lachte und trank. Mein Blick begegnete dem von Ezzo für einen viel zu langen Augenblick, und da war wieder dieser kleine Stich. Der Wein schmeckte plötzlich bitter, als hätte jemand Wermut hineingetan.

Kurze Nachricht des Ritters Oswald von Wolkenstein an die fahrende Ärztin zu Konstanz, 28. März 1415

Gottes Gruß und Hülff zuvorn, und guthe Nachricht darnach. Euer Rath und Artzeney haben Wunder gewürcket, der böhmische Ketzer ist auch in ein ander Gefencknus gekomen und es gehet seither beßer mit ime. Meher consultationes denn die zuerst gehabte sind nit notwendigk. Meinen Danck an Euch,
  Oßwald, der von Wolckensteyn
  Costnitz, am Tag cena domini 1415

Zweite Nachricht des Ritters Oswald von Wolkenstein an die fahrende Ärztin zu Konstanz, 24. April 1415

Gotts Gruß zuvorn, Fraw Magistra, es ist unsers erlauchtten Könnigks und deß Bischoffs Wunsch, Euch erneutt umb Euer Hülff zu bithen. Mit dem Huß gehet es wiedrum schlecht, darumb hab ich Auftragk, mit Euch noch einmal zu ime zu gehn. Haltet

*Euch morgen in der Früh bereyt, und habt der Artzney genug
dabey.*
    Oßwaldt
    Costnitz, Mittwoch nach Jubilate 1415

Schloss Gottlieben bei Konstanz, Ende April 1415

ottlieben lag behäbig am Ufer des Seerheins, eine wehr-
hafte Wasserburg mit zwei quadratischen Türmen auf der
Landseite. Seit ihrer Erbauung im Jahre 1251 gehörte die
kleine, aber trutzige Anlage den Bischöfen von Konstanz, sie war
von der Stadt aus zu Pferde mühelos in zwei Stunden zu erreichen. Hier nun, so hatten Sigismund und der Konstanzer Bischof
beschlossen, sollte der böhmische Magister die Zeit seiner Gefangenschaft bis zum Beginn seines Prozesses vor dem Konzil verbringen.

Sara ritt neben dem Wolkensteiner her, auf einem zierlichen
braunen Zelter, den der Tiroler Ritter aus dem königlichen Marstall mitgebracht hatte. Die ganze Zeit über hatte sie den fröhlichen
Liedchen und Gedichten ihres Begleiters gelauscht, der Weg war
ihr gar nicht lang vorgekommen. Um die beiden herum begann
überall das erste Grün zu sprießen, auf den Feldern pflügten noch
die Bauern – das Frühjahr war spät gekommen. Mit gekrümmten Rücken und schweren Schritten stapften die Landleute hinter
ihren Ochsengespannen her, drückten die Pflugschar tief in den
fruchtbaren Boden und zogen Furche um Furche. Die kalte, klare
Frühlingsluft roch nach frisch aufgebrochener Erde.

»Ist es das?«, fragte sie, als die beiden Türme vor ihnen am Rande einer weiten Brachfläche auftauchten.

Oswald von Wolkenstein nickte. »Dort droben im Westturm
sitzt er, Gott straf ihn«, sagte er und deutete nach vorn.

»Was ist so falsch an dem, was er lehrt?« Sara hatte Vertrauen
genug zu ihrem Begleiter gefasst, um die Frage zu wagen.

»Na, Ihr macht mir Spaß!« Oswald riss entrüstet sein linkes

Auge auf. »Er will alle Kirchenoberen aus ihren Ämtern vertreiben, schwingt lästerliche Reden gegen den Papst, spricht der Kirche das Recht auf Besitz ab! Das würde ja die Weltordnung aus den Angeln heben!«

Sara überlegte. Sie musste vorsichtig sein – schließlich begab sie sich hier auf christliches Terrain. »Aber«, erwiderte sie, »wäre es denn so furchtbar, wenn die Mönche, Priester und Bischöfe ein Leben in Armut und Keuschheit führten, wie dieser Jan Hus es verlangt?«

Oswald lächelte etwas mitleidig zu Sara hinüber. »Ach wisst Ihr, das mit der Armut ist für mich gar nicht so entscheidend. Die Kirche hat ja unendlich viel Grundbesitz; gerade in Böhmen gehört ihr die Hälfte des Landes! Wenn ein bisschen von diesem Landbesitz an, sagen wir, den Adel fiele – und an wen sonst? –, wäre niemand wirklich unglücklich. Auch der König hätte wohl nichts dagegen. Vielleicht fiele ja ein Stückchen vom Kuchen auch an ihn ab – oder an mich. Aber die Sache mit der Keuschheit …« Er drehte das eine Auge zum Himmel. »Seien wir doch mal ehrlich! Das kann man doch von keinem Mann verlangen! Ihr als Ärztin müsstet doch selber am besten wissen, dass ein Mann ohne die Leiblichkeit gar nicht leben kann.« Er richtete sich im Sattel auf, warf sich in die Brust und deklamierte: »›Zung an Zünglein, Brust an Brüste, Bauch an Bäuchlein, Pelz an Pelzlein, schnell mit Schwung und frisch hinein …‹«

»Pfui, Herr Ritter«, empörte sich Sara, »Wollt Ihr wohl still sein! Ihr treibt mir ja die Schamröte ins Gesicht!«

Gleich sackte er wieder in sich zusammen, sein feistes Bäuchlein schob sich vor. »Verzeiht«, murmelte er. »Aber ganz im Ernst – wenn Gott nicht wollte, dass die Dinge so sind wie sie sind, dann hätte er es anders eingerichtet, oder?«

Darauf wusste Sara nichts zu erwidern. Unter ihrem weiten Kleid spürte sie einen unbequemen Druck vor dem Magen: Dort hatte sie Wyclifs Vermächtnis mit Leinenstreifen befestigt. Mit einem Mal wurde ihr die Gefahr bewusst, in die sie sich begeben hatte. Wenn jemand die Schrift entdeckte – was würde wohl mit ihr geschehen? Würde man sie in den Kerker stecken? Würde sie vor Gericht kommen, drohte ihr eine Leibstrafe? Oder vielleicht

Schlimmeres? Einen Augenblick lang haderte sie mit Ciaran. Er hatte nie Bedenken geäußert, hatte sie einfach hineingeschickt in diese Gefahr, hatte wie selbstverständlich erwartet, dass sie das für ihn auf sich nahm. Hätte sie etwas Ähnliches von ihm verlangt? Hätte er das Gleiche für sie getan?

Aber nun war es zu spät für Zweifel ...

Und dann hatten sie auch schon die Burg erreicht. Der Bogen des Eingangstores lag in einer hohen Mauer zwischen den beiden Türmen. Als sie kamen, wurden die Torflügel schon weit aufgerissen, und sie trabten in den Hof ein. Der Vogt, ein dürrer, spitznasiger Mann, noch recht jung, begrüßte sie erleichtert. »Es wäre ganz und gar schrecklich«, so lamentierte er, »wenn der Gefangene in meiner Obhut, äh ...«

Sara legte besorgt die Stirn in Falten. »Geht es ihm denn so schlecht?«

Der Vogt schürzte die Lippen, eines seiner Augenlider zuckte nervös. »Nun, er hat schlimme Leibschmerzen. Er isst kaum. Aber das Bedenklichste scheint mir, dass er in einen Zustand der – wie soll ich es sagen? – Traurigkeit gefallen ist. Der Trübsinn hat ihn gepackt, die Denkschwärze, das Blind-vor-sich-hin-Geschau. Anfangs hat er noch irgendwas geschrieben, über seinen Büchern gesessen. Aber inzwischen liegt er nur noch da. Ich glaube fast, er will sterben. Ja, das glaube ich.« Der Vogt bekreuzigte sich. »Was Gott und alle Heiligen verhüten mögen«, fügte er hinzu.

»Bringt mich zu ihm«, sagte Sara.

Unterwegs erfuhr sie, dass man den Gefangenen auf seinem Turm in ein hölzernes Blockhaus gesteckt hatte, wo er tagsüber an den Füßen gefesselt war und nachts mit den Händen an die Wand gekettet wurde. Anfangs hatte er sich dank Saras Behandlung ganz gut erholt, er hatte wieder essen können und ein paar Pfunde zugelegt. Doch dann waren die Koliken zurückgekommen und auch das Fieber. Und die lange Haft hatte schließlich doch ihren Tribut gefordert: Jan Hus war in eine lähmende Schwermut verfallen, in einen Zustand der Starre, der Hoffnungslosigkeit und der Schwärze. Er konnte nicht mehr arbeiten, nicht mehr denken, nichts mehr wünschen. Nichts war mehr wichtig, nichts war es mehr wert, dafür von der Pritsche aufzustehen. Er wollte nicht sterben, aber er hatte auch nichts dagegen. Alles war ohnehin sinnlos. Sie würden ihn verurteilen, ganz gleich, ob er recht hatte oder nicht.

Hus drehte sich zur Wand, als die Tür seines Verschlags aufging und jemand hereinkam.

Sara setzte sich zu ihm auf das harte Lager. »Ich bin es, Herr Magister«, sagte sie und legte ihm die Hand auf die Schulter. »Eure Ärztin.«

Er rührte sich nicht. »Was wollt Ihr?«, fragte er ganz leise. »Mir kann ja doch keiner mehr helfen.«

»Diese Entscheidung solltet Ihr Gott überlassen«, entgegnete sie sanft, »meint Ihr nicht auch?«

Er wandte sich um, und sie sah die Stumpfheit, die Glanzlosigkeit seiner Augen. Ihr war klar, dass die wieder aufgeflammte Gallenentzündung nicht das Wichtigste war, was sie behandeln musste.

»Ich bin müde«, flüsterte Jan Hus. »So müde.«

Sara nickte. »Ihr habt die Melancholie, Meister Hus. Das liegt am Eingesperrtsein. Und wie ist es mit den Schmerzen?«

Er seufzte. »Ach, die sind wiedergekommen.«

»Ich werde Euch wieder Wickel machen lassen und Aufgüsse.« Sara stand auf und sah aus dem vergitterten Fenster. Draußen, tief drunten, floss der Rhein, der den Ober- mit dem Untersee verband. Vom Ufer flog mit knatternden Flügeln eine Vogelschar auf und zog ihre Bahn über das silbrig schimmernde Wasser. »Man darf die Hoffnung nicht aufgeben«, sagte Sara. »Herr Magister, Ihr habt eine Aufgabe, eine Botschaft. Ich darf mir kein Urteil erlauben, aber mir scheint Eure Lehre gut und recht. Sie ist es wert, verteidigt zu werden.«

Jan Hus winkte müde ab, aber er setzte sich immerhin auf. »Ich bin nur ein armes kleines Gänschen«, lächelte er schief. »Sie werden mich so oder so schlachten.«

»Seid Ihr so weit gekommen, um jetzt klein beizugeben?« Sara dachte plötzlich an die Juden, an all diejenigen, die für ihren Glauben gestorben waren. Die stolz und mutig den Tod auf sich genommen und eine Rettung durch den Wechsel zum christlichen Glauben ausgeschlagen hatten. Sie dachte an ihren Onkel, an

Kiddusch Haschem, und plötzlich standen ihr die Tränen in den Augen. Dieser Mann, dieser böhmische Ketzer, sollte leben! Er sollte sich verteidigen vor diesem Tribunal voller selbstgerechter Christen, und sie wünschte, er würde gewinnen. »Ihr dürft nicht aufgeben«, sagte sie. »So viele Menschen glauben an Euch. Wenn Ihr hier und jetzt in diesem Turm sterbt, dann haben sie alle verloren. Ihr könnt immer noch vor dem Konzil bestehen, Jan Hus.«

Er sah mich mit großen Augen an. »Warum sagt Ihr das?«

»Weil ich glaube, dass Ihr mit dem, was Ihr fordert, recht habt.« Sara stand auf, drehte sich um und öffnete ihr Mieder. Sie nestelte das Pergamentpäckchen los, das sie die ganze Zeit unter dem Busen getragen hatte. »Hier!« Sie hielt die Schrift dem Magister hin. »Nehmt!«

Jan Hus griff mechanisch nach dem Manuskript. Er las das Deckblatt, rieb sich die Augen und las es noch einmal. Er begann zu blättern, bewegte die Lippen, während er ganze Sätze las. »Wo habt Ihr das her?«, fragte er schließlich. Seine Stimme klang plötzlich anders.

»Ein Freund«, antwortete Sara. »Seine Eltern kannten John Wyclif und verwahrten dieses Vermächtnis mit dem Auftrag, es seinem Nachfolger in der Lehre zukommen zu lassen. Er entkam der Verfolgung durch die englische Kirche und brachte die Schrift nach Konstanz. Hiermit übergebe ich sie Euch, denn offensichtlich seid Ihr derjenige, für den sie bestimmt ist.«

Jan Hus strich mit zitternden Fingern ehrfürchtig über die Seiten. »Ihr macht mir ein großes Geschenk«, sagte er, und in seine Augen kam wieder etwas Leben.

Sara stand auf. »Ich werde Euch wieder alle Arzneien verabreichen lassen, Herr Magister. Und ich wünsche Euch Glück.«

Jan Hus fasste nach Saras Hand. »Danke«, sagte er. »Gott wird Euch lohnen, was Ihr für mich getan habt.«

»Nicht Gott«, lächelte sie. »Lohnt Ihr es mir, indem Ihr gesund werdet.«

Nachdem Sara fort war, schlurfte Jan Hus mit seinen Fußketten mühsam zu dem Tischchen unterm Fenster, wo schon allerlei Schriften und Bücher lagen. Er ließ sich auf dem Schemel nieder und begann, fieberhaft zu lesen. Er las und las, bis die Dunkelheit hereinbrach und die lateinischen Buchstaben vor seinen Augen verschwammen. Er sog in sich auf, was der große Reformator im Angesicht des Todes niedergeschrieben hatte, verstand seinen Auftrag – den Auftrag zum Umsturz der Kirche, wie sie heute existierte. Dem Verfasser war es nicht mehr vergönnt gewesen, seine eigenen Pläne auszuführen. Aber er, Jan Hus, er konnte, ja er musste es versuchen. Für ihn war die Schrift Auftrag und Verpflichtung. Und bevor der Mond am Himmel stand, wusste er: Er würde kämpfen. Er würde seine Überzeugung vor der Welt vertreten. Und wenn es sein musste, dann würde er im Feuer für deren Wahrhaftigkeit Zeugnis ablegen. Das war er nicht nur sich selber und seiner Lehre schuldig, sondern auch seinem Vorbild und Meister: John Wyclif.

Ausspruch des Bischofs Hallum von Salisbury
auf dem Konstanzer Konzil zur Frage,
ob ein Ketzer sterben müsse

»Ich will nicht den Tod des Sünders, sondern dass er sich bekehre und lebe.«

Konstanz, Hohes Haus, Ende Mai 1415

Ciaran und Meli klopften pünktlich zum Sechs-Uhr-Läuten an die Pforte des Hohen Hauses. Das Gebäude trug seinen Namen zu Recht; mit seinen fünf aus Stein gemauerten Stockwerken überragte es alle anderen weltlichen Bauten der Stadt. Meli zupfte die Ärmel ihres eng anliegenden Gewands zurecht, während sie warteten. »Für wen treten wir heute Abend auf?«, fragte sie.

»Der Burggraf von Nürnberg hat uns bestellt«, antwortete

Ciaran. »Er hat uns neulich gesehen, als wir beim Kurfürsten von Sachsen, waren, weißt du noch?«

Meli dehnte ihre Gelenke. Sie war mit Ciaran schon vor so vielen Adeligen und Kirchenleuten aufgetreten, dass sie sich die Namen und Titel gar nicht mehr alle merken konnte. Fast jeden Abend fand irgendwo eine Festlichkeit statt; die Reichen überboten einander mit Tafeleien, Tanzereien und Banketten. Bei solchen Gelegenheiten wurden dann auch Absprachen getroffen und Koalitionen geschmiedet, Entscheidungen beeinflusst und Amtsträger mit Handsalben bestochen. So mancher Beschluss des Konzils kam nicht etwa im Münster zustande, sondern in einem der vielen Festsäle oder Speiseräume der Stadt. Oder in Hinterzimmern und Tavernen. Oft ging es um hohe Politik, um viel Geld, um Ämter, Land und Lehen, Macht und Einfluss. Und wer sich nicht überzeugen ließ oder gar den Plänen mancher Leute im Weg stand, der fand sich unversehens eines Nachts mit einem Messer im Leib oder einem Stein an den Füßen im seichten Uferwasser des Bodensees wieder. Fast jede Woche zog man eine Leiche aus dem Wasser; es ging weiß Gott nicht besonders heilig zu bei den frommen Entscheidungen der Kirchenleute.

An diesem Abend hatte Burggraf Friedrich etliche Mitglieder der böhmischen Gesandtschaft in sein Quartier geladen, dazu einige Damen von Rang, einen byzantinischen Geistlichen und zwei Professoren der französischen Sorbonne. Für Ciaran und Meli stand in der Mitte des Speiseraums ein Podest bereit, um das sich die dreiflügelige Tafel gruppierte. Die Gäste waren noch nicht da, und die Dienerschaft lief geschäftig mit Krügen und Bechern, Kerzenleuchtern und Sitzpolstern umher. Auf der Haupttafel standen schon etliche ziselierte Silberteller – je einer für zwei Personen –, drei herrliche, aus großen Nautilusmuscheln gearbeitete Prunkpokale, eine kostbare silberne Handwaschschale und ein wunderschönes Aquamanile aus getriebenem Messing. Vor dem Kamin lagen zwei riesige Doggen und schliefen.

Während Meli sich auf den Boden setzte und mit ihren Dehnübungen weitermachte, packte Ciaran in der Zimmerecke seine Harfe aus. Er setzte sich in eine Fensternische und begann sorgfältig, das Instrument zu stimmen. Eine Veränderung war mit ihm vorgegangen, seit die alte Clairseach nicht mehr das Wyclifsche Vermächtnis in sich barg. Er hatte seine Aufgabe erfüllt, die Verbindung mit den Lollarden war gekappt. Auch seinen Eltern war er nun nichts mehr schuldig. Er war wieder frei, zu tun und zu lassen, was ihm gefiel. Eigentlich hätte er glücklich und zufrieden sein müssen, aber stattdessen spürte er eine merkwürdige Leere in sich. Er fühlte sich wie ein Stück Treibholz auf dem Meer, ohne Halt und ohne Ziel. Vor einer Woche hatte ihn seine innere Unruhe dorthin getrieben, wo die irische Gesandtschaft logierte. Da hatte er den Bischof von Cork gesehen, Patrick Fox, den alle nur bei seinem Spitznamen »Ragged« riefen, weil er immer zerzaust und ein bisschen schlampig aussah. Er hatte den kleinen, rothaarigen William Purcell erkannt, der den Erzbischof von Armagh vertrat. Und er war einem Grüppchen irischer Mönche und Schreiber in eine Schänke gefolgt. Von einem Nebentischchen aus hatte er wehmütig ihren Worten gelauscht, den rauen Klang seiner Muttersprache genossen. Schließlich war er mit einem der Männer ins Gespräch gekommen, hatte nach Clonmacnoise gefragt, nach dem Abt, nach Dingen, die er aus seiner Jugend erinnerte. Bevor er ging, hatte er sogar gemeinsam mit den Iren ein Abschiedsgebet gesprochen, das erste Mal seit er die Insel verlassen hatte. Und eine seltsame Wärme hatte ihn durchströmt, ein altes, fast vergessenes Gefühl der Geborgenheit. Ob er die neue Bekanntschaft fortführen sollte? Vielleicht würde er einmal mit Sanna darüber reden, sie wusste immer so guten Rat. Ach, Sanna! Er war ihr dankbar; sie hatte viel für ihn getan. Es war ein Glück, eine solche Frau zu besitzen, schön, klug und liebevoll. Der Himmel musste sie ihm geschickt haben …

Während Ciaran noch gedankenverloren über die alten irischen Muster der Intarsien seiner Harfe strich, füllte sich der kleine Saal mit Gästen. Der Burggraf, ein außergewöhnlich gut aussehender Mann, wie Ciaran fand, gab ein Zeichen, dass die Musik beginnen sollte. Also nahm er auf seinem Hocker in der Mitte des Raumes Platz und fing an, zu spielen.

Wie immer begann er mit einem frommen Lied, das gut zum Anfang eines Banketts passte:

»Die Driefalt in dem höchsten Thron
lobn wir mit Kyrie Eleyson.
Gott Vatter in dem Himmelrich,
beschirm uns hie und ewiglich
durch deinen heylgen Namen
vor allem Übel, amen.
Gots Nam gesegnet sey am End.
Sein Hülf uns alles Leyd erwend.
Danck sagen wir dir Herre Got
umb all die Speiß die uns ist not
und loben dich mit reychem Schall
umb die und ander Guttat all … «

Nach den ersten beiden Gängen, einem Überfluss an dreißig verschiedenen Fleisch- und Fischgerichten, legte die Gesellschaft eine
Pause ein, und Meli hatte ihren Auftritt. Sie bestieg anmutig das
Podest und begann mit ihren atemberaubenden Verrenkungen,
während Ciaran sie leise auf der Harfe begleitete. Alle bewunder-
ten die graziösen, geschmeidigen Bewegungen und staunten über
die Mühelosigkeit, mit der das Schlangenmädchen sein Rückgrat so
weit durchbog, dass man fürchtete, es würde gleich brechen. »Als
habe das kleine Ding gar keine Knochen!«, rief eine Dame und
klatschte bei einer besonders komplizierten Figur in die Hände.
»Das ist ja Zauberei!« Andere Gäste pflichteten ihr bei. »Ei, was
unsereins wohl in ein paar Jahren mit der Kleinen im Bett anstellen
könnte?«, fragte der Burggraf anzüglich in die Runde und erntete
Gelächter. »Da müsst Ihr aufpassen, dass Ihr am Schluss noch wisst,
wo vorne und hinten ist«, juxte einer, und ein anderer kicherte: »…
oder dass Ihr aus dem Jüngferchen keinen Knoten macht, den Ihr
hinterher nicht mehr aufbringt!« Der Burggraf grinste anzüglich.
»Fürwahr, Ihr unterschätzt mich, meine Freunde«, erwiderte er.
Die Dame neben ihm, eine erlesen geschmückte blonde Schönheit,
lachte hell auf und schob ihm, unbemerkt von den anderen, die
Hand zwischen die Beine. Ciaran, der die Bewegung gesehen hatte,
fragte sich, wer sie wohl sei – wie er gehört hatte, war der Burggraf
ohne seine Ehefrau in Konstanz … Nun ja, hier in der Konzilsstadt
waren die Sitten locker, und ein solch prächtiges Mannsbild wie der

Burggraf konnte an jedem Finger zehn Mädchen haben, wenn er wollte. Diese hier allerdings war ein Bild von einem Weib; beinahe neidete Ciaran dem Gastherrn seine Buhlschaft.

Nach ihrem Auftritt ging Meli herum und hielt den Gästen mit bravem Knicks ein gedrechseltes Schälchen hin, das sich langsam mit Münzen füllte. Dann war sie entlassen und ging heim, den Rest des Abends übernahm Ciaran mit seiner Harfe. Er spielte zurückhaltende, unaufdringliche Melodien als Hintergrundmusik, denn die Herrschaften wollten sich unterhalten. Die Gespräche drehten sich zunächst um den Papst, der in der Zwischenzeit von Schaffhausen nach Breisach geflohen war. Soweit man wusste, korrespondierte er mit den Königen von Frankreich, Polen und Böhmen sowie einer Reihe von französischen Herzögen und setzte so alle Hebel in Bewegung, um das Konzil scheitern zu lassen. Ciaran erfuhr, dass der König über den abtrünnigen Herzog von Österreich die Reichsacht verhängt und ihm den Krieg erklärt hatte und dass ein Großteil seiner Besitzungen bereits erobert war, darunter die Habsburg, der Familienstammsitz. Daraufhin hatte sich Friedel mit der leeren Tasche schleunigst unterworfen und war von Sigismund großzügig begnadigt worden. Derweil hatte eine Kommission in der Stadt ein Sündenregister mit siebzig Anklagepunkten gegen Johannes XXIII. ausgearbeitet. Sogar die Leugnung von Auferstehung und ewigem Leben legte man ihm zur Last, mit dem stichhaltigen Argument, daran glaube ohnehin kein Neapolitaner. Die Verhandlung war schon so weit fortgeschritten, dass die Urteilsverkündung und gleichzeitige Absetzung des Papstes in zwei Tagen im Münster stattfinden sollte. Baldassare Cossa stand inzwischen unter königlicher Bewachung und befand sich auf dem Weg nach Gottlieben. Ciaran schüttelte unmerklich den Kopf, als er dies hörte. Welche Ironie des Schicksals, dass man Johannes XXIII. nun in denselben Turm zu stecken gedachte wie seinen Widersacher Jan Hus! Da würden sie nun Tür an Tür gemeinsam schmoren, der teuflische Ketzer und seine Heiligkeit, der Papst!
Überhaupt der böhmische Magister! Auch über ihn diskutierten die Gäste; es ging hoch her, weil die anwesenden Böhmen ihn mit Herzblut und Leidenschaft verteidigten. Zwei von Jan Hus' of-

fiziellen Schutzherren waren anwesend, Wenzel von Duba und der Baron Johann von Chlum-Slawata, der sich besonders ereiferte. »Wenn Jan Hus in Konstanz auch nur ein einziges Haar gekrümmt wird«, hörte ihn Ciaran plötzlich laut und vernehmlich poltern, »dann wird sich Böhmen wie ein Mann gegen König und Papst erheben, das schwöre ich, so wahr ich hier sitze!«

Die Gäste verstummten entsetzt. Man hörte nichts mehr außer der leisen Harfenmelodie, die Ciaran in der allgemeinen Verlegenheit einfach weiterzupfte. Er bemerkte, wie sich Burggraf Friedrich und seine Dame bedeutungsschwer ansahen, dann stand der Hohenzoller zur Rettung der Lage auf, klatschte in die Hände und befahl der Dienerschaft, den Gang mit den Süßspeisen aufzutragen. Sofort kamen zwölf Diener herein und stellten Tabletts auf den Tisch: Das erste kam in die Mitte, es war ein Schaugericht aus Eischnee und Zucker, das den Kampf des heiligen Georg mit dem Drachen darstellte. Auf den anderen Platten lagen kandiertes Obst, Fettgebackenes und welsche Nusstörtchen, bei denen alle nun beherzt zugriffen. Danach dauerte der Empfang nicht mehr lange; einer nach dem anderen der Gäste verabschiedete sich.

Auch Ciaran wurde bedeutet, dass er nun gehen könnte; er aß noch etwas Naschwerk im Stehen, dann drückte man ihm seinen Lohn in die Hand, und er packte die Harfe ein. Schon war er auf dem Weg treppab, als ihm einfiel, dass er seinen Saitenspanner auf dem Fenstersims vergessen hatte. Also kehrte er noch einmal um.

Im Saal waren die Aufräumarbeiten in vollem Gang: Mägde rafften die Tischtücher mitsamt allem, was darauf war, an den vier Zipfeln zusammen und warfen sie sich über die Schulter. In der Küche würde man den Inhalt herausklauben, die Reste den Armen und die Leinlaken zur Wäsche geben. Danach kamen die Knechte und hoben die Tafeln auf. Die roh zusammengezimmerten Tischplatten und Böcke, Bänke und Stühle trugen sie nach draußen ins Treppenhaus. Ciaran schlängelte sich zielstrebig zu der Fensternische durch, in der er gesessen hatte, fand sein kleines Werkzeug und steckte es ein. Draußen musste er allerdings feststellen, dass die Treppe inzwischen durch einen ganzen Stapel mit zerlegten Möbeln blockiert war, die erst nacheinander von der Dienerschaft hinuntergetragen werden mussten. Darauf wollte er nicht warten, und so kehrte er um und folgte dem Gang in die entgegengesetzte Richtung. Solch ein vornehmes Gebäude wie das Hohe Haus hatte sicherlich einen zweiten Treppenaufgang.

Ganz hinten führte der Gang um eine Ecke; an seinem Ende sah Ciaran Licht. Dorthin lenkte er seine Schritte, und tatsächlich, er hatte eine Schneckentreppe entdeckt, die in engen Wendeln nach unten führte. Gerade als er seinen Fuß auf die erste Stufe setzen wollte, hörte er hinter sich ein helles Lachen und erkannte es sofort. Das musste die wunderschöne Dame sein, die an der Seite des Burggrafen gesessen hatte! Das Gelächter kam aus einem Zimmer, dessen Tür wohl unabsichtlich ein Stück weit offen stand. Ciaran konnte seiner Neugier nicht widerstehen, er drehte sich um und lugte vorsichtig durch den Spalt.

Er sah in einen kleinen Raum, dessen Boden mit kostbaren Teppichen ausgelegt war. Auch an den Wänden hingen gewirkte Behänge gegen die Kälte, dicke, bodenlange Vorhänge aus glänzendem Damast verschlossen ein großes Fenster. Eine Art orientalischer Diwan, wie ihn mancher Kreuzfahrer wegen seiner wunderbaren Bequemlichkeit daheim hatte nachfertigen lassen, stand quer vor einem kleinen Kamin, davor ein Tischchen mit Konfekt und Wein. Vor dem Diwan lagen die beiden Doggen und kauten zufrieden an ein paar Knochen.

»... dass er die beiden nicht gleich in ein und dieselbe Kammer steckt!«, hörte Ciaran die Frau sagen. Und da war wieder dieses silberhelle Lachen.

»Dann könnten sie sich gegenseitig erwürgen und das Konzil hätte zwei Sorgen weniger«, antwortete eine Stimme, die vermutlich dem Burggrafen gehörte. Ciaran konnte die beiden nicht sehen, sie standen in der Hälfte des Raumes, die von der Türe verdeckt wurde. Offensichtlich sprachen sie über den Papst und den böhmischen Magister. Ohne recht zu wissen, warum, blieb Ciaran stehen und horchte weiter.

»Gott bewahre«, sagte wieder die weibliche Stimme. »Wir brauchen diesen Cossa noch!«

»Unsinn! Deine großartigen Pläne sind ohnehin gescheitert, jetzt, wo Sigismund den Papst gefangen genommen hat. Nun kann ihn das Konzil ohne Schwierigkeiten absetzen. Du hast das Spiel verloren, meine Liebe, der Punkt geht an den König.« Das war der Burggraf.

Ciaran hörte ein wütendes Zischen. Stoff raschelte, ein leises Tappen, und die blonde Schönheit erschien in seinem Sichtfeld. Mit schnellen Bewegungen ging sie zum Kamin und trommelte mit den Fingern nervös auf den Sims. Der Burggraf trat zu ihr hin und umarmte sie lächelnd, aber sie stieß ihn weg. »Lass mich«, brauste sie jäh auf.

»Ei, ei, wir spielen wieder einmal die Raubkatze«, grinste Friedrich und zog sich mit erhobenen Händen ein Stückchen von ihr zurück. Er schenkte zwei Pokale mit Wein voll und reichte der Dame einen davon. »Fahr deine Krallen ein und überleg dir lieber etwas Besseres, anstatt zu schmollen«, sagte er.

Sie sah ihn mit gerunzelter Stirn an, dann lächelte sie wissend. »Du … denkst doch schon an etwas, hm?«

»Könnte schon sein.« Er griff nach dem herabhängenden Ende ihres Gürtelgeschmeides und zog sie ganz nah zu sich heran. Sie sah mit spöttischem Blick zu ihm hoch. »Böhmen«, sagte sie unvermittelt.

Er küsste sie auf die nackte Schulter. »Ich wusste, dass du dir Chlums Worte gut merken würdest!«

Sein Gewissen sagte ihm, dass es nicht recht war, aber Ciaran konnte den Blick einfach nicht von diesem eigenartigen Liebespaar losreißen. Fasziniert und erregt blieb er, wo er war und sah weiter zu. Dieses Weib war schlecht und verdorben, das spürte er, aber ihre Schönheit nahm ihn einfach gefangen! Jetzt warf sie den Kopf in den Nacken und lachte, während der Hohenzoller an ihrem Mieder nestelte. »Sigismund will Böhmen unbedingt haben«, fuhr er fort. »Und er wird das Land irgendwann in den nächsten Jahren von seinem Bruder Wenzel erben, das ist sicher.«

»Was er aber ganz und gar nicht will«, ergänzte sie, »ist ein Ketzerland im Glaubenskrieg. Damit wird er nämlich niemals Kaiser.«

»So ist es. Das geht gegen die Honor Regnis Bohemiae.« Friedrich ließ sich auf den Diwan sinken und zog langsam und genüsslich das aufgeknüpfte Mieder auseinander. Ciaran sah ein Paar herrliche, schneeweiß schimmernde Brüste mit kleinen, spitzen, rosigen Warzen, auf die sich nun die Hände des Burggrafen legten. Die Frau seufzte wohlig. »Und wenn der Aufstand auf die deutschen Lande übergreift oder die Kirchenreform gar von deutschen Fürsten unterstützt wird ...«

»... dann könnte das sogar Sigismunds Krone gefährden«, führte Friedrich den Satz zu Ende und ließ seine Hände unter ihr Kleid wandern. »Und wer wird bis dahin der mächtigste Mann im Reich nach dem König sein, hm?«

Sie beugte sich zu ihm hinab und küsste ihn. »Der Burggraf von Nürnberg und Markgraf von Brandenburg, der glorreiche Kurfürst Friedrich der Erste von Hohenzollern«, flüsterte sie. »Du, mein Geliebter!« Sie löste mit einem Griff ihr Haar, das nun in glänzenden Wellen auf Friedrich herabfiel. »Aber vorher muss Hus brennen.«

»Vielleicht genügt es ja schon, wenn er widerruft, nach Böhmen zurückkehrt und dort weiterpredigt ...«

Sie schüttelte den Kopf. »Ein Widerruf würde ihn seiner Autorität berauben. Nein, er muss ins Feuer.«

Der Burggraf wickelte eine lange blonde Strähne um seine Hand, während er mit der anderen seinen Hosenlatz aufschnürte. »Du hast ja recht, meine Kluge. Außerdem werden die Böhmen dann Sigismund die Schuld an Hussens Tod geben, weil er sein Geleitversprechen gebrochen hat.«

»Und allem Weiteren kann man ein bisschen nachhelfen ...« Sie raffte die Röcke und setzte sich rittlings auf den Schoß des Hohenzollern, aus dessen Kehle ein wohliges Knurren kam. »Meine kleine Ränkeschmiedin«, raunte er mit belegter Stimme, »komm, zeig mir, was für schlimme Dinge du sonst noch im Schilde führst ...«

Ciaran wich von der Tür zurück. Ganz leise schlich er die Wendeltreppe hinunter und verließ das Haus. Er kam sich vor wie einer von diesen erbärmlichen Gestalten, die bei den Huren fürs Zuschauen bezahlten, und beschloss, ganz schnell zu vergessen, was er gerade gehört und gesehen hatte. Der König kümmerte ihn wenig, und er interessierte sich auch nicht für Politik und Intrigen – an derartigen Dingen hatte er in England weiß Gott mehr Anteil gehabt als ihm lieb gewesen war. Außerdem war er hundemüde. Dennoch, dieser Burggraf Friedrich, welch ein ehrgeiziger Mensch! Wollte Kurfürst und gar König werden! Und seine arglistige Geliebte, wer das wohl gewesen war? Ach, ganz gleich, dachte Ciaran, das geht mich alles gar nichts an. Er beeilte sich, zum Lager zu kommen. Sanna würde wie immer im Wagen auf ihn warten. Gott sei Dank gab es auch Frauen wie sie: ehrlich, brav und treu, mit Sitte, Herz und Anstand!

Schmähvers auf Jan Hus, geschrieben wohl 1415
zu Konstanz von Oswald von Wolkenstein
in der Übersetzung von Dieter Kühn

He, Hus, das ganze Leid schlag um in Haß auf dich!
Und Lucifer, auf den Pilatus hört,
er soll dich holen. Offen ist sein Haus,
wenn du aus fernen, fremden Ländern kommst.
Und wenn dich friert, er heizt dir ein
in einem Bett, das du nicht mehr verläßt.
So manches Freundchen, reich und arm,
das wirst du finden auf dem Weg dorthin,
wenn du dem Wyclif nicht entsagst –
des Lehre wird dir Haß einbringen!

Konstanz, Refektorium des Franziskanerklosters, Juni 1415

Der Speisesaal der Konstanzer Franziskaner war beinahe zu klein, um die Menge der Kardinäle und Theologen zu fassen, die zum Verhör des böhmischen Magisters erschienen waren. Man hatte in mehreren Reihen an den Wänden entlang

Bänke aufgestellt; die Stirnseite nahm ein breiter, mit Kissen gepolsterter Thronsessel für den König ein. Eine Anzahl Schreiber saßen ganz hinten im Raum, auf ihren Pulten lag ein Vorrat an bereits angespitzten Gänsekielen und noch unbeschriebenem Papier, in den dafür vorgesehenen Vertiefungen steckten gut gefüllte Tintenhörnchen.

Der Saal füllte sich langsam; alle kirchlichen Würdenträger von Rang waren gekommen, um den »Propheten der Anarchie« zu befragen, wie man Hus inzwischen nannte. Als letzter kam Sigismund, wie immer eine blendende Erscheinung. Er war ganz in leuchtendes Himmelblau gekleidet, ein auffälliger Kontrast zu den roten Roben der Kardinäle und den schwarzen Talaren der Prälaten, Schreiber und Juristen. Gemessenen Schrittes durchquerte er den Raum und nahm in den Polstern seines Scherenstuhls Platz. Dann hob er die Hand, seine Stimme schallte durch den Saal: »Man hole den Angeklagten!«

Jan Hus ging schon seit einer Stunde in der Mönchszelle auf und ab, in die man ihn am Vortag von Gottlieben aus gebracht hatte. Gewaschen hatte man ihn, ihm Haare, Bart und Nägel geschnitten und ihn in ein einfaches dunkles Gewand gesteckt. Es ging ihm leidlich gut, seit er wieder regelmäßig Saras Arzneien nahm; sie hatte ihm auch noch eine Tinktur aus Hafer, Johanniskraut, Rauwolfia und Weißdorn ins Gefängnis geschickt, um seine Melancholie zu vertreiben. Doch zur besten Medizin war ihm Wyclifs Manuskript geworden, das er inzwischen bald auswendig konnte. Das Vermächtnis des Engländers hatte ihn gestärkt, im Glauben und im Willen, diesen Glauben zu verteidigen. Ja, er wartete sogar ungeduldig darauf, endlich vor das Tribunal zu kommen. Da saßen lauter kluge Männer, die besten Köpfe der Christenheit. Sie mussten einfach verstehen, mussten einsehen, dass er recht hatte. Er war kein Ketzer – die Kirche war es, die einen falschen Weg eingeschlagen hatte.

Jetzt hörte er schwere Schritte draußen auf dem Gang. Sie kamen ihn holen. Er bekreuzigte sich und sprach ein schnelles Gebet, dann wurde die Tür aufgerissen. Zwei Wachen eskortierten ihn ins Refektorium.

»Seid Ihr der Magister Jan Hus, geboren in Böhmen, Priester und ehemals Rektor der Universität zu Prag?« Das war Kardinal Pierre d'Ailly, Kanzler der Sorbonne, der den Vorsitz der Verhörkommission innehatte.

»Der bin ich«, entgegnete Jan Hus laut und vernehmlich.

D'Ailly nickte. »Ihr seid hierher beordnet, Jan Hus, um zu widerrufen, was Ihr öffentlich geschrieben und gepredigt habt. Hier und heute habt Ihr Gelegenheit, Euch der Gnade der heiligen Mutter Kirche zu unterwerfen und wieder in den Schoß der wahren Lehre zurückzukehren. Die hier anwesenden ehrwürdigen Väter geben Euch öffentliches, friedliches, ehrenhaftes Gehör. Wollt Ihr Euch vor diesem Gericht äußern?«

»Das will ich«, antwortete Hus. Dann drehte er sich zu den Kardinälen um, die alle auf der rechten Seite des Raumes saßen. »Ich bin freiwillig nach Konstanz gekommen«, sagte er, »im Vertrauen auf das Geleit, das mir Seine Majestät König Sigismund verbindlich zugesichert hat …«

»Für Ketzer gibt es kein freies Geleit!«, schrie einer der Prälaten aus den hinteren Reihen. Andere stimmten lauthals zu, und es entstand ein kleiner Tumult.

»Ruhe!«, rief Sigismund und stampfte mit dem Fuß auf.

Francesco Zabarella, der Kardinal von Padua, erhob sich. »Ihr seid nun jedenfalls hier, um die Wahrheit des Glaubens zu erkennen und Eure Aussagen zu widerrufen.«

Jan Hus schüttelte den Kopf. »Ehrwürdige Väter, ich bin aus freien Stücken nach Konstanz gekommen, nicht um zu widerrufen, sondern um meine Lehre zu erklären. Sofern man mich von falschen Aussagen überzeugt, werde ich sie nicht verstockt verteidigen, sondern ich werde mich belehren lassen und wenn nötig korrigieren, wo ich etwa gefehlt haben sollte.«

»Wir sollen ihn überzeugen? Das ist eine Unverschämtheit!« Wieder schrie man auf den hinteren Bänken wild durcheinander. Diesmal rief d'Ailly die Prälaten zur Ordnung, doch die Ermahnung wirkte nur kurz. Im Saal blieb ständige Unruhe, während nun die führenden Mitglieder der Kommission nach und nach ihre Fragen stellten. Hus argumentierte klar und deutlich, er wiederholte immer wieder, dass er bereit sei, sich eines Besseren belehren zu lassen, verteidigte aber seine Thesen mit Überzeugungskraft und außergewöhnlicher Diplomatie. Er war zu klug, um sich festnageln zu lassen.

»Sagt uns, Jan Hus, ob Ihr bei Eurer Behauptung bleibt, die Kirche sei eine Gemeinschaft, deren Oberhaupt allein Gott sein kann und nicht der Papst?« Das war Kardinal Henry Beaufort, der Sprecher der englischen Kirche. Hus' Antwort ging im Geschrei der Prälaten unter. »Häresie!« brüllte jemand – und für einen Augenblick wurde alles still. Das Wort war gefallen, das Wort, das den Tod bedeuten konnte. War Jan Hus zusammengezuckt? Niemand hätte es hinterher mehr sagen können. Doch alle, alle waren sich bewusst: Dies war der Punkt, von dem an es kein Zurück mehr gab. Entweder Jan Hus ließ sich zum Widerruf bewegen – oder er wählte das Feuer.

Nach diesem Vorwurf der Ketzerei war es Jan Hus kaum mehr möglich, zu Wort zu kommen. Das Verhör zog sich noch über Stunden hin, ohne dass man die Hinterbänkler zur Ruhe hätte bringen können. Den Höhepunkt erreichte der Aufruhr, als Jean de Gerson, Wortführer der Franzosen, Hus' These verlas, wonach ein Papst, Bischof oder Prälat, der in Todsünde lebte, kein Papst, Bischof oder Prälat sei. Auch ein todsündiger König sei kein König. Manch ein Kardinal sah bei diesem Satz betreten zu Boden. Es war ein offenes Geheimnis, dass Sigismund auch hier in Konstanz bald täglich die Ehe brach. Sigismund selbst, der gerade in einer Ecke mit einem seiner Juristen politische Dinge erörterte, wurde herbeigebeten. »Widerrufe das, Hus!«, schrie jemand.

Hus aber sah den König an und wiederholte laut und vernehmlich, was Gerson gerade vorgelesen hatte: »Auch ein König, der in Todsünde lebt, ist vor Gott kein König.« Man hätte eine Nadel fallen hören können. In dem Saal, der bis dahin vom Lärmen der Zwischenrufer erfüllt war, herrschte lähmende Stille. Sigismund holte tief Luft. Dann antwortete er ruhig: »Jan Hus, kein Mensch lebt ohne Sünde.«

Nach dieser Konfrontation gab es für die Gegner des Böhmen kein Halten mehr. Keiner verstand mehr sein eigenes Wort. Kardinal d'Ailly schloss in dem wilden Durcheinander notgedrungen das Verhör und ließ den Angeklagten hinausführen. Bevor er den Saal verließ, bemerkte Hus noch trocken: »Ich hatte geglaubt, das heilige Konzil würde etwas bessere Disziplin zeigen.«

Dieses erste Tribunal war ein Fehlschlag gewesen.

In den nächsten Wochen fanden noch mehrere Verhandlungen statt, doch Hus war durch nichts und niemanden zum Widerruf zu bewegen. Immer wieder bewies er überragende theologische Belesenheit, überzeugende Argumentationskraft und Verhandlungsgeschick. Doch den Kardinälen lag an einem Widerruf. Nur damit würde ein Weg eröffnet, die Ketzerei in Böhmen und anderswo auszutilgen. Aber jedes Mal, wenn ihn das Tribunal zwingen wollte, seine Thesen zu verwerfen, antwortete Hus dasselbe: »Abschwören gegen das Gewissen erscheint mir als Lüge. Gott ist mein Zeuge und das Gewissen, und so bitte ich euch um Gottes willen, mir nicht die Schlinge der Verdammnis umzulegen. Ich stehe vor Gottes Gericht, der mich und euch gerecht richten wird nach Verdienst.«

Am Ende des Monats Juni war schließlich alles gesagt, alles zu Ende verhandelt. Kardinal Zabarella formulierte einen Widerruf, den man Jan Hus ultimativ zum Unterschreiben vorlegte.

Widerrufsformel für Jan Hus, aufgesetzt Ende Juni 1415 durch Kardinal Francesco Zabarella
(übersetzt aus dem Lateinischen)

»... In allen Punkten, in denen ich angeklagt bin, unterwerfe ich mich demütig den Anordnungen, Definitionen und Zurechtweisungen des Konzils und nehme alle Abschwörungen, Widerrufe, Strafen und sonstigen Verfügungen hin, die das heilige Konzil anordnen mag ...«

Darauffolgende letzte Erklärung des Jan Hus vom 1. Juli 1415, ebenfalls übersetzt aus dem Lateinischen

»Ich, Johann Hus, in der Hoffnung ein Priester Christi: Aus Furcht, Gott zu beleidigen und in Meineid zu verfallen, bin ich nicht willens, die durch falsche Zeugen gegen mich vorgebrachten Artikel zu widerrufen, weder alle noch einzelne. Gott ist mein Zeuge, dass ich sie nicht so gepredigt, vertreten oder verteidigt habe, wie jene von mir sagten. Was die Sätze betrifft, die aus meinen Schriften ausgezogen sind, soweit korrekt wiedergegeben, erkläre ich: Falls einer davon einen fehlerhaften Sinn erhalten sollte, so verwerfe ich diesen Sinn. Da ich aber befürchten muss, gegen die Wahrheit zu verstoßen und die Ansichten der Heiligen, so bin ich nicht bereit, etwas davon zu widerrufen. Wenn aber meine Stimme jetzt in aller Welt gehört werden könnte, so wie beim Jüngsten Gericht jede meiner Lügen und Sünden sich offenbart, so wollte ich ganz freudig vor aller Welt abschwören, was ich je an Falschem oder Irrigem gedacht oder gesagt habe ...«

Sara

Wir schrieben den 6. Juli 1415. In der Stadt war es wie ein Lauffeuer herumgegangen: Heute würde das Konzil den Magister Jan Hus im Münster öffentlich als Ketzer verurteilen. Ich hörte die Nachricht und fühlte mich wie vor den Kopf geschlagen. Hatte ich ihn dafür gesund gemacht? War ich mitschuldig an seinem Tod, weil ich ihm Ciarans Manuskript gegeben hatte, eine Schrift, die ihn vielleicht in seiner Überzeugung bestärkt hatte, nicht zu widerrufen? Inzwischen wusste ich, dass das Konzil vor einigen Wochen John Wyclif als Ketzer verdammt hatte. Weil man ihm selber nichts mehr anhaben konnte, hatte man zum Zeichen für diesen Schuldspruch die Verbrennung seiner Gebeine angeordnet. Wieder einmal lernte ich etwas Neues: Die Christen betrachteten das Feuer als uralte, gerechte Strafe für Häretiker; deshalb musste man Wyclifs toten Körper noch nachträglich verbrennen. Adonai, wie lästerlich ging man hier mit der Würde des Todes um! Einen Menschen aus dem Grab zu holen und seinen Leichnam zu schänden, das war so schrecklich, dass ich es mir gar nicht vorstellen mochte.

Ich sprach darüber mit Ciaran, aber er verstand gar nicht, was ich meinte. »Ein Ketzer muss brennen, und sein Körper darf nirgends eine ewige Ruhestätte haben«, sagte er. »Deshalb gräbt man Wyclif noch einmal aus.«

»Aber ich dachte immer, du hältst diesen Wyclif gar nicht für einen Ketzer?«, erwiderte ich. »Immerhin hast du doch erzählt, du könntest vieles an seiner Lehre verstehen und gutheißen.«

Er wurde richtiggehend zornig, als ich das sagte. »Wie kannst du so etwas behaupten? Damals war ich jung und wusste nicht, wohin ich gehörte und was ich glauben sollte. Heute sehe ich das anders: Ganz gleich, ob seine Lehre richtig oder falsch war – Wyclif hat die Mutter Kirche angegriffen, er wollte alles niederreißen, was die Kirche in Jahrhunderten aufgebaut hat. Der Schaden für den christlichen Glauben wäre unermesslich. Das ist sein wahres Verbrechen, nicht weniger schlimm als Häresie!«

»Aber er und Jan Hus haben doch aufgezeigt, wie es nach der Abschaffung aller Missstände besser weitergehen könnte …«

Ciaran winkte ab. »Lass uns aufhören, Sanna. Du verstehst das nicht. Ich dagegen war im Kloster, und ich kenne Wyclifs Lehre. Glaub mir, das Konzil hat recht. Ketzer müssen gestraft werden.«

»Aber gleich mit dem Tod?« Mir graute vor dieser Vorstellung. »Nur dafür, dass man eine falsche Überzeugung hat? Kann man den Jan Hus nicht einfach in irgendein Kloster stecken? Dort könnte er doch kein Unheil mehr anrichten!«

Er küsste mich auf die Stirn. »Du hast ein weiches Herz, Liebchen, das steht dir gut an. Dieser Jan Hus hat es dir angetan, weil er krank war und deine Hilfe brauchte. Aber ich glaube, du solltest dir dein Mitleid für andere Patienten aufsparen. Du kannst ohnehin nichts ändern, er bekommt seine Strafe so oder so. Und nun denk nicht mehr darüber nach, hm?«

Ich seufzte und sagte nichts mehr. Ciaran hatte sich verändert in den letzten Wochen. Jeden Abend hockte er mit diesen irischen Mönchen zusammen, manchmal auch schon am Tag. Wenn er dann spätnachts aus der Schänke zurückkehrte, war er schweigsam und nachdenklich. Oft lag er neben mir, den Arm um mich geschlungen, und ich fühlte mich doch meilenweit von ihm entfernt. Ich glaube, damals haderte er schon damit, dass er sein Mönchsgelübde gebrochen hatte. Es muss auch um diese Zeit gewesen sein, dass er wieder begann, zu beten. Für mich war das schwer zu ertragen. Bisher hatte ich die Tatsache, dass ich ihm meine Religion verschwiegen hatte, immer damit gerechtfertigt, dass ihm das wohl nicht so wichtig wäre. Jetzt bekam ich mehr und mehr das Gefühl, etwas Schreckliches vor ihm zu verbergen, etwas, das er mir nicht nachsehen oder verzeihen würde. Und dieses Gefühl brachte mich erst recht dazu, zu schweigen. Ich hatte Angst davor, was geschehen würde, wenn er mein Geheimnis erfuhr. Denn schließlich liebte ich ihn doch. Er war alles, was ich hatte. Er war mein Mann.

Ciaran hatte mich gebeten, nicht mehr an Jan Hus zu denken und den Dingen ihren Lauf zu lassen. Es ging nicht. Seit meinem ersten Besuch in Gottlieben war ich noch mehrere Male dort gewesen und ich hatte erkannt: Dieser Mann war ein erstaunlicher, ein besonderer Mensch. »Habt Ihr denn keine Angst vor dem Tod?«, hatte ich ihn gefragt. Und er hatte gelächelt und erwidert: »Doch. Schreckliche Angst sogar. Wer bin ich, dass ich nicht wie Jesus wünschte, dieser Kelch ginge an mir vorüber? Aber wenn sie mich verurteilen, dann bin ich wie er bereit, für die Wahrheit des rechten Glaubens mein Leben zu geben.«

»Vielleicht hilft Euch noch ein Wunder«, hatte ich traurig zum Abschied gesagt.

Er hatte einmal tief durchgeatmet und geantwortet: »Wer Wunder braucht, ist schwach im Glauben.« Dann hatte mich ein Wächter hinausgeführt.

Ich wäre keine Jüdin, wenn ich Jan Hus nicht verstanden hätte. Er wählte den Zeugentod, Kiddusch Haschem. Wie viele Menschen meines Volkes waren wie Jesus für ihre Religion gestorben? Plötzlich sah ich den angeblichen Gottessohn mit anderen Augen. Ich empfand Achtung vor dieser jammervollen, bedauernswerten Gestalt am Kreuz, auch wenn ich nicht an ihn als Gott glauben mochte.

Am Morgen des 6. Juli erwachte ich früh nach einer traumzerfetzten Nacht. Und ich konnte nicht anders, ich lief zum Münster. Auf dem Platz herrschte dichtes Gedränge. Alles, was Beine hatte, war gekommen, um Zeuge des denkwürdigen Akts zu werden. Ich drängte mich zur Kirche durch. Beinahe hätte ich mich an einem der fahrbaren Pastetenbacköfen verbrannt, die überall durch die Stadt geschoben wurden, um den Hunger der Leute schnell zu befriedigen. Dann hielt mich auch noch einer dieser zudringlichen Händler, die Amulette und Reliquien feilboten, am Arm auf. »Ein Splitter vom Daumennagel des heiligen Antonius gefällig?«, lispelte er. Ich schüttelte den Kopf. »Dann vielleicht eine Phiole mit Milch aus der Brust der Heiligen Jungfrau Maria?« Wieder lehnte ich ab und lief weiter. Er folgte mir hartnäckig. »Für Euch, schöne Jungfer, etwas ganz Besonderes …« Er hielt mir ein bauchiges Glas hin, in dem ein unfertiger Menschenkörper in einer Flüssigkeit schwamm. »Eines der armen unschuldigen Kindlein von Bethlehem, die Herodes ermorden ließ, na, was sagt Ihr nun?« Ich schüttelte seine Hand ab und flüchtete. Brauchten die Christen die Leichen von Fehlgeburten, um ihren Glauben lebendig zu halten? Mich fröstelte.

Schließlich stand ich vor dem Münster, einem riesigen Bau aus grüngrauem Sandstein. Ich wusste nicht, ob Zuschauer zugelassen waren, aber ich versuchte, mich zum Seiteneingang am Münsterplatz hinzudrängen. Zwei Wachen mit gekreuzten Hellebarden hielten mich auf. »Geht heim, Weib«, brummte der eine nicht unfreundlich, »hier dürfen nur ausgewählte Bürger der Stadt hinein.«

Ich nahm all meinen Mut zusammen. »Ich bin die Ärztin des Jan Hus«, erklärte ich mit fester Stimme. »Vielleicht braucht er drinnen meine Hilfe.«

»Ei, das stimmt«, sprang mir der zweite Wächter bei, »ich kenne sie, sie hat meine kleine Tochter von den Würmern geheilt.«

Ich lächelte ihn an. »Ach, die Kleine mit den hübschen blauen Augen, Ursel hieß sie, nicht wahr? Wie geht's ihr?«

»Froh und munter ist sie wieder.« Der Mann nickte dankbar. Dann sagte er leise: »Wenn Ihr Euch ganz ruhig in eine der Ecken stellt, dorthin, wo die Stehplätze für die Bürgerschaft sind, lass ich Euch hinein, Frau Magistra.«

»Danke«, sagte ich, und schon war ich im Inneren des Münsters.

Es sah kaum mehr so aus, wie ich christliche Kirchen kannte. Zwischen die hohen Säulen des Kirchenschiffes hatte man Bretterwände gezogen. Treppenförmige Bankreihen waren aufgestellt worden; ganz oben saßen, an ihren blutroten Roben zu erkennen, die Kardinäle, dann die Erzbischöfe in Pluviale und Mitra, dann die Fürsten, darunter Bischöfe und Äbte, wieder darunter Pröpste, Sekretäre und Doktoren. Zwischen den Bankreihen waren auf einfachen Stühlen die Schreiber, Juristen und Notare platziert. Das alles erklärte mir im Flüsterton mein alter Bekannter Meister Maulprat, dessen Frau ich kurz nach meiner Ankunft in der Stadt die Brust amputiert hatte. Er war als Zunftmeister und Rat ins Münster geladen, und ich hatte ihn zufällig entdeckt und mich zu ihm durchgekämpft. »Dort, vor dem Tagmessaltar«, raunte er, »sind die Plätze für den König und seine Begleiter. Der goldene Sessel vor dem Lettner-Altar ist für den Papst, der bleibt frei, daneben vor dem Georgenaltar stehen die Bänke für die Patriarchen. Ah, da kommen sie ja.«

Unter dem Gesang der päpstlichen Kapelle zogen jetzt die vornehmsten Teilnehmer des Konzils durch die Hauptpforte ein, allen voran der König in vollem Ornat, ganz in Weiß und Gold, mit Krone, Zepter und Reichsapfel. Ich sah ihn zum ersten Mal; prächtig und ehrfurchtgebietend sah er aus, ein schöner Mann in den besten Jahren! Mit ernster Miene durchschritt er den Mittelgang und ließ sich auf seinem Thron nieder. Neben ihn setzten sich die höchsten Herren des Reichs: der Pfalzgraf, der Burggraf von Nürnberg, der Herzog von Bayern und ein ungarischer Magnat. Der König reichte ihnen all seine Insignien, und sie hielten die kostbaren Teile vor sich auf den Knien.

Das Münster war inzwischen brechend voll. Ich sah nicht viel, aber ich hörte das Aufraunen, als man Jan Hus hereinführte. Endlich glückte es mir, mich noch ein Stückchen weiter vorzuschieben, und dann erblickte ich ihn.

Er stand im hinteren Drittel des Kirchenschiffs. Ruhig und gefasst wirkte er, ja, ich sah ihn sogar einmal kurz lächeln. Ich kannte ihn nur als schmutzigen, ungepflegten Gefangenen in zerrissenen Kleidern, aber nun war er sauber und rasiert, und er trug die feinen Gewänder eines Geistlichen.

Die Verhandlung selber konnte ich nicht verstehen, denn sie wurde auf Lateinisch geführt. Es dauerte bis weit über Mittag hinaus, und ich bemerkte, dass es Jan Hus schwer fiel, so lange zu stehen. Manchmal schwankte er kurz, aber wenn er etwas sagte, dann klang seine helle Stimme fest und sicher. Irgendwann war es dann so weit: Einer der Bischöfe erhob sich und las mit brüchiger Altmännerstimme etwas vor, was offensichtlich das Urteil war. Jan Hus senkte kurz den Kopf. Dann betete er laut. Ich verstand nicht, was er sagte, aber später erzählte mir ein Mönch, den ich fragte, dass er Gott um Vergebung für seine Feinde angefleht habe.

Sobald er geendet hatte, drückte ihm einer der deutschen Bischöfe einen Messkelch in die Hand, nur um ihn gleich wieder wegzunehmen mit den Worten: »Du verfluchter Judas, wir nehmen den Kelch der Versöhnung von dir.« Erzbischof Nikolaus von Mailand, zwei Kardinäle und weitere Würdenträger traten vor und entledigten den Verurteilten unter feierlicher Verfluchung Stück für Stück seiner priesterlichen Kleidung. Es war eine öffentliche Degradation, und an Jan Hus' Gesicht konnte man sehen, wie er unter diesem Ritual litt. Am Ende ergriff einer der Bischöfe ein paar Haarsträhnen des Magisters und schnitt sie mit einer großen Schere ganz nah am Kopf ab. Ich verstand es so, dass man dadurch seine Tonsur, das Zeichen des Mönchtums, zerstören wollte. Nun war Jan Hus also aus dem geistlichen Stand verstoßen und der weltlichen Gewalt untertan. Zum allergrößten Hohn setzte man ihm nun auch noch eine papierene Mütze auf, die ihn als Ketzer ausweisen sollte. Auf das Papier hatte man drei schwarze Dämonen oder Teufelsgestalten gemalt, mit Hörnern, Klauen und Schweif.

Einer der Bischöfe sagte, wieder auf Deutsch, zu Hus: »Deine Seele übergeben wir dem Teufel.«

Und Hus antwortete: »Und ich übergebe sie dem gnädigen Herrn Jesu Christo.«

Dann führte man ihn unter weiteren Gesängen der päpstlichen Kapelle aus dem Münster und lieferte ihn der weltlichen Gerichtsbarkeit aus, in Person des Reichsrichters Pfalzgraf Ludwig und des Vogts von Konstanz.

Ich ließ mich von dem Menschenstrom mitziehen, der nun ebenfalls aus der Kirche drängte. Ich wusste nicht, wohin der Weg ging. Irgendwann passierten wir das Geltinger Tor, und zum Schluss erkannte ich, wo wir waren: Auf einer Wiese, an der ich auf dem Weg nach Gottlieben vorbeigeritten war. Sie hieß Brühl und lag zwischen Stadtmauer und Graben. Wie zum Hohn sollte Jan Hus in einer Gegend sterben, die man gemeinhin »Paradies« nannte.

Die hohen Geistlichen und auch der König waren nicht mitgekommen, und so war die Richtstatt nur von einfachen Leuten bevölkert, darunter viele Weiber und Kinder, die alle Zeugen der Hinrichtung werden sollten. Man zog dem Magister das Unterkleid aus, und so stand er nackt und bloß da, kaum mehr als Haut und Knochen, ein jämmerlicher Anblick, wären da nicht diese Augen gewesen. Sein Blick ging mir durch und durch, er war wie entrückt, als ob er jetzt schon die Ewigkeit erspähen könnte. Und erneut, diesmal noch mehr, sah ich in ihm den, den die Christen den Menschensohn nannten. So wie Jesus würde Jan Hus nackt und bloß für seinen Glauben sterben. Ich konnte nicht verhindern, dass mir die Tränen über die Wangen liefen. Und ich wünschte mir, dass Gott den böhmischen Magister aufnehmen möge, ganz gleich, ob sein Weg richtig gewesen war.

Henkersknechte packten ihn und banden ihn mit nassen Stricken an einen Pfahl. Während sie noch eine rostige Kette um seinen Hals legten, türmten andere bereits um ihn herum Holz und Stroh auf, bis nur noch sein Kopf aus dem Scheiterhaufen ragte. Schließlich legte man noch etliche seiner Schriften obenauf, damit sie mit ihm verbrannten. Plötzlich gab es einen Tumult: Der Reichsmarschall von Pappenheim sprengte auf einem Pferd heran und forderte Hus im Namen des Königs ein letztes Mal zum Widerruf auf. Der Magister blickte zum Himmel, als erhoffe er sich von dort Hilfe. Und dann antwortete er mit fester Stimme: »Gott ist mein Zeuge: In der evangelischen Wahrheit, die ich geschrieben, gelehrt und gepredigt habe, will ich heute gern sterben.«

Der von Pappenheim klatschte daraufhin in die Hände, und der Henker stieß die Fackel in den Holzstoß.

Dann kam das Schlimmste. Jan Hus begann zu singen: »Christus, Sohn des lebendigen Gottes, erbarme dich meiner, der du geboren bist aus Maria, der Jungfrau …« Sein Choral schwoll an zu einem unheimlichen Klagen, es ging mir durch und durch, peinigte mich, wurde immer unerträglicher, bis ich die Hände vor die Ohren presste, um nicht mehr hinhören zu müssen. Dann brach der Gesang plötzlich ab. Der Wind hatte Jan Hus eine Flamme ins Gesicht geschlagen, sein Haar begann zu brennen. Man hörte nur noch das Knistern des Feuers, und in all dem Rauch und den züngelnden Flammen sah man, wie sich der Sterbende bewegte, sein Kopf und die Glieder zuckten.

Dann endlich, endlich regte sich im Feuer nichts mehr.

Ich ertappte mich dabei, wie ich lautlos den Kaddisch sprach, das jüdische Totengebet. Ich glaube, er hätte nichts dagegen gehabt, so lange es aus reinem Herzen kam.

Die Menschen verließen langsam die Richtstatt, aber ich konnte noch nicht gehen. Mir war schlecht von dem schrecklichen Geruch verbrannten Fleisches, und so setzte ich mich ein Stück entfernt auf einen Stein. Ich beobachtete, wie die Henkersknechte den verkohlten Körper, der nur noch an der Kette hing, die seinen Hals an den Pfahl gefesselt hatte, mit Stangen zerstießen. Seinen Schädel zertrümmerten sie, und am Ende spießten sie etwas auf einen langen Stock und taten so, als brieten sie es im verlöschenden Feuer. Ich kniff die Augen zusammen, um genauer hinzusehen: Es war sein Herz!

Da endlich erbrach ich mich ins Gras.

Gegen Abend, als die letzten Überreste von Jan Hus längst auf Schubkarren zum Rhein gebracht und im Wasser versunken waren, kehrte ich in die Stadt zurück. Die Sonne ging unter und tauchte den Himmel in sanftgoldenes Rot, ein lauer Wind wehte. Mir war das Herz schwer. Als ich ins Lager kam, traf ich als Erstes auf Ezzo, der auf der Treppe zu Pirlos Wagen saß und seine Schwertklinge schärfte. Er sah gleich, dass es mir nicht gut ging und sprang auf. »Du bist ja sterbensblass«, rief er.

»Ich war bei der Hinrichtung«, brachte ich gerade noch heraus, dann stiegen mir wieder die Tränen in die Augen. Er ließ sein

Schwert fallen und nahm mich in die Arme, wiegte mich wie ein Kind, strich mir übers Haar. Sein Trost tat mir gut. Ich schmiegte meine Wange an seine Schulter und fühlte mich unendlich geborgen. Etwas begann in mir zu schwingen, wie eine Glocke, deren Ton erst leise, dann immer lauter anschwoll. Und plötzlich wünschte ich mir, Ezzo würde mich nie mehr loslassen. Verwirrt schloss ich die Lider. Als ich sie wieder öffnete, blickte ich direkt in Jankas Augen. Die alte Wahrsagerin stand drüben an der Kochstelle, die Hände in die Hüften gestützt. Sie lächelte mich auf eine ganz merkwürdige Art an und dann nickte sie, als könne sie spüren, was gerade mit mir geschah.

Einen Augenblick später fielen Ezzos Arme herab. Ciaran war aus seinem Wagen getreten und kam auf uns zu. Ich errötete. Verlegen sagte ich zu ihm: »Jan Hus ist tot.«

Er legte den Arm um mich. »Nimm's nicht so schwer«, meinte er. »Es hat so kommen müssen, oder nicht, Ezzo?«

Ezzo runzelte die Stirn. »Vielleicht. Ich weiß nicht. Lasst uns hoffen, dass dieser Glaubenskrieg jetzt zu Ende ist und wieder Ruhe einkehrt. Dann wäre der Magister nicht ganz umsonst gestorben.«

Damals konnten wir noch nicht ahnen, dass der Scheiterhaufen des Jan Hus zur Brandfackel werden sollte, die Böhmen entzündete. Und dass die Glut dieser Fackel einmal nahezu das ganze Reich versengen würde …

Konstanz, ein paar Tage später

Platz da, Platz für die Königin!« Zwei Lakaien in den Cillischen Farben Rot und Silber bahnten sich laut rufend einen Weg durch die Menge. Ihnen folgte eine offene Sänfte, getragen von vier kräftigen Männern. Ciaran machte einen Sprung zur Seite. Er kam gerade aus einer Schänke in der Niederburg, wo er über Mittag mit Pirlo und den Zigeunern gespielt hatte. Links und rechts rahmten kleine Fachwerkhäuser die Gasse, in denen zumeist arme Leinenweber wohnten. Ciaran drückte sich in die enge Türnische des Hauses zum Blaufuß und blickte neugierig der Sitztrage entgegen, die von Petershausen her schwankend ihren Weg Richtung Münster nahm.

Barbara von Cilli hatte eines der regelmäßigen unerfreulichen Treffen mit ihrem Ehemann hinter sich gebracht und war nun auf dem Rückweg in den Lanzenhof. Wegen der Hitze trug sie nur einen leichten Umhang und ein sommerliches Haarnetz aus geflochtenen Goldfäden, das ihre blonden Locken auf dem Hinterkopf aufgetürmt hielt. Die Menschen jubelten und winkten ihr zu, während sie großzügig Pfennige in den Straßenstaub warf. Ciaran stellte sich auf die Zehenspitzen, um besser sehen zu können – und dann traf es ihn wie ein Schlag: Das war sie, die geheimnisvolle Geliebte des Burggrafen! Dieses Gesicht hätte er unter Tausenden wiedererkannt. Die blauen Augen, die spöttisch geschwungenen Lippen, den schlanken Hals! Oho, also stimmte es doch, was man sich über diese Frau erzählte. Schamlos sei sie, hieß es, unzüchtig und voller Wollust, dazu noch gierig nach Macht und Reichtum. Kopfschüttelnd marschierte Ciaran weiter. Dass er die Königin höchstselbst beim Ehebruch und Ränkeschmieden ertappt hatte, ging ihm den ganzen Tag nicht mehr aus dem Kopf.

Am Abend saßen Ezzo und Finus mit Schnuck und Pirlo im Haus zur Wide, einer freizügigen Schänke, in der die Fahrenden immer gern gesehene Gäste waren. Wie jedes Mal hatte Pirlo seine Witze gerissen, Finus war mit ein paar Zaubertricks, die er inzwischen blind beherrschte, von Tisch zu Tisch gegangen, Ezzo hatte ein paar Verse zum Besten gegeben und Schnuck hatte ein bisschen jongliert. Jetzt saßen alle um ein rundes Tischchen und verzechten fröhlich ihre Abendeinnahmen.

»Ah, schau, wer da kommt!« Pirlo, der schon ziemlich betrunken war, stieß Ezzo mit dem Ellbogen an und winkte dann Ciaran, der eben die Taverne betreten hatte. »Hier sind wir!«

Ciaran schlängelte sich durch den voll besetzten Schankraum und quetschte sich neben Schnuck auf die Bank. Sofort kam eine der Winkelhuren herbei, den ausladenden Busen schwenkend, und setzte sich kess auf Ciarans Schoß. »Steht dir der Sinn vielleicht nach Pflügen, Jungchen?«, fragte sie mit schmeichelnder Stimme. Lächelnd winkte er ab. »Ich bin Spielmann, meine Süße, und kein Bauer.« Sie grinste. »Aber eine Pflugschar hast du, das seh ich doch! Und meine Furche ist heut noch unbeackert …« Er lachte und schob sie mit sanfter Gewalt von sich. »Versuch's lieber am Tisch dort drüben, da sitzen die Müller, die verstehn sich aufs Mahlen …« Die Hübschlerin ging schmollend davon.

Pirlo und Schnuck, der schon eine rote Nase vom Wein hatte, schlugen sich auf die Schenkel. Ezzo war noch am nüchternsten, aber auch er prustete los. Finus war ein bisschen rot geworden, er war sich nicht sicher, ob er den Witz auch verstanden hatte. Ciaran schnappte sich Ezzos vollen Becher und stürzte den Wein durstig hinunter. »Rette sich, wer kann!«, brummte er. »Man möchte meinen, in der Stadt gäbe es mehr Huren als anständige Weiber.«

»Und sie verlangen Wucherpreise«, stimmte Schnuck ärgerlich zu. Seine Aussprache klang schon ziemlich verwaschen. Der junge Seiltänzer gab viel zu viel Geld für Frauen aus. »Dabei haben sie alle die juckende Seuche.« Schon zwei Mal war Schnuck bei Sara gewesen, um sich kurieren zu lassen.

»Aber eins muss man sagen«, warf Pirlo ein, »nirgendwo gibt es schönere öffentliche Weiber als hier! Ich muss es wissen, ich bin in meinem Leben schon weit herumgekommen.« Er machte eine ausholende Bewegung mit dem rechten Arm und stieß dabei fast eine Zinnstitze um.

»Ja«, murmelte Ciaran. Er sprach mehr zu sich selber als zu den anderen. »Und die Schönste von allen, der sieht man die Hure überhaupt nicht an.«

Finus hob neugierig den Kopf. »Wen meinst du?«, fragte er.

Ciaran winkte ab. »Ach, vergiss es.«

Aber jetzt redeten die anderen auf ihn ein. Weinselig wie sie waren, ließen sie nicht locker. Immer wieder schenkten sie Ciaran nach. Sie quälten ihn so lange mit Fragen, bis er schließlich die Hände hob und aufgab. »Also gut, ich sag's euch.« Er flüsterte: »Ganz unter uns: Es ist die Königin.«

»Guter Witz!« Pirlo und Schnuck wieherten, Finus kicherte. Nur Ezzo wirkte auf einmal wieder nüchtern. Er langte mit beiden Händen über den Tisch, packte Ciaran beim Kragen und sagte leise, aber deutlich: »Nimm das zurück!«

Ciaran riss verblüfft die Augen auf. »Was soll das? Lass mich gefälligst los, he, du bist ja besoffen!«

»Ich bin stocknüchtern, mein Freund, und ich sage dir noch mal: Nimm das zurück!«

Ciaran schüttelte trotzig Ezzos Hand ab. »Ich denk ja gar nicht dran.« Er sah auffordernd in die Runde. »Wollt ihr wissen, warum, ja? Dann erzähl ich's euch, aber – pssst! Also, vor ein paar Wochen waren ich und Meli ins Hohe Haus geladen …« Er ließ nichts aus, nicht den Ehebruch und nicht die politischen Ränkespiele, deren Zeuge er geworden war. Als er geendet hatte, hieb Pirlo mit der Faust auf den Tisch. »Das ist mal eine Geschichte! Verdammt schade, dass man die nicht weitererzählen kann.«

Ciaran nickte. »Ganz genau. Das behalten wir schön für uns – hast du gehört, Finus? Sonst kann es gefährlich werden. Und, Ezzo«, wandte er sich an sein Gegenüber, »was sagst du nun?«

Ezzo war die ganze Zeit über wie erstarrt dagesessen. Er sah Ciaran mit wildem Blick an, seine Kiefer mahlten. Dann stand er mit einem Ruck auf und verließ die Schänke.

Draußen stand er mit dem Rücken gegen die Hauswand und versuchte, seine Gefühle unter Kontrolle zu bringen. Seine Fäuste waren geballt, auf den Unterarmen traten die Adern wie Stränge hervor. Ihm war, als habe man ihm den Boden unter den Füßen weggezogen. Die Frau, die er liebte, hatte ihn belogen, betrogen, benutzt. Es war sinnlos, sich zu wünschen, dass Ciaran nicht die Wahrheit gesagt hatte. Ciaran hatte keinen Grund, zu lügen.

Ezzo ging ohne Ziel durch die dunklen Gassen, wich Beutelschneidern, Betrunkenen und Liebespärchen aus, überquerte die untere Marktstätte, lief am Spital entlang. Eine Zeitlang verweilte er am Seeufer, sah dem Spiel des Mondlichts auf den Wellen zu. Es war schon bald Mitternacht, als er am Franziskanerkloster vorbeikam, dann an der Leutekirche Sankt Stefan. Und ohne dass er seine Schritte bewusst gesteuert hatte, stand er plötzlich vor dem mit Fackeln beleuchteten Tor des Hohen Hauses. Er klopfte heftig an die Tür, und der Torwart öffnete ihm. Der Mann kannte ihn noch, schüttelte aber trotzdem den Kopf. »Es ist spät, Spielmann. Gäste sind auch keine mehr da. Komm morgen wieder.«

Ezzo schob ihn zur Seite und stürmte die Treppe hoch. Der Torwart rief noch: »Halt!«, und rannte ihm nach. Ezzo fand seinen Weg durch den dunklen Gang, riss die Tür zu dem kleinen Kaminzimmer mit dem Diwan auf und platzte in den Raum. Gleichzeitig setzte ihm der Wächter von hinten seinen Dolch an die Kehle.

Auf dem Lotterbett vor dem offenen Feuer saß der Burggraf von Nürnberg, nur in Hemd, Bruoche und Strümpfen. Er war erschrocken aufgesprungen und hatte nach dem Schürhaken gegriffen, aber als er sah, dass Ezzo bis auf sein Essmesser unbewaffnet war, legte er ihn wieder weg. Die beiden Doggen hatten sich aufgesetzt und knurrten.

»Wer seid Ihr, Herr, und was verschafft mir die Ehre Eures späten Besuchs?«, fragte der Herr des Hauses mit leise drohendem Unterton.

»Ezzo von Riedern, Liebden, und ich habe mit Euch zu reden.« Ezzos Stimme klang schneidend.

Der Burggraf gab seinem Torwart das Zeichen, zu gehen. Dann wandte er sich betont freundlich an seinen nächtlichen Besucher. »Ah, jetzt erkenne ich Euch wieder! Ihr seid dieser junge Ritter aus Buda, der so unsterblich in die Königin verliebt war!«

»Und Ihr seid Friedrich von Zollern, der Beischläfer derselben«, zischte Ezzo.

Bevor der Burggraf aufbrausen konnte, wurde ein Vorhang zur Seite geschoben, und Barbara kam barfuß aus dem Nebenraum. Sie hatte einen Nachtmantel umgeworfen, und es war unschwer zu erraten, dass sie darunter nackt war.

»Was tust du hier?«, herrschte sie Ezzo an.

Ezzo lachte leise auf. »Ich wollte mich nur mit eigenen Augen davon überzeugen, dass es stimmt, was die Leute sagen. Dass ich ein nichtsahnender Tölpel bin und du eine …«

»Halt!«, unterbrach ihn der Burggraf. »Sag nichts, wofür ich dich fordern müsste, mein Junge.«

Ezzo atmete ein paar Mal tief ein und aus, um seiner Wut Herr zu werden. Er bebte innerlich, als er auf Barbara zutrat. »Ihr habt mich belogen, Majestät. Ihr habt mich Eurer Liebe versichert, immer und immer wieder, und ich habe Euch geglaubt. Ich habe mein Leben für Euch aufs Spiel gesetzt, habe Euch Treue geschworen, und Ihr …« Er rang um Beherrschung. »Sagt mir nur eines: Wie viele von meiner Sorte habt Ihr schon als Spielzeug benutzt?«

Barbara schob trotzig das Kinn vor und antwortete nicht. Sie stand aufrecht da, das Haar offen bis zu den Hüften, und hielt Ezzos Blick eisern stand. Die Hunde knurrten immer noch, aber ihr Grollen wurde nun übertönt vom lauten Lachen des Burggrafen.

»Du liebe Güte, habt Ihr wirklich geglaubt, Ihr seid der Einzige?« Friedrich sah Ezzo mit amüsiertem Blick an. »Das ist ein guter Spaß! Nun, ich kann Euch versichern …«

Barbara legte ihrem Geliebten die Hand auf den Arm. »Lasst ihn. Das ist eine Sache zwischen ihm und mir.« Sie wandte sich an Ezzo. »Was willst du nun von mir, Ezzo von Riedern?«

Er maß sie mit einem verächtlichen Blick. »Entbindet mich von meinem Eid, Majestät.«

Sie lächelte. »Aber mein Freund, das kann ich nicht. Du hast diesen Eid schließlich vor Gott geschworen.«

»Ich glaube nicht, dass Gott einen Eid schirmen mag, der auf einer Lüge beruht. Ich bitte Euch noch einmal: Entbindet mich von diesem Possenspiel.«

Sie seufzte und ließ sich auf dem Diwan nieder. Eine Zeitlang betrachtete sie angelegentlich ihre gefeilten Fingernägel, dann nickte sie. »Nun gut, Herr Ritter. Es sei, Ihr sollt vor der Zeit frei sein. Nur noch einen letzten Auftrag habe ich für Euch, den sollt ihr noch auf Euren Schwur nehmen.«

Ezzo lachte freudlos auf. »Und wenn ich mich weigere?«

»Dann seid Ihr um nichts besser, mein Freund, als das, wofür Ihr mich haltet.« Sie sah ihn herausfordernd an.

Er nickte langsam. »Als Mann habt Ihr mich gedemütigt, Barbara von Cilli. Aber Ihr werdet nicht erleben, dass ich wegen Euch auch noch meine Ehre als Ritter vergesse. Wenn Ihr also darauf besteht: Nennt mir diesen letzten Auftrag, und ich werde ihn ausführen. Danach fühle ich mich, wie Ihr zugestanden habt, nicht mehr an meinen Schwur gebunden.«

Sie stand auf und warf das Haar zurück. Ihr Umhang gab kurz

den Blick auf die weiße Haut zwischen ihren Brüsten frei, bevor sie ihn wieder enger zog. Ezzo spürte, wie sich sein Magen zusammenkrampfte. Immer noch war sie schön wie ein Engel. Doch unter dieser Schönheit, das wusste er nun, lauerten Lüge, Arglist und Bosheit. Sie war wie eine unter der Schale faulige Frucht.

»Im Franziskanerkloster«, erklärte sie, »liegen alle Briefe und Schriftstücke, die der Magister Jan Hus vor seinem Tod in der Haft verfasst hat. Darunter, so hat man mir gemeldet, auch ein bedeutendes Werk des englischen Ketzers John Wyclif. Der König hat alles unter Bewachung gestellt, damit es nicht in die Hände der Böhmen fällt. Diese Schriften sollt Ihr in Euren Besitz bringen und nach Prag schaffen. Dann seid Ihr frei.«

Ezzo verneigte sich knapp. »So sei es.«

»Gut.« Ihre Miene war undurchdringlich. »Ich lasse Euch wissen, Herr Ritter von Riedern, wo genau die Papiere zu finden sind und zu wem Ihr sie bringen sollt. Für jetzt seid Ihr entlassen.« Mit diesen Worten wandte sie sich ab und ging. Der Burggraf und die Hunde folgten ihr. Auch Ezzo verließ den Raum; er wurde von dem missmutig dreinschauenden Torwart auf dem Gang empfangen und hinausgeleitet.

Auf dem Heimweg ging ihm so vieles durch den Kopf. Er war unglücklich, das ja, aber gleichzeitig bedeutete dieses Ende seiner Liebschaft mit der Königin auch eine Erlösung. Irgendwo in einem Winkel seines Hirns hatte er immer gewusst, dass dies alles kein gutes Ende nehmen könnte. Er hatte es nur nicht wahrhaben wollen, hatte diese verrückte, wahnsinnige Liebe bis zur Neige auskosten wollen. Jetzt war es vorbei, mit einem Schlag.

Schlimmer noch als der Liebeskummer nagte der Zorn an ihm, der Zorn auf sich selber. Natürlich hatte er die Gerüchte gekannt, die sich alle Welt über Barbara von Cilli erzählte. Aber er hatte sich geweigert, sie zu glauben. Jetzt stand er da wie ein Narr. Ihm blieb nur noch eines zu tun: Diesen letzten Auftrag hinter sich zu bringen. Die Sache war ihm gar nicht so zuwider, wenn er es genau betrachtete. Er war zwar nicht besonders fromm, hatte aber dennoch öfter über Jan Hus' Lehre nachgedacht – sie war ja lange genug Stadtgespräch gewesen. Und er war immer der Meinung gewesen, dass dieser Hus gar nicht so unrecht hatte mit dem, was er forderte. Wenn er also nun dabei helfen sollte, dass die Lehre des Böhmen überlebte, nun, dann ging das nicht gegen sein Gewissen. Und danach, sagte er sich, danach würde er frei sein. Frei, das zu tun, was er sich wegen seines Treueschwurs bisher versagt hatte: Sein Erbe, sein eigen Hab und Gut wiederzuerlangen. Das, was ihm zustand: Riedern.

Botschaft der Barbara von Cilli an Ezzo
vom 15. Juli 1415

Unsern Gruß zuvor dem Ritter von Ridern. Wir geben Euch Nachrichtt, daß die Schriffthen allsamt bewahret sind in der Cellen, die der Huß bewohnet hat im Kloßter der Franciskanerbrüeder. Diese lieget zwey Treppen hoch neben der clain Capelln, die zur Stadtmauer hinauß gehet. Vor der Thür stehn zwey Wachen.

Die Schriften söllt Ihr bringen nach Prag und Ihr söllt sie geben nit wo anders hin denn in die Händ des edelen Johan von Trocnow, genat Zizka der Einäugige.

Vernichthet dißen Zettel.

B.

am Tag Divisio apostolorum ao.15

Konstanz, Mitte Juli 1415

E s war zum Glück eine mondhelle Nacht; am Himmel standen kaum Wolken. Ein laues Lüftchen hatte sich erhoben, das angenehme Kühle in die heiße Stadt brachte. Motten und Falter umflatterten die Feuerpfannen, die an manchen Straßenecken brannten, und im Stadtgraben jagten lautlos die Fledermäuse.

Das Zwölf-Uhr-Läuten war längst verklungen, als zwei dunkle Gestalten an der Außenmauer des Franziskanerklosters entlangschlichen. Eine davon war groß und kräftig, die andere klein und schmal.

»Hier ist es!«, flüsterte Ezzo und blieb stehen. Über ihm lagen im Erdgeschoss die vergitterten Fenster der Klosterküche, genau darüber die Spitzbogenfenster des Kapitelsaals. Und wiederum darüber eine ganze Reihe von winzigen viereckigen Öffnungen, eher Luft- und Lichtlöcher denn Fenster. Dahinter befanden sich die Zellen der Mönche.

Ezzo hatte sich tagelang den Kopf zerbrochen, wie er in die Kammer hineingelangen konnte, die der Böhme bewohnt hatte. Er hatte sich, als Knecht verkleidet und mit einem Korb voller Krautköpfe auf dem Rücken, Zugang zum Kloster verschafft, hatte Treppenhaus und zweiten Stock ausgekundschaftet. Tatsächlich standen vor der Zelle mit Jan Hus' Sachen bewaffnete Wachsoldaten des Königs. Im Gespräch mit einem Küchenjungen hatte Ezzo erfahren, dass sie auch nachts dort postiert waren. Außerdem hatte man die Zellentür mit einem schweren Schloss gesichert, dessen Schlüssel am Gürtelring des Abts hing. Es war eine fast unlösbare Aufgabe: Er musste sich ins Gebäude einschleichen, den Schlüssel entwenden, die Wachen unschädlich machen, die Schriften holen und damit wieder unentdeckt entkommen. Und anders als bei der Befreiung des Papstes hatte er diesmal keine Hilfe, keine Unterstützung durch mächtige Verbündete. Er war ganz auf sich allein gestellt. Lange überlegte er hin und her, besah sich das Kloster von allen Seiten, tüftelte Pläne aus und verwarf sie wieder. Dazu kam, dass er nur noch wenig Zeit hatte, denn Barbara von Cilli hatte ihn wissen lassen, dass der König in wenigen Tagen nach Frankreich zu Papst Benedikt abreisen würde. Sie befürchtete, Sigismund würde womöglich die Verbrennung von Hussens Nachlass anordnen, bevor er Konstanz verließ.

Ezzo musste sich also beeilen. Grübelnd hockte er auf der Treppe vor Schwärzels Wagen und sah dem Tierbändiger zu, wie er den zahmen Hirsch geduldig von Zecken und Flöhen befreite. Das mächtige Tier hielt mit gesenktem Geweih ganz still und grunzte hin und wieder tief und genüsslich. Schwärzels Frau Ada fütterte derweil den alten Bären mit einem Stück Honigwabe, und Finus balgte sich mit dem Herzog von Schnuff um einen Lumpen. Mittendrin machte auf einer ausgebreiteten Decke die kleine Meli gewissenhaft ihre Übungen. Und dann kam Ezzo der rettende Einfall. Er ging zu dem Schlangenmädchen hinüber und beobachtete sie eine Weile nachdenklich. »Meinst du, du könntest dich durch ein Fensterchen schlängeln, das ungefähr so groß ist?« Er zeigte mit den Händen ein Quadrat mit der Seitenlänge von gut einer halben Elle an.

Meli überlegte. »Hab ich noch nie gemacht – aber versuchen kann ich's. Warum?«

Er nahm die Kleine zur Seite und erklärte ihr, worum es ging. Das schlechte Gewissen plagte ihn schon dabei – schließlich konnte das Unternehmen entdeckt werden –, aber er fand einfach keine andere Lösung. Er beruhigte sich mit der Überlegung, dass die Wachen ein Eindringen durch das Fenster nicht bemerken würden, und von außen konnte er selber für Sicherheit sorgen. Ja, wenn man durch das Fenster in die Zelle kommen konnte, war das Wagnis gering; niemand rechnete schließlich damit, dass ein Mensch durch eine so kleine Öffnung passte.

Meli war Feuer und Flamme, ihr schien das Ganze ein wunderbares Abenteuer zu sein. Sie bastelte sich noch am selben Tag aus Brettern ein kleines Quadrat und probierte aus, wie sie am besten durchschlüpfen konnte. Wenn sie zuerst mit beiden Armen hindurchlangte und dann den Körper nachschob, klappte es gerade so. Ezzo beschloss, schon in der folgenden Nacht das Unternehmen zu wagen.

Nun standen sie unter dem winzigen Fenster der Hus'schen Zelle und spähten an der Fassade hoch. Ezzo hatte am Vorabend eine leichte Holzleiter dicht an der Mauer im hohen Gras versteckt, die er nun hervorholte und gegen die Wand lehnte. Sie reichte genau bis an die kleine Öffnung heran. »Hast du die Schnur?«, fragte er Meli, die schon den Fuß auf die erste Sprosse setzte. Die Kleine nickte; sie hatte die Rolle in ihren linken Schuh gesteckt. »Dann los.«

In diesem Augenblick hörte Ezzo ein Geräusch. Er erstarrte.

Gerade noch konnte er Meli am Fuß packen und festhalten, damit sie nicht weiterkletterte. »Kein Laut«, raunte er. »Beweg dich nicht.«

Er zog einen der beiden Dolche, die er eingesteckt hatte und schlich in die Richtung, aus der das Rascheln und Knirschen gekommen war. Irgendjemand war da auf einen Zweig oder ein paar Steinchen getreten! Lautlos erreichte Ezzo die Ecke des Klostergebäudes. Hier stand ein wilder Schneebeerenbusch, dessen Zweige sich bewegten. Man erkannte ganz deutlich, dass diese Bewegung nicht vom Wind verursacht sein konnte. Ezzo spannte alle Muskeln an, dann machte er zwei schnelle Schritte und sprang. Mit der linken Hand bekam er eine Schulter zu fassen, riss im Fallen den Körper seines Gegners mit sich und warf ihn zu Boden. Mit seinem ganzen Gewicht legte er sich auf die zappelnde Gestalt und setzte ihr die Spitze seines Dolches auf die Brust. Der Überrumpelte schrie auf – und Ezzo kannte die Stimme!

»Nicht! Um Gottes willen! Ich bin's doch nur ...«

Finus!

Ezzo ließ den Dolch sinken, rollte sich von dem Jungen herunter und blieb schwer atmend neben dem Jungen liegen. »Hölle und Pest!«, fluchte er leise, »Du könntest tot sein, du verdammter Esel! Was machst du überhaupt hier?«

Finus setzte sich auf und grinste. »Ihr wolltet diesen Mordsspaß doch nicht etwa ohne mich unternehmen, oder?«

Das reichte. Ezzo versetzte Finus eine Maulschelle, dass es klatschte. »Wir sprechen uns später noch«, knurrte er. »Jetzt komm mit.«

Meli hatte sich unterdessen still an die Wand gedrückt. Es war schon bewundernswert, wie die Kleine in einer solchen Gefahr die Ruhe behielt, dachte Ezzo. Jetzt erklomm das Schlangenmädchen Schritt für Schritt die Leiter, lautlos und geschickt. Ezzo stand neben der Leiter und behielt aufmerksam die Umgebung im Auge; dabei hatte er Finus eisern am Handgelenk gepackt, damit der Junge nicht noch mehr Dummheiten machte. Noch war alles ruhig, und Meli erreichte ohne Schwierigkeiten das Fensterchen. Sie nahm die Seilrolle ab und warf sie durch die Öffnung ins Innere der Zelle. Dann streckte sie die Arme durch das quadratische Loch, zog erst eine Schulter, dann die andere nach. Es ging schlechter als gedacht – sie hatten beim Üben nicht einberechnet, dass die Mauer so dick war – es mussten über zwei Schuh sein. Sie konnte nicht mit den Händen von innen nachhelfen und musste sich deshalb allein mit den Füßen von der letzten Leitersprosse abdrücken. Sie nahm all ihre Kraft zusammen – dann hing sie in dem engen Fensterloch und kam weder rückwärts noch vorwärts.

Finus merkte als Erster, dass Meli feststeckte, und zupfte Ezzo am Ärmel. »Ich geh hoch und helf ihr«, flüsterte er. Ezzo nickte. Es war besser, wenn er unten blieb und aufpasste. Also stieg Finus hinauf. Er griff sich die Füße des Schlangenmädchens und drückte nach, immer wieder ein kleines Stückchen. Es ging langsam, aber es klappte. Irgendwann waren Melis Schultern und Arme durch. Mit den Händen tastete sie zum Boden hin die Wand ab, bis ihre Fingerspitzen etwas erreichten, was sich wie eine Holzplatte anfühlte. Sie machte eine Art Handstand, zog die Beine ganz durch das Fensterloch und ließ den Unterkörper langsam nach hinten kippen. Am Ende stand sie rückwärts gebeugt mit Händen und Füßen auf einem Tisch – Gott sei Dank war die Brücke eine ihrer leichtesten Übungen! Sie richtete sich auf, und konnte sich ein Grinsen nicht verkneifen. Es war geschafft! Und ganz offensichtlich hatte niemand etwas gehört!

In der Zelle war es stockfinster. Doch daran hatte Ezzo schon gedacht. Er hatte der Kleinen eine Kerze und Zeug zum Feuerschlagen mitgegeben. Dies alles zog sie nun aus ihrer Bruoche, der leinenen Unterhose, die sie unter der engen Lederkleidung trug. Sie legte das Zunderpäckchen auf den Steinboden und schlug Funken darauf. Ein kleines Flämmchen glomm auf, und Meli entzündete den Kerzendocht. Dann sah sie sich um.

Der Raum war gerade einmal so groß, dass eine schmale Bettstatt, ein Tisch und ein Hocker hineinpassten. Durch einen schmalen Spalt unter der verschlossenen Tür drang ein schwacher Lichtschein. Das waren die Fackeln der Wachleute. Meli war, als hörte sie ein leises Schnarchen. Sie schliefen, umso besser!

Konzentriert widmete sich das Schlangenmädchen jetzt seiner Aufgabe. Auf dem Bettsack lag ein Exemplar der Heiligen Schrift, das erkannte sie an dem großen Goldkreuz auf dem Einband. Daneben hatte man fein säuberlich Manuskripte aufgestapelt. Meli zählte zehn – weiter konnte sie nicht rechnen –, aber es waren noch viel mehr. Das mussten die Schriftstücke sein, um die es ging!

Die Kleine holte die feste Schnur aus ihrem knöchelhohen Stiefel und machte zwei Päckchen aus den Manuskripten, die sie gut verschnürte. Die Zunge zwischen die Zähne geklemmt, knüpfte sie lauter kleine, feste Knoten. Dann stellte sie den Hocker auf den Tisch und kletterte darauf. So konnte sie das Fensterchen gut erreichen und den ersten Stapel Papiere durchstecken. Ihre Arme reichten nicht bis ganz durch die Mauer, aber sie spürte, wie Finus auf seiner Leiter das Paket in Empfang nahm und hörte, wie Ezzo die kostbare Beute unten auffing. Dann wiederholte sie die Prozedur mit dem zweiten Päckchen. Fertig. Jetzt musste sie nur noch nach draußen. Sie ging auf dem Hocker wieder in die enge Brückenposition, erhob sich dann zum Handstand und schob vorsichtig erst die Füße, dann die Beine durch die Öffnung. Hände griffen um ihre Knöchel, packten dann die Waden. Finus zog aus Leibeskräften, bis Melis Körper halb draußen war. Er stieg ein paar Sprossen tiefer und stellte ihre Füße auf die oberste Sprosse. Sie ruckte und zuckte, drückte und presste, und dann war sie durch!

Ezzo fiel ein Stein vom Herzen, als er sah, dass alles gut gegangen war. Seine beiden Helfer kletterten nach unten, und Meli lachte ihn voller Stolz an. Er drückte sie erst einmal fest an sich und strubbelte ihr durchs Haar, bevor er er zusammen mit Finus die Leiter wieder im Gras versteckte. Dann hasteten alle drei durch die Finsternis, um so schnell wie möglich vom Franziskanerkloster wegzukommen. Atemlos erreichten sie den Vorplatz der Stefanskirche. Von dort aus war es nicht mehr weit bis zum Lager.

Ezzo verstaute die Manuskripte sorgsam unter seiner Schlafstelle. Hier waren sie erst einmal sicher. Dann fiel er in unruhigen Schlaf. Es würde die letzte Nacht sein, die er in Konstanz verbrachte.

»Du willst weg?« Sara sah Ezzo fassungslos an, als er am nächsten Tag vor ihrem Wagen stand. »Ja, aber warum denn?«

Ezzo lächelte traurig. »Ich kann dir nicht alles sagen, Sanna, aber so viel: Ich war nicht immer ein Fahrender. Früher hatte ich ein anderes Leben, eines, über das ich nichts erzählen will, jedenfalls jetzt noch nicht. Da gibt es einen Schwur, den ich nicht brechen darf. Und deshalb muss ich fort.« Es tat weh, ihr das zu sagen. Und noch weher, ihrem Blick zu begegnen.

»Hat es etwas mit dieser Frau zu tun, die du liebst?«

Er zuckte die Schultern. »Das ist vorbei. Trotzdem ja, es hat etwas mit ihr zu tun.«

Sara spürte, wie sich in ihrem Hals ein dicker Kloß bildete. »Wohin musst du denn gehen?« Ihre Stimme zitterte.

»Nach Böhmen.«

»Ganz allein?«

»Nein.« Er lächelte. »Finus kommt mit. Er hat Pirlo und Janka heute früh so lange gepiesakt, bis sie es erlaubt haben.«

»Und wann kommt ihr zurück?«

»Ich weiß es nicht, Sanna. In ein paar Monaten vielleicht, wenn alles gut geht.«

Sie senkte den Kopf. Warum nur fiel ihr dieser Abschied so schwer? Er kam doch bestimmt wieder. »Was ist, wenn wir in ein paar Monaten nicht mehr hier sind?«, fragte sie. »Vielleicht ist das Konzil schon bald zu Ende, jetzt, wo der Papst verhaftet ist und Jan Hus tot …«

»Ich habe mit Pirlo verabredet, dass er in der Schänke zum Kretzer eine Nachricht hinterlässt, wohin ihr zieht, falls das so sein sollte. Dann können wir euch nachreiten.«

»Ja, dann …« Sara fiel nichts mehr ein.

Er sah sie an und zwinkerte ihr mit einem Auge aufmunternd zu. »Du wirst mir fehlen«, sagte er. »Ihr alle.«

Sie versuchte zu lächeln. »Viel Glück.«

Ezzo nickte. Und dann tat er etwas, was ihn selber am meisten überraschte. Er nahm Saras Gesicht in beide Hände und küsste sie sanft auf den Mund. Ihre Lippen waren weich und schmeckten nach süßen Kräutern, die er nicht kannte.

Viel zu schnell war der Augenblick vorüber. Er ließ sie los und räusperte sich verlegen. »Sag Ciaran, wenn er nicht gut auf dich aufpasst, bekommt er es mit mir zu tun«, meinte er.

Dann wandte er sich um und ging.

Sara stand noch eine ganze Weile vor ihrem Wagen. Ihre Augen brannten. Schließlich griff sie nach dem Mörser mit Fenchelsamen, den sie auf dem Treppchen abgestellt hatte, setzte sich und begann, die Körner mit runden, gleichmäßigen Bewegungen zu zerreiben. Als sie wieder aufblickte, sah sie Finus und Ezzo aus dem Lager reiten, der Junge auf einem robusten braunen Maultier, Ezzo auf seinem stolzen Schimmelhengst.

Eine Träne tropfte in das duftende Pulver.

Sara

Ich hatte an diesem Tag nicht lange Gelegenheit, über den Abschied von Ezzo nachzudenken und darüber, warum er wohl hatte gehen müssen. Kaum hatte ich den nächsten Kranken behandelt – einen alten Mann, der vom Schlagfluss halb gelähmt war und unter Verstopfung litt –, gab es draußen ein großes Geschrei. Ich steckte den Kopf aus meinem Fensterchen und sah, dass Jacko aufgeregt auf meinen Wagen zurannte, gefolgt von den anderen Zigeunern und Janka. Ich hörte erst nicht genau, was er mir zurief; ich verstand nur einen Namen: Schnuck. Und ich begriff, dass es ernst war.

Noch bevor Jacko bei mir war, hatte ich schon meine lederne Tasche gepackt und war zur Tür hinaus.

»Er ist abgestürzt!«, schrie Jacko. »Schnell, komm, ich glaube, er stirbt!«

So schnell ich konnte, rannte ich hinter dem Zigeunerjungen her. Er führte mich in die Hütlinstraße, wo die Badestuben waren. Schon von Weitem sah ich das Seil, das Schnuck über die Gasse von Haus zu Haus gespannt hatte. Es hing hoch in der Luft, viel zu hoch – »je höher das Seil, desto voller der Beutel«, war immer Schnucks Wahlspruch gewesen. Eine kleine Menschenmenge hatte einen Ring gebildet, durch den ich mich nun drängte. »Lasst mich durch«, rief ich atemlos, »ich bin Medica, lasst mich durch.«

Sofort öffnete sich eine Gasse, die mich ins Innere des Kreises leitete. Und dann sah ich ihn.

Ganz verdreht und verkrümmt lag er auf dem Pflaster, wie eine Puppe, die ein Kind achtlos hatte fallen lassen. Die Augen waren geschlossen, das Gesicht schmerzverzerrt. Sein Atem ging flach und stoßweise. Jemand hatte ihm ein zusammengelegtes Kleidungsstück unter den Kopf geschoben und den Kragen aufgenestelt.

Ich ging neben ihm in die Knie und wusste sofort: Hier kam jede Hilfe zu spät. Mir stiegen die Tränen in die Augen.

»Der ist hin!«, hörte ich jemanden hinter mir sagen. Wütend drehte ich mich zu dem Mann um. »Ich bin Bader«, erklärte er und hob entschuldigend die Hände, als er meinen Blick sah. »Mit Knochen kenn ich mich aus, und der hier hat keinen mehr, der heil ist.«

Er hatte ja recht. Ich nickte stumm und traurig. Dann legte ich Schnuck die Hand auf die Stirn. »Schnuck«, sprach ich ihn an, »Schnuck, kannst du mich hören?«

Er drehte ganz leicht den Kopf, seine Lider flatterten. Ein leises Stöhnen kam aus seiner Kehle.

»Ich gebe dir etwas zum Schlucken«, sagte ich und träufelte ihm Mohnsaft aus einer kleinen Phiole auf die Lippen. Er schluckte, hustete und schluckte wieder. Ich flößte ihm den ganzen Inhalt des Fläschchens ein. Er sollte wenigstens keine Schmerzen mehr haben. »Schlaf jetzt«, sagte ich und streichelte seine Wange, und er nickte ganz leicht. Janka und Esma hockten sich neben mich, die Zigeunerjungen standen um uns herum, und so warteten wir.

»Einfach abgerutscht ist er, mittendrin«, erzählte eine Frau derweil aufgeregt den versammelten Zuschauern. »Und dann ist er heruntergeplumpst! Das war ein Geräusch, als er aufgeschlagen ist, ich kann euch sagen, das vergess ich nie, und wenn ich hundert Jahre alt werde …«

Schnuck zuckte und öffnete die Augen. »Ich hab einen Krampf bekommen«, flüsterte er und brachte tatsächlich ein Lächeln zustande.

»Nicht reden«, sagte ich.

»Es wird bald besser«, log Esma.

Da griff er nach meiner Hand, die immer noch auf seiner Wange geruht hatte. Er hielt sie mit erstaunlicher Kraft fest. »Versprich … mir … etwas«, bat er.

Ich nickte. »Was denn?«

Mühsam hob er den Kopf an und blickte mir in die Augen. »Ich will … ein ehrliches Begräbnis.« Dann fiel sein Kopf wieder zurück.

Ich wusste nicht, was er meinte. Natürlich würden wir ihn anständig begraben, wie kam er nur auf den Gedanken, es könnte anders sein. Ich sah hilfesuchend zu Janka hinüber, doch ihre Miene war wie immer undurchdringlich. »Ich versprech es dir«, erwiderte ich und drückte Schnucks Hand ganz vorsichtig, um ihm nicht wehzutun.

Sein Gesicht glättete sich, der Mohnsaft begann zu wirken. Sein Atem rasselte, wurde leiser, während ich weiter seine Hand hielt. So saßen wir und sahen zu, wie sich sein Brustkorb hob und senkte, hob und senkte. Und dann, irgendwann, war es vorbei. Ich ließ seine Hand los und schloss ihm die Lider.

Wir legten Schnucks zerschmetterten Körper auf ein Brett, das uns jemand gebracht hatte, und trugen ihn ins Lager. Janka wusch ihn, zog seine Glieder gerade, band ihm das Kinn hoch und nähte ihn in ein festes Leichentuch ein.

»Was hat er gemeint wegen des Begräbnisses?«, fragte ich sie.

Sie sah mich durchdringend an, und da wurde mir klar, das es um etwas ging, wovon ich als Jüdin nichts wusste. »Ein frommer Wunsch«, sagte sie und seufzte. »Viele von uns haben ihn, wenn es ans Sterben geht. Wir möchten alle in geweihter Erde ruhen, damit wir am Jüngsten Tag am rechten Ort sind. Dabei wissen wir doch alle, dass uns das versagt ist.«

Sie fragte mich nicht, warum ich davon keine Ahnung hatte. Ich glaube, sie kannte mein Geheimnis damals schon längst. Deshalb sprach sie auch weiter, als sei meine Frage selbstverständlich gewesen. »Wir sind Unehrliche«, erklärte sie, »unehrlich wie die Henker, Abdecker, Bader, Schinder und Totengräber. Unsereins bekommt kein Grab auf dem Kirchhof, uns verscharrt man irgendwo auf dem Schindanger.«

Mir blieb die Luft weg. Wie war es möglich, einem Toten die letzte Ehre zu versagen? Was konnte Schnuck dafür, dass er nicht als Bauer, Bürger oder Edler geboren war? Dass er ein Leben als Fahrender geführt hatte? Was war daran unrecht?

Janka sah meine Fassungslosigkeit. »Der gerechte Gott ist nur zu den Auserwählten gerecht«, sagte sie und packte im Aufstehen ihr Nähzeug weg. »Pirlo ist schon unterwegs und fragt, wo wir Schnuck eingraben dürfen.«

Mir war ganz schlecht vor Wut. »Aber ... ich hab ihm doch mein Wort gegeben«, sagte ich hilflos.

Janka tätschelte mir die Hand. »Das war recht getan, Kind«, meinte sie tröstend, »so hat er leichter gehen können.«

Wir begruben Schnuck am nächsten Tag vor der Mauer des Kirchhofs von Sankt Stefan. Kein Priester hatte sich bereitgefunden, einen Gottesdienst zu lesen. Stattdessen war Ciaran ans Grab getreten und hatte eine kleine Zeremonie abgehalten. Er sagte lateinische Gebete auf, sang ein Kirchenlied und sprach Fürbitten. Dann verabschiedeten wir uns einer nach dem anderen von unserem toten Freund. Pirlo und Schwärzel schaufelten die Grube zu, und die Zigeuner stellten ein kleines Holzkreuz auf, das der Elefantenmann geschnitzt hatte. Wir Frauen legten ein paar Blumen auf die aufgeworfene schwarze Erde und kehrten traurig zu unseren Wagen zurück.

Dann ging alles ganz schnell.

Als ich ins Lager kam, sah ich schon von Weitem, dass zwei Männer vor meinem Wagen warteten. Sie trugen Judenhüte – einer von ihnen die Konstanzer Art mit einem messingnen Knopf oben auf dem Kegel, der andere eine spitze gelbe Trichtermütze mit schmaler Krempe. Es war nicht ungewöhnlich, dass auch Juden mich aufsuchten, deshalb dachte ich mir zuerst nichts, als ich auf die beiden zuging. Ich erkannte den Rabbi, mit dem ich bei meiner Ankunft gesprochen hatte, und grüßte ihn respektvoll: »Schalom, Meister Herschel, Euer Tag sei voller Freude. Wie kann ich Euch helfen?«

Der Rabbi hob abwehrend die Hände. »Nein, nein, es ist eher

so, dass ich dir helfen will, Sara bat Levi«, erklärte er. »Hier bringe ich dir jemanden, der vielleicht etwas über den Verbleib deiner Familie weiß.«

Ich war wie vom Schlag gerührt! Eine Augenblick lang konnte ich nichts sagen, mich nicht bewegen. Ich stand einfach nur da und rang um Fassung. Dann löste sich die Starre. Ich bat die beiden Männer in den Wagen.

»Mein Name ist Josua ben Moses«, begann der Fremde drinnen, »und ich komme aus der Reichsstadt Nürnberg. Meine Geschäfte führen mich hin und wieder hierher an den Bodensee, und dann besuche ich jedesmal meine Schwester Gutla, die hier in der Stadt verheiratet ist.«

»Und Gutla ist wiederum eine Freundin meiner jüngsten Tochter«, ergänzte der Rabbi. Sein langer, welliger Bart glänzte wie gehämmertes Silber. »Nun habe ich ja versprochen, mich wegen deiner Familie umzuhören, Sara bat Levi, und ich habe mein Versprechen gehalten.« Er lächelte zufrieden, und ich spürte, wie meine Hände zitterten.

Josua ben Moses kratzte sich am Ohr, als er weitersprach. »Wenn ich recht verstanden habe, dann heißt Euer Vater Levi Lämmlein?«

Ich nickte. Sagen konnte ich nichts.

»Nun«, fuhr er fort, »vor ungefähr zwei Jahren hatte ich zu Würzburg ein Treffen mit einem Domherrn, dem ich eine größere Summe lieh. Ich suchte Unterkunft im Judenviertel, aber beim Rabbi wohnten zu der Zeit so viele Schüler, dass ich dort nicht bleiben konnte. Er verwies mich in den Hekdesch, wo ich schließlich die Nacht verbrachte. Gerade als ich am Morgen bei der Frühsuppe saß, verteilte der Schammes Gaben an die Armen. Er rief laut die Namen, und die Leute traten vor und bekamen ein paar Münzen, ein Brot oder einen Arm voll Feuerholz. Und einer der Namen lautete auf Levi Lämmlein. Daran erinnere ich mich ganz genau, weil der Mann zuerst nicht da war und der Schammes zweimal rufen musste.«

»Habt Ihr ihn angeschaut?«, fragte ich hastig. »Wie sah er aus?«

Der Geldverleiher hob die Schultern. »Nun ja, ich habe nicht auf ihn geachtet … ein alter Mann, nicht besonders groß, mit Bart und grauem Haar, mehr kann ich nicht sagen. Ach, da fällt mir ein, dass ihm der Schammes noch eine Süßigkeit in die Hand drückte. Für … ich weiß nicht mehr, was er sagte, irgendein Mädchenname.«

»Jochebed?«, stieß ich hervor.

Er verzog bedauernd das Gesicht. »Tut mir leid, ich erinnere mich nicht.«

Ich ergriff seine Hand und küsste sie. »Ich weiß nicht, wie ich Euch danken kann, Josua ben Moses«, sagte ich. »Und Euch, Rabbi. Mögen Eure Tage gesegnet sein.«

»Und die deinen«, antwortete der Rabbi.

Als sie gegangen waren, saß ich wie erschlagen auf meinem Bettsack und wusste nicht, ob ich lachen oder weinen sollte. Wieder einmal war in meinem Leben von einer Stunde auf die nächste alles anders geworden. Ich fragte mich, ob denn niemals Ruhe einkehren würde. Da hatte ich mich gerade im Leben eingerichtet, hatte meinen Frieden gefunden, so gut das eben möglich war. Die Hoffnung, meine Eltern und Jochi wiederzusehen, hatte ich längst aufgegeben, ich hatte mich damit abgefunden, dass ich sie verloren hatte, ja, ich hatte nur noch selten an sie gedacht. Der Schmerz war vorbei, es ging mir gut. Die Fahrenden waren meine Familie geworden, Ciaran gehörte zu mir. Ich verdiente meinen Unterhalt als Medica, es gab nichts, worüber ich mir Sorgen zu machen brauchte. Es war vielleicht nicht die silberne Burg, von der ich immer geträumt hatte, aber es war recht so. Und nun? Ich fühlte mich wie aus dem Paradies vertrieben. Da war wieder mein altes Leben. Ich dachte an Köln, an meine Kindheit, an Salo, der eine ferne, schöne Erinnerung war. An Chajim, meinen Peiniger, der seine Suche nach mir sicher schon vor langer Zeit aufgegeben hatte. An meine Zeit mit Onkel Jehuda, dem ich so viel verdankte. An Jettl, die wie eine Großmutter zu mir gewesen war. Und mit einem Mal vermisste ich sie wieder schmerzlich. Verwundert horchte ich in mich hinein: Die alten Wunden taten wieder weh. Und noch etwas kam zurück: Meine Sehnsucht nach den Gebräuchen und der Geborgenheit des jüdischen Lebens. Adonai, wie lange war ich schon nicht mehr in lebendigem Wasser untergetaucht?

Wie lange hatte ich nicht mehr den Duft der Besamimbüchse geschnuppert, den Frieden des Ruhetags genossen? Wie viele Male
zu Pessach kein ungesäuertes Brot gegessen? Wie lange schon
nicht mehr in der Thora gelesen? Wie viele Verbote mochte ich gebrochen haben? Wie oft hatte ich am Schabbat gearbeitet, wie oft
Fleischiges zusammen mit Milchigem gegessen? Ich lebte schon so
lange nicht mehr nach den Regeln meines Glaubens, und es hatte
mir am Schluss kaum mehr etwas ausgemacht. Das Versteckspiel
war mir so sehr in Fleisch und Blut übergegangen, dass ich beinahe vergessen hatte, wie es war, jüdisch zu sein. Aber jetzt, jetzt
fiel mir alles wieder ein, stieg in mir hoch wie ein Fisch an die
Wasseroberfläche. Und mir wurde bewusst, dass ich das Alte nicht
mit Neuem ersetzt hatte. Ich lebte nicht nach neuen Überzeugungen, hatte keine jüdischen Gebote gegen christliche ausgetauscht.
Nicht einmal mit der christlichen Zeitrechnung kam ich zurecht.
Auch die Lebenseinteilung der Christen war mir fremd geblieben:
Morgen-, Mittags- und Abendmesse, Sonntage, die unzähligen
Feiertage der vielen Heiligen, die ich nicht kannte, Weihnachten
und Neujahr, Ostern und Pfingsten. Die Tatsache, dass der Tag für
sie mit Sonnenaufgang begann und nicht mit Sonnenuntergang.
Viele Bräuche hatte ich zwar kennengelernt, aber sie bedeuteten
mir nichts. Ich lebte nicht mehr in der alten Welt, und ich lebte eigentlich nicht in der neuen. Ich war nirgends zu Hause. Dies alles
hatte ich nicht wahrhaben wollen, hatte nur in seltenen Augenblicken darüber nachgedacht.

Und dann war da Ciaran. Ciaran, in den ich immer noch verliebt
war, mit dem ich meine Nächte teilte. Ciaran, der sich in letzter
Zeit verändert hatte, seit er sich so oft mit diesen irischen Mönchen
und Priestern traf. Bis vor einigen Wochen war seine Religion nur
an seinem unbeschnittenen Glied für mich sichtbar geworden. Wir
hatten nie über Glaubensdinge gesprochen, ich hatte ihn nie beten
sehen, außer damals, als wir in dieser Marienkirche am Rhein gewesen waren. Nun hatte er ganz offenbar seinen Glauben wieder-
entdeckt, und das machte mir große Sorgen. Wenn ich schon zu
Anfang nicht gewagt hatte, ihm die Wahrheit zu sagen, wie sollte
ich es jetzt noch tun können? Aber wenn ich meine Familie wiederfand, dann musste ich ihm doch alles offenbaren. Und dann,

diese Angst drückte mir das Herz ab, ja dann würde ich ihn vielleicht verlieren.

Den ganzen Tag verließ ich meinen Wagen nicht; ich schickte alle Patienten weg. Ich überlegte tatsächlich, ob ich überhaupt nach Würzburg gehen sollte, oder ob es nicht besser war, alles beim Alten zu lassen. Es war furchtbar, aber ich ahnte, dass ich eine Entscheidung treffen müsste. Eine Entscheidung zwischen Ciaran und meiner Familie. Es fiel mir schwer, so unendlich schwer.

Abends kam Ciaran zu mir und wollte mich zum Essen holen. Es war beinahe unerträglich, ihn so gut gelaunt und arglos zu sehen. Ich konnte nicht mit ihm reden, und essen konnte ich schon gar nicht. Also schützte ich Übelkeit vor und sagte ihm, ich wolle zu Bett gehen.

Spätnachts legte er sich dann zu mir, und ich tat so, als ob ich schon schliefe. Er schmiegte sich an meinen Rücken, legte den Arm um mich und küsste mich zärtlich auf die Wange. »Wie geht's dir?«, fragte er leise.

Ich tat, als sei ich schlaftrunken, murmelte: »Besser«, und kuschelte mich an ihn. Ich liebte ihn so, und ich kam mir vor wie der niedrigste Verräter. In diesem Augenblick war ich schon halb entschlossen, meine Familie zu vergessen und mein Leben einfach weiterzuleben. Er strich mir übers Haar und wünschte mir gute Nacht.

Müde zog ich die Decke bis ans Kinn und murmelte wie selbstverständlich: »Leila tow.«

Himmel! Ich war mit einem Schlag hellwach und mir wurde gleichzeitig heiß und kalt.

Er bewegte sich und murmelte schläfrig: »Hmm?«

»Ach nichts«, sagte ich feige. »Schlaf gut.«

Und da wusste ich, dass es nicht ging. Ich konnte nicht mein Leben lang Versteck spielen. Und während Ciaran neben mir einschlief, fasste ich einen Entschluss: Ich würde nach Würzburg gehen, allein. Fand ich dort tatsächlich meine Familie, dann würde ich zurückkommen und ihm alles sagen. Dann läge die Entscheidung bei ihm. O Adonai, betete ich, bitte mach, dass er mich genug liebt, um bei mir zu bleiben!

Am nächsten Morgen saßen wir alle um die Feuerstelle und löffelten Graupensuppe. Die Stimmung war gedrückt, Schnucks Tod machte uns traurig. Jetzt schon fehlten uns seine Fröhlichkeit, sein ständiges Gezappel und seine dummen Fragen.

Ich suchte lang nach den richtigen Worten, aber irgendwann gab ich es auf. »Ich habe gestern Nachricht bekommen über meine Familie«, sagte ich unvermittelt. »Ein Kaufmann hat erzählt, sie seien zu Würzburg. Ich bin mir nicht sicher, ob es stimmt, aber ich muss dahin.«

»Deshalb warst du gestern Abend so seltsam«, sagte Ciaran und stellte seinen Napf auf den Boden. »Natürlich komme ich mit.«

Das wollte ich auf keinen Fall, aber mir fiel so schnell keine Ausrede ein.

Pirlo runzelte die Stirn. »Besonders glücklich siehst du aber nicht aus«, sagte er trocken.

»Ich will mich erst freuen, wenn ich sie wirklich gesehen habe«, redete ich mich heraus. »Wer weiß, ob sie inzwischen noch dort sind, oder ob sich der Mann nicht getäuscht hat.«

Janka kniff die Augen zusammen, dass man sie vor lauter Fältchen kaum noch sehen konnte. Ihr Blick durchbohrte mich, und ich senkte den Kopf.

»Ich will auch nicht mehr hierbleiben«, ertönte plötzlich Adas Stimme. Es war selten, dass sie überhaupt etwas sagte, sie war ein recht einfacher Mensch und schwieg meist schon aus Schüchternheit. Jetzt, wo alle sie ansahen, bildeten sich auf ihren Wangen rote Flecken. »Ich meine, jetzt, wo Schnuck tot ist ... und er liegt nicht in geweihter Erde ... Ihr wisst doch auch, dass solche Toten wiederkommen, weil sie keine Ruhe finden. Sie suchen einen Ort, wo sie bleiben können. Und ... wo soll Schnuck denn hin, wenn nicht zu uns? Ich hab Angst, dass er uns nachts sucht. Das bringt Unglück ... und, und ... Janka, hab ich nicht recht?« Sie streckte hilflos die Hände in Jankas Richtung.

Die alte Wahrsagerin nickte. »Wenn ihr mich fragt, ich bin dieser Stadt schon lang überdrüssig. Ich hab's Pirlo erst gestern wieder gesagt: Auf diesem Konzil ruht etwas Böses, Unheiliges. Ich spür's in meinen Knochen. Sie tun so, als ob alles zum Wohl der Christenheit geschähe, aber in Wirklichkeit geht es um Macht und Gold.

Die Luft schwirrt von Lügen, manchmal, wenn ich nicht schlafen kann, hör ich sie nachts überall durch die Gassen zirpen wie Grillengesang. Wir verdienen gutes Geld, aber an den Gulden haftet nichts Gutes. Lasst uns aufbrechen, woanders ist es besser.«

»Wir sind dabei«, sagte Schwärzel.

Pirlo trank seine Brühe in aller Ruhe aus. Dann stützte er den Kopf in beide Hände und kratzte sich dabei mit den Fingern hinter den Ohren. Das tat er immer, wenn er nachdachte. Er war unser Anführer, also warteten wir alle auf seine Entscheidung. Schließlich sah er die Zigeuner an. »Was ist mit euch?«

Esma und Jacko schüttelten gleichzeitig den Kopf, Imre und Meli sahen betrübt zu Boden. »Wenn ihr geht«, sagte Esma, »dann schließen wir uns unseren Freunden aus dem Land Al Andalus an. Sie sind unser Volk, und Jacko hätte gern eines ihrer Mädchen zur Frau. Vielleicht ziehen wir mit ihnen in ihre Heimat, wenn das Konzil vorbei ist.«

Pirlo nickte. »Zephael?«

Der Elefantenmann saß wie immer ein Stückchen abseits auf einem Strohballen. Seine Krankheit war in der Zeit, seit ich ihn kannte, sichtbar fortgeschritten. Inzwischen hatte er auch am Hinterkopf eine Knochenwucherung, und sein linkes Bein war zur Dicke eines Baumstamms aufgedunsen, so dass er immer schlechter gehen konnte. Das alles hatte natürlich seinen Geschäften keinen Abbruch getan. Zephael lächelte, was bei ihm nicht oft vorkam. »Ich wollte es Euch eigentlich schon lange sagen. Jemand aus der byzantinischen Gesandschaft hat mir erzählt, dass es im Land der Mohren, über dem großen Meer, viele wie mich gibt. Er war dort und hat es selber gesehen. Ich wäre im nächsten Frühjahr ohnehin dahin aufgebrochen. Wenn ihr jetzt die Stadt verlasst, dann gehe ich auch. Von Genua aus fahren Schiffe nach Africa, heißt es. Vielleicht kennt man dort ein Mittel gegen meine Krankheit.«

Meli rannte zu Zephael und legte ihre dünnen Ärmchen um ihn. Sie war schon immer die Einzige gewesen, die sein Aussehen niemals abgeschreckt hatte. »Wirst du dort drüben dann auch schwarz anlaufen, wie die Mohren?«, fragte sie ängstlich.

Er schüttelte den Kopf. »Das glaube ich nicht. Die Mohren, die ich hierzulande getroffen habe, sind ja auch nicht weiß geworden.«

Meli war beruhigt.

Nun fehlte nur noch Gutlind. Die dicke blonde Hure war zu Konstanz von allen Fahrenden am glücklichsten gewesen. Sie konnte sich vor Kunden kaum retten, hatte viele Freundinnen in den Schänken gefunden und verdiente gutes Geld. »Ich komm nicht mit«, meinte sie nun gelassen. »Solang die Pfaffheit der halben Welt hier in der Stadt ist, wäre ich dumm wie Bohnenstroh, wenn ich ginge. Noch ein paar Monate, und ich hab so viel Geld gespart, dass ich eine kleine Taverne aufmachen kann.«

Pirlo stand auf und räusperte sich. »Also gut«, meinte er. »Alles hat wohl seine Zeit, und manchmal müssen die Dinge ein Ende nehmen. Ich sehe, dass es das Beste ist, unsere Truppe aufzulösen. Ich danke euch allen, es war ein gutes Leben mit euch. Jetzt muss jeder für sich selber Sorge tragen. Ich für meinen Teil, und Janka auch, und ihr, Schwärzel und Ada, wir werden weiterziehen.«

»Wenn es euch recht ist, bleiben wir bis Würzburg zusammen«, ergänzte Janka und sah mich und Ciaran an.

Was sollte ich sagen?

Drei Tage später hatten wir unser Lager abgebrochen. Die Zeit in Konstanz war zu Ende. Der Abschied von den anderen tat mir weh, und als wir aus der Stadt zogen, war mir das Herz schwer. Wir würden uns nicht wiedersehen.

Am Schottentor öffnete uns ein dicker, freundlicher Torwart beide Torflügel, damit wir mit unseren Wagen gut durchkamen. »Na, jetzt wo der König und die Königin die Stadt verlassen haben, hält euch wohl auch nichts mehr hier?«, grinste er. »Der eine nach Frankreich zu diesem Papst, der nicht abdanken will, die andere heim nach Ungarn, und wo geht's bei euch hin?«

Pirlo winkte und ließ die Zügel auf den Rücken seines Zugpferds klatschen. »Hierhin und dorthin, mein Freund«, rief er, »denn wir sind Fahrende und haben kein Ziel!«

Ich schon, dachte ich, als ich meinen Wagen unter dem Torbogen durchlenkte. Ich schon. Würzburg.

Fünftes Buch

Heimat

Würzburg, Oktober 1415

Der feierliche Klang von Kirchenglocken begleitete die kleine Gruppe aus bunt bemalten Wagen, die ratternd den Main auf der steinernen Brücke überquerte. Es läutete zur Mittagsstunde wie sonst jeden Tag, aber Sara kam es vor wie ein freundlicher Empfang eigens für die Spielleute. Sie versuchte, herauszuhören, wie viele Glocken es wohl sein mochten. Sicherlich gab es in der alten fränkischen Bischofsstadt viele Kirchen, nicht nur den Kiliansdom, auf den die gepflasterte Straße in gerader Linie zuführte. Kilian, das hatte ihnen Pirlo unterwegs erzählt, war der Stadtheilige von Würzburg, ein irischer Mönch, der vor vielen hundert Jahren übers nördliche Meer gekommen war, den Franken das Christentum zu bringen. Ciaran war über diese alte Verbindung der Stadt mit seiner Heimatinsel ganz gerührt gewesen und hatte sich fest vorgenommen, das Grab des berühmten Heiligen zu besuchen, den man gerne bei Augenleiden, Gicht und Gliederreißen anrief.

Vor dem Rathaus hielten sie an. Pirlo stieg steifbeinig vom Wagen, um beim Stadtschreiber die Genehmigung einzuholen, dass die Fahrenden hier ihre Künste vorführen durften. Viel hatten sie ja nicht mehr zu bieten, dachte Sara: eine Magistra der Medizin, einen Harfenspieler und Sänger, eine Wahrsagerin und einen Fiedler und Possenreißer. Schwärzel und Ada waren nicht mehr dabei. Vor zwei Wochen, als die Truppe zu Heidelberg aufgetreten war, hatte den Tierbändiger ein vornehm gekleideter älterer Mann angesprochen. Es war dies der Schlossvogt Ludwigs III. gewesen, des Kurfürsten und Pfalzgrafen bei Rhein, der immer noch auf dem Konstanzer Konzil weilte. Der Vogt hatte während der Abwesenheit seines Herrn die oberste Gewalt über Schloss und Gesinde inne und kümmerte sich um alle täglichen Verwaltungsgeschäfte. Sorgenvoll hatte er Schwärzel erklärt, dass der Aufseher über den fürstlichen Tiergarten plötzlich durch einen Unfall ums Leben gekommen sei. Nun suche man händeringend nach einem Mann, der seine Nachfolge antreten könne. Es müsse jemand sein, der mit den beiden Bären im Zwinger, dem edlen Rotwild im Gehege, dem gefährlichen Löwen aus Africa, einem Rudel Wölfe und anderen wilden Tieren umgehen könne, die sich der Landesherr zum herrschaftlichen Vergnügen hielt. Dafür gäbe es angemessene Entlohnung sowie ein Deputat, das Hofkleidung, jährlich einige Juchter Feuerholz und Verpflegung aus der Schlossküche umfasste. Nun, Schwärzel hatte zunächst wenig Lust darauf gehabt, sesshaft zu werden. Er war zu Ada gegangen, um ihr vom Vorschlag des Vogts zu erzählen, worauf die beiden einen Abend lang in ihrem Wagen gestritten hatten wie die Bürstenbinder – ein Streit, an dessen Ende Ada ihrem verblüfften Mann heulend eröffnete, dass sie ein Kind erwartete.

Am nächsten Tag waren die Fahrenden ohne die beiden weitergezogen. Auch der Bär, Rutliese das Schwein und der zahme Hirsch waren in Heidelberg geblieben. Den Herzog von Schnuff hatte Schwärzel seinen Freunden zum Abschied geschenkt; er brauchte den Hund jetzt nicht mehr, und wenn Pirlo fleißig mit ihm übte, würde er bald auch für ihn seine Kunststücke zeigen können und den Fahrenden von Nutzen sein.

So war Pirlos Truppe nun auf vier Leute zusammengeschmolzen. Für den erfahrenen Anführer war das nichts Besonderes, es gab unter den Spielleuten immer viel Wechsel. »Jaja, Schätzelchen, bei den Fahrenden ist nichts von Dauer!«, sagte er zu Sara, als sie aus Heidelberg abfuhren. Sie hingegen fand es traurig, dass es die große Familie der Spielleute, in die man sie vor bald anderthalb Jahren so herzlich aufgenommen hatte, nicht mehr gab. Und natürlich vermisste sie Ezzo. Wie oft dachte sie an ihn! Wo er wohl jetzt sein mochte? Ob er Böhmen schon erreicht hatte? Wie verabredet, hatte Pirlo im »Kretzer« hinterlassen, dass sie nach Würzburg gezogen waren. Also konnten Ezzo und Finus ihren Weg nachvollziehen und würden sie hoffentlich irgendwann einholen. Bald. Oder sollte sie sich das gar nicht wünschen? Jedes Mal, wenn Sara an Ezzos unverhofften Abschiedskuss in Konstanz dachte, tat ihr der Gedanke ein bisschen weh, und trotzdem musste sie dabei lächeln. Kürzlich hatte Ciaran sie dabei ertappt und nach dem Grund ihres Lächelns gefragt. Da hatte sie stumm den Kopf geschüttelt. Vielleicht war es gut, überlegte sie, dass Ezzo fort war. Sie gehörte zu Ciaran, und es war nicht recht, so oft an einen anderen Mann zu denken.

Ah, da kam Pirlo schon aus dem Rathaustor zurück, eine gesiegelte Rolle in der Hand. Er ging merkwürdig gebeugt, fast schien es, als schleppe er sich mühsam zu seinem Wagen. Er legte die ratsherrliche Genehmigung auf den Kutschbock und setzte den Fuß auf das Trittbrett, um aufzusteigen – da plötzlich krümmte er sich mit lautem Stöhnen. Und dann brach er mit einem Aufschrei zusammen, kauerte auf den Knien im Staub, die Arme um den Körper geschlungen, und fiel dann zur Seite.

Mit einem Satz war Sara bei ihm, gefolgt von Ciaran und Janka.

»Was ist dir, um Himmels willen?«, rief Janka und hielt seinen Kopf.

Pirlo konnte kaum antworten. »Schmerz … Brust … kann nicht … schnaufen«, keuchte er. Er rang um Atem, sein Gesicht war aschfahl und wächsern.

Sara half ihm dabei, sich flach auf den Boden zu legen und öffnete mit schnellen Griffen Jacke, Wams und Hemd. Adonai, dachte sie, lass es nicht das Herz sein! Sie legte die Hand auf Pirlos Brust und spürte einen zwar viel zu schnellen, aber kräftigen und regelmäßigen Schlag. Kopfschüttelnd nahm sie die Hand wieder weg. Das war es nicht. Blieb wohl die Lunge. Gemeinsam mit Ciaran drehte sie den um Luft ringenden Alten um, zog das Hemd ganz hoch und legte ihr Ohr auf seinen Rücken. Und dann hörte sie es: ein Knistern, wie von dünnem Papier, das man zusammenknüllte.

»Hat er denn in letzter Zeit gehustet?«, fragte sie Janka mit gerunzelter Stirn. Ihr selber war nichts aufgefallen. Aber Janka nickte. »Nachts, manchmal. Aber nur ein bisschen, nichts, worüber ich mir Sorgen gemacht hätte. Und müde hat er sich gefühlt, seit Heidelberg. Ach Gott, er ist halt auch nicht mehr der Jüngste, hab ich mir gedacht. Hätt ich dir nur was gesagt!«

»Was fehlt ihm?«, fragte Ciaran besorgt.

Sara ließ Pirlo wieder umdrehen. Er wälzte sich mit Jankas Hilfe stöhnend auf den Rücken, immer noch bekam er kaum Luft, und offensichtlich bereitete ihm jeder Atemzug höllische Schmerzen.

»Ich fürchte, es ist der Lungenfluss«, sagte Sara und stand mit ernster Miene auf.

»Der Himmel steh uns bei!« Janka schlug die Hände zusammen. Der Lungenfluss war nicht so selten, er packte Alte und Junge, und Janka wusste, dass die Krankheit tödlich enden konnte. Zu allem Überfluss begann es schon wieder, zu regnen. Seit Heidelberg hatte es fast unaufhörlich geschüttet, und nachts hatte es sogar schon die ersten Fröste gegeben. Jetzt zerplatzten schwere Tropfen auf den Pflastersteinen und warfen Blasen in den vielen Pfützen, die den Platz vor dem Rathaus bedeckten.

»Wir müssen ihn unbedingt ins Trockene bringen«, befahl Sara.

Ciaran wandte sich an ein paar Leute, die neugierig stehen geblieben waren. »Helft mir!« Sofort griffen zwei Männer mit zu, hoben Pirlo hinten in seinen Wagen und legten ihn auf den Bettsack.

»Wir brauchen Quartier in einem Wirtshaus«, meinte Sara. »Im Wagen kann er nicht bleiben; Kälte und stete Feuchtigkeit sind jetzt Gift für ihn.«

»Fahrt zum ›Ochsen‹, gleich dort um die Ecke«, empfahl eine der Zuschauerinnen. »Der hat sogar ein Zimmer mit Kamin!«

In der Erbschänke zum Schwarzen Ochsen war man nicht sonderlich glücklich über die neuen Gäste. Spielleute! Die stahlen wie die Raben, so sagte man, und führten sich nicht auf wie anständige Gastschaft. Dreckig waren sie meist auch! Und eigentlich sollte man ja überhaupt keine vom unehrlichen Gewerbe beherbergen! Aber der halbe Gulden, den Janka dem Wirt in die Hand drückte, vertrieb seine Bedenken schnell. Gott sei Dank hatten sie in Konstanz so gut verdient, dass das Geld leicht den ganzen Winter über reichen würde!

»Aber Essen gibt's nicht, und das Zimmer fegen müsst ihr auch selber«, hatte der Wirt geknurrt, und den Grund hatte Sara auch gleich von dem halbwüchsigen Schankjungen erfahren. »Dem Alten ist die Frau durchgegangen, vor zwei Wochen«, hatte der Bursche ihr ein bisschen schadenfroh verraten. »Jetzt muss er alles alleine machen, und das schmeckt ihm gar nicht!«

Sara war jedenfalls erleichtert, dass sie so schnell eine Unterkunft gefunden hatten. Pirlos Zustand, das konnte ein Blinder sehen, war kritisch. Normalerweise kündigte sich der Lungenfluss mit Husten und Fieber an, war oft die Folge einer verschleppten Erkältung. Dieser hier jedoch schien von der heimtückischen trockenen Sorte zu sein, die ganz plötzlich ausbrach und mit starken Schmerzen in Brust und Rücken einherging. Eine Behandlung schlug hier oft nicht an.

Sie brachten Pirlo ins Bett, stopften warme Decken um seinen Körper und lagerten ihn so hoch, dass er noch einigermaßen Luft bekam.

»Was können wir tun?«, fragte Ciaran leise.

Sara schickte ihn nach Feuerholz, um den Kamin schüren zu können. Wärme war unabdinglich. Janka war derweil in die Küche verschwunden, um Wein heiß zu machen. Sara selber holte Arzneien aus ihrem Wagen, die sie nun kräftig zermörserte. Lungenkraut natürlich, dazu Engelwurz und Thymian, Veilchen und Gundelreb, und Mauerpfeffer zur Fiebersenkung. Gegen die Schmerzen wagte sie nichts zu geben – wenn Pirlo durch Mohnsaft in einen Dämmerzustand geriet, würde er vielleicht nicht mehr aus eigener Kraft atmen können. Nachdenklich sah sie Pirlo an, der mit schmerzverzerrtem Gesicht erschöpft im Bett saß, halb aufrecht, mit einem dicken, strohgefüllten Pfulm im Rücken. »Medicin hilfet, wann Gott es will, wann da nicht ist des Todes viel!«, dachte sie voll Sorge. Diesen Spruch hatte Onkel Jehuda immer zitiert, wenn er daran zweifelte, dass er noch etwas tun konnte. Sie schüttelte ihre Befürchtungen ab und begann, eine Salbe für Brustwickel anzurühren.

Drei Tage lang kämpften sie um Pirlos Leben. Stunde um Stunde wachten Janka, Ciaran und Sara abwechselnd an seinem Lager, während der Herzog von Schnuff, der die Gefahr spürte, ganz niedergeschlagen vor der Tür Wache hielt und ab und zu leise jaulte. Sara machte unaufhörlich Wickel, flößte Pirlo Kräuterwein und Tinkturen ein und ließ ihn heiße Aufgüsse trinken. Obwohl sie wenig von Aderlässen hielt, tat sie Janka den Gefallen und holte den Schnäpper und ihre Zeichnung vom Lassmännlein hervor. An der Menschenfigur schaute sie nach, welche Stelle für Lungenkrankheiten besonders gut sei – das war auch abhängig vom Sternzeichen des Kranken; soweit sie wusste, war Pirlo ein Wassermann –, und schlug schließlich am Fuß in die Ader. Bei einem gesunden Menschen ließ man gewöhnlich so viel Blut ab, wie der Mensch auf einmal trinken konnte. Bei einem schwachen, todkranken Patienten wie Pirlo, so wusste Sara aus guter Erfahrung, konnte dies den Zustand nur verschlimmern. So nahm sie nur so viel von dem dunklen, tiefroten Saft, wie in ein Ei ging. Alle Stunden, wenn vom nahen Dom die große Glocke schlug, legte sie Fenchel und Dillsamen auf einen Dachziegel, hielt die Kräuter übers Feuer und ließ den Kranken die Dämpfe einatmen. Jeden Abend holte Ciaran eiskaltes Mainwasser, mit dem sie Arm- und Beinwickel machten, um das Fieber zu bekämpfen.

Irgendwann setzten sich alle drei stumm und erschöpft an Pirlos Bett. Der Kranke lag sterbensgrau in den Kissen, sein Atem ging rasselnd. Es gab nichts weiter, was Sara hätte tun können. Nun half nur noch Beten.

Und am Morgen, als das erste graue Licht des Tages sich durchs Fenster stahl, schlug Pirlo die Augen auf. Er schaute eine ganze lange Zeit auf die drei Gestalten, die in ihren Stühlen vor seinem Bett eingeschlafen waren. Dann sagte er leise, aber deutlich: »Kinderchen, was ist los? Mir tut gar nichts mehr weh!«

Janka riss es als Erste aus dem Schlaf. Sie strahlte, aber Sara wusste, dass es noch nicht vorüber war. Onkel Jehuda hatte in seinem Buch über den Lungenfluss geschrieben, dass er seine Natur manchmal nach ein paar Tagen von trocken in feucht änderte. In diesem Fall sank das Fieber vorübergehend und die schneidenden Schmerzen hörten auf, ein trügerischer Zustand, der aussah wie eine Besserung. Aber in diesem Stadium der Krankheit sammelte sich Wundwasser im Brustraum außerhalb der Lunge. Wenn es zu viel wurde, dann musste der Arzt handeln, bevor sich die Flüssigkeit in bösen Eiter verwandelte und schließlich Lunge und Herz abdrückte.

Sara wartete voller Sorge noch einen Tag, dann war durch Abklopfen deutlich zu merken, wo sich das meiste Wasser befand, nämlich unterhalb des rechten Lungenflügels. »Es ist wie bei einer Kuh mit Kolik«, erklärte sie Pirlo, der immer noch ohne Schmerzen, aber furchtbar schwach war. »Der Bauer sticht einfach mit einem hohlen, angespitzten Knochen hinein, und dann gehen die Winde ab.«

Pirlo grinste schwach, sein riesiger Schnurrbart zitterte. Mühsam hob er die Hände seitwärts an den Kopf und streckte die Zeigefinger zu Hörnern aus. »Na dann, auf den alten Stier!«

Sara nahm die silberne Hohlnadel und stach beherzt zu. Pirlo schrie auf, aber schon füllte sich die Schüssel, die Janka unter die Nadel hielt, mit wässrig hellroter Flüssigkeit. Am Ende war mehr abgelaufen, als sie gedacht hatte, vielleicht anderthalb Seidlein voll, und gottlob noch kein Eiter dabei.

Von da an erholte sich Pirlo zusehends. Das Fieber ließ sich nun endgültig eindämmen, die Schmerzen kamen nicht wieder, und das Atmen wurde von Tag zu Tag ein wenig leichter. Nach einer Woche konnte Sara Janka in den Arm nehmen und ihr sagen, dass sie ihren Pirlo behalten würde. Zum ersten und einzigen Mal sah sie die alte Wahrsagerin weinen.

»Dann können wir ja bald hier ausziehen«, meinte Ciaran vergnügt, als Sara ihm eröffnete, dass Pirlo über den Berg war. Er hatte ihr gar nicht erzählt, dass er jeden Tag in den Kiliansdom gelaufen war, um vor dem großen Altar, in dessen Reliquiengrab man den Schädel des Heiligen eingelassen hatte, für Pirlos Genesung zu beten. Sie war in letzter Zeit recht einsilbig geworden, wenn er über Glaubensdinge gesprochen hatte, und so ließ er es eben bleiben. Aber geholfen hatte es doch!

Sara widersprach ihm mit Nachdruck. »Der Lungenfluss ist eine so schwere Krankheit, dass man sich nur sehr langsam davon erholt. Bei manchen dauert es Monate, bis sie wieder zu Kräften kommen. Du wirst es merken, sobald Pirlo das erste Mal aufsteht. Ich bin sicher, er wird nicht einmal die paar Schritte bis zum Fenster schaffen. Und außerdem ist die Gefahr eines Rückfalls groß.«

»Das heißt, wir müssen den Winter über hierbleiben?«

Sara nickte. »So wird es sein.«

Ciaran legte ihr den Arm um die Schultern. »Du siehst müde aus«, meinte er. »Und du hast dein eigenes Vorhaben ganz vergessen: deine Familie ausfindig zu machen. Dafür sind wir ja schließlich hergekommen.«

Sie legte den Kopf in seine Halsbeuge und schloss die Augen. Vergessen? Wie hätte sie ihr altes Ziel vergessen können? Nur bis jetzt war Pirlo einfach wichtiger gewesen. Nun, da es ihm leidlich gut ging, konnte sie das tun, wofür sie hergekommen war. In dieser Nacht würde sie endlich einmal mehr als zwei Stunden am Stück schlafen. Und am nächsten Morgen würde sie sich gut ausgeruht auf den Weg machen.

Schreiben des Ritters Ezzo von Riedern an Ihre Majestät die Königin, Barbara von Cilli, Oktober 1415

Gottes Gruß zuvor, Euer Liebden, und den meinen darnach. Wie Ihr befohlen habt, wurde zu Pragk alles Schriftthum des Johann Huß und auch die Handtschrifft des hochwirdigen Wicklif an den edlen Herrn Johan von Trocnov, genat Schischka der Einäugige, übergeben. Derselbe, der nunmehro der Anführer der Hus'schen Bewegungk in Böhmen ist, hat mit groszer Freud alles entgegen genomen und geschworn, die Stück stets in Ehren zu halltten. Er will Euch in eim eignen Brieff dancken. Item mir scheinet, daß in Böhmen alles dahin gehet, daß man sich von der alt hergebrachten Kirche los sagen möcht. Der König Wentzel ist schwach, aber er ist auch trotzig, und er tuet alles, um seinem Bruder, Eurem Gemahl, zu schaden. Allüberall höret man den Satz, Böhmen werde zu Ketzerland, und ich möchts auch glauben. Zu Pragk gäret es. Steht zu befürchten, daß sich der Schischka an die Spitze eines Heeres setzet – er ist ein weitgefürchter Kriegsherr und hat in vieler Herrn Länder gekämpft. Und dann wirdt Krieg sein in Böhmen.

Dies ist, wie von Euch gewünscht, meine Meinungk über die Dingk im Böhmerlandt. Es ist ein Pulffer Faß. Euer Gemahl tät gut daran, sich beyzeiten zu wappnen.

Euer Majesthät, darmit, so halt ich's, ist unßer Abred und Übereinkomm zu Endt, wie auch Ihr es gelobet habt. Mit dießem Brief schick ich Euch Euern Ringk mit dem Siegel zurück. Ich werd

nit an den Hof zurück kehrn, und zwischen unß muß geschieden
sein. Mein Wunsch ist Euer Wohl Ergehn jetzt und immerdar. Dies
schreibt Euch mit eygner Handt aus Pragk der Ritter
Ezzo von Riedern,
am nechsten Tag nach Luce anno 1415

Sara

Ich war so glücklich über Pirlos Genesung, dass ich mit einem
von Ciarans Liedern auf den Lippen die Schänke verließ. Es
war ein kalter Herbstmorgen; auf den Pflastersteinen glitzerte eine dünne Eisschicht vom Nachtfrost, und ich musste achtgeben, um mit meinen glatten Ledersohlen nicht auszurutschen.
Ich überquerte die Gasse, um auf der Sonnenseite zu gehen, wo
die wärmenden Strahlen den Reif schon aufgetaut hatten. Durch
einen breiten Spalt zwischen zwei fachwerkenen Häusern erspäh-
te ich den Fluss, und dahinter auf einem steilen Hügel die riesige
fürstbischöfliche Festung, die nach der Jungfrau Maria benannt
war. Die Sonne ließ ihre braunroten Ziegeldächer unter dem kris-
tallblauen Himmel in der Farbe von Pomeranzen aufleuchten.
Es war ein schöner Anblick, klar, friedlich und still. Ich blieb einen Augenblick stehen, um das Bild in mich aufzunehmen, und
fühlte mich plötzlich seltsam angerührt. Es war, als ob ich damals
schon ahnte, dass das Ende meiner langen Reise nicht mehr weit
war.

Zum ersten Mal seit meiner Ankunft ging ich also mit einiger Neugier durch die Stadt, in der, wie ich annahm, meine Eltern und meine Schwester in den letzten Jahren gelebt hatten. Würzburg war
zwar viel kleiner als Köln, aber größer als München und Konstanz; man schätzte, dass vielleicht zehn- oder fünfzehntausend
Menschen in seinen Mauern lebten. Ich wusste schon genau, wo
die Stadtjuden ihre Häuser besaßen, denn ich hatte den Schankjungen gefragt, aber es zog es mich an diesem Morgen nicht gleich

dorthin. Ich hatte in der Nacht schlecht geträumt, ein merkwürdiger Traum, in dem ich irgendwann ganz allein auf einem hohen Berg stand und weinte. Ich hatte ihn Janka erzählt, aber sie hatte nur ernst genickt und gesagt: »Ganz gleich, wovor du Angst hast, du musst nehmen, was das Schicksal für dich bereithält. Such deine Familie.«

Unschlüssig lenkte ich meine Schritte durch eine kleine, mit Bohlen befestigte Gasse zum Fluss, wo ich eine Weile stand und den Booten zusah, die zum Kranen hin fuhren, wo sie be- und entladen wurden. Holz und Weinfässer waren ihre Last, Säcke mit Korn, Blechplatten und große Rollen mit Draht, Rohleder und Felle für den Winter. Ich hörte zu, wie sich die Mainfischer unterhielten, während sie winzige Fischlein aus ihren Reusen holten und in Weidenkörbe warfen. Es war ein Dialekt, den ich ganz gut verstand, denn Zephael, der aus dem Grabfeldgau gebürtig war, hatte so ähnlich gesprochen.

Dann ging ich weiter zum Dom. Es war ein schmaler, hoher Bau, der seine Türme wie lange, dünne Finger zum Himmel reckte, ein großartiges Denkmal für den heiligen Kilian. Er sah ganz anders aus als der Kölner Dom oder die Münchner Kirchen, es musste ein älterer Baustil sein. Während ich nachdenklich auf der großen Freitreppe vor der Fassade stand, sprach mich eine alte Nonne an und erzählte mir die Legende des irischen Mönchs, der für seinen Glauben zum Märtyrer geworden war: Die heidnische Frau des Frankenherzogs hatte ihn ermorden lassen, weil er ihre Ehe als Todsünde angeprangert hatte – sie war vorher mit ihres Mannes verstorbenem Bruder verheiratet gewesen. Die Geschichte versetzte mir einen schmerzhaften Stich – auch ich war die Witwe des Bruders meines zweiten Mannes. Nur, dass bei uns Juden Brauch war, eine solche Frau mit ihrem Schwager zu verheiraten, damit sie versorgt sei.

Das Gespenst Chajim tauchte plötzlich wieder vor meinen Augen auf, böse und angsteinflößend, ein Dämon, vor dem mir graute. Zum ersten Mal seit langer Zeit wurde mir wieder erschreckend klar, dass ich immer noch mit ihm verheiratet war. Und dass ich nach den Regeln meines Glaubens – und denen des Christentums – mit Ciaran Unzucht trieb. Ich lebte die Sünde.

Mit einem Mal hatte ich das Gefühl, alles falsch gemacht zu haben. Die Verzweiflung packte mich mit kalten Fingern, schüttelte mich, trieb jeden klaren Gedanken aus meinem Kopf. Ich stand vor dem Dom, und der Boden wankte unter meinen Füßen. Hier und jetzt, in dieser Stadt und heute noch, würde in meinem Leben eine Entscheidung fallen. Ich würde mein Urteil erfahren oder mein Glück – in dem Augenblick, wo ich meine Familie wiederfand und in dem Augenblick, da ich Ciaran die Wahrheit sagte.

»Jungfer, geht es Euch nicht gut?« Die freundliche Benediktinerin fasste mich besorgt am Ellbogen.

»Lasst nur«, wehrte ich ab. »Es ist nur ein kurzer Schwindel, weiter nichts.« Dann gab ich mir einen Ruck und fragte nach der Marienkapelle.

»Da müsst Ihr der breiten Straße ein Stück in diese Richtung folgen«, wies die Nonne mir den Weg. »Dann seht ihr links von Euch schon den breiten Platz und die Baustelle für das Kirchlein unserer Lieben Frau. Aber gebt acht, da sind viele Juden – kauft nichts von denen, die möchten junge hübsche Dinger wie Euch gern über den Löffel balbieren und ihre Pfänder teuer loswerden …«

»Ich hab keine Angst«, sagte ich, mehr zu mir selber als zu ihr.

Als ich über den freien Platz vor der Marienkapelle ging, fielen mir schon etliche Männer, Frauen und Kinder auf, die entweder am Mantel die safrangelbe Judenscheibe oder am Schleier zwei gelbe Streifen trugen. Alle wirkten recht geschäftig – ach ja, morgen war Schabbat, und bis zum Sonnenuntergang mussten noch alle wichtigen Unternehmungen erledigt werden, damit der Tag des Friedens arbeitsfrei sein konnte. Ich sah hoffnungsvoll in jedes jüdische Gesicht, das mir entgegenkam, aber die vertrauten Mienen meiner Eltern und meiner Schwester waren nicht dabei.

Zögernd bog ich in eine der angrenzenden Gassen ein und befand mich mitten im Judenviertel. Später erfuhr ich, dass der Fürstbischof den Juden vor Zeiten erlaubt hatte, in unmittelbarer Nähe eines Sumpfes ihre Häuser zu bauen, der Rigol hieß und durch die Umleitung eines Baches entstanden war. Weil er die Abwässer des ganzen Viertels aufnahm, stank es nach Kot und Fauligem, aber das war in einer großen Stadt wie Würzburg schließlich überall so. Doch nicht nur Juden hatten sich hier niedergelassen, sondern auch einige Christen lebten mitten unter ihnen, und ganz in der Nähe befanden sich auch der Marktplatz und das Dietrichsspital.

Ich ging weiter. An fast jedem Haus sah ich am Eingang die Mesusa; manche hatten noch an der Seite die kleinen Holzvorbauten vom Laubhüttenfest stehen, vertrocknete Zweige um die Latten geschlungen. Alles wirkte bekannt und einladend auf mich, ja, es roch sogar vertraut. Ich sah den Laden des Mazzenbäckers, ging am Schlachthaus vorbei, in dem sich zwei Männer an einem toten Zicklein zu schaffen machten. An einem Brünnlein spielten Kinder mit den Schalen von Granatäpfeln und sangen dabei ein hebräisches Lied. Und dann entdeckte ich die Synagoge. Es war ein unscheinbares zweigeschossiges Steingebäude mit einer Pforte, deren Umriss den mosaischen Gesetzestafeln nachempfunden war; daneben befand sich das Rabbinerhaus. Gerade als ich anklopfen wollte, ging die Tür auf, und es kam eilig ein dicker Mann in mittleren Jahren heraus. Bis auf zwei lange, mit dem Brennstab gelockte Peot vor den Ohren und einen dichten dunklen Bart war er kahl, und er ging mir gerade einmal bis zur Schulter. Unter den Arm hatte er eine ganze Anzahl Schriftrollen geklemmt, die er nur mit Mühe festhielt. Beinahe hätte er mich umgerannt; er murmelte eine Entschuldigung und wollte schon weitergehen, da fasste ich mir ein Herz und hielt ihn am Ärmel fest.

»Schalom, Rabbi«, sagte ich mit belegter Stimme, die meine Aufregung verriet. »Verzeiht, ich sehe, dass Ihr in Eile seid. Aber ich komme von weit her und brauche Eure Hilfe.«

Er musterte mich von unten herauf aus kleinen, freundlich blickenden Äuglein. »Schalom und Grüß Gott«, sagte er mit einer überraschend tiefen Bassstimme – natürlich hielt er mich für eine Christin. »Womit kann ich Euch wohl dienen, Jungfer?«

Ich schluckte. »Rabbi, ich bin Sara bat Levi, Jüdin aus Köln. Ich suche schon seit Jahren meine Eltern, Levi Lämmlein und seine Frau Schönla, und meine Schwester Jochebed. Es hieß, sie lebten hier in der Gemeinde.«

Die Augenbrauen des Rabbi schnellten in die Höhe. Er kannte sie! Mir wurden die Knie weich.

»Morada!«, rief er, und ein junges Mädchen erschien, das aufgrund der Gesichtszüge und der Leibesfülle nur seine Tochter sein konnte. Er drückte ihr umständlich die vielen Pergamentrollen in die Hand, die er getragen hatte. »Bring das zurück in die Jeschiwa, Zuckerstück«, sagte der Rabbi und tätschelte ihr die Backe. Dann wandte er sich mit ernstem Blick wieder an Sara. »Komm mit, Sara bat Levi. Ich will dir etwas zeigen.«

Ich folgte Rabbi Süßlein bis zur Stadtmauer und durch das Tor hinaus in die Vorstadt Bleich. Da war eine hohe Mauer mit einem schmiedeeisernen Gitter, in das der Davidstern und der Spruch »Schomér delatót Jisrael« eingearbeitet waren – »Gott, der die Türen Israels bewacht«. Meine Vorahnung wurde zur Gewissheit, der böse Traum in dieser Nacht hatte mich nicht getrogen.

Und dann stand ich vor dem Grab meiner Mutter. Ein Stein, rotbraun, über und über bedeckt mit hebräischen Schriftzeichen. Ich las: »*Am 21. Adar 5174 starb Schönla, Weib des Levi, Krone ihres Gatten, Tochter der guten Jenta. Ihres Mannes Herz durfte sich auf sie verlassen, und an Nahrung mangelte es ihm nicht, und sie kleidete ihn in Ehren, wenn er saß bei den Ältesten, die Thora zu lesen und gute Werke zu tun. Sie war stets bei ihm, fertigte Bücher für ihn mit eigner Hand. Sie suchte weiße Wolle, um Fransen zu spinnen, sie fertigte Garn für Gebetsriemen. Sie war flink wie ein Reh und kochte für die Kinder. Sie schmückte Bräute und führte sie zur Trauung. Sie wusch die Toten und nähte Leichentücher. Mit ihren Händen bestickte sie Kleider und flickte zerrissene Laken. Sie breitete die Arme aus zu den Menschen und ihr Mund sprach keine Lüge. Sie machte Dochte für die Kerzen, sang Psalme und Gebete und sagte die zehn Gebote auf. Sie sang lieblich, kam früh in die Synagoge und blieb bis in die Nacht. Sie tat ihren Mund auf mit Weisheit und wusste, was verboten ist und erlaubt. Am Schabbat pflegte sie Fragen zu stellen und nahm die Worte des Rabbi in sich auf. Sie besuchte die Kranken und drängte ihre Kinder, eifrig zu lernen. Freudig führte sie ihres Mannes Willen aus und tat ihm kein Leides sein Leben lang.*«

Neben dem Stein meiner Mutter stand ein kleinerer, ziemlich neuer Grabstein mit dem Namen meines Vaters darauf. Wer hatte ihm wohl den letzten Dienst erwiesen, ihn gewaschen, eine Ecke seines Gebetsmantels abgeschnitten, um ihn pasul zu machen, ihm das Totenhemd angezogen?

Der Rabbi konnte mich gerade noch auffangen, als ich ohnmächtig wurde.

»Eines Tages, es muss im Nisan vor drei Jahren gewesen sein, stand ein Karren vor der Synagoge, vollgeladen mit Hausrat und ein paar Möbeln.« Der Rabbi hielt den Kopf leicht schräg und blickte hinauf zum blauen Himmel, als helfe ihm dies, sich zu erinnern. Er saß neben mir im Gras; seine Hände spielten mit einem Steinchen. »Dein Vater kam in die Jeschiwa und fragte, ob es in der Gemeinde einen Platz für seine Familie gäbe. Nun, du weißt, was uns Juden Gastfreundschaft und Zusammenhalt bedeuten, also nahmen wir ihn und die Seinen gerne auf. Deine Mutter war damals schon krank, sie hätte nicht mehr lange weiterziehen können. Die Wassersucht, wie sich später herausstellte. Sie besaßen nichts, oj, bettelarm waren sie, kaum, dass sie sich das täglich Brot leisten konnten. Also ließen wir sie in einem der Häuser wohnen, die der Gemeinde gehörten. Unten lebten Schüler der Jeschiwa, und oben unterm Dach richteten sie sich ein. Deinen Vater kam es hart an, von den Mitteln der Gemeindekasse zu leben, aber er war nicht mehr jung genug, um sich von seiner Hände Arbeit zu ernähren. Also übernahm er es, für den Friedhof zu sorgen, alles dort sauber zu halten, das Tahara-Haus zu reinigen, die Leichen zu richten, solche Dinge. Deine Mutter ging ihm zur Hand, solange sie konnte. Und dann war da ja noch deine Schwester, die Aufsicht brauchte.«

Ich nickte. In meinem Kopf war eine schreckliche Leere. Da hatte ich meine Eltern endlich gefunden, nach so vielen Jahren, und nun lagen sie hier in der kalten Erde, tot. Ich wollte weinen, aber es kamen keine Tränen.

»Es waren gute Leute, deine Eltern«, fuhr der Rabbi fort und tätschelte mir die Hand. »Fromm, gottesfürchtig und ehrlich. Sie haben mir einmal erzählt, dass da noch eine Tochter war, die sie schmerzlich vermissten. Und dass diese Tochter aus Not die Familie verlassen musste. Mehr wusste ich nicht.«

»Ich musste vor vielen Jahren aus Köln fliehen, Rabbi. Vergebt mir, wenn ich Euch den Grund nicht nenne, er liegt mir schwer auf der Seele. Danach waren auch meine Eltern gezwungen, fortzugehen. So sind sie hierher nach Würzburg gekommen.«

»Der Herr möge dir vergeben, Sara bat Levi, was immer du getan hast.« Rabbi Süßkind blinzelte nachdenklich in die Sonne. »Auf dieser Welt ist es nicht immer für alle gut eingerichtet.« Er erhob sich und fegte ein paar trockene Grashalme von seinem Mantel. »Komm. Du hast noch nicht alles gesehen.«

Es war schon Mittag, als wir wieder im Judenviertel ankamen. Rabbi Süßlein lenkte seine Schritte zum Hekdesch, der nicht weit von der Synagoge lag. Ich folgte ihm stumm, wagte nichts zu fragen. Das Einzige, was ich denken konnte war: Jochi, ganz allein. Jochi, die immer Angst vor Fremden gehabt hatte. Jochi, die nachts nicht einschlafen konnte, wenn niemand ihre Hand hielt. Jochi. Ich wusste nicht, wie viel Unglück ich an diesem Tag noch würde verkraften können.

Der Rabbi stieg mit mir eine schmale Treppe hoch, dann blieb er vor einer Tür stehen, die von außen versperrt war. Mit einem aufmunternden Nicken hob er den Riegel hoch und stieß die Tür auf. Ich verharrte auf der Schwelle und versuchte, mich für die Begegnung zu wappnen, die nun kommen sollte.

In dem kleinen Stübchen gab es nur ein Bett, eine kleine Truhe, einen Tisch. Staubkörnchen tanzten im Licht der Sonnenstrahlen, die durch das kleine Fenster fielen und einen goldenen Fleck auf die Holzbohlen malten. Ich nahm all meinen Mut zusammen, bückte mich und trat durch die niedrige Tür ins Zimmer. Vor dem Fenster hockte eine zerlumpte Gestalt auf einem Schemel, die Arme ineinander verschlungen. Sie bewegte Kopf und Oberkörper in gleichmäßigem Rhythmus vor und zurück, vor und zurück, vor und zurück. Ich sah sie nur von hinten und im Gegenlicht, ein dunkler, unförmiger Schatten vor dem hellen Quadrat des Fensters.

»Jochi?« Ich brachte nur ein Flüstern zustande.

Die Gestalt reagierte nicht.

»Jochi!«, sagte ich noch einmal, lauter.

Da hörte sie auf, zu wippen, stand schwerfällig auf und drehte sich um. Langsam wich sie bis zur Wand zurück. Das lange Haar fiel ihr wirr und schmutzig bis auf die Hüften. Ihre Augen waren stumpf, wie verschleiert, als wollten sie nicht sehen, was um sie herum war. Reste von Brei klebten an ihrem Kinn und befleckten das einfache lange Leinenhemd, das sie trug. Mein Herz krampfte sich zusammen. Wie mochte sie sich gefühlt haben seit dem Tod der Eltern? Ich wagte nicht, auf sie zu zugehen, wollte ihr keine Angst machen. Also blieb ich wo ich war und wartete. Jochi gab ein kleines tiefes Brummen von sich, ach, das hatte sie früher immer getan, wenn ihr etwas nicht gefiel. Ihr Mund öffnete sich und schloss sich wieder. Wie ein Tier stand sie fluchtbereit da, sah mich voller Angst und Misstrauen an. Sie erkennt mich nicht, dachte ich, nach all den Jahren. Sie weiß nicht mehr, wer ich bin. Ach, sie war ja noch so jung … Aber dann, ganz langsam, ging etwas in Jochi vor. Ihr Blick wurde klarer, ihre Stirn glättete sich. Etwas huschte über ihr Gesicht, die unbändige, reine Freude eines Kindes. Ihr ganzer Körper entspannte sich. Und ihre Lippen verzogen sich zu dem strahlendsten, glücklichsten, fröhlichsten Begrüßungslächeln, das ich jemals gesehen hatte. Und dann sprach sie.

»Sari hol mich wech«, sagte sie. »Hier is' nich' schön, un' ich hab Hunger.«

Ich ging zu ihr hin, legte die Arme um sie und ließ meinen Tränen freien Lauf. Adonai, sie war ein ganzes Stück größer als ich, und sie war so dick geworden, dass ich sie kaum umfangen konnte. Mir war es ganz gleich, dass sie vor Schmutz starrte, ich streichelte ihr Haar, bedeckte ihr Gesicht mit lauter kleinen, tränennassen Küssen. Sie juchzte, kicherte und japste wie ein Hündchen und machte ungeschickte, kleine Hüpfer. Wir waren beide ganz trunken vor Liebe und Glück.

Ich hatte meine kleine Schwester wieder.

Der Rabbi spähte durch die Tür, und als er unsere Wiedersehensfreude sah, kam er ganz herein. »Sie hat sich nicht waschen lassen«, sagte er entschuldigend. »Wie eine Wildkatze hat sie sich gewehrt, mit Zähnen und Krallen. Gesprochen hat sie mit keinem, nur gegessen hat sie für zehn, seit sie hier ist, ganz gierig. Och, wir haben es ihr gegönnt, der Armen. Sie hat nie begriffen, dass ihre Eltern tot waren. Immer wieder hat sie versucht, zu entwischen, bis wir sie schließlich eingesperrt haben. Da war sie wie eine Furie. Tagelang hat sie getobt, hat sich selber zerkratzt, hat den Kopf gegen die Wand geschlagen, bis ihr das Blut übers Gesicht lief. Wir mussten sie am Ende festbinden. Irgendwann ist sie ruhiger geworden; seit zwei, drei Monaten sitzt sie den lieben langen Tag auf ihrem Schemel und wiegt sich selber wie eine Mutter ihr Kind. Vielleicht wird es jetzt besser mit ihr, mit der Hilfe des Ewigen.«

»Bringt mir einen Zuber mit Wasser«, bat ich.

Und dann wusch ich Jochebed den Schmutz der letzten Monate vom Leib. Sie zitterte wie Espenlaub und brummte die ganze Zeit über, aber sie ließ zu, dass ich sanft mit dem Schwamm über ihre Haut rieb. Sogar ihr Haar durfte ich notdürftig waschen, auch wenn es so verfilzt und voller Nissen war, dass Wasser allein kaum etwas ausrichtete. Aber besser als nichts.

Als wir fertig waren, zog ich ihr ein frisches Hemd an und die dicken, flachen Lederschuhe, die keine Spitze und keinen Absatz hatten, weil sie sonst nicht richtig damit gehen konnte. Dann legte ich ihr den warmen Wollmantel mit dem gelben Judenfleck um, den ich in ihrer Truhe gefunden hatte und warf den weißen Schleier mit den beiden blauen Streifen über ihre noch feuchten Haare. »Komm, Jochi, wir gehen.«

Keinen Augenblick länger wollte ich sie in diesem Haus lassen, in dem sie so verzweifelt gewesen war.

Folgsam lief Jochebed an meiner Hand durch die Gassen. Sie fragte nichts, war einfach nur zufrieden wie ein satter Säugling. Mich hingegen plagte ein schrecklicher Zwiespalt der Gefühle: Die Trauer über den Tod meiner Eltern, das Glück darüber, dass ich Jochi wiedergefunden hatte, die Angst davor, wie Ciaran reagieren würde. Unterwegs zerbrach ich mir verzweifelt den Kopf, was nun werden sollte. Ich hatte jetzt die Verantwortung für einen Menschen, der niemals ein selbständiges Leben würde führen können. Das allein veränderte schon so vieles. Aber was mir am meisten Sorgen machte war das Gespräch, das ich noch heute mit Ciaran führen musste. Himmel, was sollte ich ihm nur sagen? Jetzt ging es nicht mehr nur darum, ihm meine Herkunft und meinen Glauben zu offenbaren, sondern ich musste ihm auch erzählen, dass wir in Zukunft zu dritt sein würden. Denn eines wusste ich so sicher wie sonst nichts auf der Welt: Ich würde Jochi nicht mehr alleine lassen. Sie brauchte mich, sie hatte keinen Menschen außer mir. Mein Mut und meine Hoffnung sanken mit jedem Schritt, der mich dem »Schwarzen Ochsen« näher brachte.

Als wir um die Ecke in den Hof bogen, wo unsere Wagen standen, sah ich Ciaran schon von Weitem an der Viehtränke bei den Pferden stehen. Er ließ den Striegel sinken, mit dem er gerade die Kruppe seines Braunen bearbeitet hatte, und runzelte die Stirn. Mir sank das Herz. Eigentlich hatte ich gehofft, Jochi in meinen Wagen bringen und dann allein mit ihm reden zu können. Aber jetzt war es zu spät. Ich packte Jochis Hand fester, und sie ging folgsam mit mir auf Ciaran zu. Er sah mich fragend an.

»Ciaran«, sagte ich und wunderte mich, dass meine Stimme nicht zitterte. »Das ist Jochebed, meine Schwester.«

Ciarans Blick glitt über den gestreiften Schleier, dann tiefer, bis er an der gelben Judenscheibe hängen blieb. Eine unerträglich lange Zeit sagte er einfach gar nichts, starrte mich und Jochi nur ungläubig an. Dann wandte er sich mit einem Ruck ab und ging in seinen Wagen. Ich hörte, wie er von innen den Riegel vorschob.

Würzburg, am selben Abend

ier werden wir wohnen.« Sara schluckte die aufsteigenden Tränen hinunter und schob ihre Schwester in den Doktorswagen. Es war vielleicht besser, Ciaran eine kleine Zeit zum Nachdenken zu lassen und nicht gleich zu ihm zu gehen, dachte sie, während sie Jochi half, den Mantel auszuziehen. »Setz dich schön hin«, sagte sie zu ihr. »Und damit du mir nicht das Ungeziefer hereinbringst, müssen wir zuallererst etwas gegen die Läuse unternehmen!«

Sie nahm das schärfste Operationsmesser aus ihrer Arzttasche und schnitt ihrer Schwester das lange Haar bis auf Fingerlänge ab, auch wenn Jochi dabei ganz jämmerlich zitterte. Beruhigend sprach Sara auf Jochebed ein, während sie die Spanschachtel mit den zerstoßenen Herbstzeitlosensamen herbeiholte, eine Handvoll des Pulvers mit Gerstenkleie und Honig mischte und die giftige Paste auf den strubbeligen Kopf schmierte. Jochi brummte zwar schon wieder angstvoll, aber weil es kein Wasser war, wehrte sie sich nicht. Dann kam ein festes Tuch zum Einpacken, das musste bis zum nächsten Morgen bleiben. »Wirst sehen, es hört bald auf, zu jucken, und dein Haar ist wieder schön!«

Jochi lachte übers ganze Gesicht, und Sara wurde wieder warm ums Herz. Das Glück, die kleine Schwester wiederzuhaben, ließ sie die Trauer um ihre Eltern und die Angst vor der bevorstehenden Aussprache mit Ciaran leichter ertragen. Jochi sah sich erst einmal ganz genau im Wagen um; dann wollte sie unbedingt etwas essen. So holte Sara holte aus der Wirtshausküche eine Pfanne mit Eierschmarren und ein Schüsselchen Apfelmus. Sie schaute zu, wie ihre Schwester die Speisen gierig in sich hineinschlang, selber hätte sie keinen noch so winzigen Bissen hinuntergebracht. Immer wieder spähte sie durch das kleine Fensterchen zu Ciarans Wagen hinüber. Es wurde langsam dunkel, und sie sah, dass er drinnen ein Licht anzündete. Er hasst mich jetzt, dachte sie verzweifelt. Was soll ich nur tun?

Als es ganz dunkel war, kuschelte sich Jochi ins Bett, und Sara streichelte ihr die Wange, bis sie zufrieden eingeschlafen war. Muss man denn für ein Glück ein anderes hergeben, fragte sie sich und betrachtete das rosige Gesicht ihrer Schwester, die ruhig atmete und ein klein wenig schnarchte. Dann schlich sie sich leise aus dem Wagen.

»Ciaran, mach doch auf!« Sie rüttelte leise an seiner Tür. »Bitte!«
Drinnen rührte sich nichts.
»Ich will dir alles erklären. Es tut mir so leid, Ciaran!«
Er antwortete nicht.
»Ach, Ciaran.« Sie setzte sich auf die oberste Stufe seiner Vortreppe und barg müde das Gesicht in den Händen. Es hat keinen Sinn, dachte sie, er wird mir nicht verzeihen. Der Mond stieg aus den Weinbergen hoch und kletterte langsam über die Giebel der Stadthäuser. Sie fror.
Irgendwann öffnete sich die Tür. Er ließ sie doch noch herein –

vielleicht war es noch nicht zu spät! Sara erhob sich mit steifen Gliedern und betrat mit schuldbewusst gesenktem Kopf das Innere des Wagens.

Ciaran saß auf seiner Bettstatt. Sogar im schwachen Licht der Kerze konnte man sehen, dass er bleich war wie eine frisch gekalkte Wand. »Was willst du noch?«, fragte er und sah sie mit einer Mischung aus Zorn, Ekel und Verachtung an.

Sara setzte sich neben ihn, und sofort rückte er ein Stück von ihr ab, als habe sie eine ansteckende Krankheit. Sie schloss die Augen und tat einen tiefen Atemzug. »Ja«, sagte sie leise, »ich bin Jüdin. Mein Name ist Sara, Tochter des Levi. Als ich zu euch kam, damals vor zwei Jahren, war ich gerade mit knapper Not einem Judenmorden entkommen. Meinen Onkel und seine Frau, bei denen ich lebte, hatten sie umgebracht, und ich brauchte Wochen, um mich von meinen Verletzungen zu erholen. Ich war voller Angst, voller Misstrauen gegen alle Menschen, und ich hatte nicht den Mut, euch meine Herkunft und meinen Glauben zu offenbaren. Ich wollte ja ohnehin nur für kurze Zeit mit euch ziehen.« Sie warf einen Seitenblick auf Ciaran, der steif neben ihr saß. An seiner Miene war nichts abzulesen. Die Kerze ließ Schatten auf seinem versteinerten Gesicht tanzen.

»Dann ist alles anders gekommen«, fuhr Sara fort. »Ich fand meine Familie nicht, und ich wollte bei euch bleiben, ihr wart mir zu Freunden geworden. Ich fürchtete, ihr würdet eine Jüdin nicht bei euch haben wollen, also habe ich weiter geschwiegen. Und ich wollte auch keine Jüdin mehr sein, wollte nie mehr Angst um mein Leben haben, nie mehr flüchten müssen, nie mehr die Verachtung der anderen spüren. Ich wollte einfach ein bisschen glücklich sein, und so war alles viel leichter.« Sie wischte sich über die Augen. Ciaran sagte nichts.

»Es war nicht einfach, das Geheimnis zu bewahren. Und manchmal hätte ich mich fast verraten, aber es ging immer gut. Wieder und wieder habe ich mir eingeredet, dass meine Zeit bei euch ja nur vorübergehend sei, bis ich meine Familie gefunden hätte. Und dann, dann habe ich mich verliebt.«

Er lachte kurz und freudlos auf.

»Es war so wunderschön mit dir.« Sara tastete nach Ciarans

Hand, aber er zog sie zurück, als habe er sich verbrannt. »Und je glücklicher ich war und je mehr Zeit verging, desto schwerer fiel es mir, dir die Wahrheit zu sagen. Ich hatte solche Angst, dich zu verlieren! Und ich wusste doch, dass du dein Mönchsgelübde gebrochen hattest. Du schienst nicht viel vom Glauben zu halten, zumindest bis zu dem Zeitpunkt, an dem du in Konstanz diese irischen Freunde getroffen hast. Da … da dachte ich, es ist vielleicht nicht so schlimm …«

»Nicht so schlimm?« Er fuhr hoch. »Nicht so schlimm? Oh, natürlich, es ist überhaupt nicht schlimm, dass ein Christ es mit einer Jüdin treibt, er versündigt sich dabei ja nur an Gott und allen Heiligen und an sich selbst!« Seine Augen wurden zu Schlitzen, als er sie ansah. Sein Blick ließ sie frieren. »Besudelt hab ich mich an dir, du Judenhure!«, brach es aus ihm heraus. »Du hast mich belogen und betrogen! Bei jeder Berührung hast du mich beschmutzt! Du widerst mich an! Wie konnte ich nur so blind sein?«

Sara war bei jedem Satz zusammengezuckt. Sie ballte die Fäuste. »Blind? Warst du blind, als du dich in einen Menschen aus Fleisch und Blut verliebt hast? Denn das bin ich zuallererst, Ciaran, ein Mensch. Ein Mensch, der lacht und weint, der leidet und liebt, der glücklich ist und traurig. Ein Mensch, der Schmerz empfindet, wie du, der verletzlich ist, wie du, der blutet, wie du …« Sie streckte flehend die Hände aus. »Gott hat auch uns Juden geschaffen, Ciaran. Deine Bibel ist zur Hälfte meine Thora. Wir haben denselben Stammvater, Abraham. Was ist so schlimm daran, dass dir vor mir graut? Ich bin immer noch derselbe Mensch wie vorher!«

Ciaran starrte Sara an. »Aus deinen Augen schaut der Teufel«, flüsterte er. »Dein Gesicht ist seine Fratze! Versuch mich nicht, Beelzebub!«

Sara schüttelte fassungslos den Kopf, während Ciaran unerbittlich weitersprach. »Ich habe hierzulande gelernt, wie man einen Juden nennt, der in Kleidern herumläuft, die seine Religion nicht erkennen lassen. Weißt du, wie?« Er spie es aus: »Dreck in einer Bratwurst!«

Es war mehr, als sie ertragen konnte. »O ja, ich weiß. Und ich kann dir noch weiterhelfen. Wir essen Schweinekot, wie du ja an den steinernen Judensäuen sehen kannst, die an euren Kirchen angebracht sind. Wir sind geldgierig, heimtückisch, feige und gemein. Zu München nannte man uns ›bedreckete, besambelte, belambte, besudelte, garstige, rotzichte, schmierichte, stinkichte Juden‹!« Sie packte Ciaran an den Schultern. »Sieh mich an, Ciaran! Bin ich so? Bin ich hässlich und schmutzig, rieche ich schlecht?«

Er sah ihr nicht in die Augen, drehte den Kopf zur Seite. Schließlich ließ sie ihn los. Es hatte doch keinen Zweck. Er war wie die anderen. Ja, auch er hätte Juden ermordet, wäre er in München dabei gewesen. Sara barg ihr Gesicht in den Händen. Sie wünschte, sie wäre diesem Mann nie begegnet.

»Auf euch liegt Christi Blut, wie ihr es verlangt habt«, sagte Ciaran leise und verächtlich. »Ihr seid die Mörder meines Gottes. Darum strafte euch der Allmächtige durch Vertreibung aus seinem Heiligen Land, darum findet ihr nirgends eine Heimat und darum werdet ihr in der Hölle brennen. Euer Geist und eure Körper sind vergiftet. Ihr schändet mit der Hostie den Leib des Herrn, ihr tötet Kinder, um ihr Blut zu trinken. Ihr seht aus wie wir Christenmenschen, aber unter eurer Haut steckt nichts als Kot und Unrat, Fäulnis und Maden.«

Sara spürte, wie ihr übel wurde. War das der Mann, den sie geliebt hatte? Hatte sie einmal dieselben Lippen geküsst, die nun all diese Ungeheuerlichkeiten gegen sie ausspien? Hatten diese Hände, die er nun zu Fäusten ballte, einmal ihren Körper liebkost, ihre Haut gestreichelt? Hatte sie einmal in diesen Armen vor Lust die Welt vergessen können? War diese Stimme, in der so viel Hass schwang, dieselbe, die ihr tausend Liebesworte ins Ohr geflüstert hatte? Sie sah in sein Gesicht. Es war ihr einmal so schön vorgekommen, sie hatte sich nicht sattsehen können an diesen geschwungenen Lippen, diesen meerblauen Augen. Jetzt sprühte ein Hass aus seinem Blick, der sie schaudern ließ. Was Ciaran gesagt hatte, war mehr als sie ertragen konnte. Ihre Liebe war zu Eis erstarrt, alles, was sie für diesen Mann empfunden hatte, getilgt und ausradiert. Es war vorbei. Was sollte sie noch sagen?

So stand sie auf. »Du hast allen Grund, mich zu hassen, Ciaran«, sagte sie und wischte entschlossen die Tränen fort. »Nicht weil ich Jüdin bin, sondern weil ich dich belogen habe. Das tut mir leid, und ich kann dich nur bitten, mir zu verzeihen.«

Er blieb sitzen, stumm, mit ausdruckslosem Gesicht. Sie wandte sich zum Gehen. »Und wenn du den Gedanken nicht erträgst, mit einer Judenhure Umgang gehabt zu haben, dann tut es mir ebenfalls leid. Ich konnte nicht ahnen, dass es für dich so widerwärtig war. Verzeih, wenn ich deine Reinheit beschmutzt habe. Es wird nicht wieder vorkommen.«

Mit zitternden Fingern öffnete sie die Tür und verließ den Wagen. Hoffte sie, dass er sie zurückrief? Sie wusste es selber nicht.

Kaum hatte sie die Tür hinter sich zugezogen, griff Ciaran nach seiner Harfe, die neben dem Bett lag und warf sie mit einem wilden Aufschrei gegen die Wand. Mit hässlichem, metallischem Klingen rissen die silbernen Saiten, das trockene Weidenholz knackte, die Verzahnungen brachen. Das kostbare Instrument zersprang in zwei Teile, wie sein Herz.

Sara

Die Nacht überstand ich nur, weil Jochi da war. Ich schmiegte mich an sie, und sie schlang im Schlaf ihre Arme um mich, wie sie es als Kind getan hatte. Ich weiß nicht, was ich ohne sie getan hätte, verzweifelt wie ich war. Oh, was Ciaran an diesem Abend zu mir gesagt hatte, war nichts Neues für mich, ich hatte solche und ähnliche Beleidigungen oft genug gehört. Und ich hatte sie mit Demut ertragen und hinterher aus meinen Gedanken verdrängt, so, wie wir Juden es von Kindheit an gelernt hatten. Doch diesmal konnte ich die Schmach nicht aushalten und ich würde sie auch niemals vergessen. Nicht irgendjemand, nein, der Mann, den ich geglaubt hatte, zu lieben, hatte mir den Hass der ganzen Christenheit entgegengeschleudert. Ich lag in den Kissen und in mir war so viel Trauer, Wut, Scham, Bitterkeit und Enttäuschung, dass ich glaubte, es müsse mich zerreißen. Irgendwann, als der kalte Morgen graute, hörte ich Räder polternd aus dem Hof rollen. Ich stand auf, schlug mir die Decke um die Schultern und trat ins Freie. Der Platz, an dem Ciarans Wagen gestanden hatte, war leer. Ich stand eine Weile da, sah zu wie der weiße Hauch meines Atems in der Luft Wölkchen bildete und spürte der stumpfen Leere nach, die sich in mir ausbreitete.

»Er ist fort, ja?« Jankas Stimme riss mich aus meiner Erstarrung. »Der Narr!«

Ich drehte mich um. Da stand die alte Wahrsagerin hinter mir, ein schwarzes Wolltuch um Kopf und Oberkörper geschlungen. Kein Wort kam über meine Lippen, und so legte sie mir einfach den Arm um die Schultern und führte mich nach drinnen in ihre und Pirlos Stube. Im Kamin brannte schon ein kleines Feuer, Pirlo saß davor in seinem Lehnstuhl und nippte an einem Becher Brühe. Zu seinen Füßen döste der Herzog von Schnuff.

»Setz dich«, sagte Janka in einem Tonfall, der keinen Widerspruch duldete, und schob mir ein Schemelchen an den Tisch. »Er war dir nicht bestimmt.«

Ich legte den Kopf auf die Arme und begann, hemmungslos zu schluchzen. Der Herzog von Schnuff trabte sofort zu mir herüber, stupste mich mit seiner feuchten Nase an und winselte mit.

Janka ließ mich ausweinen, dann stellte sie ein Schüsselchen mit Brei aus gequollener Hirse, Hühnerfleisch und Rüben vor mich hin. »Iss«, sagte sie. »Es ist keine Milch drin.«

Ich sah sie ungläubig an.

Sie lächelte und drückte mir einen Holzlöffel in die Hand. »Glaubst, du, die alte Janka hätte nicht gewusst, dass du eine vom Volk Mose bist?« Mit leisem Kichern schnitt sie eine Scheibe Brot ab und legte sie auf den Tisch. »Jeder, der es hat wissen wollen, hätte es wissen können. Niemals Schweinefleisch, ts, ts, ts. Der gute Schnuff ist fett und rund geworden, von dem Tag an, seit du bei uns warst. Dann in jedem noch so winzigen Bächlein ein Bad, auch wenn's kalt war, hm! Nicht wissen, wann welcher Feiertag ist! Dich mit der falschen Hand bekreuzigen! Bei gemeinsamen Gebeten so tun, als ob du mitsprechen würdest! Dabei hattest du keine Ahnung, was die richtigen Worte waren. Ja, ja!«

Eine große Erleichterung überkam mich. Sie wusste, dass ich Jüdin war, und hatte sich trotzdem nicht von mir abgewandt. Sie war mir nicht böse. Am liebsten wäre ich aufgesprungen und hätte sie umarmt, aber sie drückte mich auf den Schemel nieder.

»Jetzt iss endlich, Kindchen. Hungern macht die Welt nicht besser.«

Tatsächlich hatte ich seit dem letzten Mittag nichts mehr in den Magen bekommen, und so begann ich, zu löffeln. Pirlo schlurfte herüber, setzte sich dazu und ließ seinen Schnurrbart ein paar Mal lustig auf- und abhüpfen, um mich aufzumuntern. »Schätzelchen«, sagte er schließlich – so nannte er mich meistens –, »du bist bei uns immer willkommen. Für uns Fahrende sind alle Menschen gleich. Schau dir nur an, wer zu uns gehört: Zigeuner, Verwachsene, Gesetzlose, Mohren, Zwerge, Welsche, Huren, Bucklige, Mauren – was halt alles auf Gottes Erdboden kreucht und fleucht. Was einer glaubt oder nicht glaubt, das kümmert uns nicht, und geht auch niemanden etwas an. Aber nicht jeder kann so denken wie wir, und Ciaran ist im Kloster groß geworden. Das legt man nicht ab wie einen alten Mantel. Janka hat schon recht, er ist kein schlechter Kerl, aber er war der Falsche für dich.«

Ich nickte unter Tränen. »Ich hab euch alle angelogen«, sagte ich. »Das liegt schwer auf meinem Gewissen.«

»Was du uns gesagt oder nicht gesagt hast, war deine Sache«, erwiderte Janka. »Das Gesetz der Fahrenden lautet: ›Frage nie.‹ Ciaran hat es zwar für sich in Anspruch genommen – keiner von uns wusste etwas von seiner Vergangenheit –, aber er hat es dir nicht zugestanden. Das war sein Fehler.«

In diesem Augenblick hörte ich ein Jammern durch das Fenster zum Hof. Ich sprang auf: »Du liebe Güte, Jochi!«

Ich lief nach unten. Meine Schwester stand im Unterkleid mitten auf dem Hof, den Läuseturban immer noch auf dem Kopf, und sah sich suchend um. »Boker tov, Jochi«, sagte ich und nahm ihre Hand. »Komm, ich will dich jemandem vorstellen.« Sie folgte mir brav ins Haus und ließ sich von mir den Schlaf aus den Augen wischen, bevor wir zu Janka und Pirlo in die Kammer gingen.

»Das ist meine kleine Schwester, Jochi«, sagte ich. »Nur sie hab ich wiedergefunden. Meine Eltern sind tot.«

Jochi ließ sich etwas ängstlich von Janka und Pirlo umarmen, dann entdeckte sie den Herzog von Schnuff, der sich wieder vor dem Kamin ausgestreckt hatte. Ihre Miene hellte sich beim Anblick des Hundes auf; sie ging hinüber, hockte sich zu ihm auf den Boden und kraulte ihn hinter den Ohren. Er legte vertrauensvoll sein Kinn auf ihr Knie, sah mit großen Augen zu ihr auf und grunzte zufrieden.

»Sie ist …«

»… ein Sternenkind«, ergänzte Janka. »Davon gibt es viele. Sie werden so, weil bei ihrer Zeugung die Sterne in einer bestimmten Konstellation stehen, heißt es.«

Ich seufzte. Oft hatte ich ganz andere, hässliche Erklärungen gehört. Einen Wechselbalg hatte man sie genannt, ein Drudenkind, toll und närrisch, gezeugt auf widernatürliche, verbotene Art, Gottes Strafe für lästerliche Sünden der Eltern.

»Sie ist immer unser Kummer gewesen«, sagte ich. »Und unser Glück. Jetzt hat sie nur noch mich.«

»Was willst du nun tun?«, fragte Pirlo später, nachdem auch Jochi ein Frühstück bekommen hatte und er selber sich von Janka Brust und Rücken hatte einreiben lassen.

»Ich weiß noch nicht«, antwortete ich ehrlich. Ich hatte noch keine Zeit gehabt, mir Gedanken zu machen. Wieder überfiel mich der Schmerz über den Verlust von Ciaran. Aber nun, ohne ihn, war ich auch frei, über mein Leben neu zu entscheiden. Und ich brauchte auch nicht mehr Versteck zu spielen. Laut überlegte ich: »Herumziehen werde ich mit Jochi wohl nicht mehr können. Das wäre ihr zu viel, sie würde nicht damit zurechtkommen, ständig woanders zu sein.«

»Dann musst du dir eine Bleibe suchen«, meinte Janka. »Brauchen sie zu Würzburg keinen Arzt?«

»Was wird denn aus euch?«, fragte ich zurück. »Ihr seid jetzt ganz allein, und du, Pirlo, bist noch lange nicht richtig gesund. Auch für euch ist das Herumziehen nichts mehr.«

Janka zwinkerte. »Oh, das wissen wir schon lange, Kindchen. Ich hab die Karten gefragt, sie sagen, es ist Zeit, zu bleiben. Wir kommen langsam in ein Alter, in dem sich ein Fahrender einen Unterschlupf sucht. Hier ist's nicht schlecht, die Stadt ist gut zum

Leben. Und der Wirt ist recht froh, dass er jetzt jemanden hat, der die Arbeit seiner davongelaufenen Frau übernimmt – das hab ich ihm nämlich angeboten. Herr Vitus, hab ich gesagt, mein Leben lang koch ich schon für viele hungrige Mäuler. Und nie hat einer gesagt, ihm schmeckt's nicht. Die Jüngste bin ich zwar nicht mehr, aber wenn mir jemand mit den schweren Arbeiten zur Hand geht, schaff ich es. Da hat er richtig aufgeschnauft, unser Wirt. Wegen seiner gräßlichen Kocherei sind ihm nämlich schon die Leute weggeblieben. Für unsern Kranken hier wär auch gesorgt, sobald er seine Knochen wieder in Bewegung bringt, hat er gesagt.« Sie tätschelte Pirlo vorsichtig den Rücken, um ihm nicht weh-zutun. »Er soll die Schweine, Ziegen und Hühner versorgen, und abends kann er fiedeln und seine Faxen machen. Das zieht die Kundschaft an. Dafür dürfen wir im Hinterhaus über dem Kraut- und Rübenlager wohnen und bekommen Kost und ein paar Pfen-nige.«

Ich freute mich für die beiden. Es hatte mir schon Sorgen ge-macht, was aus ihnen würde, wenn sie einmal nicht mehr wei-terziehen konnten. Und was mich und Jochi betraf, hatte Janka sicherlich recht. Ich beschloss, beim Magistrat anzufragen, ob zu Würzburg eine Ärztin gebraucht würde.

Gebet eines Arztes
von Mose ben Maimon (Maimonides), 1135–1204,
jüdischer Leibarzt des Sultans Saladin

»*Stehe mir bei, Allmächtiger, denn ohne deinen Beistand gelingt dem Menschen auch das Kleinste nicht. Lass, dass mich beseele die Liebe zur Kunst und zu deinen Geschöpfen. Gib es nicht zu, dass Durst nach Gewinn, Haschen nach Ruhm oder Ansehen sich in meinen Betrieb mische, denn diese sind der Wahrheit und der Menschenliebe feind, und könnten auch mich irreführen in mei-nem großen Berufe, das Wohl deiner Geschöpfe zu fördern. Erhal-te die Kräfte meines Körpers und meine Seele, dass unverdrossen sie immerdar bereit seien, zu helfen und beizustehen dem Reichen und dem Armen, dem Guten und dem Bösen, dem Feinde und dem Freunde. Lass im Leidenden stets mich nur den Menschen sehen.«*

Würzburg, Dezember 1415

ier wären wir also.« Rabbi Süßlein blieb vor einem Häuschen in der Judengasse stehen. Es lag zwischen der Mazzenbäckerei und dem Haus des Barnoss, des Gemeindevorstehers. Im Hintergebäude wohnte der Sofer Stam, der Thoraschreiber, mit seiner Großmutter. Sara hatte ihn schon kennengelernt; es war ein stiller, freundlicher junger Mann namens Ascher ben Jeschua, und er hatte die schönste Handschrift, die sie je gesehen hatte. Sie freute sich, ihn zum Nachbarn zu bekommen.

Es hatte eine Weile gedauert, bis der Rat ihr erlaubt hatte, sich zu Würzburg niederzulassen. Eine allgemeine Bestallung zur Stadtärztin hatte man ihr verweigert; das Misstrauen war zu groß gewesen. Eine Frau als Magistra der Medizin, wer hätte je so etwas gehört? Da konnte ja jede kommen und Behauptungen aufstellen! Nur weil Sara so hartnäckig geblieben war, hatte man ihr schließlich gestattet, vorläufig im Judenviertel zu praktizieren. Christen durfte sie allerdings nicht behandeln.

Ihr war es recht gewesen. Zumindest war es ein Anfang.

Der Rabbi verabschiedete sich schnell, weil sein Schulunterricht begann. Er überreichte ihr den Hausschlüssel, wünschte masel tow und machte sich dann auf den Weg. Sara und Jochi betraten das Haus voller Erwartung. Es war nicht groß; deshalb gab es auch keine Untermieter in Dach und Keller, wie in den meisten anderen Häusern der Stadt. Für zwei Menschen würde es gerade schön reichen, wenn man bedachte, dass ja auch noch ein Zimmer im Erdgeschoss als Behandlungsraum dienen musste. Hinter dieser Arztpraxis lag eine geräumige Wohnküche mit Kochkamin und

Spülstein, im ersten Stock gab es ein großes Schlafzimmer und zwei Kammern. Und, welch ein Luxus, einen Abtritt! Das Beste aber war, dass Sara im Gärtchen hinter dem Haus einen eigenen Brunnen entdeckte, zwar nicht viel mehr als ein gemauertes Loch im Boden, in das man einen Eimer hinunterlassen konnte, aber Wasser war für die ärztliche Behandlung immer vonnöten, und so konnte sich Sara häufige Gänge zum großen Brunnen vor der Marienkapelle sparen.

Es klopfte, und eine ältere Magd stand vor der Tür, ein rundes Brot in der Hand. Aus einem Loch, das oben in den Laib gebohrt war, leuchtete weißes Salz.

»Glück und Segen den Nachbarn im neuen Heim«, wünschte die Frau. »Meine Herrschaft lädt Euch zum Schabbatmahl ein, heute bei Sonnenuntergang.«

»Wer ist deine Herrschaft?«

»Levi Colner und seine Frau Jakit«, antwortete die Magd. »Gleich nebenan.«

»Sag, wir kommen gern.«

Die Schabbatgesellschaft entpuppte sich als Treffen der vornehmsten Familien der jüdische Gemeinde. Nicht nur der Rabbi und seine Tochter waren anwesend, sondern auch drei Mitglieder des Fünferrats, der die Geschicke der Würzburger Juden lenkte. Levi Colner gehörte selber dazu, auch der rotgesichtige Salman Polp mit seiner Frau Esther, und ein weißhaariger, gebückt gehender Greis namens Mordechaj ben Mose. Sie hießen Sara und Jochebed in ihrem Kreis herzlich willkommen, bevor schließlich zuerst der Rabbi, dann alle anderen sich die Hände wuschen und am großen Tisch Platz nahmen. Die Hausfrau entzündete die Kerzen, und dann sprach der Hausherr den Kiddusch über Wein und Brot.

Sara saß ganz still am schmalen Ende der Tafel. Wie lange war es her, dass sie zum letzten Mal den Schabbatsegen gehört hatte? Fast hatte sie vergessen, wie feierlich es war. Wie ein unsichtbarer Gast trat die Ruhe ein, legte sich über Haus und Hof, ließ die Menschen zu sich kommen. Man vergaß Sorgen und Mühsal, Streit und Ärger. Es schien, als ob die Zeit langsamer verging in diesem Frieden.

Jetzt erst wurde Sara bewusst, wie sehr sie den Schabbat vermisst hatte. Sie sang die vertrauten Lieder mit, aß Speisen, deren Geschmack sie schon lange nicht mehr auf der Zunge gespürt hatte. Jeden Augenblick genoss sie.

»Wir sind sehr froh, dass du beschlossen hast, dich hier niederzulassen, Sara bat Levi!« Die Stimme von Levi Colner riss Sara aus ihren Gedanken. »Es steht unserer Gemeinde gut an, eine eigene Ärztin zu haben. Inzwischen sind wir wieder viele.«

»Wie alt ist die Würzburger Gemeinde?«, wollte Sara wissen.

»Vielleicht dreihundert Jahre, mit Unterbrechungen«, gab Levi Colner zurück. »Willst du etwas über unsere Vergangenheit hören?«

Sara nickte. Und so erzählte der Gemeindevorsteher die alte Geschichte von Leid, Mord und Vertreibung. »Weit vor dem Jahr viertausendneunhundert zogen die ersten Juden aus dem Rheinischen hierher und ließen sich in der jungen Stadt Würzburg nieder«, begann er. »Es enstand eine blühende Gemeinde, reich und stolz. Doch nach kaum fünfzig Jahren kam die erste Prüfung. Kreuzfahrer waren in der Stadt und fanden Teile einer Leiche im Main. Sie beschuldigten die Juden des Mordes, und brachten zweiundzwanzig von uns um, darunter drei Rabbiner und einen Schriftgelehrten. Der Bischof konnte nicht helfen, aber er ließ später die Körper der Ermordeten einsammeln, balsamieren und in seinem eigenen Garten in der Pleich bestatten. Noch heute befindet sich an dieser Stelle unser Friedhof.«

»Meine Eltern liegen dort begraben«, sagte Sara, und er lächelte ihr voll Anteilnahme zu, bevor er weitersprach. »Während des Schlachtens gelang es etlichen von uns, vorübergehend in eine Festung nahe der Stadt zu fliehen, sonst wäre wohl keiner übrig geblieben. Die Überlebenden kamen zurück und erbauten das Viertel, in dem wir heute leben. Von überall her zogen andere Juden zu, und unsere Gemeinde wurde in den nächsten Jahrzehnten zu einer der wichtigsten im Land. Wir hatten eine schöne Synagoge, einen Hekdesch und eine weithin berühmte Jeschiwa. Würzburg wurde ein Hort jüdischer Kunst und Gelehrsamkeit.« Levi Colner nahm einen großen Schluck Wein und tupfte sich mit einem Tüchlein die Tropfen vom Bart. Man merkte ihm an, dass er gern erzählte. »Damals«, erklärte er, »war es auch, dass uns der Kaiser verkaufte. Für zweitausenddreihundert Mark Silber überließ er den Judenschutz dem Bischof. Seitdem zahlen wir die Judensteuer, den Goldenen Pfennig, an ihn, und er ist unser Schutzherr. Stell dir vor, zwölfhundert Pfund Heller brachte die Gemeinde damals jährlich für den Goldenen Pfennig auf, so reich war sie. Und natürlich waren es viele, viel mehr als heute, vielleicht an die zweihundert Familien. Und dann«, er wischte sich über die Augen, »dann kamen zum zweiten Mal Tod und Verderben über uns. Hast du schon einmal von den Rintfleisch-Horden gehört?«

Sara wusste, wovon ihr Gastgeber sprach. »Rintfleisch war der adelige Anführer eines mörderischen Haufens, der nach einem angeblichen Hostienfrevel durch ganz Franken zog und alle Juden gnadenlos umbrachte.«

»Genau so war es«, nickte Levi Colner. »Tausend unschuldige Opfer allein in Würzburg. Die Gemeinde war vernichtet und wurde danach nie wieder so groß wie früher, auch wenn in den darauffolgenden Jahren wieder viele Juden zuzogen und zunächst eine friedliche Zeit anbrach. Doch es dauerte kaum vierzig Jahre, bis uns das nächste Unglück traf. Der Ritter Armleder kam mit seinen Männern aus dem Taubertal, und es gab ein neues Morden und Plündern, so lange, bis der Würzburger Rat seine Juden endlich in Schutz nahm. Ach, es war nur eine kurze Frist, die uns dadurch gegeben war. Denn dann kam die Pest und mit ihr der Untergang. Unsere Gemeinde, verfolgt und mit dem Tod bedroht, entschloss sich zum Kiddusch Haschem. Sie schlossen sich in ihre Häuser ein und zündeten sie an. Keiner überlebte. Auch mein Großvater war unter den Toten, der Allmächtige lohne ihm sein Opfer.«

»An der Stelle der alten Synagoge steht heute die Marienkapelle«, mischte sich Rabbi Süßlein ein. »Darum ist sie noch so neu und unfertig.« In vielen Städten war es so, dass nach einer Judenvertreibung an der Stelle der Synagoge ein Marienhaus errichtet wurde – um die Juden, die nicht an die Gottesmutter glaubten, ein weiteres Mal zu demütigen.

»Aber der Fürstbischof erkannte sehr schnell, dass es ohne jüdische Geldverleiher für Stadt und die Kirche keinen Wohlstand geben würde«, sprach Levi Colner weiter. »So erlaubte er die erneute Ansiedlung von Juden und stellte unserem Rabbi hier einen

Freibrief aus. Er durfte eine neue Jeschiwa gründen und die Gerichtsbarkeit in der Gemeinde ausüben.«

»Sogar von der Steuer hat er mich befreit«, ergänzte Rabbi Süßlein. »Überhaupt war der Vorgänger unseres jetzigen Bischofs uns Juden gegenüber sehr freundlich gesinnt, er hat uns geschützt und gefördert. Das lag vielleicht auch daran, dass er einen jüdischen Leibarzt hatte, Seligmann von Mergentheim.«

Sara kannte den Namen, sie hatte ihn von ihrem Onkel oft gehört.

»Unter dem neuen Bischof Johann von Brunn, der seit nunmehr vier Jahren im Amt war, geht es uns nicht mehr so gut«, mischte sich jetzt auch der greise Salman Polp in das Gespräch ein. »Er hat zwar einen neuen Freibrief erstellt, der uns Geleit für Leben und Besitz gibt und die Erlaubnis zur Pfandleihe erteilt, aber seit einiger Zeit läßt er auch wieder streng darauf achten, dass wir an den christlichen Feiertagen in unseren Häusern bleiben und auch ja den Judenhut mit Knauf und die safranfarbene Scheibe am Mantel tragen. Auch das alte Verbot, Christen zu beschäftigen, läßt er scharf überwachen und droht seinen Untertanen den Ausschluss aus der Kirche an, wenn sie bei Juden arbeiten.«

Ich sah zu der Magd hinüber, die in der Küche das Feuer in Gang hielt und am Tisch bediente. Fast jede jüdische Familie, die es sich leisten konnte, hatte solch christliche Dienerschaft, die am Schabbat die Arbeit verrichtete, die den Juden verboten war. Meist waren das arme Leute, Taglöhner oder alleinstehende Frauen, die sich wenigstens an diesem einen Wochentag ein bisschen Geld verdienten.

Sara spürte der Trauer nach, die in ihr aufgestiegen war. Wieder einmal hatte sie eine Geschichte gehört, die so oder ähnlich auf bald jede jüdische Gemeinde im Reich zutraf. Seit Jahrhunderten waren die Juden auf Gedeih und Verderb den Launen ihrer christlichen Herren ausgeliefert. Sicher fühlen durften sie sich nirgends und nie. Das hatte sie am eigenen Leib erlebt.

»Man bräuchte eine feste Zuflucht«, dachte Sara laut. »Einen Ort, an den man sich retten könnte, wenn die nächste Gefahr droht.«

»Genau meine Meinung.« Levi Colner hieb mit der Faust auf den Tisch, was ihm einen missbilligenden Seitenblick seiner Frau eintrug. »Bei den meisten Judenmordzügen war es vorhersehbar«, sagte er, »wann sie Würzburg erreichen würden. Hätten wir in der Nähe eine sichere Rückzugsmöglichkeit gehabt, hätten sich zumindest Weiber und Kinder dorthin flüchten können.«

Salman Polp hob in einer hilflosen Geste die altersfleckigen Hände. »Wir haben wiederholt beim Bischof angefragt, ob er uns zwei Stadtmauertürme verkaufen könnte. Er hat jedes Mal abgelehnt.«

»Ihr lieben Freunde, wir wollen doch nicht so schwarz sehen«, warf die Hausfrau ein und stellte einen neuen Krug Elbling auf den Tisch. »Der Herr hat alles eingerichtet, wie es sein soll. Wenn es sein Wille ist, uns zu strafen, hilft die stärkste Festung nichts.«

Levi Colner runzelte die Stirn. Er teilte die Meinung seiner Frau ganz und gar nicht. Schon wollte er etwas erwidern, besann sich dann aber auf den Schabbatfrieden. »Lasst uns noch ein Lied singen«, bat er.

An diesem Abend ging Sara zum ersten Mal in ihrem neuen Heim zu Bett. Jochi hatte sich die Bettstatt in der Kammer neben dem großen Schlafzimmer mit einer Unzahl an Kissen und Decken ausgepolstert und schlummerte schon friedlich, als Sara müde in ihre Kissen fiel. Ja, dachte sie, unter diesen Menschen will ich leben. Ich werde ihre Krankheiten und Gebrechen heilen, und ich werde für meine Schwester sorgen. Ich bin nicht mehr heimatlos und alleine. Diese Gemeinde hat mich aufgenommen, und hier will ich bleiben.

Alles würde gut werden.

Aus dem Bericht des Efrajim ben Jaquv

… Daraufhin erhoben sich [im Jahr 1147] die Irrenden und der Pöbel … und erschlugen die Juden. Der heilige Rabbi Isak, Sohn des Rabbi Eljakim, ein bescheidener sanftmütiger und ausgezeichnet edler Mann, wurde damals über seinem Buch sitzend umgebracht und noch 21 Personen mit ihm. Unter ihnen befand sich dort ein hebräischer Knabe, ein fleissiger Schüler des Rabbi Schimeon bar Isac; er erhielt zwanzig Verwundungen und lebte danach noch ein ganzes Jahr. Die anderen Juden hatten sich in die Höfe ihrer Nachbarn geflüchtet, des folgenden Morgens flohen sie in die Festung Stuhlbach. Gelobt sei der Herr, der ihnen Rettung verschaffte. Ach meine Seele ist betrübt, schmachtet wie ein lechzendes Reh nach den Erschlagenen Würzburgs ...«

Aus dem Chronikon Ellenhardi

... Im Jahr 1298 ereignete sich von Jakobi bis Mathei eine Judenverfolgung durch einen Adeligen aus Franken, der Rintfleisch genannt wurde. Man sagt, dass die Gesamtzahl der Getöteten 100 000 Juden betrug, nämlich die Juden, die in Würzburg, Nürnberg und in allen Dörfern und Burgen, die man finden und nennen kann, lebten. Der Grund für ihre Verfolgung war, dass sie, wie man sagt, so schwer gegen den Leib des Herrn frevelten, dass ihre Verfolgung von Gott erlaubt wurde und dass sie im ganzen Reich verfolgt worden wären, wenn nicht der römische König Albrecht auf der Rückreise von Aachen die Verfolgung unterdrückt hätte ...

Aus der Bischofschronik des Lorenz Fries

... In dem 1336. Jahre rottirten sich auch vil des Pöbels zusamen und zogen mit wehrender Hand aus, in Mainung, die Jüden im gantzen Lande zu vertilgen und auszureuten ... Also ruckte der unsinnig Haufe in die Stat Kitzingen und erschlugen alle Juden darinnen. Da solchs bescheen, beschlossen sie miteinander, den nechsten gen Wirtzburg zu ziehen ... Aber die Burger zu Wirtzburg, hatten ire Juden selbst geplundert und geschatzt ...

Würzburg, April 1416

ara öffnete das Fenster ihres Behandlungszimmers und ließ die Frühlingsluft herein. Schnuppernd zog sie die Nase hoch; es roch nach Pferdeäpfeln, Mainfisch, aufgebrochener Erde und dem ersten Grün, das sich hier wegen der Kessellage der Stadt früher zeigte als anderswo. Auf der Gasse spielten ein paar Kinder Trendeln, ein Spiel, das eigentlich kennzeichnend für das Lichterfest war. Fröhlich drehten sie den Kreisel mit den vier Schriftzeichen Nes, Gadd, Haja und Po und verwetteten tönerne Murmeln darauf, welcher Buchstabe am Ende liegenblieb.

Ein Lied summend räumte Sara ihr Arztbesteck auf. Gerade hatte sie einen Patienten als geheilt entlassen. Es war ein Fleischhauer aus der Kettengasse, den eine rabiate Sau in den Finger gebissen hatte. Er hatte die Verletzung selber behandelt und sich einen Verband aus Speck und Sehnen gemacht. Natürlich war der Brand aufgetreten, und Sara hatte nur zwei Drittel des Fingers retten können, indem sie die Spitze amputierte. Aber der Mann konnte wieder greifen und seinen Beruf weiter ausüben, das war die Hauptsache.

Ja, trotz des Verbots, Christen zu behandeln, kamen in letzter Zeit immer mehr von ihnen zu der neuen Ärztin in der Judengasse. Es hatte sich schnell herumgesprochen, dass Sara erfolgreich kurierte, und so war als erstes die junge Frau des Spitalpflegers zu ihr gekommen, die unter so starker Menstruation litt, dass sie vor lauter Blutverlust jedesmal schwach und ohnmächtig wurde. Wickel und Aufguss aus Hirtentäschel mit Wein hatten ihr sofort geholfen, und einen Monat später war sie schwanger. Von da an gehörten fast täglich Christen zu Saras Patienten. Sie wollte niemanden abweisen, und solange vom Magistrat keine Beschwerde kam, würde schon alles gut gehen.

Für Jochi, so hatte sie erkennen müssen, blieb oft nicht viel Zeit, und so hatte sie ein junges Mädchen eingestellt, das sich ein paar Stunden am Nachmittag um ihre Schwester kümmerte. Jenta war die Tochter des Gemeindedieners und verwachsen, so dass sich bisher kein Heiratskandidat gefunden hatte. Sie und Jochi freundeten sich schnell an. Das Mädchen war klug; sie brachte Jochi viel Neues bei, unternahm mit ihr oft stundenlange Streifzüge durch das Judenviertel und am Main entlang. Außerdem half sie noch im Haushalt, kochte oder kaufte ein. Sara war erleichtert, dass sich alles so gut hatte einrichten lassen. So konnte das Leben wohl weitergehen.

Jemand läutete die kleine Glocke, die Sara neben der Tür anbringen hatte lassen. »Ist die Magistra da?«

Magistra! Immer öfter wurde Sara so genannt, und sie freute sich an der Ehrerbietung, die in diesem Wort lag. »Nur herein«, antwortete sie und schloss das Fenster.

Eine Frau in guter Kleidung betrat die Offizin, an der Hand ein Kind, das vollständig in einen rehbraunen Kapuzenmantel eingehüllt war. Sie selber trug einen schön verbrämten Wollumhang und darunter ein leuchtend blaues Kleid. Es war nicht der Aufzug einer reichen Bürgerin, sondern eher der einer Bediensteten aus vornehmem Haushalt. »Ich möchte Euren Rat«, begann die Frau und drehte nervös an einem Ring, der viel zu teuer aussah – eine große Perle, so etwas trugen nur die vom Adel.

»Legt ab und setzt Euch«, sagte Sara. »Was kann ich für Euch tun?«

»Es geht nicht um mich«, entgegnete die Frau und lächelte verlegen. Erst jetzt fiel Sara ihre Schönheit auf. Sie hatte außergewöhnlich helle Augen und flachsfarbenes Haar, das sie in einem festen Zopf um den Kopf geschlungen hatte. »Das Kind«, sagte sie leise. »Vielleicht könnt Ihr meiner Immina helfen.«

Mit diesen Worten zog sie die Kapuze vom Kopf der Kleinen.

Das Mädchen mochte vielleicht sieben Jahre alt sein. Sie hatte die gleichen eisfarbenen Augen wie ihre Mutter, aber dunkles, lockiges Haar. Von der Stirn bis zur Nasenspitze war sie ein hübsches Ding, doch ihre untere Gesichtshälfte war durch eine hässliche, klaffende Hasenscharte entstellt. Die Fehlbildung ließ den Blick auf weit auseinanderstehende, krumm gewachsene und unterschiedlich geneigte Vorderzähne frei.

»Sie ist so geboren«, erklärte die Frau, und dann senkte sie den Kopf. »Gottes Lohn für meine Sünde«, murmelte sie.

»Komm her zu mir, Immina«, sagte Sara und streckte die Hand aus. Das Mädchen trippelte heran und setzte sich vertrauensvoll auf ihren Schoß.

»Und nun mach den Mund ganz weit auf.« Sara zog die Oberlippe hoch und stellte zu ihrer Erleichterung fest, dass der Gaumen nicht komplett gespalten war, sondern sich ein Riss nur andeutete. Es war kein voll ausgebildeter Wolfsrachen, sondern nur eine oberflächliche Missbildung.

»Wie ist es mit dem Essen und Trinken?«

»Das geht recht und schlecht«, antwortete die Mutter, »aber sie spricht kaum, und wenn, dann nur mit mir. Die anderen verstehen sie nicht, und deshalb schämt sie sich.«

Sara nickte. »Heilen kann man so etwas nicht«, erklärte sie. »Das Einzige, was ich tun könnte, ist, die Lippenspalte zu schließen. Dann wird das Sprechen besser sein und auch das Essen. Und man würde die krummen Zähne nicht mehr sehen. Es wäre besser als vorher, aber eine Narbe würde immer bleiben.«

Das Mädchen schaute zu ihr auf; Hoffnung und Angst lagen in ihrem Blick. Sie sah zu ihrer Mutter hinüber, die gleich wusste, was sie fragen sollte.

»Wird es sehr schmerzhaft sein?«

Sara streichelte der Kleinen die Wange. »Ich kann dich vor dem Schneiden und Nähen einschlafen lassen, Schätzchen. Aber hinterher wird es schon wehtun, ein paar Tage lang. Dafür gibt es aber einen süßen Mohnsaft, dann ist der Schmerz schon auszuhalten.«

»Ach Gott, wenn Ihr meiner Kleinen helfen könntet ...«, sagte die Mutter und verschränkte die Hände wie zum Gebet.

Sara hob die Hände. »Ich muss Euch aber darauf hinweisen«, sagte sie warnend, »dass es mir verboten ist, Christen zu behandeln. Ihr könntet in Schwierigkeiten kommen ...«

Die Frau schüttelte heftig den Kopf. »Ich weiß. Aber das ist mir ganz gleich, solange es dem Kind nur hilft.«

»Gut, dann kommt morgen früh wieder. Immina muss nüchtern sein, sonst wird ihr vielleicht vom Schlafschwamm übel.«

»Wisst Ihr, wer Euch da besucht hat?«, fragte Jenta hinterher, als die beiden die Offizin verlassen hatten.

Sara schüttelte den Kopf.

»Das war die schöne Richhild aus der Sterngasse, die Liebschaft des Fürstbischofs. Eine seiner vielen Liebschaften, sollte ich lieber sagen. Sie war Wäschemagd auf dem Marienberg, aber seit sie das Kind hat, bekommt sie ein kleines Leibgeding und muss nicht mehr arbeiten. Die Kleine, sagen die Leute, ist die Strafe des Himmels dafür, dass sie und der Bischof das Gebot der Keuschheit missachtet haben.« Jenta wusste immer alles.

Der Bankert des Bischofs also! Sara überlegte kurz, ob es die Obrigkeit dazu bewegen würde, einzuschreiten, wenn sie dieses besondere Kind behandelte. Dann verwarf sie den Gedanken wieder. Sie konnte der kleinen Immina helfen, und nur das zählte.

Also führte sie die Operation am nächsten Tag durch, so gut sie konnte. Sie beschnitt die Hasenscharte, um frische Wundränder zu schaffen, und nähte diese dann mit dem feinsten Faden zusammen, den sie hatte finden können. Anschließend reinigte sie die Naht mit einer Mischung aus Alaun und Essig. Sie gab der Mutter etwas davon in einem Fläschchen mit, das sie dreimal am Tag mit einer Feder auf die heilende Wunde pinseln sollte. Und eine Phiole mit Mohnsaft zum Lindern der Schmerzen. Das Mädchen war schnell aus dem Schlaf erwacht – Sara war im Lauf der Zeit immer sicherer im Berechnen der Dosierung für den Schlafschwamm geworden; wenn es auch vor Schmerz weinte, so wirkte es trotz einiger Benommenheit glücklich und erleichtert.

Nach drei Tagen war alles so weit verheilt, dass es keine weitere Behandlung mehr brauchte. Die Oberlippenteile wuchsen gut aneinander, der Spalt war geschlossen. Die schöne Richhild küsste unter Tränen der Dankbarkeit den Saum von Saras Gewand, und Immina schenkte ihr ein selbstgebasteltes Püppchen zum Abschied. Es war der Tag nach Palmsonntag.

Drei Wochen später brachte ein städtischer Bote ein Schreiben in die Judengasse, an dem das bischöfliche Siegel baumelte. Sara entrollte es mit zitternden Fingern – war es das Verbot der Berufsausübung, weil sie Christen behandelt hatte? Angstvoll begann sie zu lesen, ihre Lippen formten lautlos die ungewohnten Buchstaben und Wörter. Dann fiel sie Jochi, die ihr mit gerunzelter Stirn über die Schulter geblickt hatte, mit einem Juchzer um den Hals. Jochi freute sich mit, sie griff Sara bei den Händen und hopste mit ihr ausgelassen auf der Gasse herum. Jenta kam neugierig aus dem Haus, und von der anderen Straßenseite liefen Levi Colman und seine Frau herbei, die gerade ihre Pfänder ausgelegt hatten. »Lies doch vor!«, bat der Gemeindevorsteher. »Wenn's eine gute Nachricht ist!«

Und Sara las:

»Bekenne, dass Wir angesehen haben den Fleiß, so Sara Judenertztin zu Wirtzburg zur Hülfe Unserer Landsleut gehabt hat, und haben ihr dadurch und von sundern Gnaden erlaubt und vergönnt wissentlich mit dißem Brieff, dass sie sich in Unsern Landen und Städten wo ihr das gefiel setzen und darin wohnen mag. Wir wollen ihr auch in Steuer und ander Weg kein arge Mitleidung thun, sondern sie mag nit gantz frei aber billig daselbst sitzen. Davon gebieten Wir allen Unseren Hauptleuten und besonder der Jüdischheit und ihrer Meisterschaft in denselben Unseren Landen und wollen, dass Wir benannter Sara bei solchem Unserem Vergönnen und Gnaden bleiben lassen und ihr daran kein Irrung und Hinderniß zu thun, noch des jemand anders zu thun gestatten in keiner Weis, das meinen Wir ernstlich. Mit Urkund des Briefs gegeben am Tag nach Philippi et Jacobi anno 1416. Johannes Fürstbischoff zu Wirtzburg etc. etc.«

Eintrag in einem Würzburger Kopialbuch des 15. Jahrhunderts

Als die Juden Ertztin gefreiet ist iii Jar

Wir Johannes etc. tun kunt uf alz daz mit Uns uberkomen ist Sara Judenerztin daz sie Uns jerlichen fur den Gülden Pfenig 2 Gulden und dartzu zu Steuer und Leibniß zehen Gulden gibt also wollen Wir es die Zeit als dann mit Uns darumb ist uberkomen bleiben lassen, und dartzu dise nechsten drew gantze Jar ungehindert von Uns und Unser wegen, und ob sie yemand darumb anlangen wolte, oder anlangte, gein den sollen Wir sie nach unserm besten Vermögen daz das abkomme und abgetan werde, ongeverde.

Datum ferias tertias an Jubilate anno xviii.

Riedern und Würzburg, Sommer 1416

„Ein Falke wird eher sterben, als sich dem Druck zu beugen.«
Ezzo ritt gemächlich auf seinem Schimmel neben Finus her.
Auf dem Sattelknauf des Jungen hockte ein noch junger, schmächtiger Wanderfalke, den ruckenden Kopf von einer Lederhaube verhüllt. Sie hatten den Vogel vor ein paar Wochen zu Eger einem Bauernbuben abgekauft, der ihn aus dem Nest geraubt hatte. Finus war glücklich über den Kauf gewesen, aber bald noch glücklicher war Ezzo, der seinen guten alten Brun nie vergessen hatte. Finus plante schon des Vogels Zukunft: »Wenn er sich gut anstellt, gehen wir nächstes Jahr um diese Zeit auf Reiherjagd!«, freute er sich.

»Oh, nur langsam, mein Kleiner«, versetzte Ezzo gutmütig. »Auf Reiher gehen nur Sakerfalken. Deinen Sirius können wir auf Wasservögel abrichten, Enten, Blesshühner, Wildgänse. Wenn er alt genug ist, fangen wir an. Dazu brauchen wir ein Federspiel, das basteln wir uns, samt der Quastenschnur, an der es hängt. Damit musst du mit dem Falken lange üben, bis er dir vertraut, und du ihm. Schau, das Wunderbare an der Beizjagd gründet sich auf der Schwierigkeit, den Vogel, der von Natur aus Einzelgänger ist und den Menschen scheut, dem menschlichen Willen zu unterwerfen. Und das muss geschehen, ohne seine natürlichen Eigenschaften als Jagdvogel anzutasten.«

Finus nickte begeistert. »Er wird lernen, dass er die Beute bringen muss und nicht fressen darf.«

»Richtig. Er bekommt das Zieget – ein Fleischstück auf deiner Faust – als Belohnung. Das muss sein einziges Ziel sein.«

Einträchtig ritten die beiden einen Hohlweg entlang, der durch dichten Wald führte. Ezzos Aufgabe in Prag war längst erfüllt. Er hatte die Schriften des Jan Hus zusammen mit Wyclifs Vermächtnis an Jan Zizka, den Einäugigen, übergeben, einen böhmischen Adeligen im Dienste König Wenzels, der mit Leib und Seele Anhänger des neuen Glaubens war. Danach hatten sie sich langsam auf den Rückweg gemacht. Im Mai waren sie zu Konstanz angekommen, nur um festzustellen, dass diejenigen, die sie suchten, nicht mehr da waren. Nach einigem Hin und Her hatte

Finus Gutlind ausfindig gemacht – inzwischen stolze Besitzerin einer mehr als anrüchigen Schänke in der Niederburg, die sie »Zur Katz« getauft hatte. Und Gutlind hatte gewusst, dass die anderen nach Würzburg aufgebrochen waren. Dies war also das neue Ziel, und Ezzo war es recht gewesen. Würzburg! In seiner Kindheit war er schon einmal mit seinem Vater dort gewesen, er erinnerte sich an den großen Dom und die mächtige steinerne Brücke über den Main. Hoffentlich waren die anderen noch in der Stadt – dann würde er Finus bei Janka und Pirlo abliefern und anschließend alleine das tun, was schon seit Jahren auf ihn wartete: Sein Erbe einfordern.

Riedern lag auf dem Weg vom Bodensee nach Franken. Ezzo hatte den Ritt nach Würzburg eigens so geplant, dass er an der Burg seines Vaters vorbeimusste. Er wollte sie einfach nur sehen, nur von fern, einen Blick auf das erhaschen, was rechtmäßig ihm gehörte. Endlich, noch vor Ablauf seiner geschworenen drei Jahre als Ritter der Königin, war er frei, seine eigenen Pläne zu verfolgen. Er hatte die letzte Aufgabe erfüllt und war nun sein eigener Herr. Die Liebschaft mit Barbara von Cilli war eine Täuschung gewesen, ein Fehler. Er war immer noch jeden Tag wütend auf sich selbst, wegen seiner Gutgläubigkeit, seiner blinden Verliebtheit, seines törichten Vertrauens. Oh, er hasste die Königin nicht, aber er verachtete sie für das, was sie war. Von den großen Gefühlen der vergangenen Jahre war nichts geblieben außer Bitterkeit.

Sie ritten aus der Dunkelheit des Waldes in ein breites Tal, gesäumt von weichen, grünen Hügeln. Fruchtbares Land breitete sich vor ihnen aus, gelbe Kornfelder, die kurz vor der Ernte standen, fette Wiesen und Obstgärten. Ezzo wusste, dass sie sich bereits auf dem Gebiet der Riederner Herrschaft befanden. Es ging auf Mittag zu, aber weil hier auch die niedere Jagd Herrenrecht war, verzichteten sie lieber darauf, mit Pfeil und Bogen einen der vielen Hasen zu schießen, die ohne Scheu am Waldrand entlanghoppelten. Lieber bauten sie sich eine Art Hütte aus Laub und Ästen, hielten einen Kloben hinaus und lockten mit Vogelrufen. Am schnellsten wirkte wie immer der Ruf der Meise, des besten Lockvogels. Sobald sich ein Vogel auf den Kloben setzte, diesmal ein Eichelhäher, zog Finus mit einer Schnur das aufgespreizte Fangholz zusammen und der Vogel war festgeklemmt. Nachdem sie auch noch eine Elster und eine Amsel gefangen hatten – Ezzo hatte derweil sogar noch mit einer einfachen Schlingenfalle ein Eichhörnchen ergattert –, machten sie Feuer und richteten das Festmahl.

Später lagen sie satt und faul im hohen Gras. »Das hier gehört also zu dem Besitz, der dir zusteht?«, fragte Finus und umfasste mit seiner Hand in einem großen Bogen die Weite des Landes.

»Ich glaube schon«, erwiderte Ezzo. »Zumindest soweit ich mich erinnere.«

»Wie willst du das alles wiederbekommen?«

Ezzo pflückte einen Grashalm und kaute nachdenklich darauf herum. »Ich weiß noch nicht genau, Finus. So lange denke ich schon darüber nach, aber ein Rezept habe ich noch nicht gefunden. Es wird wohl darauf ankommen, wie mein Stiefonkel sich verhält.«

»Ich will dir gerne helfen«, bot der Junge eifrig an, während er seinem Falken ein paar Fleischreste fütterte. »Zu zweit kann uns niemand was anhaben!«

Ezzo lachte. »Kommt gar nicht in Frage«, antwortete er in entschiedenem Tonfall. »Ich bringe dich jetzt zu deinen Großeltern, und den Rest mache ich alleine.«

Finus schmollte. »Du hältst mich immer noch für ein kleines Kind, Ezzo. Dabei bin ich bald so alt wie du, als du Knappe der Königin geworden bist.«

»Mag schon sein, mein Großer. Aber ich werde diese Sache ohne dich zu Ende bringen, sie geht nur mich etwas an. Und stell dir bloß vor, dir geschieht etwas! Janka würde mir den Kopf abreißen!«

Sie stiegen wieder auf und setzten ihren Weg fort. Finus schwieg beleidigt, bis sie um den nächsten Hügel bogen. Dann sah er die Burg. »Schau!«, rief er aufgeregt. »Ist es das?«

Ezzo beschattete die Augen mit der linken Hand. Er sah die Mauern und Türme seiner Kindheit. Den alten Bergfried, die Zugbrücke, die Zinnen auf dem Südflügel des Palas. Er sah den Weinberg hinter der Festung, den Wirtschaftshof, der auf der anderen Seite des Flusses lag. Und ihm war, als sei er niemals fort gewesen. Ein warmer Wind blies vom Tal her und wehte die Gerüche seiner

Kindheit herbei, die Grillen zirpten ihr uraltes Lied, das nur hier so klang und nirgendwo anders. Ezzo spürte, wie ihm das Herz aufging, so plötzlich, so weit, dass er dieses Glück kaum begreifen konnte. Dies hier war seine Heimat. »Ja«, sagte er mit belegter Stimme. »Das ist Riedern.«

»Lass uns doch gleich hinreiten!«, rief Finus.

»Nichts da«, sagte Ezzo entschlossen und trieb seinen Schimmel an. »Übermorgen sind wir in Würzburg.«

Finus prustete seine Enttäuschung hinaus und gab seinem Maultier die Fersen.

Tatsächlich schafften sie die Strecke in der geplanten Zeit. Gerade rechtzeitig vor der Sperrstunde bei Sonnenuntergang passierten sie das Stadttor und nahmen in der nächstbesten Herberge Quartier. Sie hatten Glück, die Wirtschaft zum Weißen Lamm war sauber und gemütlich, und auf dem Rost neben dem Feuer brutzelte es appetitlich: Hier staken ganz oben kleine Vögel, darunter Stücke vom Lamm und ganz unten eine Karbonade vom Schwein. Fett tropfte zischend in die Pfanne, die unter dem Fleisch aufgestellt war.

Während sie aßen, erkundigte sich Ezzo bei der Wirtin nach den Fahrenden. »Ein Spielmann und Spaßmacher, eine Wahrsagerin, ein Bärenführer, ein Harfenspieler und eine reisende Medica, habt Ihr etwas von einer solchen Truppe gehört?«

Die dralle Wirtin schüttelte den Kopf. »Außer einem Grüppchen gottsmiserabler Schauspieler und ein paar fahrenden Pfeifern und Moriskentänzern waren in den letzten Monaten keine Spielleute hier«, meinte sie nach einigem Nachdenken.

Finus und Ezzo waren so enttäuscht, dass ihnen der Braten gar nicht mehr schmeckte. Hatten ihre Freunde den Reiseplan geändert? War ihnen etwas zugestoßen? Es war merkwürdig – überall auf dem Weg hatten Leute ihnen von Pirlos Truppe berichtet, von Konstanz bis Heidelberg. Wo aber waren sie nun geblieben? »Lass uns zu Bett gehen«, sagte Ezzo und versuchte, seine Sorge vor Finus zu verbergen. »Morgen sehen wir weiter.«

Sie teilten sich ein Lager unter dem Dach; der Falke plusterte sich auf dem Bettpfosten auf. Es war ein langer Tag gewesen, und der Luxus einer Strohmatratze mit frisch gewaschenem Bettzeug ließ Ezzo trotz der Enttäuschung schnell einschlafen. Nicht so Finus. Eine Weile lag er wach und horchte auf die tickenden Holzwürmer in den trockenen Balken. Dann stand er leise auf, zog sich wieder an und tappte auf Zehenspitzen aus dem Zimmer.

Bis zur Mitternacht hatten immer irgendwelche Schänken offen, solange kein Feiertag war. Finus strolchte durch die Gassen und wich vorsichtshalber dem Nachtwächter aus, damit der ihn nicht heimschickte. In jeder Wirtsstube fragte er nach Pirlos Truppe, aber niemand konnte ihm weiterhelfen. Er wurde müde, und sein Unternehmungsgeist sank. Eine Taverne noch, sagte er sich, dann würde er zurück in sein Bett gehen.

Irgendwo schlug eine Uhr die zwölfte Stunde, als er vor der Tür des »Schwarzen Ochsen« stand. Drinnen war schon alles leer bis auf einen jungen Saufbeutel, der mit dem Kopf auf der Tischplatte lag und schnarchte wie zehn Bierkutscher. Ein glatzköpfiger Mann in mittleren Jahren trug die letzten Krüge und Becher ab und wischte mit einem nassen Lumpen über die Tische.

»Holla Herr Wirt!«, grüßte Finus großspurig und trat in die Stube.

»Wir haben schon geschlossen, Kleiner«, knurrte der Kahle und stemmte die Hände in die Hüften. »Und du gehörst überhaupt ins Bett!«

»Ich suche nur jemanden«, antwortete Finus. »Habt Ihr vielleicht …«

Von der Küche her kam ein Schrei, und dann umschlangen den verdatterten Jungen auch schon zwei Arme von hinten und drehten ihn herum. »Du lieber Heiland!« Janka lachte und weinte gleichzeitig. »Bist du's wirklich? Herrje, lass dich drücken, mein Bursche! Pirlo! Pirlo, komm schnell! Finus ist da!«

Finus konnte sich Jankas stürmischer Liebkosungen kaum erwehren. Der Herzog von Schnuff schoss hechelnd die Treppe herunter, und dann kam auch noch Pirlo aufgeregt herabgekeucht, um Finus in die Arme zu schließen. »Alter Herumtreiber«, brummte er und zuckte mit seinem Schnurrbart, wie immer, wenn er gerührt war. »Was hat das lange gedauert!«

Am nächsten Morgen saßen alle im »Ochsen« beisammen und feierten Wiedersehen. Finus führte das große Wort. Er erzählte von den Abenteuern, die sie auf dem Weg erlebt hatten, schilderte die herrliche Stadt Prag in allen Farben und stopfte dabei Unmengen von Hirsebrei und Preiselbeermus in sich hinein. »Ezzo hat mir auch beigebracht, wie man mit dem Schwert umgeht, und mit Pfeil und Bogen. Und er will mich die Beizjagd lehren, hier, mit Sirius!« Stolz präsentierte er seinen Falken, der auf einer Stuhllehne hockte. Schnuff musste beleidigt zusehen, wie Finus ein Stückchen rohes Fleisch aus dem Hundenapf stibitzte und an den Vogel verfütterte.

»Was ist mit Sanna und Ciaran? Sind sie auch hier?« Ezzo hatte lange gewartet, bis er die Frage stellte, die ihm auf der Zunge gebrannt hatte.

Janka legte den Löffel hin. »Ciaran ist fort«, sagte sie schlicht. »Er hat sie verlassen, schon vor Monaten.«

Ezzo senkte den Kopf, um sich seine widerstreitenden Gefühle nicht anmerken zu lassen. »Und warum?«, fragte er.

»Du weißt, warum.« Janka sah ihn mit ihrem durchdringenden Blick an.

Ja, er wusste es. Nicht nur der alten Kartenlegerin, auch ihm war Saras Geheimnis nicht lange verborgen geblieben. Aber im Gegensatz zu Ciaran glaubte er nicht an all das Schlechte, was man den Juden nachsagte. Sein Vater hatte regelmäßig Geschäfte mit einem jüdischen Geldverleiher aus Miltenberg gemacht; er erinnerte sich, auf dem Schoß des bärtigen Mannes als Junge Hoppereiter gespielt zu haben. Auch bei Hof in Buda und im Umfeld der Königin hatte es immer Geldjuden gegeben, er hatte manchen von ihnen recht gut gekannt. Sie lebten nach anderen Regeln, warum auch nicht? Die Welt war groß und hatte Platz für alle. Und dass die christliche Kirche nicht unfehlbar war, ja im Gegenteil, viel Zweifelhaftes an sich hatte, das war Ezzo spätestens zu Konstanz klar geworden. Hochmut schien ihm da fehl am Platz. Und schließlich: Seine Zuneigung zu Sara war ihm immer wichtiger gewesen als irgendwelche Vorbehalte gegen ihren Glauben. »Wie geht es ihr?«, fragte er stirnrunzelnd.

»Oh, gut, gut.« Pirlo winkte ab, er hatte die Besorgnis in Ezzos

Miene gesehen. »Sie hat ihre Schwester wiedergefunden und lebt nun mit ihr in der Judengasse. Ihr Ruf als Medica ist schon über die Stadtmauern hinausgedrungen; der Fürstbischof hat ihr sogar Steuererleichterung gewährt!«

»Dann fühlt sie sich also hier heimisch …«, meinte Ezzo.

»Geh hin und frag sie selbst!« Janka begann, den Tisch abzuräumen.

»Das werde ich tun.« Ezzo erhob sich ebenfalls. Ein kleines Glücksgefühl stieg in ihm auf. Er würde Sanna sehen! Und Ciaran war nicht mehr da …

»Bis später«, sagte er, griff nach seinem Mantel und war zur Tür hinaus.

»Warte!« Finus sprang auf. »Ich hol nur noch Sirius!«

»Du bleibst da!« Janka drückte den Jungen wieder auf seinen Stuhl zurück.

»He, warum denn?«, protestierte Finus.

Janka sah ihm mit ihrer feierlichsten Wahrsagermiene tief in die Augen, dann zwinkerte sie ihm verschmitzt zu. Ihm ging ein Licht auf. Die beiden grinsten sich verschwörerisch an.

»Möcht bloß wissen, was ihr jetzt schon wieder habt«, grummelte Pirlo. »Aber mir sagt ja keiner was …«

Würzburg, am selben Nachmittag

Ezzo wanderte unentschlossen über den Domplatz, dann am Rathaus Grafeneckart vorbei auf die Mainbrücke zu. Er wollte sich erst selbst über so einiges klar werden, bevor er zu Sara ging. Der Tag war schwül, ein Gewitter hing in der Ferne über den Weinbergen, die Schwalben flogen schon tief. Kein Windhauch war zu spüren, über dem Fluss flirrte die Luft. An einem solchen Tag blieben die Leute wegen der sommerlichen Hitze gern in den kühlen Häusern, sogar die Stadtschweine lagen träge schmatzend im Schatten und dösten, von Fliegenschwärmen umsummt.

Er fand den Weg zum Mainufer und setzte sich auf den Baumstumpf einer alten Trauerweide. In der Nähe, von einem dichten Gebüsch aus, hielten ein paar Buben trotz des bischöflichen Angelverbots ihre Ruten ins Wasser – vor einem Donnerwetter bissen die Mainfische besonders gut. Ezzo sah ihnen eine Weile zu und grübelte.

Er hatte sich auf das Wiedersehen mit Sara und Ciaran gefreut – und auch wieder nicht. Schon vor einem Jahr war es nicht leicht für ihn gewesen, dem jungen Glück der beiden zuzusehen, und am Ende, in Konstanz, als seine Liebe zur Königin zerbrochen war, schien es ihm fast unerträglich. Darum war es auch gut gewesen, dass ihn die Königin mit ihrem letzten Auftrag nach Böhmen geschickt hatte. Aus den Augen, aus dem Sinn, der alte Spruch sollte sich für ihn gleich doppelt bewähren. Denn mit dem Kuss, den er Sara zum Abschied gegeben hatte, war ihm erschreckend klar geworden, dass sie ihm viel zu viel bedeutete.

Gleich zwei Lieben also hatte er zu Konstanz zurückgelassen, die eine hatte ihn verraten, die andere gehörte seinem besten Freund. Die Entfernung half, brachte ihm mit der Zeit mehr Gleichmut. Anfangs hatte er trotzig Ablenkung bei willigen Schankmägden gesucht, war nachts in fremde Kammern geschlichen, wenn Finus schlief. Aber in dem gleichen Maß, in dem solche Abenteuer den einen Hunger stillten, weckten sie einen anderen – das Bedürfnis nach Zweisamkeit, nach Vertrautheit, nach Liebe. Oh, was die Königin betraf, da war ihm das Vergessen nicht schwer gefallen. Jetzt erst erkannte er, dass ihn mit dieser Frau wenig mehr als animalische Leidenschaft und jugendliche Schwärmerei verbunden hatte. Anders ging es ihm mit Sara. Von ihr konnte keine noch so wilde nächtliche Liebschaft ablenken. Spätestens zu Prag, wo sie den Winter über geblieben waren, hatte er das begriffen. Es half nichts, sie ging ihm einfach nicht aus dem Kopf. Ja, im Gegenteil: Die Zuneigung, die er für sie gehegt hatte, die er mit aller Willenskraft versucht hatte, tief in seinem Inneren zu begraben, verschaffte sich immer wieder Raum, kam immer wieder hartnäckig an die Oberfläche wie ein Stück trockenes Holz, das man nicht unter Wasser zwingen konnte. Er ließ sich Zeit, blieb mit Finus in der böhmischen Königsstadt, bis ihm kein Grund mehr einfiel, noch länger zu trödeln. Erst im Frühjahr waren sie schließlich aufgebrochen, und mit jeder Meile, die er sich Würzburg näherte, wurde er unsicherer. Dieser letzte Kuss zu Konstanz – hatte sie sich nur überrumpelt gefühlt, oder hatte sie ihn gern erwidert? Aber es war ja ganz gleich. Sie gehörte zu Ciaran und er würde einen Teufel tun, dies zu ändern. An diesem Vorsatz hatte er festgehalten – bis zu diesem Morgen …

Es war heiß; Ezzo nestelte sein Hemd über der Brust auf und krempelte die Ärmel hoch. Oh, er hatte davon geträumt, sie zu lieben. Oft genug war er nachts aufgewacht, von schmerzhaftem, brennendem Verlangen gequält, das er dann unter der Decke befriedigte, Saras Bild vor Augen. Und jetzt bekam dieses Verlangen neue Nahrung, war vielleicht nicht mehr vergebens. Ja, er hatte sich danach gesehnt, Sara wiederzusehen, aber er hatte auch Angst vor diesem Schmerz gehabt, der ihn jedes Mal überkam, wenn sie und Ciaran verliebte Blicke wechselten. Und nun war plötzlich alles ganz anders. Sie war frei. Und sie war tatsächlich, was er immer vermutet hatte, Jüdin. Ezzo schüttelte müde den Kopf. Was erhoffte er sich eigentlich? Dass sie ihn auch liebte? Und wenn ja, was dann? Eine Verbindung zwischen Christen und Juden war einfach unmöglich. Ein kleines, freudloses Lachen kitzelte seine Kehle. Der edelfreie Herr von Riedern und eine jüdische Medica! Es würde nie mehr sein können als eine Heimlichkeit, eine Liebschaft zur Linken, etwas, das um Gottes willen niemals öffentlich werden durfte. Geriet er eigentlich immer nur an Frauen, die ihm nicht wirklich gehören konnten?

Die Fischerbuben hatten einen fetten Hecht mit Schwung aus dem Wasser befördert, der jetzt auf dem Trockenen schnalzte und Ezzo mit einem Tropfenschauer überzog. Er wischte sich einen Spritzer aus dem Gesicht und winkte den kleinen Anglern lächelnd zu. Ach was, dachte er, vermutlich liegt ihr sowieso nichts an mir, und ich zerbreche mir völlig umsonst den Kopf. Aber er konnte sich doch nicht so getäuscht haben – sie hatte ihn doch gern, oder nicht?

Es half nichts, er würde es herausfinden müssen. So oder so. Er stand auf und machte sich auf den Weg ins Judenviertel.

Das unscheinbare Haus mit dem aufgemalten Harnschauglas neben der Eingangstür war ihm zuerst gar nicht aufgefallen. Jetzt stand er davor und lugte durch ein halb offenes Butzenscheibenfenster. Drinnen war nichts zu sehen, die Arztstube war leer. Ein Spannbett stand unter dem Fenstersims, das wohl für Untersuchungen oder Operationen diente, daneben ein Tischchen mit allerlei medizinischen Utensilien. Auf einem Wandregal lag ein dickes Buch, darunter hingen Tücher, Verbände und merkwürdig aussehende Haken. Zwei weitere Regale enthielten Töpfchen, Spanschachteln, Glasfläschchen und Apothekergefäße. Ein Dreifuß stützte eine irdene Wasserschüssel, von der dunklen Balkendecke hing ein gusseiserner Leuchter mit mindestens einem Dutzend Talgnäpflein. Der Raum sah peinlich sauber aus, frisch gefegt, duftende Kräuterzweiglein auf dem Fußboden verstreut. Hier arbeitete sie also. Vermutlich schlief sie oben im ersten Stock, ach ja, und da war wohl auch noch ihre Schwester …

»Kann ich Euch helfen?«

Er fühlte sich ertappt und fuhr herum. Saras höfliches Lächeln erstarrte für einen Augenblick vor lauter Überraschung, dann breitete es sich auf ihre Augen aus, die plötzlich strahlten wie zwei helle Kerzenflammen. Er stand erst verlegen da, dann fasste er sich wieder. »Oh«, scherzte er und hob wie ein Schauspieler den Handrücken an die Stirn, »ich leide in letzter Zeit unter schmerzhafter Sehnsucht nach alten Freunden! Ob Ihr wohl ein Mittel dagegen habt, Magistra?«

Am liebsten wäre sie ihm um den Hals gefallen. »Nun, so etwas ist schwer zu heilen«, gab sie mit ernster Miene zurück, »höchstens mit einem Gran Rückkehr und einer Unze Wiedersehensfreude! Ach Ezzo, ich hab dich so vermisst!« Sie fiel ihm um den Hals, und er hielt sie mit geschlossenen Augen, jeden Augenblick dieser Berührung auskostend. Dann lösten sie sich ein bisschen verlegen voneinander. Er griff nach ihren Händen und drückte sie. »Du siehst hübscher aus denn je!«

»Bauchpinsler!« Sie lachte. »Ich war grade auf Krankenbesuch, und ich bin müde und schmutzig!« Dann zog sie ihn zur Tür. »Komm mit hinein, drinnen ist es nicht so heiß. Und dann musst du mir alles erzählen …«

»Warum ist Ciaran gegangen?« Endlich getraute er sich, die Frage zu stellen. Fast zwei Stunden waren sie nun dagesessen, hatten sich die Erlebnisse des letzten Jahres erzählt und dazu gewürzten Mainwein getrunken. Jetzt war es an der Zeit, die wirklich wichtigen Dinge zu bereden.

Sara machte eine Bewegung, als wolle sie eine lästige Fliege vertreiben. Aber sie konnte nicht verhindern, dass ihr das Wasser in die Augen stieg. »Er hat mich gehasst, dafür, dass ich ihn belogen habe. Und dafür, dass ich …«

»… Jüdin bin?« Ezzo fing mit der Fingerspitze eine Träne auf, die über Saras Wange lief.

Sie nickte, und dann schüttelte sie ein trockenes Schluchzen. Er setzte sich zu ihr auf die Bank. »Schscht«, flüsterte er, »ist ja gut.« Und dann nahm er ihr Gesicht in beide Hände und küsste die Tränen weg, sanft und vorsichtig, strich ihr das Haar aus der Stirn, raunte ihr beschwichtigend tröstende Worte ins Ohr. Sie legte ihre Arme um seine Schultern und hielt sich fest. Es tat so gut.

»Es … es hat ihn vor mir geekelt«, schluchzte sie. »Er hat gesagt, ich sei schmutzig, widerlich, hässlich, hätte ihn besudelt …«

Ezzo schüttelte fassungslos den Kopf. Dieser Dreckskerl! Er hob Saras Kinn an, bis sie ihn ansehen musste. Und dann lächelte er. »Du bist nicht schmutzig, Sanna, und nicht widerlich. Bei Gott, du bist schön, das schwör ich dir! Ganz gleich, in welchem Glauben man dich geboren und erzogen hat, du bist liebenswert und wunderbar. Du bist eine Frau, für die jeder vernünftige Mann seinen rechten Arm hergeben würde.«

»Sara«, sagte sie mit dem Versuch eines Lächelns und wischte sich die Tränen aus den Augen. »Ich heiße Sara.«

»Sara …«, wiederholte er und lauschte beinahe andächtig dem Klang ihres Namens. Dann trocknete er ihre Wangen mit seinem Ärmel. »Ich war ein Trottel, dass ich dich Ciaran gelassen hab«, sagte er und grinste schief. »Weißt du, ich war nämlich viel eher in dich verliebt als er.«

»Du? Du hattest doch deine Hofjungfer, deren Ring du trugst.«

In einem Anflug von Bitterkeit lachte er auf. »Jetzt nicht mehr«, erwiderte er. »Ich habe ihn von Prag aus zurückgeschickt. Mir dir ist das anders – von dir besitze ich nämlich ein Andenken, das ich nie wieder loswerden kann.« Sie hob fragend die Augenbrauen. »Schau!« Er nestelte sein bereits am Kragen offenes Hemd ein bisschen weiter auf. Die Schnittwunde kam zum Vorschein, die sie genäht hatte, damals in Sankt Goar. »Sie hat mich immer an dich erinnert.«

Sanft legte Sara ihre Finger auf die Narbe. »Fünf Stiche«, sagte sie. »Ich weiß es noch ganz genau …«

Und dann neigte er den Kopf und küsste sie. Ganz sanft tupfte seine Zunge an ihre; er wartete, ob sie ihn abwehren, sich von ihm lösen würde, aber sie ließ ihn gewähren, kam ihm entgegen, ergab sich dem Spiel seines Kusses. Er atmete schneller, spürte, dass auch ihr Herz stärker klopfte, hörte den winzigen Seufzer, der in ihrer Kehle hochstieg. Doch dann versteifte sie sich und entzog sich ihm. Als wolle sie vor ihm flüchten, stand sie hastig auf und ging zum Fenster. In ihrem Gesicht las er Angst und Unruhe, als sie sich schließlich umdrehte. »Du weißt noch nicht alles über mich«, sagte sie mit belegter Stimme. Und dann begann sie, zu erzählen.

»Ich bin zu Köln aufgewachsen, mein Vater war ein armer Schammes, ein Synagogendiener. Zweimal hat er mich verheiratet, in ganz jungen Jahren. Meinen ersten Ehemann kannte und liebte ich seit meiner Schulzeit. Ich wurde seine Frau, da waren wir beide noch halbe Kinder, glücklich und verliebt. Salo starb am Wechselfieber, kaum sechs Monate nach unserer Hochzeit. Und dann …« Sie atmete einmal tief durch, um sich innerlich zu wappnen, »und dann, nach der Trauerzeit, nahm mich sein Bruder zur Frau. Das ist bei uns so Sitte, ich konnte mich nicht dagegen wehren. Die nächsten dreizehn Monate waren die schlimmste Zeit meines Lebens. Nein, lass mich weiterreden …«

Ezzo hatte sich schon halb erhoben und wollte zu ihr, aber sie wehrte ab.

»Für das, was Chajim mir angetan hat, finde ich bis heute keine Worte. Ich wäre fast an diesem Mann zerbrochen. Und als ich keinen anderen Ausweg mehr sah, bin ich fortgelaufen. Das ist viele Jahre her, aber seither vergeht kaum ein Tag, an dem ich nicht daran denke, dass er mich womöglich findet. Denn ich weiß, dass er nie aufhören wird, mich zu suchen.« Sie strich sich eine Haarsträhne aus der Stirn und sah Ezzo entschlossen in die Augen. »Was ich dir damit sagen will, ist: Ich bin immer noch eine verheiratete Frau.« Endlich war es heraus. Sara empfand eine merkwürdige Erleichterung. Ganz gleich, wie Ezzo jetzt entschied, es stand nun keine Lüge mehr zwischen ihnen. Sie forschte in seinem Gesicht und sah weder Ablehnung noch Abscheu, nur Mitleid und Liebe. Jetzt ging er zu ihr, blieb vor ihr stehen.

»Fühlst du dich noch immer an diesen Mann gebunden?«, fragte er.

Sie schüttelte den Kopf. »Nach Recht und Gesetz ist er mein Ehemann«, sagte sie leise, »in meinem Kopf und in meinem Herzen war er es nie.«

Er zog sie an sich. »Das ist alles, was für mich zählt, Sara.«

Sie schlang die Arme um ihn. »Und mein Glaube?«, flüsterte sie an seiner Schulter.

Er sah ihr fest in die Augen. »Ich liebe dich. Ob du Christin bist oder Jüdin, Muselmanin oder Heidin. Du kannst Götzen verehren oder glauben, dass die Erde eine Kugel ist, es ändert nichts. Du bist die Frau, die ich will.«

»Die Leute werden gegen uns sein, Ezzo. Meine Juden und deine Christen. Wir werden nirgends dazugehören, werden Feindschaft und Hass erzeugen, das ist gefährlich. Oder es darf niemand etwas von uns wissen, alles muss heimlich sein. Willst du das wirklich?«

»Willst du es denn?«

Sie antwortete nicht. Sie wusste nur eines: Salo, Ciaran, Ezzo – es würde über ihre Kraft gehen, noch einen Mann zu verlieren, den sie liebte.

»Würdest du denn hier mit mir leben wollen?«, fragte sie zurück.

Er zögerte. Nun war es an ihm, ehrlich zu sein. »Du weißt auch nicht alles über mich«, antwortete er schließlich. »Nein, keine Angst, es ist nichts Schlimmes. Nur, dass ich noch eine Aufgabe erfüllen muss, die ich mir selber schuldig bin. Es kann sein, dass mir danach ein kleines Territorium gehört, nichts Großartiges, aber genug, um gut zu leben. Nur Janka und Pirlo wissen davon. Es ist mein Erbe.«

»Wo liegt es?«

»Nicht so weit von hier, ein, zwei Tagesritte vielleicht. Riedern, ein Rittergut im Lehen des Erzbischofs von Mainz. Ich bin dort aufgewachsen, als Bastard des Burgherrn, sein Sohn zur Linken mit einer Dienstbotin. Mein Onkel hat mich vor Jahr und Tag um dieses Erbe betrogen, danach bin ich nach Buda an den Hof gegangen, um Ritter zu werden.« Er schloss kurz die Augen. »Die Frau, deren Ring du zu Sankt Goar gesehen hast, war die Königin.«

Deshalb hatte er nie einen Namen genannt! Es war die Gefahr, in der er geschwebt hatte. Adonai, er hatte den König zum Hahnrei gemacht, ein Vergehen, das einen das Leben kosten konnte! Sara erinnerte sich an Barbara von Cilli – sie war ihr zu Konstanz einmal von fern begegnet. Sie begriff nicht, wie Ezzo nach dieser betörend schönen Frau jemanden wie sie auch nur ansehen mochte. Aber bevor sie ihn danach fragen konnte, nahm er ihr das Wort aus dem Mund. »O ja, es heißt, sie sei die schönste Frau der Christenheit«, sagte er, »aber ihre Schönheit endet gleich unter der Haut. Darunter sind nichts als Hass, Bosheit und Berechnung. Ich bin fertig mit ihr, schon lange. Drei Jahre lang war ich ihr zum Ritterdienst verpflichtet. Das ist jetzt vorbei, und nun ist die Zeit der Abrechnung mit meinem Onkel gekommen. Ich habe alles so eingerichtet, dass ich mich morgen auf den Weg machen kann.«

Sara senkte niedergeschlagen den Kopf. Dies alles schien ihr plötzlich zu viel. Ezzo als Liebhaber der Königin, als edelfreier Erbe einer Herrschaft. Und wer war sie? Nichts passte hier zusammen! Beinahe wünschte sie sich, er wäre nicht zurückgekommen. »Ach Ezzo«, sagte sie traurig, »Wie soll das gutgehen? Wenn deine Pläne sich erfüllen, wirst du bald auf deinem Rittergut sitzen als Lehnsmann des Mainzer Bischofs. Du wirst mit Leuten vom Adel verkehren, reiche Abgaben bekommen, auf die Jagd gehen, Feste feiern. Sag selbst: Hat eine jüdische Ärztin in so einem Leben einen Platz? Wir könnten nie offen miteinander umgehen, und du wärst meiner schnell überdrüssig.« Sie machte sich los, strich sich fahrig durchs Haar. Wie schnell war doch dieser kurze Anflug neuen Glücks vorüber …

Er hielt ihre Hand fest. »So leicht gibst du dich geschlagen? Wir werden uns einen Platz schaffen, Sara, irgendwo, irgendwie. Hier zu Würzburg oder auf Riedern, ganz egal. Es muss möglich sein, und es ist möglich, wenn wir es nur wollen.«

»Ich weiß nicht.« Sie schüttelte den Kopf. »Vielleicht wäre es besser, du bliebest in deiner Welt und ich in meiner. Es ist zu schwierig. Schau, da ist auch noch meine Schwester …«

Er ließ ihre Hand los. »Liegt dir so wenig an uns? Dann sag, dass du mich nicht willst!«

Sie kämpfte mit sich, aber sie konnte es nicht. Sie sah ihn an, und plötzlich pulste trotz aller Vernunft pures Glück durch ihre Adern. Und wenn die Welt unterging: Da stand der Mann, auf den sie immer gewartet hatte. Sie wollte ihn nicht abweisen, nicht um alles in der Welt. Wer weiß, dachte sie, wenn sein und mein Gott uns gnädig sind, dann werden sie uns den Weg zeigen. Wann wäre das Leben jemals einfach gewesen?

Sara traf ihre Entscheidung. Mit einem Lächeln auf den Lippen schob sie sein Hemd vor der Brust auseinander, beugte sich vor und küsste sacht und zärtlich seine Narbe. »Geh, Ezzo«, sagte sie leise, »kämpf um dein Erbe. Und ganz gleich wie es ausgeht, danach komm wieder. Ich liebe dich, und ich will auf dich warten …«

Sein Kuss verschloss ihre Lippen.

Nach einer Ewigkeit machte er sich von ihr los. Es hatte geklopft, draußen stand ein altes Weib mit einem Uringlas in der Hand.

»Ich werde morgen in aller Frühe aufbrechen«, sagte er. »Denk an mich, dann wird schon alles gut gehen.«

»Gib auf dich acht, Liebster. Und versprich mir, dass du wiederkommst«, erwiderte sie atemlos.

»So schnell ich kann. Ich schwör's.«

Er öffnete die Tür und ging an der verdutzten Alten vorbei.

Sara sah ihm nach, die Hand auf die Mesusa im Türrahmen gelegt. Mit dem Zeigefinger berührte sie den Namen Gottes, der im Schlitz der Kapsel sichtbar war. »Schenke ihm Schutz und Licht auf seinem Weg, o Adonai«, flüsterte sie, »und bring ihn mir wieder. Amejn.«

Dann ordnete sie rasch ihre Kleider. »Komm herein, Mutter Rebecca. Geht es dir heute besser?«

Sara

Nach Ezzos Besuch war ich unendlich glücklich und zutiefst unglücklich zugleich. Ich ging wie auf Wolken, weil er mich liebte, hätte am liebsten die ganze Welt umarmt vor lauter Seligkeit. Gleichzeitig konnte ich mir nicht vorstellen, wie unsere Zukunft aussehen sollte.

Am Morgen, auf dem Weg aus der Stadt, war Ezzo noch einmal vorbeigekommen, um sich zu verabschieden. Eine kurze Umarmung, ein Kuss, dann riss er sich los und ritt davon. Mir tat das Herz weh, als ich ihm nachsah. Vielleicht, dachte ich, ist es gut so. Jetzt haben wir beide Zeit zum Nachdenken, Zeit, herauszufinden, was wir uns wirklich wünschen.

Ich musste mit jemandem reden, also ging ich zu Janka. »Na endlich«, lachte die alte Wahrsagerin, »seid ihr zwei von selber darauf gekommen. Ich dachte schon, ich muss euch mit eigenen Händen zum Jagen tragen.« Sie hatte es schon immer gewusst.

»Warum hast du nie etwas gesagt?«, fragte ich.

Sie schnalzte missbilligend mit der Zunge. »Weil man dem Schicksal nicht ins Handwerk pfuschen darf, Kindchen. Und nein, bitte mich nicht, dir zu raten. Wenn es so weit ist, wirst du wissen, was zu tun ist. Bis dahin gib dir Zeit.«

Ich kannte Janka, mehr würde sie nicht sagen.

Mein nächster Weg führte mich zum Rabbi. »Was geschieht«, fragte ich, »wenn eine Jüdin einen Christen liebt?«

Er sah mich durchdringend an, dann kratzte er sich am Bart und seufzte. »Oj, Sara, das ist nicht gut, gar nicht gut.« Mit langen Schritten durchmaß er den Lehrraum seiner Jeschiwa, die Hände vor dem Bauch gefaltet. Ich saß derweil voller Gewissensbisse auf einer der Schulbänke, knickte ohne es überhaupt zu merken eine Schreibfeder und wartete auf sein Urteil.

»Man hat mir vertraulich erzählt, dass du kürzlich einen Mann auf offener Straße umarmt hast. Der Mann soll ein Schwert getragen haben, also kann er wohl keiner von unserem Volk sein.«

Ich nickte stumm.

»Eine solche Verbindung kann ich nicht gutheißen, das verstehst du doch?«

»Ja«, flüsterte ich.

»Einer von euch beiden wird sich entscheiden müssen.« Der Rabbi blieb vor mir stehen. Mahnend hob er den Zeigefinger. »Es steht geschrieben, dass Mann und Frau in Liebe zusammen sein sollen. Wie aber kann das gehen, wenn sie nicht gemeinsam beten, gemeinsam zur Synagoge gehen, gemeinsam die heiligen Feste feiern? Ich frage dich! Ich will dir gar nicht mit dem Gesetz und der Thora kommen, du weißt genau, was die Schriften sagen. Sondern mit ganz einfachen Überlegungen: Wie willst du den Schabbat ehren? Wie willst du jeden Tag koscher leben? Welche gemeinsamen Freunde werden an eurem Tisch sitzen? Was wird ein Christ dazu sagen, wenn du zwei Mal sieben Tage im Monat unrein bist? Frage deinen Verstand, Sara. Er wird dir sagen, dass Feuer und Wasser nicht zusammengehen. Einer von euch wird den Glauben des anderen annehmen müssen. Und du wirst nicht im Ernst von mir erwarten, dir zu raten, dies zu tun.«

Ich war dem Rabbi dankbar für die Nachsicht, die er mit dieser Rede bewies. Rabbi Meir, der Lehrer meiner Kindertage in Köln, hätte Feuer und Schwefel auf mich herabregnen lassen. Er hätte mich beschuldigt, schon mit dem Gedanken an eine Verbindung zu einem Christen das Gesetz zu brechen, meinen Glauben zu verraten. Unrein wäre ich in seinen Augen gewesen allein dadurch, dass ich Ezzo geküsst hatte. Er hätte mir vorgeworfen, das Andenken meiner Eltern zu schänden, das jämmerliche Leben im Diesseits der ewigen Seligkeit vorzuziehen. Und am Ende hätte er mich für verrückt erklärt.

Dies alles tat Rabbi Süßlein nicht. Und gerade deswegen fand ich seine Worte so überzeugend. Aber so wenig, wie ich mich dazu durchringen konnte, meinen Glauben aufzugeben – gerade jetzt, wo ich mich wieder in ihm und der jüdischen Gemeinschaft heimisch fühlte –, so wenig konnte ich von Ezzo verlangen, sich aus Liebe zu mir von seiner Religion abzuwenden. Sich gar beschneiden zu lassen. Ich wusste, dass es viele Juden gab, die sich taufen ließen, aber noch nie hatte ich von einem umgekehrten Fall gehört. Wie sehr hätte ich jetzt Onkel Jehudas Rat gebraucht! Er, der sich aus Liebe zu einer Christin hatte taufen lassen! Er hätte mich verstanden, hätte mir helfen können. Aber sie hatten ihn ja umgebracht. Und da stand ich nun und spielte tatsächlich mit dem Gedanken, den Glauben seiner hasserfüllten Mörder anzunehmen? Derer, die mich selber fast umgebracht hätten? Die mich, wie Ciaran, abstoßend, schmutzig und verachtenswert fanden, nur weil ich Jüdin war? Aber dann war da wieder Ezzo ...

Es zerriss mich innerlich.

Und dann, weil nun schon alles egal war, gestand ich dem entsetzten Rabbi Süßlein auch noch meine Ehe mit Chajim, schilderte ihm das Martyrium, das ich bis vor meiner Flucht erduldet hatte. Es dauerte lange, bis der Rabbiner sich so weit gefasst hatte, dass er mir antworten konnte.

»Du bist eine Frau mit sehr viel Unglück, Sara bat Levi«, sagte er endlich mitleidig. »Geh heim, sprich deine Gebete, flehe den Herrn um Hilfe und Anleitung an. Denn ich fürchte, ich kann nichts für dich tun.«

Die nächsten Tage verbrachte ich in einem Zustand völliger Ratlosigkeit. Ich behandelte meine Patienten, erledigte, was zu tun war, aber mit meinen Gedanken war ich weit weg. Jochi, die immer ein gutes Gespür dafür hatte, wie es anderen Menschen ging, versuchte mich mit Grimassen aufzuheitern und schleppte mich auf lange Spaziergänge, aber es half alles nichts. Eine Woche nach Ezzos Fortgang trat ich auf dem Heimweg von einem Krankenbesuch aus Versehen auf eine tote Ratte, die mitten auf der Gasse lag. So etwas kam vor, nach der Berührung eines toten Tieres ging man eben in die Mikwe, um sich zu reinigen. Aber mich brachte dieser Vorfall endgültig aus dem Gleichgewicht; ich brach mitten auf der Straße in Tränen aus, die Ratte zu meinen Füßen, und fühlte mich hilflos wie ein kleines Kind. Es war Jakit, meine Nachbarin, die sich schließlich des Häufleins Elend annahm, das ich war. Sie ging mit mir zur Mikwe, zog mich aus, sorgte dafür, dass ich ganz untertauchte und brachte mich danach heim. In dieser Nacht beschloss ich, meine Liebe zu Ezzo zu begraben. So konnte es nicht weitergehen.

Und dann kam der Tag, der so vieles veränderte.

Neuerdings grassierte ein Sommerhusten in der Stadt, der vor allem Kinder und Alte befiel. Ein Brustbalsam nach einer alten Rezeptur aus Onkel Jehudas Buch tat gute Dienste, und ich braute beinahe jeden Morgen einen Kessel davon. Weil am nächsten Tag Schabbat war und ich nicht arbeiten durfte, schürte ich ein besonders großes Feuer in meiner Küche, um gleich die doppelte Menge herzustellen. Der Kessel mit Kräutern, Honig, Leinöl und Gänsefett hing am obersten Zahn, damit die Flüssigkeit langsam und schonend einkochte; die Ingredienzien mussten sich durch die Hitze erst gut miteinander vermischten, bevor der Balsam beim Erkalten eindickte. Nur eine Zutat fehlte noch – es war kein Schneckenschleim mehr da. Weil Jochi keine Lust hatte, zum Apotheker zu gehen – manchmal war sie faul wie ein alter Hund –, entschloss ich mich wohl oder übel, selber hinzulaufen. »Aber du musst aufs Feuer aufpassen und immer beim Topf bleiben und rühren und rühren und rühren«, schärfte ich ihr ein. Sie konnte das recht gut; in letzter Zeit hatte sie mir oft geholfen.

Mit meinem Tiegelchen Schneckenschleim kam ich vom Apotheker heim. Es versprach ein schöner, heißer Julitag zu werden, und mir war jetzt schon so warm, dass ich die fiebrigen Kranken bedauerte, zu denen ich heute gehen würde. Ich öffnete die Tür, legte mein Kopftuch mit den Judenstreifen ab und rief: »Bin wieder da!«

Keine Antwort.

»Jochi?« Ich betrat die Wohnküche. Als Erstes sah ich, dass der Rührlöffel auf dem Boden lag und die Flammen unter dem Kessel mit der blubbernden Fettmischung viel zu hoch loderten. Sie hatte das Feuer alleingelassen. Na warte, dachte ich.

Und dann sah ich sie. In der Ecke neben der Hintertür zum Garten hockte sie ganz zusammengekauert auf dem Fußboden, die Arme fest um den Oberkörper geschlungen. Sie brummte. Ihre Augen waren weit aufgerissen und voller Schrecken. Ihrem Blick folgend drehte ich mich um.

Es war, als hätte man mir den Boden unter den Füßen weggezogen. Ich war unfähig, mich zu rühren, unfähig, zu denken. Eisige Kälte machte sich in mir breit, die mich lähmte. Und dann kam die Angst, sie sprang mich an wie ein Tier, klammerte sich an mich mit gierigen Fingern, drückte mir die Luft ab und machte mich stumm. Da stand der Mann, der seit so vielen Jahren mein Albtraum war, lächelnd, als sei er ein willkommener Gast. Da stand Chajim!

»Siehe, meine Freundin, du bist schön. Schön bist du ...« Er sprach die uralten Worte König Salomos aus dem Hohen Lied; seine Stimme jagte mir einen Schauer über den Rücken. Ich konnte immer noch nichts sagen. Sein Haar war schütter geworden, sein Bart hatte graue Strähnen, und er kam mir kleiner vor als in meiner Erinnerung. Aber unter seinem leichten, braunwollenen Sommerumhang zeichnete sich immer noch ein muskulöser Körper ab, breite Schultern und kräftige Oberarme. Und seine Augen blickten immer noch kalt und grausam, so wie früher.

»Hast geglaubt, ich finde dich nie, hm?«, sagte er und trat einen Schritt näher.

Ich wich zurück. »Was willst du, Chajim?«

Er blieb stehen und zuckte die Schultern. »Nur das, was mir gehört.« Wie selbstverständlich trat er an den Tisch, auf dem ein Krüglein Apfelmost stand, und trank einen Schluck. »Ich hab dich gesucht, Sara«, erzählte er im Plauderton. »viele Jahre lang. Als sich deine Familie hier niederließ, dachte ich mir schon, dass du früher oder später hier auftauchen würdest. Da musste ich nur noch ab und zu vorbeischauen. Tja, und hier bin ich!« Er breitete die Arme aus. »Hübsch hast du's hier.«

Ich nahm all meinen Mut zusammen. »Chajim, sei vernünftig«, beschwor ich ihn. »Lass die Vergangenheit ruhen. Was nützt dir eine Frau, die dich nicht liebt?«

Er fuhr beiläufig mit dem Finger über das Tellerregal an der Wand, als wolle er prüfen, ob es staubig sei. »Wer spricht denn von Liebe?«, sagte er.

Ich versuchte vergeblich, das Zittern meiner Hände zu verbergen, er hatte es längst gesehen. Ja, es ging ihm nicht um Liebe, er hatte nie Gefühle für mich gehegt. Es ging ihm um Macht. Er wollte Macht über mich haben, gerade über mich, weil ich der einzige Mensch war, der sich ihm je widersetzt hatte. Er wollte mich demütigen und quälen, so, wie er es früher getan hatte.

»Du kannst mich nicht zwingen«, sagte ich. »Ich bin kein Kind mehr, Chajim. Ich werde mich an den Barnoss und die Gemeinde wenden.«

»Oh, tu das«, erwiderte er seelenruhig. »Ich freue mich schon auf die Gesichter der Gerechten, wenn du ihnen erzählst, dass du deinen Ehemann bei Nacht und Nebel schändlich verlassen hast. Sie können dir gar nicht helfen, meine Liebe. Denn ihr Urteil muss sich an das Gesetz halten, und das ist auf meiner Seite.«

Ich wusste, er hatte recht. Natürlich hatte er recht. Nicht der beste Freund würde mir gegen ihn beistehen können, und wenn er mich an den Haaren zurück nach Köln schleifte. Ich öffnete den Mund, aber kein Laut kam heraus. Plötzlich war es wieder wie damals. Ich bestand nur noch aus Angst, glühendheißer, alles erstickender Angst vor Gewalt, Misshandlung und Schmerz. Unwillkürlich duckte ich mich in Erwartung des ersten Schlages. Ich war wieder siebzehn, ein wehrloses Kind, ein schwaches Opfer, ein Nichts in den Händen eines Ungeheuers. Mein ganzer Körper bebte, die Knie gaben unter mir nach, mein Magen krampfte sich zusammen. Hilflos ließ ich mich auf einen Schemel sinken und barg das Gesicht in den Händen.

Chajim stand mit einem kleinen Lächeln auf den Lippen da und weidete sich eine Weile an meiner Furcht. Er ließ mir Zeit, mich wieder ein wenig zusammenzureißen. Meine Gedanken rasten. Was konnte ich ihm sagen, was konnte ich tun? Je fieberhafter ich überlegte, desto weniger fiel mir ein. Ich verlegte mich aufs Bitten. »Chajim«, sagte ich, »beim Andenken deines toten Bruders, der mich geliebt hat, tu mir das nicht an. Ich würde bei einer Scheidung alle Schuld auf mich nehmen, es wäre keine Schande für dich …«

Er entblößte eine Reihe schadhafter Vorderzähne, ich weiß nicht, ob es ein Lachen war. »Pack deine Sachen«, sagte er.

Ich war verzweifelt. »Du könntest eine andere heiraten, eine jüngere, hübschere. Eine reiche Erbin. Ich bin doch nichts und habe nichts. Chajim, bitte.«

Seine Miene blieb gleichgültig. »Ich warte«, sagte er.

Wie ich ihn hasste. Sein Anblick verursachte mir Übelkeit, die Art, wie er dastand, wie er mich anschaute. In diesem Augenblick wusste ich, dass ich nicht freiwillig mit ihm gehen würde, ganz gleich, was geschah.

»Nein«, sagte ich. »Du wirst mein Leben kein zweites Mal zerstören, Chajim.«

Ich sah, wie die Ader auf seiner Stirn vor Zorn bläulich anschwoll. Mit geballten Fäusten kam er auf mich zu, trieb mich zurück bis an die getäfelte Holzwand. Ich schrie. Und dann schoss mir ein völlig verrückter Gedanke durch den Kopf und kam auch schon über meine Lippen. »Wenn du mich mit nach Köln zwingst, lasse ich mich taufen! Du wirst es nicht verhindern können! Und dann musst du mich verstoßen.«

»Du …« Er hob den Arm, um mich zu schlagen, da fiel sein Blick auf Jochi. Ein Grinsen breitete sich auf seinem Gesicht aus, und er ließ seinen Arm sinken. »In diesem Fall, Sara, werde ich der einzige Vormund dieses Dings sein, das da in der Ecke hockt.« Er ging zu Jochi hinüber und stieß sie mit dem Fuß an, als sei sie ein Lumpen, den man auf den Boden geworfen hatte. »Oh, natürlich werde ich dann gut für dich sorgen, meine Kleine«, sagte er ganz freundlich zu ihr. »Ich wähle für dich die hübscheste aller Narrenkisten aus, die vor dem Kölner Stadttor hängen.«

Dann wandte er sich wieder zu mir um. »Das würde dich doch auch freuen, oder?«

Ich schloss die Augen.

Er wusste, dass er gewonnen hatte. So stand er da und kostete seinen Sieg aus, genoss es, mich am Boden zu wissen.

Jochi hatte aufgehört, zu brummen. Ich sah, wie sie langsam aufstand, den Rührlöffel in der Hand. Ihr rundes, kindliches Gesicht war so voll unbändiger Wut, wie ich es noch nie an ihr gesehen hatte. Und dann ging alles viel zu schnell. Sie schlug Chajim von hinten den Löffel auf den Kopf, dass er abbrach. »Du bist bös!«, kreischte sie, »bös, bös!«

Chajim zuckte unter dem Schlag zusammen, dann drehte er sich langsam um, die Hand auf den Hinterkopf gedrückt. Jochi fuhr ihm mit allen zehn Fingern ins Gesicht wie eine Katze. Sie gab zornige, tierische Laute von sich, war wie von Sinnen. Er wich völlig überrascht vor ihrem Angriff zurück, versuchte, ihre Hände einzufangen. Dabei trat er auf den abgebrochenen Löffelstiel; der rollte unter seinem Absatz weg. Er kam aus dem Gleichgewicht, ruderte verzweifelt mit den Armen, aber es half nichts:

Er fiel hintüber ins Feuer. Mit einem Schrei versuchte er, sich aufzurappeln, aber dabei stieß er gegen den Kessel mit dem siedenden Fett, das sich in einem einzigen Schwall über seinen Hinterkopf und die linke Schulter ergoss. Eine Stichflamme schoss hoch, und Chajim brannte. Er kam wieder auf die Beine, vor Schmerz und Todesangst brüllend, taumelte vom Herd weg, eine lebende Fackel.

Ich löste mich aus meiner Erstarrung; meine Hand griff wie von selbst nach dem hölzernen Zuber mit Wasser, der immer neben dem Feuer stand. Aber dann, der Allmächtige möge mir verzeihen, blieb ich einfach stehen, das Wasserschaff in der Hand. Ich sah meine Schwester an, die verblüfft über das, was sie gerade getan hatte, mit weit aufgerissenen Augen wie angewurzelt dastand. Tat ich es für sie, oder für mich? Ich weiß es nicht. Ich wartete einfach. Chajim wälzte sich inzwischen schreiend und gurgelnd am Boden, seine Gestalt war hinter den Flammen fast nicht mehr erkennbar. Und dann, irgendwann, als es längst zu spät war, schüttete ich endlich das Wasser über ihn.

Im nächsten Augenblick war auch schon Ascher ben Jeschua da, der junge Thoraschreiber aus dem Hinterhaus, den die Schreie herbeigerufen hatten. Er löschte die letzten Flammen, indem er eine Decke über Chajim warf.

Als sei das alles nur ein böser Traum, sah ich auf das hinunter, was einmal mein Ehemann gewesen war. Es zuckte und wand sich und gab röchelnde Laute von sich. Da, wo Haut sichtbar war, hing sie schwarz und in Fetzen vom rohen Fleisch, nur die Beine und Füße waren fast unversehrt. Alles andere an Chajims Körper war bis zur Unkenntlichkeit verbrannt. Aus dem, was von seinem Gesicht übrig geblieben war, starrten mich zwei glasige Augen an; sein Mund, ein schwarzes Loch, öffnete und schloss sich immer wieder wie ein Fischmaul.

Ich weiß nicht mehr, wie es dann weiterging. Das Einzige, woran ich mich erinnere, ist, dass mich jemand in den Arm nahm und wegführte. Und dass Rabbi Süßlein mir irgendwann später die Hand auf die Schulter legte. Ich wollte etwas erklären, aber er schüttelte nur den Kopf. »Es ist meine Schuld«, erklärte er. »Ich habe deinem Mann gesagt, wo er dich finden kann.« Dann sah er mich durchdringend an. »Er ist wohl ins Feuer gefallen.«

Ich nickte stumm.

»Manchmal hilft der Herr denen, die ihn brauchen«, sagte der Rabbi. »Amejn.«

Chajim lebte noch drei lange Tage. Es war entsetzlich, seinen Qualen zuzusehen, sogar in der tiefsten Besinnungslosigkeit heulte er fast unaufhörlich wie ein Tier. Am Mittag des 2. Tamus 5178 starb er, ohne das Bewusstsein wiedererlangt zu haben. Ich war zum zweiten Mal Witwe – und frei.

Mainz und Riedern, Anfang August 1417

Am Tag, als die jüdische Gemeinde den Leichnam des Chajim ben Hirsch mit allen Ehren zu Grabe trug, ritt Ezzo in brütender Sommerhitze den Main entlang. Spät am Vormittag hatte er Mainz verlassen, nachdem ihn der Fürstbischof zu einer Audienz empfangen hatte. Während der Schimmel dahintrottete, hing Ezzo seinen Gedanken nach. Er hatte sich zu Würzburg entschlossen, nicht als Erstes nach Riedern zu reiten, sondern vorher beim Fürstbischof als dem Lehnsherrn seines Onkels vorzusprechen. Immerhin konnte es sein, dass sein Vater das Testament, in dem Ezzo als Erbe eingesetzt war, nicht in der alten Truhe für wichtige Schriftsachen aufbewahrt, sondern zur Sicherheit in der Mainzer Kanzlei oder im kurfürstlichen Archiv hinterlegt hatte. Oder dass sich der Inhalt des Schriftstücks wenigstens in einem Kopialbuch finden ließ. Das war die einzige Hoffnung, an das Schriftstück zu kommen, denn eines war ganz klar: Falls sich Ritter Heinrichs letzter Wille nach seinem Tod auf der Burg Riedern befunden hatte, war das Dokument von Ezzos Onkel längst aufgefunden und vernichtet worden.

Gleich nach seiner Ankunft in Mainz hatte Ezzo bei einem der fürstlichen Notare vorgesprochen. Der Beamte überbrachte Ezzo

nach einigen Tagen die schlechte Nachricht: Seine Suche war erfolglos gewesen. Weder ein Testament noch eine Abschrift oder
ein Kopialeintrag hatten sich finden lassen. Es schien so, als habe
Ezzo einfach kein Glück.

Wenigstens aber hatte der freundliche Notar es einrichten können, dass Ezzo schon eine Woche nach seiner Ankunft in Mainz
in die Residenz gerufen wurde. Nach endlosem Warten hatte der
Lakai seinen Namen gerufen, und er war durch die doppelflügelige
Tür getreten, die ihm der Bedienstete höflich aufhielt.

Drinnen saß Johannes II., Kurfürst und Fürstbischof zu Mainz,
hinter einem mächtigen Schreibtisch aus Wurzelholz und diktierte. Schräg hinter ihm stand ein Schreiber mit vor Eifer geröteten
Wangen an seinem Pult und ließ die Feder übers Papier fliegen.
Krank sah er aus, der Fürstbischof, seine Gesichtsfarbe fahl, die
Wangen eingefallen. Ein dünner Haarkranz mit grauen Löckchen zog sich von Ohr zu Ohr, und ein Spitzbart, der den Namen
kaum verdiente, hing ihm ziemlich traurig vom Kinn. Er mochte
vielleicht sechzig Jahre alt sein, und als er sich fahrig mit der Hand
über den kahlen Schädel strich, bemerkte Ezzo, wie stark er zitterte.

Johann II. diktierte seinen Brief zu Ende, bevor er den Kopf hob
und Ezzo heranwinkte. Er runzelte die Brauen und drehte sich zu
seinem Schreiber um. Der reichte seinem Herrn ein Schriftstück,
das dieser kurz überflog.

»Ezzo von Riedern also«, wandte sich der Erzbischof schließlich mit brüchiger Stimme an seinen Besucher. »Soso. Euren Vater – Gott hab ihn selig – hab ich gekannt, ein anständiger Mann,
immer zuverlässig, immer zur Stelle, wenn's nötig war.« Er hustete
und wedelte dabei mit der Hand vor dem Gesicht, als wolle er
seine Krankheit verscheuchen. Dann winkte er Ezzo näher und
musterte ihn blinzelnd. »Hm, eine Ähnlichkeit ist schon da, möcht
ich meinen, die Nase wohl, das blonde Haar, und die Haltung.«

Ezzo lächelte. »Danke, Eminenz. Es freut mich, wenn Ihr meinen Vater geschätzt habt ...« Weiter kam er nicht, der Fürstbischof
fiel ihm ins Wort. »Kommen wir zur Sache, mein Sohn, denn ich
habe nicht viel Zeit. Eure Geburt könnt Ihr, so schreibt mir mein

Notar, mit einem Eintrag ins Kirchenbuch und durch Zeugen nachweisen. Gut. Und nun bezichtigt Ihr also Euren Onkel, unrechtmäßig im Besitz der Herrschaft Riedern zu sein.«

»So ist es, Eminenz. Mein Vater hat ein Testament verfasst, in dem ich als Erbe eingesetzt bin …«

»Ja, ja, aber dieses Testament lässt sich nicht finden, ich weiß. Herrjesus, immer diese leidigen Erbschaftsangelegenheiten.« Der Fürstbischof seufzte laut, bevor er weitersprach. »Na, es sei«, meinte er dann. »Euer Onkel Friedrich hat, wie soll ich sagen, leider so gar nichts von seinem verstorbenen Bruder. Will heißen, er kann weder wirtschaften noch ist er sonst zu etwas Rechtem zu gebrauchen. Verschwendet sein ganzes Hirnschmalz, wenn er denn eins hat, auf teure Rösser und silberne Harnische. Es heißt, er sei bis über beide Ohren verschuldet.« Der Bischof machte ein Gesicht, als habe er in eine Zitrone gebissen. »Ich mag es nicht«, brummte er, »wenn meine Lehnsleute ihr Hab und Gut versaubeuteln. Ich mag es ganz und gar nicht, denn letztendlich fällt das auf mich und das Fürstbistum zurück.« Er runzelte die Stirn, während er weitersprach. »Nun, weil er sich in Geldnöten befand, hat Friedrich von Riedern vor einiger Zeit darum gebeten, ihn als Amtmann von Lauda einzusetzen. Ich selber war zu der Zeit in Konstanz, und mein Stellvertreter hat seinem Ansuchen entsprochen. Seitdem sitzt Euer Onkel die meiste Zeit auf der Burg Lauda, und das Fürstbistum zahlt ihm Geld dafür, das er das Amt genauso schlecht verwaltet wie vorher seine Eigengüter. Nun sagt, Ezzo von Riedern, traut Ihr Euch da mehr zu?«

Johann II. wartete Ezzos Antwort gar nicht erst ab, sondern gab dem jungen Mann am Pult ein Zeichen. »Schreibt als Notiz für die Kanzlei: Wir Johann etc. etc. befinden, dass unser freundlicher, ehrenfester Ritter Ezzo von Riedern, etc. etc. zum Beweis seiner Erbschaft den letzten Willen seines Vaters vorzulegen hat oder aber er hat fünf von den Zeugen zu erbringen, die selbigem Testament ihr Siegel angehangen haben. Gegeben undsoweiter undsoweiter. Und dann geht und schickt mir den Quacksalber herein.« Er hustete wieder, lehnte sich in seinem Sessel zurück und schloss erschöpft die Augen.

Damit war die Audienz zu Ende gewesen. Jetzt, auf dem Weg nach Riedern, fasste Ezzo neuen Mut. Er hatte zwar kein Testament auftreiben können, aber zumindest einen Teilsieg errungen. Der Erzbischof hatte ihn als Sohn des Ritters von Riedern anerkannt, das war wichtig. Er war bereit, ihn als Erben zu akzeptieren, noch wichtiger. Und er hatte ihm eine Möglichkeit eröffnet, auch ohne das Testament sein Recht einzufordern. Nur: Wie sollte er wissen, wer unter den Riedern nahestehenden Adeligen Zeuge des letzten Willens seines Vaters gewesen war? Es gab nur eine einzige Möglichkeit: Pater Meingolf! Als Beichtvater Heinrichs von Riedern musste er wohl bei der Abfassung des Testaments dabei gewesen sein, hatte es vermutlich sogar selber geschrieben! Und wenn ja, dann kannte er auch die Zeugen! Ezzo trieb sein Pferd in den Trab. Er wollte so schnell wie möglich Riedern erreichen und Pater Meingolf befragen.

Sofern der noch am Leben war, was Ezzo nun mit Inbrunst hoffte.

Schreiben des Rabbi Malachi Süßlein an den Rabbi der jüdischen Gemeinde zu Köln, Anfang August 1417

Meinen freundlichen Gruß zuvor, lieber und guter Bruder zu Cölln, und Schutz und Segen des Allmächtigen Dir und den Deinen. Mir fällt die traurige Aufgabe zu, dir davon kund zu tun, daß der Kauf- und Handelsmann Chajim ben Hirsch zu Würzburg eines plötzlichen grausamen Todes dahingerafft wurde und er allhier sein Grab gefunden hat. Zur Freude seiner Seele hat ihn sein wiedergefundnes Weib Sara, Ärztin dahier, in die Hände des Herrn geben können. Dir, mein Bruder, obliegt es nunmehr, seiner Familie und den Freunden die schlechte Kunde zu bringen. Der Herr stehe allen bei, die der Verlust betrifft. Möge ihre Kraft wachsen.

Würzburg, am 5. Tamus des Jahres 78.

Das Pfarrhaus neben dem alten Kirchlein hatte schon bessere Tage gesehen. Hier und da fehlte auf dem Dach ein Ziegel, und das Fachwerk hätte längst einen neuen Anstrich verdient gehabt. Auch der Garten war reichlich verwildert, die Beete ungepflegt, zwischen Klettererbsen und Stachelbeeren wucherten Kräuter, Giersch und Quecken. Pater Meingolf kauerte schwitzend auf den Knien und rupfte Grünzeug. Seit ihm letzten Winter die Haushälterin weggestorben war, hatte er sich beharrlich geweigert, jemand Neues aufzunehmen. »Ich werd mich auf meine alten Tage noch an ein neues Weib gewöhnen!«, hatte er zu den Dörflern gesagt, die ihm ihre unverheirateten Tanten oder Schwestern präsentiert hatten. Nur zum Kochen und Putzen durfte die triefäugige Michaele zwei Stunden am Morgen vorbeikommen, sonst wollte er seine Ruhe haben. Mit bald siebzig würde es wohl ohnehin nicht mehr lange dauern, bis ihn der Herr zu sich rief.

Jetzt allerdings rief ein anderer: »Pater Meingolf, seid Ihr's?«

Der Pater drehte sich mühsam um und beschattete die Augen mit der Hand. Die Gestalt, die ihm da entgegenkam, schien ihm auf merkwürdige Weise vertraut, dieser Gang, die Haltung … es war ein gut gewachsener Kerl, jung, hellhaarig … Konnte es wahr sein? Ach, das Oberstübchen arbeitete halt auch nicht mehr so wie früher. Aber doch! »Ezzo?«, rief er und stieß vor lauter Aufregung den Korb mit dem Unkraut um.

Ezzo war mit wenigen Schritten bei seinem alten Lehrer und half ihm auf.

»Ist das schön, Euch wiederzusehen, Pater, Gott zum Gruß! Ich hatte gehofft, dass es Euch noch gibt!«

»Hast Glück gehabt, Junge, der da droben will mich noch nicht«, erwiderte der Priester und klopfte sich die Erde von der Kutte. Dann zog er Ezzo zu sich herunter und umarmte ihn so stark es seine Kräfte zuließen. »Bist du endlich heimgekehrt! Und ein ritterlicher Anblick, bei allen Heiligen! Groß und kräftig bist du auch geworden, wie weiland unser guter Lanzelot!«

»Ihr dagegen habt recht an Umfang verloren«, meinte Ezzo

schmunzelnd. »Früher hättet Ihr mit Eurer Leibesfülle dieses Gewand gesprengt, das Ihr grad anhabt.«

»Fürwahr!«, rief Pater Meingold ärgerlich, »Seit mich dein Onkel aus der Burg gewiesen hat, fehlt mir die Hofspeise schon gewaltig, das kann ich dir sagen! Von dem bisschen Pfründe, das ich als einfacher Dorfpriester bekomme, lässt sich nicht jeden Tag ein Braten bezahlen. Jaja, der Herr gibt's und der Herr nimmt's. Komm mit hinein, Junge, es wird wohl noch etwas Wein im Keller sein, um deine Rückkehr zu feiern!«

Kurz darauf saßen sie einträchtig am Tisch, jeder einen gefüllten Becher vor sich.

»Zuallererst«, sagte Ezzo, »Wie geht es meiner Mutter? Ist sie noch auf der Burg?«

Der Priester schüttelte den Kopf. »Längst nicht mehr. Nachdem du verschwunden warst, ist sie nach Amorbach gegangen und hat dort einen Seilmacher geheiratet, einen Witwer mit drei kleinen Kindern. Das hat ihr drüber weggeholfen, dass du fortgezogen bist. Gut hat sie's bei dem Seiler gehabt, das hat sie mir selber erzählt, die Lies. Die Kinder haben sie vergöttert. Dann, lass mich überlegen, es war der Winter vor drei Jahren, als das große Hochwasser kam, da ging das dreitägige Fieber um. Die Seuche hat deine Mutter wie so viele innerhalb von kürzester Zeit weggerafft, sie und eines der Kinder. Ihr Mann ist ihr nach sechs Monaten nachgestorben; sie liegen alle drei auf dem Amorbacher Kirchhof. Ja, so ist das.«

Ezzo senkte den Kopf, er versuchte vergebens, den Kloß in seinem Hals hinunterzuschlucken. Pater Meingolf legte ihm die gichtige Hand auf den Arm. »Mach dir keine Vorwürfe. Sie hat schon verstanden, dass du fort musstest, und sie war in den letzten Jahren glücklich. Geh an ihr Grab und red dort mir ihr, das wird sie freuen.«

Ezzo lächelte betrübt und spülte die Wehmut mit einem großen Schluck Wein hinunter. »Und wie steht's mit Land und Leuten?«, fragte er nach einiger Zeit.

Der Pater verzog das Gesicht, bis er aussah wie ein runzliger alter Apfel. »Miserabel, Ezzo. Dein Onkel kümmert sich um nichts außer ums Eintreiben der Abgaben – und die verprasst er dann für seine Launen. Es heißt, er sei bis über beide Ohren verschuldet. Jaja, das glaub ich gern. Er hat schon angefangen, Güter zu verkaufen – die Mühle im Hinteren Tal gehört jetzt den Leyenfelsern, und das große Stück Ackerland mit den vier Höfen hinterm Teufelswäldchen auch. Dein Vater würde sich im Grabe umdrehen, wenn er's wüsste! Na, wenigstens ist Herr Friedrich die meiste Zeit nicht hier, sondern er sitzt auf Lauda, wo er das Amt versieht.«

»Es ist mein Erbe, das er zugrunde richtet«, sagte Ezzo zornig. »Pater, wart Ihr damals dabei, als mein Vater sein Testament machte?«

»Natürlich, ich war ja sein Leibschreiber.« Der Alte kratzte sich am Kinn. »Das muss gewesen sein, warte, in dem Jahr als der Dachstuhl vom Getreidekasten brannte und die beiden Schustersmädchen in der Erf ertranken. Vier-, nein, fünfundneunzig.«

»Habt Ihr noch die Zeugen im Kopf?«

»Die Zeugen? Lass mich überlegen: Da war Graf Johannes von Wertheim, dann der junge Hans von Vestenberg, Seyfried von Schenck, den alle nur den Wilden nannten, Apollonius von Lichtenstein, und der von Grumbach, den Vornamen hab ich vergessen. Dann Caspar von Bibra der Ältere und noch der Abt von Münsterschwarzach.«

»Mehr nicht?« Ezzo wusste, dass eine Zeugenliste für gewöhnlich viel länger war.

Pater Meingolf nickte. »Dein Vater hatte damals – es war ein kalter, nasser Herbst – einen schlimmen Gichtanfall, der Arzt fürchtete um sein Leben. Die anwesenden Herren waren gerade gemeinsam auf dem Weg nach Heidelberg und nahmen Quartier auf Riedern. Und es sind ja alles gute Namen. Dein Vater dachte wohl, das würde ausreichen.«

Das würde es nicht, fürchtete Ezzo. »Wisst Ihr, ob diese Zeugen noch am Leben sind, Pater?«

Der Alte kniff die Augen zusammen. »Nach mehr als zwanzig Jahren? Der Abt jedenfalls nicht, der hat noch im alten Jahrhundert das Zeitliche gesegnet. Der von Bibra war schon damals an die sechzig, vermutlich ruht er längst in der Gruft bei seinen Ahnen. Und der wilde Seyfried ist, hab ich zumindest gehört, vor etlichen

Jahren an einer Turnierwunde gestorben. Der Lichtensteiner, hm …«

Ezzo unterbrach den Pater. »Der Fürstbischof von Mainz fordert fünf Zeugen.«

Pater Meingolf hob die schneeweißen Augenbrauen. »Oho, du willst also deinem Onkel ans Eingemachte? Deshalb bist du zurückgekommen?«

»Schon.« Ezzo stand die Enttäuschung ins Gesicht geschrieben. »Aber ohne diese Zeugen bekomme ich mein Recht nicht.«

Die zwei Männer hockten gedankenverloren eine Weile da, bis Pater Meingolf meinte: »Du musst versuchen, zu verhandeln. Gib vor, das Testament zu besitzen. Biete deinem Onkel etwas an. Vielleicht lässt er sich täuschen und ihr könnt euch irgendwie einigen …«

Ezzo spielte mit seinem Weinbecher. Warum nicht, dachte er. Den Bischof hatte er schießlich schon für sich eingenommen, jetzt musste er einfach weitermachen. Ezzo schlug mit der Faust auf den Tisch. »Wer wagt, gewinnt!«, sagte er und stand auf. »Ich habe nichts zu verlieren, oder?«

»So ist's recht«, lachte Pater Meingolf und entblößte eine Reihe schadhafter Vorderzähne. »Gott hilft denen, die sich selber helfen! Du musst alles daransetzen, deinen Plan zu Ende zu bringen.«

Ezzo nickte. »Ich kann's zumindest versuchen.«

Schreiben des Barnoss der Kölner Gemeinde an Rabbi Malachi Süßlein, Ende August 1417

Gnade und Geleit des Ewigen Euch, hochgelehrter Rabbi, möge Euere Zeit gesegnet sein. Ich wende mich im Namen der Cölner Gemeinde an Euch, die der Verlust des Chajim ben Hirsch schwer getroffen hat. Der edle Dahingegangene besaß keine Familie mehr, die um ihn hätte trauern können; er hatte nur noch zwei Schwestern, die beide schon vor ihm durch den Ratschluss des Herrn im Kindbett abberufen wurden. Uns ist nun bekannt, dass Chajim ben Hirsch einst ein junges Weib hatte, das ihn vormals verließ. Dieweil aber niemals eine Scheidung ausgesprochen wurde, ist dieses Weib Sara bat Levi die einzige Erbin des nachgelassenen Vermögens, das beträchtlich ist. Ich bitte Euch nun, jener Sara dies Schreiben zukommen zu lassen, auf dass sie entweder hier zu Cöln ihr rechtmäßiges Erbe antreten möge oder der Gemeinde mitteile, wie weiters damit verfahren werden soll.

Friede sei mit Euch und den Euren,
Jona ben Joel, Barnoss zu Cöln, den 23. Tamus des Jahres 5178.

Burg Lauda, Ende August 1417

Friedrich von Riedern stand im Erker der Hofstube, stützte sich schwer auf seine Krücken und blickte gelangweilt aus dem offenen Fenster. Unter ihm drehte sich behäbig das Mühlrad der Burgmühle; er konnte nicht ausmachen, ob das laute Plätschern vom Mühlbach kam oder von dem Gewitterregen, der vor einer Stunde eingesetzt hatte. Kein Wetter, um auf die Jagd zu gehen, dachte der von Riedern mürrisch und wischte sich den Spritzer eines Regentropfens von der Nase. Dann hörte er, wie die Tür zum Saal geöffnet wurde. Mühevoll drehte er sich um.

»Herr, vergebt die Störung«, meldete der halbwüchsige Türsteher, »aber da wären zwei …«

Noch bevor er zu Ende sprechen konnte, wurde der Knabe zur Seite geschoben, und ein vornehm gekleideter junger Herr trat mit energischen Schritten ein, gefolgt von einem alten Männlein in dunkler Kutte. Eine Unverfrorenheit, wie Friedrich von Riedern sie selten erlebt hatte! Und jetzt zog der Jüngere auch noch seine Handschuhe aus und warf sie auf den Tisch, als ob ihm hier alles persönlich gehöre. Friedrich war so überrascht, dass er gar nicht daran dachte, die Wache zu rufen. Und dann sagte der unverschämte Besucher etwas, das ihm endgültig die Fassung raubte, nämlich: »Gott zum Gruß, Onkel.«

Dem von Riedern fiel es wie Schuppen von den Augen. Teufel

auch, ja, jetzt erkannte er ihn, den vermaledeiten Bastard seines Bruders! Und auch den Pfaffen, der hinter ihm stand, den alten Meingolf. Was bezweckten die beiden mit diesem unvermuteten Besuch? Friedrich war sofort auf der Hut. »Meiner Treu«, sagte er und presste sich ein Lächeln ab. »Ezzo, bist du es wirklich? Welch eine gelungene Überraschung! Wie viele Jahre sind es her, zehn, elf?«

»Bald dreizehn«, antwortete Ezzo ohne das Lächeln zu erwidern. »Eine lange Zeit, nicht wahr, Onkel? Dreizehn Jahre, in denen Ihr nutzen und nießen konntet, was Euch nicht gehörte.«

Friedrichs Lächeln gefror. Daher wehte also der Wind! »Hüte deine Zunge, Bastard, sonst lass ich sie dir abschneiden!«

Ezzos Lippen wurden schmal. »Ich bin gekommen, um mit Euch zu reden, Onkel, nicht um mich beleidigen zu lassen.«

»Ich wüsste nicht, was wir beide zu besprechen hätten.« Friedrich von Riedern zuckte die Schultern. Er stakte mit seinen Krücken auf einen breiten Sessel zu und ließ sich hineinfallen. »Aber wo du schon mal da bist, sag, was du zu sagen hast …«

Ezzo zügelte die Wut, die in ihm aufgestiegen war. Ruhig trat er vor und sah auf seinen Onkel hinunter. »Mein Vater hat im Herbst des Jahres 1395 ein Testament verfasst, das mich zum Erben bestimmt. Dieses Testament, das übrigens Pater Meingolf hier selber geschrieben hat, liegt im fürstbischöflichen Archiv zu Mainz, beurkundet von namhaften Zeugen. Ich habe die Zustimmung des Fürstbischofs zur Übernahme von Riedern.«

Friedrich wurde leichenblass unter seinem dunklen Bart. Das konnte doch nicht sein! Er hatte das Testament mit den anhangenden Siegeln doch eigenhändig verbrannt! Existierte eine Abschrift? Ja, so musste es sein, es war nur eine Kopie. Und eine Kopie konnte man anfechten. Er richtete sich auf, so weit er konnte. »Eine Fälschung«, sagte er. »Es gab nie ein Testament.«

»Die Zeugen lassen sich beibringen«, erwiderte Ezzo ungerührt. »Ihr wisst das so gut wie ich. Hört, Onkel, mir liegt nichts daran, mich für alte Zeiten zu rächen. Ich will nur Riedern. Das Amt Lauda, Eure Stadthäuser, Euren persönlichen Besitz, das alles mögt Ihr behalten. Lasst uns zu einer Einigung kommen ohne böses Blut.«

»Niemals!«, zischte Friedrich von Riedern. »Ich werde niemals aufgeben, was mir gehört. Du hast kein Recht, irgendetwas zu verlangen. Wo kämen wir hin, wenn heutzutage jeder dahergelaufene Sohn einer billigen Küchenmagd Anspruch auf ritterliches Erbe erheben könnte? Wenn es sein muss, geh ich bis zum Kaiser …«

Genau das musste Ezzo um jeden Preis vermeiden. Sigismund würde einen Teufel tun, den ehemaligen Liebhaber seiner Frau zu unterstützen. Ezzo blieb nichts anderes übrig, als alles auf eine Karte zu setzen. »Der Fürstbischof, Euer Lehnsherr, hat bereits zu Konstanz mit seiner Majestät gesprochen«, sagte er. »Wenn Ihr Euch weigert, habe ich die Erlaubnis, mir mein Recht mit Waffengewalt zu holen.«

Friedrich von Riedern sah seinen Neffen ungläubig an. Dann brüllte er einen Fluch, den man durch die geöffneten Fenster bis weit ins Taubertal hinein hören konnte. »Dann komm, du missgeborener Lumpensack! Versuch dein Glück! Aber eins sag ich dir: Mich vertreibt keiner aus Riedern, kein Kaiser und kein Fürstbischof, und du schon gar nicht. Meine Männer sind gut gerüstet, die warten schon lang auf eine Gelegenheit, sich im Kampf zu beweisen.«

Jetzt trat Pater Meingolf vor. »Herr Friedrich, beruhigt Euch, um Gottes willen. Das Land verträgt keinen Krieg, er wäre das Letzte, was wir anstreben sollten. Friede vermehret, Unfriede zehret, den Spruch hat Euer Bruder stets beherzigt, zum Wohle von Riedern. Ihr seid ein vernünftiger Mann, genauso wie Euer Neffe Ezzo hier. Wollt Ihr Euch nicht miteinander einigen? Vielleicht wäre eine Landesteilung …«

Friedrich von Riedern fuhr aus seinem Sessel hoch und stand schwankend auf seinen verkrüppelten Beinen, das Gesicht zur Fratze verzerrt. »Hinaus, Satanspfaff, unverschämter! Verschwindet! Betrüger, Bankerten und Hurenkerle! Macht euch davon! Mich und das Meine bekommt ihr nicht, es sei denn, ihr holt es euch! He, Wachen!«

Zwei mit Spießen bewaffnete Knechte traten durch die Tür.

»Meine Gäste haben den Wunsch, zu gehen«, sagte Friedrich, »und zwar schnell.«

Auf dem ganzen Weg durchs Taubertal sprach Ezzo kein Wort. Das von vornherein zweifelhafte Unterfangen, Friedrich von Riedern zu einer schriftlichen Vereinbarung zu bringen, war auf ganzer Linie gescheitert. Nun, es war den Versuch wert gewesen, mehr auch nicht. Ezzo hatte nichts in der Hand. Sein Erbe war verloren. Jetzt stand er da wie vor Jahren: mittellos. Der Friedelsohn eines edelfreien Ritters, zwar inzwischen selber Ritter, aber ohne Land und Besitz. Wie sollte es weitergehen? Er wusste es nicht.

Er blieb noch zwei Tage im Pfarrhaus bei Pater Meingolf, um sich zu fassen und um das Grab seiner Mutter zu besuchen. Dann verabschiedete er sich von seinem alten Lehrer. Es zog ihn nach Würzburg. Er wollte nach Riedern nicht auch noch Sara verlieren.

Gedicht des einzigen bekannten jüdischen
Minnesängers Süßkind von Trimberg,
erste Hälfte des 13. Jahrhunderts

Wer adlig sich beträgt, den will ich edel nennen,
bloß an der Urkund lässt sich Adel nicht erkennen,
so wenig wie die Rose an dem Dorn.
Und wo die Herrn der Tugend Pflicht verletzen,
da wird ihr Adelskleid zum bloßen Fetzen.
Nichts taugt das Mehl,
mischt sich zu viel der Spreu ins Korn ...

Würzburg, Anfang September 1417

Das jüdische Jahr ging seinem Ende zu. Bald, mit Rosch HaSchana, begann die zehntägige Buße, die bis Jom Kippur dauerte. Es war die Zeit, zu der man sich besann auf das, was wirklich wichtig war. In der man nachdachte über alles, was die letzten zwölf Monate an Gutem und Schlechtem gebracht hatten. Zeit auch, das abzuschließen, was man sich vorgenommen hatte, sich frei zu machen von alten Aufgaben, Wünschen und Hoffnungen, damit das nächste Jahr ein guter Anfang für Neues werden konnte.

Für Sara gab es in diesen letzten Wochen des Jahres 5178 so vieles, was sie beschäftigte. Die vergangenen Monate hatten ihr Leben so grundlegend verändert, dass sie sich manchmal vorkam wie in einem Traum. Das Wiedersehen mit Jochi, der Beginn eines neuen, alten Lebens als Jüdin. Dann das plötzliche Auftauchen Chajims und sein schrecklicher Tod, an dem sie sich schuldig fühlte. Und schließlich etwas, womit sie niemals gerechnet hatte: das riesige Vermögen, das ihr als Witwe zugefallen war. Als Rabbi Süßlein ihr davon erzählt hatte, war ihr erster Gedanke gewesen, das Erbe auszuschlagen. Sie wollte nicht auch noch Gewinn daraus ziehen, dass sie es unterlassen hatte, Chajim zu retten. Aber der Rabbi hatte ihr ernsthaft ins Gewissen geredet: »Bist du maschuga?«, hatte er gefragt. »Wer soll das Geld sonst nehmen? Wenn du es nicht für dich selbst willst, kannst du damit in unserer Gemeinde Gutes tun. Und es ist für deine Schwester gesorgt. Also, ich und der Barnoss regeln das alles für dich.«

Damit war Sara eine reiche Frau. Die Frage, was sie mit ihrem Wohlstand anfangen sollte, hatte sie sich schon mehrfach gestellt, ohne zu einer Antwort zu kommen. Eine Entscheidung darüber war das Einzige, was sie ins neue Jahr mit hinübernehmen wollte.

Und noch etwas hatte das alte Jahr gebracht: Ezzo. Eine Liebe, die sie nun erwidert wusste, und die sich trotzdem wohl nicht erfüllen würde. Ja, sie war jetzt frei, Chajim lebte nicht mehr. Aber das allein reichte für ein dauerhaftes Glück mit Ezzo wohl nicht aus. Chajims Grab würde keine Brücke sein zwischen ihrer beider Welten. Sie hegte wenig Hoffnung, aber sie konnte sich ihre Gefühle nicht aus dem Herzen reißen. Viele Wochen war Ezzo nun schon fort, und ihre Sehnsucht war nicht weniger, sondern stärker geworden. Jede Nacht kam er zu ihr in ihren Träumen. Und wenn sie dann erwachte, vermisste sie ihn mehr, als sie sagen konnte. Außerdem machte sie sich Sorgen. Riedern war doch nicht so weit fort, warum dauerte es so lange? Würde sie überhaupt erfahren, wenn ihm etwas zugestoßen war? Vielleicht hatte er es sich ohnehin anders überlegt und kam nie wieder. Sie wusste nicht, unter welcher Vorstellung sie mehr litt. Weil sie es kaum noch ertragen konnte, hatte sie sich schließlich eine Grenze gesetzt: Wenn an Rosch HaSchana, am Neujahrstag, das Widderhorn ertönte, ohne dass Ezzo zurück war, dann musste sie aufhören, auf ihn zu warten. Dann würde sie sich zwingen, die Hoffnung auf seine Rückkehr aufzugeben.

So kam die letzte Woche vor Neujahr. Jochis Pflegerin, die kleine Jenta, hatte darum gebeten, die letzten Tage vor Rosch HaSchana daheim bleiben zu dürfen, und so brachte Sara ihre Schwester jeden Morgen zu Janka und Pirlo. Jochi hatte längst Vertrauen zu den beiden gefasst. Sie nannte sie Safta und Sabba und hing an ihnen, als seien sie die Großeltern, die sie nie kennengelernt hatte. Auch mit Finus verstand sie sich, obwohl er sie manchmal neckte und ärgerte. Und da war ja auch noch der Herzog von Schnuff mit seinen Kunststückchen.

Nachdem sie Jochi in die Obhut der beiden Alten gegeben hatte, ging Sara auf Krankenbesuche und machte ein paar Erledigungen. Sie schaute im Hekdesch vorbei, bestellte Arzneien in der Apotheke und hielt am Brunnen einen Plausch mit den Töchtern des Rabbi. So war es schon Mittag, als sie wieder in die Judengasse einbog. Ein warmer Wind blies, schüchterner Vorbote der ersten Herbststürme; er ließ Saras Judenschleier flattern, dass sie ihn festhalten musste. Und dann sah sie ihn von Weitem, den großen, kräftigen Schimmel, der am eisernen Ring neben ihrer Haustür angebunden war. Er scharrte mit dem Huf übers Pflaster, als wolle er nach Gras suchen, und mit dem Schweif vertrieb er die Mücken, die ihm lästig waren.

Sara lief los.

»Ezzo?« Nein, drinnen war er nicht. Das Haus war leer. Sie suchte im Hinterhof, aber dort fand sie nur Ascher, den Thoraschreiber, der sich am Brunnen die Tintenflecke von den Händen wusch. Dann hörte sie jemanden an die Tür klopfen.

»Sara?«, rief Jakit, ihre Nachbarin. »Besuch für dich! Wir konnten ihn doch nicht den halben Tag auf der Gasse warten lassen …«

Sie traute ihren Augen kaum: Im Gartenhaus von Levi Colner, das die Familie an Sukkot als Laubhütte und nutzte, saßen drei Männer einträchtig beieinander. Der Hausherr selbst, Rabbi Süßlein und Ezzo.

»Zehn Männer, das ist ein Minjan«, erklärte der Rabbi gerade. »So viele müssen anwesend sein, um einen Gottesdienst abzuhalten. Denn für ein Gemeindegebet braucht man schließlich eine Gemeinde, nicht wahr? Der Rabbi nämlich, also meine Wenigkeit, hat im Gottesdienst keine besondere Aufgabe, das ist anders als bei euch. Das Lesen aus der Thora besorgen die Männer selber, das ist eine große Ehre; die Frauen sitzen derweil in einem eigenen, abgetrennten Bereich; sie können alles hören und durch ein Loch in der Trennwand den Schrank sehen, in dem die Thorarolle aufbewahrt wird.«

»Was aber tut dann ein Rabbi?«, wollte Ezzo wissen.

»Nun, er ist das Haupt der Gemeinde. ›Rabbi‹ bedeutet einfach nur so viel wie ›Lehrer‹. Ein Rabbi ist durch seine Gelehrsamkeit dazu bestimmt, den Glauben zu weisen und ähnlich wie ein Richter Entscheidungen in Religionssachen und Rechtsfragen zu fällen, auch in Dingen des täglichen Lebens. Er befindet beispielsweise darüber, ob eine Sache oder ein Tier koscher ist. Deshalb besehe ich jeden Morgen die geschächteten Tiere, damit keines unrein verspeist wird – hat eine Gans zum Beispiel einen Nagel gefressen, dürfen wir sie nicht essen.« Er zwinkerte. »Dann verkaufen wir sie billig an die Christen.«

Ezzo schüttelte schmunzelnd den Kopf und ließ sich von Levi Colner Wein nachschenken. Sara konnte sich nicht sattsehen an seinem Anblick. Er war zurückgekommen, zu ihr. Schnell ordnete sie ihr Haar, zupfte den Ausschnitt ihres Kleids zurecht – warum hatte sie ausgerechnet heute bloß diesen unscheinbaren grauwollenen Fetzen angezogen? – und dann trat sie in die Hütte.

Ezzos Augen versenkten sich in ihre, als er aufsah. Sie brauchten keine Worte, nur diesen Blick, das Lächeln, das sie beide auf den Lippen trugen.

»Sara, wir haben deinem Gast ein wenig die Zeit verkürzt«, sagte Levi Colner gut gelaunt. »Komm, setz dich, Jakit bringt gleich das Mittagsmahl.«

Sie konnte kaum ablehnen, und so aßen sie gemeinsam. Sie saß Ezzo gegenüber, plauderte und lachte, während Ezzo sie mit Blicken verschlang. Verstohlen schob er seine Fußspitze unter dem Tisch zu ihr hinüber, berührte ihren nackten Knöchel, und allein diese Berührung ließ sie erschauern. Dabei wusste sie ganz genau, dass der Rabbi sie beobachtete. Er hatte eins und eins zusammenzählen können – natürlich war Ezzo derjenige, von dem sie ihm erzählt hatte, der Christ, den sie liebte. Das war auch der Grund gewesen, warum er, der bei Ezzos Ankunft zufällig vorbeigekommen war, den Besucher angesprochen und ins Haus des Barnoss gelotst hatte. Man musste diesen Menschen schließlich in Augenschein nehmen.

»Ihr habt erzählt, dass Ihr und unsere Sara lange zusammen herumgereist seid?«, erkundigte er sich schließlich, während er ein Entenbein abnagte. »Und wollt Ihr denn nun zu Würzburg bleiben?«

Ezzo hob mit einer hilflosen Geste die Hände. »Um ehrlich zu sein, ich weiß es noch nicht. Ich habe in den letzten Wochen versucht, mein Erbe einzufordern, ein kleines Rittergut, nicht weit von hier. Es war ein Fehlschlag.« Er sah Sara an. »Jetzt muss ich mir erst einmal klar darüber werden, wovon ich in Zukunft leben will und wie es weitergehen soll.«

»Riedern ist also für dich verloren?«, fragte Sara zurück.

»Mein Onkel hat es abgelehnt, sich mit mir zu einigen«, sagte Ezzo. »Ja, Sara, ich bin auch in Zukunft nicht mehr als ein armer fahrender Ritter, so wie du mich kennengelernt hast.«

Sie sah ihn mit ernstem Blick an. »Das hat mir damals schon genügt, Ezzo.«

Der Rabbi rutschte unruhig auf seinem Sitz hin und her. Das ging nun aber schon ein bisschen zu weit zwischen den beiden. Der junge Bursche war ja nicht verkehrt, abgesehen davon, dass er ein Christ war, aber man musste sich ja nicht gleich am Esstisch vor allen Leuten eine verkappte Liebeserklärung machen. »Also«, meinte Rabbi Süßlein und rieb sich die Hände. »Lasst uns das Mahl beenden, der Tag hat noch Arbeit für uns.«

Er sprach ein kleines Gebet, und dann standen alle auf, um sich zu verabschieden. Levi Colner begleitete seine Gäste aus dem

Haus. »Jischar koach – möge deine Kraft wachsen«, sagte er zum Rabbi, der sich mit einem »Baruch tijeh – sei gesegnet« bedankte. Dann küsste er Sara auf beide Wangen und reichte Ezzo die Hand. »Was ich noch fragen wollte«, sagte er, »Euer Onkel, ist das wohl der Friedrich von Riedern, der zu Lauda im Taubertal sitzt?«

Ezzo wunderte sich. »Ja. Warum wollt Ihr das wissen?«

»Ach, kein besonderer Grund. Mir war nur, als hätte ich vielleicht schon einmal Geschäfte mit ihm gemacht … Nun also, schalom.«

»Auf Wiedersehen und danke für die Gastfreundschaft.« Ezzo ging zusammen mit Sara zum Doktorhaus hinüber, wo der Schimmel inzwischen mit hängenden Ohren döste. Unter den gestrengen Blicken des Rabbi, der noch dabeistand und wartete, reichten sie sich die Hand. »Besuch mich wieder«, sagte sie befangen.

»Wenn ich darf …« Er stieg auf, grüßte noch einmal und ritt langsam davon.

Rabbi Süßkind nickte beifällig. Man musste den Anstand wahren, das war ja wohl in allen Religionen so. Dann ging er ebenfalls.

Sara legte Mantel und Schleier ab, schlüpfte aus ihren Schuhen und stellte sie zusammen mit ihrem Korb in die Ecke. Sie ging in die Doktorsstube und öffnete die Fensterläden. Einen Augenblick stand sie einfach nur da, dann tat sie einen Juchzer, breitete die Arme aus und tanzte durch die Stube. Ezzo war wieder da! Sie drehte sich mit geschlossenen Lidern im Kreis, den Kopf weit im Nacken, immer schneller, bis ein Paar starke Arme sie auffingen. Erschrocken öffnete sie die Augen.

»Ezzo!« Ihre Wangen färbten sich blutrot, weil er sie so ertappt hatte.

Und dann war jede Zurückhaltung vergessen. Wie ausgehungert fielen sie übereinander her mit Händen und Lippen, küssten, streichelten, spürten, wild und atemlos, lachend und seufzend.

»Ich bin hinten herumgeritten und über die Gartenmauer geklettert«, flüsterte er zwischen zwei stürmischen Küssen und begann, ihr Mieder aufzunesteln. »Sonst hätt ich's nicht ausgehalten.«

»Zum Glück hab ich vergessen, die Küchentür abzusperren«, lachte sie zurück, ganz schwindlig vor lauter Liebe. Ihr Haar begann sich zu lösen und fiel in wirren Locken über ihre Schultern. Er ging in die Knie vor ihr, seine Finger wanderten unter ihr Hemd, über ihren Rücken, legten sich um ihre Brüste. Sie spürte das Flattern von tausend winzigen Flügeln, dort, wo er sein Gesicht hinpresste, wo er sie mit seinen Händen und Lippen berührte. Er riss sich Hemd und Hose vom Leib, verlor fast das Gleichgewicht dabei und zog sie lachend mit sich hinunter, auf die frischen Binsen. Wie warm und angenehm trocken seine Haut war und wie gut er roch: nach Leder und ein bisschen nach Heu, ein Duft, den sie gierig und genießerisch einsog, als seien es Besamimkräuter am Schabbat. Mit einer nie gekannten Leidenschaft erforschte sie seinen Körper, gab sich seinen Zärtlichkeiten hin, ließ sich von seiner Lust anstecken.

Und als sie später nebeneinander lagen, atemlos, heißen Schweiß auf der Haut, erschöpft und glücklich, da wusste Sara: Der Himmel hatte seinen Segen zu dieser Liebe gegeben. Sie legte ihren Kopf auf Ezzos nackte Brust, verschränkte ihre Finger in seine und lächelte still vor sich hin.

Es rumpelte an der Tür, und sie fuhren hoch.

»Sari!« Erschrecken und ungläubiges Staunen standen in Jochis rundem, pausbäckigen Gesicht. Sie packte den Besen, der neben ihr in der Ecke lehnte, hob ihn drohend und ging damit auf Ezzo zu. Der streckte abwehrend die Hände vor.

Sara sprang auf, hüllte sich notdürftig in ihr Kleid und nahm Jochi die hölzerne Waffe sanft ab. »Musst keine Angst haben«, sagte sie. Dann legte sie den Arm um Jochis Schultern und wandte sich an Ezzo.

»Schau«, sagte sie, »das ist meine Schwester Jochebed.« Und: »Jochi, das ist Ezzo, den ich lieb habe, so wie unsere Eltern sich lieb gehabt haben. Du musst recht brav und freundlich zu ihm sein.«

Jochi stellte sich vor Ezzo, der immer noch am Boden lag, und starrte ihn eine ganze Weile mit unverblümter Neugier an. Dann sagte sie laut und deutlich: »Schalom. Du bist nackich.«

Sara biss sich auf die Lippen, um nicht laut aufzulachen.

Spätnachts stahl Ezzo sich in aller Heimlichkeit aus dem Doktorhaus und ritt zu Janka, Pirlo und Finus in den »Ochsen«. Sein Weg führte ihn am Rabbinerhaus vorbei, dem einzigen Haus im Judenviertel, in dem noch schwaches Licht hinter den Fenstern zu sehen war. Drinnen steckten Rabbi Süßlein und Levi Colner seit Stunden die Köpfe zusammen. Gemeinsam mit anderen Vertretern des Gemeinderats besprachen sie Dinge, die für alle Würzburger Juden von entscheidender Wichtigkeit sein sollten …

Würzburg, Oktober 1417

So kam der erste Schabbat nach Jom Kippur, dem großen Versöhnungstag der Menschen mit Gott. Sara saß neben Jochi am Tisch; das Essen war vorbei, die Kerzen heruntergebrannt. Sie reichte ihrer Schwester die Besamimbüchse, und Jochi schnupperte begeistert daran; sie liebte den Duft der Gewürzmischung so sehr, dass sie das in Form einer Nuss aus Lindenholz geschnitzte Gefäß meist erst unter Ausübung sanfter Gewalt wieder hergab. Gemeinsam sangen sie das Lied Hamawdil und das des Propheten Elias, dann tunkte Sara die brennenden Dochte der Kerzen in den Weinbecher, und die Schwestern wünschten sich Schawua tow, eine gute Woche. Der Schabbat, der Tag außerhalb der Zeit, war vorbei.

Wie jeden Abend brachte Sara ihre Schwester gleich nach dem Essen ins Bett. Jochi war eine rechte Schlafmütze, sie schlief immer tief und fest wie ein Murmeltier und brauchte auch am Morgen lang, bis sie richtig wach und vor allem gut gelaunt war. Sara war es recht, denn die Abende und Nächte gehörten seit einigen glücklichen Wochen ihrer Liebe.

Noch bevor Ezzo sich vom »Ochsen« aus, wo er immer noch wohnte, auf den Weg machte, liefen im Licht der Feuerpfannen drei Männer durch die Judengasse aufs Doktorhaus zu. Die flackernde Flamme eines mitgeführten Kienspans ließ ihre gelben Judenhüte aufleuchten, und ihre langen Mäntel bauschten sich im Nachtwind. Einer der Männer, es war der Rabbi, klopfte leise gegen Saras Tür.

»Wir müssen mit dir reden«, sagte er.

Überrascht bat Sara die drei Besucher in die Stube. Außer dem Rabbi waren noch Levi Colner dabei und ein älterer, graubärtiger Mann, der sich als Elkan Liebmann aus Miltenberg vorstellte. Jetzt verbieten sie mir den Umgang mit Ezzo, war alles, was Sara denken konnte. Natürlich war es den anderen nicht verborgen geblieben, dass ihr christlicher Liebhaber jeden Abend vorbeikam und meist bis zum Morgen blieb. Es war nur eine Frage der Zeit gewesen, bis man ihr sagen würde, dass die jüdische Gemeinde solch Verhalten nicht duldete.

Aber es kam ganz anders.

»Wir haben Erkundigungen eingezogen«, begann Levi Colner. »Über Ezzo von Riedern und über seinen Onkel, den er erwähnt hat. Der ihn nicht erben lässt …«

Sara nickte bedrückt, und er fuhr fort. »Ich glaube, wir können deinem Freund helfen, Sara. Wenn auch er uns hilft. Mein Schwager Elkan wird es dir erklären.«

Der Genannte setzte umständlich den Judenhut ab, kratzte sich am spärlich behaarten Hinterkopf und fing an, zu erzählen. »Ich verleihe nun schon seit bald dreißig Jahren Geld an Kirche und Adel im Umkreis meiner kleinen Stadt«, nuschelte er. Sara bemerkte, dass ihm die beiden oberen Schneidezähne fehlten. »Friedrich von Riedern und vorher sein Bruder haben schon immer zu meinen Schuldnern gezählt. Letzterer hat nie viel geliehen und immer pünktlich zurückgezahlt, aber Friedrich war schon von Beginn seiner Herrschaft an in Geldschwierigkeiten. Im Lauf der Jahre hat er immer häufiger etwas gebraucht, und immer größere Summen. Nun hab ich vor vier Jahren schon nichts mehr geben wollen, es war mir zu unsicher. Ich wusste, dass er auf den Bankrott zutrieb. Aber er hat mich angefleht, ihm noch einmal mit zweitausend Gulden unter die Arme zu greifen, gleich zu welchen Bedingungen. Es ging um eine dringende, kurzfristige Anleihe zu hohen Zinsen, über ein Jahr. Ich hab mich erweichen lassen, aber mir war klar, dass er vermutlich nicht würde zurückzahlen können. Also musste ich zu meiner Absicherung ein Pfand verlangen. Ein umfangreiches, großes Pfand.« Er machte eine Pause. »Riedern.«

Sara schluckte. »Sprecht weiter«, bat sie.

»Ei nun«, der alte Geldverleiher hüstelte. »Es kam so, wie ich es vorausgesehen hatte. Herr Friedrich konnte nicht zahlen. Er ist mit seiner gesamten Schuldenlast seit drei Jahren überfällig. Bisher habe ich ihm immer wieder alles gestundet und darauf verzichtet, mein Recht beim Landrichter einzufordern. Jetzt allerdings …« Er sah Levi Colner an, der nun weitersprach.

»Sara«, sagte er bedächtig, »deinem Ezzo, selbst wenn er nun der rechtmäßige Erbe von Riedern sein sollte, gehört nach Recht und Gesetz gar nichts mehr außer einem Haufen Schulden. Das ist die schlechte Nachricht.«

Sara senkte den Kopf. Ezzo tat ihr leid. »Und gibt es auch eine gute?«, fragte sie schließlich.

»Die gibt es«, antwortete der Rabbi. »Und sie sieht so aus: Nehmen wir einmal an, unser Bruder Liebmann lässt über den Landrichter die Rückzahlung aller Gelder durch Friedrich von Riedern einfordern. Der kann nicht zahlen, er pfeift ja seit Jahren auf dem letzten Loch. Also bleibt ihm nur, das verpfändete Riedern entweder zähneknirschend an Liebmann zu übergeben oder aber das Rittergut zu verkaufen und mit dem Geld seine Schulden zu begleichen. Und jetzt kommt dein Freund ins Spiel. Und die Würzburger Gemeinde.«

Sara horchte auf.

Levi Colner erklärte den Plan: »Du weißt, unsere Gemeinde ist wie so viele andere schon seit langer Zeit auf der Suche nach einem festen Platz als Zuflucht in der Not. Seit dem Zweiten Kreuzzug, um genau zu sein. Riedern könnte dieser Platz sein. Wir wären bereit – auch wenn es nicht einfach sein wird, so viel aufzutreiben –, Gelder zur Verfügung zu stellen, damit dein Freund seinem Onkel das Rittergut abkaufen kann. Dafür müsste er sich und seine Nacherben dazu verpflichten, dem Volk Moses seine Burg zu öffnen, wann immer es Schutz und Schirm braucht. Und natürlich uns ein Vorkaufsrecht einräumen, alle rechtlichen Schritte eingehen, die uns entweder den Besitz oder den Nießbrauch an Riedern gültig zusichern.«

»Warum kauft ihr das Gut nicht einfach selber?«, fragte Sara.

Elkan Liebmann schürzte die Lippen. »Natürlich könnten wir

das auch tun. Ich könnte die Herrschaft Riedern über die Schuld-
briefe einfordern. Aber das wäre nur eine kurzfristige Lösung.
Es war noch nie Herkommen, dass Juden ein ganzes Territorium
mitsamt Burg auf Dauer in Besitz nehmen. Der Fürstbischof als
Lehnsherr von Riedern würde das nicht lange dulden; er will
einen christlichen Lehnsmann, der seinen Verpflichtungen nachkommen kann, also einen Ritter, der ihm Heerdienst leistet, ihn
auf Fahrten begleitet, ihn schützt und ihm auch bei Hofe nützlich
sein kann. Ich müsste Riedern also auf absehbare Zeit weiterver-
kaufen.«

»Und überhaupt«, ergänzte Rabbi Süßlein, »es ist die Frage, ob
Riederns Hintersassen, zu denen ja auch welche vom Adel gehören, die Befehle eines Juden auch nur einen Tag lang befolgen würden. Dazu kommt noch, dass ein Jude ja kein Land bewirtschaften
darf – auch nicht als Grundherr. Und außerdem: Eine Burg, die in
jüdischem Besitz ist, könnte manchen Leuten ein Dorn im Auge
sein. Deshalb würden wir lieber den anderen Weg wählen. Wir geben ihm das Geld, Ezzo von Riedern kauft sein Erbe zurück und
verpflichtet sich und seine Nacherben, uns seine Burg als offenes
Haus zu gewähren.«

»Wir haben lange nachgedacht, Sara«, warf Rabbi Süßlein ein.
»Es ist ein Wagnis. Wir wissen nicht, ob wir deinem Ezzo wirklich trauen können. Aber er will Riedern, und wir wollen eine
Zitadelle in der Gefahr. Du selbst weißt, was bei einer Judenhatz
geschehen kann. Glaubst du, er würde bei einem solchen Handel
mitmachen?«

Sara überlegte. »Ich weiß es nicht, Rabbi. Ich weiß nicht, ob
so etwas gegen die Ehre eines Ritters geht oder nicht.« Sie erhob
sich und ging eine Zeitlang unruhig im Zimmer umher, bevor sie
schließlich vor Rabbi Süßlein stehenblieb. »Aber ich weiß eines:
Die Gemeinde braucht dieses Geld nicht aufzubringen. Ich habe
genug. Das Erbe meines Mannes ist mir eine Last, ich brauche es
nicht und wollte es nie haben. Nur für meine Schwester habe ich es
überhaupt angenommen. Es wäre mir ein Glück, könnte ich damit
für die Würzburger Judenschaft Gutes bewirken.«

Rabbi Süßkind und Levi Colner nickten. »Der Ewige und dein
Volk werden es dir danken«, sagte der Rabbi feierlich.

In diesem Augenblick trat Ezzo durch die Hintertür. Sara sprang auf und führte ihn an den Tisch. »Liebster«, sagte sie, »wir müssen mit dir reden.«

Kurz vor Mitternacht hatte sich Ezzo immer noch nicht dazu durchgerungen, dem Plan zuzustimmen. Sie hatten alles Für und Wider erörtert, alle Gründe durchleuchtet, alle Möglichkeiten durchgespielt, und dennoch war es schwer für ihn, zuzustimmen. »Sara«, bat er schließlich, »ich möchte gern mir dir allein reden.«

Sie traten hinaus in den Garten. Es war eine kalte Nacht, der Himmel klar und mondhell, übersät mit Sternen. Er legte den Arm um sie. »Mit fremdem Geld – auch noch dem deinen – mein Erbe zu bezahlen, das geht mir gegen jedes Ehrgefühl«, sagte er leise. »Ich weiß nicht, ob ich danach noch Achtung vor mir selber haben könnte.«

Sie lehnte den Kopf an seine Brust. »Das kann ich verstehen. Aber schau, ich tue es nicht nur für dich, sondern für mein Volk, das so viel gelitten hat und eine Zuflucht braucht. Es ist das Beste für alle, für dich und für mich. Riedern wäre sonst für dich verloren. Es fiele früher oder später in fremde Hände. Das hätte dein Vater nicht gewollt.«

Er dachte an seinen toten Vater und seufzte. »Wohl wahr. Er würde sich im Grabe herumdrehen, wenn er wüsste, dass sein Bruder Riedern verpfändet hat. Trotzdem …«

»Du nimmst das Geld ja auch nicht für dich«, meinte Sara. »Du hilfst damit Menschen, die Schutz dringend nötig haben. Ich habe eine Judenhatz erlebt, Ezzo. Da sterben Frauen und Kinder.«

Er zog ihr fürsorglich das Umschlagtuch enger um die Schultern. »Ich stünde auf ewig in deiner Schuld«, erwiderte er.

Sie lächelte. »Du hast mir einmal das Leben gerettet, Ezzo. Oh, sag jetzt nichts, ich weiß es von Ciaran. Du hast Hiltprand davon abgehalten, mir etwas anzutun. Wenn du willst, sieh es als Dank an.«

»Du weißt genau, dass ich diese Art von Dank nicht will.« Er runzelte die Stirn und blieb eine Weile stumm; seine Finger spielten mit ihren dunklen Locken. Schließlich seufzte er. »Selbst wenn ich einverstanden wäre, Sara, ich kann mir nicht vorstellen, dass mein Onkel bei diesem Handel mitmacht. Er hasst mich. Eher würde er Riedern dem Teufel übergeben, als es mir zu lassen. Er würde einen anderen Käufer suchen.«

»Das kann er ruhig tun!« Sie sah ihn triumphierend an. »Denn dieser Käufer werde dann ich sein.«

Ezzo ließ sie los und fuhr sich mit allen zehn Fingern durchs Haar. Vielleicht war dieser vorgeschlagene Weg wirklich das Beste für alle. War sein Stolz es wert, das Gute auszuschlagen? Bei Gott, dachte er und sah das Bild Barbaras von Cilli vor sich, ich habe meine Selbstachtung schon für weniger hingegeben. Wenn ich es jetzt noch einmal tue, dann kann ich immerhin etwas bewirken. Endlich hob er beschwichtigend die Hände. »Es sei, Sara. Ich nehme dein Angebot an. Aber nicht nur für mich. Ich nehme es an für diejenigen, denen einmal alles gehören soll, wenn wir nicht mehr sind. Für die Kinder, ich mit dir haben möchte.« Er beugte sich zu ihr hinunter und flüsterte in ihr Ohr: »Wenn du willst.«

Sie nahm sein Gesicht in beide Hände. »Das ist eine gute Entscheidung, Liebster.«

Er zog die Brauen hoch. »Was?«, grinste er, »das mit Riedern oder das mit den Kindern?«

Sie lächelte. »Beides.«

Schreiben des Elkan Liebmann, Geldverleiher zu Miltenberg, an den edelfreien Herrn Friedrich von Riedern zu Lauda vom 9. Oktober 1417

Unsern dienstbarn Gruß zuvor, edler, libwerter, ehrnfester Herr Friedrich. Item obwoln Ihr nunmehro seit langer Zeit Eure Schuldt Schein nit eingelöset habt, war ich bishero nachgiebig, im Glauben, Ihr würdet Eure Anleyhen schon noch zurückzahln wie ein Ehrn Mann es zu thun pfleget. Itzo sindt drey Jar und vier Monat ins Landt gangen, und ich kann nit länger wartten. Mit dißem Briff fordere ich ein sämtliche Schulden, die ihr bey mir habt, zum Tag Weyhnachtten dies Jahres. Gleicher Brief ergehet auch an den hochwirdigen Herrn Lantrichter des Hertzogenthums zu Francken, ihm zu Wissen und Kenntnuß. Ein Aufstellungk der Schulden ist ihm und Euch an dieß Schreiben angefüget.

Der Friede des Ewigen sey mit Euch, und entbiethet demüthigst seinen Gruß

Elkan Liepman der von Milttenberg
am Tag Dionysi anno 1417 Eurer Zeit Rechnungk.

Revers des Friedrich von Riedern an Elkan Liebmann vom 13. Oktober 1417

Gott zum Gruß dem Juden Elckan Liebman von Miltenbergk. Für das Geldt, daß Wir Euch schuldigk sind, habt Ihr und die Euren stets Schutz und Schirm von Uns erhaltten. Ist undanckbare Judengier, nun alles auff einmal zurück zu fordern. Solch großes Geldt kan nit so schnell auff gebracht werden. Ist Uns nit lieb, daß Ihr billigst so mit Uns umbgehet. Darumb ersuchen Wir Euch, zu wartten biß Weynacht des nechsten Jars, dann kann ein Teyll der Summa betzahlet werden.

Gegeben zu Luden den Mitwoch vor Galli im Jar 17
Friedrich von Riedern etc. etc.

Revers des Elkan Liebmann an Friedrich von Riedern vom 18. Oktober 1417

Euer unwirdigster Diener und Knecht, libwerter Herr Friedrich von Riedern, ersuchet um Nachsicht, daß ein Stundungk der Schulden gantz und gar unmöglich ist. Mir selber stehn große Kosten ins Hauß, die ich unverzüglich begleychen muß. Darumb bitt ich Euch nochmalß, biß Weynacht zu zahln oder aber mir das vereynbarte Pfandt zu überantworten.

Wenn ich ein Vorschlag Euch geben darff: Mir ist bekannt ein

Käuffer, der Euch für Riedern ein gut Theil Geldt mer geben würdt, dann Ihr an mich zahln müsst. Dreihundertt und fünftzig Gulden plieben Euch – das ist, mit Verlaub, ein Geschefft, das Ihr in Eurer Lage und bey den heuttigen Zeitläuften nit auslassen solltet.

Gebt mir bald Nachrichtt, dieweiln der Käufer möcht sich schnell entschiden haben.

Der Ewige lasse sein Lichtt leuchten über Eurer Weisheitt und es grüßet Euch

Elkan Liebman

den Tag Luce ao. 1417

Nachricht des Friedrich von Riedern an Elkan Liebmann vom 23. Oktober 1417

Jud, ich warn dich. Weder stehet Riedern frey zum Verkauff noch kann alle Schuldt getzahlet sein. Wer will mein Landt und Guth dann kauffen? Den Namen möcht ich wissen! Und sieh dich vor mit den Deinen! Es wär nit das erste Mal, daß Wucher bestrafft würdt. Mein Lehnsherr, der Fürßt Bischoff zu Mayntz, wird ohnehin nit dulden, daß seine Unthertanen derarten von Dir und Deinsgleichen behelliget werden.

Sey klug und laß ab von dißem Fordern.

Friedrich etc. etc.

Lauda, am Sonntag nach undec. virg. anno 17

Revers des Elkan Liebmann an Friedrich von Riedern vom 1. November 1417

Vergebungk und Gottes Gruß zuvorn, Edler Herr Friedrich. Mit dißem Brieff schick ich Euch ein Schreyben des Lantrichters zu Francken, des Inhalts daß Ihr Eurer Verpflichtungk nachzukomen *habt. Anhangend außer deme auch ein Brieff des hochwirdigsten und allerehrnhaftesten Herrn Johann II. Fürst Bischoff zu Maintz, der auch mit mir gut bekannt ist, dieweiln ich für ihn seitt Jar und Tagk den Zoll eintreib. Deß Inhalts, daß er nit Lehnsleutt schützen und schirmen mag, die ihrn Besitz mit Schulden zugrund richtten. Wofern Ihr Eurer Verpflichtungk an meine Wenigkeyt nachkommen möchtet, lasset er Euch gnedig das Ampt zu Lauden weiters inne haben.*

Den Namen deßen, der das Guth Riedern haben möcht, ist Ritter Ezzo von Riedern. Er gibt an, ein naher Verwandter von Euch zu seyn. Dann plieb die Sach wohl in der Familie.

Gottes Hülff und guther Rath allzeyt und der demüthige Gruß des

Elkan Libmann
Geschriben am Tagk Allerheyligen im Jahr 17

Nachricht des Friedrich von Riedern an Elkan Liebmann

Niemalß werd ich dem Satansbanckert meins Bruders Riedern laßen. Eher gehet die Sonn im Weßten auff. Auch andern will und mag ich nit mein gentzlich Hab und Guth verkauffen. Wenn Ihr Riedern haben wöllt, Jude, dann holt es Euch!

Wie vil zahlet Ihr dem Fürst Bischoff, Jud, dafür, daß er zusiehet, wie man mich zugrunde richttet? Bedencket, wie es Halßabschneidern wie Euch und Eurem Geschmeiß schon offt genug ergangen ist und höret auf mit Euerm Ansinnen!

Friedrich etc. etc.

Schreiben des Elkan Liebmann an Seine Eminenz
Fürstbischof Johann II. von Mainz
vom 6. November 1417

Friede sey mit Euch, hochwirdigster und seligster Herr, und unter-
thenigster Gruß von Eurem geringen Diener Elckan Liepman von
Milttenberg. Dieweiln Herr Friedrich von Riedern nit gewillt ist,
seinem Brudersohn oder überhaupt jemands den Besitz zu ver-
kauffen, wie Ihr es gut geheißen hettet, wöllen wir Euch etwas
anders vorbringen: Item Ihr mögt es mir freuntlich nachsehen,
aber ich selber bin nun ein allter Mann und bins leyd, zu rechten.
Dartzu hab ich Furcht und Bedencken, mir und auch der gantzen
Gemeinde zu Milthenberg den Herrn Friederich zum Todtfeind
zu machen. Mit der Sach möcht ich gern nit mehr zu thun haben.
Alßo wär das Folgende ein guther Weg: Jemands auß der Gemeyn-
de Würtzpurg erkauffet von mir alle Schuldtschein des Fridrich
von Riedern und fordert das Pfandt ein. Nachhero überantworttet
er dieses in eim Vertrag unttter Zeugen an Ritter Ezzo von Riedern
erblich. Der Ritter hat sein Zustimmungk zu allem bereits geben.
Wofern Eure Hochwirdigkeyt diß ebenfallß gut heyßen, könnt biß
Weynacht alles gethan sein. Lasset Eure weyse Entscheidungk bald
wißen Euren unwirdigen, getreuen Kammer Knecht
   Elkan Liebmann
   Geschriben zu Miltenbergk den Sambstag nach Omnium Sanc-
torum anno 1417

Schreiben des Elkan Liebmann an
Friedrich von Riedern vom 19. November 1417

Friede und Gesundheyt zuvorn, wohlweiser und edeler Herr Fried-
rich. Auß guthen Beweggründen hab ich beschloßen, Euer Hoch-
geborn nit weiters zu erzürnen. Ein altter Mann möcht gern in
Frieden mit sich und der Weltt leben. Darumb hat es meyn Hertz
erfreut, ein Käuffer für Eure sämtlichen Schuldtbrive gefunden zu

haben, der mich von diser Last befreiet hat und Euch noch eine kleine Zeitt lässet. Ihr seid nunmehro verpflichthet einer reichen Wittwe, die ihr ererbthes Geldt gut anzulegen gewünschet hat. Ihr Name ist Sara bat Levi, Judenertztin zu Würtzburg. In ihrem Namen soll ich itzo als Mittler Euch bestellen, daß sie gedencket, das Pfandt Riedern auß Rücksicht auf Euch erst im Märtz des nechsten Jahrs entweder auslösen zu laßen oder aber einzuziehen. Unser hochseliger und weyser Herr der Fürßtbischof hat bereyts zu allem sein genedigste Zustimmungk ertheilt.

Sofern Ihr nun alßo in der Vierteljahrs Frist das Geld aufpringen könnt, so lang wie ich selber hett nit wartten können, möget Ihr Euern Besitz behaltten. Sofern nit, würd ein Befehl des ernfeßten Herr Lantrichters Euch recht zeittig zugestellt. Mit Eurer Erlaupniß will ich dem genedigen Herrn Fürst Bischoff Euer willige Zustimmungk zu allem gern mitteylen.

Der König der Weltt segne und beschütz Euch und die Euren, das wünschet
Elkan Liebman
an Sanct Elisabethen Tag anno 17

Revers des Friedrich von Riedern an Elkan Liebmann vom 29. November 1417

Es sei, bluthsaugerischer Jud, der sich mit allen verschworn hat. Du weißt genau, daß ich nit zahln kann, dieß alles ist dein Werck, du gieriger Madensack. Im Märzen will ich gen Würtzpurg reitten um mein Hab und Guth einer Judenhur zu lassen. Gottes Strafe wird dich treffen und alle die Deinen, des bin ich gewiß.
Friedrich etc. etc.
den Tag vor Andree 1417

Vertrag zwischen Friedrich von Riedern und Sara, der Judenärztin zu Würzburg, die Übernahme aller Güter des Friedrich von Riedern betreffend, abgeschlossen und beglaubigt durch das Landgericht des Herzogtums Franken am 7. März 1418

Wir Reichart von Naspach Domherr zu Wurtzpurg und Lantrichter des Hertzogenthums zu Francken tun kunt allen Leuthen mit diesem Brive daß vor uns am Lantgericht erwollet und erclagt hat und auch mit rechtem Urtheil in Nutz gesetzt ist Sara die Juden Ertztin zu Wurtzpurg uff Friderichen von Riedern zu Luden gesessen uff sin Leib und uff sin Gute und uff alles das er hat im Hertzogenthum zu Francken, Fahrendes und Ligendes, es sey Erbe, Eygen, Lehen oder Zinße, Schulden, Gülte, Zehenden, Häuser, Höfe, Ecker, Wysen und Weingartten, wie das alles geheissen, wo das gelegen ist oder Name hat, besucht und unbesucht, clein und groß, nichts usgenommen. Und Wir setzen die egenannte Sara die Juden Ertztin in Nutz obgeschriebener Guter aller mit Crafft und Macht dis Brives. Ir ist auch erteilt, das sie dieselben ire erlangten Guter alle nutzen und nyssen, keren und wenden und damit thun und lassen darff was ir das beste und nutzbarst ist und daß Wir sie auch dartzu schutzen und schirmen sollen. Und wir geben ir daruber zu schirmen und zu helffen als erteilt ist die edeln wolgeborn Graven Friedrich von Henneberg und alle von Henneberg Graven, Linhart von Castell und alle von Castell Graven, Johannes von Wertheim und alle von Wertheim Graven, Hannsen Truchsessen und alle Truchsessen, sowie Albrechten von Egloffstein Hofmeister unsers gnedigen Herrn von Wurtzpurg und alle vom Egloffstein.

Das alles zu einem Gezeugnisse und zur wahren Urkund. So ist des obgeschriben Hertzogenthums zu Francken Lantgerichts Insigel gehangen an diesem Brive, der geben ist nach Cristi Gepurt viertzehenhundert Jare und darnach in dem achtzehenten Jar am nechsten Tag nach Sontag Letare.

Miltenberg, Anfang März 1418

Es hatte begonnen, zu schneien. Dicke Flocken rieselten sacht und lautlos auf die Weinberge und Wälder, legten sich auf krumme Dächer und auf die Zinnen der Mildenburg, die hoch über der kleinen Stadt thronte. Dort, wo sie auf den Fluss trafen, schluckte sie still das Wasser und trug sie mit sich fort. Gerade noch hatten die ersten Schneeglöckchen und Winterlinge ihre Blüten vorwitzig der Sonne entgegengereckt, da kehrte der Winter noch einmal zurück.

Die Holzbohlen der Anlegestelle auf der linken Mainseite waren glitschig vom frisch gefallenen Schnee und der Feuchtigkeit des Hochwassers, das erst vor zwei Tagen wieder gesunken war. Ein kleines Grüppchen tief vermummter Menschen entstieg dem großen Lastkahn, der an der Miltenberger Lände angelegt hatte. Sie trugen dicke Winterumhänge, und ihr Atem verpuffte in kleinen weißdampfenden Wölkchen vor ihren Gesichtern. Ein paar Taglöhner, die beim Entladen des Schiffes halfen, beäugten die Neuankömmlinge misstrauisch.

»Wer von euch kann mir sagen, wo der Jude Elkan Liebmann wohnt?«, fragte einer der Fremden.

»In der Judenstadt, mitten im Schwarzviertel«, antwortete ein vierschrötiger Kerl, dem die Nase lief. »Ihr müsst die Hauptstraße entlang, vorbei am Wirtshaus ›Zum Riesen‹ und am Rathaus, über das Schnatterloch mit der Jakobskirche weg und dann nach hundert Schritten rechts hinunter. Es ist nicht weit.«

»Danke.« Ezzo drückte dem Mann eine Münze in die Hand und wandte sich dann an Sara, Finus und Jochi. »Kommt. Gleich sind wir im Warmen.«

Sie gingen durch die engen Gassen Miltenbergs, immer den steilen Schlossberg zur Linken, vorbei am »Riesen«, über den Marktplatz und dann den Weg hinunter. »Hier muss es sein«, rief Sara, als sie über der Eingangstür eines der Fachwerkhäuser die segnenden Hände der Kohanim in Stein gemeißelt sah. Sie wusste, dass Elkan Liebmann seine Herkunft von der uralten Priesterschaft des Tempels in Jerusalem herleitete. Da ging auch schon die Tür auf, und der alte Geldverleiher breitete zum Willkomm die Arme aus.

»Schalom«, rief er fröhlich. »Ich erwarte euch schon seit gestern. Ist zu Würzburg alles gut gegangen? Aber was frag ich, kommt herein, kommt herein. Mein Haus ist das eure!«

Die vier Reisenden traten in die getäfelte Stube und ließen sich von Elkan Liebmanns Tochter Rebekka mit heißem Wein begrüßen. Einen kalten Tag lang waren sie von Würzburg aus mainabwärts gefahren und völlig ausgefroren. Aber auf dem Fluss ging die Reise schneller als zu Pferde, und Ezzo konnte es gar nicht erwarten, Riedern endlich in Besitz zu nehmen. Von Miltenberg aus waren es höchstens noch zwei Wegstunden, und die würden sie am nächsten Tag schnell zurückgelegt haben.

»Ja, alles hat sich zum Besten ergeben«, erzählte Sara und blies auf den dampfenden Wein in ihrem Becher. »Der Vertrag ist gesiegelt, und auch die Urkunde, in der ich Ezzo den Besitz vermache. Er ist jetzt Herr von Riedern. Sein Onkel weiß davon nichts, er glaubt immer noch, ich sei die neue Burgherrin. Zornentbrannt ist er noch vor uns aus Würzburg aufgebrochen.«

»Ei, zu Lauda wird er sich schon wieder beruhigen. Er ist gar nicht so schlecht aus seiner misslichen Lage herausgekommen, schließlich hat er jetzt keine Schulden mehr und ihm bleibt noch Geld vom Kaufpreis übrig«, meinte Elkan Liebmann. »Und nun setzt euch, meine Freunde, auf dass wir unseren Erfolg mit einem schönen Abendmahl krönen. Rebekka hat einen wunderbaren Eintopf aus Mainfischen und Rüben auf dem Herd. Und wenn ihr dann gut gestärkt und ausgeschlafen seid, könnt ihr morgen weiterreisen, sofern der Winter euch lässt.«

Während des Abendessens beschlich Sara wieder die innere Unruhe, die sie schon unterwegs gespürt hatte. Sie machte sich Gedanken über den bevorstehenden Einzug in Riedern. Wie würde man sie wohl als neue Burgherrin empfangen? Was würden die Leute tun, wenn sie von ihrem Verhältnis mit Ezzo erfuhren? Aber das war es nicht allein. Sara hatte das Gefühl, alles sei bisher viel zu einfach gewesen. Die Verhandlungen mit Friedrich von Riedern, seine Einwilligung in den Verkauf der Güter, die Unterzeichnung des Vertrags. Wenn es stimmte, was Ezzo von seinem Onkel erzählte, dann sah es ihm gar nicht ähnlich, so klaglos aufzugeben.

Hoffentlich geht alles gut, dachte Sara und versuchte, sich ihre Sorgen nicht anmerken zu lassen.

In der Frühe stand sie als Erste auf und half der Haustochter beim Anschüren. »Wollt Ihr nicht nach dem Morgenmahl mit uns in die Synagoge gehen?«, fragte Rebekka, während sie das Reisig aufschichtete. »Es ist diejenige, die Riedern am nächsten liegt, also werdet Ihr vielleicht in Zukunft öfter zu uns kommen. Ihr könntet gleich die neun Familien kennenlernen, aus denen sich unsere Gemeinde zusammensetzt.«

Sara nickte. »Ich habe gehört, dass das Miltenberger Bethaus eines der altehrwürdigsten hierzulande ist.«

»O ja, es wurde vor bald hundertfünfzig Jahren gebaut und im Gegensatz zu den meisten anderen nie zerstört. Und wir haben einen wunderbaren Thoraschrein, ein ganz besonderes Kunstwerk.«

So brachen sie später auf, Elkan Liebmann, seine Tochter Rebekka und Sara. Jochi war wegen der Aufregungen der Reise zu unruhig für die Synagoge, also versprach Ezzo, derweil auf sie aufzupassen. Er küsste Sara flüchtig zum Abschied und setzte sich dann zu Jochi und Finus in die Wohnstube, wo sie gut gelaunt Karnöffel spielten und Jochebed wie üblich gewinnen ließen.

Das Miltenberger Bethaus stand am Nordabhang des Schlossbergs gleich unterhalb der Burg. Es hatte einen Hof und einen Garten mit Brunnen; im Gebäude nebenan wohnte von alters her der Schulklopfer. Wie die meisten Steinhäuser der Stadt war die Synagoge aus rotem Mainsandstein erbaut. Der Eingang lag im Westen, sein Giebel war mit einer Rosette geschmückt, die sieben fünfblättrige Rosen zeigte, von Weinlaub umrankt. Sara erfüllte schon der Anblick des alten Gebäudes mit einer seltsamen Ehrfurcht, und so trat sie still ein.

Drinnen in dem fast quadratischen Raum saß schon ein Großteil der männlichen Gemeinde unter dem doppelten Kreuzrippengewölbe. Der kunstvoll verzierte, spitzgiebelige Thoraschrein stand an der Ostwand, bekrönt von einem kreisrunden Oculus zwischen zwei Spitzbogenfenstern. Die Bima hatte ein wunderschön geschnitztes Lesepult aus Lindenholz; ihr Geländer glänzte von den

Berührungen unzähliger Hände. Sara begab sich zusammen mit Rebekka hinter die weißen Vorhänge, die das Frauenabteil vom Hauptraum trennten. Sechs oder sieben Frauen begrüßten sie mit freundlichem Nicken, und sie nahm ihren Platz auf einer der Bänke ein. Vor ihr auf dem Boden saß ein Krabbelkind und spielte mit zwei tönernen Schäfchen.

Von der Gemeinde ertönte schon leises Gemurmel, jeder sprach für sich das Eingangsgebet. Ungefähr zwanzig Männer waren im Raum, junge und alte, unter ihnen der Rabbi. Schließlich verstummten die Stimmen. Sara hörte ein Schlurfen, und dann berief der Gabbaj, der Gemeindevorsteher, den heutigen Vorleser auf die Bima. Sara sah es nicht, aber sie wusste, dass der Vorleser nun den Jad ergriff, den Thorazeiger, mit dem er die Zeilen der Thorarolle entlangfuhr – Menschenhände durften die heilige Schrift beim Lesen nicht berühren. Von der kleinen Empore aus begann der Mann seinen Singsang. Er war ein guter Vorleser mit dunkler, weicher Stimme, die den vorgeschriebenen Tonfall mühelos traf und der man gern zuhörte. Sara fühlte eine wohlige Geborgenheit in sich aufsteigen. Auch wenn es kalt in dem ungeheizten Raum war, so spürte sie doch die Wärme, die von den anderen Menschen ausging. Die junge Frau neben ihr, ein hübsches dunkelhaariges Geschöpf, lächelte ihr freundlich zu, und Sara erkannte an der Art, wie sie die Hände über ihren Bauch legte, dass sie schwanger war.

Der Vorleser war an das Ende seines Abschnitts gelangt und sprach die Beracha: »Gepriesen seist du, Herr, der die Thora gibt.« Sara nahm ein leises Schnarchen hinter sich war – eine alte Frau war über den ersten Sätzen eingeschlafen. Das gleichmäßige Geräusch hatte etwas Friedliches, Beruhigendes, wie das Ticken eines Holzwurms, der sich irgendwo durch das Gebälk fraß.

Niemand hörte die Männer kommen.

Erst als die Eingangstür mit lautem Krachen barst und die Rotte ins Bethaus stürmte, ertönten die ersten Warnrufe. Aber es war zu spät. Sie hatten Dolche, Spieße und Knüppel. Mit Geschrei und Gejohle drangen sie auf die betenden Männer ein, griffen ohne Zögern an. Die Gemeinde war so überrascht, dass die ersten Männer fielen, bevor sie überhaupt wussten, was passierte. Die Frauen konnten nicht sehen, was da vor sich ging, aber Sara wusste es sofort. Sie sprang auf und schrie. Dann ging alles rasend schnell. Der Vorhang, der die Frauen verbarg, riss zischend entzwei, und ihnen bot sich ein Bild des Entsetzens. Die Schwangere neben Sara kreischte auf. Sara versuchte, die Panik zu unterdrücken, die wahnsinnige Angst, die sie mit Wucht überfiel. Vergeblich sah sie sich nach einem Fluchtweg um. Es gab nur die eine Tür.

Die Bewaffneten brauchten nicht lange für ihr Mörderwerk. Sie stachen, schlugen, prügelten. Blut bespritzte die Wände und löschte das Flämmchen des Ewigen Lichts vor dem Thoraschrein. Mit Triumphgebrüll hielt einer die Thora hoch, um sie gleich darauf zu Boden zu werfen. Ein anderer trampelte auf der Rolle herum, bis sie in Fetzen hing. Die Schreie der Verwundeten gellten in Saras Ohren, als sie versuchte, die Tür zu erreichen. Alles lief durcheinander, die Todesangst machte die Menschen blind, niemand wusste mehr, wohin. Sara sah aus dem Augenwinkel heraus, wie die alte Frau, die hinter ihr geschlafen hatte, von einem Spieß durchbohrt wurde und lautlos zusammenbrach. Der Rabbi, der versucht hatte, die Thora zu schützen, lag reglos in seinem Blut, neben ihm ein junger Bursche, der kaum die Bar Mizwa hinter sich hatte, den Schädel eingeschlagen. Hinaus, hinaus, war Saras einziger Gedanke. Sie drängte sich durch das Gemenge, stolperte, fiel über einen Körper – es war Elkan Liebmann, dessen offene Augen blicklos an die Decke starrten. Aus seinem Hals ragte die abgebrochene Spitze einer Saufeder. Sara keuchte, als sie sich wieder aufrappelte – und dann stand plötzlich einer der Eindringlinge vor ihr. Der Mann grinste, dann hob er seinen Knüppel. Sie wollte schreien, aber kein Laut kam über ihre Lippen. Mit Wucht sauste der Stock auf sie nieder, etwas in ihrem Kopf krachte. Warum nur spüre ich nichts, dachte sie, er hat mich doch getroffen. Dann wurde alles dunkel.

»Zu Hilfe!« Jemand hämmerte wie wild ans Fenster des Liebmannschen Hauses, wo Ezzo und Finus immer noch mit Jochi Karten spielten. »Zu Hilfe! Ins Bethaus!«

Eine eiskalte Hand legte sich um Ezzos Herz. Mit zwei Schritten war er zur Tür hinaus, hatte noch im Laufen sein Schwert aus dem Gehänge gezogen, das an der Wand des Flurs baumelte. Er rannte, wie er noch nie in seinem Leben gerannt war, einfach den

Leuten nach, die vor ihm alle in dieselbe Richtung liefen. Seine glatten Stiefel fanden keinen Halt im frisch gefallenen Schnee, er rutschte aus, taumelte, fing sich wieder. Lass es nicht wahr sein, Gott, war alles, was er denken konnte. Hinter sich hörte er Finus' schnellen Atem.

Der Schnee vor dem Eingang der Synagoge war zertrampelt und voller Blutspuren. Wehklagen ertönte von drinnen, verzweifeltes Jammern. Ezzo stürmte in den Gebetsraum und blieb vor Entsetzen wie angewurzelt stehen. Da lagen Leiber übereinander, Arme, Köpfe, Beine, verdreht und reglos und blutig. Es mussten mehr als zwanzig sein, Männer, Frauen und Kinder. Opfer eines sinnlosen, unbegreiflichen, unmenschlichen Hasses. Ezzo sah in die Gesichter, während er über die Leichen hinwegstieg – er suchte nur eines, dasjenige, das ihm vertraut war, das er liebte: Saras Gesicht. Eine Tote drehte er um, voller Angst, sie könnte es sein, nur um dann wieder aufzuatmen. Es war eine Fremde.

Und dann fand er sie.

Sie lag an der Ostwand, gleich neben dem Thoraschrein, zusammengekrümmt wie ein schlafendes Kind. Das Blut, das von ihrer Schläfe rann, hatte Schleier und Mantel hellrot gefärbt. Viel zu viel Blut, in ihrem Haar, auf ihrem todesbleichen Gesicht.

Langsam und vorsichtig schob Ezzo seine Arme unter Saras Körper und hob sie hoch. Nie war sie ihm so leicht vorgekommen. Ihr Kopf fiel nach hinten, und ihr rechter Arm baumelte leblos herab. Er wankte zurück zur Tür, wich Menschen aus, die verzweifelt ihre Toten suchten. Eine Frau sank wimmernd vor ihm zu Boden und umarmte ein blutiges Bündel, ein Kind irrte mit stumpfem Blick an ihm vorbei. Endlich erreichte Ezzo den Platz vor der Synagoge. Noch ein paar Schritte, dann fiel er auf die Knie, Saras leblosen Körper immer noch an sich gepresst. Es schneite immer dichter. Weiße Flocken schmolzen in Saras dunklem Haar, auf ihren Wangen, ihren blutleeren Lippen. Ezzo spürte keine Kälte, er kniete einfach nur im tiefen Schnee, unfähig sich zu bewegen oder gar aufzustehen. Er schloss die Augen, wollte nichts begreifen, nichts verstehen, nichts einsehen.

Erst als Finus die Hand auf seine Schulter legte, begann er zu weinen.

Lied über den Tod von Oswald von Wolkenstein
Nach der Übersetzung von Dieter Kühn

Ich riech ein Tier:
Die Füße breit, und scharf sind seine Hörner;
das will mich in die Erde stampfen,
mit einem Stoß durchbohren.
Den Rachen hat es aufgerissen
als sollt ich ihm den Hunger stillen.
Es kommt heran,
die Mordlust auf mein Herz gerichtet –
ich kann der Bestie nicht entfliehn!
Zum letzten Tanz bin ich nun vorgeladen …

Sara

Da waren Farben. Helle, wirbelnde Farben, die ineinander verschwammen, sich auflösten und davontrieben, wabernd und wallend. Überall leuchtete es und funkelte, so klar und rein, so licht und durchscheinend. Es war unbeschreiblich schön, in diesem Licht zu schweben, schwerelos, leicht und frei. Nichts schmerzte, nichts war wichtig, nichts wollte gedacht, gefühlt oder getan sein. Zeit war ewig, ohne Belang. Eine nie gekannte Ruhe strömte aus diesen Farben, die alles Streben, alle Wünsche stillte.

Irgendwann taten sich in den Farben lebende Formen auf. Kreise, die zu Ovalen wurden, dann zu Tropfen. Spiralen, die sich drehten, schneller und schneller. Strudel formten sich, Wirbel und Mäander, Wellen, Zacken und Schlingen, alles zuckte und bebte, veränderte sich unaufhörlich, erschien und wurde wieder unsichtbar. Es war wie eine immerwährende, wilde und doch geschmeidige Bewegung, mitten im blendenden, weißen Nichts.

Dann verschwand die Helligkeit. Dunkles Rot bahnte sich seinen Weg, überschwemmte den Raum, breitete sich aus, floss und wogte. Süß und verlockend war dieses Rot. Seine Wärme umfing alles wie eine Liebkosung. Zeit und Raum waren vollkommen still, es gab kein Damals, Heute oder Morgen. Kein Laut drang durch das rote Wallen … und doch … ja, da war ein Ton, ein tiefes Vibrieren, sanft bebend, kaum hörbar, eher fühlbar. Der Ton wurde deutlicher, hartnäckiger. Er störte den wunderbaren Frieden, ließ das allumfassende Rot erzittern und dünner werden, bis es in winzige Teilchen zerplatzte. Das Schweben änderte sich, es wurde zur Fortbewegung, bekam ein Ziel irgendwo. Und immer noch schwoll der Ton an, bohrte sich in meine Ohren, hörte nicht auf, mich zu rufen. Er drängte mich, ärgerte mich, lockte mich, ließ mich nicht fort. Ich wollte dorthin. Ich musste dorthin.

Und dann war ich dem Ton ganz nah.

Ich öffnete die Augen. Neben meinem Bett saß Jochi, wiegte den Oberkörper vor und zurück und brummte. Und plötzlich war das Schweben vorbei und auch die Leichtigkeit. Das Nichts war verschwunden. Ich war angekommen. Ich spürte meinen Kopf, den Schmerz, die Schwere. Ich fühlte Körper, Rumpf, Arme und Beine, Finger und Zehen. Es war unendlich mühsam, aber ich hob die rechte Hand, schob sie über das Laken, tastete mich am Bettrand entlang, bis ich Jochis Finger fand. Das Brummen verstummte. Die Finger entzogen sich meinem Griff. Ein Schrei fuhr mir schmerzhaft durch Mark und Bein. Ich zuckte zusammen.

Und dann war da plötzlich eine andere Hand, warm und vertraut. Ein Gesicht, ein paar blaue Augen, in denen die blanke Glückseligkeit stand. Und eine Stimme, die sagte: »Ich habe die ganze Zeit über gewusst, dass du nicht gehst.«

Ich formte das Wort. »Ezzo …«

»Willkommen zurück im Leben«, sagte er und küsste meine Finger der Reihe nach. »Und willkommen auf Riedern.«

Sein Bart kitzelte meine Haut, und ich lächelte. Ich war zu Hause.

Acht Jahre später, Riedern

Jahre sind seit jenem Tag vergangen, an dem ich wieder ins Leben fand. Fast eine Woche hatte ich in einer todesähnlichen Ohnmacht gelegen, aber zum zweiten Mal hatte der Ewige beschlossen, dass meine Zeit noch nicht gekommen sei, und er hatte seine Hand über meinen Scheitel gehalten.

Es dauerte lange, bis ich wieder richtig gesund war, und bis heute höre ich auf dem rechten Ohr nicht mehr gut, aber ich danke dem Herrn immer noch täglich für meine Errettung. An das Morden selber habe ich keine Erinnerung, der Tag ist wie ausgebrannt aus meinem Gedächtnis. Es ist gut so, und ich bin froh darum. Diejenigen, die damals im Bethaus den Tod fanden, liegen zu Frankfurt auf dem Friedhof; ich besuche sie jedes Jahr einmal am Tag des Blutgerichts, auf dass sie nicht dem Vergessen anheimfallen. Die noch übrig waren aus den Familien zogen nach und nach in andere Städte, so dass in Miltenberg heute keiner mehr vom Volk Mose lebt. Die Männer, die uns überfallen haben, wurden nie verfolgt.

Riedern ist mir zur Heimat geworden. Und nicht nur mir. Jochi ist glücklich auf der Burg, sie hat hier endlich wieder eine Familie gefunden, die ihr Geborgenheit gibt, und sie ist dadurch viel ruhiger geworden als früher. Ich sage Familie, denn Janka, Pirlo und Finus haben sich wie selbstverständlich gleich im ersten Jahr zu uns gesellt. Das ist die Art der Fahrenden – man tut sich einfach zusammen, solange es allen recht ist. Natürlich kam auch der Herzog von Schnuff mit – inzwischen streunt er längst durch den Hundehimmel. Jochi hat ihn unter ihrem Lieblingsbusch begraben, und Ezzo schenkte ihr gleich am nächsten Tag einen pechschwarzen, dickpfotigen Welpen. Seitdem sieht man meine Schwester nie ohne ihren Schatten – aus dem Winzling ist ein riesenhafter, lammfrommer Wolfshund geworden, fett gefüttert und von seiner Herrin verwöhnt und gehätschelt wie ein kleines Kind. Nachts quetscht er sich zu ihr ins Bett und schnarcht so laut, dass man es bis in den Nordflügel hinüber hört.

Pirlo ist arg altersmüd geworden; die meiste Zeit sitzt er auf seiner Bank im Hof, ein Schaffell um die gebeugten Schultern, die knotigen Hände auf einen Stock gestützt. Bockig wie er nun einmal sein kann, hat er sich geweigert, sich von mir den Star stechen zu lassen, und so blinzelt er mit seinen milchigen Augen in die Sonne, freut sich über den Humpen warmen Weins, den ihm Janka nachmittags bringt und ist zufrieden mit sich und der Welt. An guten Tagen erzählt er augenzwinkernd und ein bisschen wehmütig von all seinen Späßen und Abenteuern, von den Fahrten übers weite Land und den Nächten am Feuer unterm Sternenhimmel.

Hin und wieder setzt Janka sich ein Weilchen zu ihm, aber lang hält sie es nie aus. Immer noch werkelt sie unermüdlich, findet stets etwas zu tun und führt in der Burgküche ein unerbittliches Regiment. Anfangs ist Manfred, der Koch, schier daran verzweifelt, dass die merkwürdige Alte alles besser wusste, aber nach und nach hat er sich an sie gewöhnt und zuckt nur noch mit den Schultern, wenn sie von seinen Suppen und Pasteten kostet, das Gesicht verzieht und dann mit mitleidigem Blick nachwürzt. Manchmal kann sie es auch nicht lassen und geht ins Dorf, um den Leuten die Karten zu legen. Natürlich hat sie immer noch recht mit allem, was sie sagt. Besonders die Frauen verehren sie darum, so dass der neue Dorfpriester – Pater Meingolf ist vor drei Jahren gestorben – ganz eifersüchtig ist, weil er unter seinen Schäfchen weniger gilt als sie.

Finus, ja, der ist ein stattlicher junger Mann geworden, gutaussehend und immer noch ein rechter Kindskopf. Inzwischen überragt er Ezzo um eine ganze Spanne! Der einzige Mensch, vor dem er Respekt hat, ist Janka, und die zieht ihm manchmal gehörig die Löffel lang, wenn er wieder über die Stränge geschlagen hat. Die Dorfschönheiten werden rot, sobald er auftaucht, und auch auf der Burg hat er die eine oder andere, die ihm Augen macht. Er selber liebt das Spiel mit dem Feuer und hat noch gar keine Lust, sich festzulegen. Am wichtigsten auf der Welt sind ihm seine beiden Falken, mit denen er so manchen Fang heimbringt und so zum täglichen Speisezettel beiträgt. Seit etlichen Jahren steht er Ezzo aber auch beim Verwalten der Ländereien zur Seite, was uns alle zu der Überzeugung gebracht hat, dass aus dem wilden Springinsfeld doch noch irgendwann einmal etwas wird. Zusammen haben sie es so weit gebracht, dass von der alten Misswirtschaft nichts mehr im Land zu spüren ist und wir von den Abgaben der Hintersassen gut leben können. Die Bauern auf Riedern sind wieder zufrieden, und das fruchtbare Land schenkt großzügig, was alle brauchen. Die Leute erzählen sich überall, mit Ezzo sei wieder die alte gute Ordnung eingekehrt.

Ezzo – was soll ich sagen? Er ist mein Mann, auch wenn ich nie mit ihm unter der Chuppa gestanden habe – und er nicht mit mir vor dem Priester. Die Liebe ist nicht weniger geworden mit den Jahren, sie macht unser Leben reich, obwohl es oft nicht einfach ist. Jeder weiß natürlich, wie es mit uns steht, so etwas lässt sich nicht geheim halten, und die meisten Menschen, mit denen wir zu tun haben, haben sich daran gewöhnt. Dennoch gibt es auch einmal böse Blicke, ja, hin und wieder schlagen uns auch blanker Hass und Bosheit entgegen. Der Adel meidet uns, wo es geht, und wir haben nur wenige Freunde – dafür aber gute. Der neue Dorfpriester kann sich nicht mit unserer Verbindung abfinden, er sieht mich jedes Mal schräg an, wenn wir uns begegnen. In seinen Augen ist das, was wir tun, Sünde. Er hat sogar versucht, Ezzo dazu zu bringen, mich fortzuschicken, worauf der ihn vor die Wahl gestellt hat, das Dorf zu verlassen oder Ruhe zu geben. Immer wieder beweist er mir so seine Liebe, und ich vergelte es ihm gern mit meiner.

Wir wissen beide, dass unser Glück ein Tanz auf dünnem Eis ist. Sollten sich Christen je wieder gegen Juden wenden wie damals bei den Kreuzzügen oder im Zuge der Pest, dann werden wir die Ersten sein, die den Preis bezahlen. Aber was zählt das schon, wenn man liebt und wiedergeliebt wird?

Und was zählt überhaupt an Sorgen und Widrigkeiten, wenn man in ein Paar strahlender Kinderaugen blickt? Ja, der Himmel hat unseren ungewöhnlichen Bund sichtbar gesegnet: Wir haben eine Tochter, unser größter Schatz. Sie wurde geboren zwei Sommer nachdem wir in Riedern heimisch wurden, in einer warmen Nacht im August. Ezzos Augen hat sie, dazu das energische Kinn meiner Mutter und mein lockiges, rotbraunes Haar. Von wem ihre Wildheit kommt und ihr überschäumendes Wesen, darüber streiten wir manchmal im Scherz. Dann wirft Ezzo mir vor, ich sei zu streng, und ich ihm, er ließe ihr alles durchgehen. Wie alle Väter lässt er sich von seiner Tochter um den Finger wickeln, und Judith nützt das nur zu geschickt aus. Wir haben sie so genannt, weil dieser Name bei Christen und Juden gebräuchlich ist. Und wir haben sie taufen lassen, weil wir wollen, dass sie niemals das durchmachen muss, was ich erlebt habe. Sie wächst mit dem Wissen beider Seiten auf, kennt Sonntag und Schabbat, Ostern und Pessach, Erntedank und Sukkot. Ja, ein merkwürdiges Leben führen wir, es ist eine Mischung aus den guten Gebräuchen beider Religionen. Ezzo liebt inzwischen den Schabbat, und wir pflegen das friedliche Zusammensein so, wie ich es kenne – aber am Sonntag. Er geht mit unserer Tochter in die Kirche, und ich richte es mir manchmal so ein, dass ich zu den hohen jüdischen Feiertagen unsere Freunde zu Würzburg besuche und mich dort in die Synagoge mitnehmen lasse. Auch Judith war schon mit dabei und hat sich über die hübschen Kindermöbel gewundert, die dort im Bethaus stehen, und darüber, dass die Kinder dort spielen und auch einmal laut sein dürfen. An Pessach haben wir den schönen christlichen Brauch übernommen, Eier zu färben und zu verschenken, zur Begeisterung unserer Kleinen und auch zur Freude Jochis, der liebevollsten Tante, die man sich vorstellen kann.

Ich selber habe mir mein Leben auf Riedern gut eingerichtet. Zu Anfang kamen nur wenige Menschen zu mir, um meine Hilfe als Ärztin zu suchen, aber im Lauf der Jahre ist mein Ruf als Medica weit ins Land hinausgedrungen. Ein kleines Fachwerkgebäude, das innen im Burghof an die Mauer angebaut ist, dient mir inzwischen zur Behandlung der Kranken. Im Territorium Riedern gab es ja vorher nur durchziehende Wanderärzte, die Menschen hatten niemanden, zu dem sie gehen konnten. Jetzt sind sie dankbar für meine Kunst, auch wenn sie oft nichts oder nur wenig zahlen können. Dann bringen sie eben ein paar Eier oder einen Krug Most, oder einen Napf Schmalz. Manchmal fahre ich auch mit meinem Wagen übers Land wie früher und besuche die Leute, die nicht zu mir kommen können. Judith begleitet mich oft dabei, seit sie fünf Jahre alt ist, nehme ich sie gerne mit. Sie lernt schnell und ist gut darin, Kinder vor der Behandlung zu beruhigen. Fast glaube ich, dass sie irgendwann einmal in meine Fußstapfen treten könnte. Nun, man wird sehen, was die Zeit bringt. Gerade spielt sie mit den jungen Kätzchen im Hof; ich winke ihr aus dem Arzthäuschen zu, während meine Salbe auf der Feuerstelle blubbert.

Und Ciaran?

Im Frühling vor zwei Jahren begehrte ein hungriger Spielmann Einlass am Tor. Riedern ist längst dafür bekannt, dass es hier immer einen freundlichen Empfang, ein weiches Bett und ein warmes Mahl für Fahrende gibt, und so haben wir oft Besuch. Dieser junge Spielmann nun hatte eine Laute dabei, und so luden wir ihn am Abend ein, für uns zu singen. Er hatte eine schöne, klare Stimme, trug zuerst die weithin bekannten Stücke vor, die Ezzo und ich gern mitsangen. Irgendwann, es wurde schon spät, schlug er auf der Laute ein paar Akkorde an, die mir bekannt vorkamen. Und dann, wir trauten unseren Ohren nicht, sang er ein Lied, das wir beide schon so oft gehört hatten. Ein Lied, das von grünen Hügeln handelte und einem weiten Strom, der sich wie ein silbernes Band durch das Land schlängelte. Das vom Wind sang und vom Meer, von Feen und Kobolden. Von Menschen, die sich an Torffeuern wärmten und sich Geschichten über das Anderland Tir na nÓg erzählten, wo die Zeit nicht zählte. Ich sah Ezzo an, und er mich.

»Freund«, fragte er, als der Spielmann geendet hatte, »von wem hast du dieses Lied gelernt?«

Der junge Musiker lächelte und begann zu erzählen. »Im vorletzten Winter zog ich droben im Norden durchs Land, allein, so wie jetzt. Als es auf Weihnachten zuging, wurde ich krank, so krank, dass ich kaum noch weiterkonnte. Der Husten und das Fieber schüttelten mich, da war es ein Glück, dass mich mein Weg zufällig an einem Kloster vorbeiführte. Mit letzter Kraft bat ich um Einlass, und die Brüder nahmen mich in christlicher Nächstenliebe auf. Es ging mir so schlecht, dass man um mein Leben fürchtete, und ich geriet in einen Zustand zwischen Wachen und Ohnmacht. Einer von den Mönchen pflegte mich in diesen schlimmen Tagen. Immer, wenn ich in einen unruhigen Fieberschlaf fiel, nahm er seine Harfe, setzte sich zu mir und spielte. Es waren wunderschöne Melodien, wie ich sie noch nie gehört hatte, und oft sang er die Lieder in einer fremden Sprache, die ich nicht verstand. Als ich ihn fragte, sagte er mir, er käme von einer fernen Insel im Nordmeer und sei in seinem früheren Leben einmal Spielmann gewesen. Als es mir wieder besser ging, bat ich ihn, er möge mir doch einige seiner Lieder beibringen, und das tat er gern. Er war ein freundlicher Mensch, sehr fromm und gläubig. Er war noch nicht alt, und trotzdem strahlte er etwas ganz Besonderes aus, wie einer, der das Leben kennt und an einem heiligen Ort Ruhe gefunden hat. Als ich wieder weiterzog, schenkte er mir dies hier.« Der Sänger zog ein Amulett aus seinem Hemdausschnitt, das an einem Lederbändchen hing. Wie gut kannte ich es! Es war die Koralle, die er als Kind von seinen Eltern bekommen hatte. Er hatte sie hergegeben, damit sie dem Spielmann Glück brachte. Und weil seine Vergangenheit wohl nicht mehr von Bedeutung für ihn war.

Ezzo drückte meine Hand. Ich horchte in mich hinein, ob es noch wehtat. Aber da waren weder Schmerz noch Zorn. Meine Erinnerung an Ciaran war klar und rein; ich trug ihm nichts mehr nach.

»Er ist wohl jetzt dort, wo es ihn immer hingezogen hat«, sagte Ezzo.

Ja, der Kreis hatte sich für ihn geschlossen. Ich lächelte und sah ihn vor mir, das rabenschwarze Haar in langen Locken, die blauen Augen blitzend, die langen, feingliedrigen Finger an den Saiten seiner Harfe. Wie von fern hörte ich seine samtene Stimme, hörte das Zupfen, mit dem er ein tauschimmerndes Spinnennetz von Tönen zu einem zarten, wunderschönen Gebilde wob. Möge er in seiner Welt, auf seiner silbernen Burg glücklich sein, so wie wir es auf unserer sind.

»Spielt noch einmal dieses Lied«, bat ich den jungen Sänger. Ezzo legte den Arm um mich, und ich ließ den Kopf an seine Schulter sinken. Ich spürte seinen Herzschlag im selben Takt wie meinen. Dann begann die Melodie, und ich schloss die Augen. Schalom, Ciaran, dachte ich, der Ewige erhelle deinen Weg mit Frieden.

Epilog

ittenberg war eine kleine Stadt in Sachsen, schmutzig, langweilig und unwichtig. Seine Bewohner standen im Ruf, mürrisch und abweisend zu sein, kaum einen Fremden zog es dorthin, es sei denn, man hatte Geschäfte zu erledigen. Es gab ein paar Handwerker, die üblichen Armen und Taglöhner, eine Kirche, ein paar Wirtschaften und ein Schloss, in das es den Landesherrn nur selten verschlug. Dazu noch ein Kloster, das kein besonderes Ansehen genoss. Der Kurfürst, nicht umsonst mit dem Beinamen »der Weise« belegt, hatte jedoch den Missstand erkannt und vor einigen Jahren zu Wittenberg eine Universität gegründet. Seitdem ging es mit dem Städtchen langsam, aber stetig aufwärts, zumindest was Bildung und Gelehrsamkeit betraf.

Es war kurz vor Allerheiligen, dem einzigen Tag des Jahres, an dem in der Stadt wirklich etwas los war. Denn an diesem Festtag ließ der Kurfürst die von ihm gesammelten Reliquienschätze seines Allerheiligenstifts in der Schlosskirche ausstellen. Pilger und Reisende strömten zusammen, um die heilbringenden Kostbarkeiten zu bestaunen: Einen Dorn aus der Krone Christi, Stücke aus der Krippe Jesu und Fetzen seiner Windeln, Gold von den Drei Weisen aus dem Morgenland, einen Brocken vom Felsblock, auf dem Christus einst gen Himmel gefahren war, eine Haarsträhne vom Kopf der Gottesmutter. Ja, Allerheiligen war zu Wittenberg der wichtigste Tag im Jahreslauf, und alles fieberte dem großen Ereignis entgegen. Vor allem die Sünder. Denn wer die Reliquienausstellung besuchte, dem winkte ein Ablass – insgesamt kamen an diesem Tag, das hatten Theologen erst kürzlich genauestens errechnet – etwa zwei Millionen Jahre Fegefeuer zusammen, die man sich durch wenig Aufwand sparen konnte. Ein guter Handel, fanden die Menschen.

Eine absurde, gottlose Monstrosität, fand einer der Mönche im Wittenberger Stift.

Der junge Augustiner saß am Vorvorabend des Allerheiligentags in seiner Zelle im Schwarzen Kloster, brütete und schrieb. Draußen war es längst dunkel geworden, nur wenige Lichter brannten noch in den Häusern, denn zu Wittenberg ging man früh schlafen. Auf dem rohen Eichentisch, der unter dem Fenster an der Wand stand, lagen Pergamente, etliche davon schon mit krakeligen, eng gesetzten Buchstaben beschrieben, andere noch jungfräulich oder frisch abgeschabt. Ein Tintenglas mit geöffnetem Deckel steckte in der dafür vorhergesehenen Ausbuchtung, daneben warteten etliche noch ungespitzte Gänsefedern nebst Federmesser auf ihren Einsatz. Eine Bienenwachskerze erhellte den Arbeitsplatz, dazu noch ein Röhrenleuchter und zwei Talglämpchen, die auf vorkragenden Mauersteinen ihren Platz hatten. Es flackerte und rußte, und das alte Fett stank ranzig. Der Mönch roch es längst nicht mehr. Vom Alter her war er schwer zu schätzen, vielleicht Anfang oder Mitte dreißig, wenn man die kaum vorhandenen Gesichtsfalten berücksichtigte. Trotzdem sah er verhärmt aus, angestrengt und überarbeitet. Er trug, wie bei den Augustinern üblich, eine starke Tonsur; seinen kahlen Schädel umzog nur ein knapp daumenbreiter, lockiger Haarkranz. In dem wühlten seine Finger nun aus lauter Verzweiflung, fuhren hinter die Ohren, in den Nacken und über die Glatze, die schon von einem dichten Pelzchen nachgewachsener Haare überzogen war. Ein Schmerzenslaut entrang sich der schmalen Brust des jungen Augustiners, dann las er halblaut, was er bisher geschrieben hatte. »Die Kirche«, murmelte er die deutsche Übersetzung seines lateinischen Textes, »bedarf einer Reformation, welche nicht die Sache eines Menschen, des Papstes, noch die Sache vieler Kardinäle ist, wie die letzten Konzile erwiesen haben. Sondern sie ist die Sache der ganzen christlichen Welt. Die Zeit für die Reformation aber kennt allein der, welcher die Zeiten geschaffen hat.«

Mit einem unterdrückten Aufschrei packte der Mönch das Pergament und zerknüllte es wütend. »Jetzt«, stieß er hervor, »jetzt muss es sein, jetzt! Wie lange noch willst du warten, Herr?« Ja, wie lange sollte man noch zusehen, wie die Schacherer und Händler mit Ablässen Geschäfte machten, sich in Gottes eigene Sache einmischten, sich anmaßten, himmlische Entscheidungen zu treffen und dabei reich wurden? Wie lange noch musste man erleben, dass Menschen fröhlich sündigten, ohne Angst vor Strafe, weil sie ja wussten, wie viel ein Jahr im Fegefeuer kostete? Wenn das Geld im Kasten klingt, die Seele aus dem Feuer springt! Welch unglaubliche Blasphemie! Den Mönch packte der heilige Zorn, seine Faust donnerte auf die rohe Tischplatte, wobei ein dicker Splitter ihm ins Fleisch fuhr. Er schloss die Augen. Kleine Sünden bestraft der Herr sofort, dachte er, und Zorn ist eine Sünde. Er öffnete die Faust und ließ seine Stirn auf den Tisch fallen. Warum gab ihm der Herr kein Zeichen? Warum?

Es klopfte leise, und Bruder Martinus hob den Kopf. »Ach, Ihr seid's, Staupitz. Schön, dass Ihr vorbeischaut.«

Johannes von Staupitz, der theologische Dekan der Universität, schob seinen wuchtigen Körper durch die schmale Tür. »Wir haben dich beim Abendmahl vermisst, mein Freund.« Er trat näher an den Arbeitstisch und ließ sich ungefragt auf ein daneben stehendes Dreibein plumpsen, das dabei gefährlich wackelte.

»Ich hatte keinen Hunger«, entgegnete Luther.

Staupitz lächelte. Es war nicht das erste Mal, dass sein Schützling über dem Denken das Essen vergaß. Aus den Tiefen seiner Kutte förderte er einen Apfel, ein Stück harten Käse und einen Kanten Brot zutage und legte alles vor Luther auf den Tisch. Der griff folgsam nach dem Apfel, biss hinein, kaute ein paar Mal und legte die Frucht dann angewidert weg. »Ich bring einfach nichts hinunter, Staupitz«, sagte er müde, »nicht, solange ich den rechten Weg nicht finde. Vor Jahren, da hat mir der Herr einmal ein Zeichen gegeben, ungefragt, ohne dass ich es gewünscht hätte. Da bin ich Mönch geworden. Jetzt, wo ich stündlich um ein Zeichen bete, da bleibt er stumm. Ich kann nicht essen, nicht trinken, nicht schlafen, nicht scheißen. Gott will mein Rufen einfach nicht hören, dort droben, er hadert mit mir und meinen Gedanken. Darüber sterb ich, Staupitz.«

»Gott braucht auch im Himmel Doktoren zur Beratung, mein Freund.« Der Professor lächelte, dann zwirbelte er nachdenklich den einsamen Haarwirbel, der mitten über seiner Stirn wuchs. »Aber im Ernst«, sagte er schließlich, »du bist ein Tor. Gott zürnt nicht mit dir, sondern du mit Gott.«

Luther krümmte sich, als sei er geschlagen worden. »Wie soll ich recht handeln, wenn ich nicht weiß, was Er von mir will?«

Staupitz seufzte. »Es geht dir immer noch um den Ablass, wie? Nun, wenn es dich beruhigt, ich bin auch dagegen. Es ist lästerlich, was dieser Bußprediger Tetzel im Namen des Papstes tut. Zieht im ganzen Land umher und spricht die Gläubigen von ihren Sünden frei! Das ist allein Gottes Recht. Kein Mensch hat diese Macht. Das ist übrigens nicht nur meine Meinung. Viele von uns denken so.«

Der Mönch fuhr hoch und ließ dabei die Feder fallen; winzige Tröpfchen Tinte besprenkelten sein weißes Habit. »Ja, viele! Aber keiner wagt es, dagegen aufzutreten. Niemand will der Katze die Schelle anhängen, weil die Ketzermeister jedermann mit dem Feuer drohen!«

»Und du hast auch Angst, das verstehe ich.« Der Dekan stand auf und stapfte mit langsamen Schritten im Raum hin und her. »Es war schon immer gefährlich, gegen die Lehrmeinung der Kirche zu kämpfen. Das Feuer ist schnell geschürt. Denk an Jan Hus.«

»Der in vielem recht hatte«, erwiderte Luther. »Sein Tod ist nun schon hundert Jahre her, Staupitz, und seither ist nichts geschehen. Was damals falsch war, ist es auch heute noch. Die Kirche muss sich ändern, sie muss! Die Zeit ist reif! Wann findet sich endlich einer, der den Anfang macht?«

»Und der eine willst du sein, ja? Du willst gegen den Papst schreiben? Man wird's nicht leiden.«

Wieder fuhr Luthers Faust auf den Tisch nieder. »Ich weiß. Ich bin kleingläubig, mein Freund, und feige. Nicht Friede, Friede, sondern Kreuz, Kreuz muss es heißen. Aber ich habe Angst, dieses Kreuz auf mich zu nehmen. Ich will nicht brennen.«

Staupitz blieb stehen, liebevoll ruhten seine kleinen Äuglein auf Luther. »Vielleicht musst du gar keine Streitschrift verfassen, Martinus. Vielleicht genügt es, zum Disput aufzurufen. Das ist gute akademische Sitte, und unser Fürst wird die Hand über dich halten, dessen bin ich mir sicher.«

»Allein dadurch, dass ich zum Disput über den Ablass aufrufe, wende ich mich gegen seine Heiligkeit, den Papst. Und, Staupitz«, er stand auf, ging zu seinem Mentor und packte ihn an beiden Armen, »ist es das wert? Bin ich alleine klug? Wenn so viele den Ablass gutheißen, vielleicht haben sie ja recht und ich nicht? Vielleicht bin ich ja nur Opfer meines eigenen Hochmuts? Und deshalb soll ich die Kirche, meine Kirche, in ihren Grundfesten erschüttern? Ausgerechnet ich, ein kleiner Bergmannssohn aus Eisleben? Soll Gott so einen wie mich erwählt haben? Oder laufe ich Hirngespinsten hinterher? Herrgott, Staupitz, es quält mich so, dass ich's kaum aushalten kann. Es bringt mich um!« Ein Schluchzer entrang sich seiner Kehle, und er schlug die Hände vors Gesicht.

Der Professor legte seinem Freund den Arm um die Schultern. »Du zweifelst, mein Lieber, und das ehrt dich. Hat nicht auch unser Herr Jesus gezweifelt, hat voller Angst gebetet, den Kelch nicht leeren zu müssen?« Er ging hinüber zu seinem Hocker, wo er eine dicke lederne Tasche abgestellt hatte. »Ich weiß, wie es dir geht, Martinus. Ich selbst habe nicht nur einmal in den Abgrund der Verzweiflung geblickt, dass ich wünschte, ich wäre nie als Mensch erschaffen worden.«

»Warum hilft Er mir nicht, Johannes? Warum weist Er mir nicht den Weg? Meine Qualen sind so höllisch, dass keine Zunge es aussprechen, keine Feder es niederschreiben kann. Nirgends ein Trost, nirgends ein Entrinnen, alles klagt mich an. Weil ich nichts tue, um der Kirche ein neues Gesicht zu geben. Weil ich feige bin. In manchen Augenblicken kann die Seele nicht mehr glauben, dass sie jemals erlöst werde, da bleibt nichts übrig als der nackte Schrei nach Hilfe. Doch nichts! Und Gott zürnt mir doch!«

»Ah, kommst du dahin, dass Gott ein Bösewicht sei, nur weil er dir nicht deinen Willen tut! Mein Freund, hier hört das laudate auf, und das blasphemate fängt an.« Staupitz drohte Luther mit dem Finger. Dann schnürte er die Ledertasche auf, holte ein ganzes Paket Schriftstücke hervor und legte sie auf dem Tisch ab. »Vielleicht hilft dir das hier«, sagte er und pochte mit zwei Fingern auf den Pergamentstapel.

Luther wischte mit dem Ärmel den Schweiß fort, der ihm auf die Stirn getreten war. »Was ist das?«, fragte er müde.

»Du weißt ja, dass zwei unserer Brüder im Böhmischen waren«, erwiderte der Professor. »Gestern kamen sie zurück und brachten dies hier mit. Es sind Schriften, die man erst kürzlich in der Stadt Tabor in einem verschütteten Keller entdeckt hat.«

»Tabor? Die Hochburg der Hussiten in diesem furchtbaren Krieg damals?«

Staupitz nickte. »Ja. Ich habe nur kurz hineingelesen. Briefe von Jan Hus sind darunter, etliche Dinge, die er zu Konstanz auf dem Konzil geschrieben hat. Anderes mehr von hussitischer Hand. Aber das bemerkenswerteste ist dies hier.« Er zog eine Mappe aus dem Stapel und legte sie ganz obenauf. »Wenn ich mich nicht sehr täusche, dann ist dies das Vermächtnis eines der ganz Großen unseres Zeitalters. Eines Mannes, den auch du verehrst und schätzt und dessen Ansichten sich mit vielem decken, was auch du für gerecht hältst.«

»Wen meinst du?« Luther griff nach der Mappe.

Staupitz hob die feinen Augenbrauen und lächelte. »Johannes Wyclif, Martin.«

Luther starrte Staupitz ungläubig an. Dann schlug er die erste Seite der vergilbten, staubigen Blätter auf. Lateinische Buchstaben standen da, und er übersetzte stumm: »*Alt, abgelebt, müde, kalt und nun gar halbblind, schreibe ich, John Wyclif, geringster unter den Dienern des Allmächtigen, das, was mir noch zu sagen bleibt, auf dass es jener wisse, der mein Werk fortführt …*«

Luther ließ sich auf seinen Stuhl sinken. Er bemerkte gar nicht, wie Staupitz nach einiger Zeit den Raum verließ. Er las wie im Fieber, Buchstabe für Buchstabe, Wort für Wort, Seite um Seite. Es war Wyclifs Aufruf zum Handeln. Ja, hier war einer, der am Ende seines Lebens bereute, nicht besser für seine Sache gestritten zu haben. Der den Tod kommen sah im Bewusstsein, nicht genug getan zu haben für seinen Gott und seine Kirche. Luther las und las. Eine Kerze nach der anderen brannte herunter und erlosch, am Schluss flackerte nur noch das Licht im Röhrenleuchter, aber er brauchte es nicht mehr, weil der Tag schon anbrach. Nein, so wie Wyclif wollte er nicht enden. Er wollte sich nicht vorwerfen müssen am Ende seiner Tage, das Wichtigste versäumt zu haben. Er wollte nicht andere dazu auffordern müssen, das Werk zu beenden, das das seine gewesen wäre.

Seine Augen brannten, ihm schwindelte. Drei Tage ohne Schlaf und ohne Nahrung forderten ihren Tribut. Aber als draußen die Sonne über den Dächern der Stadt ihren Aufstieg begann, schrieb Luther mit zitternden Fingern den ersten Satz: »*Wenn unser Herr und Meister sagt, tut Buße, so hat er damit gewollt, dass das ganze Leben der Gläubigen eine Buße sei …*«

Gegen Mittag, am Tag vor Allerheiligen, dem 31. Oktober 1517, trat Bruder Martinus in die gleißende Herbstsonne hinaus. Vom Schwarzen Kloster zur Schlosskirche war es nicht weit, und er lief, ja, er rannte fast dorthin. Seine linke Hand umklammerte ein zusammengerolltes Stück Pergament, die rechte einen Hammer. Trotz der Kälte hatte er sich nicht einmal die Zeit genommen, den schwarzen Überwurf anzulegen; seine weite, weiße Mönchskutte flatterte hinter ihm her wie die Fahne einer neuen Zeit.

Als er an der Tür im dritten Joch der Nordseite angelangt war, die der Universität als Schwarzes Brett diente, blieb er atemlos stehen und bekreuzigte sich mit geschlossenen Augen. Er klaubte vier Nägel aus der Tasche seines Habits, steckte sie mit der Spitze voran in den Mund. Dann riss er hastig die vielen Zettel ab, die schon an der Tür hingen, fegte sie davon. Unwichtiges Zeug, das keinen mehr interessieren würde. Er hielt sein Manuskript an die Tür, steckte den ersten Nagel in die linke obere Ecke und holte entschlossen mit dem Hammer aus.

Der erste Schlag donnerte über den stillen Platz, fand sein Echo in den Mauern der gegenüberliegenden Häuser. Sein Widerhall würde bald über Wittenberg hinaus zu hören sein, in Sachsen, im ganzen Reich, in den Nachbarländern. Bis hin nach Rom würde er erklingen, ja, weiter noch: bis an die Grenzen der Welt.

Glossar

Adonai   hebr. »mein Herr«. Da Juden den Eigennamen Gottes (JHWH = Jahwe) aus Ehrfurcht nicht aussprechen, wird er u. a. durch »Adonai«, oft auch durch »Haschem« (hebr. »der Name«) ersetzt.

Almemor   Als Almemor oder Bima bezeichnet man den Platz in der Synagoge, von dem aus die Thora vorgelesen wird. Dabei handelt es sich meist um eine Art Pult auf einem Podium mit Treppe und Balustrade.

Aschkenasim   Es gibt zwei europäische Hauptstränge des Diaspora-Judentums: Diejenigen Juden, die sich nach der Vertreibung aus Palästina in West- und Mitteleuropa, später auch Osteuropa niederließen, und diejenigen, die auf der Iberischen Halbinsel siedelten. Der hebr. Name für Deutschland war damals »Aschkenas«, die Bezeichnung für Spanien/Portugal »Sepharad«. Danach nannten sich die jeweils dort siedelnden Juden Aschkenasim bzw. Sephardim.

Bankriesen   Wächter auf einer Burg. Das Wort leitet sich vermutlich von dem mittelalterlichen Begriff »Reise« für »Krieg« ab. Man nimmt an, dass es sich bei solchen Wächtern um ehemalige Landsknechte oder Soldaten handelt, die während ihrer Dienstzeit auf einer Bank saßen.

Barnoss   jüdischer Gemeindevorsteher

bat   hebr. »Tochter von«, s. u.

ben   hebr. »Sohn von«. In der Regel gab es bis zum Ende des 18. Jhds. keine jüdischen Familiennamen. Der Vorname des Vaters wurde als Zweitname an den eigenen Vornamen angehängt. So hieß z. B. der Sohn des Moses ben Josua Abraham ben Moses, dessen Sohn wiederum Chajim ben Abraham, dessen Sohn dann Ascher ben Chajim. Bei den Töchtern wird das »ben« durch »bat« ersetzt.

Besamim   Hebräische Bezeichnung für die duftenden Gewürze, die in einem kultischen Behälter, der »Besamimbüchse« aufbewahrt wurden. Beim Ritual zum Ende des Sabbats wird an diesen Gewürzen gerochen, um den »Duft« des Feiertags mit hinüber in die Woche zu nehmen.

Bima → Almemor

boker tow hebr. »guten Morgen«

Bruoche mittelalterliche Unterhose

Buhurt Turnierart, bei der zwei Gruppen von Rittern, oft mit stumpfen Waffen, gegeneinander antraten. In einer simulierten Schlachtsituation wurde so der Kampf trainiert.

Chanukka hebr. »Einweihung«. Achttägiges, alljährlich gefeiertes Fest zum Gedenken an die Wiedereinweihung des Zweiten Tempels in Jerusalem im Jahr 164 v. Chr., auch »Lichterfest« genannt. Es beginnt am 25. Tag des Monats Kislew. Wichtigster Kultgegenstand des Festes ist die Chanukkia, ein neunarmiger Leuchter. Mittels der mittleren Kerze, des »Dieners«, wird jeden Tag ein neues Licht entzündet.

Feier- und Festtage beginnen übrigens immer am Vorabend, da nach jüdischer Zeitrechnung der Tag mit Sonnenuntergang beginnt und nicht mit Sonnenaufgang.

Chuppa Traubaldachin bei einer jüdischen Hochzeitsfeier

Curragh Traditionelles irisches Boot aus leichtem Holzgerippe, mit Leinwand überzogen und geteert.

Deputat Lohn aus Naturalien, z. B. Lebensmittel oder Brennstoffe

Einrosser Berittener; Gefolgsmann mit Pferd

Friedelkind von »friudieia« = »Geliebte«. Die frühmittelalterliche Friedelehe bestand zwischen zwei Partnern, die nicht dem gleichen Stand angehörten. Meist fand keine Trauung statt, es war eher ein »wildes« Zusammenleben. Reste der Friedelehe erhielten sich als »morganatische Ehe« oder »Ehe zur Linken« bis in die Neuzeit. Kinder aus solchen Beziehungen nannte man Friedelkinder.

Habit Ordensgewand

Haggada Meist reich bebildertes Buch, aus dem am → Seder-Abend in der Familie gelesen wird. Es handelt vom Exil des jüdischen Volkes in Ägypten und dem Auszug unter Führung Mose.

Dazu enthält es noch rabbinische Ergänzungen und Auslegungen sowie Lieder.

Halacha Rechtliche Auslegung der → Thora, Teil des → Talmud. In der Halacha spiegeln sich die unterschiedlichen Meinungen der Rabbiner, Weisen und Gelehrten wider. Sie regelt die Verhaltensweisen der Gläubigen, ist also quasi eine Art religiöses Gesetzbuch.

Hekdesch Jüdisches Spital, Armen- und Krankenhaus

Jeschiwa Talmudschule, an der sich die Schüler dem Studium von → Thora und → Talmud widmen. Im Mittelalter unterrichtet ein → Rabbi mehrere Studenten, die nach einigen Jahren selbst Rabbiner werden oder aber einen weltlichen Beruf ergreifen können.

Jom Kippur Jüdischer Versöhnungstag mit Gott, wichtigster Festtag des Judentums am 10./11. Tischri. Ende der zehntägigen Besinnungs- und Bußezeit nach Neujahr.

Kaddisch Eines der wichtigsten Gebete im Judentum. Es ist im Wesentlichen eine Lobpreisung Gottes und darf nur gesprochen werden, wenn ein → Minjan anwesend ist. Es ist auch das gebräuchlichste jüdische Totengebet.

Kiddusch Besonderer Segensspruch, der am Sabbat und an Festtagen über einen Becher Wein gesprochen wird.

Kiddusch Haschem Wird ein Jude aufgrund seines Glaubens getötet, so spricht man von Kiddusch Haschem (hebr. »Heiligung des Namens Gottes«). Es ist der Tod zur Ehre Gottes, der Märtyrertod für den Glauben.

Kohanim Die Kohanim sind eine Untergruppe der Leviten, des Priesterstammes unter den zwölf Stämmen Israels. Sie gelten als direkte Nachfahren Aarons, des Bruders von Moses.

Landstände Als Landstände bezeichnet man die politischen Vertretungen der Stände in den europäischen Gesellschaften des Mittelalters. Dazu gehören Adel und Geistlichkeit, Städte, selten die freie Bauernschaft.

Laubhüttenfest hebr. »Sukkot«. Größtes Freudenfest des jüdischen Jahres. Es wird gefeiert zur Erinnerung an die Wüstenwanderung des Volkes Israel beim Auszug aus Ägypten. Dafür wird aus Ästen und Zweigen eine Laubhütte errichtet (in manchen jüd. Häusern gibt es auch die Möglichkeit, das Dach ein Stück zu öffnen), in der man wie damals unter freiem Himmel sein kann. Eine Woche lang, vom 15.–12./22. Tischri, lebt, feiert und isst die ganze Familie hier, manchmal wird auch in der Laubhütte übernachtet. Jeden Tag wird einmal ein Feststrauß aus einem Palmzweig, drei Myrtenzweigen, zwei Bachweidenzweigen und einer Etrog (eine Art Zitronatszitrone) geschüttelt.

le-chajim   Trinkspruch. »Chajim« heißt auf hebräisch »Leben«.

Leibgeding   Verpflichtung, Naturalleistungen wie Unterkunft und Unterhalt für eine Person bis zu deren Tod zu erbringen. Im Mittelalter erhielten die einheiratenden Frauen des Adels meist die Einkünfte aus konkret vertraglich bestimmten Gütern, auch oft einen Wohnsitz für ihre evtl. Witwenzeit überschrieben. Mit dem Tod der Frau fiel das Leibgeding wieder an die Familie des Mannes zurück.

leila tow   hebr. »gute Nacht«

Lollarden   Mitglieder einer religiösen Bewegung, die sich in England Ende des 14. Jhds. nach der Lehre des John Wyclif, eines Luther-Vorläufers, entwickelte. Die Lollarden widersetzten sich der Kirchenhierarchie und lehnten viele katholische Lehrsätze ab. Sie wurden als Ketzer verfolgt.

Machsor   Gebetbuch mit besonderen Gebeten und Thorastellen, die an jüdischen Feiertagen vorzulesen sind.

maschuga   von hebr. »meschugga« = »verrückt sein/werden«

Masel tow   hebr. »viel Glück«

Mazzen   Ungesäuertes Brot, das beim → Pessachfest gegessen wird.

Menora   Siebenarmiger Leuchter, eines der wichtigsten Symbole des Judentums. Als Moses auf dem Berg Sinai die Gebote erhielt, bekam er auch den Auftrag, ein Heiligtum zu errichten. So ließ er in der Wüste das »Stiftszelt« bauen, quasi den Vorläufer des Jerusalemer Tempels. Zu diesem Zelt gehörte auch ein goldener Leuchter, an den die Menora erinnern soll.

Mesusa   Kapsel am oberen Drittel des rechten Türpfostens in jüdischen Häusern oder Wohnungen. Dafür werden zwei Texte aus der → Thora auf Pergament geschrieben, aufgerollt und in eine

Hülse gesteckt, die am Türpfosten befestigt wird. In traditionellen jüd. Haushalten hängt eine Mesusa an jedem Türrahmen außer bei Badezimmer, Toilette, Keller oder Abstellraum. Man berührt die Mesusa beim Eintreten mit den Fingerspitzen und führt diese anschließend an den Mund zu einer Art rituellem Kuss.

Mikwe von hebr. Mikwa = Wasseransammlung. Rituelles jüdisches Tauchbad. Der Zweck des Untertauchens (der Körper muss dabei vollständig unter Wasser sein) ist nicht Hygiene, sondern rituelle Reinigung. Der Gang in die Mikwe ist u. a. vorgeschrieben nach der Menstruation und Entbindung und nach Kontakt mit Toten. Das Wasser der Mikwe muss »lebendig« sein, d. h. entweder Quell-, Grund- oder gesammeltes Regenwasser.

Minjan Quorum von zehn mündigen Juden, das nötig ist, um einen regulären Gottesdienst abzuhalten. Im Mittelalter wie im heutigen orthodoxen Judentum müssen diese Anwesenden Männer sein.

Mi-parti Bunte Kleidermode. Im Mittelalter entstand, von Byzanz her kommend, die Mode, Kleidung farblich zu teilen, meist in vertikaler Linie. So trug man z. B. ein rotes und ein blaues Hosenbein. Ende des 16. Jhds. war diese Vorliebe vorüber, das Mi-parti ist später nur noch typisch für Narrengewänder.

Mizwa Jüdisches Gebot oder Regel, entweder aus der → Thora oder von Rabbinern und Gelehrten festgelegt. Im → Talmud wird die Zahl der Mizwot in der Thora auf 613 beziffert, dazu gehören die zehn Gebote.

pasul Rituell unrein, unbrauchbar

Pessach Eines der bedeutenden jüdischen Feste des Jahres. Es erinnert an den Auszug des jüdischen Volkes aus Ägypten. Gefeiert wird das große Familienfest in der Woche vom 15.–22. Nisan. Zu den verschiedenen Riten gehört der → Seder-Abend und der Verzehr von → Mazzen

Pfulm Dicker Rückenkeil. Im Mittelalter schliefen die Menschen halb aufrecht und schoben dazu einen Pfulm unter das Kissen hinter den Oberkörper.

Rabbi von hebr. »Rav« oder aramäisch »Rabbuni« = »Meister, Lehrer«. Ein Rabbi ist ein Funktionsträger der jüdischen Religion. Es ist ein Ehrentitel für besondere Thoragelehrsamkeit und religiöse Weisheit. Auch Jesus wird im Neuen Testament mit diesem Titel angesprochen. Zu den Aufgaben eines Rabbiners gehört die religiöse Lehre und Entscheidung in Fragen des Glaubens. Er ist kein Priester nach christlicher Vorstellung, dem besondere religiöse Aufgaben und Vorrechte zuständen. Theoretisch kann z.B. jedes Mitglied einer jüdischen Gemeinde einen Gottesdienst leiten. Zu seinen religiösen Aufgaben hat der Rabbiner auch juristische Funktionen in seiner Gemeinde.

Rosch haSchana   Jüdischer Neujahrstag, nach dem jüd. Kalender der 1. Tischri. Das ist nach unserer Zeitrechnung im September/Oktober. Danach schließen sich zehn Tage der Besinnung an, die mit dem Tag → Jom Kippur enden.

Sabba, Safta   hebr. »Großvater«, »Großmutter«

Salbuch   Verzeichnis über Besitzrechte, Einkünfte und Leistungen der Untertanen in einer Grundherrschaft (z.B. Adelsterritorium, Stadt, Kloster).

Schacharit   Morgengebet im Judentum, dessen wesentlicher Teil das → Schema ist. Vorgeschrieben sind drei Gebete täglich, eines am Morgen, eines am Mittag und eines am Abend.

Schalom   hebr. »Unversehrtheit, Heil, Frieden«. Gängigster Gruß unter Juden.

Schawuot   jüd. »Wochenfest« zur Erinnerung an den Empfang der Zehn Gebote am Berg Sinai. Es wird gefeiert 50 Tage (7 Wochen) nach Pessach am 6. Siwam.

Schema   Das Schema oder Schma (hebr. »höre!«) gehört zum zentralen Glaubensbekenntnis des Judentums. Es beinhaltet das Bekenntnis zur Einzigkeit Gottes sowie mehrere wesentliche Glaubensgebote. Es wird morgens und abends gebetet.

Schiwe   hebr. »schiwa«= »sieben«. Es gibt drei Trauerphasen im jüdischen Glauben. Die erste dauert sieben Tage, in denen der Trauernde auf einem niedrigen Schemel oder Polster sitzt und mit Nahrung etc. versorgt wird. Die zweite Phase erstreckt sich auf den ersten Monat nach der Beerdigung, die dritte auf ein ganzes Jahr.

Schochet   Schächter. Das Schächten ist das rituelle Schlachten von Tieren im Judentum und auch im Islam. Es soll das rückstandslose Ausbluten des Tieres ermöglichen, da der Verzehr von

Blut in beiden Religionen verboten ist. Dabei wird mit einem scharfen, schartenlosen Messer die Kehle des unbetäubten Tieres durchschnitten.

Sephardim → Aschkenasim

Shillelagh trad. irischer Stock aus knorrigem Schwarzdorn bzw. Schlehe

Schofar Aus einem Widderhorn gefertigtes Instrument. Es wird auf eine ganz bestimmte Art und Weise an → Rosch haSchana und am → Jom Kippur geblasen. Nach der Legende sind die Mauern von Jericho durch das Blasen von Widderhörnern zum Einsturz gekommen.

Sümmer Hohlmaß für Getreide

Sukkot → Laubhüttenfest

Tahara Tahara heißt im Judentum das Konzept der rituellen Reinheit. Der Begriff wird auch als Bezeichnung für die in »Taharahäusern« durchgeführten Leichenwaschungen verwendet.

Tallit Gebetsmantel. Viereckiges Tuch, meist hell mit Streifen. Sein besonderes Charakteristikum sind die → Zizit.

Talmud Laut der traditionellen jüdischen Überlieferung erhielt Moses am Berg Sinai von Gott nicht nur die schriftliche → Thora, sondern auch deren mündliche Ausdeutung. Diese wurde ca. 200–70 v. Chr. als »Mischna« schriftlich fixiert. Deren Inhalt (religiöse Gesetze, Geschichten, Gleichnisse u. ä.) wurde bis zum 6. Jhd. n. Chr. wiederum in der »Gemara« diskutiert und ausgelegt. Beide Teile, Mischna und Gemara, bilden den Talmud. Er ist eines der bedeutendsten Schriftwerke des Judentums.

Tefillin Gebetsriemen. Dabei handelt es sich um Lederriemen, an denen jeweils eine Gebetskapsel hängt, die kleine Schriftrollen mit Thora-Versen enthält. Die Hand-Tefillin werden um Arm, Hand und Finger geschlungen, die Kopf-Tefillin so angelegt, dass die Kapsel vorne auf der Stirn sitzt. Die Tefillin sollen wochentags beim Morgengebet getragen werden.

Tjost Einzelkampf zwischen zwei Rittern im Turnier, quasi als Nahkampfübung für den Krieg. Meist durchgeführt mit Lanzen (Gestech), nach dem Sturz eines der Kämpfer vom Pferd am Boden weitergeführt mit Schwertern.

Thora hebr. »Lehre, Gesetz«. Die Thora ist die hebräische

Bibel. Sie wurde Moses von Gott am Berg Sinai übergeben und besteht aus den fünf Büchern Mose, deren Abfassung in der Legende Moses selbst zugeschrieben wird. Diese fünf Bücher sind identisch mit dem christlichen Alten Testament. Zwischen ca. 1000 und 250 v. Chr. wurde die Thora schriftlich fixiert. Es erfolgte eine lange mündliche Auslegungstradition, die in der Mischna und im →Talmud verschriftlicht wurde. Thora und Talmud sind für alle Juden verbindlich.

Urbar   Anderer Begriff für → Salbuch

Vogelherd   Fangplatz für Vögel. Im Mittelalter gehörten alle Arten von Vögeln ganz selbstverständlich mit zum Speiseplan.

Zelter   Leichtes Reitpferd, das den Zeltgang (Pass, Tölt) beherrscht. Dabei handelt es sich um eine bequeme Gangart, die den im Damensattel reitenden Frauen besonders entgegenkam. Solche Zelter wurden nicht für die Schlacht benutzt und waren als Reisepferde hochbegehrt.

Zeugmeister   Ein Zeugmeister war im Mittelalter für Aufbewahrung und Instandhaltung von Waffen und Munition zuständig.

Zizit   Vier lange, weiße Wollfäden am → Tallit, die mehrfach geknotet sind. An jeder Ecke des Gebetsmantels hängt solch ein Strang aus geknoteten Fäden.

Die Illustrationen

Erstes Buch: Konradin von Schwaben, Manessische Handschrift
Zweites Buch: Heinrich von Rugge, Manessische Handschrift
Drittes Buch: Aderlass beim Arzt
Viertes Buch: Kalenderblatt aus einem flämischen Stundenbuch
   (Abb.: Bridgeman Berlin)
Fünftes Buch: Bernger von Horheim, Manessische Handschrift

Nachwort

In meiner Heimatstadt gibt es eine sehr alte Tradition jüdischen Lebens. Seit dem Mittelalter haben in einem bestimmten Stadtviertel Juden gelebt, waren Teil des städtischen Gemeinwesens, zahlten Steuern, errichteten Synagoge und Mikwen. Die Stadt war über Jahrhunderte ihr Lebensmittelpunkt genauso wie die ihrer christlichen Mitbürger. Und so war es fast überall in Deutschland.

Nun wissen die meisten Menschen – so nehme ich zumindest an – grundlegend Bescheid über das Schicksal der Juden in der Zeit des Nationalsozialismus, die Millionen Toten, den unfassbaren Schrecken des Holocaust. Aber kaum jemand kennt die Geschichte des mitteleuropäischen Judentums in früheren Zeiten, die Geschichte einer Minderheit, die zuzeiten kaum in der Lage war, Ausgrenzung und Verfolgung zu überdauern. Seit wann leben überhaupt Juden in Deutschland? Wie ging man mit ihnen über die Jahrhunderte hinweg um? Wo waren sie zu finden? Wie sah ihr Alltag aus? Zusammen mit der Frage nach Integration oder Ausgrenzung ist dies eine Seite der Thematik, der ich in diesem Buch versucht habe, Rechnung zu tragen. Dabei tat sich schnell eine weitere, mehr nach innen abzielende Frage auf: Wer von Ihnen, liebe Leserinnen und Leser, weiß eigentlich Bescheid über den jüdischen Glauben, wie er damals praktiziert wurde? Was geschieht in der Synagoge? Wann geht man ins Ritualbad? Welche Feste werden gefeiert? Was sind die Regeln am Sabbat? Was hat die Thora mit der Bibel zu tun?

Dies alles sind Fragen, die ich versucht habe, im Roman auf unterhaltsame Weise zu beantworten.

In den letzten Jahren habe ich mich immer wieder mit dem Gedanken getragen, eine mittelalterliche jüdische Thematik zum Inhalt eines Romans zu machen, habe aber keine historische Figur gefunden, die ich in den Mittelpunkt einer Geschichte hätte stellen können. Und dann kam der Tipp meiner österreichischen

Freundin Lotti: Es habe, so erzählte sie mir, im späten Mittelalter jüdische Ärztinnen gegeben. Das hat mich sofort elektrisiert. Ein weiblicher Medicus! Im christlichen Bereich schon kaum denkbar – nur ganz wenige Frauen sind als Ärztinnen im Mittelalter nachweisbar, und dies zumeist nicht in Deutschland. Und dann noch eine Jüdin! Ich fing an, gezielt zu recherchieren, und tatsächlich – ich wurde fündig. Für das erste Viertel des 15. Jahrhunderts ist in Würzburg die »Juden Ertztin« Sara belegt, die Unterlagen schlummerten im Staatsarchiv Würzburg. Damit war die Protagonistin meines neuen Romans entdeckt – wieder einmal eine Frau, die es tatsächlich gegeben hat. Danke, Lotti!

Die historische Spurensuche nach meiner Sara endete damit allerdings auch schon. Denn wir befinden uns in der quellenarmen Zeit; die Schriftlichkeit war noch wenig entwickelt. Alles, was ich hatte, war eine kurze Bestallung (quasi eine Einstellungsurkunde) meiner Sara auf drei Jahre zur Stadtärztin in Würzburg. Dazu ein Eintrag in ein Kopialbuch. Und dann noch eine große Merkwürdigkeit: Eine Urkunde, in der ebendiese Sara in alle Güter des Ritters Friedrich von Riedern eingesetzt wird – der gesamte Besitz eines adeligen Grundherrn geht, leider ohne jede Erklärung, in die Hände einer Jüdin über! Unzählige Zeugen, fast der gesamte unterfränkische Adel, bürgen für diese Transaktion. Was war da passiert? Wie konnte es geschehen, dass eines fränkischen Ritters »erbe, eygen, lehen oder varend habe, zinse, schulden, gülte … huser, höfe, ecker, wysen und weingarten … wie das alles geheissen und wo das gelegen ist oder name hat, besucht und unbesucht, clein und groß, nichts usgenommen« an eine Jüdin fällt – Grundbesitz und Einkünfte von kaum vorstellbarem Wert! Eine Theorie ist die, dass die historische Sara vielleicht neben ihrer Arztpraxis noch Geldhandel betrieb und sich Friedrich von Riedern bei ihr verschuldet hatte. Aber konnte es sich dabei wirklich um solch immens hohe Summen gehandelt haben, dass der Schuldner dadurch alles verlor? Im Roman finde ich für die denkwürdige Besitzübertragung eine eigene Erklärung – was aber wirklich damals geschah, wird sich wohl nie mehr herausfinden lassen.

Auch das Leben der Sara ist wegen des Quellenmangels weitgehend fiktiv geworden. Ich habe versucht, anhand ihrer Aben-

teuer beispielhaft das Leben der Juden im späten Mittelalter auf-
zuzeigen. Saras Familie verliert ihre Existenzgrundlage durch den
tatsächlich anbefohlenen Judenzinserlass von 1390. Sara wächst in
der berühmten Kölner Gemeinde auf – eine der wenigen Gemeinden, die in einer Art absperrbarem »Ghetto« lebt (damals wegen
des Sicherheitsaspekts von den Juden freudig begrüßt; der Begriff
Ghetto stammt allerdings aus späterer Zeit: Im Jahr 1516 wies man
den Juden in Venedig das Stadtviertel gleichen Namens als einzigen Wohnort zu).

Saras Kindheit und Jugend waren der Weg für mich, das jüdische
Alltagsleben zu schildern, Sabbatbräuche, Festtage, Hochzeits-
riten. Später flieht sie nach München, wo sie von ihrem Onkel das
Handwerk des Arztes lernt. Jüdische Ärzte standen im Mittelalter
in allerhöchstem Ansehen; es ist erstaunlich, wie viele arabische
und europäische Herrscher und Fürsten, ja sogar Päpste, jüdische
Leibärzte hatten. Das lag vielleicht daran, dass über die Juden das
herausragende medizinische Wissen der Araber nach Europa getragen wurde.

Der Pogrom, den ich zu München stattfinden lasse, ist nicht
belegt, Hinweise auf ein Blutgericht für das Jahr 1513 ließen sich
nicht verifizieren. Aber das schreckliche Ereignis steht stellvertretend für viele solche Massenmorde, die spätestens seit Ende
des 11. Jahrhunderts immer wieder verübt wurden und als ständige Bedrohung über den jüdischen Gemeinden überall im Reich
schwebten. Ein vermeintlicher Ritualmord, wie ich ihn stattfinden
lasse, war häufig Anlass für solche Gewaltausbrüche – an ihrem
Ende standen oft ausgelöschte Judengemeinden, zufriedene Kre-
ditnehmer, die nichts mehr zurückzahlen mussten, und in bester
Innenstadtlage frei gewordene Immobilien. Gerne baute man dann
an der Stelle zerstörter Synagogen Marienkirchen – zur nachträg-
lichen Demütigung der Juden, die ja die Gottesmutter nicht verehrten, weil sie Jesus Christus nicht als Gottes Sohn ansahen.

Auf der Suche nach ihrer Familie stelle ich Sara an die Seite einer
weiteren Außenseitergruppe in der damaligen Zeit: die Fahrenden.
Rechtlos, ehrlos, gefürchtet und verachtet, aber stets doch willkommen als eine der wenigen Quellen von Kurzweil und Unterhaltung
in einer Zeit ohne Radio, Fernsehen, Theater und Schriftmedien.

Bei den Spielleuten findet Sara eine vorübergehende Heimat, mit ihnen erreicht sie die Stadt, die damals für einige Jahre zum Nabel der christlichen Welt wird: Konstanz.

Das Konstanzer Konzil ist denkwürdiges Ergebnis eines langen Prozesses des Niedergangs und Werteverfalls in der christlichen Kirche. Man stelle sich vor: Drei Päpste, einer zu Rom, einer zu Pisa, einer zu Avignon, jeder von ihnen mehr oder weniger rechtmäßig gewählt, nehmen jeweils für sich in Anspruch, der einzig wahre Heilige Vater zu sein! Was das zu dieser Zeit für den einzelnen, gläubigen Christen bedeutet, können wir heute kaum mehr abschätzen: Wer ist nun der rechte Stellvertreter Gottes? Wem soll man anhängen, wem die eigene ewige Seligkeit anvertrauen? Kommt man in die Hölle, wenn man dem Falschen folgt? Wenn schon die Führung der Christenheit nicht verlässlich ist, stürzt dann bald die ganze Welt ins Chaos? Warum lässt Gott dieses Unheil zu? Und: Wie furchtbar wird die Rache des Herrn sein für das, was die Menschen aus seiner Kirche gemacht haben? Dieser Zustand ist als »Großes Abendländisches Schisma« – als »Kirchenspaltung« in die Geschichte eingegangen. Und nachdem die drei Päpste jeweils von verschiedenen Herrschern in Europa unterstützt wurden, bedrohten diese Wirren das Reich von innen und außen.

Beenden wollte die unwürdige Rangelei der Päpste und deren politische Folgen ein Mann, der dieses Ziel ins Zentrum seines eigenen Machtstrebens stellte: König Sigismund aus dem Geschlecht der Luxemburger.

Wenn wir uns der weltlichen Macht um den Anfang des 15. Jahrhunderts zuwenden, so finden wir kaum bessere Zustände vor als beim Papsttum. Nach dem Tod von König Rupprecht im Jahr 1410 stritten sich seine Söhne Wenzel (König von Böhmen), Sigismund (König von Ungarn) und deren Vetter Jobst von Mähren um die deutsche Königswürde. Jobst wurde zunächst von den Kurfürsten gewählt, starb aber kurz darauf. Danach fiel die Wahl auf Sigismund, obwohl Wenzel als der ältere Sohn stets auf der Königswürde beharrte. Aber, seinem Beinamen »der Faule« Tribut zollend, entschloss er sich, nicht um die Krone zu kämpfen und mit Böhmen zufrieden zu sein.

Sigismund, der tatsächlich, wie ich ihn im Buch beschreibe, zumindest äußerlich das Idealbild eines deutschen Königs war, hatte in zweiter Ehe die zwanzig Jahre jüngere Barbara von Cilli geheiratet, Exponentin eines böhmischen Adelsgeschlechtes. Man kann sich denken, dass der Grund für diese Ehe nicht Liebe war, sondern politisches Kalkül: Mit einer Böhmin und deren Adelspartei an der Seite ließ sich die böhmische Krone nach dem Tod des älteren Bruders leichter übernehmen. Zu Sigismunds Leidwesen entwickelte sich die kleine Barbara zur »Skandalkönigin« ihrer Zeit. Die zeitgenössischen Quellen nennen sie ein »schentlich boßhaftig weib«. Wie ihr Mann – bei dem dies allerdings toleriert wurde – nahm sie sich Liebhaber nach Lust und Laune und führte in jeder Beziehung ein ausgeprägtes Eigenleben. Ihre Schönheit war Legende, und sie hatte nicht nur ein Händchen für Männer, sondern auch für Geld. Die (angebliche) Liaison mit dem Burggrafen von Nürnberg war damals schon Gegenstand von Klatsch und Tratsch. Barbara überlebte ihren Mann, der seine Drohung, sie einzusperren, später tatsächlich noch in die Tat umgesetzt hatte. Sie starb 1451 im Alter von ungefähr 60 Jahren an der Pest.

Als einer von Barbaras Favoriten kommt Ezzo ins Spiel, der junge Ritter aus Franken. Ich wollte Sara mindestens einen (fiktiven) Mann an die Seite stellen. Und dieser Mann sollte kein Jude sein, sondern ein Kontrapart zum Judentum. Was nun konnte typischer für das christliche Mittelalter sein als das glorreiche Rittertum? Im 15. Jahrhundert zwar längst im Niedergang begriffen, ein Modell mit Auslaufcharakter, aber immer noch gefeiertes religiös-weltliches Ideal des Adels. Selbst heute noch finden wir es mit einer gewissen Mystik – und leider auch gänzlich zu Unrecht mit übertriebener Romantik – behaftet. Wenn dieser Ritter dazu noch aus der Familie dessen stammte, der später seinen gesamten Besitz an die Judenärztin Sara überantwortete, ließ sich damit auch eine Erklärungslücke schließen … Im Übrigen gibt es in der kleinen Ortschaft Riedern in der Nähe von Miltenberg heute noch ein kleines Wasserschloss – Ezzos Burg. Sie lieferte letztlich die Idee für den Romantitel, als steingewordene Realität der »silbernen Burg«, des Ortes, den Sara letztendlich sucht, wohl so wie wir alle: die leibliche und geistige »Heimat«, der gute Platz im Leben.

Aber zurück zur hohen Politik. Sigismund sah das Konzil als Sprungbrett für seine politischen Ambitionen: Indem er es einberief, machte er sich zum Schiedsrichter über die Heilige Katholische Kirche. Und indem er drei Päpste ab- und einen neuen einsetzte, qualifizierte er sich gleichzeitig selber für höhere Weihen: Ein neuer Papst von seinen Gnaden würde ihm mit Freuden die Kaiserkrone aufs Haupt setzen. So kam es denn auch: Der nach drei Jahren Konzil 1417 zu Konstanz gekürte Papst Martin V. krönte Sigismund später zum Kaiser. Schließlich wäscht eine Hand die andere.

So machten sich also die bedeutendsten Männer der Christenheit im Jahr 1414 auf nach Konstanz – und mit ihnen mindestens genauso viele Huren, Händler, Diebe und Spielleute …

Auf dem Konzil sollte noch eine weitere Frage geklärt werden, die der Kirche ein Dorn im Fleisch war. Schon seit langem gab es – nachdem man in früheren Zeiten durch die Einsetzung der Inquisition mit den lästigen Ketzerbewegungen ganz gut fertiggeworden war – neue kritische Tendenzen. Und diese Tendenzen waren gefährlich für das kirchliche Establishment. Festmachen ließen sie sich an zwei Namen: John Wyclif und Jan Hus.

Ersterer ist in Deutschland so gut wie gar nicht bekannt. Bei einer meiner Vorab-Lesungen fragte ich spontan in den Saal mit 120 Menschen hinein: »Wer von Ihnen hat schon einmal von einem Mann namens John Wyclif gehört?« Keine einzige Hand hob sich. Auf die Frage »Dann ist Ihnen vielleicht Jan Hus ein Begriff?« erntete ich immer noch von der großen Mehrheit der Gäste Kopfschütteln. Erst als ich nachfragte »Aber Sie kennen Martin Luther?«, kam erleichterte Zustimmung. Tatsächlich kennt man hierzulande Luther als großen Erneuerer des Glaubens – aber seine revolutionären Vorläufer, die schon viel früher dieselben Ziele angestrebt haben, sind in Vergessenheit geraten. Hier also eine kurze Erklärung zum besseren Verständnis: John Wyclif, ein englischer Geistlicher und Theologe, Professor an der Oxforder Universität, hat rund anderthalb Jahrhunderte vor Luther eine Kritik an der Kirche formuliert, die sich in hohem Maße mit den Forderungen und Thesen des späteren Protestantismus deckte. Lange vor dem Thesenanschlag in Wittenberg hat Wyclif Missstände und Fehlverhalten im Klerus und Defizite in der Lehre erkannt und den Finger in die Wunde gelegt. Begeisterte Anhängerschaft fand er in allen Gesellschaftsschichten, später wurden die Zugehörigen zu dieser Bewegung »Lollarden« genannt und als Ketzer verfolgt. Der erste Versuch einer »Reformation« wurde blutig und vollständig niedergeschlagen.

Zum Zeitpunkt des Konzils war Wyclif längst tot, aber die Kritik an der Kirche war nicht verstummt. Derjenige, der als prominenter Führer der Reformer auftrat, kam inzwischen aus Böhmen: Jan Hus, Geistlicher und Rektor der Prager Universität. Seine Verbindungen zu Wyclif und den Lollarden sind historisch erwiesen. Wie später Luther wurde Hus zu seiner Rechtfertigung vor ein kirchlich-weltliches Gericht geladen, aber anders als bei dem deutschen Reformator endete dieser mutige Versuch einer Verteidigung mit dem Tod im Feuer.

Die Verbindung Wyclif-Hus-Konzil habe ich durch eine weitere fiktive Figur hergestellt: Ciaran (sprich: Kiärän). Der Lollardenspross wächst in Irland auf, im berühmten Kloster Clonmacnoise am Shannon. Ein ehemaliger Mönch, hin- und hergerissen zwischen seinem Glauben und den Verführungen des weltlichen Lebens, drängte sich als Alternative zu dem ehrlichen, geradlinigen, ritterlichen Ezzo förmlich auf. Das Vermächtnis Wyclifs hat natürlich nie existiert. Die Idee, ein geheimes Schriftstück in den Roman mit einzuweben, ist an einem schönen Sommerabend bei einem Sachsenhausener Italiener entstanden, wo ich mit Dr. Cordelia Borchardt – der besten Lektorin von allen – unversehens in ein gemeinsames Brainstorming geraten bin. Danke, Cordelia, für Deine inspirierenden Ideen und die kritisch-hilfreiche Begleitung aller meiner Bücher!

Und noch einmal zurück zum Konstanzer Konzil. Es war ein Vergnügen, über diesen »Mammut-Event« des 15. Jahrhunderts zu schreiben, weil hier die Quellenlage hervorragend ist. Allein die Chronik von Ulrich Richental bietet so viele Informationen über die damaligen Verhältnisse, die Zustände in der Stadt, die Verhandlung von Jan Hus, dass einem Historiker das Herz aufgeht. Dazu noch die vielen erhaltenen Dokumente – was will eine Romanautorin mehr? Alle Details über Konstanz und das Konzil in diesem Buch sind historisch, oft habe ich Hus oder anderen Figuren wörtlich überlieferte Sätze in den Mund legen können. Und besonderen Spaß hat es gemacht, Oswald von Wolkenstein auftauchen zu lassen. Der ritterliche Sänger und geniale Dichter mit dem blinden Auge war tatsächlich Teilnehmer am Konzil, und die im Roman eingeflochtenen Lieder sind authentisch wie überhaupt alle Beispiele ritterlicher Minnedichtung und Liedkunst im Buch. Das Konzil, das wir mit Sara und den Fahrenden im Jahr 1415 verlassen, dauerte übrigens noch bis April 1418.

Noch ein paar Worte zum Thema »mittelalterliche Medizin«. Schon immer hatte ich ein Faible für Medizingeschichte, und wer meine Bücher kennt, hat das sicherlich längst entdeckt. Ich bin hier – wen es vor blutigen Operationen graut, der möge mir meine Realitätsliebe nachsehen und die Passagen überblättern – nicht im Vagen geblieben. Es gibt unzählige zeitgenössische Beschreibungen medizinischer Eingriffe; einige habe ich verwertet. So sind zum Beispiel die Brustkrebsoperation in Konstanz, der »Hämatothorax« des Wirtssohns aus Kaub sowie etliche andere medizinische Fälle und Heilmethoden Saras in den Quellen belegt. Auch so die ketzerische »Migränebehandlung« oder die Austreibung des »Zahnwurms« durch den Quacksalber Hiltprand. Die immer wieder als Sonderkapitel eingeflochtenen Behandlungsmethoden oder Arzneirezepte sind authentisch – nicht allerdings das Buch von Saras Onkel Jehuda. Auch die Medizin, die mit Mitteln aus der mittelalterlichen »Drecksapotheke« arbeitet, ist hinreichend im Roman thematisiert – oft wird vergessen, dass z. B. Hildegard von Bingen, die in mancher Hinsicht zu Recht heute noch als Heilerin verehrt wird, selber noch Vertreterin dieser damals anerkannten »Drecksmedizin« war.

Ganz zum Schluss noch einige kurze Bemerkungen zum Luther-Epilog. Ob er als Augustinermönch jemals eine Schrift von Wyclif in den Händen gehalten hat, ist nicht nachweisbar. Ich glaube allerdings, dass Luther ohne Wyclif und Hus nicht denkbar gewesen wäre. Das, was er im letzten Kapitel niederschreibt oder mit seinem Freund Staupitz bespricht, besteht zum großen Teil aus eingearbeiteten historischen Zitaten. Und, diese kleine Wendung sei einer Romanautorin gestattet, die Sätze, mit denen im Roman

Wyclifs Vermächtnis beginnt, entstammen eigentlich der Feder des großen Reformators, sind sein eigener Abschied …

Zum Schluss noch ein Dankeschön an meine kritischen Korrekturleserinnen Angela, Sandra und Ursula, die unermüdlich meine dicken Manuskripte durchackern. Und das Wichtigste: Danke all meinen treuen Leserinnen und Lesern, denen ich immer wieder auf Lesungen in ganz Deutschland begegne. Ohne Euch würde die Schreiberei keinen Spaß machen!

Zur Geschichte des Judentums in Deutschland

Die Juden sind keine biologische, sondern eine durch Geschichte und gemeinsames Schicksal, Religion und Volkszugehörigkeit geformte Einheit. Sie als semitische »Rasse« zu bezeichnen, wie es im Nationalsozialismus getan wurde, ist unrichtig. Nach rabbinischem Gesetz ist Jude, wer von einer jüdischen Mutter geboren wurde oder zum Judentum übergetreten ist.

Wichtig zum Verständnis des Romans ist die Geschichte der jüdischen »Diaspora«. Beginnen wir damit, dass Judäa im Zuge der Eroberung Kleinasiens durch Pompejus im Jahr 63. v. Chr. unter römische Oberhoheit kam. Im Jahr 40 v. Chr. beriefen die Römer einen idumäischen Heerführer namens Herodes auf den Thron, nach dessen Tod Judäa der Provinz Syria zugeordnet wurde.

Ein Aufstand gegen die römische Herrschaft scheiterte im Jahr 70 n. Chr., es kam zur Zerstörung des Tempels in Jerusalem. Der Kampf gegen die Römer kostete ein Viertel der jüdischen Bevölkerung das Leben, andere wurden Kriegsgefangene oder Sklaven und kamen so in die verschiedenen Provinzen des römischen Imperiums. Die Überlebenden verließen in der Mehrzahl das Land. Dies ist der Beginn der jüdischen Diaspora, der Zerstreuung der Juden in die ganze Welt. Bis zur Gründung des Staates Israel hatte das jüdische Volk seitdem weder ein religöses Zentrum noch eine nationale Führung, noch einen gemeinsam bewohnten Heimatstaat.

In Deutschland leben seit mehr als 1700 Jahren Juden; die erste jüdische Gemeinde ist für das Jahr 321 in Köln belegt. Verstärkt siedelten Juden dann seit dem 8./9. Jhd. am Rhein und an der Mosel. Die sog. Schum-Städte Speyer, Worms und Mainz, dazu noch Regensburg, wurden zu Zentren jüdischer Kultur und Gelehrsamkeit. Aber auch sonst wurde hauptsächlich der städtische Raum zum jüdischen Lebensbereich. Die Judenviertel lagen zumeist in den Innenstädten, in zentraler Lage, oft nahe beim Rathaus oder Marktplatz. Für das 10. Jahrhundert schätzt man die Zahl der Juden im Reich auf ca. 5000, hundert Jahre später dürfte sich diese Zahl vervierfacht haben.

Die Tatsache, dass Juden mit der Zeit über alle Länder und Grenzen hinweg Verbindung zu anderen Juden hatten und hielten, führte dazu, dass der Fernhandel ab dem frühen Mittelalter von jüdischen Händlern dominiert wurde. Zu Anfang war das Zusammenleben der Christen mit den Juden noch friedlich und von mäßigen Vorbehalten geprägt. Doch spätestens ab dem Hochmittelalter begegneten die Christen den Juden mit immer stärkerer Ablehnung, mit Misstrauen und Feindschaft. Wo immer Krieg, Krankheit oder Hunger auftraten, gab man den Juden die Schuld. Im Laufe der Zeit verloren sie auch ihre Vormachtstellung im Handel. Gleichzeitig wurden sie durch das Verbot, Land zu bebauen und den Ausschluss aus den Zünften und dem Beamtenwesen wohl oder übel in eine berufliche »Nische« abgedrängt: den Geldverleih gegen Zins, der Christen verboten war. So wurden die Juden zu den »Bankiers« des Mittelalters, einer sozialen Gruppe, deren einzige Macht in ihrer wirtschaftlichen Funktion bestand.

Seit dem 13. Jhd. standen die Juden unter dem besonderen Schutz des Königs, sie wurden zu unfreien »Kammerknechten« der Krone. Dies garantierte ihnen zwar den Schutz von Leben und Eigentum, andererseits brachte es ihnen den Verlust der persönlichen Freiheit und die Belastung mit Sondersteuern. So mussten sie u. a. seit 1342 eine Art Schutzgeld bezahlen, den »Goldenen Pfennig«. Je nach Finanzbedarf der Herrschenden wurden darüber hinaus immer wieder Zahlungen und Abgaben eingefordert, die oft existenzbedrohend waren. Und »Schutz und Schirm« des Königs bedeuteten kaum mehr als eine leere Versprechung. Oft verpfändete die Krone ihr Judenregal an Adel, Städte oder Kirche, die Juden wurden zu einem beliebigen Faktor der königlichen Finanzpolitik. Und in den Zeiten, als sie Hilfe nötig gehabt hätten (es war ihnen ja verboten, Waffen zu ihrer Verteidigung tragen), bei Pogromen und Übergriffen, blieben sie meist ihrem Schicksal überlassen.

Die immer stärker sich entwickelnde Judenfeindlichkeit führte im Hochmittelalter wiederholt zu Massenmorden, Folterungen, Verbrennungen und Vertreibungen. Während der ersten beiden Kreuzzüge (ab 1095–99 und 1147–49) fand dieses Phänomen seinen Höhepunkt. Auf dem Weg ins Heilige Land beschlossen die Kreuzfahrer, die Feinde der Christenheit, denen sie die Schuld am Tod Jesu anlasteten, schon im eigenen Land zu schlagen. Es kam zu furchtbaren Pogromen. Auch als die Pest 1348–53 in ganz Europa wütete, machte man die Juden als vermeintliche Brunnenvergifter für die entsetzliche Epidemie verantwortlich. Wieder wurden ganze Gemeinden ausgelöscht. Auch einzelne, diffus judenfeindlich motivierte Rachefeldzüge von Mörderhaufen wie der – jeweils nach ihren Anführern benannte – Rintfleisch- oder der Armlederpogrom forderten immer wieder einen hohen Blutzoll unter der jüdischen Bevölkerung. Diese und viele kleinere Pogrome sind durch die Jahrhunderte belegbar. So beschuldigte man Juden wiederholt des Ritualmordes, sobald ein ermordetes Kind aufgefunden wurde. Man nahm an, sie tränken das Blut der Ermordeten bei ihren religiösen Zeremonien – dabei ist der Kontakt mit Blut eines der stärksten Tabus im Judentum. Auch der sogenannte Hostienfrevel (der natürlich nie nachgewiesen werden konnte) war immer wieder ein klassischer Grund für blutige Verfolgung. Man warf den Juden vor, sie stächen mit Dolchen oder Nadeln auf eine geraubte Hostie ein, um Christus ein zweites Mal zu töten. Oft waren solche Ausbrüche Mittel zum Zweck: Einem toten Juden musste man keine Anleihe mehr zurückzahlen, die Judenhäuser wurden frei, Geld und Wertsachen konnten geplündert werden.

Im Spätmittelalter wurden die Juden aus den meisten deutschen Territorien vertrieben oder durch Judenverordnungen in ihren Möglichkeiten stark eingeschränkt. Viele wanderten Richtung Osten, nach Polen, Litauen und Westrussland, wo sie in ihrer Kultur und ihrem Glauben weniger behindert wurden. Hier entwickelte sich übrigens die jiddische Sprache, wie wir sie heute kennen (falls Sie, liebe Leserinnen und Leser, sich wundern, warum die Juden im vorliegenden Roman nicht Jiddisch reden. Hebräisch war übrigens lediglich die Sprache des Kultes und in der Diaspora nicht mehr Umgangssprache. Man sprach die Sprache des Landes, in dem man lebte).

Die Geschichte des Judentums in der Neuzeit soll hier nicht weiter thematisiert werden; sie ist für den Roman nicht von Belang, wohl aber für unser eigenes Bewusstsein darüber, wie niemals mehr und nirgendwo auf der Welt mit Minderheiten – gleich welcher Religion oder Herkunft – umgegangen werden darf.

Ich hoffe, dass ich alle Fakten zur jüdischen Geschichte und Religion korrekt wiedergegeben habe; für etwaige Fehler entschuldige ich mich schon jetzt. Und wer sich intensiver über jüdische Geschichte und Kultur informieren möchte, dem seien zuletzt noch einige Bücher empfohlen:

Schön kurz und informativ Walter Rothschild: 99 Fragen zum Judentum, Gütersloh 2005. Ebenso (eine Empfehlung des jüdischen Museums Würzburg) das Büchlein von Karlheinz Müller: Die Bibel, wie Juden sie lesen, Würzburg 2007. Sehr gut und ausführlich Monika Grübel: Judentum, Köln 2003. Umfassend zum Mittelalter informiert Michael Toch: Die Juden im mittelalterlichen Reich (Enzyklopädie Deutscher Geschichte Bd. 44), München 2003. Und zur Neuzeit in mehreren Bänden Mordechai Breuer/Michael Graetz: Deutsch-jüdische Geschichte in der Neuzeit, München 1996.

Bestallungsurkunde der »Juden Ertzin« Sara
(Staatsarchiv Würzburg)

...ogenennte zu Franckfurt den lunt allen lute mit disem brieue / das vor uns
urteil in mit gehell gesprt ist Cara die guden herren zu Wirczpurg
und dauzt alles das er hat Jm hertzogennhm zu francken varendes und
gut gnue zehenden und rectt huser hofe ecker hugen und Wingarten blic
echt / oley und grasz modts afgenomen und Wir setzen die egenante
und macht dis brieue / wann sie die amheit hat mer denn dry
... Rete won anderer wol lieben vor uns Jm gericht ertru
den obgestraben wen erlangten gute / das sie daran / mit frencli
und der wndez und undertruben sol und mag und die anthreiffer
... das beste und mitze ist als mit andn yren eygene guten und
obgestncben yren erlangden guten / hindert oder zret / das von
... und zu helfern als erzalt ist / Die edln wolgebornen
... von Castel und alle von Castell Grauen yalhms von Wertheim
... herg und alle won Wirheit Conrat erdencten herren zu ...
... brachenbach / heyn wmghartten von Seckendorff und alle von ...
... Wilhelm von grimbach und alle von grimbach / hd hannsze zolner und
... druchssen und alle druchssen / hd hannsze von Rosenberg
... hd leye von Rotenhau und alle von Rotenhau und Dyriarten
... Smetzen von hutten und alle von hutten Albrechten vom Schlossen
... Karel von Timpen und alle von Timpen hemtzen von Wenkern und
... marschalk und alle Marschalle / peter hulshoren und alle
... hannsze Stangen und alle Stangen Wilhelm von Stettenberg
... brustat und alle von Wrstat Die Burgermeiste Rete Gemult
... der Stet Wirczpurg Carelstat hemtzen othsehsert yphonen
... Rete und Knechte / und mit namen alle unsers herren von Wirczpurg
... und yglichem besundern das von unsers herren von Wirczpurg
... ersten Sehutten und schmren yetruhecten off die obgesmnbe
... sem als off und als dicke als sie das an sie alle off un yglicke
... alse gefordert wndt / zu den oder zu dem Wolten Wir auch
... Jr off die obgestncken vie erlangten gute / erclut dsz n
... wnder zu hure zu lasze oder vonder augen alse das sie des
... eme yetruntsse und heten urkunde So ist des obgestncben
... hannzen an disem brieue der geben ist nach Cristi gepurt vier
... schentag nach Send urbans tag etc.

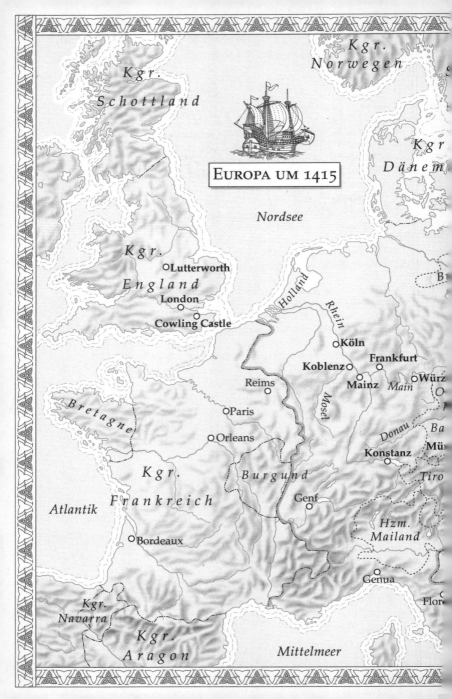

EUROPA UM 1415

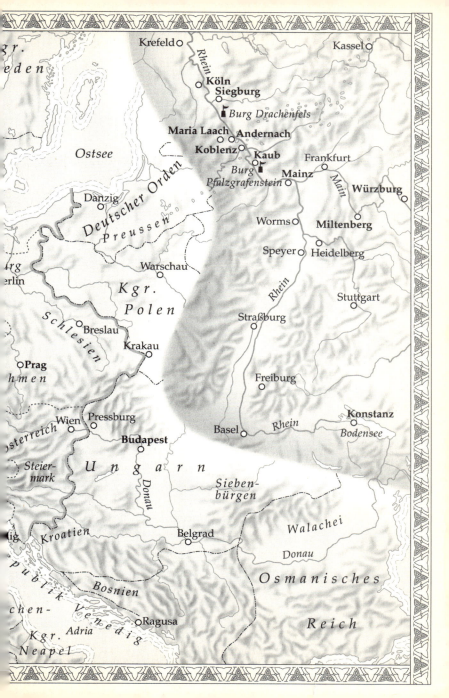

Sabine Weigand
Die Seelen im Feuer
Historischer Roman
Band 17164

Bamberg, 1626: Die junge Apothekerstochter Johanna ist
beunruhigt: Hexen sollen in der Stadt ihr Unwesen treiben.
Aber woran soll sie erkennen, wer mit dem Teufel im Bunde
steht? Es ist ein Ringen um Gut und Böse, aber auch ein
Kampf um die Macht. Der intrigante Fürstbischof von
Bamberg will die freien Bürger der Stadt in ihre Schranken
weisen. Neben den einfachen Leuten hat er es deshalb besonders auf die Stadträte abgesehen. Sie werden verhört und verurteilt. Sie werden verbrannt.

Plötzlich wird auch Johanna angeklagt und muss einen
Hexenprozess fürchten. Gelingt ihr die Flucht ins weltoffene
Amsterdam? Bekommen die Bürger von Bamberg endlich
Hilfe bei Kaiser und Papst, um die Beschuldigten zu retten?

»Weigand macht die Schrecken der Hexenjagd erlebbar.
Besonders beeindruckt, dass die Autorin mit
Originalzitaten arbeitet.«
Münchner Merkur

»Sabine Weigands Roman hat es in sich.
Beängstigend und begeisternd!«
Fränkische Nachrichten

Fischer Taschenbuch Verlag